Michael Bille
Die Enkel des Barbarossa
Historischer Roman

Michael Bille

Die Enkel des Barbarossa

Historischer Roman

TRIGA\VERLAG

Die Deutsche Bibliothek – CIP-Einheitsaufnahme

Bille, Michael:
Die Enkel des Barbarossa : Historischer Roman / Michael Bille. –
Gelnhausen : TRIGA Verl., 1997
ISBN 3-931559-40-8

1. Auflage

Herzbachweg 2, D-63571 Gelnhausen

Satz: Satzservice Chr. Meyer, München
Umschlaggestaltung: R. Marcel Extra, Frankfurt/M.
Herstellung: Ernst Grässer, Karlsruhe
Printed in Germany
ISBN 3-931559-40-8

Es ist Zeit", sagte mein Vater zu mir, „Zeit, mein Junge, daß du etwas über mich und mein Leben erfährst, und Zeit, daß du dein eigenes Leben besser verstehen lernst!"

Man schrieb Anno Domini 1211, und ich war gerade siebzehn Jahre alt geworden, als mein Vater diese für mich bedeutungsvollen Worte sprach. „Ich kenne da jemanden, der dir das zeigen wird, was ich gesehen habe, und der dir das erklärt, was mir erklärt wurde. Dazu ist es notwendig, daß du für mindestens zwei Jahre von zu Hause weg sein wirst, und nach dieser langen Zeit mußt du dich entscheiden, welches Leben du später einmal führen möchtest."

Mich ergriff Angst. So, von einem Tag auf den anderen, schlimmer noch, von einem Augenblick auf den anderen aus meiner Geborgenheit gerissen zu werden und in eine Zukunft zu blicken, von der ich nur wußte, daß sie mein künftiges Leben mindestens für zwei Jahre bestimmen würde. Mein Vater nahm mich bei der Hand, und ich folgte ihm, verwirrt und ratlos. Er redete noch immer ununterbrochen, doch ich hörte nur wenig von dem, was er sagte, und verstand noch weniger.

Wie aus dem Boden gewachsen, so stand ein Fremder vor mir, mittelgroß, kräftig, aber beileibe nicht plump. Jemand, dessen harte, aber keineswegs grausamen Gesichtszüge verrieten, daß er wußte, was er wollte, und das auch durchzusetzen vermochte. Der Fremde grüßte mit keinem Wort, vielmehr kam es mir so vor, als ob er mich wie ein Pferd auf meine Brauchbarkeit hin taxierte. Schließlich nickte er mir zu, was wohl einen Gruß darstellen sollte.

Wieder ergriff mein Vater das Wort: „Arton von Tarran wird für zwei Nächte unser Gast sein, bevor ihr beide euch zusammen auf den Weg macht. Ursprünglich hegte er die Absicht, länger hier zu verweilen, schon um deinetwillen, mein Sohn, aber seine Mission duldet keinen Aufschub!" Vaters Worte flossen einfach an mir vorbei, ohne wirklich in mein Bewußtsein zu dringen. Die beiden gingen voraus, und als wäre es selbstverständlich, trottete ich hinterher.

Mein Vater redete unaufhörlich weiter, während der Fremde schweigend neben ihm herschritt. Derweil durchfluteten mich alle möglichen Gedanken. Von Flucht bis zur Ermordung Tarrans schossen mir alle unmöglichen Möglichkeiten durch den Kopf, nur an Widerspruch dachte ich nicht.

Meine Mutter war bei meiner Geburt gestorben, und so hatte ich nur die väterliche Zuwendung erhalten, gepaart mit Strenge, Pflichtbewußtsein und Gehorsam.

Unterdessen führte uns unser Weg in den Garten, vorbei an blühenden Blumen. Unter dem satten Grün der Zypressen wurde mir nach und nach bewußt, welchen Preis ich würde zahlen müssen. Unaufgefordert erschienen zwei Diener, um die Wünsche meines Vaters und seines seltsamen und unheimlichen Gastes entgegenzunehmen. Tarran drehte sich zu mir um, und sein Blick durchdrang mich wie ein feuriges Schwert. Diese Augen – forschend, hart, aber nicht kalt.

Kurz darauf entfernte sich mein Vater, und so blieb ich allein mit dem Fremden im Garten zurück. Er winkte mir, näher zu treten, und ein Gefühl der Wehrlosigkeit ließ mir den Schweiß ausbrechen. „Du also bist Markus! Ein seltener Name, noch seltener in diesem Teil des christlichen Reiches! Wer ich bin, das weißt du, und was ich bin, das wirst du sehen, sobald ich es für richtig halte!"

Langsam erwachte ich aus meiner Erstarrung, und so beschloß ich, die Flucht nach vorn anzutreten, um etwas mehr über meinen neuen Gefährten und „Lehrer" in Erfahrung zu bringen. „Ich glaube nicht, daß mir das genügt! Immerhin seid Ihr nicht mein Vater, also . . ." Weiter kam ich nicht, denn eine schallende Ohrfeige beendete meine schwungvoll begonnene Rede. Ich fühlte mich beschämt und allein. Ohne ein Wort zu verlieren, ließ mich Tarran einfach stehen.

Der folgende Tag verging mit Vorbereitungen für eine Reise ins Ungewisse. Das Ziel, wenn es denn überhaupt eines gab, kannte ich nicht, ebensowenig den Sinn, den mein Vater in dem ganzen zu sehen glaubte. Das einzige, was ich ungefähr wußte, war die Dauer der Reise; zwei Jahre, und daran konnte und wollte ich nicht glauben. Zwei Jahre mit einem Mann, den ich nicht kannte, der offensichtlich weder Widerspruch duldete noch besonders mitteilsam war.

Meine Gefühle waren mehr als zwiespältig. Haß, Furcht, gepaart mit einem allmählich erwachenden Drang nach Abenteuern und dem Schmerz von Heimweh und Sehnsucht.

Während des ganzen Tages hörte und sah ich von Tarran nur sehr wenig, und wenn, war er im Gespräch mit meinem Vater. Nur einmal bekam er Besuch von einem Boten, der ihm, wie ich von einem Diener erfuhr, einen Bogen Pergament übergab, den er sich offenbar völlig gleichgültig in die Tasche seiner Kutte steckte. Wie ich weiter erfuhr, muß es sich wohl um einen Abgesandten seines Ordens gehandelt haben.

Zum erstenmal fiel mir nun die schäbige Kutte auf, die der Templer trug. Ihr schmutziges Grau stand in krassem Gegensatz zu den Bildern, die ich von früher her kannte und auf denen die „Soldaten Christi“ in strahlendem Weiß dargestellt waren. Meine Fantasie begann sich zu regen, und alles drehte sich dabei um Arton von Tarran, einen Templer, der sich – aus welchen Gründen auch immer – wie ein Bettelmönch kleidete. Hinzu kamen die ungewöhnliche Eile, ein im Dunkel liegendes Ziel und letztlich mein Vater, der ein geradezu außergewöhnliches Interesse daran hatte, seinen einzigen Sohn auf eine solche Reise zu schicken. Die wildesten Vermutungen schossen mir durch den Kopf, doch so schnell sie kamen, so schnell verschwanden sie auch wieder. Was blieb, war meine Ungewißheit.

Am Abend vor unserer Abreise kam der Fremde zu mir und warf einen wenig freundlichen Blick in die Ecke, in der alle Sachen lagen, die ich unbedingt mitzunehmen gedachte. Fein säuberlich gestapelt. „Alles, was du brauchst, ist ein einfaches graues Gewand, ein paar Sandalen und ein Proviantbeutel, sonst nichts!“

„Das soll alles sein!“ brauste ich auf.

Er sah mich nur an, und ich wußte, daß jeglicher Trotz sinnlos sein würde.

Später besuchte mich noch mein Vater, und nie werde ich dieses kurze Gespräch vergessen. „Nun, mein Sohn . . .“

„Vater!“ unterbrach ich ihn, „versuche mir bitte zu erklären, warum ich gehen muß, und dann auch noch so, mit diesem Mann?“

„Mein Junge, du mußt etwas lernen, was ich dir nicht beibringen kann, und das ist nur möglich, wenn du dieser Stadt der Schön- und Weichlinge für einige Zeit den Rücken kehrst und versuchst, in einer anderen Welt zu überleben. Diese Welt dort draußen, ohne das Geld und die Macht, die dich beschützen, will dir alles nehmen, und du mußt lernen, zu unterscheiden zwischen Gut und Böse, Sein und Schein, Recht und Unrecht. Versuche, dieser Welt dort draußen deinen Willen aufzuzwingen! Nun zu Arton von Tarran. Es gibt keinen besseren Lehrer für diese Aufgabe, und es gibt keinen besseren Freund. Hoffentlich wirst du eines Tages den wahren Sinn dieses Wortes verstehen. Sieh ihm auf die Finger! Höre, was er dir sagt! Und höre vor allem auf das, was er nicht sagt. Lerne, ihn und sein Wesen zu begreifen, und du wirst diese Zeit überstehen. Ich kann und darf dir nicht erklären, welche Mission er außerdem zu erfüllen hat, aber er würde dich nicht mitnehmen, wenn er nicht mit dir zufrieden wäre. Wenn die Zeit gekommen ist, wirst du mich verstehen. Im Augenblick darf ich dir wirklich nicht mehr sagen, es würde dich nur unnötig verwirren. Eines noch: Vor fast vierzig Jahren stand ich vor der gleichen Prüfung, doch ich bestand sie nur unvollkommen. Nutze du jetzt die Gelegenheit und erweise dich ihrer würdiger als ich. Handle überlegt und vergiß dabei nie: Es gibt Begebenheiten zwischen Himmel und Erde, deren Sinn wir ganz einfach nicht verstehen, die aber trotzdem unser ganzes Leben beinflussen können! So, mein Junge, jetzt schlafe und nutze die Zeit der Ruhe, solange man sie dir noch gewährt. Wir sehen uns morgen wieder."

Wir umarmten uns, und sowohl meinem Vater als auch mir standen die Tränen in den Augen, doch irgendwie glaubte ich immer noch an einen bösen Traum, der nur darauf wartete, von der Wärme der aufgehenden Sonne wieder in das Reich der Finsternis verbannt zu werden.

Es war eine furchtbare Nacht, in der ich keinen Augenblick schlief. Die Bilder meines Lebens zogen an mir vorüber. Erlebnisse, so unbedeutend sie waren, sog ich in mich auf, um nur ja nichts zu vergessen. Ich wollte mein Leben in der Erinnerung festhalten, auch wenn es mir von anderen weggerissen würde. Die Nacht war dunkler, kälter und leerer als alle vorangegangenen. Schließlich begann ich zu beten, bis das erste Morgenrot den neuen, für mich alles entscheidenden Tag ankündigte. Nie war ein Mensch einsamer und verlassener als ich in dieser Nacht.

Tarran trat in meine Kammer. „Komm, wir müssen gehen!"

Ich zog mein graues Gewand an, dessen rauher Stoff mir von Anfang an zuwider war, und auch die Sandalen entsprachen nicht dem, was ich sonst zu tragen gewohnt war. Eine Magd hatte den Proviantbeutel gepackt und reichte ihn mir mit einem Blick, der ihre ganze Hilflosigkeit widerspiegelte.

Mein Vater erwartete mich an der Hauptpforte unseres großen Hauses. Er wirkte müde und alt, und zum erstenmal spürte ich etwas wie Entschlossenheit in mir aufkeimen.

„Ich komme wieder, Vater, und ich werde versuchen, deinen Rat zu befolgen."

„Ich weiß, daß du das tun wirst. Arton riet mir, dir nichts mitzugeben, aber etwas habe ich doch für dich. Es ist das Kruzifix deiner Mutter. Bewahre es gut, und nun geh, bevor ich es mir doch noch anders überlege. Arton wartet vor der Stadt auf dich." Ich umarmte meinen Vater und verließ mein bisheriges Leben.

Die Stadt lag noch in tiefem Schlaf, nur hier und da waren Geräusche zu hören. Einmal jedoch schien es mir, als hätte ich Schritte gehört, aber schon stand ich an der Stadtmauer und versuchte das schwache Licht des Tages mit meinen Blicken zu durchdringen in der Hoffnung, meinen neuen „Gefährten“ irgendwo zu sehen.

Erschrocken fuhr ich zusammen, als sich eine Hand auf meine Schulter legte und mich energisch mit sich zog. „Wohin gehen wir denn?“ wandte ich mich an meinen Begleiter.

„Nach Terbalach.“

„Terbalach?“ fragte ich. „Wo liegt denn diese Stadt, und was wollen wir dort?“

„Terbalach ist keine Stadt. Terbalach ist eine Legende. Sie lebt in den Herzen der Menschen, und nur wenige wissen, daß es diesen Ort überhaupt gibt, noch weniger, wo sie ihn zu suchen hätten.“

„Es ist das erste Mal, daß ich von diesem Ort höre. Was sagt denn die Legende, und was ist so geheimnisvoll an Terbalach, daß nur wenige etwas davon wissen?“

„Du stellst zu viele Fragen“, war der einzige Kommentar Tarrans.

„Mein Vater sagte mir, ich solle von dir lernen. Wie aber kann ich von dir lernen, wenn du mir nichts sagst oder erklärst?“

„Ich werde dir das sagen, was ich für nötig halte, doch jetzt sind sowohl die Zeit als auch der Ort nicht reif dafür – und du auch nicht!“

Von nun an gingen wir schweigend weiter. Mittlerweile brannte die Sonne gewaltig vom Himmel herunter, aber das bekümmerte Tarran nur wenig. Es kam mir vor, als ob sein sehniger Körper von alleine marschiere. Losgelöst von allen irdischen Problemen und Beschwerden, bewegte er sich kräftig, zugleich federnd vorwärts.

Ich dagegen war schon nach wenigen Stunden in dieser Gluthitze übel dran. Während Tarran noch nicht einen Schluck Wasser genossen hatte, war mein Ziegenschlauch bereits leer. Der harte Stoff der Kutte scheuerte furchtbar, von den Blasen an den Füßen ganz zu schweigen.

Eintönig und karg war die Gegend um uns herum, so weit das Auge blickte. Ich war mir sicher, daß Arton die Menschen scheute, denn um jeden kleinen Weiler machte er einen großen Bogen, und erst kurz bevor die Sonne unterging, rasteten wir an einem ausgetrockneten Flußbett. Stöhnend setzte ich mich auf einen Felsbrocken, fest entschlossen, nicht mehr aufzustehen.

„Zieh deine Sandalen und das Gewand aus!“ befahl mir Tarran in einem Ton, der keinen Widerspruch duldete. Ich hörte förmlich, wie meine Zähne knirschten, als ich die Sandalen von den Füßen streifte, und ihr Zustand trug nicht gerade dazu bei, den Schmerz erträglicher zu machen. Blutblasen und Schnitte, kaum eine Stelle, die unversehrt geblieben war.

Tarran besah sich die Wunden eingehend und beschmierte sie mit einer übelriechenden Salbe, die jedoch sogleich belebend wirkte und die Schmerzen etwas linderte. Mit dem Ausziehen der Kutte tat ich mich schon schwerer, denn bisher hatten mich nur mein Vater und der Arzt nackt gesehen, und meine Scham war fast noch größer als das Verlangen, diesen widerlichen Stoff von der Haut zu bekommen.

„Mach schon!" fuhr Tarran mich an. Der gesamte Rücken war aufgescheuert, ebenso die Achselhöhlen.

Mein Begleiter verstand einiges von Wundbehandlung, was ich ihm zugestehen mußte. Er wusch die Wunden und trug Salbe auf. „Was ist das für eine Salbe?" versuchte ich ihn zum Sprechen zu bewegen.

„Einige nordische Kräuter, gemischt mit einer Mixtur, welche die Sarazenen benutzen, und deren Rezeptur sie wie ihren Augapfel hüten."

„Wart Ihr im Heiligen Krieg? Wie war es dort?" fragte ich weiter, begierig, etwas von diesem Mann zu erfahren.

„Heiß und grausam! Und jetzt leg dich hin, du hast dich gut gehalten. Wir sind weit gekommen."

Auf seltsame Weise erfüllten mich seine Worte mit Stolz. Dieses kleine Lob war wie eine Auszeichnung, und so schlief ich ein, völlig ermattet, aber weniger unglücklich.

Mitten in der Nacht wurde ich wach, die Wirkung der Salbe ließ nach und mein Rücken schmerzte, als hätte man mich ausgepeitscht. Ich wendete mich zu Arton, doch dessen Lager war leer. Stöhnend versuchte ich mich aufzurichten, als mich starke, sehnige Hände um den Hals packten und meinen Mund zudrückten. „Bleib ruhig!" zischte mir der Templer ins Ohr.

Ich hockte da wie versteinert, vergessen waren meine Schmerzen. „Da rechts von uns haben Marodeure irgendeines Heerhaufens ihr Lager aufgeschlagen. Ich war dort und habe sie gesehen. Verhalte dich ruhig und folge mir!" Vorsichtig schlichen wir uns auf die gegenüberliegende Uferseite des ausgetrockneten Flusses, bemüht, so wenig Geräusche wie möglich zu verursachen und nichts von unseren wenigen Habseligkeiten zurückzulassen. Angestrengt versuchte ich, die Dunkelheit mit meinen Augen zu durchdringen, doch ich hatte wohl kein so ausgeprägtes Gefühl für Gefahr wie mein „Lehrer“.

Bei ihm schien es fast so, als ob er sie wittere. Seine Haltung versteifte sich, und er drückte mich tiefer ins Ufergeröll. Dann hörte und sah ich sie ebenfalls durch das dürre Gestrüpp brechen, welches das Ufer, trotz der unmenschlichen Tageshitze noch immer säumte. Nur gut zwanzig Schritte waren sie noch von uns entfernt. Fünfzehn bis zwanzig Mann, alle zu Fuß. Aber irgendwie wirkten sie sehr beherrscht, alles andere als sorglos, denn kein Wort drang zu uns herüber. Bis auf das unvermeidliche Klirren der Waffen war die ganze Gruppe offensichtlich sehr darum bemüht, selbst so wenig wie möglich Lärm zu verursachen, geradeso, als suchten sie jemanden oder würden von irgend jemandem gesucht. Zu unserem Glück bestand ihr einziges Hilfsmittel im Leuchten der Sterne, deren milchiges Licht das Flußbett einhüllte.

Durch das Grau unserer Kutten verschmolzen wir regelrecht mit dem Ufergeröll, und trotz meiner Anspannung registrierte ich, daß keiner von ihnen auf die Idee kam, eine Fackel zu entzünden. Meine Angst wich allmählich einem Gefühl der Neugier, während Artons Anwesenheit mich wie ein wärmender Mantel umgab. Doch plötzlich lösten sich zwei aus der Gruppe und durchquerten das Flußbett. Ich sah ihre gezückten Schwerter im Sternenschein glitzern, und fast vergaß ich zu atmen. Erneut packte mich diese irrsinnige Furcht, und eine unsichtbare Macht zwang mich dazu, aufzuspringen und loszurennen.

Zu meinem Entsetzen spürte ich das kalte Eisen eines Dolches an meiner Kehle. In dem Versuch, der Klinge auszuweichen, preßte ich mich an den Boden, doch ich fühlte die Entschlossenheit, die von dem Arm ausging, der diesen Dolch hielt. Ich hörte die Marodeure, mein Gott, sie mußten uns doch sehen! Es konnten unmöglich mehr als zwei Schritte Abstand sein, in dem sie an uns vorübergingen. Fast drohte ich zu ersticken, denn selbst das Schlucken meines Speichels konnte uns jetzt verraten. Nur mit Mühe gelang es mir, die Augen zu öffnen, und ich sah vor mir die mit auffallend großen Nieten beschlagenen Stiefel des einen. Das Knirschen der Kiesel unter seinen Tritten dröhnte wie Hammerschläge in meinen Ohren. Mein Blut schoß durch die Adern, und ich schwitzte trotz der Kühle der Nacht.

Dann, wie aus weiter Ferne, hörte ich Worte, deren Sinn ich zuerst nicht verstand, bis Tarran mich unsanft nach oben riß. Erst nach und nach erwachte ich aus dem Schrecken, der mich so fest in seiner Gewalt gehalten hatte. „Sie sind weg, alle, aber verhalte dich trotzdem ruhig!" Selbst wenn ich gewollt hätte, es wäre kein Ton aus mir herausgekommen, denn noch immer war mein Hals wie mit einer Schlinge zugeschnürt. Ich atmete heftig, und allmählich beruhigten sich meine gemarterten Nerven, als mich ein neuer Schrecken wie eine Lanze durchfuhr. Arton war weg. –

Ungeduldig wartete ich bis zum Morgengrauen, hatte kaum Mut genug, meine Notdurft zu verrichten, geschweige denn mich selber auf die Suche nach dem Templer zu machen. Also blieb ich allein mit meiner Angst, einer widerlichen, klein machenden Angst. Ich fühlte mich schutz- und hilflos wie noch nie in meinem Leben, und was ich nicht für möglich gehalten hätte – ich sehnte mich nach der Rückkehr des Templers.

Als endlich der Tag erwachte, starrte ich immer noch in die Richtung, aus der die Marodeure gekommen waren, doch ich konnte weder etwas hören noch sehen, was auf die Anwesenheit eines Menschen schließen ließ. Der Tag dämpfte die Schrecken der Nacht, und ich vermochte endlich frei zu atmen und mir Gedanken über meine unangenehme Lage zu machen. Doch meine Sorgen verflogen, als ich Arton durch das Flußbett auf mich zukommen sah.

Ohne ein Wort der Erklärung setzte er sich zu mir, wohl wissend, daß ich mich vor Ungeduld kaum noch beherrschen konnte. Irgendwie gelang mir das dann doch, hatte ich ja in der Zwischenzeit gelernt, daß dieser Mann wirklich erst redete, wenn er selbst die Zeit für gekommen hielt. „Sie sind weg", begann er schließlich, wobei er mir einen anerkennenden Blick zuwarf. „Heute morgen brachen sie ihr Lager ab und marschierten weiter in östlicher Richtung. Es mögen wohl insgesamt um die vierzig gewesen sein, und wir haben, Gott sei es gedankt, mehr als nur Glück gehabt. Offensichtlich ist unsere letzte Stunde doch noch nicht gekommen."

Damit gab sich aber meine jugendliche Neugierde nicht zufrieden. „Woher kamen sie, und was wollten sie in dieser von Gott verlassenen Gegend?"

„Du stellst zu viele Fragen auf einmal, und es sind alles Fragen, auf die ich keine Antwort weiß", entgegnete der Templer unwillig und erhob sich, was ich wohl richtig als Zeichen des Aufbruchs deutete.

Irgendwie paßte die Art seiner Antwort gar nicht zu ihm, und anscheinend spürte er, daß sich der gewünschte Erfolg nicht bei mir einstellte, doch hütete ich mich davor, tiefer in ihn dringen zu wollen Aber da gab es noch etwas anderes, das auf meiner Seele brannte, und ich wußte, daß er darauf mit Sicherheit eine Antwort geben konnte, ja geben mußte: „Arton, wozu das Messer an meiner Kehle?"

„Um dich zu töten, wenn sie uns entdeckt hätten", erwiderte er, ohne auch nur einen Moment mit der Antwort zu zögern, fast so, als ob er mir das Wetter beschrieben hätte.

Obwohl ich insgeheim die Antwort erwartet hatte, war ich doch zutiefst erschrocken, sie so direkt und erbarmungslos zu hören. „Mein Gott . . .!" brachte ich mühsam hervor. „Du wolltest mich töten?"

„Weißt du etwas über Marodeure?" fragte er mich, statt mir eine Antwort zu geben.

„Nicht viel", mußte ich zugeben, noch immer schwankend sowohl unter dem Eindruck seiner Worte als auch bei dem Gedanken, wie nah der Tod an mir vorübergegangen war. „Ich weiß, daß sie rauben, morden und plündern, und daß bisher keine mir bekannte Region wirklich sicher vor ihnen ist. Vor gut zehn Jahren war sogar eines ihrer Heere vor unserer Stadt. Es mögen damals wohl etwa zweitausend gewesen sein. Zu unserem Glück wurden die Stadträte aber noch rechtzeitig vor der drohenden Gefahr gewarnt, ließen die Tore schließen und die Wehrgänge besetzen. Nach einer kurzen, aber, wie mir mein Vater erklärte, heftigen Schlacht wurde ihr Heerhaufen zurückgeworfen. Seitdem hörte ich immer nur grausame Geschichten über sie, die uns von Kunden meines Vaters erzählt wurden."

Unterdessen waren wir in das ausgetrocknete Flußbett getreten und folgten diesem entgegen der Strömung des Flusses, den es einmal beherbergt hatte und der nur darauf wartete, im Winter wieder davon Besitz zu ergreifen. Nach meiner Antwort gingen wir schweigend nebeneinanderher. Meine Füße begannen erneut zu schmerzen, und auch der Rücken brannte schon wieder wie Feuer. Ich beschloß also, fürs erste die Sache auf sich beruhen zu lassen. Doch während mich meine Schmerzen quälten, war der Templer tief in Gedanken versunken, so als durchlebe er die Antwort, die er mir noch immer schuldig war und die ich auch irgendwann einfordern würde.

Es war offensichtlich, daß er mit sich selbst uneins war, ob er sie mir überhaupt geben sollte. Unvermittelt begann er: „Marodeure sind ehemalige Söldner eines Herrn, dessen Vertrauen sie mißbrauchten, indem sie ihren Eid brachen, oder aber Söldner, deren Verbände zerschlagen wurden und die jetzt mehr schlecht als recht ums Überleben kämpfen. Ganz egal wie oder warum, Marodeure sind Soldaten, und als solche verstehen sie ihr Handwerk. Sie können eben nur töten oder getötet werden. Ihr eigenes Leben bedeutet ihnen nicht viel, und das Leben anderer schon gar nichts. Sie haben nur die Wahl zu töten, selbst getötet zu werden oder einem neuen Herrn ihre Dienste anzubieten. Marodeure rauben alles, nicht nur dein Geld, auch dein Leben, und wenn du nichts Wertvolles bei dir hast, verkaufen sie dich als Sklaven auf die Galeere. Bist du aber selbst dafür noch ungeeignet, foltern sie dich langsam zu Tode, als Schauspiel und gleichzeitig als Abschreckung für die eigene Horde. Jedes Los, welches du bei ihnen gezogen hättest, wäre also schlechter gewesen als der schnelle Tod durch mein Messer. Ich sage dir dies alles nicht nur, um mich zu rechtfertigen. – Ich selbst war fast einen ganzen Monat lang einer dieser gottlosen Schlächter, bei denen das Morden zum täglichen Brot gehört."

Abrupt blieb ich stehen und starrte ihn an. „Du warst . . ."

„Ja, ich war, und nach der letzten Nacht bin ich es dir wohl schuldig, daß ich dir eine Seite meines Lebensbuches erzähle, damit du mich verstehen lernst. Damals war ich Kreuzfahrer im Heiligen Land, und nach unserer Rückkehr gab es nichts für uns, gar nichts. Der Krieg war verloren, die Kassen leer. Andere hatten wenigstens noch Haus und Hof, ich hatte nichts. Also schloß ich mich denen an, die auch nichts hatten. Wir alle waren Söldner aus Siracusa, und dahin wollten wir auch wieder. Also zogen wir raubend und mordend in Richtung unserer vermeintlichen Heimat."

„Und was bist du jetzt?" unterbrach ich ihn völlig verwirrt.

„Höre, mein Junge! Was ich bin, ist nicht wichtig. Was ich war, ist gewesen, und was ich einmal sein werde, bestimmen andere, nicht wir."

Schweigend gingen wir weiter. Stunden verstrichen, bis Arton unvermittelt seinen Bericht fortsetzte: „Seit unserem Aufbruch waren fast vier Wochen vergangen, als unsere Horde auf ein einsames Gehöft stieß. Wie schon ein Dutzend Mal vorher griffen wir völlig überraschend an. Sie hatten keine Möglichkeit, sich zur Wehr zu setzen. Die Frauen wurden vergewaltigt und dann in Stücke gehauen. Männer und Kinder folterten wir, bis sie uns die Verstecke ihrer wenigen Habseligkeiten preisgaben. Danach töteten wir auch sie. Wir alle waren im Blutrausch. Wir mußten morden, immer weiter morden. Das Gurgeln und Schreien der Sterbenden, die flehenden Blicke, bevor wir ihnen die Augen ausstachen! – Nun, nach dieser Nacht verließ uns das Glück, das so lange unser Weggefährte gewesen war.

Zwei Fußmärsche vor Siracusa, bei Sasile, trafen wir auf sizilianische Rebellen, die unter Giordano gekämpft hatten und von den Truppen Kaiser Heinrichs größtenteils aufgerieben worden waren. Uns allerdings waren sie zahlenmäßig immer noch weit überlegen; nur wenige von uns entkamen, und einer davon bin ich. Das ist jetzt fast achtzehn Jahre her. Ich glaube, daß ich dir das schuldig war, immerhin lebst du noch."

Nachdem Arton geendet hatte, folgten wir noch lange wortlos dem toten Fluß. Zu widersprüchlich waren meine Gefühle, zu furchtbar sein Geständnis. Doch dann wollte ich mehr wissen. Ich mußte ganz einfach, irgendwas trieb mich dazu. Mein Leben hatte in der Hand dieses Mannes gelegen. Er mußte mir ganz einfach mehr erzählen!

„Warum gehen wir nach deinem geheimnisvollen Terbalach, und wo liegt es?"

„Ich habe dir etwas erzählt, weil ich die Zeit für gekommen hielt, alles andere wirst du erfahren, wenn es soweit ist, aber erst dann, wenn du nachts nicht mehr so laut mit den Zähnen klapperst." Bei seinen letzten Worten spürte ich sein Lächeln, das auf meinem Gesicht brannte.

Den ganzen Tag über hatte ich das Gefühl drohender Gefahr. Es kam mir vor, als ob die Vögel verhaltener sangen als sonst. Und sogar die Sonne strahlte nicht so klar und hell, wie ich es gewohnt war.

Dreimal ließ mich Arton allein und verschwand, und bei jeder Rückkehr verdüsterte sich sein Gesicht mehr, seine Augen wurden noch ernster, und sein Schritt beschleunigte sich. Gegen Abend erreichten wir eine kleine Quelle, an der wir unsere Schläuche füllen und den Durst löschen konnten. Eine Pause zur Behandlung meiner furchtbar schmerzenden Wunden gönnte er mir allerdings nicht. Irgend etwas, was uns folgte, trieb ihn weiter voran.

Kaum hatten wir getrunken, suchte er Gestrüpp und Steine und verbarg so meisterlich die kleine Quelle unter einem natürlich wirkenden Baldachin, daß sie von einem Unkundigen schwerlich entdeckt werden konnte.

Unser Marsch dauerte noch die halbe Nacht, und Arton stützte mich, bis wir eine Felsenhöhle gefunden hatten, von deren Existenz selbst er überrascht war.

Hier endlich konnten wir ausruhen, schweigend und in völliger Dunkelheit. Arton behandelte meine Wunden mit der kühlenden

Salbe, und kurz darauf mußte ich wohl eingeschlafen sein. Plötzlich, wie von Geisterhand geweckt, erwachte ich, angestrengt lauschte ich nach draußen in die Nacht. Und richtig, ich vernahm Stimmen, die sich allmählich näherten und deutlicher wurden. Unterdessen kündigte der Tag sich an, und im Dämmerlicht erkannte ich schemenhaft meinen Gefährten, der mir, so hoffte ich zumindest, aufmunternd zunickte. Vorsichtig richtete ich mich etwas auf und sah nun die Umrisse von Felsen und Gestrüpp, die sich nacheinander aus dem Nichts der Nacht herausschälten. Ein kaum wahrnehmbares, schleifendes Geräusch ließ mich in Artons Richtung blicken, und ein kurzes Aufblitzen bestätigte meine Befürchtung. Er hatte sein Schwert gezogen.

Die bis dahin so sorgfältig verborgene Waffe hatte die Form einer Sarazenenklinge, war jedoch ungleich größer als die kurzen Schwerter der ungläubigen Heiden, die mit dieser Waffe unseren Kreuzfahrerheeren so schreckliche Verluste zugefügt hatten. Zum erstenmal sah ich sein Schwert und war mir sogleich auch der Gefahr bewußt, in der wir uns befinden mußten.

Die Höhle hatte nur einen Zugang, folglich war sie leicht zu verteidigen, andererseits war es völlig unmöglich, sie zu verlassen, sollte sie erst einmal entdeckt sein. Wieder, wie in der vorhergehenden Nacht, näherten sich die Schritte mehrerer Männer. Deutlich war das Knirschen ihres Schuhwerks auf dem Geröll über uns zu hören. Ich blickte Arton an und merkte, wie angestrengt er in ihre Richtung lauschte. Vorsichtig kroch ich näher zu ihm heran. „Ich möchte nicht durch deine Hand sterben! Hast du mich verstanden? Mein Leben gehört mir, und ich werde es niemandem kampflos überlassen", flüsterte ich ihm zu. Arton nickte, ohne mich anzusehen.

Unterdessen waren die Stimmen noch deutlicher zu vernehmen: „Wenn wir diesen gottverfluchten Mönch vom Schwertritter-Orden diesmal wieder nicht finden, wird uns der Hauptmann auspeitschen lassen!"

„Wir hätten den Jungen schon in der Stadt beseitigen sollen, dann hätten wir es jetzt wenigstens nur noch mit einem zu tun."

„Seid jetzt endlich leiser, ihr Hurensöhne!"

Die Männer waren nun direkt über uns, und es waren mindestens drei. Mein Atem stockte, und wieder hielt die Angst sich schadlos an mir. Dann, eine Ewigkeit schien vergangen, entfernten sich die Schritte und mit ihnen meine Angst.

„Komm, wir verschwinden", raunte der Templer mir ins Ohr. Geduckt liefen wir, jede Deckung ausnutzend, in nördlicher Richtung davon, in der vagen Hoffnung, daß die Verfolger ihrer eigenen Richtung treu bleiben würden. Erst als der Tag vollends heraufgezogen war, rasteten wir.

Das ausgetrocknete Flußbett und die Geröllhänge lagen bereits weit hinter uns, und die Schatten eines Pinienwaldes breiteten ihre sanften Schwingen schützend über uns aus. Lustig plätscherte ein Bach zu unseren Füßen, und die Welt schien in Frieden und Harmonie zu schwelgen, gleichsam als hätte die vergangene Nacht nur in meinen teuflischen Träumen existiert. Aber dem war nicht so. Ein tiefes Mißtrauen hatte von mir Besitz ergriffen, und ich war dem Templer gegenüber mehr als nur zurückhaltend.

Ihn jedoch störte das nicht sonderlich, denn nachdem er ausgiebig getrunken hatte, legte er sich hin und schlief. Ich selbst saß noch eine Zeitlang am Bach und starrte gedankenverloren ins Wasser. Irgendwann muß dann auch mich der Schlaf übermannt haben. Die Kühle der mittlerweile wieder hereingebrochenen Nacht weckte mich. Verschlafen schaute ich mich um, krampfhaft darum bemüht, meine Augen an die Dunkelheit zu gewöhnen. Arton saß mir gegenüber, erstarrt wie eine Bronzestatue aus der Zeit der Caesaren, und schaute mich unverwandt an. Das kalte Licht der Sterne tauchte den Mann in ein gespenstisches Licht.

„Es sind keine Marodeure, die uns verfolgen, habe ich recht?“ fragte ich ihn.

„Nein, es stimmt, aber ich weiß es auch erst seit heute morgen.“

„Wer sind sie dann, und warum jagen sie uns?“

„Wer sie sind, kann ich dir jetzt sagen, aber warum sie hinter mir her sind, darf ich dir unmöglich verraten. Jedenfalls nicht, solange sie noch in unserer Nähe sein könnten. Aber so viel ist sicher, es sind Cremonesen, und sie wollen eine Information von mir, die sie unter gar keinen Umständen erhalten dürfen. So, und nun iß etwas und gib dich damit für den Augenblick zufrieden. Ich kann dir nicht mehr sagen, weil es für dich und meine Mission, die es unbedingt zu erfüllen gilt, zu einer Katastrophe führen könnte. Ich weiß, was es heißt, gefoltert zu werden, aber so Gott will, wird alles gutgehen, und dann wirst du mich verstehen. Wir müssen nur erst nach Terbalach kommen. Nur dort sind wir sicher!“

Natürlich gab ich mich damit nicht zufrieden. „Du bist ein Ritter des Schwert-Ordens?“

„Ja das war ich. Nach dem Überfall auf den kleinen Weiler sah ich, was aus mir geworden war, und ich mußte ein neues Leben beginnen, doch nicht hier in meiner Heimat. So beschloß ich, diesem Orden beizutreten, der hier im Land allerdings recht unbekannt ist, sogar heute noch. Ich habe diesen Entschluß nie bereut. Doch eines hatte ich nicht bedacht, daß ein Mann, der die Sonne zum Leben braucht, gegen die Eiswüste machtlos ist. Mein Weg führte mich hinauf in den hohen Norden, in ein fernes, rauhes Land, dort, wo es lange Monate schneit und die Haut der Menschen gegerbt ist vom eisigen Wind der Schneewüsten. Es war ein langer und grausamer Weg, vom sonnendurchfluteten Siracusa bis hinauf in die rauhen Lande des Nordens. Doch wie gesagt, ich habe ihn nie bereut, denn das, was ich dort lernte, prägte mein weiteres Leben. Aber jetzt laß uns aufbrechen, und mit ein wenig Glück können wir in acht Tagen in Terbalach sein. Ich hoffe nur, daß wir jetzt vor den Cremonesen Ruhe haben. Wir werden uns jetzt einer Siedlung nähern müssen, denn unsere Vorräte gehen langsam zur Neige. Im übrigen war meine Vorsicht offenbar zwecklos, denn es muß einen Verräter geben, den wir nicht kennen, aber er muß über beträchtlichen Einfluß verfügen. Meine Mission und deren Beweggründe kennen eigentlich nur fünf Eingeweihte. Ich kann nur hoffen, daß das hier die einzige Mörderbande ist, die so ein Interesse an uns hat. Um etwas mehr zu erfahren, müssen wir nach Assisi, und zwar sofort!"

Die Last des Mißtrauens, die ich meinem Begleiter gegenüber noch vor wenigen Stunden empfunden hatte, war fast völlig vergessen und machte statt dessen meiner Neugierde Platz. „Wie weit ist es bis dorthin?"

„Etwa zwei Tagesmärsche", erwiderte er kurz, schon wieder in Gedanken versunken, die ihn für mich so unerreichbar machten.

Doch auch in mir stiegen wieder die Bilder der Vergangenheit auf, Tagträume, die meine Schmerzen betäubten, Gedanken an mein Zuhause, an die Gefahren, in die ich unverschuldet hineingeraten war, die aber auch ein seltsames, für mich völlig neues Gefühl der Angst, Neugierde und Lebensfreude in sich bargen. Gefühle, die ich vor wenigen Tagen nur oberflächlich gekannt hatte, wenn überhaupt. Jetzt schwemmte die Welle der Angst sie frei, und ich begriff, wie mein Innerstes sich allmählich zu wandeln begann. Zu meinem Erstaunen stellte ich fest, daß mein bisheriges Leben und dessen Werte sich von Grund auf veränderten.

Schuld daran war dieser merkwürdige Mann an meiner Seite, dessen eisige und überlegene Ruhe mir Respekt und Furcht zugleich einflößten. Dieser Mann, der so einfach über mein Leben entschieden hatte und dem ich jetzt fast bedingungslos ausgeliefert war in meiner jugendlichen und verwöhnten Hilflosigkeit.

Die Stunden flossen träge dahin, und zusehends änderte sich die Landschaft. Die Pinienwälder wurden lichter, und auch sonst wurde unsere Umgebung farbiger und freundlicher. Öfter als zuvor kamen wir jetzt an Feldern vorbei und begrüßten die Bauern bei ihrer schweren Arbeit. Einige von ihnen erwiderten unseren Gruß, andere aber musterten uns erst neugierig, ob wir eine Gefahr für sie darstellten oder nicht. Die Zeiten waren gefährlich und das Leben ein gar vergänglich Ding, denn sicher war man eigentlich nur hinter den turmhohen Mauern der befestigten Städte. Auf einer alten Römerstraße, die schon seit Jahrhunderten das Land wie eine Lebensader durchzog, setzten wir unseren Weg fort. Wieder begann ich zu träumen, von Legionen, die schwitzend über diese Straße in ferne Länder zogen, von unzähligen Sklaven, die rechts und links dieser Lebensader die Felder bevölkerten und hier ihren grausamen Frondienst verrichteten.

Die Kraft der Sonne hatte schon merklich nachgelassen, als wir ein Gasthaus erreichten; und, nachdem wir vorsichtig einen Blick in die Ställe geworfen hatten, ob dort nicht mehr als fünf oder sechs Pferde untergestellt waren, traten wir ein.

„Der Herr sei mit Euch!" grüßte der Wirt uns freundlich. Mißtrauisch, wie ich mittlerweile geworden war, schien es mir vielleicht eine Spur zu freundlich. Wir erwiderten sein Willkommen und setzten uns etwas abseits an einen Tisch, von dem aus wir die Eingangstür recht gut überblicken, beim Eintritt anderer von diesen nicht sofort bemerkt werden konnten.

„Ihr seid Brüder im Namen des Herrn?" fragte uns der Wirt, nachdem er einen Krug leichten Rotweins gebracht hatte.

„Ja", antwortete Arton. „Wir sind Brüder des Sacer Ordo Cisterciensis und sind auf dem Weg nach Rom."

„So, Ihr seid also Zisterzienser", wiederholte er Artons Antwort, und bei seinen Worten musterte er uns etwas weniger freundlich. „Nicht, daß ich etwas gegen Euren Orden hätte, Gott behüte mich, aber Ihr seid wohl aus Deutschland?"

„Woher wißt Ihr, daß das Mutterhaus unseres Ordens in Deutschland steht?" fragte mein Begleiter mit gespieltem Erstaunen.

„Nun", antwortete der Wirt gewichtig, aber jetzt wieder lachend, „dies ist eine Herberge an der Römerstraße nach Assisi! Folglich kommt hier viel Volk aus aller Herren Länder vorbei und kehrt bei mir ein auf dem Weg nach Rom oder von da kommend. Von Eurem Orden weiß ich nur, daß er wohl zu den Bettelorden gehört, aber es war mir neu, daß die Zisterzienser Waffenträger sind, zudem wundere ich mich über die Farbe Eurer Gewänder. Wenn ich mich nicht irre, so ist doch die Farbe des einfachen Mönches Eurer Bruderschaft ein schlichtes Dunkelbraun – oder?"

Arton war nach diesen Worten aufgesprungen und musterte den Wirt nun doch mit anderen Augen.

„Beruhigt Euch!" forderte der Wirt ihn auf, wobei ein listiges Lächeln um seine Mundwinkel spielte. „Es geht mich nichts an, wer oder was Ihr seid, aber als Wirt ist es oft lebensnotwendig zu wissen, wer eine Waffe trägt und wer nicht. So, und nun setzt Euch wieder und sagt mir, was Ihr essen wollt!"

Arton blieb stehen und bestellte eine Suppe und etwas Brot. Da mir nichts Besseres einfiel, tat ich es ihm gleich.

Unterdessen waren noch andere Gäste in die Herberge getreten, die sich lärmend einige Tische von uns entfernt niederließen. Bei ihrem Anblick verschwand das Lächeln aus dem Gesicht des Wirtes.

Arton folgte ihm in die Küche, während ich die vier Neuankömmlinge aufmerksam musterte. Schon auf den ersten Blick sahen sie allerdings alles andere als vertrauenerweckend aus. Ihre Gewänder hingen unvorteilhaft an ihren Körpern, so als wären sie nie für sie bestimmt gewesen, obgleich der Stoff einmal wertvoll gewesen sein mußte. Wind und Wetter aber hatten ihren Tribut gefordert, ihn ruiniert und schäbig werden lassen.

Als Sohn eines reichen Kaufmannes, der seinen Erfolg der genauen Kenntnis von Tuchwaren verdankte, wußte ich wohl Bescheid um den Wert dieser Kleidung, oder sagen wir besser um den ehemaligen Wert. Zumal sie bestimmt nicht dazu gedacht war, auf diese Art und Weise getragen zu werden.

Auch Arton musterte sie eingehend, als er aus der Küche wieder an unseren Tisch schritt, und der Blick, den er mir zuwarf, ließ keinen Zweifel offen, daß wir in dieser Beziehung einmal einer Meinung waren.

„Soweit sind wir schon! Jetzt suchen sich sogar schon die Bettelmönche das Essen selber aus", spottete einer der vier, wobei seine Stimme den ganzen Raum erfüllte. Er mochte wohl um die Dreißig sein, und der schwarze, ungepflegt und dreckig wirkende Vollbart umrahmte das häßliche, von Pockennarben entstellte Gesicht. Die dichten, pechschwarzen Augenbrauen verliehen ihm ein geradezu satanisches Aussehen. Ein Eindruck, der durch den Klang seiner Grabesstimme unterstrichen wurde.

Zum erstenmal sah ich Arton direkt auf mich zuschreiten, und ich bemerkte diesen leicht federnden und dabei doch energisch wirkenden Gang, jedenfalls ganz anders, als man es von einem zur Demut verpflichteten Mönch erwarten sollte. Die gleiche Feststellung schien wohl auch einer der vier „Gäste" gemacht zu haben, denn er raunte dem Wortführer irgend etwas ins Ohr und zeigte deutlich in Artons Richtung. Offenbar verfehlten die Worte nicht ihre Wirkung, denn stirnrunzelnd wandte der Anführer sich wieder seinen Männern zu.

Von da an redeten und lachten sie zwar ungewöhnlich laut, enthielten sich sonst aber jeglichen Spotts uns gegenüber. „Du gehst nicht gerade wie ein Mönch der Zisterzienser", scherzte ich zu Arton gewandt.

„Ich weiß. Das hat schon mal böse Folgen nach sich gezogen", erwiderte er lächelnd.

„Welche denn?" fragte ich wie immer sehr wißbegierig.

„Das wirst du vermutlich heute abend noch sehen, zumindest steht das zu befürchten."

„Du meinst, es könnte Ärger geben?" fragte ich weiter, mit dem Kopf auf die vier Männer deutend.

„Ja", erwiderte er nur, und ich beeilte mich, meine Entdeckung loszuwerden, woraufhin er mir anerkennend zunickte. „Gut aufgepaßt, mein Junge! Ja, ich befürchte, es wird Ärger geben, aber wir dürfen kein unnötiges Aufsehen erregen, also müssen wir bestimmen, wann der richtige Zeitpunkt gekommen ist. Und da meine ich, wäre jetzt wohl die beste Gelegenheit, bevor noch mehr Gäste kommen. Du bleibst solange hier und behältst die Tür im Auge. Ich werde mich derweil um die vier Strolche dort kümmern."

Ohne ein weiteres Wort zu verlieren, erhob sich der Templer und ging direkt auf sie zu. Das Lachen erstarb, als er an ihrem Tisch stand. Leider hörte ich nicht, was er ihnen sagte, aber die Wirkung seiner Worte war fantastisch. Einen wütenden Schrei ausstoßend, sprang der Wortführer auf, wobei er die ganze Sitzbank umwarf, und sank im selben Atemzug tödlich getroffen auf den Tisch. Für den Hauch eines Augenblicks sah ich die Klinge eines Dolches in der

Hand des Templers aufblitzen. Gleichsam als wüchse nun aus der anderen Hand das Schwert, befand sich dieses urplötzlich in seiner Linken.

Unterdessen waren die drei übriggebliebenen Wegelagerer ebenfalls auf den Füßen und hatten ihre mächtigen Schwerter ergriffen, doch bevor sie sich noch in eine gute Position bringen konnten, hatte Arton bereits die Schlaghand des einen amputiert und riß dem anderen mit einem furchtbaren Hieb seines Dolches die Kehle auf. Entsetzt ließ der letzte sein Schwert krachend zu Boden fallen und rannte wie von Sinnen zur Eingangspforte, um diesem Gemetzel zu entgehen. Doch noch bevor er sie ganz erreicht hatte, erfüllte ein schrecklicher Laut von brechenden Knochen die ganze Stube, und zugleich brach der Mann wie ein gefällter Baum zu Boden. In seinem Rücken steckte, von der Wucht des Wurfes bis zum Heft eingedrungen, das Fleischerbeil des Wirtes, der diese furchtbare Waffe auf eine Entfernung von beinahe dreißig Fuß geschleudert hatte.

Fassungslos hörte ich das Schreien des Verwundeten, und nur unwirklich, wie in einem Alptraum, nahm ich die Bilder in mir auf, gleichzeitig wehrte sich meine Seele dagegen, die grausame Wahrheit des eben Gesehenen anzuerkennen. Überall floß Blut, die ganze Stube schien damit getränkt zu sein, und voller Ekel rannte ich nach draußen und übergab mich.

Ich fühlte Artons Hand auf meiner Schulter und ließ mich von ihm stützen. „In Gottes Namen, was hast du nur getan?" fragte ich ihn, mich wieder langsam aufrichtend.

„Nun, ich glaube, daß ich mit Sicherheit das Leben des Wirtes und wahrscheinlich auch unser eigenes gerettet habe."

„Woher willst du das wissen?" würgte ich hervor.

„Der Wirt sagte es mir, als wir in der Küche waren, daß diese vier es auf ihn abgesehen hatten. Und um keine Zeugen dieses Frevels zu haben, hätten sie auch uns beide nicht verschonen dürfen. Davon abgesehen, haben wir wohl genug Verfolger, die uns nach dem Leben trachten."

Nur mühsam gelang es mir, mich wieder in die unheilvolle Stube zu schleppen, wo der Wirt versuchte, sich um den Verletzten zu kümmern, dessen Schreien allmählich in ein Röcheln versank. Zum erstenmal sah ich einen Menschen buchstäblich vor meinen Augen sterben. Bisher hatte ich öffentliche Hinrichtungen immer gemieden, weil Grausamkeit mich stets abgeschreckt hatte. Hier aber sah ich den Wegelagerer, wie sich sein Leben mit jedem Schlag seines Herzens weiter von ihm entfernte. Arton kniete nieder und betete. Die Augen des Mannes wurden starr. – Er war tot.

„Geht jetzt!“ drängte der Wirt. „Ich werde mich um die Leichen kümmern. Ihr aber solltet schleunigst verschwinden, denn der Magistrat ist sehr neugierig, und ich bezweifle, daß Ihr das hier zufriedenstellend erklären könnt. Oder sind etwa alle Zisterzienser so begabt im Umgang mit Schwert und Dolch wie Ihr? Aber bei Gott dem Herrn, ich danke Euch für Eure Hilfe! Ohne Euch wäre dieser Tag mein letzter gewesen!“

„Schon gut“, erwiderte Arton. „Komm, mein Junge, der Wirt hat recht, wir müssen von hier verschwinden.“

Als wir endlich wieder draußen waren, atmete ich tief durch und dachte über das eben Geschehene nach. Von einer Minute auf die andere starben vier Menschen vor meinen Augen, und ihr selbsternannter Henker stand jetzt neben mir. Gleich der Gewalt eines römischen Gottes hatte er zugeschlagen, hart, präzise und ebenso erbarmungslos.

„Das da drinnen lernt man weder als normaler Söldner noch als Marodeur, und so viel weiß ich schon, daß die vier auch zu kämpfen verstanden, sonst wären sie schon lange in irgendeinem Kerker verfault, aber du gabst ihnen keine Chance, nicht die geringste. Sie waren schon tot, als du an ihren Tisch tratest, und du wußtest, daß sie ...“

Eine schallende Ohrfeige traf mich mitten ins Gesicht und warf mich in den Staub. Brutal riß Arton mich nach oben und fauchte mich an: „Ich bin ein Soldat Christi und als solcher nicht dazu verpflichtet, die andere Wange hinzuhalten, aber ich töte nicht aus Vergnügen, merke dir das! Ich weiß nicht, wieviel dieses Gesindel schon auf dem Gewissen hat, und ich will es gar nicht wissen. Alles was ich weiß ist, daß ich einen Auftrag habe, den es zu erfüllen gilt und der alles, hast du verstanden, alles rechtfertigt, was ich für nötig erachte. Und ich weiß noch etwas: Ich will leben, und ich glaube, das geht dir ebenso.“

Ich machte mich frei und starrte ihn an, doch der Templer wandte sich abrupt um und schritt wieder auf die Römerstraße in Richtung Assisi. Nur widerstrebend folgte ich ihm, aber ich fühlte, daß ich tief in meinem Inneren schon seiner Meinung war. Wenn es mir auch schwerfiel, so mußte ich mir doch eingestehen, daß es eigentlich gar nicht mehr die Tat war, die mich erschüttert hatte, sondern mehr die Art. Wortlos und schnell.

Wir gingen die ganze Nacht hindurch, und erst am Morgen verließen wir die Straße und rasteten in einem Wäldchen. Sofort schlief ich ein, und als ich nach einigen Stunden erwachte, saß mir der Templer gegenüber und reichte mir einen Laib Brot und etwas Käse. Gierig griff ich nach dem mir Dargebotenen und verschlang es, so schnell ich konnte.

Bisher war Hunger ein mir völlig unbekanntes Gefühl, und erst die letzten Tage hatten mir bewußt gemacht, was es bedeutete, die einfachsten menschlichen Bedürfnisse nicht erfüllt zu bekommen. Gleichzeitig stellte ich jedoch fest, daß ich widerstandsfähiger geworden war, und das offensichtlich nicht nur körperlich. Sogar meine Wunden begannen allmählich zu heilen, obwohl von einer wirklichen Rast ja nie gesprochen werden konnte.

„Als du geschlafen hast, ritten Lanzenträger aus Richtung Assisi kommend an uns vorüber. Ich gehe davon aus, daß sie die Herberge aufsuchen wollen."

„Werden sie nach uns suchen?" fragte ich besorgt zwischen zwei Bissen Brot.

„Nein, das glaube ich nicht. Dem Wirt liegt bestimmt nichts daran, zwei so hilfsbereite Mönche ans Messer zu liefern. Ganz im Gegenteil, er wird alles daran setzen, das Kopfgeld in seine eigene Tasche zu stecken; klug und verschlagen genug ist er auf alle Fälle."

„Und wir, was machen wir jetzt?"

„Wir gehen weiter nach Assisi, und zwar so natürlich und unauffällig wie möglich. Ich kenne dort jemanden, auf den wir uns verlassen können und der uns zumindest mit Proviant versorgt, ohne viele Fragen zu stellen. Vielleicht gibt es ja auch Neuigkeiten, die für unseren weiteren Weg von Bedeutung sein könnten, wer weiß?" Bei diesen Worten spielte ein eigentümliches Lächeln um die Mundwinkel des Ordens-Ritters.

Wieder wandten wir uns der Römerstraße zu und erreichten nach kurzem Weitermarsch die imposanten Stadttore Assisis. Mächtig erhoben sich Mauern und Wehrtürme vor uns in einen strahlend blauen Himmel.

Die Sonne stand im Zenit, doch trotz der Hitze herrschte vor den Toren ein munteres Treiben. Scheinbar oberflächlich und nach Gutdünken prüften die Wachen die Menschen, Wagen und Waren. Aber Arton hatte mich schon vorher gewarnt, daß ich diese Büttel nicht unterschätzen dürfe. „Die wissen genau, wonach sie suchen."

Als wir endlich an die Reihe kamen, drückte Arton das Schwert eng an die Beine, aber immer noch so, daß seine Haltung nicht verkrampft wirkte. Dabei zeigte er sich so unschuldig der Welt entrückt, daß er wirklich wie das Musterbild eines Mönchs wirkte, der keiner Fliege etwas zuleide tun kann. So passierten wir problemlos die Wachen, und nachdem wir durch das Tor geschlüpft waren, breitete sich Assisi vor uns aus.

Auf unserem gemeinsamen Weg hatte ich mich mittlerweile schon an die Einsamkeit gewöhnt, jetzt drohte mich dieses hektische Treiben schier mit sich fortzureißen: Händler, Gaukler, Bauern, allerlei Marktschreier, Fleischhauer, Töpfer, Büttel, Adlige und das Heer der Bettler. Niemand nahm Notiz von uns. Ich saugte die Anwesenheit der vielen Menschen förmlich in mich auf, doch der Templer zog mich weiter mit sich fort, und wir verließen wieder die Hauptstraße mit ihrem geschäftigen Treiben und durchquerten mehrere Gassen, in denen das Leben träger pulsierte, bis es ganz erstarb. Der Gestank des Unrats, schlafende Bettler, oder waren sie vielleicht schon tot, und eine schon fast beklemmende Stille bildeten einen merkwürdigen Kontrast zu der belebten Hauptstraße, wie er größer nicht hätte sein können.

Wir kamen durch ein Viertel, dessen Durchquerung mir mein Vater in meiner Heimatstadt unter Androhung der schwersten körperlichen Strafen verboten hätte, das Huren- und Schankhausviertel. Um diese Zeit war natürlich nicht viel los, wie mir Arton zu meiner Verwunderung erklärte. Nur hier und da sah man eine Dirne, meistens abgrundtief häßlich, die ihren verwelkten und von Krankheit ausgemergelten Körper für ein paar Geldstücke oder etwas Essen feilbot.

Das ganze Viertel war ein Spiegelbild dieser wandelnden Gespenster. Arton bemerkte meine angewiderten Blicke und zog mich weiter mit sich fort. „Es sind auch Menschen, genauso wie wir. Gute und weniger gute, wie überall“, sagte er fast beiläufig, aber ich fühlte doch den Ernst in seiner Stimme.

Die Worte trafen mich schwer, denn sie stimmten. Tief in meinem Innern war ich nämlich durchaus dazu bereit, diese Menschen und ihre Höhlen mit Feuer und Schwert zu bekämpfen, um die „guten Bürger“ vor diesem „Abschaum“ zu bewahren.

Mir blieb fast das Herz stehen, als Arton mich in eines dieser Häuser drängte, nachdem er vorher die Gasse und die Häuserfront aufmerksam gemustert hatte. Und trotzdem war ich mir sicher, daß hinter jedem dieser dunklen Fensterlöcher ein Paar widerlicher Augen auf uns herabstarrten, um uns in diesen Sumpf aus Laster und Verdammnis zu ziehen; einen Mönch und Soldaten Christi und einen moralisch aufrichtig erzogenen Jungen aus den besten Kreisen, der nun wirklich nicht mehr wußte, was ihm widerfuhr.

Dunkel und unheimlich öffnete sich der Flur vor uns, doch ohne auch nur einen Augenblick zu zögern, schritt der Templer hinein in diese Welt der Finsternis, bis wir in einen weiteren Raum traten. Erleichtert atmete ich auf, denn trotz der furchtbaren Unordnung dieses Rattenlochs, fand man hier doch wenigstens eine Spur von Licht, das sich, von irgendwoher kommend, irgendwie seinen Weg in diesen Raum gesucht und merkwürdigerweise auch gefunden hatte.

Wieder standen wir vor einer Tür, doch die wirkte, sowohl in ihren Ausmaßen als auch in ihrer Beschaffenheit hier wie ein Fremdkörper. Die mit Eisenbeschlägen bewehrte gigantische Eichentür würde jedem Eindringling die Illusion nehmen, sie mit Gewalt öffnen zu können. Aufmerksam betrachtete Arton dieses meisterliche Kunstwerk; und ich betrachtete Arton. Er spreizte seine Finger und drückte sie gleichzeitig auf fünf Nägel des Schloßbeschlages. Ein metallisches Klicken war die Folge, und wie von Geisterhand schwenkte die Pforte zur Seite.

Mir stockte der Atem, denn ein Wirklichkeit gewordenes Paradies tat sich vor mir auf: Springbrunnen mit verspielten, lustigen Fontänen, ein kleiner beschaulicher Garten, Teiche, in deren glasklaren Wassern sich fremdartige Zierfische tummelten und deren Ränder ein dünner Teppich aus Seerosen säumte. Im Hintergrund erhoben sich Terrassen, auf denen geradezu graziös wirkende Palmen ihr sattes Grün verschwendeten, ein Säulengang, im griechisch-römischen Stil gehalten und aus weißem Marmor gehauen, vollendete die Ästhetik. Junge, wunderschöne Frauen in allen Hautfarben schlenderten einher, lachten silbern und spielten mit in antike Gewänder gekleideten Knaben, deren makelloses Äußeres schon fast wie gemalt wirkte. Überall standen goldene Karaffen auf elfenbeinernen Sockeln, Schaukeln, auf denen Paare saßen und denen stattliche Nubier mit Palmwedeln frische Luft zufächelten. – Ein Märchen, vollendet in Harmonie. So und nicht anders muß es in Saladins Palast oder in der Sommerresidenz des Augustus ausgesehen haben.

Ein Diener, eingehüllt in eine seidene Toga, trat lautlos auf uns zu, und weder die Tatsache unserer Anwesenheit noch unsere abgerissene Kleidung schienen ihn in irgendeiner Art und Weise zu irritieren.

Offensichtlich war das Öffnen der Tür Berechtigung genug für unsere Anwesenheit.

Ohne ein Wort zu sagen, führte er uns zu einer der herrlich gearbeiteten Marmorbänke, die zudem noch mit zierlich gestickten Kissen gepolstert waren. Formvollendet kredenzte er uns ein grünlich schimmerndes Getränk in einem Goldpokal, dessen Geschmack fremd, aber erfrischend war und ein angenehmes Prickeln auf der Zunge hinterließ. Eine großgewachsene, schlanke Dame, gehüllt in ein Nichts aus Seide, gesellte sich zu uns. Ihre Tunika schien auf dem alabasterfarbenen Körper zu schweben, und ihr schwarzes Haar umspielte ein Gesicht, wie es vollkommener nicht hätte sein können.

Arton erhob sich, und ich tat es ihm gleich, noch immer in den Bann geschlagen von diesem Anblick ebenmäßiger Schönheit.

„Du warst lange nicht mehr hier, Arton, mein Freund. Ich vermißte dich schon. Damals trugst du auch ein etwas anderes Gewand als dieses hier, und wer ist dieser hübsche Jüngling?“ Die Dame wies leicht auf mich. „Willst du ihn bei mir zum Lustknaben ausbilden lassen?“ fragte sie lächelnd, und der leise Spott in ihrer Stimme war nicht zu überhören.

Ich zerschmolz regelrecht unter ihrem Blick und wäre am liebsten im Erdboden versunken.

„Ja, du hast recht, was mich anbelangt, und ich muß mich bei dir entschuldigen, o göttliche Sheran von Assisi. Ich bin mir wohl des Frevels bewußt, lange nicht mehr hier gewesen zu sein, denn mein Sehnen gilt nun schon seit langer Zeit einem anderen Herrn. Und was diesen Jüngling betrifft, so ist er ein guter Freund in gefährlicher Zeit. Ich hoffe, du verzeihst mir die Schuld meiner Abwesenheit und erweist dich wieder als die vollendete Gastgeberin und Königin deiner Zunft. Dein Ruf erschallt bis tief hinein ins Heilige Römische Reich, und von deinen Gärten schwärmen die Kaiser unserer Welt – wenn ihre Gemahlinnen nicht anwesend sind.“

„Du übertreibst wie immer formvollendet“, lächelte Sheran ihn an. „Aber sage mir, welchem Herrn dienst du jetzt, und wie kann ich dir helfen?“

„Nun, ich bin mir sicher, du weißt, welchem Herrn ich diene, sein himmlisches Reich hier auf Erden zu vollenden, und meine Mission soll ein weiteres Mosaiksteinchen einfügen in das göttliche Bild, das es zu erschaffen gilt.“

„Du hast dir ja viel vorgenommen, Arton von Tarran. Bist du noch immer der Träumer, der die Welt von allem wirklich Bösen befreien will? Hast du denn noch immer nicht verstanden, daß das Böse ein Teil dieser Welt sein muß, weil sonst das Gute nicht mehr erstrebenswert ist und die Menschen in Lethargie versinken? Vergiß nicht, du warst auch einmal ein Werkzeug des Bösen."

„Ich werde das nie vergessen, aber ich werde es nicht akzeptieren, dem Spiel zwischen Gut und Böse als Zuschauer tatenlos zuzusehen und mich damit abzufinden, daß man ja ohnehin nichts daran ändern kann. Das Ändern dieser Welt·fängt beim eigenen Ich an. Es war noch nie die Stärke des Menschen zu warten. Die Stärke des Menschen ist es zu gestalten."

„Mit dieser Meinung liegst du aber weit außerhalb aller kirchlichen Dogmen, denen du dich doch eigentlich unterwerfen solltest."

„Nun, Unterwerfung ist nicht unbedingt meine starke Seite", erwiderte der Templer lächelnd. „Und zum Glück legt der Großmeister meines Ordens mehr Wert auf andere Fähigkeiten als auf die Einhaltung und Verbreitung kirchlicher Dogmen."

„Ich hätte es mir auch nicht anders vorstellen können." Jetzt war es diese bezaubernde Frau, deren Lächeln die beiden miteinander verband. Ich dachte an die Worte meines Vaters, und zum erstenmal fühlte ich, was es bedeutet, von diesem Mann zu lernen.

„Ja, du hast recht, Sheran von Assisi, es ist die Wirklichkeit, die mich, neben meiner Freude auf ein Wiedersehen mit dir, hierhergeführt hat. Ich brauche deine Quellen, die dich reichlich mit allen Neuigkeiten versorgen."

„Frage, Arton, und habe keine Sorge. Ich möchte von dir nicht wissen, in welcher Mission ihr unterwegs seid. Ich weiß, daß du auf der richtigen Seite bist, welche auch immer das sein mag."

„Dein Vertrauen ehrt mich. Aber sage mir, hast du nicht in letzter Zeit etwas vernommen, das dir außergewöhnlich erschien und dich vielleicht sogar beunruhigte? Etwas, das über die Grenzen deines Landes hinaus von Bedeutung sein könnte", fragte der Templer, und der Klang seiner Stimme verriet mir mehr als die Worte selber, wie wichtig die Beantwortung dieser Frage für uns sein konnte.

„Laß mich etwas nachdenken, Arton! Ja, da gibt es etwas, das über allem hier zu schweben scheint und eine kaum fühlbare Unruhe verbreitet. Man sagt, der junge Friedrich von Hohenstaufen will seine Heimat Sizilien verlassen und den gefährlichen Weg nach Deutschland antreten, um dort seinen Anspruch auf die Kaiserkrone geltend zu machen. – Viele sind gegen ihn; viele für ihn. Manche wünschen gar seinen Tod, weil sie in ihm einen neuen

Schlächter vermuten, wie sein Vater einer war, oder sie sehen in ihm einen Spielball des Papstes. Andere trauen ihm nicht zu, sich gegen die Fürsten und Barone durchzusetzen, und wieder andere meinen genau das Gegenteil. An diesem jungen Mann haben viele ein reges Interesse. Gute und Böse wie es scheint. Jedenfalls hat er Mut!"

„Weißt du etwas über die Route, die er einzuschlagen beabsichtigt?" fragte Arton besorgt.

„Nein, noch nichts Genaues. Im Moment gibt es darüber nur Vermutungen", antwortete Sheran bereitwillig.

Mir war es völlig neu, daß Arton sich für diesen Friedrich interessierte, aber es beantwortete einige meiner Fragen. Ich wußte nun zwar immer noch nicht, ob Arton einer der „Guten" war, aber zumindest wußte ich, daß seine Aufgabe irgendwie mit der Reise des Staufers in Verbindung stehen mußte, wenn ich auch noch nicht ahnen konnte wie, dafür war mein Wissen über diesen Staufer und seine politischen Ambitionen ganz einfach zu dünn.

Von seinem Großvater Friedrich Barbarossa hatten mir natürlich meine Lehrer erzählt, ebenso von seinem Vater, Heinrich VI. Zu meinem Leidwesen mußte ich mir allerdings eingestehen, daß diese Teile des Unterrichts mich nicht besonders interessiert hatten. Es war die Gegenwart, die jetzt meine ganze Aufmerksamkeit verlangte.

„Sind in Assisi oder Umgebung irgendwelche Truppeneinheiten konzentriert, für die es keine plausible Erklärung gibt?" hörte ich den Templer weiterfragen.

„Nein, nicht daß ich wüßte. Das heißt doch! Jemand erzählte mir, daß man letzte Woche etwa hundert Panzerreiter gesehen habe. Ob das der Wahrheit entspricht, kann ich dir allerdings nicht sagen, der Kunde war anderweitig überaus beschäftigt. Oh, da fällt mir noch ein, sie sollen alle in pechschwarze Rüstungen gekleidet gewesen sein. Ist denn irgend etwas nicht in Ordnung mit ihnen?" fragte nun Sheran ihrerseits, und einen Anflug von Besorgnis konnte auch sie nicht verbergen.

Nachdenklich blickte der Templer zu Boden, und es dauerte eine ganze Weile, bis er antwortete: „Du brauchst dir keine Sorgen zu machen, Sheran von Assisi, aber wir müssen sofort weg, leider. Du weißt, es liegt in deinem Interesse, unseren Besuch zu vergessen. Wir bringen dich nur in unnötige Gefahr, wenn wir länger bleiben, aber du hast uns sehr geholfen! Bitte, laß uns schnell zu deinem geheimen Ausgang bringen. So Gott will, sehen wir uns wieder, aber ich sagte dir bereits, ich diene jetzt einem anderen Herrn, und der duldet keine anderen Götter neben sich."

Wir verabschiedeten uns von dieser außergewöhnlichen Frau und ließen uns von einem der Diener zu besagtem Ausgang bringen. Schnell wurde ein Mauerstück beiseite geschoben, gerade so breit, daß ein Mensch bequem hindurchkriechen konnte. Bevor er den Durchbruch hinter uns wieder sorgfältig verschloß, so daß er von einem Ahnungslosen nicht zu entdecken gewesen wäre, übergab der Diener jedem von uns noch einen gut gefüllten Lederbeutel. Von einem Augenblick auf den anderen standen wir wieder mitten in der Wirklichkeit, außerhalb der Stadtmauern – unglaublich.

Arton schien das nicht weiter zu erstaunen, statt dessen war es seine Besorgnis, die mich aufhorchen ließ. „Mein Gott, sie sind schon hier, und sie kennen seinen Weg!" entfuhr es ihm, wohl mehr zu sich selbst als zu mir gewandt.

Wir gingen in nördlicher Richtung, und wie immer blieb mir nichts anderes übrig, als ihm zu folgen, mitten hinein in die nun schnell hereinbrechende Dunkelheit. Es war zum Verzweifeln! Ich hatte Fragen über Fragen und keine Antworten. Also beschloß ich, Arton noch einmal zu einer Auskunft zu drängen. „Wer ist diese wunderschöne Frau – und überhaupt, ich habe so etwas noch nie in meinem Leben gesehen."

„Das glaube ich dir gerne, aber tröste dich, so wie dir geht es fast allen. Vertraue mir, ich werde dir die Antworten auf deine Fragen geben, aber nicht jetzt!" sprach der Templer freundlicher als von mir erwartet. „Wir haben jetzt keine Zeit mehr. Ich ahnte nicht, daß sie schon so viel über unsere Absichten wissen, und vor allem nicht, daß sie schon so weit gekommen sind. Was wir jetzt brauchen, sind Pferde. Die Frage ist nur, woher wir sie bekommen."

„Warum haben wir uns denn keine in Assisi gekauft?" fragte ich und wußte im gleichen Moment, daß ich einen Fehler gemacht hatte.

Denn ebenso abrupt, wie der Templer stehengeblieben war, kam seine Antwort: „Hast du schon mal gesehen, daß sich zwei Bettelmönche Pferde kaufen? Wohl kaum. Davon einmal ganz abgesehen, außer Sheran traue ich in dieser Stadt hier niemandem. Nein, so elend es auch ist, wir müssen zurück zum Gasthof. Wir holen uns die Pferde dort, wo wir hergekommen sind. Ich kann nur hoffen, daß der Wirt die Gäule dieser Strolche nicht schon weiterverkauft hat. Immerhin ist er uns ja was schuldig. Wir verlieren zwar eine halbe

Nacht, aber das holen wir mit den Pferden spielend wieder auf. Es bleibt uns nichts anderes übrig, aber wir müssen das Risiko eingehen. – Du, hör mal, mein Junge, kannst du überhaupt reiten?"

Ich war völlig konsterniert. Einem Jungen, aufgewachsen in einem der vornehmsten Häuser seiner Stadt, eine solche Frage zu stellen! „Natürlich kann ich reiten", erwiderte ich beinahe beleidigt. „Ich brauche dazu nur ein Pferd", setzte ich mich geistreich zur Wehr.

„Na, dann komm schon, Markus, unsere Zeit ist kostbar. Wir können nur hoffen, daß diesen verfluchten Hunden der Weg nach Terbalach genauso fremd ist wie dir. Noch vor kurzem war ich mir dessen eigentlich ganz sicher, aber jetzt – na ja, wir werden ja sehen."

Schon nach kurzer Zeit hatte ich jegliches Zeitgefühl verloren und trottete nur noch willenlos hinter dem Templer her, und wie schon einige Male zuvor verfluchte ich dessen unverwüstliche Ausdauer. Dieser Mann ruhte nur, wenn sich die Gelegenheit ergab, und so schritt die Nacht voran und wir mit ihr.

In milchiges Licht getaucht, reihte sich Stein an Stein der Römerstraße vor uns auf, und wie an einer Kette spulten wir Schritt auf Schritt auf ihr ab. Nur selten mußten wir uns in die Büsche schlagen, um einen Reiter passieren zu lassen. Verschwommen tauchte endlich der Gasthof vor uns auf, und zielstrebig wandte der Templer sich dem Stall zu. Deutlich vernahmen wir das unruhige Getrappel der ängstlichen Tiere, als wir vorsichtig die Stalltür öffneten.

„Sollen wir nicht den Wirt wecken?" flüsterte ich Arton ins Ohr.

„Nein, das lassen wir lieber. Gönnen wir dem guten Manne seinen wohlverdienten Schlaf und uns die Pferde. Warte hier, ich werde die beiden besten Tiere aussuchen."

Mir war es zwar schleierhaft, wie er das in dieser gottverdammten Dunkelheit des Stalles anstellen wollte, aber schon nach wenigen Minuten hörte ich ein leises Rumoren, und noch ein paar Minuten später führte er zwei gesattelte Pferde am Zügel durch die Stalltür.

„Ich habe mir erlaubt, die beiden Araber zu nehmen", raunte er mir ins Ohr. „Bei dieser Hitze sind sie widerstandsfähiger als die beiden anderen Klepper."

Ich gab es auf, mir darüber Gedanken zu machen, wie in aller Welt er es fertiggebracht hatte, auch noch die besten Pferde auszusuchen. Vorsichtig, jedes Geräusch vermeidend, schlichen wir uns, die Tiere am Zügel führend, davon. Arton warf mir noch ein Leinensakko zu, das ich mir schnell über die Kutte zog. Als wir endlich außer Sicht- und Hörweite des Gasthofes waren, stiegen wir auf, und dankend verabschiedeten wir uns. Nun, da wir die glücklichen Besitzer zweier Pferde waren, sprengten wir davon, unserem geheimnisvollen und fernen Ziel entgegen – Terbalach.

Nach einiger Zeit führte die Straße nicht mehr in unsere Richtung, und wir waren gezwungen, querfeldein weiterzureiten. Zum Glück hatten wir die ausgedehnten Pinienwälder bereits ein gutes Stück hinter uns, und so konnten wir den Pferden ihren freien Lauf lassen. Wie ich zugeben mußte, hatte Arton eine gute Wahl getroffen. Für den Rest der Nacht kamen wir nicht mehr aus dem Sattel. In den kommenden Tagen trieb Arton uns unbarmherzig weiter voran. Die grausame Hitze tat ein übriges. Auch an den Pferden ging dieser Gewaltritt nicht spurlos vorüber, und wir spürten, daß sie sich nach Ruhe sehnten, genauso wie ich.

Arton mußte uns eine Pause gönnen, wollte er nicht ihren völligen Zusammenbruch riskieren. Tot, und das wußte selbstverständlich auch der Templer, würden die Tiere uns nichts mehr nützen, und zu Fuß wären wir zu langsam, wenn ich auch immer noch nicht genau wußte, warum wir uns so beeilen mußten. Während der ganzen Zeit, die wir fast unablässig im Sattel verbrachten, ging mir diese wunderschöne, geheimnisvolle Frau und ihr eigenartiges Verhältnis zu Arton nicht aus dem Sinn, doch es blieb nur bei Vermutungen, da der Templer nicht gewillt war, mir auf meine Fragen irgendeine Antwort zu geben. Statt dessen war Tarran selbst in Gedanken versunken, und ich hätte Gott weiß was dafür gegeben, sie in Erfahrung zu bringen.

Im Schutze eines einsam in der Landschaft stehenden Baumes rasteten wir endlich. Eine kleine Quelle versorgte uns reichlich mit Wasser, und nachdem Arton die Lederbeutel mit der Verpflegung geholt hatte, setzte er sich zu mir und versuchte ein wenig meiner Neugierde gerecht zu werden, zumal er wußte, daß unbeantwortete Fragen für mich zur Qual werden konnten und ich ihm ja doch keine Ruhe lassen würde: „Ich lernte diese Frau, deren richtiger Name übrigens nicht Sheran ist, vor genau fünf Jahren kennen, aus Gründen, die nicht weiter wichtig sind. Jedenfalls war sie damals sehr darum bemüht, diesem Lustgarten etwas mehr Leben einzuhauchen, und wie du gesehen hast, ist ihr das ja auch auf vortreffliche Art und Weise gelungen. Seit wir uns kennen, verbindet uns eine tiefe Freundschaft, man könnte auch sagen, Vertrautheit. Davon abgesehen, steht ihre Intelligenz ihrer Schönheit in keiner Weise nach. Diese Frau bedeutet mir sehr viel, und ich habe es nie bereut, ihr vertraut zu haben. Es kam mir mehr als einmal zugute, denn ich war schon häufiger auf ihre Informationen oder ihre 'Gastfreundschaft' angewiesen, wenn ich Unterschlupf suchen mußte. Das ganze Viertel, über das du ja so die Nase gerümpft hast, gehört mittlerweile zu ihrem Alarmsystem. Die alten Dirnen und Bettler, an die sich keiner mehr herantraut, leben von ihr und versorgen sie im Gegenzug mit allem Wissenswerten der Straße. Sie selber erhält Besuch von allem, was Rang und Namen hat. Ihre Liebesdienerinnen und -diener sind berühmt für ihren Scharm und ihre Fähigkeiten. Man könnte fast sagen, daß sich Klerus und Adel die Klinke in die Hand geben. Diesen Garten aber kennen nur wenige ausgesuchte Persönlichkeiten, wenn du so willst, Freunde des Hauses. – Bei den Panzerreitern vermute ich, daß es sich um Söldner des Baron Claiveaux von Marn handelt. Geld genug hat er jedenfalls, um hundert Mann auszurüsten, und er ist ein ausgesprochener Gegner von Friedrich dem Staufer. Doch den wirst du wahrscheinlich gar nicht kennen, hab ich recht?"

Er hatte recht, mußte ich mir nun zum zweitenmal eingestehen. Arton sah mir wohl meine Verlegenheit an, denn bereitwillig erklärte er, mir wer dieser Friedrich ist. „Der Staufer will die Nachfolge seines Adelsgeschlechts antreten, um Kaiser des Heiligen Römischen Reiches Deutscher Nation zu werden. Um das zu erreichen muß, er unbedingt selbst nach Deutschland gelangen, und das ist weit, sehr weit für einen jungen Mann, der gerade erst versucht, laufen zu lernen, aber damit tue ich ihm mit Sicherheit unrecht. Nun, wie dem auch sei, er wuchs als Mündel des Papstes auf mit der furchtbaren Bürde, die sein Vater Heinrich von Hohenstaufen ihm hinterlassen hatte. Der beging während seiner Regentschaft unvorstellbare Grausamkeiten am sizilianischen Volk. – Dieser Junge soll jedoch über eine ungeheure Willensstärke verfügen. Nun, wir werden ja sehen, doch Willen allein wird ihm nicht viel helfen, sich gegen die Panzerreiter und die Intrigen der Kurie zur Wehr zu setzen. Er braucht Glück und vor allem einen sicheren Weg, denn viele, allzu viele wollen verhindern, daß er rechtmäßiger Kaiser wird. Da steht natürlich an erster Stelle der Welfenkaiser selbst, der geschickt die Schwäche des Staufergeschlechts nach Heinrichs Tod ausgenutzt hat, um sich selbst zum Kaiser krönen zu lassen. Neben dem Welfen gibt es da noch die Grafen von Gerace und Tropea, Graf Anfuso de Roto und natürlich, und das ist einer der gefährlichsten, weil er nur im Hintergrund seine Fäden spinnt, dessen Kanzler, Walter von Pegliaras. Alle diese Männer haben ein großes Interesse daran, daß der junge Friedrich nicht an sein Ziel gelangen darf. Im allgemeinen bekriegen sie sich ja untereinander, aber jetzt ist allen eines gemeinsam, der Haß auf das Geschlecht der Staufer.

Für dich sind das alles nur Namen, aber für Friedrich entscheiden diese Namen und die Absichten, die sich mit diesen Namen verbinden, über Leben oder Tod."

„Woher weißt du das alles? Du, ein einfacher Soldat Christi!"

„Nun, so 'einfach' wie du es ausdrückst, bin ich nicht, und Friedrich hat zwei sehr gute Freunde an seiner Seite, von denen der eine Berard von Castacca heißt, und der andere ist nun mal der Großmeister der Tempelritter."

„Aber ich denke, der Papst ist einer von Friedrichs Gegnern?" fragte ich, nun doch völlig verwirrt.

„Offiziell hast du recht, aber im Grunde liegt dem Heiligen Stuhl eigentlich sehr daran, daß die großen Adelsgeschlechter mehr mit sich selbst zu tun haben, als sich mit der Frage zu beschäftigen, wer auf Erden mehr Macht haben sollte: der Papst oder der Kaiser. Das nennt man dann Politik. Aus diesem Grunde unterstützt Rom noch den Welfen und läßt gleichzeitig den Templern freie Hand, um Friedrich zu helfen."

„Warum erzählst du mir das ausgerechnet jetzt?" fragte ich Arton, und es dauerte eine Weile, bevor er mir eine Antwort gab.

„Es war ein Fehler, daß ich mich von deinem Vater habe überreden lassen, aber zu dieser Zeit konnte ich wirklich nicht übersehen, daß unser schöner Plan verraten war und diese ganze Sache außer Kontrolle geraten würde. Wir wußten zwar um die Möglichkeiten unserer Gegner, aber unterschätzten deren Gerissenheit. Du bist nun schon mehrmals in Gefahr gewesen, und ich befürchte, daß ich dir das auch für die nächsten Tage nicht ersparen kann. Jedenfalls nicht, solange du nicht in Terbalach und damit, so hoffe ich jedenfalls, in Sicherheit bist. Ein Mensch sollte immer das Recht haben zu erfahren, warum er stirbt, auch ein junger."

Ich sah es dem Templer an, daß er genau das meinte, was er gerade gesagt hatte, und ich muß zugeben, mich traf diese Antwort wie ein Schlag ins Gesicht. Bisher fühlte ich mich immer noch als Schüler, der seinem Lehrer als Beobachter zur Seite steht, nicht aber als Betroffener, dessen Leben ebenso in Gefahr war wie das seines Beschützers. Aber der Templer hatte recht, und es wurde mir bewußt, wie recht er hatte. Meine Angst damals in dem ausgetrockneten Flußbett war berechtigt, und der Templer hätte mir nur schwerlich helfen können, wenn überhaupt. Eine Feststellung, die nicht so einfach zu verkraften war.

„Komm jetzt, wir müssen weiter!“ rief Arton mich aus meinen dunklen Gedanken zurück in die Wirklichkeit.

In ihrer trostlosen Eintönigkeit war die Landschaft, durch die wir ritten, fast so etwas wie das Spiegelbild meiner Seele. Dann, am Morgen des dritten Tages, sahen wir am Horizont das Gebirge, sich wie aus dem Nichts erhebend. Als undurchdringliche Wand beherrschte es unseren Blick und zog uns magisch in seinen Bann.

Wir hatten kaum genügend Zeit, uns in einem armseligen Bergdorf wenigstens mit dem Nötigsten zu versehen. Nicht einmal den Namen dieses gottverlassenen Ortes wollte Arton mir mitteilen. Vielleicht wußte er ihn ja selbst nicht. Doch noch zwei weitere Tage trieb der Templer uns hinein in diese urwüchsige Welt, nur unterbrochen von allzu kurzen Nächten, in denen wir uns und den Pferden etwas Ruhe gönnten.

Seine Energie grenzte schon an Besessenheit, und von Stunde zu Stunde wurde die Landschaft einsamer und unwirklicher, und nur ganz vereinzelt sahen wir noch krüppelige Kiefern, die dem müden Auge etwas Trost spendeten. Hinzu kam, daß nun auch die Temperatur deutlich abzusinken begann, je höher wir in diese Regionen stiegen. Allmählich näherten uns der Schneegrenze. Das Atmen wurde immer beschwerlicher, auch unsere Pferde hatten erhebliche Schwierigkeiten, das Tempo, das Arton ihnen abverlangte, durchzuhalten.

„Wir müssen noch über diesen Kamm, dann geht es wieder etwas bergab!“ rief Arton mir zu. Ich sah riesige Geier und Adler auf gleicher Höhe mit uns über den Tälern schweben. Majestätisch zogen diese Künstler der Lüfte ihre Bahnen, elegant und anmutig, frei von jeglicher Anstrengung in ihren Bewegungen. Als wir den Kamm erreicht hatten, ging es wirklich, wie Arton angekündigt hatte, steil bergab. Es wurde etwas wärmer. Auch meine angeschlagene Stimmung erwärmte sich mit der Temperatur, und als endlich der lang ersehnte Abend über uns hereinbrach, rasteten wir an einem kleinen Gebirgsbach, der uns reichlich mit frischem Wasser versorgte.

Die Nächte waren empfindlich kalt, doch der Templer erlaubte mir diesmal, ein kleines Feuer zu entfachen, und so ließ sich wenigstens die ärgste Kälte von uns fernhalten.

Über die folgenden beiden Tage gibt es nur wenig zu berichten, wenn man von der grandiosen Bergwelt absieht, die uns mit ihren Schönheiten und Schrecken, ihren imposanten Formen und ihrer manchmal bedrückend wirkenden Melancholie wie ein unsichtbarer Mantel umgab.

Einsilbig und überwältigt ließen wir uns von der Stimmung und Harmonie verzaubern. Einsam in uns selbst gekehrt, legten wir den Weg zurück, den Arton für uns ausgewählt hatte, nur unterbrochen von den zwingenden Notwendigkeiten des täglichen Lebens. Am vierten Tag dann, als die Sonne schon im Zenit stand, rasteten wir an einem Bergsee, dessen grünlich schimmerndes Wasser wie ein Edelstein in der Sonne funkelte. Der See wurde von einem Wasserfall gespeist, der tosend seine herabstürzenden Fluten über eine Felswand ergoß.

Während ich die Pferde tränkte, betrachtete der Templer aufmerksam die undurchdringliche Wand aus Wasser und Gischt. Als die Pferde ihren Durst gestillt hatten, gesellte ich mich zu Arton, und ohne den Blick von den Wassermassen abzuwenden, sagte dieser zu mir: „Jesus sei Dank! Du siehst, mein Junge, die Legende lebt." Ich starrte zuerst ihn und danach den Wasserfall an, ohne zu ahnen, was er damit meinte. Ich sah nur Wasser und Felsen, und daran konnte ich nun wirklich nichts „Geheimnisvolles" entdecken. „Komm jetzt, mein Junge, es ist nur noch ein kleines Stück, dann haben wir es geschafft." Wieder bestiegen wir die Pferde, und der Templer ritt entlang des Ufers voran, genau auf die Wasserwand zu.

„Herrgott, wohin willst du?" schrie ich hinter ihm her, aber entweder wollte er mich nicht hören, oder aber das Brausen des Wasserfalles erstickte meinen Ruf.

Verzweifelt bemühte ich mich, näher an ihn heranzukommen, denn nun begann auch mein Pferd ängstlich aufzubegehren, spürte es doch ebenso wie ich die Gefahr, in die wir geradewegs hineinritten. Arton stieg aus dem Sattel, und erleichtert folgte ich seinem Beispiel, doch die Erleichterung war nur von kurzer Dauer. Schon im nächsten Augenblick glaubte ich meinen Augen nicht trauen zu können, denn ohne zu zögern führte er sein Pferd am Zügel mitten unter die schäumende Gischt. Ängstlich und mit meinen Gefühlen hadernd, folgte ich ihm, so gut es ging, und fand mich nach dem nassen Schauer in einer Höhle wieder. Vor uns die schier undurchdringliche Felswand und hinter uns der donnernde Wasservorhang. Erst nachdem sich meine Augen an die Dunkelheit gewöhnt und meine Nerven sich beruhigt hatten, bemerkte ich, daß Arton schon damit beschäftigt war, die Felswand sorgfältig abzutasten, so als suche er irgend etwas. Plötzlich bekam seine Hand offensichtlich das Gesuchte zu fassen. Ruckartig zog er seinen Arm zurück, und für einen Moment glaubte ich eine Kette in seiner Hand zu erkennen. Leider hatte ich keine Zeit, noch einmal hinzusehen, sondern wich entsetzt zurück, als sich die scheinbar massive Steinwand, wie von Geisterhand geführt, zu regen begann.

Unvorstellbare Kräfte mußten hier von Arton freigesetzt worden sein, die es ermöglichten, diese Masse Stein in Bewegung zu setzen. Langsam, untermalt von einem tiefen, gleichmäßigen Grollen, öffnete sich diese Pforte ins Ungewisse, und als auch noch Tageslicht durch die freigelegte Öffnung drang, wunderte ich mich über gar nichts mehr. Schnell saßen wir auf und ritten durch das Tor ins Freie. Kaum jedoch hatten wir die Wand hinter uns, zügelte Arton sein Pferd und zog an einer schmiedeeisernen Kette, die in einem Ring endend aus der Felswand ragte. Das eigenartige Tor reagierte sofort und verschloß den Spalt, so als hätte sich dieser Fels nie zuvor bewegt. Es kam alles zu schnell, und Ratlosigkeit und Verwunderung drücken nur sehr ungenügend das Gefühl aus, welches sich meiner bemächtigt hatte.

Der Templer lächelte, als er die eigenartige Stimmung sah, die sich wohl allzu deutlich in meinem Gesicht widerspiegelte. „Die Idee ist so einfach, daß sie fast schon wieder genial ist. Man muß nur wissen, wie es geht! Die Erbauer dieses eigenwilligen Zuganges nutzten die enormen Wasserkräfte, an und für sich nichts Außergewöhnliches. In diesem Fall aber ist die Nutzung geradezu einmalig. Seinerzeit meißelten die Erbauer den Felsbrocken als Ganzes aus der Wand, trieben schwere Eisennägel hinein und hängten ihn an Ketten auf, so daß er wieder in seiner ursprünglichen Lage zur Ruhe kam. Oberhalb des Steins haben sie gleichzeitig den Berg ausgehöhlt, um genügend Platz für den Mechanismus zu schaffen, der diesen großen Brocken bewegen soll. Mannsdicke, eisenbeschlagene Eichenbalken dienen dazu, die Hebelkraft des Wassers auf den Stein zu übertragen. Ebenfalls dort oben, über drei Rollen und durch Ketten mit dem Stein verbunden, hängen zwei riesige Bottiche, dreiviertel mit Wasser gefüllt, so daß die Ketten ständig unter Spannung gehalten werden. Dadurch wird der Stein so weit erleichtert, daß, wenn jemand von draußen an der Kette zieht, zwei Schieber aufgehen und so die Bottiche sehr schnell ganz gefüllt werden. Diese werden so schwer, daß durch ihr Gewicht der Stein vollends angehoben wird. Über einen Rückholmechanismus schließen die Schieber dann wieder automatisch, wenn der Stein die vorgesehene Höhe erreicht hat. So, und hier“, er zeigte auf die Kette, an der er gerade gezogen hatte, „öffne ich zwei Schieber in den Bodenwänden der Bottiche, und es entweicht genau die Menge an Wasser, die ausreicht, den Fels wieder in seine ursprüngliche Lage zurückzuversetzen. Daraufhin schließen sich die Schieber, und man kann den ganzen Vorgang wiederholen. Natürlich geht das genauso, wenn du von hier wieder nach draußen willst. Bevor du mich jetzt fragst, warum ich dir das alles erkläre, will ich dir sagen, daß ich hoffe, nun doch etwas Zeit gewonnen zu haben und es sich ja wohl auch nicht vermeiden läßt, dich in die Geheimnisse von Terbalach einzuweihen. Immerhin war es ja der Wunsch deines Vaters, daß du hierherkommst. – Nun, und jetzt bist du da, also wollen wir sehen, daß wir das Beste daraus machen. Du kannst mir glauben, auch ich habe mir das alles etwas anders vorgestellt, aber es hängt ganz einfach zuviel davon ab, daß der zukünftige Kaiser diese Berge ohne Schaden überquert. Leider lassen sich die Erwartungen deines Vaters und die Erfüllung meiner Mission schon lange nicht mehr voneinander trennen, denn neben seinem ausdrücklichen Wunsch gibt es für mich noch einen bedeutsameren Grund, dich jetzt nach Terbalach zu führen, den wirst du spätestens dann erkennen, wenn du Friedrich gegenüberstehst. Ich frage mich nur, ob ich dabei nicht einen schweren Fehler begangen habe, doch jetzt kann ich daran nichts mehr ändern. Wir werden es bald erfahren."

Ich war von allem, was ich gesehen hatte, so überwältigt, daß ich nicht weiter über die Worte meines Begleiters nachdachte. Erst viel später fielen mir seine Zweifel auf und die Hilflosigkeit, in der er sich in diesem Augenblick befunden haben muß.

Unterdessen waren wir durch eine schmale Schlucht geritten, und so hatten wir uns bereits ein gutes Stück vom Tor entfernt. Zu beiden Seiten stiegen die Felswände, wie von Menschenhand bearbeitet, steil nach oben und verloren sich weit über uns, irgendwo im unendlichen Nichts.

Erschrocken riß ich am Zügel, und um ein Haar hätte mein Pferd mich abgeworfen, denn nach einer Biegung des Pfades breitete sich unversehens ein unglaubliches Panorama vor mir aus.

„Das, was du hier siehst, ist die wahr gewordene Legende: Terbalach."

Atemlos folgte ich Artons ausgestreckten Hand, und mein Blick umfaßte die einer Zwingburg ähnliche Anlage, die, wie aus dem Fels gehauen bereit schien, jedem Angreifer die Stirn zu bieten, sollte dieser es wirklich fertiggebracht haben, das unglaubliche Tor zu überwinden. Wie ein mächtiger Thron beherrschte sie das Tal, nur noch überragt von den majestätischen Gebirgswänden, die alles wie ein gigantisches Amphitheater umschlossen.

„Dort ist das Kloster des geheimsten Ordens, den die Christenheit je hervorgebracht hat, und von dessen Existenz viele etwas zu ahnen glauben, aber nur wenige wirklich etwas wissen. Das ist die Heimat des Grals-Ordens."

„Mein Gott, es ist wunderschön!“ rief ich aus.

„Ja, mein Junge, das ist es wirklich. Viele tausend Sklaven müssen hier lange vor unserer Zeit gearbeitet und für dieses einzigartige Werk wohl auch ihr Leben gelassen haben, bevor sie zumindest den Kern dieser Anlage fertiggestellt hatten.“

„Wer kann denn so etwas erbauen?“ fragte ich den Templer, noch immer völlig benommen von dem Anblick, der sich mir darbot.

„Man vermutet, daß die Cherusker dafür verantwortlich waren, wohl gedacht als ihr letzter Schutzwall gegen die übermächtigen römischen Legionen. Aus irgendeinem mir bis heute unverständlichen Grund müssen sie die Burg dann aber aufgegeben haben. Vielleicht war sie ganz einfach zu abgelegen, um ihre Kultur noch zu bewahren. Soweit ich weiß, haben die Ordensbrüder aber auch keine Überreste gefunden. – Wie dem auch sei, die Burg geriet daraufhin für viele Jahrhunderte in Vergessenheit, bevor sie ein Mönch auf der Suche nach der vollkommenen Einsamkeit wiederentdeckte. Er betrachtete dies als ein eindeutiges Zeichen des Herrn und begann daraufhin nach anderen Auserwählten zu suchen, um mit ihnen einen neuen Orden zu gründen, und er fand sie. Sie selbst sind nun ein Zweig des Ordo Cartusiensis. Die Kartäuser selber wissen nicht einmal, daß dieser Zweig an ihrem Baum wächst, und so wenig sie am Anfang waren, so fleißig waren sie doch. Unter unsäglichen Mühen vollendeten sie den Bau der Burg, setzten den nun wirklich interessanten Zugang wieder instand und vieles andere auch, und es wurden ihrer immer mehr. Sie leben völlig isoliert von der Außenwelt. Diese Abgeschiedenheit kommt ihnen bei der Erfüllung ihrer Aufgaben sehr zugute, denn sie haben sich eine heikle Mission an ihr Banner geheftet, von der selbst die Betroffenen nur in den seltensten Fällen etwas ahnen. Sie sahen es als ihre Bestimmung an, gefangene Kreuzritter aus islamischer Haft zu befreien. Damit stehen sie sogar ein wenig in der Tradition meines eigenen Ordens, der, wie du ja sicher weißt, seinen Ursprung im bewaffneten Schutz der Pilger hatte, um diesen einen sicheren Weg zu den heiligen Stätten unseres Glaubens zu gewährleisten. Weißt du, dieser Orden hier kann wie kein anderer im geheimen tätig sein.“

„Wieso im geheimen? Ich denke, wir führen Krieg gegen die Ungläubigen.“

„Nun, das ist auch so, aber wir treiben auch Handel mit ihnen, und wir reden natürlich auch über die Gefangenen miteinander. Ja, und manchmal bezahlen wir auch ein Lösegeld.“

„Lösegeld?" Ich verstand die Welt nicht mehr.

„Auch das ist Politik, mein Junge, und du mußt noch sehr viel lernen!"

„Das glaube ich allerdings auch."

„Na jedenfalls nur die wenigsten Kreuzfahrer ahnten, wem sie in Wirklichkeit ihre plötzliche Freilassung zu verdanken hatten, geschweige denn kamen sie einmal hierher. Die wenigen jedoch, die kommen durften, mußten schwören, daß dieses Geheimnis auch für immer ihr Geheimnis blieb. Bei Todesdrohung. Es steht zu viel auf dem Spiel! Die einzigen, soweit ich weiß, die dieses Geheimnis brechen durften, und zwar nur mit der ausdrücklichen Genehmigung des Heiligen Vaters in Rom, des Abtes hier und des Großmeisters der Tempelritter, sind dein Vater und ich."

„Mein Vater? Warum denn mein Vater?"

„Er gehörte auch zu den Freigekauften, aber jetzt ist nicht der richtige Ort und schon gar nicht die richtige Zeit, dir das alles zu erklären. Eines aber sei dir gewiß, dein Vater ist ein ganz anderer als der, den du zu kennen glaubst."

Es fiel mir schwer, aber Artons Gesichtsausdruck ließ keinen Zweifel daran aufkommen, daß er nicht gewillt war, mir im Moment mehr zu sagen. Und er hatte recht damit, denn was in den letzten Tagen auf mich einstürzte, war für meinen Geist kaum noch zu verarbeiten.

Während der Erzählung des Templers waren wir einen steilen Pfad bergab geritten. Wie ein wohlgeordnetes Netz durchzogen Wege und Pfade dieses Paradies aus Feldern und Wiesen, wenn ich mir auch sagen mußte, daß die Pflege etwas zu wünschen übrigließ. Dies mußte auch dem Templer auffallen. Er sagte zwar nichts, ließ aber sein Pferd in eine schnellere Gangart wechseln.

Unser Weg führte uns direkt zum großen Hauptportal des mächtigen Klosters. Neben der Ungepflegtheit der Felder fiel mir nun auch die Stille auf, die uns umgab und das ganze Land einhüllte. Eine Stille, die sich durch meine Adern fraß, bis sie mein Herz erreicht hatte.

„Du bleibst hier!" sagte der Templer zu mir, und seine Stimme duldete keinen Widerspruch. „Du siehst zu, daß du etwas Abstand vom Kloster gewinnst. Ich werde mich drinnen erst mal umsehen." Ohne eine weitere Erklärung stieg er vom Pferd und lief geduckt auf das unscheinbare Schlupftor zu, welches rechts neben der Hauptpforte in die Mauer eingelassen war. Seiner Weisung folgend und meine Angst unterdrückend, wendete ich mein Pferd und entfernte mich etwas von den Mauern des Klosters. Ich stieg ebenfalls ab und beobachtete, wie Arton mit seinem Schwert auf das Türschloß einschlug, bis es nach mehreren wuchtigen Hieben endlich aufsprang. Offenbar war es von innen nicht noch durch zusätzliche Riegel gesichert, denn Arton verschwand ohne zu zögern hinter den stämmigen Befestigungsmauern, die nun eher bedrohlich vor mir aufragten.

Aufmerksam blickte ich auf das Haupttor, dessen mächtige Flügel aus festen Bohlen gezimmert waren, zudem noch durch die Auflage von Eisenblech gegen Schläge und Feuer geschützt. Die Erbauer hatten wirklich an alles gedacht, oder hatten sie vielleicht doch etwas übersehen? Ich betete zu Gott, daß ich es bald erfahren möge. Die Kraft der Sonne begann schon zu erlahmen, und mehr und mehr steigerte sich meine Ungeduld. Doch gerade in dem Augenblick, als ich mich entschlossen hatte, wieder aufzusitzen, um erneut auf die Burg zuzureiten, sah ich den Templer aus dem Schlupftor treten. Er winkte mir zu näherzukommen, und ich, froh darüber, nicht mehr allein zu sein, stieß dem Pferd in die Weichen und sprengte auf Arton zu.

„Du, hör mal, mein Junge, hier ist eine Katastrophe geschehen. – Hast du schon einmal Pesttote gesehen?“ fragte er mich unvermittelt, und mir blieb nichts anderes übrig, als den Kopf zu schütteln. Wo sollte ich schon einmal Pesttote gesehen haben, aber alles, was ich je über diese furchtbare Seuche gehört hatte, kehrte schlagartig zurück in mein Gedächtnis.

Der Schrecken in seinem Gesicht ließ mich erahnen, welche Tragödie sich hinter diesen Mauern abgespielt haben mußte. „Willst du mitkommen, oder möchtest du lieber hier warten?“ fragte er, und die Antwort fiel mir nun wirklich nicht leicht. Entsetzen und Neugierde lagen im Kampf, schließlich gewann die Neugierde die Oberhand. Zudem verspürte ich auch wenig Lust, im Dunkeln allein hier draußen zu warten. Wie sich herausstellte ein schwerer Fehler, den ich noch heute mit furchtbaren Alpträumen bezahle.

Nachdem wir die Pferde festgebunden hatten, schritten wir gemeinsam durch das Schlupftor, und Arton befahl mir, nichts, aber auch gar nichts mit meinen ungeschützten Händen zu berühren. Wir überquerten das Gelände der Vorburg und hatten nun einen freien Blick auf die Kernburg. Arton erklärte mir die Bedeutung der einzelnen Abschnitte der Anlage, wohl mehr, um mich zu beruhigen. Aber ich war ihm dankbar, denn die Anspannung war fast nicht mehr zu ertragen.

„Das alles, was du hier siehst, diente sowohl der Verteidigung wie auch als Standort für die Wirtschaftsgebäude."

Der erste Tote, den ich sah, hing mit seinem Kopf im Schöpfeimer der Zisterne, so als wollte er noch im letzten Moment mit dem Wasser des Brunnens das höllische Feuer löschen, welches in seinem Leib getobt hatte. Ich kann nicht beschreiben, wie es in meinem Magen rumorte. Vorsichtig näherten wir uns dem ehemaligen Burgfried, der gewaltig vor uns aufragte. Je näher wir dem eigentlichen Zentrum des Klosters kamen, das sich in seiner Form und dem Charakter der Bauweise eindeutig an die Vorgaben der einstigen Erbauer gehalten hatte, desto widerlicher verspürten wir den Gestank der Verwesung.

In der Kapelle lagen die meisten Toten. Furchtbar entstellt und verkrampft, so, als ob sich ihre Knochen im Todeskampf mit dieser teuflischen Seuche selbst gebrochen hätten. Schnell verließen wir den grausigen Ort, dessen Bedeutung eigentlich darin gelegen hatte, Trost zu spenden. Vorsichtig näherten wir uns dem einstigen Burgfried, dessen Eingang gut vier Klafter über dem Erdboden lag. Zu unserem Glück hatten die Mönche jedoch eine aufwendig gearbeitete Holztreppe angelegt, und so hatten wir keine Schwierigkeit, das mächtige Gebäude zu betreten.

„Früher", so erklärte mir der Templer, „wurde der zwangsläufig durch die Höhe des Einganges entstandene Schacht als Verlies genutzt." Der Feind, der jetzt das Kloster in Besitz genommen hatte, konnte von keinem Verlies aufgehalten werden. Als wir vorsichtig durch die offene Holztür traten, sah ich allerdings zu meiner Verwunderung, daß die Mönche ihn sehr zweckmäßig genutzt hatten, als Vorratsraum. Jetzt allerdings wimmelte es von Ratten, und schnell warfen wir die schwere Tür wieder ins Schloß.

Hastig durchschritten wir das Dormitorium, dann das Aedificium und schließlich noch das Refektorium. Überall bot sich uns das gleiche Bild; Tote, furchtbar entstellte Tote. Kaum zu glauben, daß dies einmal Menschen gewesen waren. Unser Weg führte schließlich in den Dürmitz, der sich in sechs Räume unterteilte, die, wie mir der Templer versuchte zu erklären, vormals zusammengehört hatten, von den Mönchen aber irgendwann, wahrscheinlich aus Gründen der Zweckmäßigkeit, getrennt worden waren.

Wir mußten uns Tücher vors Gesicht halten, denn ohne diesen

Schutz wäre der bestialische Gestank nicht mehr zu ertragen gewesen. Völlig benommen stolperte ich hinter Arton her, und doch beschlich mich das Gefühl, nicht allein mit dem Templer in dieser Hölle zu sein. Irgendwer schien uns zu verfolgen, was wohl auch dem Templer aufgefallen sein mußte, denn von einem Augenblick auf den anderen hatte er sein Schwert in der Hand.

Wir verließen das Refektorium und durchquerten einen der drei Kreuzgänge, der uns zu einem der zahlreichen Wehrtürme führte, die die gesamte Anlage umgaben. Je schneller wir uns bewegten, desto eher verschwand die Angst, von irgend jemandem beobachtet zu werden, und ich empfand für den Hauch eines Augenblicks ein Gefühl der Erleichterung; Artons Waffe jedoch blieb gezogen.

Vom Wehrturm ging es den gleichen Weg wieder zurück. Wir suchten die Räume des Abtes in diesem Kloster der Hölle. Endlich hatten wir die unscheinbare Klause gefunden, die aussah wie eine Bibliothek im kleinen. Überall Schriftrollen und Bücher oder handschriftliche Notizen. Sofort machte Arton sich daran, in den Aufzeichnungen herumzustöbern, nicht jedoch ohne sich vorher mit einem Lappen die Hände zu umwickeln.

Ich stand mit dem Rücken zur Tür und versuchte mir darüber klar zu werden, was der Templer sich eigentlich erhoffte zu finden, als eine abscheuliche Angst sich meiner bemächtigte. Voller Entsetzen fuhr ich herum, und im gleichen Moment sah ich ein menschenähnliches Wesen, einen entsetzlichen Schrei ausstoßend, auf mich zustürzen. Vor Schrecken gelähmt starrte ich auf das schwere bronzene, zum tödlichen Schlag erhobene Kreuz in seinen Händen, und seine Blicke, von Wahnsinn und furchtbaren Schmerzen verzehrt, drangen mir tief in die Seele. Ich war zu keiner Bewegung fähig. Ich wollte laufen, weglaufen, irgendwohin, nur weg, doch meine Beine waren so unbeweglich wie die Mauern dieses Satansklosters. Ich glaubte schon den heißen Atem auf meinem Gesicht zu spüren, als der Mönch, wie vom Blitz getroffen, gegen die Wand geschleudert wurde, durch Artons Schwert gefällt. Sein ganzer Leib war aufgerissen, und die Därme quollen ihm zwischen den Händen hervor, als er unendlich langsam zu Boden glitt.

Den Anblick nicht mehr ertragend, wandte ich mich ab und rannte hinaus ins Freie. All das war zu viel für mich. Dumpf dröhnten Artons Schritte hinter mir. Von Krämpfen geschüttelt, wie von Sinnen schreiend, versuchte ich, mich aus seiner Umklammerung zu befreien. Da erlöste mich ein furchtbarer Hieb von meinen Qualen.

Es war dunkel um mich, als ich wieder erwachte. Ich war außerhalb des Klosters, das sich in die Nacht kauerte. Die Flammen eines kleinen Feuers wärmten, auch meine Seele, und sie brachten etwas Licht, und ich brauchte nichts dringender als Licht. Decken umhüllten meinen Körper, und ein wohltuender feuchter Lappen kühlte meine Stirn. Ich spürte den Templer, und dann sah ich seinen Mund Worte formen, aber im ersten Moment wehrte ich mich dagegen, ihren Sinn zu verstehen. Ich hatte einen Moment des Glücks und der Wärme, und ich wollte diesen Augenblick nicht verlieren, jetzt noch nicht.

Allmählich drangen die Worte dann doch in mein Bewußtsein. „Wie geht es dir?“ hörte ich seine Frage, aber sie klang wie aus weiter Ferne, verzerrt und dumpf, an mein Ohr. Wie aus einem dichten Nebel auftauchend fand ich den Weg zurück in die Wirklichkeit, in eine grausame Wirklichkeit.

Ich atmete tief ein und versuchte dabei, mich aufzurichten, doch ein höllischer Schmerz durchfuhr meinen Kopf, und stöhnend fiel ich wieder in einen entsetzlichen Schlaf voller Träume, von denen mich erst die Wärme der aufgehenden Sonne erlöste.

„Gott sei es gedankt, mein Junge! Ich hatte mir schon ernsthafte Sorgen um dich gemacht, aber jetzt versuche erst einmal, aufzustehen und etwas zu essen.“

„Was ist mit mir geschehen?“ brachte ich mühsam hervor, den Gedanken an Essen schob ich allerdings weit von mir. Langsam begriff ich, wo ich mich befand, aber erst mein schmerzendes Kinn brachte die Erinnerung an das furchtbare Geschehen zurück.

„Immerhin hast du zwei volle Tage und drei Nächte fast nur geschlafen“, unterbrach der Templer meine Gedanken. „Ein Nervenfieber befiel dich und hielt dich die ganze Zeit über gefangen, aber Gott sei es gedankt, nun ist es ja vorüber.“

Ein Schauer durchfuhr mich, als ich das Bild des auf mich zustürzenden Mönches wieder vor mir sah, dessen vom Wahnsinn schriller Blick mich bis in die Tiefen meiner Träume verfolgte. „Ich habe mich wohl sehr dumm benommen, was?“

„Nein, mein Junge, es war meine Schuld. Du mußtest in kurzer Zeit zuviel sehen, hören und verstehen. Vielleicht ist es dir ein kleiner Trost, aber du hast dich sehr gut gehalten. Dein Vater würde stolz auf dich sein. Trotzdem war es ein Fehler, dich mit in das Kloster zu nehmen, und vermutlich war es nicht der einzige.“

„Warum haben sie das Kloster denn nicht aufgegeben, als die Seuche ausbrach und sie noch die Möglichkeit dazu hatten?“ fragte ich

Arton, teils aus Neugierde, aber auch um mich von den quälenden Gedanken zu befreien, die mich heimsuchten.

„Ich habe dir doch erklärt, was für ein Orden hier seine Heimstatt hatte, erinnerst du dich noch an die Geschichte? Für diese Mönche war es die oberste Gottespflicht, hierzubleiben und das Geheimnis dieser Mauern um jeden Preis zu bewahren, und dieses Geheimnis nahmen sie trotz der furchtbaren Schmerzen und der Aussichtslosigkeit ihres Hierseins mit ins Grab. Es war ein wichtiger, wenn nicht gar der wichtigste Bestandteil in ihrem Leben, und sie haben ihr Versprechen und ihr Gelübde gehalten."

Fast beiläufig, so als wollte er mich nicht weiter ängstigen, erwähnte er, daß er noch zweimal den Weg ins Kloster gewagt hatte, während ich schlief. Verständnislos fragte ich ihn nach dem Grund. Denn ich konnte mir nun wirklich nicht vorstellen, warum der Templer noch einmal, und dazu noch freiwillig, den Weg in diese Hölle aus Tod und Verwesung gewagt hatte, zumal ich meinen Lehrmeister nun gut genug zu kennen glaubte, um zu wissen, daß alle seine Handlungen einen bestimmten Zweck verfolgten.

„Nun, aus Neugierde tat ich es ganz sicher nicht", antwortete er nach kurzem Zögern, bevor er fortfuhr: „Der Abt dieses Klosters muß eine Nachricht unserer Heiligkeit des Papstes Innozenz erhalten haben, und ich muß den Inhalt dieser Botschaft kennen. Es ist wahrscheinlich, daß sie den Staufer betrifft, und ich will wissen, und zwar aus erster Quelle, wie Seine Heiligkeit in Rom jetzt zu Friedrich steht. Es wird auch für den Großmeister meines Ordens von außerordentlicher Wichtigkeit sein, die Haltung des Heiligen Stuhls zu erfahren. Auf dem Wege Friedrichs ist alles vorstellbar, und ich muß soviel wie möglich über meine und seine Feinde erfahren – und über seine Freunde."

Auch diese Worte waren eine weitere Bestätigung meiner Vermutung, wie hoch dieser Mann in der Hierarchie seines Ordens stehen mußte. Trotzdem oder gerade deswegen versuchte ich eine Lücke in seinen Überlegungen zu finden, darum fragte ich weiter: „Du sagtest mir doch, dieser Ort hier sei so geheim. Wie kann dann der Papst irgend jemand als Boten damit beauftragen, ein so vertrauliches Schreiben hierherzubringen?"

„Sieh mal", versuchte mir der Templer zu erklären, und ich bildete mir ein, den Hauch einer Anerkennung in seiner Stimme zu hören, „nicht alle Mercedarier leben in diesem Kloster. Einige wenige leben zeitweise in Rom und wechseln sich auch ab, weil sie dort die Interessen ihres Ordens gebührend vertreten können. Zwar können sie auch dies nur im geheimen, aber auch sie lehrte die Erfahrung, daß man sehr leicht vergessen werden kann, wenn man sich nicht ständig in Erinnerung bringt. Alle ohne Ausnahme sind natürlich an ihren heiligen Schwur gebunden. Das gilt selbstverständlich auch für die Mönche, die irgendwann in nächster Zeit den beschwerlichen Weg von Rom nach hier zurücklegen müssen. Du siehst also, es gibt zumindest eine lockere Verbindung zwischen Rom und hier. Friedrich ist mit Sicherheit Grund genug, diese Verbindung, zumindest für kurze Zeit, etwas fester zu gestalten."

„Wird dieser Ort jetzt wieder in Vergessenheit geraten?" fragte ich weiter.

„Ich weiß es nicht. So wie ich meine Glaubensbrüder einschätze, werden sie versuchen, dem Kloster neues Leben einzuhauchen, sobald sie sich davon überzeugt haben, daß die Pest vorüber ist und ihren Schrecken verloren hat. Wenn dies geschehen ist, werden sie einen aus ihrer Mitte zum Heiligen Vater nach Rom entsenden, und dieser wird dann entscheiden müssen, ob das Kloster weiter gehalten werden kann oder ob der Orden sich eine andere Heimstatt suchen muß oder von einem anderen Orden aufgenommen wird."

Nach diesen Worten erhob sich der Templer, um sich nach neuem Holz für das Feuer umzusehen, während ich nun etwas Zeit zum Nachdenken hatte. „Warum berichten wir denn nicht dem Papst, was hier vorgefallen ist?" fragte ich ihn, nachdem er wieder Platz genommen hatte.

„Weil wir keine Zeit haben, nun auch noch nach Rom zu gehen. Diesen Mönchen dort", wobei er auf das Kloster zeigte, „können wir nicht mehr helfen, aber mein Auftrag hat jetzt eine ganz andere Wendung genommen, als ich es erwartet hatte. Ich habe schon sehr viel Zeit verloren, und ich muß versuchen, Friedrich so weit wie möglich entgegenzureiten. Ich kann nur hoffen, daß es jetzt noch nicht zu spät ist."

„Kennst du denn den genauen Weg, den er eingeschlagen hat?"

„Wenn es der gleiche ist, den er und seine Begleiter noch vor sechs Wochen beabsichtigten zu nehmen, dann kenn ich ihn. Haben sie ihre Pläne geändert, dann sind sie mehr in Gottes Hand, als sie es vermutlich wünschen. Haben sie aber ihre Pläne nicht geändert, dann sind sie wahrscheinlich schon lange kein Geheimnis mehr. Du siehst, daß es Zeit wird, sich Gewißheit zu verschaffen. Wir müssen ihn finden, bevor es die anderen tun. Davon abgesehen, habe ich im

Kloster keine Botschaft gefunden, was mich sehr beunruhigt, denn entweder gibt es wirklich keine, was ich mir beim besten Willen nicht vorstellen kann, oder aber irgend jemand hat sie an sich genommen und ist damit geflohen, noch bevor ihn das gleiche Schicksal ereilen konnte wie die anderen. Es gibt nur diese zwei Erklärungen, wobei ich die zweite für die wahrscheinlichere halte."

Die Erkenntnis kam langsam, aber sie kam. „Mein Gott", stieß ich hervor, „wenn das stimmt, was du sagst, besteht ja die Gefahr, daß sich die Pest . . ."

„Im ganzen Land ausbreitet", vollendete Arton meine Befürchtungen. „Ja genau, mein Junge. Wir haben jetzt also schon zwei Gründe, so schnell wie möglich von hier aufzubrechen, aber erst wirst du etwas essen." Die schlagartige Wendung unserer Unterhaltung verwirrte mich denn doch etwas. Aber die Verwirrung verschwand schnell, als der Templer den Topf vom Feuer nahm, in dem eine wohlriechende Kräutersuppe dampfte. „Komm, iß das. Es wird dir guttun!" forderte er mich auf und reichte mir einen irdenen Teller in die noch immer zittrigen Hände.

Während ich gierig die Suppe verschlang, zog Arton sein Schwert aus dem kalten Gebirgsbach, hielt es kurz über das Feuer, um es anschließend sorgfältig mit Olivenöl zu bestreichen. Als ich das Schwert wieder in seinen Händen sah, fuhren mir erneut die Bilder des aufgeschlitzten Mönchs durch den Kopf, aber zu meiner Erleichterung waren jetzt sowohl mein Geist als auch mein Magen in der Verfassung, die Bilder wieder zu verdrängen, zumal die Suppe wirklich himmlisch schmeckte.

„Aber wer war es, und wie kam er hier heraus?" fragte ich, eigentlich mehr zu mir gewandt als zu meinem Lehrmeister.

„Diese Fragen stellte ich mir auch schon, und mir fallen nur zwei realistische Antworten ein. Entweder handelte es sich um einen losgekauften Kreuzritter, der in die Geheimnisse des Klosters, also auch den geheimen Zugang, eingeweiht wurde. Das würde zumindest den Ausbruch der Pest erklären, denn wie sonst sollte diese Geißel Gottes hierherkommen, in diese Abgeschiedenheit. Für wahrscheinlicher halte ich aber die zweite Möglichkeit. Es kam ein Kreuzfahrer hierher. Er schleppte die Seuche ein, starb als erster und wurde von den Mönchen verbrannt. Das ist der Grund, weshalb ich nur tote Mönche fand. Bei ihnen brach die Krankheit fast gleichzeitig aus. Sie hatten gar keine Möglichkeit mehr, die Leichen ihrer kranken Brüder zu verbrennen, weil sie alle krank waren und weil es keinen Sinn machte."

„Ja, aber die Botschaft“, wandte ich ein.

„Richtig. Einer zog das Leben als Verräter dem Tod als Mönch vor und floh, und damit er auch wichtig genug war, um nicht sofort getötet zu werden, nahm er mit, was wir jetzt suchen. Er wollte nicht nur sein eigenes jämmerliches Leben retten, sondern nahm es auch in Kauf, die Pläne Friedrichs zu verraten, um den Preis seines Lebens. Er hätte wissen müssen, daß sein Schicksal so oder so besiegelt war. Jedenfalls spricht einiges dafür, daß es so ist, wie ich vermute, aber so Gott will, werden wir es hoffentlich bald erfahren. Wir können nur beten, daß wir ihn rechtzeitig genug finden, bevor er auch noch für andere zu einer Gefahr wird oder sein Geheimnis in die falschen Hände gerät. Noch haben wir eine Chance, das Schlimmste zu verhindern, denn hier oben in den Bergen ist es gleich, wie und warum ein Mensch stirbt, die Geier sind nicht sehr wählerisch. Gefährlich wird es erst, wenn dieser Kerl versucht, sich einer größeren Stadt zu nähern, und dort mit anderen in Berührung kommt.“

Nur dank Artons Hilfe gelang es mir, mich vorsichtig aufzurichten, und mein Blick fiel sofort auf die einst so mächtige Festung, die jetzt friedlich vor uns im Sonnenlicht lag, doch in deren Innern eine furchtbare Tragödie stattgefunden hatte, die letztlich auch meinen weiteren Weg mitbestimmte.

Bei dem Gedanken an die Pest und deren Folgen erinnerte ich mich an die Chroniken meiner Heimatstadt, die auf schreckliche Art und Weise auch mit manchen Erzählungen meines Vaters übereinstimmten, und mir wurde klar, welchen Blutzoll die Menschen zu entrichten hätten, wenn wir diesen Mann nicht rechtzeitig finden würden. Meine Hoffnungen ruhten allerdings auf der Möglichkeit, daß ihn sein grausames Schicksal hier oben in den Bergen von selbst ereilen würde, ohne unser Zutun. Sowohl Arton als auch ich hielten es für ausgeschlossen, daß der Mönch sich nicht angesteckt haben könnte.

Die Zeit hatte mich viel gelehrt, auch was die Stimmungen meines Begleiters anbelangte, die ich jetzt viel besser zu deuten verstand. So entging mir nicht die Verzweiflung, mit der er nach einem Ausweg suchte, wobei ich es mir nicht vorstellen konnte, wie dieser aussehen sollte. Wenn er sich für die Erfüllung seiner Mission entschiede und den jungen König vor dem wahrscheinlichen Tod bewahrte, mußte er damit rechnen, daß der pestkranke Abtrünnige womöglich das ganze Land mit der Seuche überzog. Für welchen Weg er sich auch entscheiden würde, er lief in aller Wahrscheinlichkeit auf ein Todesurteil hinaus, entweder für einen oder für Tausende. Auf Artons Schultern lastete eine unvorstellbare Verantwortung, und ich war froh, sie nicht tragen zu müssen, glaubte ich.

Neben diesen wirklich wichtigen Ereignissen ließ sich etwas in mir nicht mehr länger unterdrücken. Ich erblickte mich, und doch sah ich einen ganz anderen. Das Leben, mein Leben hatte sich in den letzten Wochen völlig verändert. Nichts war mehr so wie vorher. Meine Werte, wenn ich denn überhaupt welche hatte, stellten sich als oberflächlich, falsch oder geradezu dumm heraus. Ich hatte so viele Fragen, aber gleichzeitig hatte ich Angst vor den Antworten. Angst davor, auch den Rest meines bisherigen Lebens als leere Hülle zurücklassen zu müssen.

Aber noch etwas anderes hatten mir diese Wochen allzu deutlich vor Augen geführt: Wie brüchig war die Mauer der „heilen Welt", in der ich gelebt hatte, und wie nah waren doch Schmutz, Elend und Tod. Natürlich hatte ich auch in meiner Heimatstadt Bettler, Kranke und Arme gesehen, aber sah ich sie wirklich, oder sah ich bloß über sie hinweg? Und wie schnell konnte mir das gleiche Schicksal widerfahren! Jetzt hatte ich Angst vor den eigenen Fragen, und jetzt war die Zeit für den Templer gekommen, mir Rede und Antwort zu stehen. Denn genau jetzt würden seine Antworten auf den Boden treffen, der eine erfolgreiche Ernte versprach. Zum erstenmal fühlte ich, was es heißt zu leben, zu spüren, daß man selber lebt.

„Wie kommt es, daß auch mein Vater zu den wenigen gehört, die etwas über Terbalach wissen?" fragte ich, und ich war ein wenig stolz auf mich, den Weg des Fragens weiterzugehen.

„Dein Vater kennt das Geheimnis von Terbalach fast ebenso wie ich selbst. Das ist ja auch der Grund, warum du hierher solltest und durftest. Laß uns aber erst die Pferde satteln und diesen traurigen Ort verlassen, bevor ich dir das erzähle, was eigentlich hier andere dir erzählen sollten. Die Mönche können es nicht mehr tun, und ich kann nur hoffen, daß es kein Fehler ist, wenn ich nunmehr diese Aufgabe übernehme."

Natürlich war ich noch weit davon entfernt, reisefertig zu sein, aber die Aussicht darauf, die nächsten Tage hier zu verbringen, womöglich auch noch alleine, hatte nun wirklich nichts Erstrebenswertes. Daher unterdrückte ich meine Schwäche, und alsbald brachen wir auf, einer ungewissen Zukunft entgegen, aber vielleicht auch, um meiner Wahrheit ein Stück näher zu kommen.

Bevor das Felsmassiv uns wieder umschloß, blickten wir noch einmal zurück. Doch was ich dort sah, war nicht mehr das Terbalach, das ich noch vor wenigen Tagen so überwältigt bewundert hatte. Jetzt hatte es der Tod erobert, und ich fragte mich, ob man es ihm jemals wieder würde entreißen können. Tief in Gedanken versunken, verließen wir nun endgültig diesen grausigen Ort. Nachdem wir den Wasserfall passiert hatten, hielt auch in uns das Leben wieder seinen Einzug, und jedenfalls für den Moment waren die Schatten des eben noch Gewesenen ins Reich der Finsternis verbannt.

„So, mein Junge, nun erzähl du mir bitte: Was weißt du über das Leben deines Vaters?“ stellte Arton mir eine Frage, um deren Beantwortung ich mir vor wenigen Tagen noch gar keine Gedanken gemacht hätte, weil es mir nicht wichtig erschien zu wissen, woher ich kam und wohin mein Weg mich führen würde.

Nun, dies hatte sich wie einiges andere auch gründlich geändert. Ich dachte einen Moment nach, was mir der Templer keineswegs übelnahm. Es fiel mir schwer, aber ich mußte mir selbst eingestehen, daß es nicht viel war, was ich wirklich von meinem Vater und seiner Vergangenheit wußte. Arton hatte mich an einer wunden Stelle getroffen – und er wußte es.

„Ich brauchte mir früher nicht viel Gedanken über mein Leben zu machen, und über das meines Vaters schon gar nicht.“

„Genau aus dem Grunde bist du ja hier. Also, was weißt du über deinen Vater?“

„Eigentlich sind es nur die Bruchstücke, die er selber mir erzählt hat. Ich weiß, daß er früher viel auf Reisen war. Irgendwann ließ er sich dann nieder und gründete nach und nach mehrere Stoffkontore, welche ihm mittlerweile ein beträchtliches Einkommen sichern. Du weißt ja sicherlich, daß er mit Stoffen aus Flandern handelt, wo er eigene Bezugsquellen hat, auf die er sich unbedingt verlassen kann. Zudem bezieht er hochwertige Seidenstoffe aus Konstantinopel und arbeitet wohl auch mit anderen Händlern aus Salerno, Gaeta und Amalfi zusammen. Er muß darin sehr geschickt sein, denn ich habe noch nie erlebt, daß er die Bannbuße hätte zahlen müssen, aber ich sollte wohl zugeben, daß ich mehr mit mir selbst beschäftigt war als mit dem Leben oder den Geschäften meines Vaters. Da fällt mir noch ein, er ist wohl auch ein guter Freund des Stadtkämmerers, des Leiters der königlichen Verwaltung. Sie sitzen öfter zusammen und reden über Geschäfte und Politik. Ansonsten lebt mein Vater eigentlich sehr zurückgezogen, wenn es nicht gerade um die Arbeit geht. Das ist nicht viel, aber doch schon so ziemlich alles, denn meine Mutter hat er erst kurz bevor er sich niederließ kennengelernt. Sie starb bei meiner Geburt, und mein Vater hat mir nie sehr viel über sie erzählt. Ich glaube, es tat ihm weh, von ihr zu reden. Sie kam aus gutem Hause und war sehr schön. Ich habe oft vor ihrem Bild gestanden."

Während meiner dürftigen Aufzählung vom Leben meines Vaters und der noch dürftigeren vom Leben meiner Mutter schwieg der Templer. Aber im Licht der untergehenden Sonne sah ich ihn lächeln, als er mir eine Welt meines Vaters eröffnete, die mir bis dahin völlig fremd war. Eine Welt der Abenteuer und Gefahren, eine Welt also, von der Jungen in meinem Alter träumen und die sich doch meist im Nebel des Nichts auflöst. An diese Nacht sollte ich noch lange Zeit zurückdenken.

„Bevor dein Vater in die Fußstapfen seines Vaters trat und sich als Kaufmann niederließ, war er lange Jahre ein fahrender Ritter, der, in Deutschland geboren, schon früh in seiner Jugend nach England zog. Seine Eltern hatten Handelspartner in London, der größten Stadt Englands. Dein Vater hatte allerdings eine andere Vorstellung vom Leben als dein Großvater. Er wollte wohl auch nicht ein Kontor gegen das andere eintauschen, also verschwand er ohne viel Worte und suchte sein Glück auf eigene Faust, und er brauchte auch gar nicht lange zu suchen. Irgendwann geriet er mitten in eine Jagdgesellschaft Heinrichs des Zweiten. Und wie es der Zufall wollte, oder vielleicht war es auch göttlicher Wille, jedenfalls vereitelte er im letzten Augenblick einen Mordanschlag auf den englischen König. Man konnte es nie beweisen, aber viele meinten damals, daß der Erzbischof von Canterbury und Kanzler des Königs hinter diesem Anschlag stecken könnte. Der König und Thomas Becket lagen schon lange miteinander im Streit. Na ja, Becket wurde dann auch später in seiner Kathedrale ermordet, aber das hat nichts mit deinem Vater zu tun. Ganz im Gegenteil, Heinrich zeigte sich sehr großzügig, denn obwohl nicht von adligem Stand, wurde dein Vater Knappe am königlichen Hof, und ein Jahr später erhob Heinrich ihn in den Ritterstand.

Dein Vater focht in mehreren kleinen Grenzkriegen gegen das französische Königshaus und erwarb sich mehr und mehr das Vertrauen des Briten. Allerdings stand dieser, zum Verdruß deines Vaters, mit beiden Beinen im Leben und brachte für Träume und Besessenheit nicht viel Verständnis auf. Dein Vater hingegen war schon als

Kind fasziniert von dem Gedanken, Großes zu vollbringen, etwas, was vor der Geschichte Bestand haben sollte. Er wollte als erster den Heiligen Gral finden. Nun, du weißt, daß der Heilige Gral der Becher ist, aus dem unser Herr Jesus seine Jünger beim letzten Abendmahl hat trinken lassen. Viele schreiben dem Becher daher mystische Kräfte zu, und dein Vater glaubte ganz besonders daran. Mehr noch, er war besessen davon, diese Reliquie der Christenheit zurückzugeben. Die Könige in England wechselten, wie überall auf der Welt, mal zum Vorteil, mal zum Nachteil, aber selten in aller Stille. Heinrichs Nachfolger war König Richard."

„Du meinst doch wohl nicht Richard Löwenherz!" unterbrach ich ihn aufgeregt, denn mit diesem Namen verbanden sich alle möglichen Legenden.

„Ja – Löwenherz."

Ich spürte, daß der Templer diesem Mann keine Sympathie entgegenbrachte, aber ich wollte jetzt nicht weiterfragen. Das Leben meines Vaters war wichtiger!

„Mit dem Thronwechsel änderte sich auch der Lauf der Dinge in England, denn während Heinrich sich sehr auf die Sicherung seines eigenen Reiches konzentrierte, sah Richard das Regieren etwas abenteuerlicher. Ihn widerte es an, sich mit den täglichen Banalitäten des Königtums zu beschäftigen. Ihn dürstete nach mehr, nach viel mehr. Nun kannst du dir ja vorstellen, daß sich hier zwei verwandte Seelen gesucht und gefunden hatten. Dein Vater ein ruheloser fahrender Ritter und Richard ein ruheloser König. Beide wollten der Welt ihr Siegel aufdrücken. Dein Vater hatte den Segen Richards und zog mehrere Jahre durch aller Herren Länder, während Richard eifrig darum bemüht war, ein Kreuzfahrerheer aufzustellen und auszurüsten. Selbstverständlich war auch dein Vater mit dabei. Verstehe mich bitte nicht falsch, ich war auch im Heiligen Land, aber ich sehe all das etwas nüchterner. Trotzdem verstehe ich mich mit deinem Vater sehr gut. Wir respektieren uns.

Richard und dein Vater kämpften erfolgreich und eroberten Zypern. Saladin hatte es nicht leicht in dieser Zeit. Sein eigenes Heer machte Schwierigkeiten, während Richards Heerhaufen recht diszipliniert in die Schlachten zog. Richard hatte sein Lebensziel gefunden, dein Vater nicht. Er wurde mit seiner Reiterei bei Akko in einen Hinterhalt gelockt und von den Heiden verwundet und gefangengenommen. Richard setzte sich für seine Freilassung ein. Natürlich war das sehr schwer, solange er selbst mit seinem gewaltigen Heer im

Heiligen Land stand. Er brauchte den Grals-Orden und dessen einmalige Verbindungen. Natürlich war dein Vater, als enger Vertrauter Richards, eines christlichen Königs, der auf dem Weg war, Saladin eine Niederlage nach der anderen zu bereiten und der schon mit einem Fuß in Jerusalem stand und drauf und dran war, die heiligste Stadt unseres Glaubens wieder der Christenheit zurückzugeben, mehr als nur vertrauenswürdig. Dein Vater mußte nach Terbalach. Er war viel zu wichtig, um auch nur das geringste Wagnis einzugehen. Nichts, aber auch gar nichts durfte dem Zufall überlassen werden. Auch mein Orden war damals sehr um die Freilassung bemüht. Man wurde sich schnell einig, was das Lösegeld betraf, Richard war bereit, jede gewünschte Summe zu bezahlen, aber Saladin wollte noch mehr als nur Christengeld. Saladin wollte den Frieden, und den brauchte er dringend, wenn er nicht wollte, daß sein eigenes Heer ihm die Gefolgschaft verweigerte. Richard konnte Jerusalem nicht erobern, wollte er nicht riskieren, daß Philipp, der König von Frankreich, die Abwesenheit Richards dazu nutzte, dessen Besitzungen in Frankreich zu erobern. Es wäre für das 'Löwenherz' schon mehr als makaber gewesen, wenn er Jerusalem erobert und gleichzeitig halb Frankreich verloren hätte. Saladin bekam seinen Frieden. Die Christen freien Zugang nach Jerusalem unter dem Schutz der Templer. Dein Vater die Freiheit.

Nach zwei Jahren Kreuzzug im Heiligen Land mußte Richard zurück. Er löste seinen Heerhaufen auf und versuchte unerkannt durch Österreich zu kommen. Aber er fiel auf und wurde von Herzog Ludwig gefangengenommen. Auch er sollte Lösegeld bringen, er, der Löwenherz und Bezwinger Saladins, wurde von einem christlichen Monarchen festgehalten, und rate, an wen der ihn übersandte?"

Ich konnte nicht raten, zu fasziniert war ich von der Erzählung des Templers, in der alles, aber auch alles zusammenpaßte und einen Sinn ergab, also schüttelte ich den Kopf.

„Es war Heinrich der Sechste! Friedrichs grausamer Vater. Heinrich der Sechste, der Sohn Barbarossas. Auch dieser verlangte Lösegeld. Du siehst, die Welt ist sehr realistisch. Dein Vater leitete die Befreiungsaktion. Er wollte mit einer kleinen Heerschar Burg Trifels in der Pfalz angreifen und Richard befreien. Die Pfalz ist ein Landstrich im Herzen Deutschlands. Die Befreiung schlug fehl, und dein Vater mußte untertauchen. Immerhin hatte er sich den mächtigsten Herrscher der christlichen Welt zum Feind gemacht. Es war eine Übereinkunft zwischen dem Papst in Rom und Heinrich, daß dein

Vater nicht weiter verfolgt, sondern sich ganz im Gegenteil an der schönen Küste des Tyrrhenischen Meeres niederlassen mußte, sozusagen unter den Augen Heinrichs. Auch das ist Politik.

Dein Vater mußte sein Leben von Grund auf ändern. Auf die Suche nach dem Gral mußte er verzichten. Unter einem anderen Namen, aber noch immer reichlich mit Gold versehen, ließ er sich in deiner Heimatstadt nieder und wurde dort zu dem angesehenen Tuchhändler, so wie du ihn heute kennst. Das Aufgeben der Gralssuche fiel ihm schwer, aber der Tod deiner Mutter war furchtbar für ihn. Er hat also genügend Gründe, in seinem Sohn etwas anderes zu suchen als das, was er all die Jahre über an und in dir sah. Das sind die Gründe deines Vaters."

Ich hatte tausend Fragen auf einmal, aber im Augenblick fiel mir keine ein, denn zu fantastisch war das eben Gehörte. Mein Vater war als Ritter durch die Welt gezogen, und er war ein angesehener Mann bei den Mächtigen dieser Welt. Und ich, sein eigener Sohn, hatte davon keine Ahnung gehabt!

„Aber warum sollte ich denn nach Terbalach?" stotterte ich.

„Wahrscheinlich rechnete dein Vater damit, daß du, sein Sohn, die Suche, seine Suche, fortsetzen würdest und damit sein Lebenswerk krönen könntest. Das Kloster der Kartäuser sollte für dich nur als Fundament dienen auf der Suche nach dem Heiligen Gral, und die zwei Jahre waren die Frist, die er sich und dir eingeräumt hat, damit du deinen Weg finden und seinen vollenden solltest. Du weißt, wie alt er schon ist."

„Mein Gott, ich sollte den Gral finden, ich, ein Junge von siebzehn Jahren, das Gefäß finden, nach dem mein Vater als Erwachsener und fahrender Ritter jahrelang vergeblich gesucht hatte?"

„In diesem Moment versucht gerade ein Siebzehnjähriger gegen den Willen der halben Welt Kaiser des Heiligen Römischen Reiches Deutscher Nation zu werden. Soviel dazu, was auch ein junger Mann in der Lage ist zu vollbringen, wenn er will. Die Gedanken deines Vaters gehen wohl dahin, daß dir hier im Kloster sowohl von mir als auch von den Mönchen die notwendigen Kenntnisse vermittelt worden wären. Ich persönlich glaube allerdings nicht, daß es diesen geheimnisvollen Gral überhaupt gibt, und wenn, dann steht seine mystische Kraft in keinem Verhältnis zu seiner Ohnmacht. Wie dem auch sei, dein Vater glaubt sowohl an seine Bestimmung als auch an seine Berufung von Gott, dieses heilige Gefäß für die Christenheit zu finden, und mir steht es nicht zu, darüber irgendein Urteil zu fällen.

Ich respektiere seine Beweggründe, und ich werde versuchen, seinen Wünschen gerecht zu werden. Er bat mich darum, dich hierherzuführen, und nach reiflichem Überlegen willigte ich ein, ihm diesen Wunsch zu erfüllen, vorausgesetzt, du erweist dich als würdig. Na, und das hast du ja unter Beweis gestellt."

Die letzten Worte dieses seltsamen Mannes bewiesen wieder, über welchen Einfluß, ja über welche Macht er innerhalb seines Ordens und wohl nicht nur da verfügen mußte, wenn selbst ein König wie Friedrich Schwierigkeiten hatte, in die Geheimnisse von Terbalach eingeweiht zu werden.

Mittlerweile war die Sonne untergegangen, und wir ritten schweigend nebeneinanderher. Meine wirren Gedanken überschlugen sich, zu viel stürzte auf mich ein, um von meinem Gemüt und Verstand schnell verarbeitet werden zu können. Ungeahnte Welten taten sich vor mir auf, denn mein bisheriges Leben gehörte nun endgültig der Vergangenheit an, und nichts würde mehr so sein wie vor dieser Reise und den Wahrheiten über das Leben meines Vaters.

Auch den Templer sah ich nun mit anderen Augen, aber eine Frage überragte alle anderen, und auf die mußte er mir antworten: „Woher weißt du das alles? Woher kennst du das Leben meines Vaters?"

„Ich bin sein jüngerer Bruder", gestand er mir ohne zu zögern, so als hätte er diese Frage erwartet. „An einigen seiner Unternehmungen war ich sogar beteiligt. Unsere Wege trennten sich aber, als wir feststellten, daß unsere Ansichten und Meinungen nicht übereinstimmten und wir unterschiedliche Ziele verfolgten. Trotzdem verloren wir uns nicht aus den Augen."

Die Antwort des Templers überraschte mich nicht mehr. Ich ahnte bereits, daß das Vertrauen meines Vaters in diesen Mann einen besonderen Grund haben mußte.

Inzwischen war die Nacht vollends über uns hereingebrochen, und mein Begleiter hielt die Gefahr, bei Dunkelheit in diesem unwegsamen Gelände weiterzureiten, für unverantwortlich. Zudem hatten wir uns bereits ein gutes Stück vom Kloster entfernt, und der Templer war offenbar mit dem zurückgelegten Weg zufrieden. Trotzdem trieb es ihn noch weiter, und so saßen wir ab und führten unsere Pferde am Zügel durch die Nacht.

Es war wohl Mitternacht, als wir endlich rasteten, und höchste Zeit für mich. Erschöpft wickelte ich mich in die Decken und versuchte einzuschlafen, aber entweder war es die überraschende Kälte der Nacht, oder aber es waren meine Gedanken, die mir den Schlaf verwehrten. So setzte ich mich schließlich auf und unterhielt unser bescheidenes Feuer, das zwar nicht sonderlich wärmte, aber zumindest einen Hauch von Geborgenheit vermittelte.

Erschrocken fuhr ich zusammen, als der Templer sich wortlos neben mich setzte, und wunderte mich wieder einmal, mit wie wenig Schlaf dieser Mensch auskommen konnte. „Ich brauche dich wohl nicht zu fragen, worüber du dir jetzt den Kopf zerbrichst, oder?“ Mit diesen Worten durchbrach er die Stille der Nacht.

„Ich denke darüber nach, wie es weitergeht und was mir als nächstes bevorsteht“, ließ ich ihn meine Gedanken wissen.

„Du meinst, wofür ich mich entschieden habe?“

„Ja, so sieht es wohl aus, daß mein Schicksal von deinen Plänen und Entschlüssen bestimmt wird. Das ist der Wille meines Vaters.“

„Es war sehr viel für dich, zu viel. Es bietet dir auch keinen Trost, wenn ich dir sage, daß dies alles nicht vorgesehen war und daß sowohl dein Vater als auch ich dich niemals einer solchen Gefahr ausgesetzt hätten, wenn wir auch nur geahnt hätten, was wir dir damit zumuten. Ich habe darüber nachgedacht, und ich bin davon überzeugt, daß wir beides werden miteinander verbinden können – Friedrich warnen und gleichzeitig den Mönch finden, wenn er überhaupt noch lebt. Eigentlich ist es ganz einfach. Er wird wissen, wo er Friedrichs Feinde zu suchen hat. Diese kennen zumindest ungefähr die Route, die der Staufer nimmt, wenn er sich nicht doch noch zu einer Änderung entschlossen hat, von der ich nichts weiß. Friedrichs Feinde brauchen diese päpstliche Botschaft an den Abt der Mercedarier. Nur von ihm oder mir können sie Friedrichs weitere Pläne erfahren. Der Schaden wäre unabsehbar, wenn ihnen das gelingen sollte.

Aber das Unvorstellbare trat ein; die Pest raffte die Mönche dahin und verwandelte das Kloster in ein Totenhaus, und aus Angst vor der Seuche floh er dieses Sterben, doch das Schreiben nahm er vorsorglich mit. Ich vermute, daß er sogar eine recht wichtige Stellung innerhalb der Klosterhierarchie innehatte. Wenn das Schreiben in die Hände von Friedrichs Gegnern fällt, ist der König von Sizilien so gut wie tot, denn hier, in der Einsamkeit der Berge, stehen seinen Gegnern alle Möglichkeiten zur Verfügung. Leider sind in dem Spiel einige Unwägbarkeiten, und die fangen schon damit an, daß wir nicht wissen, ob der Mann nicht schon längst tot ist oder ob er sein

Ziel erreicht hat, wo sich Friedrich befindet oder ob er überhaupt noch lebt. Auf all diese Fragen wissen wir keine Antworten, also müssen wir uns notgedrungen an die uns bekannten Tatsachen halten, und die sind nun mal Friedrichs Route und das fehlende Schreiben, von dem ich überzeugt bin, daß es vorhanden war und noch immer existiert. Alles andere wäre verschwendete Zeit und würde zu nichts führen!"

„Welche Rolle spiele ich in dem Spiel, und warum schleppst du mich immer noch mit dir mit? Ich bin doch ohnehin nur Ballast für dich!" fragte ich den Templer etwas niedergeschlagen, aber trotzdem in der vagen Hoffnung, noch mehr über mein künftiges Schicksal zu erfahren.

„Es gibt zwei Gründe. Der eine ist die Bitte deines Vaters, dich mit zum Kloster zu nehmen und ein Auge auf dich zu haben. Und nun, da das Kloster ja nicht mehr in Frage kommt, kann ich dich doch hier unmöglich allein zurücklassen, oder siehst du das vielleicht anders?"

Ein Schulterzucken war meine einzige Antwort.

„Den zweiten Grund kann und will ich dir jetzt noch nicht sagen, denn den Spaß möchte ich mir nicht entgehen lassen, und du wirst mich verstehen, sollte es wirklich einmal dazu kommen. Davon abgesehen hast du dich besser gehalten, als ich es von dir erwartet habe. Du bist also kein Ballast für mich, sondern ganz im Gegenteil, ich gewinne Einsichten, die für mich nicht unwichtig sind."

„Kennt mein Vater diesen zweiten Grund, von dem du mir nichts sagen möchtest?" fragte ich den Templer, enttäuscht, nicht mehr erfahren zu haben.

Er schwieg eine Weile, und erneut glaubte ich ihn in wirklichem Widerstreit mit sich selbst zu sehen. „Dein Vater weiß nichts davon, und er hätte meinem Plan mit Sicherheit nicht zugestimmt, jedenfalls nicht unter diesen Vorzeichen. Nach allem, was wir bisher erlebt haben, würde ich heute auch nicht mehr zustimmen. Keiner von uns wollte dich einem solchen Desaster aussetzen, aber du weißt, daß ich dich jetzt unmöglich nach Hause bringen kann. Erst wenn ich den König wirklich in Sicherheit weiß, können wir die Heimreise antreten. Es ist zu spät umzukehren, zu viel steht auf dem Spiel, und wir dürfen nicht verlieren! Es bleibt dir und mir nichts anderes übrig, als diesen Weg gemeinsam zu Ende zu gehen. Es tut mir leid!"

„Das braucht es nicht", sagte ich zu ihm gewandt. „Diese Reise hat mir viel mehr gegeben als genommen. Viel mehr, als du vielleicht glaubst. Ich bezweifle doch sehr, daß ich diese Erfahrungen als 'Sohn eines Kaufmannes' gemacht hätte. Ich habe sehr viel über meinen Vater erfahren, aber noch mehr über mich, und ich möchte, so schwer es auch ist, aber ich möchte dies nicht mehr missen. Was ich letztlich noch damit anfangen kann, weiß ich nicht, aber ich bin mir sicher, daß es sehr wichtig für mich ist, die Antworten auf Fragen erhalten zu haben, die schon viel früher hätten gestellt werden müssen." Ich kann es nicht erklären, aber ich spürte die Erleichterung, die dieser Mann bei meiner Antwort empfand, so als befreite ich ihn von einer schweren Schuld.

Ein Schauer durchlief meinen Körper, und erst jetzt spürte ich, daß derweil die Temperatur noch weiter gefallen war, und ich erhob mich, um etwas umherzugehen. Vielleicht sorgte ja die Bewegung dafür, die Kälte etwas erträglicher zu machen, während mein Freund kerzengerade am Feuer sitzen blieb. Erstaunt hielt ich inne, denn es schien fast so, als wittere er Unheil in der Luft. Tief sog er die Kälte ein, als könne er daraus schließen, was uns bevorstand, was immer das auch sein mochte, offensichtlich beunruhigte es ihn. „Laß uns aufbrechen, sofort! Wir werden bald Unannehmlichkeiten bekommen, und ich befürchte, früher, als uns lieb sein wird!"

„Wieso?" fragte ich. „Was meinst du damit? Vielleicht wegen dem bißchen Kälte?"

„Genau, wegen dem bißchen Kälte", antwortete er knapp und wandte sich seinem Pferd zu.

Kopfschüttelnd packte auch ich meine Habseligkeiten zusammen, froh darüber, etwas zu tun zu haben. Dann folgte ich ihm. Die Tiere hatten ihre Nüstern weit geöffnet, als fühlten auch sie eine schleichende Gefahr irgendwo aus dem Nichts auf uns zukommen.

Schwerfällig wurde es Tag, doch im Gegensatz zu den früheren Sonnenaufgängen war dieser fahl, milchig und verschwommen. Er hatte nichts von der Klarheit der vorangegangenen.

„Wir müssen den Berg runter, und zwar so schnell wie nur irgend möglich!“ rief Arton mir zu. Der Klang seiner Stimme war ein Spiegelbild seiner Besorgnis, und als ich in sein Gesicht blickte, überkam auch mich ein seltsames Gefühl der Beklommenheit. Außer dem trüben Morgen und der Kälte konnte ich nun wirklich keine Erklärung für Artons Verhalten finden. Nichtsdestoweniger beeilte auch ich mich jetzt. Seine einzige Antwort auf meine Fragen war, daß ich dies noch früh genug am eigenen Leib erfahren werde, wenn ich weiter meine Zeit mit dummen Fragen vergeudete. Das saß! Bisher war für mich Sommer gleich Sommer und Winter gleich Winter. Jedenfalls war daran nichts weiter Beunruhigendes, denn da, wo ich wohnte, wußte man nichts von Temperaturstürzen, und so etwas wie die letzte Nacht hatte ich noch nie erlebt. Wenn sich in unsere Stadt Leute aus den Bergen verirrt hatten und ihre Geschichten aus dieser für uns fremden und gespenstischen Welt erzählten, hielten wir die meisten Berichte doch für etwas weit hergeholt.

Im Grunde hätten mich meine Gedanken beruhigen können, aber ein weiterer Blick in Artons Augen ließ mich zweifeln, ob ich hier mit meiner Einschätzung richtig läge. Die Kälte nahm weiter zu, und trotz der Anstrengung und den wollenen Umhängen, begann ich erbärmlich zu frieren, als die eisige Luft in meine Lungen drang und meinen Brustkorb zusammenschnürte. Auch der Wind hatte sich verändert, denn er wehte nicht wie all die Tage zuvor aus einer Richtung, sondern drehte sich unaufhörlich, geradeso, als könne er sich nicht entscheiden. Mal blies er uns förmlich den Berg hinunter, dann wieder schlug er uns mit eisiger Faust ins Gesicht.

Endlich hatte der Templer einen halbwegs begehbaren Pfad gefunden, der uns stetig bergab führte. Bald hatten wir wieder die Waldgrenze erreicht, doch Arton verdoppelte noch seine Anstrengungen. Die Pferde folgten ihm bereitwillig, denn auch sie spürten die Angst vor etwas, was sie nicht kannten, wovor ihr Instinkt sie aber warnen wollte.

Es begann zu schneien! Erst wenige Flocken, dann, als hätten Himmel und Hölle zugleich ihre Schleusen geöffnet, drosch der Schnee regelrecht auf uns hernieder. Nach wenigen Augenblicken war der Tierpfad zugeschneit, und wir tappten orientierungslos durch dieses Inferno. Unaufhaltsam drang der Schnee durch unsere Kleidung und peitschte in die Gesichter. Der Wind erhob sich zu einem Sturm, Blitze, grell wie Sonnen, schossen feurige Pfeile, und ein unheimliches Donnern spielte die grausige Musik zu dieser entfesselten Urgewalt. Eine Flut aus Schnee überschüttete uns und erstickte uns fast. Arton band sich an sein Pferd und ließ dieses vorangehen. Obwohl nur wenige Klafter von ihm entfernt, konnte ich ihn nur noch schemenhaft erkennen. In das infernalische Donnern mischte sich nun auch noch das bedrohliche Krachen der unter der Last der Schneemassen zusammenbrechenden Bäume.

Wie blind stolperte ich meinem Pferd hinterher, denn natürlich beherzigte ich Artons Beispiel und folgte dem Instinkt des Tieres durch diese weiße Hölle, weitergetrieben von der furchtbaren Angst, daß ein Zurückbleiben meinen sicheren Tod bedeutet hätte. Krampfhaft versuchte ich in der Spur meines Pferdes zu bleiben, hatte dabei nur noch Augen für die Spur, die über Leben und Tod entscheiden würde. Es schneite unablässig, und der Sturm gewann noch weiter an Macht. Wütend schlug er auf uns ein, wie ein Raubtier, das erst mit seiner Beute spielt, bevor es sie tötet.

Es passierte so plötzlich, daß ich nur noch verzweifelt aufschreien konnte: In einer Wolke aus Schneegestöber und Geröll rutschte ich einen Abhang hinunter. Ich weiß nicht mehr, wie es geschah, aber ich überschlug mich immer wieder. Voller Entsetzen suchten meine Hände irgendeinen Halt, schürften unablässig über das Geröll. Panik überkam mich, denn diese Höllenfahrt nahm kein Ende. Haltlos raste ich in die Tiefe, krampfhaft bemüht, wenigstens noch zu atmen. Ich wußte nicht mehr, was um mich herum geschah, meine Lungen schrien nach Luft. Doch nur noch Dreck und Schnee drangen in meinen Mund, bei dem Versuch, diesen Schrei zu ersticken. Ich schaufelte wie von Sinnen, denn ich mußte raus aus diesem Berg, der mich wie eine Faust umklammert hielt. Mein Herz schlug wild, während mein kochendes Blut durch die Adern hämmerte. Am Ende meiner Kraft, fast besinnungslos, schaufelte ich mich in eine Richtung – nur raus!

Mit einer unglaublichen Wucht riß irgend etwas an mir, doch alles in mir bestand nur noch aus Angst und Verzweiflung. Wild um mich schlagend, kämpfte ich mich noch immer frei, bis eine kräftige Ohrfeige mich von dem Gefühl des Lebendig-ersticken-Müssens befreite.

Ich sah in das Gesicht des Templers, und von Krämpfen geschüttelt, immer noch nach Luft ringend, erbrach ich den Dreck und bebte am ganzen Körper.

Den Schneefall nahm ich gar nicht mehr wahr, und erst nach einer Weile kam ich zitternd wieder auf die Beine.

„Alles in Ordnung?“ brüllte Arton. Zu benommen und schwach, um zu antworten, nickte ich nur. Gestützt auf seinen Arm ging es nun wieder den beschwerlichen Weg bergauf zurück zu unseren Pferden, und wie durch ein Wunder waren nur meine Hände in Mitleidenschaft gezogen. Der Schmerz sollte sich erst später einstellen.

Endlich, nach einer Ewigkeit, waren wir wieder oben, und zu unserem Glück standen die Pferde noch genau an der Stelle, an der wir sie so unfreiwillig verlassen hatten. Diesmal wollte der Templer sichergehen und band mich selbst an den Sattelgurt, bevor es weiterging. Alles in mir bebte, und es fiel mir schwer, meine Hände unter Kontrolle zu bringen, von meinen Beinen ganz zu schweigen. Erneut stolperte ich hinter meinem geduldigen Pferd her, Schritt um Schritt.

Ich war völlig erschöpft! Die vom Schnee durchtränkte Kleidung hing wie ein Panzer an meinem geschundenen Körper, und trotz der Kälte begann ich zu schwitzen. Sogar das Atmen wurde zur Qual. Erst allmählich stellte sich der Schock ein, diesem furchtbaren Tod so knapp entkommen zu sein. Ich kämpfte gegen das schleichende Gefühl der Angst, das von mir Besitz ergreifen wollte, und trotz der nun rasenden Schmerzen in meinen Händen klammerte ich mich mit aller Kraft an das Seil, welches mich wie eine Nabelschnur mit meinem Pferd und so auch mit meinem Leben verband.

Der Wind hatte sich unterdessen wieder einigemal gedreht und peinigte uns nun mit seiner ganzen Schärfe, indem er uns unablässig seinen eisigen Atem in die Gesichter blies. Mein Gefährte, noch vor wenigen Minuten wenigstens schemenhaft zu erkennen, war nun endgültig verschwunden in diesem weißen Meer aus Schnee und Eis.

Mensch und Tier tasteten sich mühsam und ängstlich voran, in der vagen Hoffnung, daß der nächste Schritt nicht auch der letzte wäre.

Der Weg, wenn es denn einer war, wurde immer beschwerlicher, und wie im Morast tauchten unsere Beine in dieses weiße weiche Etwas, das uns festzuhalten schien, doch jedesmal, wenn ich strauchelte, zog mein treues Pferd mich wieder aus dem Sumpf heraus. Steifgefroren umklammerten die zerschundenen Hände das rettende Seil, doch jeder Schritt wurde zur Qual.

Jäh, wie aus dem Nichts kommend, zerriß eine unsichtbare Faust diese weiße Wand aus Schnee und gab den Blick frei auf einen Felsüberhang. Sofort und ohne zu zögern lenkte Arton sein Pferd zu diesem schützenden Unterschlupf, der uns Erlösung versprach. Es war keinen Augenblick zu früh. Ein Donnern und Grollen, wie aus höllischen Tiefen hervorbrechend, erhob sich um uns herum. Unmöglich zu bestimmen, woher es eigentlich kam. Ängstlich drängten sich die Pferde an uns Menschen, so als erhofften sie von uns die Hilfe, deren wir selber dringend bedurften, denn auch wir hatten nur die Möglichkeit, uns noch fester an die Felswand zu pressen.

„Versuche dich irgendwo festzuhalten!" schrie mir Arton ins Ohr, kaum daß seine Stimme Kraft genug hatte, das Donnern und Krachen um uns herum zu übertönen. Gleichzeitig durchschnitt er die Seile, welche uns mit den Pferden verbanden.

Brausend brach die Welt um uns herum auseinander, und wir befanden uns mitten in einer riesigen Wolke aus Schnee, Geröll und durch die Luft wirbelnden Baumstämmen. Von der unglaublichen Wucht der Lawine wurde eines der Pferde mit in die Tiefe gerissen. Es ging so schnell! – Als hätte die Macht der Lawine auch den Sturm mit in die grausige Tiefe gerissen, umgab uns jetzt eine unwirkliche Stille.

Ungläubig und schweigend schauten wir uns an, als zweifelten wir daran, dieses Inferno lebend überstanden zu haben, und wie von einer höheren Gewalt aufgefordert, sanken wir auf die Knie und dankten dem Herrn für unsere wundersame Rettung. Nachdem wir uns erhoben und der Schneenebel sich aufgelöst hatte, gewahrten wir den Anblick einer zerstörten Erde. Innerhalb von Sekunden war weggerissen worden, was ein Menschenalter und mehr gebraucht hatte, um zu wachsen.

„Wie der Schwerthieb des Herrn!" meinte Arton fast andächtig. Und wirklich, von unserem Plateau aus konnten wir das ganze Ausmaß der Zerstörung überblicken, denn wie mit einem Schwert sauber eingeschnitten offenbarte sich uns eine Schneise der Vernichtung, wie ich sie vorher nicht einmal erahnt hätte.

„Mein Gott, ist das furchtbar, und um ein Haar lägen wir jetzt auch zerschmettert irgendwo da unten in Dreck, Schnee und Geröll. Warum nur wurden ausgerechnet wir verschont? Warum hat der Herr uns im letzten Moment noch diesen Unterschlupf gewährt?" fragte ich.

„Ich weiß es nicht", erwiderte mein Gefährte versonnen, „aber vielleicht war es ein Zeichen, daß wir jetzt erst recht darangehen sollten, unserem Ziel näher zu kommen. Bisher erlebten wir doch nur Rückschläge. Es wird Zeit, daß sich das Blatt nun endlich zu unseren

Gunsten wendet. Mit Hilfe des Herrn und nicht zuletzt auch unserer eigenen Kraft wird uns das auch gelingen. Jetzt aber müssen wir an das Naheliegende denken und versuchen, hier herauszukommen. Wir sollten den guten Willen des Herrn nicht allzusehr strapazieren!“ Mit diesen Worten wandte sich der Templer dem übriggebliebenen Pferd zu, um es einer oberflächlichen Prüfung zu unterziehen.

Währenddessen rutschte ich ein Stück bergab und suchte zwischen den Schnee- und Geröllmassen nach meinem Pferd, um wenigstens noch ein paar Habseligkeiten zu retten, doch nach einiger Zeit gab ich auf. Es war sinnlos.

Der Verlust des Pferdes schmerzte mich sehr, zumal unser Vorwärtskommen jetzt noch beschwerlicher und vor allem langsamer werden würde. Ich wartete auf meinen Gefährten, der jetzt ebenfalls, das Pferd am Zügel führend, vorsichtig den Berg hinabstieg, bis er neben mir stand.

Fast dankbar spürte ich die Hand auf meiner Schulter, als er mir auf sein Pferd half. „Wir werden abwechselnd reiten, und wenn ich mich nicht irre, dann können wir bis spätestens morgen mittag in Modena sein. Dort werden wir uns erst einmal etwas ausruhen, und gleichzeitig versuchen wir für dich ein neues Pferd zu besorgen. Also Kopf hoch, noch leben wir, immerhin.“

Als ich nach dem Zügel greifen wollte, schoß mir ein irrsinniger Schmerz durch die Hände. Ich hatte sie fast völlig vergessen, aber das waren keine Hände mehr, sondern blutige Fleischklumpen, die da an meinen Armen hingen und von denen aus sich jetzt ein pochender Schmerz durch den ganzen Körper zog. Ich brauchte den Templer gar nicht anzusehen, um zu wissen, wie es um meine Hände stand.

„Hier kann ich nicht viel für dich tun, aber sie müssen unbedingt behandelt werden. Du kannst jetzt schreien, wenn dir danach ist, aber ich kann es dir leider nicht ersparen. Zum Glück habe ich in meinem Gepäck eine Mixtur, die zwar höllisch brennt, deren Wirkung jedoch gut gegen die Fäulnis ist.“ Nachdem der Templer mir wieder vom Pferd geholfen hatte, fing er an, in der Packtasche zu kramen, bis er ein Fläschchen zum Vorschein brachte. Als ich es sah, erinnerte ich mich, daß er es bei einem Medicus in Assisi erworben hatte, kurz bevor wir Sheran aufgesucht hatten. Ich begann zu zittern bei dem Gedanken, was nun wohl für ein Schmerz auf mich zukommen sollte, doch alle meine Befürchtungen wurden von der Realität übertroffen. Es brannte, als ob er meine Hände in glühende Holzkohle gesteckt hätte. Der Schmerz wollte mir meine Sinne rauben, und ich hörte mich schreien wie noch nie zuvor in meinem Leben, bis mich endlich eine Ohnmacht von dieser Qual befreite.

Mein Kopf schien zu bersten, als ich kurze Zeit später wieder erwachte. Der Schmerz war in ein dumpfes Bohren übergegangen. Arton hatte sein Hemd in Fetzen gerissen und damit, so gut es ging, meine Hände bandagiert.

„Na Junge, da bist du ja wieder. Es tut mir leid, aber ich glaube, es war besser so. Hat der Schmerz etwas nachgelassen?"

„Ja, etwas", antwortete ich immer noch benommen. „Mußte das denn sein?" fragte ich etwas unwillig, wußte ich doch jetzt, wem ich meine Ohnmacht zu verdanken hatte.

„Ich füge nie einem Menschen unnötige Schmerzen zu!" erwiderte der Templer mit einem Funkeln in seinen Augen, das mir verriet, auf welch gefährlichem Pfad ich mich mit solchen Fragen bewegte.

„Setz dich aufs Pferd und versuche, dich irgendwie festzuhalten." Arton half mir beim Aufsitzen, und schweigend setzten wir unseren Marsch ins Ungewisse fort.

Allmählich stieg die Temperatur wieder, und je weiter wir bergab kamen, desto tiefer versanken Arton und das Pferd im aufgeweichten Schnee und Schlamm. Mehr als einmal rutschte das Tier vor Erschöpfung aus, und so beschloß ich ebenfalls abzusteigen, um nicht auch noch das Leben des zweiten Tieres zu gefährden. Das Gehen war die reinste Quälerei, und es bedurfte bei jedem Schritt einer enormen Anstrengung, aus diesem saugenden Morast herauszukommen, aber nur, um beim nächsten wieder in ihm zu versinken. Je tiefer wir kamen, um so beschwerlicher wurde der Weg, denn was in den Bergen als Schneemasse auf uns niedergefallen war, mußte hier als ein Regenschauer von unvorstellbarer Wucht niedergegangen sein.

Der Tag neigte sich, und erschöpft ließen wir uns am Stamm eines umgestürzten Baumriesen zu Boden sinken, der uns wenigstens die Illusion von Schutz und Geborgenheit vermittelte. Arton hieb die Feuersteine aneinander, und bald hatte er mit Hilfe leidlich trockenen Grases, welches er unter dem Baum herausgezogen hatte, ein bescheidenes Feuer entzündet. Unterdessen sammelte ich, so gut es mit meinen zerschundenen Händen möglich war, halbwegs trockenes Buschwerk, um unser Feuer wenigstens eine Zeitlang unterhalten zu können. Das Pferd stärkte sich am kargen Laub des Baumriesen, und wir aßen unsere letzten Vorräte.

Bis dahin hatte Arton kein Wort gesprochen, und auch jetzt

schwieg er, als er meine Hände nahm und sie von den Bandagen befreite. Im matten Schein des Feuers betrachtete er aufmerksam die Verletzungen, wobei sich seine Miene mehr und mehr verdüsterte.

„Nun, wie sieht es aus?“ fragte ich vorsichtig, obwohl ich mir die Antwort auch selbst hätte geben können.

„Zuviel Dreck! Du hast zuviel Dreck in deinen Wunden, und es sieht ganz danach aus, als ob sie anfangen sich zu entzünden. Wenn das aber passiert und aus der Entzündung Fäulnis wird, dann kann es bereits morgen zu spät sein, und wir müssen deine Hände amputieren.“

Erschrocken riß ich sie zurück. „Nein, niemals! Du wirst mir meine Hände nicht abschneiden, hast du mich verstanden? Es sind meine Hände, und du hast kein Recht dazu, das zu tun!“ schrie ich ihn voller Verzweiflung an.

Wortlos erhob er sich und legte Holz nach. Eine Antwort blieb er mir schuldig. Als das Feuer mehr Licht hergab, hob er neben der Feuerstelle ein Loch aus und füllte es mit dem Wasser eines unserer Ziegenschläuche. Um das Loch selbst legte er ebenfalls ein paar brennende Holzscheite. Mißtrauisch betrachtete ich sein Tun, entschlossen, mich mit allen Mitteln gegen eine drohende Amputation zur Wehr zu setzen. Während sich das Wasser langsam erwärmte, steckte der Templer sein Messer in die Glut und riß die letzten Reste seines Hemdes endgültig in Fetzen.

„Ich werde deine Hände auswaschen und gegebenenfalls auch ausbrennen. Danach reibe ich sie noch einmal mit der Tinktur ein. Das ist alles, was ich im Moment für dich tun kann. Alles Weitere müssen dein Körper und Gott selbst vollbringen!“ Als das Wasser lauwarm war, tauchte er einen Lappen hinein und begann vorsichtig, meine Hände abzureiben und sie wenigstens vom gröbsten Schmutz zu befreien. Die Schmerzen waren höllisch, und trotz der feuchten Lappen brannten die Wunden wie Feuer. Eine Ewigkeit mußte vergangen sein, bis der Templer offensichtlich zufrieden mit seinem Werk – und meine Hände wieder verbunden waren.

„Leg dich jetzt hin, du brauchst den Schlaf, und mach dir keine Sorgen, vielleicht sieht ja morgen schon alles ganz anders aus.“ Der Klang seiner Stimme beruhigte mich ein wenig, und so legte ich mich dicht an das wärmende Feuer, doch so, daß ich das Messer immer im Auge behalten konnte. Arton blieb mein besorgter Blick nicht verborgen, und so zog er das Messer aus der Glut und ließ das inzwischen rot glühende Eisen in das Wasserloch fallen, in dem es zischend versank.

Ein unruhiger Schlaf übermannte mich, und erst am anderen Morgen erwachte ich in Schweiß gebadet neben der inzwischen kalten Feuerstelle. Ein eisiger Schauer durchlief meinen Körper, als mir der Traum der vergangenen Nacht in Erinnerung kam. Auf blutigen Armstümpfen und kniend im Matsch hinter Arton her rutschend, ohne daß dieser meine verzweifelten Schreie beachtet und sich umgedreht hätte.

„Na, wie war die Nacht? Hast du wenigstens etwas geschlafen?“ fragte mich statt dessen mein Gefährte mit einer freundlichen und warmen Stimme, so als ahnte er, durch welche Hölle mich die letzte Nacht getrieben hatte, und wollte mich vom Gegenteil überzeugen. „Was machen deine Hände? Komm zeig mal her!“

„Ich weiß nicht recht“, erwiderte ich hilflos und streckte ihm die Arme entgegen. „Ich glaube, die Schmerzen haben etwas nachgelassen“, fügte ich schnell hinzu, selbst erstaunt darüber, daß mir dieses Phänomen erst jetzt auffiel.

Die Bandagen waren schnell entfernt, und sorgfältig betrachtete Arton die Verletzungen. Ängstlich erwartete ich sein Urteil. „Besser als ich erhofft habe“, meinte er schließlich befriedigt und verband sie mir aufs neue, nachdem er vorher noch den Rest der Tinktur vorsichtig verrieben hatte. „Wir haben schon wieder viel Zeit verloren, und allmählich bezweifle ich, daß wir Friedrich noch rechtzeitig werden warnen können, aber wir müssen es wenigstens versuchen, sonst war alles umsonst. Also beeil dich, so gut du kannst. Bis die Sonne untergeht, müssen wir in Modena sein, denn nur dort kommen wir hoffentlich an einen Bader und Vorräte.“

Die Erleichterung, die ich empfand, war schier grenzenlos. Wieder half mir Arton beim Aufsitzen, und wieder begann ein anstrengender und mühevoller Tag, doch zu unserem Glück wurde es merklich wärmer. Sogar der Weg besserte sich, und trotz des nagenden Hungers und der nach wie vor schmerzenden Hände ließ mich meine euphorische Stimmung alle Widrigkeiten verdrängen, überdies stellte sich auch meine Neugierde wieder ein auf das, was uns noch bevorstehen sollte. Doch bei aller Zuversicht, ein leichter Hauch der Angst ließ sich nicht unterdrücken.

„Nun mein Junge, was willst du denn jetzt wieder von mir wissen?“ Der Templer riß mich völlig unerwartet aus meinen Gedanken, zumal er sich bei seiner Frage weder umgedreht noch seinen Schritt verlangsamt hatte, und wieder ertappte ich mich bei dem Gedanken, daß man vor diesem Mann schwerlich etwas verbergen konnte, selbst wenn man es wollte. Eine Feststellung, die mich allerdings auch beunruhigte.

„Woher weißt du, daß ich dir eine Frage stellen wollte?" forschte ich deshalb mißtrauisch.

„Ganz einfach", dabei drehte er sich um und lächelte, „du hast große Ähnlichkeit mit jemandem, von dem ich glaube, ihn gut zu kennen, und dieser Jemand scheint wie du alles wissen zu wollen, was Menschen in der Lage sind, ihm zu erzählen. Es ist bemerkenswert, aber ihr ähnelt euch ungemein."

„Und wer ist dieser Jemand, von dem du da sprichst und den du schon so lange kennst, daß du ihn mit mir vergleichen kannst?" fragte ich, nun wirklich neugierig geworden.

„Es ist Friedrich, der junge König von Sizilien, und ich hoffe, daß du ihn bald selbst sehen und sprechen wirst. Vielleicht bist du ja dann der gleichen Meinung wie ich. Aber in einem täuschst du dich. Ich habe nie gesagt, daß ich Friedrich schon lange kenne. Ich habe nur gesagt, daß ich ihn gut kenne, denn wenn man es ganz genau nimmt, dann habe ich ihn erst zweimal gesprochen."

„Und nach diesen zwei Gesprächen kannst du beurteilen, was für ein Mensch er ist, und setzt bedenkenlos dein Leben für ihn ein?" fragte ich.

„Bei dir konnte ich es doch auch, oder meinst du vielleicht, du hättest Terbalach jemals zu Gesicht bekommen, wenn ich mir deiner nicht sicher gewesen wäre?" erwiderte er, und so schwer es mir fiel, mußte ich ihm doch recht geben, wollte ich mich nicht noch selber schlechtmachen. So beschloß ich die Beantwortung dieser Frage tunlichst zu vermeiden und mich einem ungefährlicheren Thema zuzuwenden.

„Was ist er für ein Mensch?" lautete daher meine nächste Frage.

„Du weißt doch sicherlich, daß Friedrich unter keinem guten Stern geboren wurde, denn ausgerechnet am Tage seiner Geburt ließ sein Vater Heinrich der Stauferkaiser Hunderte sizilianischer Barone hinrichten, weil er aus ihrer Mitte eine Verschwörung gegen sich vermutete, was ja zumindest zum Teil der Wahrheit entsprach. Aber selbst wenn alles den Tatsachen entsprochen hätte, rechtfertigte das nicht dieses furchtbare Massaker. All das ereignete sich ausgerechnet auch noch am zweiten Weihnachtstag anno 1194, und genau in dieser Nacht wurde Friedrich in Iesi geboren."

„Ja, jetzt erinnere ich mich, wenn auch nur dunkel. Von dieser

Zeit haben mir meine Lehrer erzählt, und darum verstehe ich noch weniger, warum du ausgerechnet den Sohn eines solchen Tyrannen mit deinem Leben beschützt."

„Zum einen, und das habe ich dir bereits erklärt, ist es der Wunsch meines Großmeisters, zum anderen ist Friedrich aber auch nicht sein Vater, denn es fließt mehr von dem normannischen Blut der Mutter durch seine Adern. Zudem gibt es wenig Wahrheiten über sein Leben, aber sehr viele Gerüchte und Weissagungen über die schlechten Vorzeichen seiner Geburt. Zum Beispiel war ein Abt der Zisterzienser mit Namen Joachim von Fiore davon überzeugt, daß mit Friedrich der verheißene Antichrist und Weltzüchtiger geboren worden sei. Andere meinen genau das Gegenteil, und seit ich ihn kenne, zähle ich mich ebenfalls zu dieser Gruppe. Ich bin davon überzeugt, daß im Gegensatz zum Welfen dieser junge König ein Segen für dieses Land wäre, denn seine Worte und Taten verheißen eine Weitsicht, wie man sie einem jungen Mann in seinem Alter wohl schwerlich zutrauen kann. Natürlich wirkt auch seine Jugend unverbraucht und erfrischend. Seine Kindheit war eine einzige Katastrophe, denn den einzigen, wenn auch dürftigen Schutz gewährte ihm unser Heiliger Vater in Rom, dessen Mündel er ist. Mit vierzehn Jahren wurde er mündig und zum König von Sizilien gekrönt. Friedrichs fast übermächtiger Gegenspieler ist der Sohn Heinrichs des Löwen, der Welfe Otto. Dieser wurde bereits vom Papst zum legitimen Kaiser gekrönt. Er machte allerdings in der Folge einen entscheidenden Fehler."

„Welchen?"

„Er unterschätzte Macht und Einfluß des Papstes und wurde wortbrüchig. Seine Heiligkeit gehört jedoch nicht zu denen, die so etwas vergessen, und er beantwortete diesen Wortbruch mit der Verhängung des Bannspruches über den Welfen. Zum Glück für Friedrich! Ich war dabei, als er in Rom Einzug hielt. Genauso muß es gewesen sein, wenn die Caesaren ihre Triumphzüge veranstalten ließen, denn Tausende säumten die Straßen und jubelten diesem Jungen zu, dessen äußere Erscheinung vermutlich viel dazu beigetragen hatte, die Massen so für ihn einzunehmen.

In Rom habe ich ihn und seine kleine Schar Getreuer dann verlassen, um einen Teil seiner Route, für die wir uns entschlossen hatten, in Augenschein zu nehmen. Wie es ihm nach meiner Abreise in Rom weiter ergangen ist, kann ich dir nicht sagen. Ich weiß nicht einmal, ob er überhaupt noch lebt oder ob er aus irgendeinem Grunde einen anderen Weg hat nehmen müssen. Denn wie du ja selbst schon bemerkt hast, sind ihm weiß Gott nicht alle so wohlgesinnt wie die Bürger der Ewigen Stadt, deren Gast er war, bevor ich ihn verließ. Wir hatten einen festen Zeitplan für seine Abreise vereinbart.

Es gibt auch viele Städte, die dem Welfen treu ergeben sind und alles tun würden, um dessen Wohlwollen zu erlangen. Dazu gehören zum Beispiel Mailand oder Lodi, nicht zu vergessen die Schwierigkeiten, an der Blockade durch die Pisaischen Piraten vorbeizukommen. Ich kann also nur hoffen, daß mich mein Gefühl nicht trügt und der Junge jetzt unter einem besseren Stern wandelt."

Ich war sehr überrascht, wieviel Gefühl der Templer diesem jungen Mann entgegenbrachte, Gefühl und Vertrauen. Immerhin sollten die schmerzlichen Erfahrungen, die Arton in seinem bewegten Leben gemacht hatte, wohl ausreichend gewesen sein, um ein allzu gefühlsbetontes Handeln von vornherein auszuschließen. Oder war ich gar ein wenig eifersüchtig? Ich hütete mich allerdings davor, mir eine solche Bemerkung zu erlauben, und beschloß statt dessen, die Sache ihren Lauf nehmen zu lassen und aufmerksam zu beobachten, welch geheimnisvolle Macht dieser König über Arton und die anderen Menschen, mit denen er in Berührung kam, ausübte.

„Warum ist dir Friedrich denn lieber als der Welfe?" versuchte ich den Templer wieder zum Thema zurückzuführen.

Er warf mir einen deutlichen Blick zu und lächelte, so als verstünde er meine geheimen Absichten. „Nun ja", begann er, nachdem er einige Augenblicke nachgedacht hatte, „unsere Zeit ist ohne Ideale. Wir haben auf Erden nichts mehr außer Gott, an das wir zweifelsfrei glauben können. Jeder kämpft gegen jeden, und jeder mißtraut dem anderen. Es gibt ganz einfach zu viele Extreme, die unvereinbar sind. Zum Beispiel erfuhr ich von einem Boten, daß sich in Deutschland ein Kinderkreuzzug formiert, der, über die Alpen hinweg, ins Gelobte Land ziehen will. Verstehe mich jetzt bitte richtig, es sind Kinder, die im Namen des Herrn die heiligen Städte von den Sarazenen zurückerobern wollen. Wenn ich den Worten des Boten Glauben schenke, dann müssen schon Tausende von ihnen unterwegs sein, und täglich werden es mehr."

Begeistert rief ich aus, daß es doch wunderbar sei, mit einer unbewaffneten Heerschar dem Willen unseres Herrn zu folgen.

Abrupt blieb der Templer stehen, und während seine vor Wut funkelnden Augen mich musterten, fuhr er mich an: „Du meinst also, es müsse Gottes Wille sein, daß Tausende von Kindern verhungern oder in den Bergen erfrieren, von Sklavenjägern verschleppt, an Seuchen zugrunde gehen oder an Leib und Seele gebrochen wieder nach Hause finden? Was glaubst du denn, wie das enden soll, ohne eine irgendwie organisierte Versorgung? Aber gesetzt den Fall, sie erreichen das Gelobte Land, was ich für völlig ausgeschlossen halte, was geschieht dann? Bist du so dumm zu glauben, die bis an die Zähne bewaffneten Sarazenen würden dann fluchtartig die heiligen Städte verlassen, nur weil ein paar ausgemergelte Elendsgestalten an die Stadttore pochen? Das einzige, was dann passiert, wäre ein noch nie dagewesenes Blutbad, und du meinst, das wäre der Wille des Herrn?“

Seine Worte trafen mich wie Peitschenhiebe, und unter jedem seiner Sätze zuckte ich zusammen, als würde ich für meine Dummheit bestraft werden. „Das wußte ich doch nicht“, stammelte ich, verwirrt über Artons Wutausbruch. „Aber wenn das doch alles so klar ist, wie du sagst, warum hält sie dann keiner auf?“ versuchte ich noch einmal die Wahrheit zu verdrängen, die plötzlich schwer auf mir lastete.

„Ganz einfach“, zischte er, wobei seine Augen in meiner Seele brannten, „die Menschen brauchen etwas, an das sie glauben können, und da ist kein Preis zu hoch. Irgendein verantwortungsloser Dummkopf hält diesen Irrsinn für ein Zeichen des Herrn. Der nächste ‘Auserwählte’ zieht schon den übernächsten mit, und so geht das immer weiter. Erstaunlich ist aber doch, daß keiner von diesen sonderbaren Heiligen sich das Resultat seiner Predigten ansieht. Ich jedenfalls habe damals nicht einen dieser Helden gesehen. Dann durchschaut einer diesen Wahnsinn, aber der hat Angst davor, die Wahrheit zu sagen, da man ihn der Häresie anklagen würde, und Häretiker verrotten schon genug in den Kerkern, also hält er den Mund. So kommt es, daß am Ende keiner mehr sagen kann, wie und warum so eine Katastrophe entsteht.“

Ich war zutiefst betroffen. Arton hatte seine Anschauung so drastisch einfach und trotzdem unfehlbar begründet, daß ich keine Lükke darin fand, in die ich mit meinem angekratzten Weltbild hätte flüchten können. Auf der anderen Seite war ich stolz darauf, daß der Templer offen zu mir gesprochen hatte, und so versuchte ich nun noch mehr zu erfahren. „Wenn ich dich richtig verstanden habe, dann glaubst du also, daß den Menschen eine Persönlichkeit fehlt, zu der sie aufschauen oder hinter der sie sich verstecken können?“

„Nicht nur, denn zu einem Kaiser kann man generell aufschauen“, schränkte er ein, um sogleich fortzufahren, „es sind der Mut und die Kühnheit dieses jungen Mannes, die die Menschen faszinieren. Er hat fast gar nichts, und er strebt nach der höchsten weltlichen Macht, die ein Mensch überhaupt erlangen kann, nach der Kaiserkrone der Staufer. Es sind die Unschuld dieses Jungen und seine Kraft, sich für das Recht einzusetzen, die ihn die Achtung und das Vertrauen der Menschen erwerben lassen, sobald sie ihn sehen oder mit ihm sprechen."

„Du redest von ihm, als wäre er der Messias", sagte ich und wunderte mich gleichzeitig wieder über das Gefühl der Eifersucht, das ich diesem Jungen gegenüber empfand.

„Für diese Welt aus Blut und Dreck kann er wirklich so etwas wie ein Messias sein. Davon bin ich überzeugt. Bisher gab es nur wenige, die über ein solches Charisma verfügten wie dieser junge Mann, und es wäre bitter für die Welt, wenn es ihm verwehrt würde, seine noch kaum sichtbaren Fähigkeiten zur Entfaltung zu bringen! Er könnte sich wirklich zu einem Segen entwickeln."

Von da an schwieg der Templer, und auch ich versank in Gedanken und versuchte mir diesen König vorzustellen, doch alles, was ich zu erkennen vermochte, war mein eigenes Ebenbild. Mein Sehnen und Hoffen, meine Vorstellungen und Träume, wie ich einmal selbst sein wollte, drängten sich mir auf. Ich sah mich selber beim Einzug in Rom. Ich sah sie deutlich vor mir, die Menschen, die jubelnd und singend die Straße säumten. Aber eines blieb mir verwehrt, das Gesicht des Königs. Ich sah immer nur mein eigenes.

Diese Gedanken erschreckten mich und wurden fast augenblicklich zur Gewißheit. „Ich sehe so aus wie er, nicht wahr, Arton von Tarran! Das ist das Geheimnis. Und das ist auch der Grund, weshalb du mich durch diese Hölle zerrst. – Mein Vater wußte nichts davon, oder etwa doch? Nein, bestimmt nicht! Du benutzt mich als Trumpf, für den Fall, daß der wirkliche Friedrich seinen Gegnern in die Hände fällt und sich damit dein Traum von einer besseren Welt in nichts auflösen würde! Nicht wahr, so ist es?"

„Ja", antwortete er, ohne sich zu mir umzudrehen. „Genauso ist es." Dann blieb er stehen und sah mich an. „Es ist eine Laune der Natur oder eine Fügung Gottes, aber der Sohn meines eigenen Bruders sieht dem zukünftigen Stauferkaiser bis auf ein paar Kleinigkeiten zum Verwechseln ähnlich."

„Du bist keinen Deut besser als die Verbrecher, von denen du mir gerade erzählt hast."

„Vielleicht hast du recht, aber das spielt jetzt keine Rolle. Es gibt kein Zurück mehr. Wir müssen nach Modena!"

Ich wußte nicht mehr, was um mich herum geschah oder wo wir waren. Das einzige, was mich wirklich wunderte, war, daß ich dem Templer gegenüber keinerlei Haß verspürte, ganz im Gegenteil, ich war froh, endlich die Wahrheit zu kennen.

Die letzten Tage und Wochen mit ihren Erlebnissen und Enthüllungen hatten mich völlig verwirrt und meinem Leben eine ganz neue Wendung gegeben.

Ich merkte gar nicht, wie es dunkler wurde und Arton die Schritte beschleunigte, denn noch immer war ich in einer anderen Welt, in einer Welt aus Träumen und Wünschen, die überhaupt nicht zu dem Jungen paßte, der vor Wochen von zu Hause aufgebrochen war, um mit diesem Templer einem neuen Leben in einer neuen Welt entgegenzuziehen, einer Welt, die forderte und nichts zu verschenken hatte.

Mein Gott, wie hatte sich alles Stück für Stück zusammengefügt, und welche Rolle hatte man mir weiterhin zugedacht in einem Spiel, dessen Regeln ich nicht verstand und dessen Ausgang doch so wichtig für mein zukünftiges Dasein war. Ich beschloß, mein Schicksal jetzt nicht mehr nur als Zuschauer zu betrachten, sondern als einer der Akteure, dessen Fähigkeiten selbst über Glück oder Unglück entscheiden sollten.

Die Nacht war hereingebrochen, und genau wie mein Gefährte es vorhergesagt hatte, schimmerten am nächtlichen Horizont die Lichter der Stadt Modena, deren von Fackelschein beleuchtete Wehrtürme uns den Weg wiesen. Ich war glücklich bei dem Gedanken, endlich wieder unter Menschen sein zu dürfen. Vorbei die Zeit in diesen gottlosen Wäldern, die einem den Weg zum Allerheiligsten versperren wollten. Wie ein kleines Kind sehnte ich mich nach Wärme und Geborgenheit, nach einer guten Mahlzeit und einem richtigen Bett, und das alles in einem festen Haus, bei Menschen, denen man vertrauen konnte.

Arton hatte mir erklärt, daß diese Stadt als Marktflecken für die ganze Umgebung mit ihren Weilern und abgelegenen Höfen von erheblicher Bedeutung war. Auch sollte es hier eine Schmiede geben, was mich erstaunte, weil diese geheimnisvolle Kunst recht selten mitten in einer Stadt anzutreffen war. Im allgemeinen suchten sich die Künstler der schwarzen Zunft ihre Standorte dort, wo auch der Stein gebrochen wurde, aus dem sie das Eisen herausschmolzen, oder aber sie waren Leibeigene ihrer Herren und lebten abgeschieden auf deren Burgen. Sogar manche Klöster pflegten diese Kunst und führten sie zur vollkommenen Reife. Es gab auch Mönche, die infolge ihres erstaunlichen Könnens weit über die Klostermauern hinaus bekannt und berühmt geworden waren. – Es tat gut, einmal wieder an etwas anderes zu denken.

Artons Absicht war es nun, diese Schmiede am nächsten Morgen aufzusuchen, um dort unser Pferd neu beschlagen zu lassen, dessen Eisen auf dem Geröllboden der Berge arg gelitten hatten.

Die Wachen öffneten die schweren Eichentore nur widerwillig und musterten uns sehr genau, bevor sie uns einließen. Ein Bewaffneter begleitete uns bis zu einem Gasthof, wo wir unser Pferd an einen Holzpflock banden.

„Der Wirt ist ehrlich!" war das einzige, was der Büttel uns noch zu sagen für nötig hielt, bevor er uns stehenließ und wieder in der Dunkelheit verschwand.

Aus dem Inneren des Gasthauses drang dumpfes Stimmengemurmel, nur ab und zu durchbrochen von einem rauhen Lachen. Der Templer warf zuerst einen Blick durch eines der kleinen Fenster und betrachtete den Schankraum, so gut es ihm die Löcher in den geölten Leinwandtüchern ermöglichten, die zum Schutz vor Wind und Kälte die Öffnungen verdeckten.

„Kennst du jemand da drin?" fragte ich besorgt.

„Nein, aber es kann ja nichts schaden, sich auch die Gesichter und Gewänder der Gäste anzusehen. Du weißt doch sicher noch, wie es uns in dem Gasthaus vor Assisi erging?"

Daran konnte ich mich allerdings nur zu gut erinnern, und im stillen begann ich zu beten, daß sowohl uns als auch den Gästen so etwas erspart bleiben möge, aber nach einer Weile wurde ich ungeduldig: „Können wir jetzt da rein oder nicht?"

„Ja, ich glaube schon." Arton öffnete die Tür und trat wie selbstverständlich in den Schankraum, als ob er das schon hundert Male getan hätte. Ich folgte, allerdings etwas weniger selbstverständlich und nicht ohne dabei verstohlen die Gäste zu mustern, deren Unterhaltung bei unserem Eintritt abrupt endete.

Arton grüßte freundlich, und wir ließen uns ein wenig abseits von den anderen am Kamin nieder. Wie schon in dem Gasthof an der Römerstraße wählte auch hier der Templer einen Platz aus, der es uns ermöglichte, trotz des dürftigen Lichtes den ganzen Raum zu überblicken, ohne selbst sofort gesehen zu werden.

Freundlich lächelnd gesellte sich der Wirt zu uns, ein etwas zu dick geratenes Männlein, dessen zufriedenes Gesicht ansteckend wirkte. „Na, werte Herren, Ihr habt wohl einen langen und beschwerlichen Weg hinter Euch?“ Offenbar spielte er auf unser schäbiges Äußere an, welches allerdings wirklich Bände sprach.

„Ja, unser Weg führte über die Berge, und dabei sind wir in ein Unwetter geraten“, erklärte der Templer.

„Soso über die Berge“, brummelte das Männlein, gab sich aber offensichtlich mit der Antwort zufrieden.

Arton bestellte Mus und heiße Milch, und ich hatte währenddessen Gelegenheit, mich in der nicht gerade geräumigen, aber gemütlichen Stube umzusehen. Sie bot gut zwanzig Gästen Platz. Die Tische und Bänke waren aus grobem Holz gefertigt, und zu unserer Linken befand sich ein großer Tisch, auf dem mehrere Schüsseln standen. Dahinter prasselte lustig das Herdfeuer, an dem sich eine alte Frau mit einem großen Kessel abmühte, was ihr so manch derben Fluch entlockte. Die Wände waren aus Stein, der Boden war mit Holzbohlen ausgelegt, was darauf hindeutete, daß der Wirt nicht nur einfache Leute zu seinen Gästen zählen mochte und daß der Schankraum auch zum Übernachten genutzt wurde, wenn Bedarf bestand.

Die Gäste saßen alle zusammen uns gegenüber. Ihre Kleidung bestand aus einfachen Leinengewändern, und auch sonst war an ihnen nichts Auffälliges oder für uns Bedrohliches zu erkennen. Ab und zu warf uns einer einen neugierigen Blick zu, aber ansonsten schienen wir ihnen keiner weiteren Betrachtung für würdig. Ihre unterbrochene Unterhaltung setzte aufs neue ein und nahm auch bald wieder die lustige Form an, die sie schon vor unserem überraschenden Eintritt hatte.

Wie bereits erwähnt, machte das Gasthaus einen sauberen Eindruck und das Essen, welches der Wirt inzwischen aus dem großen Kessel geschöpft hatte, schmeckte hervorragend, was allerdings bei unserem Hunger wenig verwunderte. Bezeichnend war noch, daß er jedem von uns neben die Musschale auch noch ein großes Stück Brot legte. Fürwahr eine Seltenheit. Wieder ein Zeichen dafür, daß es dem Wirt und seinem Haus wohl gutgehen mochte und er Wert darauf legte, seine Gäste zufriedenzustellen.

Ich fühlte mich sehr wohl, fast geborgen, denn nach den letzten anstrengenden Tagen und Wochen spürte ich erst jetzt, wie zerschlagen und zerschunden ich wirklich war. Das Essen mit dem groben Holzlöffel fiel mir mit meinen verletzten Händen zwar schwer, aber die Mahlzeit und das Prasseln des Feuers, welches den ganzen Raum in wohlige Wärme tauchte, erzeugten in mir eine Zufriedenheit, wie ich sie nur selten vorher wahrgenommen hatte.

Nachdem wir gegessen hatten, erhob sich der Wirt von einem der Gästetische, an dem er mit den anderen gesessen hatte, und kam zu uns herüber. Er stutzte sichtlich, als er vor uns stand, denn erst jetzt fielen ihm meine bandagierten Hände auf, die ich bei unserem Eintritt schnell unter der Kutte versteckt hatte, um nicht sofort neugierigen Fragen ausgesetzt zu sein. Jetzt aber konnte es mir egal sein, ich hatte gegessen.

Natürlich kam der Wirt nicht umhin, eine diesbezügliche Frage zu stellen: „Mein Gott, Junge, wie ist dir denn das da passiert?"

Ich überlegte schnell und kam zu dem Entschluß, daß die Wahrheit wohl am glaubwürdigsten wäre. Also erzählte ich ihm von meiner ungewollten Rutschpartie mit ihren schmerzlichen Folgen. Der Wirt hatte sich unterdessen zu uns gesetzt und hörte mir, genauso wie Arton, aufmerksam zu. Irgendwie war ich stolz darauf, einmal im Mittelpunkt zu stehen, und nützte dies nun auch weidlich aus, indem ich meine Erzählung so farbenfroh wie möglich gestaltete.

„Ja, so einen Wettersturz zu dieser Jahreszeit habe ich das letzte Mal als Kind erlebt. Hier unten hat es natürlich nur geregnet, aber die Bergbauern haben uns von den Verwüstungen im Berg berichtet. Dankt dem Herrn, daß Ihr überhaupt lebend davon gekommen seid. Einem anderen Bruder in Christo erging es da vermutlich schlechter. Von ihm fand man nur die Fetzen seiner Kutte." Ein schneller Blick zu Arton genügte, um mir zu zeigen, daß er das gleiche dachte wie ich. Die Frage nach dem pestkranken Mönch hatte sich von selbst beantwortet.

Noch immer ungläubig den Kopf schüttelnd, wandte er sich nun meinen Händen zu. „Gib mal her", forderte er mich gutmütig, aber sehr interessiert auf. „Ich verstehe etwas davon. Hier kommen öfters welche aus den Bergen her mit allerlei Verletzungen, wenn du verstehst, was ich meine", was ich natürlich nicht verstand, „und so habe ich schon einiges gelernt. Mittlerweile bin ich schon fast besser als unser Bader. Na, jedenfalls kann es nicht schaden."

Schnell warf ich einen Blick zu meinem Gefährten und sah ihn zustimmend nicken. Auch dem Wirt entging nicht dessen Einverständnis, und so grunzte er befriedigt und machte sich an die Arbeit. Behutsam wickelte er die Bandagen ab, und wir alle drei betrachteten nun aufmerksam das, was von meinen Händen übriggeblieben war.

„Ei, ei, ei", murmelte der Wirt und wiegte bedenklich den Kopf.

„Ich befürchte, das geht wohl doch über meine bescheidene Kunst. Ich will mal sehen, ob unser Bader sich dieses Malheurs annehmen kann.“ Sprach's, verschwand, ohne eine Zustimmung abzuwarten, und ging zu dem Tisch, an dem er vorher gesessen hatte.

Hilflos schaute ich Arton an, doch dieser sog nur tief die Luft ein und zuckte ebenso ratlos mit den Schultern, was wohl bedeuten sollte, daß uns jetzt nichts mehr anderes übrigblieb, als der Dinge zu harren, die da kommen würden. „Laß nur, Junge, er hat recht. Deine Hände sehen wirklich noch schlimm aus, doch ich hoffe für ihn und für dich, daß der Bader sein Handwerk versteht, sonst wird die Sache noch übel enden. Im übrigen hätten wir ihn morgen ohnehin aufsuchen müssen, also warten wir ab, was geschieht.“

Gespannt schaute ich zu dem anderen Tisch hinüber, an dem der Wirt inzwischen mit einem der Gäste sprach und dabei unablässig in unsere Richtung zeigte, wohl um das Gesagte noch zu unterstreichen. Endlich erhob sich der so arg Bedrängte, und ich konnte einen Ausruf des Erstaunens beim besten Willen nicht unterdrükken. Der Mann war ein wahrer Riese von Gestalt, aber spindeldürr. Selbst Arton riß die Augen weit auf, denn so einen Menschen sah auch er nicht alle Tage. Mit schlaksigen, geradezu unbeholfen wirkenden Bewegungen schlenderte er auf uns zu. Unwillkürlich erwartete ich jeden Augenblick, daß dieses Knochengestell in der Mitte durchbrechen würde, aber in dieser Beziehung wurden meine Erwartungen enttäuscht.

Auffällig war allerdings auch, daß der Bader, falls es überhaupt einer war, auf seine standesgemäße Kleidung verzichtete, wenn man davon absah, daß er eine schwarzgefärbte Kopfbedeckung trug, die man mit etwas gutem Willen auch Kappe hätte nennen können. Seine Stimme hörte sich an wie die Luzifers persönlich, als er uns würdevoll grüßte und sich ächzend mir gegenüber auf der Holzbank niederließ. Rechts von ihm nahm wieder der Wirt Platz, offensichtlich eifrig darum bemüht, sich nichts entgehen zu lassen. Wieder starrten wir, nun zu viert, auf meine Hände, und wieder schüttelten meine beiden Gegenüber nachdenklich ihre Häupter.

Der Bader drehte und wendete die Hände, drückte mal hier und drückte mal da, dabei jedesmal befriedigt vor sich hin grunzend, wenn ich vor Schmerz zusammenzuckte. Dann, nach eingehender Betrachtung, sah er mir tief in die Augen, wobei sich seine Miene zusehends verdunkelte. „Strecke deine Zunge raus!“ fuhr mich seine Grabesstimme an. Dem schloß sich ein intensives Fachgespräch zwischen Wirt und Bader an, in dessen Verlauf sie uns völlig zu vergessen schienen.

„Nun, Bader, wie seht Ihr die Sache?" fragte endlich der Templer, dem diese Prozedur offensichtlich zu lange dauerte.

Unwillig blickte der Bader den Templer an. „Es dauert so lange, wie ich hier sitze. Meine Hände sind ja gesund. Eure offenbar auch, also wartet oder versucht selber Euer Geschick. So wie ich das sehe, habt Ihr das ja wohl auch schon getan, allerdings mit recht mäßigem Erfolg, wenn ich das so sagen darf."

Arton brummte etwas, was ich nicht verstand, während der Bader zufrieden lächelte und nun, wieder beruhigt, meine Hände erneut untersuchte. „Ja, mein Junge, eine Amputation wäre natürlich die sauberste Lösung", meinte er schließlich mit einem Seitenblick auf den Templer, während dieser, seine Wut kaum noch im Zaum haltend, mit den Fingern auf der Tischplatte trommelte. Vor lauter Schreck entriß ich ihm meine Hände und verbarg sie schnell unter der Kutte. „Allerdings verdiene ich nicht viel, wenn ich Glieder abhacke, zumal die meisten Patienten während meiner Arbeit in Ohnmacht fallen, aus der sie dann im allgemeinen auch nicht mehr erwachen. Aber nun ganz ernsthaft! Es steht schlimm um deine Hände, und du hättest nicht später kommen dürfen. Dein Bruder in Christo hat zwar den meisten Dreck aus den Wunden entfernt, trotzdem sind bereits üble Säfte in deinem Körper, die es nun gilt wieder herauszubekommen, was allerdings mit der nötigen Geduld verbunden sein muß." Diese Bemerkung galt wieder Arton.

„Für heute abend muß uns ein Bad in kaltem, frischem Wasser genügen. Zusätzlich lasse ich Euch nachher noch ein paar Kräuter bringen, die Ihr bitte in das Wasser einrührt. Morgen früh kommst du zu mir, und dann sehen wir weiter. Der Wirt hier wird dir den Weg erklären. Aber ich rate dir, komm auch wirklich, es täte mir sehr leid, sie doch noch abhacken zu müssen."

Nicht ohne Arton noch einen triumphierenden Blick zuzuwerfen, erhob sich der seltsame Bader mühsam und schlenderte zurück an seinen Tisch, wo er sich, sichtlich um Würde und Haltung bemüht, niederließ.

„Er hat sein Handwerk bei den Johannitern gelernt", erklärte uns der Wirt gewichtig.

„Darum redet er auch so viel", sagte Arton wohl mehr zu sich selbst gewandt.

„Doch sagt mal", fuhr der Wirt fort, ohne auf Artons spitze Bemerkung einzugehen, „wie kommen zwei Mönche wie Ihr in diese Gegend, noch dazu so abgerissen, wie Ihr ausseht?“

„Nun, wie der Junge hier dir schon erklärte, hat uns der Herr mit einem furchtbaren Unglück heimgesucht, das um so schlimmer war, als wir nicht damit rechnen konnten. Wir selbst sind Brüder eines Bettelordens, und mein Novize und ich sind auf der Suche nach neuen Heilmethoden für unseren Orden.“

Etwas Besseres war ihm wohl nicht eingefallen, dachte ich, doch wenigstens ließ er diesmal die Zisterzienser aus dem Spiel. Offenbar hatte er aus den Erfahrungen in Assisi gelernt.

„Aus diesem Grunde müssen wir auch bald weiter und werden dir nicht lange zur Last fallen!“ fuhr er fort.

„Solange Ihr bezahlt, fallt Ihr mir nicht zur Last“, entgegnete der Wirt.

„Wir können bezahlen“, beruhigte ihn der Templer. „Doch wie schon erwähnt, meinte es der Herr auf unserer Reise nicht gut mit uns, denn in den Bergen überschüttete er meinen Novizen und mich mit Schnee und Sturm. Wir mußten uns durch Steinwüsten kämpfen, immer in der Furcht, von wilden Tieren zerrissen oder von Raubgesindel ermordet zu werden! Schließlich führte uns der Herr hier zu dir, wo wir hoffen, eine vorläufige Bleibe gefunden zu haben“, beendete mein Gefährte seinen Bericht, offenbar sehr mit sich und seiner Geschichte zufrieden. – Arton hatte kein Glück mit Wirten! Dieser hatte andächtig zugehört und lehnte sich nun behaglich in seinem Stuhl zurück, froh darüber, von solchen Unglücken nur zu hören. Je weiter weg sie sich ereigneten, desto besser.

„Nach dem Dunkelwerden kehren bei mir nicht sehr viele Fremde ein, deswegen wundert es uns doch schon sehr, ausgerechnet zwei Mönche zu sehen, von denen der eine sogar bewaffnet ist!“ Ein Lächeln spielte um seine Lippen, während der Templer völlig ruhig blieb und ich schon wieder das nahende Unheil am Horizont erblickte. – Nein, er hatte kein Glück mit Wirten!

„Ihr müßt wissen“, fuhr er genüßlich fort, „daß ich seit zwanzig Jahren Gäste in meinem Haus beherberge. Kreuzfahrer, Pilger, Kaufleute, Mönche, Ritter und vieles andere mehr, und da lernt man doch so manches.“ Irgendwie kamen mir diese Worte bekannt vor. „Dazu gehört auch, daß man erkennt, wie jemand eine Waffe an sich preßt, um sie vor den neugierigen Blicken anderer zu verbergen, aber mir soll es egal sein, solange Ihr hier unter meinem Dach keine Unruhe stiftet und ich wegen Euch keinen Ärger bekomme. Die Zeiten sind ja auch nicht gerade friedlich, nicht einmal für Bettelmönche", fügte er fast entschuldigend für uns hinzu, wobei sein Grinsen noch etwas breiter wurde.

„Ihr werdet keinen Ärger bekommen", erklärte der Templer bestimmt. „Aber wie Ihr schon sagtet, auch Mönche müssen in diesen Zeiten um ihr Leben bangen, und unser Orden verbietet uns nicht generell das Tragen von Waffen zum eigenen Schutz, und ich will auch nicht verhehlen, daß ich mich in diesen einsamen Wäldern wohler fühle mit der eisernen Klinge an meiner Seite." Im stillen bewunderte ich meinen Gefährten, wie er diese schier ausweglose Situation denn doch gemeistert hatte.

„Ihr habt wohl recht!" meinte nun auch der Wirt, offenbar endgültig von unserer Redlichkeit überzeugt. „Die Zeiten sind sehr unruhig, und seit sich offenbar auch noch der junge König von Sizilien auf den Weg gemacht hat und sich anschickt, die Kaiserkrone zu erlangen, ist es damit noch schlimmer geworden. Viel bewaffnetes Volk lungert hier am Tage herum, und man erfährt so einiges, was einen beunruhigt. Die meisten von ihnen ritten nur durch, Gott sei es gedankt. Ihr müßt nämlich wissen, daß Modena der Marktflecken der ganzen Umgebung ist, und deshalb ist die Stadt sehr wichtig geworden anscheinend nicht nur für die Leute, die hier wohnen. Wie schon gesagt, als Wirt erfährt man einiges, und fast jeder fremde Gast, der hier einkehrt, fragt mich nach dem, der gerade gegangen ist. Aber was soll das Euch weiter kümmern? Ihr seid zwei Mönche und habt mit all den weltlichen Dingen ja wenig zu tun, nicht wahr?"

„Ich hoffe, daß du damit recht hast", spielte Arton das Spiel weiter, wobei er den Wirt freundlich anlächelte. „Aber trotzdem ist es gut zu wissen, was sich um einen herum ereignet, auf den Wegen und in den Städten, durch die einen die Wanderung führt."

Der Wirt wollte gerade den Faden wieder aufnehmen, als unversehens die Tür aufflog und donnernd gegen die Wand krachte. Alles starrte gebannt zum Eingang und erschrocken ließ ich meinen Händen den Becher mit Milch entgleiten, denn gleich einem eisigen Schauer trat ein Hüne von einem Ritter ein, unverkennbar in seinem schweren Kettenhemd. Gefolgt von seinem Knappen stand er auf der Empore des Einganges und warf einen prüfenden Blick in die Runde, bevor er sich schwerfällig in Bewegung setzte und auf einen der freien Tische zustrebte, die mitten im Raum standen und sich genau zwischen uns und den anderen Gästen befanden. Massig wie ein Bär ließ er sich nieder, war sich der Kraft, über die er zweifellos verfügte, wohl bewußt. Die Glieder seines Kettenhemdes waren dunkelbraun bis schwarz und glänzten im matten Licht der Kerzen und des Herdfeuers. Ein dichter, pechschwarzer Vollbart umrahmte sein breites Gesicht, seine Augen wirkten furchteinflößend. Neben dem kunstvoll gearbeiteten Schwert, dessen langer Griff auf einen Zweihänder schließen ließ, warf er krachend noch eine zweite Waffe auf den Tisch, wie ich sie vorher noch nie in meinem Leben gesehen hatte. Es war ein Eisenstab mit einer Kette, ähnlich einem Dreschflegel, an deren Ende eine große, mit spitzen Dornen bewehrte Eisenkugel hing. Ich konnte mir unschwer vorstellen, welch furchtbare Schläge man mit dieser Waffe austeilen konnte. Über dem Kettenhemd trug der merkwürdige Gast eine dunkle Lederweste, verziert mit einem aufgestickten weißen Greifvogel, der wohl das Wappen des Ritters darstellen sollte. Der Kontrast konnte nicht größer sein.

Nachdem sich der Knappe etwas abseits von seinem Herrn niedergelassen hatte, erhob sich der Wirt von seinem Platz, allerdings nicht ohne uns ein „Na, was hab ich gesagt“ zuzuraunen. „Hoher Herr, was kann ich für Euch tun?“ wandte er sich einen Augenblick später beflissen an seinen neuen Gast, dessen Antwort ich leider nicht verstehen konnte. Jedenfalls verschwand der Wirt nach wenigen Augenblicken in der kleinen Kammer, und während er warten mußte, blickte der Ritter sich aufmerksam um in der kleinen Stube. Länger als bei allen anderen verweilten seine durchdringenden Augen auf Arton, der diesem Blick ruhig lächelnd standhielt.

Ich bemerkte, wie der Ritter den Knappen zu sich rief und ihm etwas ins Ohr flüsterte. Dieser schüttelte kaum merklich den Kopf. Ich war mir nicht sicher, aber ich fühlte doch, daß der Templer die Aufmerksamkeit des Ritters geweckt hatte, und das nun fand ich alles andere als beruhigend.

Meine Gedanken wurden jäh unterbrochen, als der Wirt sich wieder aus der Kammer herauszwängte, in der er kurz vorher verschwunden war. Eine große Platte, beladen mit Schinken, Wurst, Geflügel und Wein, vor sich her tragend, balancierte er mühsam auf den Tisch des Ritters zu, der inzwischen seine Kettenhandschuhe ausgezogen und sich bequemer hingesetzt hatte.

Offensichtlich glücklich darüber, heil angekommen zu sein, stellte der Wirt die Tafel auf den Tisch und wollte sich gerade unter Verbeugungen wieder zurückziehen, als der Ritter ihn am Ärmel packte und zum Bleiben aufforderte. Einen Augenblick nur zögernd, nahm der Wirt ihm gegenüber Platz.

„Kennst du ihn?“ flüsterte ich dem Templer zu, wobei ich es vermied, ihn anzusehen, um nur ja nicht aufzufallen. Ich befürchtete schon, er hätte mich nicht verstanden, darum wollte ich meine Frage wiederholen, als mein Gefährte mir antwortete: „Ja, ich kenne diesen Teufel, und es wundert mich nicht, ihn ausgerechnet hier zu sehen!“

„Wieso Teufel? Wer ist dieser Ritter?“ fragte ich, nun doch vielleicht eine Spur zu laut, denn der Templer bedeutete mir kaum merklich, meine Stimme zu senken.

„Ritter?“ fragte er höhnisch zurück. „Dieses Vieh ist alles, bloß kein Ritter. Er steht im Dienst des Welfen, und ich würde mich wundern, wenn er sich allein mit seinem Schildträger hierher getraut hätte. Aber ich halte es für besser, wenn wir jetzt gehen. Ich werde dir später alles über diesen Mann erzählen, was ich weiß.“

Als wir uns erhoben, warf er Arton wieder diesen durchdringenden Blick zu, so als suche er in seinem Gedächtnis danach, dessen Gesicht einen Namen zu geben. Jedoch unterließ er es, den Templer anzusprechen, was dieser wohl auch gar nicht erwartet hatte, denn er wandte sich wie selbstverständlich an die alte Frau, und diese führte uns bereitwillig nach oben auf unsere Kammer. Dort zündete sie zwei Öllampen an und verabschiedete sich mit einem „Gott behüte Euch!“, worauf sie die Tür hinter sich zuzog und uns allein ließ.

Die Kammer war zwar recht klein, aber ebenso aufgeräumt und sauber wie der Schankraum. Die einfachen Holzbetten standen dicht beieinander und bildeten zusammen mit einem kleinen Tisch und den dazugehörigen Stühlen das einzige Mobiliar.

Zu unserer freudigen Überraschung standen auf dem Tisch sowohl ein mit klarem Wasser gefüllter Krug als auch eine irdene Schüssel, und daneben lag noch ein kleines Leinensäckchen. Ihm entströmte ein angenehmer Geruch, als der Templer es vorsichtig geöffnet hatte, und schon kurz darauf erfüllte dieser Duft die ganze Kammer.

„Ich verstehe nur nicht, wie der Bader die Kräuter geholt hat. Er hat doch den Raum während unserer Abwesenheit keinen Augenblick verlassen“, stellte der Templer nachdenklich fest, während er die Kräuter sorgfältig im Wasser verrührte.

„Vielleicht hat er damit einen anderen beauftragt, und wir haben es nur nicht gesehen“, versuchte ich eine Erklärung zu finden.

„Ja, vermutlich hast du recht. Er ist nicht unser Gegner. Im übrigen ist es auch nicht weiter wichtig, wie die Kräuter hierhergekommen sind. Hauptsache ist, daß sie überhaupt da sind und helfen!“

Wie schon so viele Male vorher nahm Arton mir auch jetzt wieder die Verbände ab, und erleichtert tauchte ich meine Hände in das wohltuende Naß und wartete geduldig darauf, daß er mir mehr über den unheimlichen Ritter erzählte, der die Ruhe der Herberge gestört hatte.

Diesmal brauchte ich nicht lange auf eine Erklärung des Templers zu warten: „Dieser Mann war der Anführer unserer Horde von Marodeuren. Er war auch der Anführer, als wir das Gut überfielen, von dem ich dir schon erzählt habe, und dabei zeigte er nun offen sein wahres Gesicht, als er aus reiner Freude am Quälen die Menschen schinden ließ. Der ist ebensowenig ein Ritter, wie der Satan einer sein kann, doch ist es wahrscheinlich, daß der Welfe diese Kreatur in den Ritterstand erhoben hat, was allerdings für die Niederträchtigkeit dieses Menschenhassers sprechen würde."

„Was will er denn hier, und hast du bemerkt, wie aufmerksam er dich gemustert hat?" fragte ich besorgt meinen Gefährten.

„Natürlich, es war ja schwer zu übersehen", antwortete Arton lächelnd. „Aber wir dürfen kein Aufsehen erregen, schon deiner Verletzungen wegen können wir es uns nicht erlauben, jetzt aufzufallen. Seine Anwesenheit zeigt aber auch, und das ist das zweite gute Zeichen, daß wir auf dem richtigen Weg sind und Friedrich noch lebt, zumindest scheint dieser Teufel davon überzeugt zu sein, und das ist erst einmal die Hauptsache. Wir müssen ihn aber im Auge behalten, zumal sein Knappe mit Sicherheit nicht sein einziger Begleiter ist. Ich möchte nur wissen, ob er auch mich erkannt hat, aber daran läßt sich nun wohl nichts mehr ändern.

Übrigens hast du dem Wirt und dem Bader gegenüber deine Sache sehr gut gemacht, im Gegensatz zu mir. Ich scheine nicht viel Glück mit Wirten zu haben."

„Offensichtlich", stimmte ich ihm zu, stolz über sein Lob, und lehnte mich befriedigt zurück.

„Was machen wir denn morgen?" fragte ich nach einer Weile.

„Morgen? Hm, ich glaube, ich kann dich allein zum Bader gehen lassen. Denn dich kennt er mit Sicherheit nicht, also hast du wohl auch nichts von ihm zu befürchten. Ich glaube auch nicht, daß er in der Stadt einen offenen Angriff wagen würde. Die Wachen hier machen einen guten Eindruck. In der Zeit bringe ich das Pferd zum Beschlagen in die Schmiede. Wenn du fertig bist, treffen wir uns wieder hier und suchen dann gemeinsam ein Pferd für dich aus, und da wäre es ganz angebracht, wenn du mit dabei wärst. So, laß mich deine Hände neu bandagieren, und dann geht es ab ins Bett."

Nachdem das Licht gelöscht war, lag ich noch einen Augenblick lang wach und dachte über das Verhalten meines Gefährten nach, der sich mir gegenüber in den letzten Tagen doch sehr verändert hatte. Weiter kam ich allerdings nicht mehr, denn nun forderte die Erschöpfung ihren Tribut und führte mich in ein friedlicheres Reich.

Es muß schon spät in der Nacht gewesen sein, als mich lautes Eisengeklirr in die Wirklichkeit zurückrief und ich erwachte, doch um mich herum war es völlig dunkel. Von der Treppe her hörte ich Stimmen, und schwere Fußtritte kamen die Stiegen herauf. Die Schritte näherten sich unserer Tür, und ich konnte die Stimme des Wirtes ausmachen: „Ja, das dort ist die Kammer der zwei Mönche. Eure Stube ist gleich dort, wenn Ihr mir bitte folgen wollt.“ Ein schmaler Lichtschein, vermutlich von der Öllampe des Wirtes herrührend, drang durch den Spalt unter unserer Tür.

Mittlerweile hatten sich meine Augen wenigstens soweit an die Dunkelheit der Kammer gewöhnt, daß ich die Tür erkennen konnte und zu meinem Erstaunen auch die Umrisse des Templers, der davorhockte und offenbar den Stimmen lauschte. Ich wollte mich bereits erheben, als er mit drei schnellen, lautlosen Schritten bei mir war und mich niederdrückte. „Bleib liegen!“ raunte er mir ins Ohr. „Ich wollte nur hören, worüber sie sich unterhielten.“

Inzwischen jedoch hatte sich der Lichtschein verloren, und es war genauso dunkel wie zuvor. Die Schritte entfernten sich, und vom Ende des Flures hörten wir das dumpfe Schlagen einer Tür. Kurz darauf näherten sich erneut Schritte, diesmal allerdings ohne Eisengeklirr, also mußte es sich wohl um den Wirt alleine handeln, der seinen Gast auf dessen Stube geführt hatte und nun wieder nach unten ging. Wieder, wie zuvor, näherte sich der Lichtschein, und gebannt verfolgten der Templer und ich, daß die Schritte abermals vor unserer Tür verhielten. Ganz deutlich war in der nun eintretenden Stille das Atmen eines Menschen zu vernehmen. Wie der weit entfernte Blasebalg einer Schmiede kroch dieses Atmen durch die Dunkelheit. Das leise Klopfen, das kurz darauf folgte, hämmerte stattdessen wie Donnerschläge in die angespannte Stille. Mit katzengleicher Geschmeidigkeit war der Templer in sein Bett gesprungen, und erst nach einem nochmaligen Klopfen antwortete er mit einem verschlafenen „Ja?“ Sogleich huschte ein Schatten durch die Tür, und die kleine Lampe tauchte den Raum in ein geradezu gespenstisches Licht.

„Entschuldigt, wenn ich Euch so spät in der Nacht noch störe, doch es ist wirklich sehr wichtig“, flüsterte der Wirt, seine Stimme klang sehr erregt.

„Was gibt es denn?“ fragte Arton mit gespielter Gleichgültigkeit.

„Dieser unheimliche Ritter hat ebenfalls bei mir eine Kammer. Er fragte nach Euch, und ich befürchte, daß er irgend etwas mit Euch vorhat. Ich weiß zwar nicht, wer Ihr seid, doch seht Ihr mir nicht aus wie Diebesgesindel, also nehmt Euch vor diesem schlechten Menschen in acht! Er versucht, etwas über Euch herauszufinden, und gnade Euch Gott, wenn er gefunden hat, was er sucht. Vertraut auf mein Gefühl, dieser Mann ist böse!“

„Danke, Wirt, für deine Warnung, wir werden sie zu beherzigen wissen, verlaß dich darauf“, flüsterte nun seinerseits der Templer.

„Ihr tut wirklich gut daran, aber nun werde ich Euch verlassen. Schlaft gut unter meinem Dach und achtet auf diesen Menschen!“ So schnell wie er gekommen war, verschwand der Wirt auch wieder, und uns blieb nichts anderes zu tun, als die Tür, so gut es ging, zu versperren und den Morgen abzuwarten in der Hoffnung, noch genügend Zeit zu haben, uns auf die Auseinandersetzung mit dem Ritter vorzubereiten.

Irgendwo in der Nähe krähte ein Hahn der aufgehenden Sonne entgegen, die durch das Fenster unserer Stube blinzelte und die Schatten der Nacht vertrieb.

Trotz der düsteren Prophezeiungen war ich wieder in einen tiefen Schlaf gesunken und fühlte mich jetzt ausgeruht und erfrischt. Arton stand bereits an der Waschschüssel und rieb sich mit einem großen Tuch den nackten Oberkörper ab. Mit Entsetzen sah ich die Narben unzähliger Peitschenhiebe auf seinem Rücken.

„Guten Morgen, mein Junge“, grüßte er mich, ohne sich dabei nach mir umzudrehen. „Kein schöner Anblick, was? Aber das ist schon lange her. So, und nun komm, ich werde dich waschen, wir haben heute noch viel zu erledigen!“ forderte er mich auf, und ich glaubte schon, mich verhört zu haben.

„Waschen?“ fragte ich deswegen recht ungläubig. „Wieso denn das?“

„Weil du dreckig bist und stinkst, ganz einfach. Also komm jetzt endlich her!“

Widerstrebend stellte ich mich neben ihn. Er half mir dabei, die Kutte abzustreifen, und rieb mich mit einem kalten Lappen ab.

Während das eiskalte Wasser mich umzubringen drohte, erzählte mir Arton, daß er diese rauhe Sitte von den Sarazenen übernommen habe und seither kein einziges Mal ernsthaft krank gewesen sei. – Und ich mußte ihm recht geben! Ich hatte nicht nur die Reinigung ohne Schaden überstanden, ich fühlte mich danach auch wirklich herrlich. Sowohl ich als auch alle meine Bekannten hatten bisher dieser „heidnischen Unsitte“ wenig abgewinnen können. Sogar mein Vater fand an ihr wenig Gutes. Jedenfalls gehörte Waschen bei uns wirklich zur Ausnahme, und von dieser wurde nur höchst selten abgewichen.

Wie neugeboren gingen wir hinunter in die Schankstube, wo uns der Wirt mit einem freundlichen „Guten Morgen“ begrüßte. „Am besten wird sein, Ihr verzichtet auf Euer Morgenmahl und verlaßt die Herberge, bevor der Ritter aufgestanden ist. Es tut mir leid, aber Ihr wißt, daß ich es gut mit Euch meine!“

Ja, das wußten wir, und so beherzigten wir widerstrebend seinen Rat, bedankten uns noch einmal und gingen dann, nachdem Arton bezahlt hatte und ich mir vom Wirt noch den Weg zum Bader hatte erklären lassen.

„Ich glaube, es ist wohl doch besser, wenn ich dich begleite“, meinte der Templer.

„Warum denn, er schläft noch, und du hast selber gesagt, daß mir wohl die geringste Gefahr droht.“

„Also gut, wir treffen uns wieder hier.“ Arton wandte sich dem Stall zu, um das Pferd zu holen, und da wir vorsorglich unsere Habseligkeiten mit nach unten gebracht hatten, bestand auch jetzt keine Gefahr mehr, dem Ritter in die Arme zu laufen.

Ich verabschiedete mich von meinem Gefährten, und während er sich zum Schmied aufmachte, schlug ich den Weg zum Bader ein. Ich steckte meine Hände wieder unter die Kutte und schlenderte vorbei an den vielen Händlern und Handwerkern, die die Gassen säumten. Der Wirt hatte recht, als er von einem bedeutenden Marktflecken sprach, denn obwohl der Tag noch recht jung war, wurde bereits überall Ware feilgeboten, und unzählige Menschen drängten sich zwischen den Ständen hindurch und liefen hin und her.

Gewürzstände, wo es nach Ingwer, Lorbeer und dergleichen roch, reihten sich an Gemüsestände mit reichem Angebot. Diese wiederum an solche, die mit allerlei Wolle und Leder ihr Geschäft zu machen versuchten. Ich schlängelte mich mitten hindurch, glücklich darüber, endlich wieder unter Menschen sein zu können. Gleichzeitig jedoch war ich ängstlich darauf bedacht, mich so wenig wie möglich anrempeln zu lassen.

Bald hatte ich allerdings das geschäftige Treiben hinter mir, und der Strom verebbte, bis er sich in ein Rinnsal Waren schleppender Menschen verwandelt hatte. Langsam bekam ich auch noch Hunger, stellte aber leider fest, daß der Templer mir bloß drei Kupfermünzen zugesteckt hatte, um den Bader zu bezahlen, also mußte mein Hunger erst einmal warten.

Als ich endlich in die Seitenstraße einbog, die der Wirt mir angewiesen hatte, war bereits eine gute halbe Stunde verstrichen, und unwillkürlich beschleunigten sich meine Schritte, denn zu stark war der Drang in mir, das pulsierende Leben des Marktes, die Menschen und ihre Waren wieder in mich aufzusaugen. Es war wirklich ein Labsal, nach all den Tagen der ungewohnten Entbehrungen und der Einsamkeit, die mir von jeher fremd war.

Endlich stand ich vor dem Haus, welches weiter keine Besonderheiten aufwies, wenn man davon absah, daß über dem Eingang ein metallener Äskulapstab hing, der wohl darauf hindeuten sollte, welchem Stand sich der Bewohner verpflichtet fühlte. Ohne auch nur einen Moment zu zögern, trat ich ein. Ein finsterer Flur bildete den Empfang für mich, untermalt von undeutlichem Stimmengemurmel, das seinen Ursprung irgendwo im dunklen Nichts zu haben schien. Langsam gewöhnten sich meine Augen an das diffuse Licht, so daß ich einige Gegenstände zu erkennen glaubte. Behutsam mich vortastend, versuchte ich ihnen auszuweichen, da wurde plötzlich rechter Hand von mir eine Tür aufgerissen, und Tageslicht durchflutete diese Höhle.

„Beim Teufel, wer hat denn im Flur das Öl ausgehen lassen? Man könnte ja meinen, ich hätte es nötig, selbst für meine Patienten zu sorgen! Ah, sieh da, der junge Mönch mit den verletzten Händen. Schön und klug, daß du gekommen bist. Tritt ein und setz dich. Nun, wie geht es dir? Haben die Kräuter dir geholfen?“ fragte er mich. Sein Redeschwall ließ ihm kaum Zeit, Luft zu holen.

„Ich glaube schon“, erwiderte ich.

„Wie, du glaubst? Natürlich haben sie dir geholfen, sonst wärst du heute doch wohl nicht gekommen, oder?“ In seiner Stimme schwang ein Hauch gekränkter Eitelkeit mit. Ich war verblüfft, denn seine Rückschlüsse waren so zwingend einfach, daß mir eigentlich nichts anderes übrigblieb, als ergeben mit dem Kopf zu nicken.

„Warte einen Augenblick, ich komme sofort wieder“, sagte er und verschwand durch eine andere Tür, die er sorgfältig hinter sich verschloß. Ich hörte ihn draußen mit jemand anderem sprechen, ohne allerdings ein Wort zu verstehen.

Ich nutzte statt dessen die Muße und sah mich in dem Raum um, dessen muffiger Geruch jedoch stark an meinem Wohlbefinden zehrte. Mir gegenüber an der Wand hing ein mit verschieden großen Gläsern randvoll bepacktes Regal. Auf jedem Glas stand in lateinischen Lettern der jeweilige Inhalt verzeichnet. Rechts davon befand sich ein reich verzierter Tisch, auf dem sich allerlei Döschen, Gläser und Töpfe stapelten. Hinter dem Tisch hingen an der Wand chirurgische Instrumente: Zangen, Scheren, Pinzetten in verschiedenen Größen, Nadeln, Messer, Sägen, alles fein säuberlich aufgereiht nach Größe und Gewicht.

Die Wand in meinem Rücken schmückte ein reich mit Gold verzierter Teppich, dessen Herkunft, nein, dessen Hiersein ich mir beim besten Willen nicht erklären konnte, der aber ein fesselndes Motiv darstellte: einen Sarazenen, der einem aufrecht stehenden Löwen die Hand reichte. Beide trugen eine goldene Krone und waren von der Größe her völlig gleich, und darunter stand in lateinischer Schrift ein Satz, der mich faszinierte: „Das Herz des Löwen und die Hand des Sarazenen beherrschen die Welt."

Es war ein wunderbares Werk, und soweit ich es beurteilen konnte, mußte dieses Kunstwerk ein Vermögen gekostet haben. Soviel verstand ich auch, dieser Teppich wäre sogar eine Bereicherung für den kaiserlichen Palast gewesen.

Der Gedanke kam mir so plötzlich, daß er mich erschreckte: Wie kam so ein Meisterwerk in diesen eher bescheiden wirkenden Raum, dessen Einrichtung doch sonst jeglichen Glanz vermissen ließ? Ein Bader, der offensichtlich nicht gerade viele Patienten betreute, verfügte wohl kaum über die Mittel, sich so eine Kostbarkeit zuzulegen.

„Gefällt es dir? Es ist die Anerkennung für eine Gefälligkeit, die ich einmal jemandem erwiesen habe. Ich bin Sammler von allerlei wertvollen Gegenständen, weil sie ihren Wert behalten und nicht wie das Geld den Launen der Menschen unterworfen sind. So, und nun zeig mir deine Hände!" Er hatte sich verändert, und auch seine Stimme klang jetzt härter, als ich es bisher von ihm gewohnt war. Ich vermied es, ihn nach der Herkunft des Teppichs zu fragen, denn allmählich beschlich mich ein Gefühl der Angst und Hilflosigkeit.

„Ich befürchte, es wird sehr schmerzhaft werden, aber das läßt sich nicht ändern", fuhr er fort und begann sich mit den Verbänden zu beschäftigen. „Es sei denn . . .“, hielt er plötzlich inne, als wäre ihm gerade jetzt die rettende Idee gekommen. „Ja, das ist eine Möglichkeit“, brummte er, ließ meine Hände los und erhob sich schwerfällig, um sorgfältig die Gläser an der Wand zu studieren.

„Hier ist es!“ rief er nach einer Weile freudig aus und hielt mir ein kleines Fläschchen entgegen. „Das ist eine Medizin, die ich günstig von einem der Händler erwarb, der oft in die Regionen der Kreuzfahrerstaaten reiste. Es hat die unglaubliche Eigenschaft, für eine gewisse Zeit die Sinne so zu betäuben, daß du keine Schmerzen verspüren wirst, wenn ich dir die Hautfetzen abschneide und die Wunden sorgfältig reinige. Aber die Entscheidung liegt selbstverständlich bei dir; entweder starke Schmerzen oder für eine Stunde schlafen.“

Ich betrachtete die klare Flüssigkeit in der Flasche und versuchte mir darüber klarzuwerden, welche Entscheidung wohl die richtige sei, doch schließlich überwog mein Mißtrauen. „Nun, ich glaube, ich werde die Schmerzen ertragen können“, sagte ich und versuchte meiner Stimme einen festen Klang zu geben.

Ein kaum merklicher Schatten der Enttäuschung huschte über das Gesicht des Baders. „Nun denn, du mußt es wissen, es sind ja schließlich deine Hände.“

„Es sind zwar seine Hände, aber der ganze Kerl gehört jetzt uns!“ dröhnte eine tiefe Stimme durch den Raum. Erschrocken fuhr ich herum zur Tür. Dort stand er, der Ritter, der uns am Abend zuvor so eingehend gemustert hatte. „Los, schnappt ihn euch!“ Diese Aufforderung galt seinen beiden Handlangern, die mit ihm in den Raum getreten waren. Bevor ich noch einen Gedanken an Gegenwehr oder gar an Flucht verschwenden konnte, hatten die beiden mich bereits überwältigt. „So, und nun wirst du brav die Medizin schlucken, die der Bader dir verordnet hat. Los, haltet ihn richtig fest!“

Verzweifelt bäumte ich mich auf, die Schmerzen vergessend, doch die Arme umklammerten mich wie Haltetaue. Mit aller Macht preßte ich die Zähne zusammen und versuchte mit den Füßen das Glas aus der Hand des Baders zu treten. – Vergeblich.

Einer hielt mir die Nase zu, und wollte ich nicht ersticken, mußte ich den Mund wohl oder übel öffnen. Die Flüssigkeit schmeckte bitter und brannte wie Feuer. Meine Arme und Beine begannen unkontrolliert zu zittern, und die zwei Handlanger drückten mich in den Stuhl zurück.

Mir brach der Schweiß aus, alles verschwamm vor meinen Augen. Der Ritter wurde noch größer, und der ganze Raum begann sich zu drehen. Ich versuchte zu schreien, aber kein Laut entfuhr meiner Kehle. Alles um mich herum war gefangen in einem gräßlichen Traum, aus dem ich nicht zu erwachen vermochte. Grelle Farben schossen mir durch den Kopf, dann wieder war alles in milchigen Nebel getaucht, verschwommen sah ich die grinsende Fratze des Baders, der sich mit riesigen Händen über mich beugte.

Wie Kirchenglocken dröhnten Stimmen in meinen Ohren, aber ich vermochte nicht mehr zu unterscheiden, wer nun eigentlich sprach. Sacht glitt ich hinab in eine tiefe Willenlosigkeit.

Es mußte eine geraume Zeit vergangen sein, aber plötzlich vernahm ich wieder Wortfetzen, und Gesichter schossen an mir vorüber, deren kalte Augen mich widerlich musterten. Ein Teil meiner selbst schwebte offenbar immer noch über mir, kreischte wirres Zeug, dessen Sinn ich nicht verstand.

Es war dunkel, als ich endlich erwachte, und rings um mich herum brannten mehrere Feuer, in deren gespenstischem Licht vierzig oder fünfzig Gestalten herumlungerten. Gesichter vermochte ich nicht zu erkennen, weil sie mir alle ihren Rücken zukehrten. Mühsam versuchte ich mich zu bewegen, aber Ketten hinderten mich daran, meine Lage zu verändern.

Meine Unruhe hatte aber Aufmerksamkeit erregt, denn eine mächtige Gestalt schälte sich aus der Gruppe vor mir und kam direkt auf mich zu. „Ah, da bist du ja wieder, wir machten uns schon Sorgen um dich, Friedrich. In unserem Eifer taten wir wohl etwas zuviel des Guten, aber wenigstens deine Hände kommen wieder in Ordnung! In der Hinsicht versteht der Bader ja offensichtlich einiges, besser gesagt, er verstand einiges davon." Es war der Ritter, wieder diese unheimliche Stimme, und ich fühlte seine bohrenden Blicke auf mich gerichtet, obwohl ich seine Augen nicht sehen konnte, da er mit dem Rücken zum Feuer stand. Irgend etwas in seinen Worten war mir völlig unverständlich, doch noch war ich viel zu benommen, um mir darüber weiter Gedanken zu machen. Die Erkenntnis sollte mir erst am nächsten Morgen zuteil werden.

Ich muß wohl wieder eingeschlafen sein, denn erst ein paar derbe Fußtritte brachten mich in die Gegenwart zurück. Die Sonne stand schon hoch oben am Himmel, und die Feuer waren bereits erloschen. Im ganzen Lager herrschte geschäftiges Treiben, jeder suchte nach seinen persönlichen Sachen. Es war eindeutig, die Männer rüsteten zum Aufbruch. Niemand schien mich weiter zu beachten. Die Kette war durch einen langen Strick ersetzt worden, und so hatte ich wenigstens die Möglichkeit, mich etwas zu bewegen und bequemer hinzulegen. Interessiert schaute ich den Männern zu und hatte indes Muße genug, mir wieder die Worte des Ritters vom vorhergehenden Abend in Erinnerung zu rufen. Jetzt fiel mir auch ein, was mich daran so gestört hatte; er hatte mich mit „Friedrich" angesprochen, doch warum bloß? Kannte er vielleicht nicht meinen richtigen Namen, woher auch, oder? Oder ...? Nein, das konnte unmöglich sein!

„He du, König! Steh auf!" fuhr mich einer der Männer an. „Komm, wir wollen weiter, dein Königreich wartet auf dich“, fügte er boshaft lachend hinzu.

„Was wollt ihr von mir?“ schrie ich ihn an. „Und warum nennt ihr mich Friedrich? Was in Herrgotts Namen habe ich euch denn getan?“

„Was ist hier los?“ Mit mächtigen Schritten löste sich der Ritter aus einer Gruppe Männer und kam auf mich zu.

„Ich will, daß ihr mich sofort freilaßt, und ich will wieder zurück nach Modena! Was wollt ihr überhaupt von mir?“ brüllte ich ihn an, vor Verzweiflung überschlug sich meine Stimme. Ein mächtiger Schlag seiner Pranke warf mich wieder zu Boden, von dem ich mich so mühsam aufgerafft hatte. Schallendes Gelächter war die Folge.

„Wir wissen, daß du nicht Friedrich bist, obwohl du ebenso unbeherrscht bist wie er. Wärst du es, dann hättest du jetzt keinen Platz mehr auf dieser Welt, aber wir kennen deinen Freund. Versuche also nicht, das Mönchlein zu spielen, dafür bist du auch viel zu laut! Ich weiß, welche Rolle du in dem Spiel übernehmen solltest, und jetzt ist es Zeit, daß du dich langsam daran gewöhnst, sie etwas mit Leben auszufüllen. Übrigens, mein Name ist Absalon von Petrarka, und dein Name lautet für die Zukunft Friedrich, und je schneller du dich damit anfreundest, desto besser für dich.“

„Ich werde nie Friedrich sein!“ stieß ich hervor.

Mit einem großen Schritt stand er über mir und riß mich mit einer Hand zu sich hinauf. „Arton hat dir kein Benehmen beigebracht. Das werde ich ändern! Und jetzt höre mir genau zu: Du wirst Friedrich sein, schon im Interesse deines Vaters wirst du das sein, was ich dir sage. Sollte das noch immer nicht reichen, dann im Interesse deines Freundes Arton. Alles hat seinen Preis, und diesmal bist du eben dran, die Zeche zu bezahlen, das ist alles.“

„Mein Vater ist in eurer Gewalt?“ fragte ich nun völlig gebrochen.

„Ja, seit dem Tag eures Aufbruchs verfolgen wir euch. Natürlich wußte mein Freund Tarran das, darum schlug er hinter Assisi den direkten Weg in die Berge ein und schüttelte so meine Männer ab. Erst hier in Modena fanden wir euch wohlbehalten wieder, und wenn man so will, brachten mich deine Hände in die unsrigen. Dein Vater ist schon lange unser Gast, aber mach dir um ihn keine Sorgen. Du wirst ihn bald besuchen können, denn sein jetziger Aufenthalt wird auch bald der deinige sein. Ich hoffe, du begreifst jetzt, worum es wirklich geht!“

Er wandte sich ab und erteilte weitere Anordnungen für den Aufbruch. Nachdem ich meine Notdurft verrichtet hatte, setzte man mich auf ein Pferd. Meine Beine wurden unter dem Bauch des Tieres zusammengebunden. Die Hände ließ man Gott sei es gelobt ungefesselt, so daß ich wenigstens das quälende Jucken unter den Verbänden ein wenig zu lindern vermochte. Zu meinem Erstaunen stellte ich fest, daß sie wirklich frisch verbunden waren.

Die Gruppe trennte sich, und während Petrarka mit der Masse der Leute in östlicher Richtung verschwand, zogen ich selbst und vier finster dreinblickende Bewacher in nördlicher davon. Die Führung unseres armseligen Häufleins hatte, wie ich erst später erfahren sollte, ein Deutscher mit Namen Edwin von Borken übernommen, der jedoch, was die Sprache anbelangte, keinerlei Verständigungsprobleme mit den anderen hatte.

Der Tag war noch jung, und unser Weg führte uns durch einen tiefen, furchteinflößenden Wald, der bei meinen Bewachern offensichtlich dieselben Gefühle weckte wie bei mir, denn wie auf ein verabredetes Zeichen rückte die Gruppe enger zusammen. Obwohl, wie ich feststellen konnte, die vier hervorragend bewaffnet waren, gaben sie doch der Sicherheit den Vorzug.

Die Sonne brannte unbarmherzig vom Himmel herab, und selbst der dichte Wald bot kaum noch Schutz vor ihrer Gewalt und erinnerte mich an den Tag, an dem meine Odyssee begonnen hatte, deren Verlauf doch so ganz anders war, als es sich Arton und mein Vater vorgestellt hatten. Nun ritt ich einem ungewissen Schicksal entgegen, von dessen weiteren Bestimmungen ich nur Bruchstücke erahnen konnte.

Nachdem wir den Wald verlassen hatten, entschied sich von Borken für eine erste Rast. Zwei meiner Bewacher halfen mir dabei, vom Pferd zu steigen, banden mir allerdings sofort wieder die Beine zusammen und lehnten mich an einen Baum. Ich war mir nicht ganz sicher, hatte aber den Eindruck, als ob sich Unmut in der Gruppe breitmachen würde. Den Grund dafür konnte ich nicht erahnen und wollte es auch gar nicht, denn im Moment quälte mich eine ganz andere Frage: Was war an diesem Morgen mit Arton geschehen? Hatte der Ritter ihn ebenfalls überwältigen lassen oder gar getötet? Oder konnte er womöglich noch im letzten Moment fliehen? Ich zwang mich zur Ruhe und dachte an Petrarkas Worte, aus denen ich schloß, daß sie ihn noch nicht getötet hatten. Aber wenn sie ihn gefangengenommen hatten, warum war er dann nicht hier? Nein, sie suchten ihn noch! Ich war mir fast sicher, der Templer war noch frei!

Wenigstens diese kleine Hoffnung konnten sie mir nicht nehmen, doch das änderte natürlich nichts daran, daß meine gegenwärtige Lage mehr als trostlos war. Selbst wenn sie nicht die Absicht hatten, mich sofort zu töten, so lag doch mein Wohl und Wehe ganz in den Händen dieser Männer. Ich zermarterte mir den Kopf darüber, wie sie es bewerkstelligen wollten, aus mir und gegen meinen Willen einen zweiten König von Sizilien zu machen.

„Na König, die Fesseln bekommen dir wohl nicht? Aber ich gebe dir einen Rat; genieße doch wenigstens die Zeit, in der du an der frischen Luft bist. Morgen oder übermorgen wird das nämlich alles schon ganz anders sein!" Mit diesen geradezu aufmunternden Worten ließ sich einer meiner Bewacher grinsend neben mir nieder, während er genüßlich an seinem Apfel kaute. Er mochte etwa fünfzig Jahre alt sein und trug ein völlig verschlissenes Wams aus Tuch, das mit zahllosen Lederflicken übersät war. Sein abstoßendes Gesicht war von Blatternnarben entstellt, die, schlecht verheilt, sein ganzes Gesicht überzogen. Doch viel wichtiger als sein unangenehmes Äußeres war die Tatsache, daß mir mit seinem Apfel schlagartig bewußt wurde, wie hungrig ich eigentlich war. Seit dem Aufenthalt in dem Gasthaus hatte ich nichts mehr zu mir genommen. Offensichtlich war ihm mein gieriger Blick nicht verborgen geblieben, denn er erhob sich knurrend und ging zu seinem Pferd. Mit der Aufmerksamkeit des Hungers sah ich ihm dabei zu, wie er in seinen Satteltaschen herumkramte, bis er schließlich mit etwas in Tuch Eingewickeltem zurückkam. „Junge, du sollst wenigstens nicht verhungern!" Mit diesen verheißungsvollen Worten entfernte er das Tuch, zum Vorschein kamen die Reste eines gebratenen Kaninchens, das er wohl am Vortage erlegt hatte. Ohne mir die Fesseln zu lösen, begann er mich zu füttern, und ich zögerte keinen Augenblick und aß, so schnell ich konnte, wußte ich doch, daß er es mir jederzeit wieder wegnehmen konnte.

Zwischen zwei Bissen sah ich ein Lächeln in seinem Gesicht, das jetzt nicht mehr so abstoßend wirkte wie noch vor wenigen Augenblicken.

Ein derber Fußtritt des Deutschen warf ihn zur Seite, und das Karnickel flog unerreichbar für meinen stöhnenden Magen hinter uns in die Büsche. „Wer hat dir denn erlaubt, diesem Bastard etwas zu essen zu geben? Sieh lieber zu, daß du auf dein Pferd kommst!"

Schwerfällig erhob sich der Mann, am ganzen Körper bebend vor Wut, richtete er sich zu seiner vollen Größe auf. „Mach das nie wieder,

Deutscher, es könnte dich sonst den Kopf kosten." Seine Stimme verströmte eine unglaubliche Kälte.

„Ach ja?" erwiderte der Anführer höhnisch. „Du drohst mir also? Nun, wir hatten schon lange nichts mehr zu lachen. Vielleicht sollte ich dir gleich hier den Wanst aufschlitzen. Was meinst du dazu?"

„Du solltest diese Frage wohl besser uns beiden stellen. Vielleicht sollten wir dich zu unserer Unterhaltung benützen. Sicherlich wärst du besser dafür geeignet." Auch der vierte hatte sich nunmehr erhoben und trat von Borken ebenfalls drohend gegenüber. Die Stimmung war zum Zerreißen gespannt, und die Luft war erfüllt vom Haß, der zwischen diesen Männern stand.

Borken war dieser Übermacht nicht gewachsen, und so überraschte es mich nicht, daß er sich mühsam beherrschte und nachgab: „Also Männer, in Gottes Namen, wir haben noch einen weiten Weg vor uns, und es wäre bestimmt nicht in Absalons Interesse, wenn wir uns gegenseitig umbringen. Laßt uns jetzt aufsitzen und weiterreiten!"

„Erst bekommt der Junge etwas zu essen!" setzte der Alte entschlossen nach. „Absalon hat nichts von Verhungern gesagt. Es wäre wohl auch nicht in seinem Interesse, wenn uns der Junge unterwegs vor die Hunde geht, und ich verspüre noch kein Verlangen, wegen deiner Dummheit in Stücke gehackt zu werden."

Es war nicht zu übersehen, wie dem Deutschen alles Blut aus dem Gesicht wich. Diese Herausforderung traf ihn wie einen Schlag ins Gesicht, aber er bezwang sich, machte auf dem Absatz kehrt und schritt zu seinem Pferd. Befriedigt knurrend erhob sich der Alte und suchte in den Büschen nach den Resten des Kaninchens. Zu meinem Glück fand er es wieder und reinigte es ein wenig, bevor er mich erneut zu füttern begann. Währenddessen hatten sich auch die anderen wieder ihren Pferden zugewandt und warteten auf uns.

Nachdem ich gegessen hatte, ging es mir bedeutend besser, obwohl ich es doch schon bereute, meine Möglichkeiten nicht besser genutzt zu haben. Während des Essens hatte der Alte kein Wort mit mir gesprochen, jetzt aber, da die anderen etwas weiter von uns weg waren und sich mehr oder weniger mit ihren Pferden beschäftigten, raunte er mir ein freundliches „Kopf hoch!" ins Ohr. Kurz darauf half mir der Alte auch noch aufs Pferd, wobei er zu meiner Freude darauf verzichtete, mir die Beine unter dem Bauch des Pferdes zusammenzubinden, was von Borken mit deutlichem Mißfallen zur Kenntnis nahm.

Dann endlich setzte der Trupp sich wieder in Bewegung.

Das Wetter hatte sich verschlechtert. Ein leiser stetiger Nieselregen setzte ein, dessen winzige Tröpfchen alsbald durch mein Gewand drangen, so daß ich erbärmlich zu frieren begann. Ich hatte den Eindruck, daß die Stimmung meiner Bewacher auf einen neuen Tiefststand gesunken war, denn die Aussicht, die Nacht im Freien zu verbringen, und das bei diesem Wetter, konnte nun wirklich keinem ein Lächeln entlocken.

An einen Unterschlupf war natürlich nicht zu denken, denn keiner wollte die Gefahr einer Entdeckung riskieren. So rasteten wir nach Einbruch der Dunkelheit unter der schützenden Krone einer mächtigen Eiche. Sofort gingen die Männer daran, Brennholz zu suchen und mit Hilfe von Zündstein ein Feuer zu entfachen, doch infolge des noch immer andauernden Nieselregens erwies sich dieses Vorhaben als aussichtslos, und so gaben sie es schließlich fluchend auf und rückten statt dessen enger zusammen, was mir allerdings überhaupt nicht weiterhalf, weil man von Borken und mich abseits liegenließ.

Schlafen konnte ich nicht, denn ich fror nicht nur schrecklich, sondern zermarterte mir auch den Kopf über die mageren Aussichten einer eventuellen Flucht. Zu allem Unglück schmerzten mich auch meine Hände wieder, denn die Fesseln schnitten allzutief ins Fleisch, und jede Bewegung ließ mich aufstöhnen. Neben all diesen Qualen mußte ich auch noch meine Notdurft mit gefesselten Händen verrichten, was mich fast zum Wahnsinn brachte.

Die Nacht war lang, und anscheinend waren meine Schwierigkeiten auch die Schwierigkeiten des Alten, denn ich störte wohl ganz erheblich seine Nachtruhe.

Nach einer Weile rutschte er brummend zu mir rüber und überprüfte tastend die Verbände an meinen Händen, und ohne ein Wort zu verlieren, durchschnitt er die Fesseln. Ein unbeschreibliches Glücksgefühl durchströmte mich genauso wie das Blut, das nun wieder ungehindert durch meine Adern fließen konnte.

„Freu dich nicht zu früh!" raunte der Alte mir zu und band die Füße mit einem Ende des Lederriemens zusammen. Zusätzlich band er mir ein Seil um den Hals und nahm sowohl das Leder als auch das Seilende mit zu seiner Schlafstelle. Wenigstens hatte ich nun die Hände frei und konnte mich etwas bewegen. Ein Versuch, trotz meiner Bandagen das „Halsband" zu lösen, scheiterte allerdings kläglich. Von Borken schien von all dem nichts bemerkt zu haben, sicher war ich mir dessen aber nicht.

Es müßte mir doch gelingen, Friedrich zu warnen und gleichzeitig etwas über meines Vaters und Artons Schicksal in Erfahrung zu bringen. Doch in meiner jetzigen Lage war an Flucht nicht zu denken, denn dazu war es wenigstens erforderlich, meine Hände leidlich gebrauchen zu können, und das konnte noch lange dauern, jedenfalls lange genug, um Friedrich gefangenzunehmen oder gar zu töten, vorausgesetzt, Artons Zeitplan stimmte noch immer. Resigniert kam ich zu dem Schluß, daß ich im Moment nichts anderes tun konnte als zu warten und erst einmal an mich selber zu denken.

Irgendwie muß ich im Laufe der Nacht doch in einen unruhigen Schlaf gesunken sein, denn es war bereits hell, als ein unsanfter Fußtritt des Deutschen meinen Träumen ein jähes Ende bereitete. Wenn er es gesehen hatte, daß meine Hände ungefesselt waren, ließ er es sich jedenfalls nicht anmerken. Er wandte sich von mir ab und schritt zu seinem Pferd, ohne mich eines Blickes zu würdigen. Ich wußte, daß mir in ihm ein gefährlicher und rachsüchtiger Gegner erwachsen war; jemand, auf den ich unbedingt achten mußte!

Der Alte gab mir einen Apfel zu essen und half mir aufs Pferd. Da er auch jetzt noch meine Hände freiließ, band er mir wieder die Füße zusammen und hielt den Zügel, während er selbst aufsaß.

Der Weg, wenn es denn einer sein sollte, wurde immer beschwerlicher. Oft mußte der Voranreitende, meistens war es der von Borken, absteigen, um mit dem Schwert das Vorankommen zu ermöglichen, denn Dornen und Unterholz raubten die Luft zum Atmen. Ab und zu drehte der Alte sich nach mir um und musterte mich aufmerksam, so, als wolle er mir etwas sagen, was er dann aber doch nicht über die Lippen zu bringen vermochte. Dann lösten sie sich an der Spitze ab, und von Borken ritt hinter mir, und ich brauchte mich erst gar nicht umzudrehen, um zu wissen, daß seine haßerfüllten Blicke auf mir und den anderen ruhten.

Erneut zog sich der Himmel zu, und es begann zu regnen, diesmal sogar noch heftiger als am Vortage – es würde also wieder kein Feuer geben, wenn wir unser Ziel, wo auch immer das sein mochte, nicht bis zum Abend erreichen konnten. Wind kam auf. Die Bäume um uns herum knackten im Geäst, und das Rauschen ihrer Kronen verstärkte noch mein Gefühl der Einsamkeit, zumal meine Lage auch wirklich trostlos war.

Unwillkürlich strebte mein Pferd zu dem meines Vordermannes, und ich ließ es gewähren in der Hoffnung, vielleicht so dem Alten ein paar Geheimnisse zu entlocken, um mir wenigstens meine brennendsten Fragen beantworten zu lassen. Endlich auf seiner Höhe angelangt, versuchte ich möglichst unauffällig die Aufmerksamkeit des Alten zu erlangen. Erschrocken fuhr ich zurück, als mich sein Blick traf; wie glühendes Eisen stierten mich seine blutunterlaufenen und fiebrig glänzenden Augen an. Dieser Blick hatte nichts Menschliches mehr an sich, und das waren auch nicht mehr die Augen des Mannes, der mir noch vor wenigen Stunden aufs Pferd geholfen hatte. Dies hier waren Augen und Gesichtszüge eines Wahnsinnigen!

Einer plötzlichen Eingebung folgend, fuhr ich herum und sah in die hämisch grinsende Fratze des Deutschen. Die Wandlung im Zustand des Alten war mir unerklärlich. Wie konnte ein augenscheinlich völlig gesunder Mensch in so kurzer Zeit dem Wahnsinn verfallen sein, und das auch noch ohne jeden ersichtlichen Grund? Es war fürchterlich, und ich beschloß, auf der Hut zu sein. Was sollte ich auch sonst tun? Wen sollte ich um Hilfe bitten?

Lautlos war der Deutsche auf meine Höhe geritten, ängstlich zuckte ich zurück, als er mich ansprach: „Na, was ist denn aus deinen Beschützern geworden? Meinst du, sie werden dir noch immer beistehen können? Sie werden es nicht, und an deiner Stelle wäre ich sehr froh, wenn sonst nichts weiter geschieht.“ Haß und Triumph schwangen in seiner Stimme mit, und die abgrundtiefe Gehässigkeit lief mir eiskalt den Rücken herunter.

Zum erstenmal in meinem Leben verspürte ich den Wunsch zu töten. Ich fühlte, wie Haß und die Gier zu morden von mir Besitz ergriff. Diese Welle aus unbändiger Wut und Verzweiflung riß mich mit sich fort, und trotz der Bandagen suchten sich meine Hände ihren Weg an den Hals dieses Satans, doch sein schallendes Lachen ließ mir bewußt werden, wie hilflos ich in Wirklichkeit war. Ich hatte keine andere Wahl, als mich wohl oder übel in mein Schicksal zu fügen. Ich wußte zwar immer noch nicht, was mit dem Alten und mit den anderen geschehen war, aber wenigstens kannte ich den Verantwortlichen für dieses grausame Verbrechen.

Die Nacht war schon hereingebrochen, als wir endlich unser Ziel erreichten. Mitten im Wald erhoben sich vor uns die Türme einer Burg. Trotz der Dunkelheit war ich mir fast sicher, daß es sich um ein ehemaliges römisches Kastell handeln mußte, denn die geometrische Form seiner Anlage, soweit ich sie von hier draußen beurteilen konnte, ließ keinen anderen Schluß zu. Ohne daß einer meiner Bewacher Anstalten machen mußte, sich erkennen zu geben, zerbrach die Stille um uns herum vom Rasseln der Eisenketten, als sich die schwere Falltüre senkte und uns so als Brücke über den Graben diente, der sich irgendwo im Dunkeln verlor und vermutlich um die ganze Burg erstreckte. Offensichtlich wurden wir schon erwartet, denn genauso geheimnisvoll, wie sich das Tor geöffnet hatte, schloß es sich wieder, nachdem wir die Brücke hinter uns gebracht hatten.

Während der Innenhof von vier großen Fackeln in ein gespenstisches Licht getaucht wurde, ritten wir quer durch das Kastell bis zum Südturm. Dieser war ein mächtiger steinerner Koloß, dessen Spitze die Nacht verbarg, die mir hier fast vollkommen erschien, wenn man von den spärlichen Fackeln absah, die den Eingang des Turmes nur dürftig erhellten. Bis auf von Borken wendeten meine Bewacher schattengleich ihre Pferde und verschwanden. Mein Pferd stand wie aus Stein gemeißelt und zu völliger Bewegungslosigkeit erstarrt, während der Zügel, bisher in der Hand des Alten, haltlos herabhing. Eine unnatürliche Stille lag über uns, und ich hatte Angst. Ich wußte zwar nicht, wovor oder vor wem, aber dieses Gefühl war allgegenwärtig in seiner Bedrohlichkeit.

Erschrocken fuhr ich zusammen, als sich das Turmportal knirschend öffnete und eine in tiefes Schwarz gehüllte Gestalt heraustrat, unverkennbar ein Mönch. Lautlos, fast schwebend kam er auf uns zu. Die Kapuze hatte er tief über den Kopf gezogen, und so erkannte ich nur ein schwarzes Nichts, wo eigentlich das Gesicht hätte sein sollen. Was mir allerdings sofort auffiel, als er vor uns stand, war eine schmiedeeiserne Kette, die er anstelle des sonst üblichen Seiles um die Taille geschlungen hatte.

„Kommt, Ihr werdet erwartet!" Wortlos löste mir der Deutsche die Fesseln, und nachdem er mir vom Pferd geholfen hatte, schritt er, mich hinter sich herziehend, in dieses finstere Gemäuer, in dessen Innern weitere Fackeln brannten. Es gab dort nichts außer den Fakkeln und ein paar armseligen Holzbänken.

Der Mönch, oder was immer er sein mochte, winkte uns, ihm zu folgen, und so stiegen wir eine schmale Treppe, hinauf in den ersten Stock. Wir passierten eine geöffnete Tür, die uns den Blick freigab in einen mittelgroßen Raum, in dem sich mehrere dieser schwarzgekleideten Kapuzenmänner aufhielten, offenbar damit beschäftigt, im schummrigen Licht einer Handvoll Kerzen entweder Bücher zu schreiben oder diese zu kopieren. Warum sie das allerdings nachts taten, war mir ein Rätsel.

Stärker noch als mein Ekel vor von Borken war meine Neugier, und so überwand ich meinen Abscheu und fragte flüsternd: „Sind wir hier in einem Kloster?“

„Ja, in einem ganz besonderen Kloster“, antwortete er höhnisch, aber ebenso leise wie ich. „Aber jetzt komm, wir dürfen den Mönch nicht verlieren!“ Er riß mich zurück, als er sah, wie ich mich an die Turmwand lehnte. „Verdammt, laß das! Zum Teufel noch mal, du darfst hier nichts anfassen, hast du mich verstanden?“

„Warum nicht? Was geht hier vor?“ fragte ich verwirrt. Doch mich keiner weiteren Antwort würdigend, beschleunigte er seinen Schritt und hetzte die Treppe hinauf. Es war wohl nicht nur die Sorge, den Mönch aus den Augen zu verlieren. Er hatte Angst!

Zwar wußte ich nicht warum, jedenfalls erwartete uns der Mönch auf dem nächsten Treppenabsatz. „Wartet hier!“ forderte er uns auf und verschwand hinter einer Tür.

Die Neugier ließ mich nun nicht mehr los, und ich nutzte die Abwesenheit des Mönches, um mehr in Erfahrung zu bringen. „Was ist denn an diesem Kloster so Besonderes, daß man nicht einmal die Wände anfassen darf?“ versuchte ich es abermals, doch Edwin von Borken kam nicht mehr dazu, mir diese Frage zu beantworten, denn unversehens war der Mönch wieder zu uns getreten und führte uns durch die geheimnisvolle Tür in einen matt erhellten Raum. Zwei flackernde Kerzen standen auf einem großen, schweren Tisch und unterstrichen eher noch die Dunkelheit, die uns umgab. Der Raum selber war, soweit ich das überhaupt sehen konnte, spartanisch eingerichtet, denn außer dem wuchtigen Tisch befanden sich nur noch ein paar Stühle und ein kleiner Schrank darin. Von Bildern, Figuren oder gar einem Teppich war nichts zu sehen. Den einzigen vermeintlichen Luxus stellte eine große Bücherwand dar, die sich hinter dem Schreibtisch erhob und die gesamte Rückwand beherrschte.

„Setzt Euch!“ befahl der Mönch. „Der Abt wird gleich kommen.“ Genauso lautlos, wie er vorhin gekommen war, verschwand er und ließ uns allein zurück.

Schweigend saßen wir vor dem Tisch, und mich beschlich wieder dieses Gefühl der Furcht. In der Hoffnung, mich dadurch etwas abzulenken, beugte ich mich vor, um mir eines der auf dem Tisch liegenden Bücher genauer anzusehen. Wieder riß mich der Deutsche zurück und fuhr mich an: „Zum Teufel noch mal, ich hab dir doch gesagt, daß du hier nichts anfassen darfst. Nicht einmal die Wände darfst du berühren! Hast du mich jetzt verstanden? Du wirst sonst für

Petrarka wertlos, und was das für dich und deinen Vater bedeutet, brauche ich dir doch wohl nicht zu erklären!"

„Was ist das für ein gottverlassenes Kloster, in dem man noch nicht einmal die Wände berühren darf?" fauchte ich ihn an.

„Das wird dir ein anderer erklären!" erwiderte er fast schon flüsternd, und anstelle des Hohns war es jetzt nur noch die Furcht, die seine Stimme erfüllte. Wenn ich bis zu diesem Augenblick auch noch gezweifelt hatte, so war ich mir jetzt sicher, daß dieser skrupellose Teufel wirklich Angst hatte.

Doch ich kam nicht mehr dazu, mir weiter Gedanken zu machen, denn fast lautlos öffnete sich die Tür neben dem Regal, und eine großgewachsene Gestalt, wie die anderen in Schwarz gehüllt, schlurfte auf den Schreibtisch zu.

Wie von einer Schlange gebissen, erhob sich von Borken bei dessen Eintritt. Erschrocken tat ich es ihm nach und beobachtete neugierig und furchtsam zugleich den vermeintlichen Herrn des Klosters, denn daß es sich um diesen handeln mußte, erkannte ich daran, daß im Unterschied zu den anderen Mönchen eine goldene Kette seine Taille „zierte". Schwerfällig setzte er sich und musterte uns unter seiner Kapuze hervor, doch wie bei den anderen blieb sein Gesicht dabei verborgen, was wohl auch in seiner Absicht lag.

Seine Stimme klang hohl, jedenfalls bei weitem nicht so, wie ich sie mir vorgestellt hatte. „Du bist also der künftige Friedrich! Nun ja, es mag wohl eine große Ähnlichkeit vorhanden sein, und für dich hoffe ich, daß sie auch ausreichen wird. Ich bin der Abt dieses Klosters, und ich empfehle dir, alles das zu tun, was man von dir verlangt, möchtest du nicht dein ganzes Leben hier verbringen, denn das wäre dein Los, solltest du meinen Anordnungen nicht Folge leisten." Mit dem Verhallen seiner letzten Worte schob er seine Hand vor, bis sie vom Kerzenschein erfaßt wurde.

Es war eine grauenvolle Klaue, die sich mir darbot, nur der Zeige- und Mittelfinger waren überhaupt noch vorhanden. An letzterem schimmerte in feurigem Rot ein großer Rubinring, während der Handrücken von kleinen Geschwüren und Knoten halb zerfressen war.

Entsetzt fuhr ich zurück. „Mein Gott", stammelte ich, erhob mich unwillkürlich vom Stuhl und starrte auf dieses verfaulte Stück Fleisch. „Mein Gott, es ist . . .!"

„Ja!" Ein markerschütterndes Lachen erfüllte den Raum und dröhnte in meinen Ohren. „Ja, es ist Aussatz. Alle hier haben diesen

Auswurf des Teufels. Wir sind ein Lepra-Orden, und du wirst unser jüngster Bruder sein, wenn du nicht beherzigst, was ich dir eben gesagt habe. Jetzt setz dich wieder hin!" befahl er fauchend.

Ich starrte auf diese Klaue, bis sie aus dem Lichtkreis verschwunden war. Jetzt erst wurde mir bewußt, wie grausam es das Schicksal mit mir meinte, mich hier in dieser Hölle lebender Toter zu begraben.

Doch so furchtbar diese Erkenntnis für mich auch war, so sehr mußte ich mich zusammennehmen, denn alles, was dieser Abt mir von jetzt an sagte, war lebens-, überlebenswichtig.

„Wie war die Reise?" fragte er nun allerdings den Deutschen, ohne mich weiter zu beachten. „Und wie geht es Absalon von Petrarka?"

„Er versucht noch immer, den König von Sizilien abzufangen. Der Ritt hierher war nicht weiter anstrengend, bis auf Turgan. Er widersetzte sich wiederholt meinen Befehlen."

„Ich werde mich um ihn kümmern!" zischte der Abt, und mir war es so, als sei die Stimme, die diese Worte sprach, noch einen Grad näher am Grab. Es bedurfte keiner großen Fantasie, um zu begreifen, was die letzten Worte des Abtes für den „Alten" bedeuten würden, der mir doch nur ein wenig helfen wollte.

„Ich erwarte allerdings von dir, daß du in Zukunft selber mit deinen Männern zurechtkommst, und zwar ohne irgendwelche Schwierigkeiten. Es sei denn, du legst keinen Wert mehr darauf, der Erste unter Ihresgleichen zu sein." Diese offene Drohung hatte die gleiche Wirkung auf Edwin von Borken wie die Androhung eines Todesurteils, denn er saß kerzengerade da und wagte es nicht einmal, mit den Wimpern zu zucken.

„So, und nun laß mich mit ihm allein!" Kaum waren die letzten Worte verklungen, öffnete sich hinter uns die Tür und ein Mönch trat lautlos ein, um den sichtlich eingeschüchterten Deutschen nach draußen zu begleiten.

Wir waren allein, und schon wandte der Abt sich wieder mir zu. „Du weißt, daß dein Vater auch hier ist?" Ich nickte, und so fuhr er fort: „Du weißt auch, daß du nur zu einem bestimmten Zweck hier bist und daß es an dir liegt, ob und wie lange du und dein Vater leben werden?" Abermals war ich nur dazu in der Lage, seine Frage mit einem Nicken zu beantworten. Der Schock saß zu tief, als daß ich schon wieder Herr meiner Stimme hätte sein können. „Du wirst hier das lernen, was Friedrich, der König von Sizilien, jetzt schon kann, und du wirst es schnell lernen müssen. Für den Augenblick jedoch wirst du etwas zu essen bekommen und dich dann ausruhen. Morgen wird für dich ein neues Leben beginnen."

Er erhob sich schwerfällig, und ich schaute ihm nach, bis er durch dieselbe Tür verschwunden war, durch die er wie ein schlechter Traum in mein Leben getreten war. Verwirrt erhob ich mich nun ebenfalls, noch immer unter dem Eindruck dessen stehend, was ich gerade erlebt hatte.

Die Stimme des Mönchs zerriß diese unwirkliche Stille, und erschrocken fuhr ich zusammen und starrte ihn an. Ich wußte nicht, wie lange er schon im Raum gestanden hatte, irgendwie war es auch nicht wichtig. „Komm jetzt!"

Widerspruchslos folgte ich ihm. Unser Weg führte noch zwei Stockwerke höher, bis er mich durch eine offene Tür in einen kleinen Raum treten ließ. An den Wänden hingen zwei Leuchter, und so fiel es mir nicht schwer, mein neues „Zuhause" zu überblicken. Mitten in der Kammer drehte sich der Mönch, und im Schein der Leuchten sah ich eine schwarze Ledermaske, unter der sich sein Gesicht verbarg.

„Du wirst für einige Zeit hierbleiben. Alle Gegenstände in diesem Raum sind rein. Du brauchst also keine Angst davor zu haben, etwas anzufassen."

Hinter dem Mönch fiel die Tür ins Schloß, ohne daß er sie auch nur berührt hätte.

Langsam, unendlich langsam, wie aus einem Alptraum erwachend, kam ich zu mir, rannte schreiend zur Tür und hämmerte voller Verzweiflung mit meinen Fäusten gegen die Eisenbeschläge. Ich wußte nicht, was mir dabei mehr Schmerzen verursachte, meine Fäuste oder diese grenzenlose Verzweiflung. Doch alles Auflehnen war zwecklos. Es rührte sich nichts, gar nichts.

Erschöpft sank ich zu Boden und fiel in einen Schlaf, bis mich schließlich mein bohrender Hunger weckte. Allmählich raffte ich mich auf und ging zum Tisch, auf dem eine Schale Obst und kalter Braten für mich bereitstanden. Vorsichtig nahm ich die Bandagen ab, mußte dabei die Zähne zu Hilfe nehmen, und war doch sichtlich erstaunt über das Ergebnis. Die Wunden waren recht gut verheilt, viel besser, als ich es erwartet hatte. Jetzt endlich konnte ich meinem Hunger freien Lauf lassen. Gierig verschlang ich das Essen und löschte meinen Durst mit kühlem, wohlschmeckendem Wasser, das reichlich vorhanden war.

Mit jedem Bissen, den ich zu mir nahm, gelang es mir besser, meine Gedanken und Gefühle unter Kontrolle zu bringen. Es war doch einfach unmöglich: Ich war Gefangener eines Ordens von Leprakranken.

Noch nie, bis zur vergangenen Nacht nicht, hatte ich jemals etwas von seiner Existenz gehört, geschweige denn etwas gelesen. Bei uns zu Hause, und das galt wohl für jeden Ort auf der mir bekannten Welt, waren Leprakranke von Gott verfluchte Aussätzige, die sich nur unter ständigem Läuten eines kleinen Glöckchens in der Gesellschaft gesunder Menschen bewegen durften, denn jeder Aussätzige mußte für die anderen schon von weitem als solcher zu erkennen sein. Leider wußte ich recht wenig über diese Krankheit, nur daß sie sich infolge der Kreuzzüge mehr und mehr ausbreitete. Die Befallenen mußten ihre Familien verlassen und vor die Städte in die Aussätzigenkolonien ziehen, um dort oftmals jahre- und jahrzehntelang Stück für Stück zu verfaulen. Sie lebten vom Betteln, weil niemand von ihnen hergestellte Waren kaufen würde – und hier gründeten diese vom Teufel Gegeißelten eine eigene Abtei. Einfach unglaublich.

Für mich galt es jedoch erst einmal herauszufinden, was aus meinem Vater geworden war, alles andere stand im Moment nicht in meiner Macht. Auf die vage Hoffnung, daß womöglich dem Templer die Flucht gelungen sein mochte, konnte ich mich nicht verlassen, und so blieb mir gar nichts anderes übrig, als meine Träume und Wünsche fürs erste hier auf diesem lebenden Friedhof zu begraben und mich dementsprechend zu verhalten. Alles andere war reine Illusion, und die war in diesen Mauern nun wirklich fehl am Platze.

Ich mußte auf andere Gedanken kommen, und so begann ich mir mein neues Reich etwas genauer anzusehen. Was mir sofort auffiel, war das Fehlen eines Fensters, und so begrub ich erst einmal die Hoffnung auf Tageslicht. Zudem gab es nur diese eine Tür, sonst konnte ich keinen weiteren Eingang entdecken. Der Tisch war grob gezimmert, das Bett mit Schafwolle gepolstert und fast ebenso bequem wie mein eigenes zu Hause. Zu Hause – bei dem Gedanken an meine Heimat und an das, was ich alles zurückgelassen hatte, um schließlich nach dieser Irrfahrt nun vermutlich hier endgültig zu stranden, schossen mir die Tränen in die Augen, und ich weinte hemmungslos.

Ich kam erst wieder zu mir, als ich von irgend etwas unsanft in die Seite gestoßen wurde. Erschrocken fuhr ich hoch und sah, wie einer der Mönche, diesmal mit einem langen Stock in der Hand, mich aufforderte, ihm zu folgen. An seiner Stimme erkannte ich, daß es sich um den gleichen handeln mußte, der mich am Abend zuvor in meine Kammer geführt hatte. An der Türschwelle blieb er stehen und wandte sich mir zu. „Merke dir, es wird nur in den Räumen selbst gesprochen, niemals außerhalb. Jetzt komm.“

Wieder folgte ich ihm, vorbei an den Kammern der einzelnen Stockwerke, bis hinunter zum Ausgang. Es war noch immer dunkel, und nur im Osten kündigte ein blutroter Himmelsstreifen den Beginn des neuen Tages an. Wir überquerten den Innenhof und traten in ein längliches Gebäude, dessen Bedeutung mir allerdings noch ein Rätsel war. Ganz im Gegensatz zu dem düsteren Turm sorgten hier großzügige Fensterflächen dafür, dem Tageslicht Einlaß zu gewähren. Noch allerdings waren es Fackeln, die für das nötige Licht sorgten. An der westlichen Seite des Raumes hingen mächtige Steinkugeln von der Decke herab, während sich diesen gegenüber ein fest mit dem Boden verbundenes Gittergerüst befand, bestehend aus Rechtecken, die wiederum mit Eisenstangen verbunden waren. Auf der von mir aus gesehen nördlichen Seite hingen einfach nur unterarmdicke Seile von der Decke herab. Das faszinierendste von allem war jedoch die große Anzahl von Kriegswaffen, die die Stirnwand der Halle beherrschten: Schwerter, Schilde, Speere und Lanzen, Wurf und Streitäxte, Hellebarden und vieles andere mehr. Zwischen all diesen Waffen erkannte ich auch jene wieder, die der Ritter bei unserer ersten Begegnung bei sich trug und die schon damals meine Neugierde erregte. Erst viel später sollte ich ihren harmlosen Beinamen erfahren – Morgenstern.

Der Mönch blieb mitten im Raum stehen und beobachtete mich, während ich mich mit dieser fremden Umgebung vertraut zu machen versuchte. Schließlich schien ihm die Zeit denn doch zu lang zu werden, und er unterbrach die Stille: „Der Abt hat angeordnet, daß du eine vergleichbare Ausbildung im Kriegshandwerk erhalten sollst wie Friedrich. Da wir jedoch nicht über die nötige Zeit verfügen, dir all die Fertigkeiten beizubringen, die jener sich bereits im Kindesalter angeeignet hat, entschied sich der Abt dafür, dich wenigstens in den Grundregeln des Ritterkampfes zu unterweisen. Die Ausbildung soll sich auf die üblichen Waffen und deren Handhabung beschränken. Dein Ausbilder, der dich in diesem Handwerk unterweisen soll, wird gleich erscheinen. Gedulde dich also so lange, bis er kommt.“

„Halt, wartet bitte“, rief ich ihm nach, und instinktiv wollte ich nach seiner Kutte greifen, um ihn so am Weggehen zu hindern. Doch kaum hatte ich auch nur den Arm ausgestreckt, traf mich sein Stock mit solcher Wucht, daß ich wie vom Blitz getroffen zu Boden sank. „Versuche nie wieder, einen von uns zu berühren! Niemals!“

Benommen und mit schmerzender Schulter schaute ich ihm nach, während er diesen merkwürdigen Raum verließ, wieder um ein schmerzhafte Erfahrung reicher. Diese Lektion jedenfalls hatte ich verstanden und würde sie auch in Zukunft unter allen Umständen zu beherzigen wissen.

„Ich sehe schon, es gibt noch viel zu tun, bis dir so etwas wie eben erspart bleiben wird“, vernahm ich eine Stimme, während ich mich selbst ächzend aufrichtete. Langsam und vorsichtig drehte ich mich in die Richtung, aus der die Worte gekommen waren, um den Mann zu sehen, dem diese Stimme gehörte. Was ich zu sehen bekam, war ein Bär von einem Mann, und trotz der dunklen, einfach geschnittenen Kutte, die seinen mächtigen Körper umhüllte, war unschwer zu erkennen, daß dieser Koloß über erstaunliche Kräfte verfügen mußte. Selbst der Ritter hätte sich hinter ihm noch verstecken können. Seine Arme schwangen wie Keulen, als er sich in Bewegung setzte, dabei aber mit einer für seine Größe erstaunlichen Geschmeidigkeit. Ich kannte diesen Gang – Arton von Tarran. Er ging genauso.

Wie bei den anderen auch verbarg schwarzes Leder Gesicht und Hände. Alles an ihm wirkte irgendwie fremd. Dieser Mönch paßte nicht hierher, vielmehr schien alles an ihm vor Gesundheit zu strotzen. Und trotzdem, er war hier und er würde den Rest seiner Tage an dem verfluchten Ort verbringen müssen, während allmählich dieser Körper Stück für Stück verrottete.

„Noch ist es nicht soweit!“ beantwortete er meine Gedanken. „Er hat dich darüber aufgeklärt, wer ich bin. Nun, ich werde dir erklären was ich bin und wie du werden sollst. Meine Aufgabe wird es sein, aus dir einen Schwertkämpfer zu formen, und zwar hoffentlich einen leidlich guten. Du lernst die ritterliche Heraldik und die Gesetze des Zweikampfes kennen. In der Hauptsache allerdings wirst du in der Handhabung und dem Gebrauch aller heute üblichen Kriegswaffen unterrichtet. Des weiteren werde ich sehr viel Wert darauf legen, dich ausdauer- und kräftemäßig in den Stand zu versetzen, etwa eine halbe Stunde lang mit jeder beliebigen Waffe ununterbrochen kämpfen zu können. Doch bevor wir damit anfangen, werden wir eine ausschließlich für dich bestimmte Waffe anfertigen lassen, und sie wird dem entsprechen, was ich aus dir zu machen beabsichtige. Dort am Ende der Halle siehst du einen Holzschrank mit mehreren

Schubladen. Ich setze voraus, daß du des Lesens und Schreibens kundig bist?"

Ich nickte ihm zu, viel zu aufgeregt, um auch nur ein Wort über die Lippen zu bringen.

„Gut, dann geh dorthin und zieh die unterste Lade heraus", forderte er mich auf, nachdem er mein Nicken wohlwollend zur Kenntnis genommen hatte.

Ich ging, wie er mir befohlen hatte, und zog vorsichtig an dem Griff der Schublade. Zu meiner Überraschung befand sich darin vielleicht ein gutes Dutzend mit arabischen Ziffern beschrifteter Rundhölzer von unterschiedlicher Größe.

„Nun?" fragte er nähertretend. „Welches davon liegt am besten in deiner Hand?"

„Das hier, die Nummer vier glaube ich."

„So, du glaubst!" fuhr er mich an. „Glauben allein reicht nicht, du mußt es wissen, denn hier geht es um dein Leben, um nicht mehr, aber auch nicht weniger. Also vergewissere dich noch einmal!"

Wieder wog ich die Hölzer in meiner Hand, diesmal jedoch mit bedeutend mehr Sorgfalt. „Ja, ich bin mir sicher, es ist die vier."

„Gut, leg das Holz dort auf den Tisch und komm her."

„Nein", sagte ich und blieb stehen, wo ich gerade war.

Mit dieser Antwort hatte er wohl nicht gerechnet, denn sein „Warum?" klang doch eher überrascht als erzürnt. Ich nahm all meinen Mut zusammen, um meine Worte richtig zu formulieren und ihnen den notwendigen Nachdruck zu verleihen: „Bevor ich hier noch irgend etwas tue, will ich zuerst meinen Vater sehen, und zwar sofort, jetzt und hier. Ich will nichts von Euch, aber Ihr wollt etwas von mir. Also wo ist mein Vater?"

Ich hoffte, daß er das Zittern meiner Knie nicht zu deutlich sehen würde. Einen Augenblick schien es so, als wolle der Mönch sich auf mich stürzen, und ich befürchtete, daß ich den Bogen überspannt hatte. Im letzten Moment fing er sich wieder, und fast meinte ich den lauernden Blick seiner Augen unter der Maske zu spüren. Ich fühlte die Schweißperlen auf meiner Stirn, aber es gelang mir festzubleiben und nicht unter diesem starren Blick zu wanken. Endlich gab er nach, keinen Augenblick zu früh. „Warte hier!" gebot er und schritt durch die von unsichtbarer Hand geöffnete Tür aus der Halle, während ich allein zurückblieb, allein mit meiner Angst und meinen Zweifeln.

Die Halle begann sich in sich selbst zu bewegen. Tote Gegenstände wurden von geheimnisvoller Hand zum Leben erweckt, die Kraft in meinen Beinen schwand, und die Wände beugten sich über mich. Von plötzlicher Schwäche befallen, sank ich auf den Boden, als ich wie aus weiter Ferne das Schlagen der Tür hörte und eine Stimme dunkel an mein Ohr drang. „Bei Gott dem Allmächtigen, Markus, bist du auch in dieser Hölle?"

Schwerfällig kam ich wieder auf die Füße und stolperte auf die Stimme zu, die mir so viel bedeutete. Vergessen war die Angst, ich hörte mich nur immer wieder nach meinem Vater rufen, und da lag ich auch schon weinend in seinen Armen. Es dauerte eine Weile, bis ich wieder zu mir gekommen war, dieser lange Augenblick, der mir half, die Welt um mich herum zu vergessen, bis ich selbst der Wirklichkeit wieder zu ihrem Recht verhalf. „Vater, was sollen wir bloß tun?"

„Ich weiß es nicht, mein Junge, ich weiß es wirklich nicht, aber ich freue mich so sehr, dich gesund wiederzusehen, nur nicht an diesem furchtbaren Ort. – Es hängt alles von dir ab. Du mußt die Entscheidung treffen, und du mußt sie schnell treffen. Sie lassen uns keine Zeit, weder dir noch mir. Ich habe einen furchtbaren Fehler begangen und ich kann ihn nicht rückgängig machen. Welchen Weg du auch wählst, du mußt zuerst an dich denken. Alles andere ist Nebensache, auch ich, hörst du? Ich glaube auch nicht, daß sie uns noch einmal zusammenkommen lassen. Geh jetzt mit Gott, mein Junge, und bitte versuche mir zu verzeihen, was ich dir angetan habe!"

Zwei dieser widerlichen schwarzen Kreaturen waren unterdessen hinter meinen Vater getreten. Er wandte sich von mir ab und verließ die Halle, ohne sich noch einmal nach mir umzudrehen.

Ich blieb zurück, allein.

„Du hast deinen Vater gesehen, und du weißt nun, daß du dich entscheiden mußt. Jetzt entscheiden mußt!"

Langsam drehte ich mich um und sah meinen Ausbilder in der Mitte der Halle stehen. In seiner Rechten hielt er ein unglaublich langes Zweihänderschwert. Es war deutlich genug, daß jetzt und hier von meiner Antwort sowohl mein Leben als auch das meines Vaters abhing. Entschlossen ging ich auf den Mönch zu, bis ich knapp vor ihm stehenblieb. „Also, womit fangen wir an?" Vermutlich irrte ich mich, aber für den Bruchteil eines Augenblicks glaubte ich seine Augen freundlich lächeln zu sehen, als er das Schwert mühelos leicht wie einen Holzknüppel durch die Halle schleuderte, so daß es klirrend gegen die Wand prallte.

„Wir haben unnütze Zeit verloren, also mußt du dich um so mehr anstrengen. Wir beginnen damit, daß du anfängst zu laufen, und zwar hier in der Halle. Worauf wartest du noch?“

Verbissen begann ich den ersten Tag meiner Ausbildung als – Friedrich. Die Runden, die ich lief, mußte ich auch noch selber laut mitzählen, und bei fünfzig angelangt, hieß er mich stehenbleiben und auf der Stelle springen.

„Du wirst nach dem gleichen Muster geschult werden wie einst ein römischer Gladiator, wenn du weißt, was ich damit meine. Es gibt nur einen Unterschied, man ließ ihnen mehr Zeit. Die Beweggründe waren allerdings die gleichen wie deine, sie wollten überleben.“

Nach einer kurzen Ruhepause ging es weiter. „Als nächstes kommen wir zu den Gewichten. Du mußt wissen, daß hinter diesem Tagesablauf meine Erfahrung steht, und alles, was du hier leisten mußt, wird dir und deinem Körper angepaßt. Der Tag heute dient nur dazu, dich und dein Leistungsvermögen kennenzulernen. Die Programme, die du durchlaufen wirst, wurden schon vor über tausend Jahren entwickelt, mit dem Ziel, Menschen in die bestgeformten Werkzeuge der zivilisierten Welt zu verwandeln. Generationen hervorragender Lanistas gaben ihr Wissen und ihre Erfahrungen weiter. Alles, was du hier in der Halle siehst, ist rein, bis auf mein Schwert und mich natürlich. Ich werde dir also alles nur erklären können, wenig zeigen. Du brauchst dir keine Sorgen zu machen, daß du dich hier anstecken könntest. Allerdings ist es für dich besonders wichtig, auf meine Worte zu achten! Du siehst hier die beiden Gewichte, die durch eine Eisenstange miteinander verbunden sind. Wie du feststellen wirst, haben wir hier recht unterschiedliche Größen. Versuche es mit dieser hier. Du hebst sie an, nein, nicht so. Gehe in die Knie und fasse das Eisen so, daß deine Hände jeweils neben deinen Knien die Stange umklammern. Dann hebst du sie aus den Beinen heraus an, bis sie auf Höhe deiner Hüfte ist und du gerade stehst. Ich muß wissen, wieviel Gewicht du zu heben vermagst.“

Meine Hände schmerzten, aber ich versuchte mir keine Blöße zu geben. Allerdings muß meine Vorstellung wohl recht kläglich gewesen sein, denn sein Brummen war nun beim besten Willen nicht als Zustimmung zu deuten.

Ich übte den ganzen Morgen an allen möglichen Geräten, die die Halle zu bieten hatte, und zu meinem Glück war ich durch die anstrengende Reise mit dem Templer nicht mehr ganz so verweichlicht wie noch vor dem Verlassen meiner Heimat. Trotzdem war der Mönch mit dem Resultat nicht sonderlich zufrieden.

Die Sonne mußte wohl den Meridian durchschritten haben, als ich sein erlösendes „Für heute ist es genug“ vernahm. Ich fiel buchstäblich in mich zusammen.

„Du wirst jetzt zum Essen in deine Kammer geführt, und morgen sehen wir uns wieder, zur gleichen Zeit.“ Auch jetzt sprach der Mönch, der mich begleitete, kein Wort mit mir, und endlich auf meiner Stube, stürzte ich mich auf den Wasserkrug und verschlang anschließend mit Heißhunger die Speisen, die vorbereitet auf dem Tisch standen. Neben dem Essen stand ein kleines irdenes Gefäß mit einer gelblichen Paste, die offenbar für meine Verletzungen bestimmt war. Behutsam strich ich sie über meine Hände und fühlte sofort deren kühlende Wirkung. Sollte die Heilung so weiter fortschreiten, würde ich bald keine Beschwerden mehr haben.

Mein Vater hatte mir die Entscheidung überlassen, und ich hatte sie getroffen. (Noch heute frage ich mich oft, ob meine Wahl die richtige gewesen war, doch damals wußte ich keinen anderen Weg.)

Friedrich war mir völlig unbekannt, und Artons Schicksal war mittlerweile schon mehr als ungewiß. Übrig blieben also nur mein Vater und ich, in den Händen aussätziger Mönche in einem alten römischen Kastell, fernab jeglicher menschlichen Ansiedlung. Doch neben all meiner Verzweiflung hatte ich in der Halle noch etwas anderes gefühlt. – Mein Haß und meine Hilflosigkeit hatten sich Bahn gebrochen, denn endlich hatte ich etwas gefunden, gegen das ich kämpfen konnte, und sei es auch nur die Schwäche des eigenen Körpers.

Kaum hatte ich den letzten Bissen hinuntergeschlungen, öffnete sich auch schon wieder die Tür. „Komm mit, der Abt will dich sehen.“ Offensichtlich war mir dieser Mönch persönlich zugeteilt worden, oder besser gesagt, als Wächter für mich verantwortlich. Wie dem auch sei, ich folgte ihm zu dem Raum im zweiten Stock, in dem ich schon einmal dem Abt gegenübergesessen hatte. Alles sah noch genauso aus wie am Abend zuvor, nur erwartete mich der Abt diesmal lauernd hinter seinem mächtigen Schreibtisch. Anders als in meiner Klause hatten die Erbauer dieses Kastells hier wenigstens drei schmale Schießscharten in die Mauern geschlagen, die zumindest eine Spur von Licht einließen.

Er sah bedrohlich aus in diesem diffusen Licht; wie eine Spinne in ihrem Netz, die auf den richtigen Moment wartet, um zuzustoßen und die Beute zu vernichten. Nur war ich in diesem Fall die Beute und hatte noch weniger Möglichkeiten, der tödlichen Umklammerung zu entkommen, als eine Fliege.

„Setz dich!“ befahl er, ich tat, was er verlangte, und nahm ihm gegenüber Platz. Schweigend saßen wir uns gegenüber, bis er unvermittelt das Wort ergriff, anscheinend zufrieden mit dem, was ihm meine Augen verraten hatten. „Du hast verlangt, deinen Vater zu sehen.“

„Ja“, erwiderte ich kurz.

„Solange du hinter diesen Mauern bist, hast du nie wieder etwas zu verlangen!“

„Ich bin nicht freiwillig an diesem sogar schon vom Teufel verlassenen Ort“, entgegnete ich, selbst erstaunt über meinen Mut, der mir ermöglichte, diese Worte hervorzubringen.

„Hüte deine Zunge, sonst schneiden wir sie dir ab!“ zischte er gefährlich und beugte sich dabei zu mir vor. „Offenbar bist du Friedrich sogar noch ähnlicher als ich bisher dachte, doch vergiß nicht meine Worte. Du bist nicht so unentbehrlich, wie du vielleicht glauben magst. Dieser Orden hier braucht dich nicht. Er wird auch ohne dich mächtig und stark werden. Es mag sein, daß es etwas länger dauert, aber der Tag wird kommen, wo wir, die Kranken, Aussätzigen und Verstoßenen, diese Welt zu unseren Füßen liegen haben werden. Seit Jahrhunderten werden wir geprügelt und gedemütigt. Man verstieß uns aus den Städten und jagte uns in die Wälder, wo wir gezwungen waren, wie die Tiere zu leben, oder man verbrannte uns als eine Art Buße oder Opfer für den Herrn. Von einem Tag auf den anderen verloren wir unsere Familien, Haus und Hof. Ja, wir verloren das Recht, Mensch zu sein. Tausende, ja Millionen von uns kriechen jetzt durch den Dreck dieser Welt, und ihr Wehgeschrei übertönt das Glockengeläut der Gesunden! Hier hinter diesen Mauern wirst du keine Glocke finden, deren Klang uns Freude und Glück vorgaukelt. Hier gibt es weder das eine noch das andere. Es gibt auch keine Namen. Nur Gesunde tragen Namen, um ihren Stolz zu zeigen und sich so von den anderen abzugrenzen. Die Kranken und Vergessenen brauchen keine Namen. Wir kennen hier auch keine religiösen oder rassischen Unterschiede. Der Sarazene, der Jude, der Almohade, der Angelsachse, Deutsche, Franzose oder Normanne, sie alle sind gleich, denn die Seuche formt aus ihnen ein neues Volk. – Das Volk der Kranken.

Du wirst hier auch nicht die Gebete hören, wie du sie vielleicht aus anderen Klöstern gewohnt bist. Es gibt hier nicht die gewöhnliche Morgenliturgie, Laudes, Primes und die Komplet. Bei uns gibt es diese völlig überflüssigen Einteilungen nicht. Wir glauben nicht daran, daß der Herr sich an die Zeiten der Menschen hält. Wir beten, wann immer wir es für richtig halten, denn hier weiß jeder, daß nur der Allmächtige unser Schicksal bestimmt, ganz egal, ob man ihn Allah, Jesus oder Jahwe nennt. Wir verkörpern den Verfall der Welt. Wir sind der Wille Gottes, denn wir sind dazu ausersehen, der Welt und ihren scheinbar Mächtigen den Spiegel der Ohnmacht vorzuhalten und ihnen so vor Augen zu führen, wie krank und verfault sie selber sind. Aus diesem Grund werden wir, die Aussätzigen, Krüppel und Verstoßenen, zu einer Heerschar zusammenfinden und die Welt beherrschen, bis der Herr sie und uns von dieser Qual erlöst.

Doch noch brauchen wir Bundesgenossen, wie den Welfenkaiser und dessen blutige rechte Hand, Absalon von Petrarka, aber unsere Macht wächst von Tag zu Tag, und weder ein Kaiser noch ein Papst können diesen reißenden Strom des Leidens eindämmen. Nichts wird uns mehr aufhalten können, und du", fuhr er mich an, „bist für uns nur ein Werkzeug, eines von vielen, deren wir uns bedienen. Also sei vorsichtig, wenn du noch einmal die Absicht haben solltest, etwas zu verlangen! Du kennst jetzt unser Ziel, und du weißt, daß ein Leprakranker nichts, aber auch gar nichts zu verlieren hat. Nichts, was man ihm nicht schon genommen hätte. Richte dich danach und vergiß es nicht. Du wirst hier vieles lernen, was für deine künftige Bestimmung erforderlich sein wird. Du wirst in der Geschichte des Staufergeschlechts unterrichtet werden, vieles über ihr Verhältnis zu Sizilien und der Kaiserkrone erfahren. Alles das mußt du in wenigen Wochen beherrschen, denn so viel Zeit benötigt Friedrich noch, bis er das Gebirge erreicht haben wird. Erst dann kann Absalon von Petrarka versuchen, ihn zu töten."

„Erst in ein paar Wochen?" fuhr ich auf. „Ich dachte, er wäre . . .!"

„Nein", unterbrach mich der Abt, und ich war mir sicher, daß seine Stimme belustigt klang. „Arton hat sich geirrt."

„Ihr kennt den Templer?" fragte ich, nun völlig aus der Fassung gebracht. „Lebt er noch?"

Einen Augenblick hatte ich den Eindruck, er müsse überlegen, ob und welche Antwort er mir geben konnte oder durfte. „Ja, ich kenne ihn, und das muß dir für den Moment genügen, hast du verstanden?"

„Ja", erwiderte ich tief enttäuscht darüber, wieder nichts über das

Schicksal des Templers erfahren zu haben. Doch dann fiel mir auf, daß er von Arton in der Gegenwart gesprochen hatte, also mußte er noch leben.

„Du wirst jetzt gehen und über das eben Gesagte nachdenken."

Ich erhob mich und verließ diesen von Bitterkeit und Haß auf alles Gesunde verblendeten Mann. Vieles von dem, was er mir gesagt hatte, war mir unverständlich, anderes hingegen schien mir der Wahrheit recht nahezukommen. Was mich betraf, so schwebte ich allerdings in einer weit größeren Gefahr, als ich bis dahin angenommen hatte, denn, neben der Unberechenbarkeit dieses Wahnsinnigen, war wohl auch meine Person als Druckmittel nicht von so entscheidender Bedeutung, wie ich es erhofft hatte.

Im Türrahmen stand die mir bereits vertraute Gestalt des Mönchs, der offenbar schon auf mich gewartet hatte, wohl um mich jetzt zu meinem nächsten „Lehrer" zu führen. Wir verließen den Turm und wandten uns zu einem unscheinbaren Häuschen, das geduckt im Schatten des großen Turmes stand, vielleicht vor langer Zeit einmal als Tempel gedacht war und jetzt wohl neben dem Turm selber als Skriptorium genutzt wurde. Bisher war mir sein Vorhandensein jedenfalls nicht aufgefallen.

Schweigend, wie immer, gingen wir darauf zu, und zum erstenmal fand ich jetzt Gelegenheit, einen Teil der anderen Mönche bei ihrem Tagwerk zu beobachten. Ich erblickte zwei Schmiede, mehrere Gärtner, eine kleine Töpferei und zwei Mönche, die offensichtlich vollauf damit beschäftigt waren, den Wasserstand der Zisterne zu messen. Doch über allen schwebte das Gebot des Schweigens, und trotzdem vermittelten mir die Bilder, die ich in mir aufnahm, ein Gefühl des Friedens.

Unterdessen näherten wir uns dem kleinen Gebäude, ohne daß irgend jemand Notiz von uns genommen hätte, nicht mal eines Blickes schien man uns für würdig zu halten. Die Tür stand offen, und ein Wink mit dem Stock gebot mir, durch die offene Tür einzutreten. Der Raum war ebenso wie die Halle reichlich mit Fenstern versehen, durch die die Sonne fast ungehindert das Innere erhellen und erwärmen konnte. Allerdings war ich mir sicher, daß diese Fenster erst nachträglich eingefügt worden waren.

Bis auf eine Tafel an der Stirnseite und mehrere in einer Reihe stehende Tische und Bänke war der Raum völlig leer. Helle Flecken an den Wänden und auf dem Boden zeugten jedoch davon, daß einst vielleicht Reliefs und Statuen dieser Kargheit Leben eingehaucht hatten.

Ein großer, hagerer Mönch erwartete uns bereits, die Arme vor der Brust verschränkt. Hände und Gesicht vor Blicken geschützt, stand er regungslos an der Tafel. Kerzengerade, wie das aus Stein gemeißelte Abbild eines antiken Philosophen, ragte er vor mir auf und schaute, soweit ich das sehen konnte – ins Leere.

Neben dem Tisch blieb ich stehen und wartete gespannt darauf, welche Lektion des „Friedrichwerdens“ mir jetzt wohl offenbart werden sollte. Doch noch immer hielt es der Mönch nicht für nötig, mit dem Unterricht zu beginnen oder mir wenigstens zu sagen, was ich zu tun hatte. Also setzte ich mich unaufgefordert hin. Das nun wiederum war offensichtlich das Zeichen gewesen, auf das mein „Philosoph“ gewartet hatte, denn er löste sich aus seiner Erstarrung und fragte mich mit einer gepflegten und wohlklingenden Stimme nach meinem Wissensstand über das Geschlecht der Staufer.

Mühsam zählte ich einiges von dem auf, was ich noch von der Klosterschule her wußte. Es war zwar nicht viel, aber doch mehr, als er erwartet hatte.

Infolge meines Privatunterrichtes durch einen Benediktiner in meiner Heimatstadt war ich wenigstens in diesem Teil der Geschichte nicht völlig unbewandert. Etwas mehr wußte ich allerdings über Heinrichs Vater Friedrich I. zu erzählen und dessen erfolgreichen Kreuzzug ins Heilige Land. Taten, die weit über alle Grenzen hinaus Berühmtheit erlangt hatten. Nicht zuletzt kamen mir auch Artons Erzählungen zugute. Später mußte ich feststellen, daß gerade dessen Erzählungen sehr nah an der Wahrheit waren, wohingegen die Ausführungen des Benediktiners wohl mehr auf Halbwahrheiten und kirchlichen Vorbehalten beruhten. Die wirklichen Begebenheiten sollte ich erst im Laufe der Zeit erfahren.

Etwas, von dem ich zum Beispiel überhaupt nichts wußte, war die Allmacht des Geschlechts der Staufer, ihre Vision der Wiederherstellung der römischen Weltmonarchie, waren die vielen Kleinkriege mit den mächtigen Fürsten und dem Ringen mit dem Papst um die Vorherrschaft in der Welt.

Der Mönch wußte zu berichten von Leben und Tod des Friedrich Barbarossa, so genannt wegen seines dichten roten Bartes, und seine Erzählungen wirkten so lebendig und fesselnd auf mich, daß ich fast hautnah die Geschehnisse mitverfolgen konnte, die dereinst die Welt in Atem hielten.

Daneben erfuhr ich natürlich auch einiges über das Leben Friedrichs, seine furchtbare Kindheit, in der er sich durch Betteln ernähren mußte, mehr schlecht als recht auf das Mitleid und das Wohlwollen der Bevölkerung von Iesi angewiesen. Der Mönch beschrieb Friedrich auch nicht als Bestie in Menschengestalt, wie ich es insgeheim von ihm erwartet hätte, sondern ganz im Gegenteil als einen sehr wißbegierigen jungen Mann, dem kein Buch zu langweilig war und der demzufolge über eine außergewöhnliche Bildung verfügte, dem allerdings höfische Bräuche und Sitten, wenn schon nicht völlig fremd, so doch recht unwichtig waren.

Fast hatte ich den Eindruck, als ob er neben mir sitzen würde, so gut konnte ich ihn mir jetzt vorstellen.

Auch von dem Feldzug des Welfen vermochte mir mein Lehrer zu berichten genauso wie von dessen Wortbruch dem Papst gegenüber, und ich begriff allmählich, warum dieser junge Mann so gefährlich für den Welfen und so wichtig für den Heiligen Vater in Rom war. Jetzt war ich mir sicher, daß der Papst versuchen würde, Friedrich zu helfen, aber es war die Macht des Welfen, die ihn davon abhielt, offen Partei zu ergreifen, obwohl er ihn schon mit dem Kirchenbann belegt hatte.

Die Zeit verging wie im Fluge, und erst als die Sonne schwächer wurde und dem Raum das Tageslicht entzog, endete mein Lehrer seinen Vortrag und entließ mich ebenso grußlos, wie er mich bei meinem Eintreten empfangen hatte. In der Erwartung, meinen ständigen Schatten schon im Türrahmen stehen zu sehen, verließ ich den Mönch, der mir einen Blick in eine andere Welt vermittelt hatte.

Draußen vor der Tür stellte ich allerdings zu meinem Erstaunen fest, daß ich allein war. Zum erstenmal sollte ich wohl die Gelegenheit haben, mich ungezwungen innerhalb der Klostermauern zu bewegen, doch da ich nicht wußte, was ich anfassen durfte und was nicht, beschloß ich, meine Erkundung auf den Innenhof des ehemals römischen Kastells zu beschränken. So unauffällig wie möglich schlenderte ich auf die Südmauer des Klosters zu, und von dort durchmaß ich das Kloster bis zur gegenüberliegenden Nordwand. Dafür benötigte ich genau dreihundertzwanzig Schritte.

Während meiner kurzen Wanderung sah ich nur zwei Mönche, die jedoch ohne mich zu beachten an mir vorübergingen. Natürlich war mir bewußt, daß die Mauern Augen hatten, die jeden meiner Schritte überwachten, doch das war mir egal, diese kurze Zeit spürte ich wenigstens den Hauch von Freiheit.

Die Schmiede lag verlassen. Nutzlos hing der Blasebalg an einem Dachbalken, und das sonst hellrot bis weiß glühende Feuer glomm im gleichen Schein wie der Abendhimmel. Je näher ich der Schmiede kam, desto mehr fesselte mich ein Gegenstand, der auf dem schweren Amboß liegengeblieben war. Magisch zog mich dieses Stück geschmiedetes Eisen an, und meine Ahnung wurde zur Gewißheit. Der grob bearbeitete Rohling hatte die Form einer Schwertklinge. – Mein erstes eigenes Schwert!

Erschrocken wurde mir bewußt, daß ich mich darauf freute, diese noch unfertige Klinge beherrschen zu können. Mein Gott, was war nur mit mir geschehen? Hatten die Mönche und ihr Abt meinen Willen bereits so weit gebrochen, daß ich bereit war, den Preis für die Erfüllung meines Wunsches zu bezahlen?

Entsetzt über meine eigenen Gedanken ließ ich das Eisen fallen, wandte mich ab und lief zum Turm zurück. Geradezu erleichtert erkannte ich unter der bereits brennenden Fackel am Eingang meinen vertrauten Schatten. Wortlos, fast schon selbstverständlich führte er mich die Treppe hinauf zu meiner Kammer, deren Tür wie gewöhnlich offenstand. Wieder allein, entdeckte ich auf dem Tisch – wie zu erwarten – das Essen und die Paste. Hinter mir fiel die eisenbeschlagene Tür ins Schloß.

Von einer rasenden Wut ergriffen, nahm ich das Tablett und schleuderte es gegen die Wand, denn ich haßte das Alleinsein, und ich war zu jung und zu unerfahren für die Einsamkeit und die erdrückende Macht der grauenvollen Stille, die mich wie ein Panzer umgab. Dieser beklemmende, angstvolle Aufschrei einer Seele, die erstmals die wirkliche Welt der Menschen erkannt, deren blutroten Rachen, der keinen Unterschied macht zwischen Gut und Böse, sondern alles verschlingt, was sich ihm in den Weg stellt.

Meine guten Vorsätze, meine Erziehung und mein Glaube, alles war hinweggeschwemmt durch diese primitiven menschlichen Instinkte, deren Gewalt mich zu zermalmen drohte.

Ich war zu einem Werkzeug geworden, und was immer ich in meinem jungen Leben erreichen wollte, hing von dem Willen anderer ab. Bisher, so glaubte ich wenigstens, stand ich auf der Seite des Rechts, was immer das auch sein mochte. Jetzt stand ich auf der anderen, doch ein Werkzeug blieb ich in jedem Fall, und ich fand mich hinein in diese Rolle, die man mir zugedacht hatte. Hauptsache, ich mußte keine eigenen Entscheidungen treffen und womöglich dafür auch noch die Konsequenzen zu tragen.

Es ist so einfach, Befehle und Anordnungen auszuführen, ganz gleich, wer sie erteilt.

Doch das war nicht alles. Da gab es noch etwas anderes, Tieferes als nur das Gehorchen. Schon die letzten Tage in Artons Gesellschaft ließen in mir eine Vermutung reifen, die jetzt anscheinend zur Gewißheit geworden war. –

Ich begann Lust dabei zu empfinden, meinen eigenen Körper zu spüren, wenn ich schwere Lasten hob, das Laufen mich beinahe umbrachte, der Gebrauch des Schwertes mich faszinierte. Das traf mich in meinem Innersten und schlug mich doch zugleich in seinen Bann. Mein eigenes Wertgefühl bröckelte schon nach dem ersten Tag, und ich konnte oder wollte vielleicht auch nichts dagegen tun, gar nichts.

Mit dieser recht bitteren Selbsterkenntnis schlief ich ein.

Benommen schaute ich mich um und erhob mich von meinem Lager, nachdem es zum wiederholten Male gegen die Tür geklopft hatte.

Die Kerzen brannten noch immer, oder schon wieder. Jedenfalls stand auf dem Tisch ein neues Tablett, auch sonst fehlte jede Spur von meinem nächtlichen Wutausbruch. Ganz offensichtlich war jemand während der Nacht hier im Raum. Verwundert ging ich zurück zu meinem Lager und entdeckte dort eine neue Kutte für mich, ebenso schwarz wie die der Mönche hier, doch mit einem kleinen Unterschied: Anstelle der Kette hatte man für mich eine weiße Taillenschnur vorgesehen.

Froh darüber, meine alte, dreckige Kutte endlich losgeworden zu sein, zog ich mich um. Diese hier war aus bedeutend weicherem Stoff als meine alte, und sie saß so gut, als ob sie eigens für mich gefertigt worden wäre.

Jetzt erst wurde mir bewußt, daß ich mit meiner alten Kutte auch mein bisheriges Leben abgestreift hatte und daß sich damit genau das bestätigte, was mich während der Nacht so erschreckt hatte. Stück für Stück gab ich mich in ihre Hände, mein Widerstand erlahmte – jetzt schon.

Gierig verschlang ich das Frühstück und versuchte gleichzeitig, ruhiger zu werden, doch kaum war ich mit dem Essen fertig, holte mich mein Bewacher wieder ab, um mich erneut in die große Halle zu führen.

Dort wartete mein „Meister“ auf mich, und ich begann mein Tagwerk damit, einige Runden zu laufen. Nachdem er mir eine Zeitlang fast teilnahmslos zugeschaut hatte, führte er mich zu den an Ketten herabhängenden Steinkugeln, die mir schon am Vortage aufgefallen waren, deren Zweck mir allerdings nicht klargeworden war.

Jede einzelne der Kugeln maß ungefähr eine dreiviertel Elle im Durchmesser, aufgereiht wie die Perlen einer Kette, nur waren diese hier nicht auch noch untereinander verbunden.

Mein Lehrer setzte eine nach der anderen in Bewegung, bis sie alle frei hin- und herschwangen. „Paß jetzt gut auf!" wandte er sich an mich. „Du mußt dich gut konzentrieren. Es sieht zwar einfach aus, aber laß dich davon nicht täuschen. Nicht umsonst waren diese Kugeln bei den Gladiatoren des alten Roms sehr gefürchtet, denn sie schärfen das Auge und bestrafen sofort jede Unachtsamkeit, und zwar unerbittlich."

Ohne auch nur eine der Kugeln zu streifen, glitt er durch ihre Reihen. Nachdem er sie erneut in Bewegung versetzt hatte, begann nun ich auf sein Zeichen hin den Wettlauf gegen die Kugeln, doch schon die fünfte beendete meinen ungestümen Lauf auf schmerzhafte Weise, indem sie mich am Arm traf und zu Boden schleuderte. Zum Glück war der Arm nicht gebrochen. Mein Lehrer atmete offensichtlich erleichtert unter seiner Maske auf. Er ahnte wohl, welche Folgen eine ernsthafte Verletzung nach sich gezogen hätte. – Von diesem Tage durfte ich die Kugeln nicht mehr berühren.

Die Tage und Wochen zogen dahin, ihr Ablauf blieb immer der gleiche, und ich spürte, wie ich von Tag zu Tag an Kraft, Geschick und Ausdauer gewann, und nach der dritten Woche bekam ich endlich mein Schwert. – Mein erstes eigenes, für mich geschmiedetes Schwert!

Als ich eines Morgens wieder in die Halle trat, steckte es in der gegenüberliegenden Wand, während der Griff genau in meine Richtung zeigte, so als wolle es mich auffordern: „Nimm mich!" Ich lief quer durch die Halle und riß es aus der Wand. Soweit ich es beurteilen konnte, handelte es sich um eine wundervolle Arbeit. Der Griff paßte genau und war zudem noch mit einer hauchdünnen Lederschicht überzogen, die bei Verschleiß sofort ausgetauscht werden konnte. Die Griffigkeit jedoch war enorm. Auch vom Gewicht her war die Waffe ideal für mich, denn sie ließ sich nahezu mühelos heben, und als ich einen wuchtigen Hieb ausführte, hörte es sich an, als ob die Luft zerschnitten worden wäre. Die Klinge war messerscharf und absolut schartenfrei.

Im Laufe der Ausbildung waren hier schon viele Waffen durch

meine inzwischen wieder gesunden Hände gegangen, aber keine von ihnen konnte sich mit dieser auch nur annähernd messen.

Bisher hatte ich den Zweikampf nur mit Holzschwertern geübt, dabei allerdings eine Fertigkeit entwickelt, die mich selbst überraschte. Ja, mittlerweile traute ich es mir schon zu, einem durchschnittlichen Kämpfer standhalten zu können. Wenn auch die Feinheiten noch recht unvollkommen waren, so war doch mein „Meister" mit meinen Leistungen zufrieden.

Aber jetzt, mit diesem kunstvoll geschmiedeten Stück Eisen in der Hand, sollte es doch möglich sein, meine bisher erlangten Fähigkeiten noch weiter zu vervollkommnen.

„Gefällt es dir?" Ich fuhr herum. Am Eingang stand der Abt zusammen mit meinem Ausbilder. „Der Bruder in Christo sagte mir, daß deine Kunst im Gebrauch der Waffen schon bemerkenswert sei. Nun, so zeige mir, was du bereits gelernt hast."

Mein „Meister" trat vor und zog hinter seinem Rücken das riesige Schwert hervor, dessen Opfer ich einmal fast geworden wäre. „Wir werden dem Bruder Abt eine kleine Kostprobe dessen zeigen, was du schon kannst", sagte er. „Gewöhne dich an die Waffe und bedenke dabei, daß das nur ein Ziel deiner Ausbildung ist!"

Nachdenklich wog ich das Schwert in meiner Hand, zum erstenmal seit der Gefangennahme trat ich meinen Peinigern nicht völlig wehrlos gegenüber. Diesmal hatte ich eine Waffe, und ich würde sie zu gebrauchen wissen.

Mein „Meister" trat auf mich zu, und getreu dem ritterlichen Codex kreuzten wir die Klingen, als Zeichen der gegenseitigen Achtung und als Auftakt zum ritterlichen Zweikampf.

Der Abt hatte sich so gestellt, daß er von seinem Platz aus alles überblicken konnte.

„Vergiß nicht, daß ich ein Aussätziger bin, also vermeide es unter allen Umständen, mich zu berühren."

„Gut", antwortete ich, völlig konzentriert, denn ich wollte wirklich alles zeigen, was ich schon konnte, aber vor allem wollte ich es mir selber zeigen.

Die Klingen glitten aneinander herab, das metallische Schleifen zerrte an meinen Nerven. Dann trafen sie zum erstenmal aufeinander. Ich war Linkshänder und so für meinen Lehrer schwerer auszurechnen, so hoffte ich zumindest. Mit einem Ausfallschritt und mich dabei gleichzeitig zur Seite drehend, schlug ich aus der Deckung heraus in Hüfthöhe nach meinem Lehrer, doch der parierte den

Schlag beinahe spielerisch und konterte seinerseits, indem er unter meine Waffe schlug. Ich hatte Mühe, das so nach oben geschleuderte Schwert nicht zu verlieren, duckte mich jedoch rechtzeitig, um seinem nächsten Hieb auszuweichen.

Die Schläge und Paraden nahmen an Schärfe und Heftigkeit zu, doch ich fühlte, daß mein Lehrer eigentlich nur mit mir spielte. Ich verdoppelte meine Anstrengungen und steigerte mich allmählich in Wut. Mit aller Macht, die mir zur Verfügung stand, drosch ich auf ihn ein, und Stück für Stück begann mein Gegner unter meinen Schlägen zu weichen. Ich wußte, er hatte Anweisung, mich unter gar keinen Umständen zu verletzen, also durfte er meine Schläge nur parieren, von gelegentlichen Ausfällen einmal abgesehen, die mich aber nicht ernstlich in Gefahr bringen sollten.

Um so mehr legte ich mein ganzes Gewicht in die Schläge, die jetzt wie Donner in der Halle dröhnten. Funken spritzten auf, wenn die Schwerter aufeinander trafen, und doch vermeinte ich, so etwas wie Ratlosigkeit in den Handlungen meines Gegners zu sehen.

Er mußte wohl eine Entscheidung getroffen haben, denn plötzlich änderte sich sein Verhalten. Die Kraft der Schläge nahm zu, und dann, einen furchtbaren Schrei ausstoßend, drang er auf mich ein. Mit Hilfe seiner gewaltigen Körperkraft trieb er mich wie ein Stück Vieh quer durch die Halle. Verzweifelt bemühte ich mich, seinen Schlägen auszuweichen, die nun wie Hagel auf mich niederprasselten.

Wir haßten uns, und jeder wollte den anderen vernichten!

Dieser Gewalt aus reiner Kraft und exzellenter Kampftechnik war ich nicht gewachsen, und das einzige, was mich noch am Leben hielt, war meine Leichtfüßigkeit, mit deren Hilfe ich mir wenigstens ab und zu etwas Luft verschaffen konnte. Doch ich wußte jetzt, es gab in diesem Kampf nur eine Entscheidung – meinen Tod.

Ich sah die blutroten Augen hinter der Maske meines Gegners hervorquellen, starr auf mich gerichtet und meinen baldigen Untergang verheißend, sprühten sie eisiges Feuer. Mit einer blitzschnellen Drehung seines Schwertes gelang es ihm, mir meine Waffe aus der Hand zu schlagen. Wehrlos, schwer atmend stand ich vor ihm. Ich wußte, was jetzt kommen mußte, und eine tiefe Leere breitete sich in mir aus. Alles war sinnlos geworden!

Er machte einen raschen Schritt vorwärts und brachte mich so wieder in die Reichweite seines riesigen Schwertes. Mit beiden Händen riß er die Waffe hoch über seinen Kopf und holte zu einem furchtbaren Hieb aus, der mich glatt in zwei Hälften gespalten hätte.

Gebannt, wie eine Maus vor der Schlange, blickte ich auf das hocherhobene Schwert meines Feindes, das nunmehr ansetzte, mein Leben zu beenden.

Im ersten Moment wurde mir gar nicht bewußt, was dann geschah: Das Schwert entglitt den gewaltigen Händen meines Henkers. Mit einem gurgelnden Aufschrei stürzte er, die Hände wie Krallen um seinen Hals gepreßt, zu Boden. Zugleich mit dem Blutstrom sah ich auch den Pfeil, der ihm von hinten durch den Hals gefahren war. Größer und größer wurde der Blutfleck, der sich auf den Boden der Halle ergoß, und sein Herz pumpte in letzten Stößen das Leben aus dem mächtigen Körper, bis der Tod ihn erlöste.

Hilflos sah ich mich um und suchte den Abt, der zusammen mit einem weiteren Mönch am Eingang der Halle stand und jetzt auf mich zukam. Der Mönch trug noch den Bogen, der mir das Leben rettete, während er sich neben dem Toten niederkniete.

„Komm mit!“ befahl der Abt, und fassungslos folgte ich ihm hinaus ins Freie. Tief sog ich die Luft in meine Lungen, noch immer nicht begreifend, was eigentlich geschehen war. „Er war nicht so wichtig, im Gegensatz zu dir. Dich brauchen wir noch, deshalb mußte ich einen meiner Brüder töten und einen anderen zum Mörder werden lassen.“

„Wollte er mich denn wirklich erschlagen?“ fragte ich ihn nun zweifelnd.

„Warum wolltest du ihn denn erschlagen, oder glaubst du vielleicht, daß du mehr Rechte hast, einen Menschen zu töten als er?“ beantwortete er meine dumme Frage und ließ mich stehen. Ich starrte ihm nach, bis er im Turm verschwunden war, und ich wußte, er hatte recht.

Irgend etwas Furchtbares ging in mir vor. Ich hatte den Mönch auf dem Gewissen, denn es war mein Haß, der ihn dazu trieb, aus einer bloßen Demonstration einen Kampf auf Leben und Tod werden zu lassen. Aufgewühlt von dieser Erkenntnis, setzte ich mich auf den Rand der Zisterne.

„Der Abt will dich sehen!“ Verwirrt fuhr ich aus meinen Gedanken hoch, doch vor mir stand nur mein „Schatten“. Erleichtert darüber, nicht mehr allein zu sein, folgte ich ihm in das Innere des Turmes. Wie ich erwartet hatte, saß der Abt wieder hinter seinem großen Schreibtisch und musterte mich bei meinem Eintritt. Hinter mir fiel die Tür ins Schloß, wir waren allein.

„Setz dich!“ bedeutete mir der Abt und wies auf den Stuhl direkt ihm gegenüber. Gehorsam wie immer nahm ich Platz und wartete, jedoch ohne ihm diesmal in die Augen sehen zu können.

„Er kam vor vier Jahren zu uns ins Kloster. Damals hatte er nur zwei kleine schwarze Flecken am Hals. Vor seiner Heimsuchung war er Ausbilder der königlichen Garde am Hofe Philipps von Frankreich. Als der Ausbruch der Seuche bei ihm entdeckt wurde, jagte man diesen bewährten Mann davon und überließ ihn seinem Schicksal, das ihn schließlich hierherführte. Wahrscheinlich hatte er sich damals bei heimkehrenden Kreuzfahrern angesteckt. Wie dem auch sei, er fand den Weg zu uns und wurde hier als Bruder in Christo aufgenommen wie jeder andere auch. Er war nicht besser, aber auch nicht schlechter als jeder andere auch. Bereitwillig gelobte er, nie wieder eine Waffe auf einen Menschen zu richten, um ihm Schaden an Leib oder gar Leben zuzufügen. Von diesem Tage an lebte er nach und mit den strengen Regeln unseres Ordens, bis du in unser Leben tratst und ich ihm die Order erteilte, deine Ausbildung in der Handhabung der verschiedenen Waffen zu übernehmen. Natürlich wußte ich, daß ich ihn damit einer schweren Prüfung unterzog, aber im Laufe der Zeit hielt ich ihn für so weit gefestigt, daß er sich unter Kontrolle halten konnte.

Nun, offensichtlich habe ich mich geirrt. Er brach sein Gelübde und wurde auf die einzig mögliche Art aus unserer Gemeinschaft verbannt. Jeder Angehörige dieses Ordens ist gezwungen, nach den Regeln und Gelübden zu leben, denn nur dieser Orden hier vermag es, einem Aussätzigen den Frieden zu schenken, in Einklang mit Gottes Wort zu leben und in Würde zu sterben. Er hat dieses Vorrecht mißbraucht, indem er vergaß, daß er in erster Linie ein Mönch dieses Ordens ist und damit dem Wohle seiner Brüder verpflichtet. Ich weiß, woran du jetzt denkst, doch sei beruhigt, er wollte dich damals nicht töten, als du nach deinem Vater verlangtest."

„Warum aber habt Ihr Euch für mich entschieden?" fragte ich nach einer Weile des Schweigens.

„Ich habe dir die Antwort schon gegeben. Zudem wäre er ohnehin gestorben, auch wenn er als Sieger aus dem Kampf hervorgegangen wäre, denn keiner, auch ich nicht, darf sich über die festgesetzten Gebote unseres Ordens hinwegsetzen. Und was dich betrifft, so weißt du doch, welche Aufgabe man dir zugedacht hat, und du kennst die Folgen, solltest du dieser Aufgabe nicht gerecht werden können – oder wollen.

Alles, was wir vermögen, zum Gelingen beizutragen, wird geschehen, doch letztlich hängt dein Schicksal und das deines Vaters einzig und allein von dir selber ab. Bedenke es gut bei allem, was du tust, und vergiß nie, was ich dir eben gesagt habe. Diese Verantwortung kann dir keiner abnehmen. Jetzt wirst du wieder gehen und deinen Unterricht fortsetzen. Was allerdings den Gebrauch der Waffen anbelangt, so glaube ich, daß dein Können wohl mehr als ausreichend ist, um vor den Augen der Welt bestehen zu können."

Während sich die Tür öffnete, erhob ich mich und folgte meinem „Schatten" zum Unterrichtsraum. Gerade als wir den Turm verlassen hatten, trugen vier Mönche den Toten aus der Halle, angeführt von einem weiteren, der ein Gefäß mit Weihrauch schwang, dessen süßlich-herber Duft sich über den ganzen Innenhof verbreitete. Aus irgendeinem Grund hatte man ihm die Ledermaske abgenommen, und zum erstenmal sah ich sein Gesicht, dessen Züge von der Krankheit auf furchtbare Art und Weise entstellt waren. Zutiefst schockiert wandte ich mich ab und rannte meinem „Schatten" hinterher, der bereits am Eingang des kleinen Gebäudes stand und auf mich wartete. Mit aller Kraft bemühte ich mich, die Geschehnisse und Bilder zu vergessen, und so stürzte ich mich mit Feuereifer in die mir gestellten Aufgaben, wußte ich doch nun, daß es für mich nur zwei Möglichkeiten gab, diese Abtei zu verlassen.

Die eine war, ihre Marionette zu werden und an den Fäden in der Hand des Welfen zu zappeln, und die andere war, genauso wie der Mönch zu enden – tot und vergessen!

Die Tage vergingen, einer glich dem anderen, und nichts Außergewöhnliches unterbrach die Monotonie der Gefangenschaft, außer vielleicht die Tatsache, daß mein Körper infolge der Übungen, die ich ungeachtet des Todes meines „Meisters" konsequent weiter absolvierte, immer kräftiger und widerstandsfähiger wurde. Auf den Gebrauch der Waffen mußte ich allerdings auch weiterhin verzichten, denn der Lauf der Zeit änderte nichts an dem Verbot des Abtes.

Meinen Unterricht bestritt ich ebenso verbissen wie die Kraftübungen mit dem Erfolg, daß ich wohl schon mehr über die Geschichte des Staufergeschlechts wußte als Friedrich selber. Zumindest hatte ich in dem Mönch einen Lehrer, dessen Wissen schier unerschöpflich war.

Es war eine furchtbare Qual, aber während der ganzen Zeit hörte und sah ich nichts mehr von meinem Vater. Er blieb ein Gefangener in meiner Nähe und doch so weit entfernt.

Alles um mich herum wurde zu einer vertrauten Gewohnheit, bis zu dem Abend, an dem mein „Schatten" lebendig wurde. – Eigentlich war es wie immer, denn nach dem Unterricht wartete er vor dem Gebäude, um mich zu meiner Kammer zu führen. Doch anders als sonst blieb er diesmal im Raum stehen und schloß vorsichtig die Tür von innen. Erstaunt, beinahe erschrocken drehte ich mich nach ihm um.

„Hör mir zu", flüsterte er. „Wir werden versuchen zu fliehen! Du wirst von mir hören, wenn es soweit ist. Bis dahin verhalte dich genauso wie bisher. Hast du verstanden?"

„Ja natürlich", stammelte ich unbeholfen, „aber was ist mit meinem Vater?"

„Ich werde sehen, was ich für euch beide tun kann, aber versprechen kann ich dir nichts."

Lautlos wie immer verschwand er, und ich blieb allein zurück, völlig ratlos und verwirrt. Sollte es doch endlich Hoffnung für mich geben? War das vielleicht der dritte Weg, an den ich schon nicht mehr hatte glauben können? Die Flucht aus dieser Hölle? Und wenn ja, wie sollte er aussehen? Und warum war gerade mein sonst so schweigsamer „Schatten" bereit, mir jetzt zu helfen?

Fragen, mit denen er mich allein ließ und auf die ich keine Antwort wußte. Sechs Wochen war ich nun schon hier, und bis auf den Abt, meine Lehrer und diesen sonst so schweigsamen Begleiter hatte ich noch mit keinem ein Wort gewechselt. Die meiste Zeit blieb ich allein, immer in der bangen Furcht, daß der Tag meiner Einführung in die Geschichte nicht mehr fern sein konnte. Ich hatte schon lange aufgehört darüber nachzudenken, warum Arton sich damals so sehr in Friedrichs Ankunftszeit getäuscht hatte. Zumindest verfügte die Abtei offensichtlich über bessere Verbindungen als er.

Doch jetzt konnte vielleicht meinem Vater und mir die Flucht gelingen – endlich! Es fiel mir sehr schwer, aber ich zwang mich zur Besonnenheit, denn der Mönch hatte recht. Ich mußte mich genauso verhalten wie all die Wochen vorher, und nichts, aber auch gar nichts durfte ich mir anmerken zu lassen, sollte sein Plan, wenn er denn überhaupt einen hatte, nicht von vornherein zum Scheitern verurteilt sein.

Ich setzte mich also an den Tisch und begann wie immer mein Abendessen hinunterzuschlingen. Jeder Bissen schmeckte nach Freiheit, und jede Mahlzeit konnte die letzte in Gefangenschaft sein. Mir stand eine lange Nacht bevor, denn an Schlaf war beim besten Willen nicht zu denken. Die ausgefallensten und verwegensten Möglichkeiten schossen mir durch den Kopf, doch keine davon schien mir durchführbar. Zu allem Übel zerrte auch noch die Untätigkeit an meinen Nerven. Dieses Warten und die Abhängigkeit von Willen und Geschick eines anderen waren fast unerträglich.

Irgendwann, spät in der Nacht, muß ich dann doch eingeschlafen sein, denn ich erwachte schweißgebadet, nachdem mich mein „Schatten" vermutlich schon mehrmals mit dem Stock in die Seite gestoßen hatte. Erschrocken fuhr ich auf. Im Kerzenschein sah er in seiner schwarzen Kutte und der Ledermaske wirklich aus wie ein Teufel. Wie jeden Morgen wies er auf den Tisch, wo das Frühstück auf mich wartete. Ich starrte ihn an, begierig, etwas Neues zu erfahren, doch hinter seiner Maske blieb er gefühllos und leer. Enttäuscht und niedergeschlagen setzte ich mich und verzehrte lustlos mein Mahl.

Pünktlich führte er mich dann zu meinem Tagwerk, bei dem ich mir allerdings Mühe geben mußte, so normal wie möglich zu wirken. Verbissen übte ich an den Geräten, die mir die Halle bot, und drehte einsam meine Runden, während mein Aufpasser am Eingang stand und mich beobachtete. Bei jeder Runde, wenn ich an ihm vorbeikam, erwartete ich irgendein kleines Zeichen, doch nichts geschah.

Ungerührt, die Hände vor der Brust verschränkt, stand er da, den Blick starr auf mich gerichtet. Einer steinernen Statue gleich wartete er, bis die Zeit meiner Übungen abgelaufen war. Dann erst kam wieder Leben in diesen Körper.

Er führte mich nach draußen zum Brunnen, wo ich mich wie jeden Tag nach Abschluß meiner Übungen einer gründlichen Wäsche unterziehen mußte. Mein ganzes Leben lang hatte ich mich nicht so oft gewaschen wie in der Zeit mit Arton und den sechs Wochen, die ich unfreiwillig in der Abtei zubrachte. Allerdings muß ich gestehen, daß ich mich jetzt auf das Waschen freute, denn das klare, kalte Wasser wirkte jedesmal wie ein kleines Wunder.

Diesmal gab es jedoch eine Änderung in dem sonst so eintönigen Tagesablauf, denn anders als gewohnt führte mich der Mönch nicht in das kleine Gebäude am Turm, wo ich meine Studien über das Geschlecht der Staufer weiterführen sollte, sondern ging mit mir auf direktem Weg zur Schmiede. Ratlos stand ich vor dem Feuer und betrachtete die fremden Werkzeuge, deren Namen ich zwar zum großen Teil kannte, von deren Handhabung ich aber keine Ahnung hatte.

In Form und Größe unterschiedliche Hämmer, Feuerzangen und

Meißel hingen dort ordentlich aufgereiht an dem rußgeschwärzten Querbalken, der das ganze Gewicht der Schmiede trug. Als ich Schritte vernahm, drehte ich mich um und sah den Abt in Begleitung eines stämmigen, untersetzten Mönches auf mich zukommen. „Dies hier ist der Schmied unserer Abtei, und er wird dir die letzte Unterweisung erteilen, deren du noch bedarfst.“ Mit dieser kurzen Einführung meines neuen „Lehrmeisters“ sah der Abt wohl seine Aufgabe als erfüllt an, machte auf dem Absatz kehrt und verschwand kurz darauf wieder im Turm.

Neugierig betrachtete ich diesen Mann, den ich schon einige Male aus der Ferne bei der Arbeit beobachtet hatte.

„Weißt du, was es heißt zu schmieden?“ begrüßte er mich und wartete erst gar nicht meine Antwort ab. „Es bedeutet zu schaffen und zu formen.“ Bei diesen Worten griff er in einen mit Steinen gefüllten Korb, hob einen der Brocken heraus und betrachtete ihn mit jenem gleichgültigen Interesse, das die Menschen auszeichnet, die wissen, wovon sie reden. „Du siehst hier einen Stein, und hier“, dabei deutete er auf eine fast fertige Sense, „siehst du das, was man zum Beispiel daraus machen kann, vorausgesetzt, man versteht die Kunst. Der Abt möchte, daß du weißt, wovon du sprichst, wenn man dich nach der Kunst des Schmiedens fragen sollte, und ich habe die Aufgabe, es dir beizubringen. Es gibt nur wenige wirklich gute Schmiede und noch weniger solche, die ihr Geheimnis an Außenstehende, so wie du einer bist, weitergeben.“ Es war unschwer zu erkennen, daß mein neuer „Meister“ alles andere als begeistert war, gerade mich in diese geheimnisvolle schwarze Kunst einzuweihen. „Also merke dir wohl“, fuhr er fort, „daß es gut und richtig ist, vorsichtig und behutsam mit diesem Wissen umzugehen. Ich werde dir nicht zur Hand gehen können, aber alles, was du hier siehst, ist rein, und du kannst getrost damit arbeiten.“

Was nun folgte, war eine oberflächliche Unterweisung in die notwendigen Gerätschaften und deren Handhabung. Etwas ausführlicher wurde die Unterweisung in das „Grundsätzliche“, wie der Mönch sich gewichtig ausdrückte. „Das zerkleinerte Gestein, wir nennen es Erz, wird in Holzkohleöfen wie diesem hier erhitzt“, sagte er und wies auf ein mächtiges Gebilde aus Stein. „Die Temperatur des Ofens darf nie die Schmelztemperatur von Eisen erreichen, damit der größte Teil des unreinen Gesteins abfließen kann. Zurück bleibt dann nur noch ein Klumpen Eisen, die Luppe. Diese wird nun abwechselnd gehämmert und in der Esse hier erneut erhitzt. Dieser Vorgang wiederholt sich mehrmals, bis das Eisenerz völlig von Schlacke befreit ist und durch das stetige Hämmern soweit verdichtet, daß es als fertiger Barren der weiteren Verarbeitung zur Verfügung steht. Mit diesem Ofen hier benötige ich etwa zehn Stunden, um fünf Barren Luppe zu gewinnen. Hast du das verstanden?"

Beflissen nickte ich, und so fuhr er fort: „Um nun so eine Waffe wie dein Schwert zu schmieden, erzeuge ich sehr hohe Temperaturen. Dadurch gewinne ich fast reine Luppe, ohne Schlacke. Durch Kalthämmern und Abschrecken des Rohlings in kaltem Wasser wird das Gefüge des Materials verfestigt. Aber das ist noch nicht alles! Bei meinem letzten Arbeitsgang tauche ich das noch glühende Schwert in einen Bottich mit Pferdepisse, was zur Folge hat, daß eine Art Nitrierhärtung entsteht. Erst diese letzte sorgfältige Art der Behandlung verleiht der Waffe ihre Zuverlässigkeit und Elastizität. Hast du Fragen?"

„Ja, ich sah einen Ritter in einer schwarzen Rüstung."

„Und jetzt willst du wissen, warum diese Rüstung schwarz war, hm? Nun, diesen Vorgang nennt man brünieren. Dazu legst du das Metall ganz einfach in eine Salzlauge, und so entsteht die dunkelbraune oder schwarze Schicht darauf."

So und so ähnlich ging es noch eine Zeitlang weiter, und ich muß zugeben, daß mich dieses Thema zu fesseln begann, wenn ich auch mit meinen Gedanken ganz woanders war. Ich suchte in meinen Erinnerungen, warum dies hier so wichtig für mich sein sollte, und ärgerte mich über mich selbst, daß ich nicht schon früher darauf gekommen war. Dies hier war eine kleine, aber offensichtlich wichtige Episode aus Friedrichs trauriger Kindheit, in der er oft gezwungen war, für sein täglich Brot hart zu arbeiten, und einer seiner Brotgeber war Schmied. – Der Abt überließ wirklich nichts dem Zufall!

Allmählich neigte sich der Tag dem Ende zu, und der Schmied wies mich an, ausreichend Holzkohle auf die Esse zu schütten, damit die Glut bis zum Morgen würde weiterleben können.

Wieder holte mich mein „Schatten" ab, und wieder versuchte ich aus seinen Bewegungen, seiner Ausdrucksart zu schließen, ob ich jetzt endlich auf eine Mitteilung würde hoffen können. Die Spannung wurde unerträglich, und mit jeder Treppenstufe vergrößerte sich meine Sorge, wieder allein im Dunkeln zurückgelassen zu werden.

Wie so oft kamen wir an den schreibenden Mönchen vorbei, doch wie selten zuvor war die Tür jetzt fast ganz geöffnet, und ich schätzte ihre Zahl auf etwa zwanzig, die hier unermüdlich damit beschäftigt waren, Bücher zu übersetzen oder gar neue zu schreiben. Auf merkwürdige Art schmerzte es mich doch sehr, keines dieser Bücher jemals lesen zu können, an denen diese Menschen so aufopfernd arbeiteten.

In meiner Stube angekommen, fiel hinter mir die Tür ins Schloß. Der Knall löste meine Erstarrung, und wieder überkamen mich die Zweifel, ob ich mich nicht doch in meinem „Schatten" getäuscht hatte, denn wieder erhielt ich keine Nachricht, nicht einmal ein Zeichen, gar nichts! Es war wirklich zum Verzweifeln.

Nach dem Essen schlief ich sofort ein, und so merkte ich nicht, wie jemand meine Kammer betrat. Erst bei der Berührung mit irgendeinem harten Gegenstand, fuhr ich erschreckt herum und sah meinen „Schatten" im Dämmerlicht einer Kerze an meinem Lager hocken.

„Bleib ruhig und hör mir zu", wisperte er kaum verständlich. „Wir müssen es jetzt wagen! Uns fehlt ganz einfach die Zeit, die Flucht gründlicher vorzubereiten, denn deine Tage hier sind gezählt. Wir gehen durch das Tor zur Katakombe. Diese Nacht bin ich dort als Wächter eingeteilt."

„Von was für einer Katakombe redest du?" fragte ich nun hellwach.

„Die Erbauer dieser Festung schufen unterirdische Gänge, zum einen gedacht als Vorratsräume, zum anderen aber auch als Fluchtmöglichkeit, und genau zu diesem Zwecke benutzen wir sie heute nacht."

„Warum willst du denn fliehen? Du bist doch einer der Ihren, ein Aussätziger?" fragte ich mißtrauisch.

„Dein Meister im Schwertkampf war mein Freund, und sie haben ihn getötet! – Damals sind wir gemeinsam hierhergekommen, und er war eigentlich der einzige Grund, warum ich noch hier bin. Denn bei mir scheint die Seuche zum Stillstand gekommen zu sein, wenn ich sie überhaupt je hatte. Bis auf einen kleinen Knoten am Hals sieht man mir übrigens nichts an. Also warum soll ich dann noch hierbleiben? Ich bringe mich nur selber in Gefahr. Irgendwann wird es dem Abt auffallen, daß ich eigentlich gesund bin. Ich möchte gar nicht erst herausfinden, was sie dann mit mir anstellen. Ein Gesunder unter Todgeweihten ist nämlich nichts anderes als ein Todgeweihter unter Gesunden. – Doch jetzt komm, wir müssen uns beeilen. Jeder Augenblick ist kostbar, denn wir werden zu Fuß fliehen müssen. In der kurzen Zeit, die mir blieb, war es unmöglich, auch noch für Pferde zu sorgen. Wir haben nicht einmal Proviant. Das Risiko war mir ganz einfach zu groß, im letzten Moment doch noch wegen eines Laibes Brot aufzufallen."

„Einen Moment noch! Warum hilfst du meinem Vater und mir? Wir sind doch nur ein unnötiges Risiko für dich. Wenn du fehlst, wird man dich vermissen und vielleicht auch suchen. Wenn herauskommt, daß mein Vater und ich nicht mehr da sind, wird der Abt und wahrscheinlich nicht nur er die gesamte Umgebung durchkämmen lassen, und bei unserer Ergreifung wärst du mit Sicherheit ein 'Todgeweihter'. Unser Preis ist zu hoch für Menschlichkeit! Also warum?"

Es dauerte einen Augenblick, bis er mit der Sprache herausrückte, aber schließlich sah er wohl ein, daß ich mich sonst weigern würde, ihm zu folgen. „Ich hoffe, daß ihr euch erkenntlich zeigen werdet, wenn die Flucht gelingen sollte. Ich bin arm, war es immer schon. Ihr seid reich. Das muß dir genügen. Jetzt komm oder bleib hier."

Es genügte, denn in allem anderen hätte ich irgendeine Falle vermutet, aber das konnte ich verstehen. Mein Vater war wirklich sehr reich, und bestimmt würde er unseren Befreier großzügig entlohnen. Daran bestand überhaupt kein Zweifel.

Ich entschied mich also, ihm jedenfalls für den Augenblick zu vertrauen. „Wie heißt du eigentlich?" wollte ich wissen.

„Nenne mich Dilano! Mein richtiger Name ist zusammen mit meiner Vergangenheit gestorben, als ich in dieses Kloster trat. Aber jetzt komm endlich, wir werden noch Zeit genug haben, uns gegenseitig kennen- und vielleicht auch vertrauen zu lernen, vorausgesetzt, wir kommen lebend hier heraus. Übrigens, deinen Vater finden wir ebenfalls in den Katakomben. Dort bewahrt der Orden seine lebenden Toten auf, jene Kranken, die schon so verfault sind, daß sie am täglichen Ordensdienst nicht mehr teilnehmen können."

Ein eisiger Schauer lief über meinen Rücken, während mein neuer Gefährte das Licht löschte. Gemeinsam tasteten wir uns daraufhin zur Tür. Dilano kannte die Treppe wirklich im Schlaf, und auch mir fiel es nicht sonderlich schwer, die einzelnen Stufen mit den Füßen zu ertasten, ohne dabei die Wände zu berühren. Der Turm war in völlige Finsternis gehüllt, kein Laut drang an unsere Ohren, bis auf das leise Scharren unserer Füße, die eine Stufe nach der anderen bewältigten. Auch die sonst so emsigen Mönche waren mittlerweile zur Ruhe gegangen.

Unten angekommen, verhielt Dilano und ließ mich näher kommen. Beide horchten und spähten wir angestrengt in die Nacht hinaus, doch nichts Verdächtiges drang an unsere Ohren, wir waren allein. Nur der Wind sang sein trauriges Lied in den Zinnen dieser ehemaligen Festung, der ich nun hoffte entfliehen zu können. Vorsichtig, jeden Laut vermeidend, überquerten wir schnell den Burgfried.

Die sternenklare Nacht tauchte das ganze Kloster in milchigsilbriges Licht, das nicht ahnen ließ, welch dunkle Macht hinter den Mauern ihr Unwesen trieb. Die Zisterne lag auf halbem Weg, und dort angekommen, hockten wir uns nieder und lauschten erneut in die Stille der Nacht – immer noch nichts.

Dilano spähte zurück zum Turm in der Furcht, daß der Abt oder sonst einer der aussätzigen Mönche unsere Flucht im letzten Moment entdecken und Alarm schlagen könnte. Doch alles blieb ruhig, kein Licht flammte hinter dem dunklen drohenden Turm auf, der sich wie der warnende Finger Gottes gen Himmel streckte.

Wir huschten weiter, bis uns der Schatten der Halle verbarg, und wandten uns dann gebückt an der Mauer entlang bis zu ihrem Ende. Hier nun waren wir endgültig dem Sichtfeld des Turmes entzogen.

Schräg hinter der Halle duckte sich die Kapelle an die Außenmauer der Festung.

„Warte hier, bis ich drüben bin“, raunte Dilano mir ins Ohr und lief hinüber zum Eingangsportal des kleinen Gebetshauses, wo er in seiner schwarzen Kutte alsbald mit der Dunkelheit verschmolz. Ein kaum hörbarer Pfiff ließ mich zusammenzucken, doch schon rannte ich ebenfalls los. Das Tor stand offen, und ohne zu zögern schlüpfte ich hinein. Im Hintergrund hörte ich Dilano, der sich leise fluchend mit einer Kette abmühte, und erst, als ich näher trat, erkannte ich, trotz des spärlichen Lichts deren Sinn und Bestimmung. Vom Boden her verlief sie zu einer Drehvorrichtung an der Wand, und ich beeilte mich, nachdem ich meine Hände mit der Kutte geschützt hatte, meinem neuen Gefährten zu helfen, die Eisenkurbel zu drehen.

Langsam, fast gemächlich hob sich vor unseren Füßen eine mächtige Steinplatte in die Höhe.

Dilano arretierte die Kette und ließ sich an der Wandseite in den Schlund hinab, der sich irgendwo im gähnenden Nichts verlor. „Warte noch einen Moment!“ hörte ich seine Stimme dumpf zu mir nach oben dringen. Dann sah ich die Funken eines Feuersteins aufblitzen, und augenblicklich erhellte Fackellicht den Schacht, in den ich nun ebenfalls hinabstieg.

„Können wir den Stein nicht irgendwie wieder absenken?“ fragte ich, als ich endlich das Ende des Schachts erreicht hatte.

„Nein, das ist unmöglich. Der Lärm, der beim Aufprall des Steins unvermeidlich ist, würde die ganze Abtei aufwecken. So jedenfalls wissen wir, daß wir noch fast vier Stunden Zeit haben, bevor ein Teil der Brüder seine Morgenandacht verrichten wird. Bis dahin müssen wir ein gutes Stück Wegs zurückgelegt haben, sonst war alles umsonst. Also komm jetzt! Nimm dir auch eine Fackel und steck dir noch zwei in deine Kutte. Das wird hoffentlich reichen, bis wir am Ausgang sind.“

Zügig durchschritten wir daraufhin den vor uns liegenden Gang, der vor langer Zeit in das rohe Felsgestein getrieben worden war. Mehrere Abzweigungen, die kurz nacheinander aus dem Dunkel hervortraten, ließ Dilano unbeachtet, und erst bei dem vierten verließen wir den Hauptgang und wendeten uns nach rechts. Der modrige Geruch legte sich drückend auf meine Lunge. Oder war es nur die Angst, sich irgend etwas zu nähern, das nur die Hölle selbst sein konnte?

Wir passierten mehrere Holztüren. Doch über die Räume, die sie verbargen, konnte mir Dilano nichts sagen, außer daß nur der Abt über die Schlüssel verfüge. Die Luft wurde stickiger, ein unbeschreiblicher Gestank drang mir langsam in die Nase, und auch ohne Dilanos Hinweis hatte ich schon die Kutte vor mein Gesicht gehalten, denn der Gestank wurde nun wirklich unerträglich, und selbst heute, beim Schreiben dieser Zeilen, verspüre ich diesen abscheulichen Geruch der Fäulnis in der Luft.

Wir näherten uns einer Reihe von Zellen, die rechts und links vom Gang aus in den Fels geschlagen worden waren, doch trotz seiner Mahnung, nicht hinzusehen, konnte ich meinen Blick nicht losreißen von diesem furchtbaren Bild menschlichen Leidens.

„Mein Gott!“ entfuhr es mir. „Wer sind diese Unglücklichen?“

„Ich habe dir doch erklärt, daß die Abtei hier ihre Schwerstkranken sterben läßt, und irgendwann hätte ich wohl auch deren Schicksal geteilt. Jetzt sei aber still und wecke sie bloß nicht auf.“ Bei diesem Anblick durchfuhren mich die Worte des Abts vom „würdevollen Tod“. Jetzt wußte ich, was dieser Teufel darunter verstand.

Schnell durchschritten wir das grausige Gefängnis. Hinter einer weiteren Biegung erwarteten uns die nächsten Zellen, doch waren hier zum Glück keine Aussätzigen eingepfercht, was man unschwer an der geradezu reinen Luft bemerken konnte.

„In der letzten Zelle ist dein Vater eingesperrt“, raunte Dilano mir leise ins Ohr.

Vor Freude bebend, stürzte ich an ihm vorbei auf den genannten Raum zu, um endlich meinen Vater dieser Hölle entreißen zu können. Entsetzt, verharrte ich, denn die Gittertür war offen und die Zelle leer.

„Verdammt, er ist weg“, hörte ich Dilanos Worte unwirklich, wie aus weiter Ferne, an mein Ohr dringen.

Voller Wut ließ ich die Fackel fallen, und im nächsten Augenblick fanden meine Hände ihren Weg an seine Kehle. „Wo habt ihr ihn hingebracht? Sag mir, wo ihr schwarzen Teufel meinen Vater hingebracht habt, oder ich bring dich um!“ schrie ich. Überrascht von meiner Attacke, ließ er ebenfalls die Fackel fallen und versuchte sich aus meiner Umklammerung zu befreien, doch vergeblich. Allmählich erlahmte sein Widerstand, bis er kraftlos in meinen Armen hing. „Also noch einmal, wo ist mein Vater?“

„Ich weiß es doch nicht, bitte glaub mir“, röchelte er. „Nur der Abt hat die Schlüssel für diese Zellen, und auch diese hier hätten wir aufbrechen müssen, wenn dein Vater noch dagewesen wäre. Sie können ihn sonstwohin gebracht haben. Aber vielleicht ist er ja auch schon tot, ich weiß es wirklich nicht! Ich mußte doch immer in deiner Nähe sein. Wie sollte ich mich dann noch um deinen Vater kümmern? Es war doch schon mehr als Glück, daß ich überhaupt von dieser Zelle etwas in Erfahrung bringen konnte.“

Langsam lockerten sich meine Hände, die seinen Hals noch immer umfaßt hielten und ihm nur die Luft zum Atmen und Sprechen ließen. „Wer außer dem Abt könnte es sonst noch wissen?“ fragte ich, nun schon beinahe hilflos.

„Keine Ahnung – das heißt, ein Bruder müßte es eigentlich wissen.“

„Wer ist es, und wo kann ich ihn finden?“

„Deinem Vater hat jeden Tag der gleiche Mönch das Essen gebracht, aber den hab ich seit gestern ebenfalls nicht mehr gesehen. Seine Krankheit war auch noch nicht so weit fortgeschritten, als daß sie ihn hier heruntergebracht hätten. Ich kann mir nicht vorstellen, was aus ihm geworden ist. Normalerweise klärt uns der Abt darüber auf, wenn einer der Brüder die Gemeinschaft verläßt, und bisher gab es nur einen Weg, diese Gemeinschaft zu verlassen, den Tod.“

Ich ließ Dilano nun vollends los. Sichtlich erleichtert atmete er tief durch, während er sich schwerfällig erhob. Glücklicherweise brannten die Fackeln noch, und so beeilten wir uns, die leere Zelle nach einem möglichen Hinweis auf den Aufenthaltsort oder das Schicksal meines Vaters hin zu durchsuchen. – Wir fanden nicht das geringste.

Entmutigt brach ich die Suche ab und wandte mich zum Gehen. Dilano wartete ungeduldig mit der Fackel winkend an der Biegung des Ganges. „Komm jetzt endlich, wir haben keine Zeit mehr!" fauchte er mich an. „Lieber lass ich mich von dir ermorden, aber ich will nicht hier unten enden."

Natürlich wußte ich, daß er recht hatte, und ich brauchte auch nicht viel Phantasie, um mir vorzustellen, welches Schicksal seiner harrte, wenn sie ihn in die Finger bekommen würden. Ohne ihm eine Antwort zu geben, ging ich an ihm vorüber, doch mit jedem Schritt, der mich den Elendsgestalten näher brachte, verdichtete sich wieder diese Wolke aus Gestank und Grauen. Zum Glück drang noch immer kein Laut aus ihren Zellen, bis mir plötzlich eine Klaue an den Hals griff und mich zurückriß. – Schwer prallte ich gegen die Gitterstäbe. Starr vor Entsetzen ließ ich die Fackel zu Boden fallen.

„Ich hab einen!" hörte ich meinen Gegner kreischen. Als Antwort erhob sich ein vielstimmiges Geheul, und wie aus den tiefsten Tiefen der Hölle auffahrend, kamen diese zerlumpten und zerschundenen Körper schreiend auf mich zu.

„Gib den Schlüssel, du Bastard, sonst breche ich dir das Genick!" Hände durchfuhren meine Haare und legten sich auf mein Gesicht.

Verzweifelt und von Todesangst getrieben, bäumte ich mich auf, und wie durch einen Nebel sah ich Dilano keine fünf Schritte von mir entfernt unschlüssig vor Furcht von einem Bein aufs andere treten. Das Geheul dieser lebenden Toten steigerte sich zur Raserei. Ihre entsetzlichen Fratzen drückten sich gegen die Gitterstäbe, und der unglaubliche Gestank ihres Atems raubte mir die letzte Luft. Wie kleine Messer schlitzten mir ihre Fingernägel in Hals und Gesicht, und ich spürte meine Kräfte erlahmen. Mit einem letzten Aufbäumen brüllte ich zu Dilano hinüber, kaum das Geheul der Aussätzigen übertönend: „Hilf mir! Um Gottes willen, hilf mir!"

Als ob er nur darauf gewartet hätte, so stürzte er nun auf meine Gegner zu. Die Fackel in ihre Fratzen stoßend und mich gleichzeitig von den Gitterstäben reißend, befreite er mich aus ihrer tödlichen Umklammerung.

Keuchend und wie von Sinnen hastete ich weiter in den Gang hinein, nur weg aus dieser Hölle. Ermattet brach ich zusammen, und von furchtbaren Krämpfen geschüttelt, übergab ich mich. Schnell rieb Dilano meine Wunden mit Dreck ein. Was sollte er auch sonst tun?

Es dauerte eine Weile, bis ich wieder zu mir kam und mich soweit erholt hatte, daß ich mich erheben konnte, dabei aber immer noch am ganzen Leibe zitternd. Es bedurfte diesmal keiner weiteren Aufforderung, diesem Ort so schnell wie möglich den Rücken zu kehren. Die panische Angst, noch einmal in diesem Kloster gefangengehalten zu werden, verlieh mir die Kraft, obwohl mich der Ekel über das eben Erlebte doch noch zu überwältigen drohte.

Von mir unbemerkt, waren wir inzwischen wieder auf dem Hauptgang, und nur das allmählich ersterbende Geheul verfolgte uns noch eine Weile. „Spürst du auch die frische Luft?“ fragte ich Dilano aufgeregt und hielt ihn am Ärmel seiner Kutte fest.

„Ja“, antwortete er, „aber die Luft kommt nicht vom Ausgang her, denn das ist noch ein weiter Weg bis dahin.“

Die vielen Gänge hatten das unmenschliche Geschrei mittlerweile vollends verschluckt, und die einzigen Geräusche, die wir noch vernahmen, waren das Keuchen unserer Lungen und der Klang der Schritte, der gespenstisch von den Wänden widerhallte. Im Vorbeilaufen bemerkte ich wieder mehrere geschlossene Holztüren, doch ich verspürte keinerlei Neugierde mehr zu erfahren, was sich dahinter verbergen mochte. Auch Dilanos Schritte verlangsamten sich nicht, denn jeder Schritt mehr, den wir zwischen uns und das Kloster brachten, erhöhte die Chancen, heil davonzukommen.

Der Gang verlief sich im Endlosen, immer geradeaus, wie eine große Röhre zog er sich dahin, nur selten von einem kleineren gekreuzt, dessen Bedeutung für mich verborgen blieb.

Das Licht unserer Fackeln hüpfte an den Wänden auf und ab und führte uns Irrlichtern gleich immer tiefer hinein in diese schwarzen Abgründe menschlicher Baukunst. Unvermittelt standen wir vor einer Wand, doch zielsicher, als ob er schon öfters hier gewesen wäre, beleuchtete Dilano deren unteres Ende. Gebannt hefteten sich meine Blicke auf seine Hände, und nun erkannte auch ich den einfachen Schließmechanismus. Als Dilano an dem eisenbewehrten Griff zog, öffnete sich keine zwei Schritte von uns entfernt ein kleines Stück der undurchdringlich scheinenden Wand und schob sich nach außen. Frische Nachtluft strömte in unsere ausgemergelten Lungen, und ich fühlte mit jedem Atemzug, wie die Kraft des Lebens wieder Besitz von mir ergriff.

Langsam erhoben wir uns. Dilano kroch als erster hinaus ins

Freie. Sofort folgte ich ihm, und wie von Zauberhand geführt, fanden wir uns in einem Wald wieder, umringt von mächtigen Baumriesen, die wohl schon seit Urzeiten dieses Geheimnis gewahrt hatten.

Unverzüglich gingen wir daran, das Tor wieder zu schließen, welches der Außenwelt verborgen in einem Felsen eingelassen worden war. Die Fackeln würden wir wohlweislich zurücklassen, denn ihr Schein hätte uns auf große Entfernung hin verraten können. Glücklich schauten wir uns an und fielen dann einander in die Arme. Es war ein unbeschreibliches Gefühl, dieser Hölle auf Erden entronnen zu sein, und ich war glücklich, in Dilano einen neuen Freund gefunden zu haben.

Nun galt es jedoch als erstes herauszufinden, wo wir uns befanden und in welcher Richtung das Kloster lag. Da der Gang jedoch fast immer geradeaus verlief, vermutete ich, daß er uns ungefähr in südliche Richtung geführt hatte. Noch vor unserem Einstieg hatte ich anhand des Nordsterns die Himmelsrichtung bestimmt. So brauchten wir eigentlich nichts weiter zu tun, als dafür zu sorgen, daß wir dieses leuchtende Himmelsgestirn stets im Rücken hatten.

Offensichtlich hatte der Unterricht im Kloster auch sein Gutes gehabt! Natürlich war es schwer, durch die hohen Wipfel der Bäume hindurch genau die Orientierung zu halten, aber nach einiger Zeit verblaßten die Himmelslichter ohnedies, und auch der Mond verlor an Glanz. Ein untrügliches Zeichen, daß der neue Tag sich ankündigte. Er mußte die Entscheidung über unser weiteres Schicksal mit sich bringen.

Hier im Wald jedoch war es noch finstere Nacht. Zu unserem Glück standen die Baumriesen nicht so dicht beieinander wie befürchtet, so daß wir uns recht schnell einen Weg durch das Unterholz bahnen konnten. Alles in allem kamen wir also gut voran und brachten ein gutes Stück Wegs zwischen uns und das Kloster.

Prüfend sah mein Freund nach oben und meinte dann fast beiläufig: „Jetzt müßten sie eigentlich den freigelegten Eingang zu den Katakomben entdeckt haben. Immerhin ist jetzt die Zeit für ihre Art von Frühmesse.“ Obwohl ich nie etwas davon mitbekommen hatte, daß sie eine solche Messe zelebrierten, konnte ich mir allerdings genau vorstellen, welcher Aufruhr in diesem Augenblick die Totenstille des Klosters erschütterte.

Sobald der erste Mönch die offene Steinplatte entdeckt hätte, würde sofort der Abt verständigt werden. Dieser würde bestimmt keine Zeit verlieren und umgehend meine Kammer durchsuchen lassen –

ohne Erfolg, natürlich! Sodann würde er feststellen, daß ich nicht der einzige war, der das Weite gesucht hatte, sondern mit mir auch Dilano verschwunden war. Alles Weitere, so hoffte ich, würde ich nicht mehr zu sehen bekommen.

„Besitzt das Kloster eigentlich Pferde?“ fragte ich meinen Gefährten, plötzlich doch von Sorge erfüllt, irgend etwas übersehen zu haben.

„Pferde und auch Hunde“, erwiderte er kurz. „Gegen die Pferde weiß ich mir auch keinen Rat, aber für die Hunde habe ich mir eine ganz besondere Überraschung ausgedacht – etwas, an das sie sich noch lange erinnern werden!“ Trotz des Dämmerlichtes glaubte ich ein leises Lächeln auf seinem Gesicht zu erkennen.

„Was ist es denn?“

„Das hier“, antwortete er verschmitzt und hielt mir ein kleines Gefäß entgegen, welches er unter seiner Kutte verborgen gehalten hatte.

„Und was ist da so Besonderes drin?“

„Nichts Besonderes, jedenfalls im allgemeinen. Für unsere Zwecke jedoch genau das richtige. Du kommst doch aus einer wohlhabenden Familie, dann wird dir dieses Gewürz sicher nicht fremd sein. Man nennt es Pfeffer. Die Kreuzfahrer haben es seinerzeit mitgebracht, und es hat die geradezu wunderbare Eigenschaft, verheerend auf die feine Nase eines Hundes zu wirken.“

„Wie kommt ihr denn im Kloster an solch ein Gewürz?“ fragte ich nun doch etwas verwundert.

„Der Abt ist wie besessen davon, ein Mittel gegen die Seuche zu finden, und da besorgt er sich alles an Tinkturen, Gewürzen und Kräutern, was er kriegen kann. Frag mich jetzt nicht, ob das, was er da tut, einen Sinn hat. Jedenfalls fällt ab und zu auch etwas für die Küche ab, und da hab ich es auch her. Diese kleine Menge Pfeffer, richtig angewendet“, sprach er versonnen vor sich hin, „befreit uns ein für allemal von diesem Problem.“

Ungläubig betrachtete ich das kleine irdene Gefäß in seiner Hand, doch erheblich daran zweifelnd, daß dieses bißchen Gewürz die Hunde würde zähmen können. Es waren in der Tat wirklich wilde Hunde! Ich erinnerte mich daran, daß ich eines Tages während meiner Gefangenschaft im Kloster der Fütterung dieser Bestien zugeschaut hatte. Diese Biester würden alles zerreißen, was ihnen aus Fleisch und Blut zwischen die Zähne käme! An jenem Tag dachte ich, es wäre Zufall gewesen, daß ich der Fütterung hatte zuschauen können, jetzt war ich mir dessen nicht mehr so sicher. Der Abt kannte keine Zufälle.

Mein Freund jedenfalls war von seiner Idee überzeugt und ließ zufrieden lächelnd das kleine „Wunder“ wieder unter seiner Soutane verschwinden.

„Wir sind ziemlich auffällig gekleidet, findest du nicht auch?“ versuchte ich nach einer Weile das Gespräch wieder aufzunehmen.

„Du hast recht“, stimmte er zu. „Es wird uns wohl nichts anderes übrigbleiben, als während der Nachtstunden zu marschieren und uns am Tag in den Wäldern auszuruhen und zu verstecken, denn mit diesen schwarzen Kutten am Leib können wir uns direkt ein Schild um den Hals hängen! Es wäre gut, wenn wir auf unserem Weg auf ein einsames Gehöft stießen, denn dann könnten wir uns mit unauffälligeren Kleidern und etwas Proviant eindecken.“

„Hast du denn Geld, um die Sachen zu bezahlen?“ fragte ich etwas naiv.

„Kannst du mir vielleicht sagen, wie ein aussätziger Mönch an Geld kommen soll?“ entgegnete er gereizt. „Es wird uns wohl nichts anderes übrigbleiben, als die Sachen, die wir benötigen, zu stehlen, und das nach Möglichkeit so, daß die Besitzer davon nichts merken, sonst müssen wir die auch noch zum Schweigen bringen.“

„Du meinst, du willst sie töten?“ fragte ich erschrocken und blieb stehen.

„Nun, sie werden bei unserem kriegerischen Aussehen nicht gleich tot umfallen, oder meinst du wohl?“

„Ich werde keinen Unschuldigen töten!“ entgegnete ich entschlossen. „Schon gar nicht wegen ein paar Habseligkeiten. Entweder wir gelangen ohne Mord daran, oder aber wir vergessen das ganze, hast du mich verstanden? Ich habe auf dem Weg, der nicht mein Weg war, schon genug Unheil hinter mir zurückgelassen. Es reicht jetzt!“

„Du hast ja recht“, lenkte Dilano ein. „Ich verstehe mich ganz gut aufs Stehlen, du wirst schon sehen. Mach dir keine Sorgen, ich zieh den Leuten das Hemd vom Leib, ohne daß sie es merken, und all das, während sie sich mit mir unterhalten. Also bleib ganz ruhig, ich mach das schon, wenn es soweit ist.“

Ich beschloß, unbedingt bei dieser „Unterhaltung“ anwesend zu sein.

„Hast du eigentlich eine Ahnung, was wir jetzt während der ganzen Zeit über essen sollen?“ fragte er mich, nachdem wir ein gutes Stück des Weges schweigend nebeneinanderher durch den lichter werdenden Wald gegangen waren.

„Nun, ich befürchte, daß wir uns die nächste Zeit wohl von Beeren und Wurzeln ernähren müssen. Der Lehrer im Kloster hielt es für wichtig, mir einige Bilder über Tiere und Pflanzen des Waldes zu zeigen, die man zur Not auch essen kann. Ich hoffe nur, daß ich mir genug davon gemerkt habe", erwiderte ich.

Der Ausdruck im Gesicht meines Freundes war nicht nötig, um mir zu zeigen, wie lahm meine Worte geklungen hatten.

„Aber jetzt laß uns schneller gehen, der Tag ist vollends erwacht, und unsere Verfolger kommen mit Sicherheit schneller voran als wir. Wir behalten diese Richtung noch eine Weile bei und wenden uns dann nach Südwesten. Ich muß unbedingt nach Modena."

„Was willst du denn in dieser Stadt?" fragte Dilano, und seine Stimme verriet, daß er ein anderes Ziel vor Augen hatte.

„In Modena verlor ich die Spur meines Freundes Arton von Tarran, und nur dort kann ich hoffen, sie wiederzufinden. Ohne seine Hilfe kommen wir nie in die Nähe des Staufers, und nur der hat hoffentlich mittlerweile die Macht, unsere Verfolger in Schach zu halten. Ich bete, daß es Arton damals wirklich noch gelungen ist, diesem teuflischen Petrarka zu entkommen. Er kann uns bestimmt auch sagen, wo wir meinen Vater suchen sollen. Was ich bis heute nicht verstehe, ist, wie sich der Templer so sehr in Friedrichs Ankunftszeit hat täuschen können. Im allgemeinen ist das nicht seine Art. Dafür muß es irgendeinen Grund geben."

„Ich glaube, den kann ich dir nennen", sagte Dilano.

„Welchen denn?" fragte ich ein wenig zweifelnd.

„Vor einiger Zeit berichtete uns der Abt im Anschluß an eine gemeinsame Messe, daß die Reise des jungen Staufers nach Rom viel länger gedauert habe als ursprünglich vorgesehen. Eigentlich war es nur seine Absicht, beim Heiligen Vater vorzusprechen. Er wollte ihn um Unterstützung bitten. Offenbar muß es da zu einer unbeabsichtigten Verzögerung gekommen sein, von der dein Arton nichts wußte und der seinen Zeitplan durcheinander brachte. Wir erfuhren das auch erst kurz bevor man dich zu uns brachte. Wenn man so will, kam dem Welfen Friedrichs Abstecher nach Rom sehr gelegen, und dir rettete er das Leben."

„Willst du etwa damit sagen, daß mein Leben von Friedrichs Laune abhing, ob er nun den Aufenthalt in Rom verlängerte oder aber den direkten Weg nach Modena nahm, und daß sie mich sofort getötet hätten, wenn ich für den Welfen nicht brauchbar gewesen wäre?"

„Na ja, vermutlich, anscheinend siehst du dem echten Friedrich wirklich zum Verwechseln ähnlich, sonst hätten sie sich mit dir die

Mühe kaum gemacht, aber sie brauchten eben auch die Zeit, einen neuen Friedrich aus dir zu machen."

Ich benötigte eine Weile, um zu begreifen, daß ich im Grunde nur von geborgter Zeit gelebt hatte, aber dann wollte ich mehr wissen: „Sag mal, kennst du einen Ritter mit Namen Absalon von Petrarka?"

„Ja, ich glaube schon. Ist das nicht so ein Riese von Gestalt, mit einem tiefschwarzen Bart?"

„Ja, genau den meine ich. Was weißt du über ihn?"

„Nicht viel, eigentlich nur, daß er mehrmals im Kloster war und daß er offensichtlich über einen recht großen Einfluß verfügt."

„Wieso, woraus schließt du das?"

„Soweit ich weiß, ist es überhaupt noch nicht vorgekommen, daß ein Gesunder, wenn man mal von dir, deinem Vater und den Bewachern absieht, in das Innere des Klosters vorgelassen worden ist, und er war schon zweimal da. Zudem war sein Auftreten alles andere als demütig, und selbst der Abt schien Respekt vor ihm, wenn nicht sogar Angst um sein Lebenswerk zu haben."

„Ich bin mir eigentlich sicher, daß von Borken, der mich ins Kloster brachte, für den Abt auch kein Fremder war."

„Davon weiß ich nichts, wundern würde es mich allerdings schon, aber jetzt, wo du ihn erwähnst, interessiert dich sein weiteres Schicksal?"

„Ich vermute mal, daß es kein gutes gewesen sein kann", folgerte ich.

„Er ist tot, und die anderen sind noch in der gleichen Nacht spurlos verschwunden, als du zu uns kamst. Wie gesagt, bis auf den Ritter, dich und deinen Vater waren sie die einzigen Gesunden, die hinter das Geheimnis der Klostermauern blicken durften."

„Du sagst tot? Wie ist er denn gestorben?" fragte ich, obwohl es mich weder sehr erstaunte noch weiter berührte, diese Nachricht zu erfahren.

„Wir fanden seine Leiche vor dem Haupttor, allerdings ohne Kopf. Den müssen der oder die Mörder mitgenommen haben. Damals wunderten wir uns natürlich sehr darüber, denn was sollte schon jemand mit dem Kopf eines Menschen anfangen, den er gerade ermordet hat?"

„Es sei denn, er benötigt ihn als Beweis für die Ausführung seines Auftrages", beantwortete ich seine Frage.

„Ja, du hast recht. So kann es gewesen sein", stimmte mir Dilano erstaunt zu. „Ja, es kann wirklich genau so gewesen sein, wie du sagtest. Ich erinnere mich noch gut daran, daß der Abt regelrecht zusammenzuckte, als wir ihm den enthaupteten Leichnam zeigten.

Natürlich durftest du von all dem nichts wissen. Wenn ich jetzt darüber nachdenke, könnte ich fast beschwören, daß er Angst gehabt hat. Wie dem auch sei, jedenfalls mußten zwei von uns ihn außerhalb der Klostermauern beerdigen, und zwar in aller Stille, wie du dir denken kannst."

„Und die anderen, was geschah mit den anderen?" fragte ich meinen neuen Weggefährten, noch immer in Gedanken bei dem Deutschen, der mir so viel Haß entgegengebracht hatte.

„Ich weiß es nicht! Vermutlich weiß es keiner, aber irgendwann in der Nacht sind sie wohl auf und davon. Merkwürdig war eigentlich nur, daß sie ihre Pferde bei uns zurückließen, aber von ihnen selbst fehlte am nächsten Morgen jede Spur. Keiner der Mönche hatte etwas gehört oder gar gesehen, zumindest gab es keiner zu. Auch dem Abt schien das Ganze ein Rätsel zu sein."

„Das verstehe ich allerdings auch nicht. Es ergibt doch überhaupt keinen Sinn, die Pferde zurückzulassen."

„Wir vermuteten seinerzeit, daß sie den Deutschen ermordet hatten und dann aus Angst vor Rache geflohen waren. Vielleicht konnten sie die Pferde ja auch nicht mitnehmen, weil sie befürchten mußten, damit zuviel Aufsehen zu erregen. Aber das sind nun wirklich alles Vermutungen. Wir werden die Wahrheit wohl nie erfahren. Ich glaube auch nicht, daß es uns jetzt viel weiterhelfen würde, den Grund für die damaligen Vorgänge in Erfahrung zu bringen. Jedenfalls hat die ganze Sache für uns einen greifbaren Nachteil zur Folge. Seit diesem Tag verfügt das Kloster nämlich über insgesamt sechs recht ordentliche Pferde, und deswegen kommen unsere Verfolger bedeutend schneller voran als wir."

„Ja, das ist wahr", stimmte ich nachdenklich zu, „obwohl ich die Mönche eigentlich weniger fürchte."

„Warum denn das auf einmal?" fragte mein Freund erstaunt.

„Vorausgesetzt, deine Idee mit dem Gewürz hat den erwünschten Erfolg, sind wir die Hunde los, und hier im Wald sind sie mit den Pferden auch nicht viel schneller als wir. In aller Öffentlichkeit können sich die Kranken nicht blicken lassen, ohne für erheblichen Ärger zu sorgen. Immerhin soll doch das Geheimnis des Klosters unter allen Umständen gewahrt bleiben, und das kann man ja wohl kaum erwarten, wenn sechs völlig entstellte Mönche auf Pferden die ganze Gegend unsicher machen, oder siehst du das anders?"

„Das sehe ich allerdings völlig anders", beantwortete Dilano meine Frage und begrub gleichzeitig meinen Optimismus. „Es sind nicht alle Mönche so krank, daß man es auf den ersten Blick erkennen würde. Außerdem verfügt das Kloster über einen enorm guten Kurier- und Zuträgerdienst. Von jetzt an dürfen wir keinem Kranken mehr vertrauen, denn jeder könnte einer von ihnen sein, und bis jetzt wissen wir immer noch nicht, vor wem wir uns eigentlich in acht nehmen sollten und vor wem nicht. Die wissen aber genau, nach wem sie suchen, verlaß dich darauf! Im Augenblick dürfen wir gar nicht daran denken, die Wälder zu verlassen, denn bis wir uns neue, weniger auffällige Kleider besorgt haben, sind der Wald und die Nacht unsere einzigen Verbündeten."

„Wie lange seid ihr eigentlich seinerzeit geritten, als man dich zu uns brachte?" fragte mich Dilano nach einer Weile.

„Es waren zwei Tage zu Pferde. Allerdings hielten wir uns auch weitestgehend in den Wäldern auf und kamen deshalb nicht schnell voran. Zu Fuß werden wir vielleicht ein oder zwei Tage länger benötigen, mehr aber wohl nicht."

Nachdenklich zog mein Freund die Stirn in Falten. „Drei oder vier Tage sind eine lange Zeit, wenn man wie wir auf der Flucht ist und sich dauernd verstecken muß. In drei oder vier Tagen weiß jeder Kranke im ganzen Umkreis, daß wir gesucht werden und nach wem er Ausschau halten muß. Der Abt wird ebenso denken wie du und seine Boten in die gleiche Richtung senden, die wir eingeschlagen haben. Ich glaube auch nicht, daß wir in Modena viel Erfolg haben werden, vorausgesetzt, wir kommen überhaupt dort an."

„Wir müssen es versuchen. Du kannst es drehen und wenden wie du willst, aber alle Wege führen zu Friedrich, und dessen Weg führt nach Modena. Dilano, es bleibt dabei, wir müssen das Risiko eingehen, sonst war alles umsonst."

„Und dein Vater? Hast du den schon vergessen?"

„Wie könnte ich ihn vergessen, aber wie soll ich ihn suchen und wo?"

Nur widerstrebend stimmte mein Freund mir zu, aber was sollte er auch anderes tun. Es gab keine andere Wahl, auch für ihn nicht.

Als wir endlich auf eine Waldlichtung stießen, kramte mein Gefährte fast schon andächtig das Pfeffergefäß aus seiner Kutte hervor und trampelte um eine Wurzel herum das Gras nieder. Dann riß er die Kapuze von seiner Soutane ab und schüttete den gesamten Inhalt hinein. Anschließend suchten wir beide einen großen Stein, so daß die Hunde wohl eine Weile damit beschäftigt sein würden, den Stoff unter dem Stein herauszuzerren. Meine Ungeduld völlig ignorierend, vollendete Dilano seine „Pfefferfalle“, und das aus gutem Grund. „Wenn auch nur eines dieser verfluchten Biester nicht in den zweifelhaften Genuß des Pfeffers kommt, war alles umsonst!“

Diesmal war es an mir, ihm widerstrebend recht zu geben.

Nachdem das Werk vollbracht war, wandten wir uns wieder vorsichtig in den Wald, jetzt aber darum bemüht, so wenig wie möglich Spuren zu hinterlassen. Zusätzlich änderten wir unsere bisherige Fluchtrichtung. Von jetzt an ging es nach Südwesten, in der Hoffnung, damit auch unseren berittenen Verfolgern die Suche zu erschweren oder vielleicht sogar ganz unmöglich zu machen. Zudem meinte Dilano sich erinnern zu können, daß sich irgendwo in der jetzt eingeschlagenen Richtung zwei einsame Gehöfte befanden, deren Bewohner schon fast als Einsiedler galten.

Mittlerweile jedoch wurde selbst hier im Wald die Tageshitze schier unerträglich. Wie antike Säulen erhoben sich die Baumriesen um uns herum, fest, aber leblos. Kein Windhauch streichelte ihre Kronen, nichts rührte sich. Kein Tier war zu sehen, kein Vogel zu hören. Einzig die Mücken, unendlich viele Mücken, surrten um unsere schweißgebadeten Körper, und ihre Stiche wurden zu einer ernsthaften Plage, zumal nun auch noch Hunger und Durst unsere ständigen Begleiter wurden.

Die Zunge klebte schwer am Gaumen, aber an eine Rast war unter gar keinen Umständen zu denken, zu dicht mußten uns die Verfolger auf den Fersen sein. Der Wald wollte kein Ende nehmen. Selbst die Orientierung mit Hilfe der Sonne wurde immer mühseliger.

Offenbar fühlten wir beide es fast gleichzeitig, in das Wabern der Hitze mischte sich der süße Duft von Wasser. Wir rannten und stolperten vorwärts, Dornen und herabhängende Äste beiseite schiebend, stürmten wir weiter, bis wir als Untermalung zu unserem Keuchen etwas anderes, unendlich Schönes vernahmen, das leichte, liebliche Plätschern eines Baches.

Kopfüber fielen wir hinein und blieben erst einmal im wunderbar kühlen Wasser liegen. Es war ein himmlisches Glücksgefühl. So zerschunden und erschlagen wir noch Augenblicke vorher gewesen waren, so erfrischt und ausgelassen waren wir jetzt. Die Gluthitze um uns herum hatte für kurze Zeit ihren Schrecken verloren. Ich fühlte mich frei und trank so viel Wasser, wie ich konnte, Dilano ging es nicht anders. Es war einer der schönsten Augenblicke meines Lebens!

Langsam kamen wir wieder zur Besinnung. Unser Durst war fürs erste gelöscht. Die Sonne hatte nun ein Einsehen und beendete für heute ihren Kampf gegen uns. Die Dämmerung senkte sich allmählich auf uns herab, und wie eine wohltuende Decke hüllte der Abend uns ein.

Der erste Tag unserer Flucht war glücklich überstanden, und wir waren immer noch in Freiheit. Doch jetzt hieß es unseren vermeintlichen Vorteil auszunutzen! Wir mußten weiter, noch war die Nacht auf unserer Seite. Vor allem aber mußten wir jetzt aus dem Wald heraus, und mit dem letzten Tageslicht brachen wir wieder auf. Erneut bestimmte ich anhand der Sterne unsere Richtung, doch im Unterschied zur vergangenen Nacht hatte der Wald sein Antlitz verändert und wurde jetzt bei jedem Schritt zu unserem unerbittlichen Gegner.

Wo er uns vor Stunden noch das Durchkommen so leicht gemacht hatte, versperrten uns nun dichte Dornenhecken den Weg, und mehr vorwärts tastend als gehend schleppten wir uns voran. Oftmals stießen wir gegen Bäume oder herabhängende Äste. Dornen zerrissen unsere Kutten und peinigten Arme und Beine.

Fluchend stolperten wir in ein Nichts, dessen Dunkelheit nunmehr vollkommen war. An eine Unterhaltung war nicht zu denken, denn jeder von uns hatte genug damit zu tun, sich nicht noch ernsthafter zu verletzen.

Plötzlich verlor ich den Halt, griff wild um mich und rutschte einen Abhang hinunter. Schreiend versuchte ich mich an irgend etwas festzuhalten. Immerhin war ich ja, was das anbelangte, nun doch schon einiges gewohnt. Zum Glück endete diese zweite Rutschpartie glimpflicher und schneller als die erste.

Mühsam raffte ich mich auf und versuchte mir darüber klarzuwerden, wo ich jetzt nun wieder gelandet war.

„Wo bist du?“ vernahm ich Dilanos besorgte Stimme von irgendwo über mir. „Ist dir etwas passiert? Herrgott noch mal, antworte mir!“

„Nein, mit mir ist alles in Ordnung. Ich habe mich nur so erschreckt, das ist alles.“

„Warte, ich komme zu dir!“ Ich hörte knackende Äste und rutschendes Geröll, und da stand er auch schon neben mir. „Du hast Glück gehabt. Das hätte auch anders ausgehen können.“

„Stimmt, aber sieh dich mal um – wir sind auf einem Weg.“

„Einem Weg?“ entfuhr es ihm. „Ja, du hast recht. Es sieht wirklich so aus. Was meinst du, wo führt er hin?“

„Woher soll ich das wissen, aber zumindest verläuft er ungefähr in unsere Richtung, also worauf warten wir dann noch?“

„Endlich haben wir einen Weg gefunden. Jetzt müssen wir nur die Zeit wieder gutmachen, die wir schon verloren haben“, stellte Dilano fest und fuhr dann fort: „Einen Vorteil hat der Wald. Durch das Unterholz kommen die mit ihren Pferden nicht durch, jedenfalls nicht bei Nacht.“

„Und was nutzt uns das? Wenn das so weitergeht wie die letzten Stunden, kommen wir nirgendwo mehr an.“

„Und was hältst du davon, wenn wir nachts den Weg und tagsüber durch den Wald weitergehen?“ fragte Dilano.

„Wir können es ja ausprobieren, aber wir könnten den Weg aus den Augen verlieren, wenn er nicht genau parallel mit unserer Route durch den Wald verläuft. Wir werden sehen.“

Unsere Stimmung hatte sich schlagartig gebessert, und das mühevolle Vorwärtstasten hatte ein Ende, zumindest für diese Nacht. Was wir aber nicht wußten, nicht einmal ahnen konnten, war die Begabung des Abtes, nach Möglichkeiten zu suchen, um unsere Flucht doch noch zu vereiteln. Aus all den Bruchstücken, die jetzt verstreut vor mir lagen, sollte sich erst mit der Zeit ein wahrhaft unvollkommenes Bild zusammensetzen lassen. Noch lagen seine teuflischen Pläne im dunkeln, und noch gingen wir fast unbeschwert den Weg weiter in Richtung unseres vermeintlichen Zieles. Um uns herum zog sich jedoch schon das Unheil zusammen, ausgesandt von der aussätzigen Kralle des Abtes.

Wir legten noch ein gutes Stück Wegs zurück, bis die ersten Strahlen der aufgehenden Sonne den Horizont im Osten blutrot färbten und die Sterne allmählich verblaßten. Trotz unserer Müdigkeit und quälenden Hungers beschlossen wir, noch ein Stück zu gehen und die wärmenden Strahlen zu genießen, bevor sie den Wald erneut in einen Glutofen verwandeln würden.

Schließlich waren wir mit unseren Kräften doch am Ende, und mit jedem Augenblick stieg die Gefahr, entdeckt zu werden. Wir schlugen uns also wieder ein Stück in den Wald und hatten Glück, eine Hecke mit wenigen schon reifen, eßbaren Beeren zu finden. Wenigstens glaubte ich mich an ihre Genießbarkeit erinnern zu können. Der Hunger besiegte meine Bedenken, und so stürzten wir uns gierig auf die Sträucher.

Nach diesem nun nicht gerade üppigen Mahl legte Dilano sich

zum Ausruhen hinter die Hecke. So schwer es mir fiel, raffte ich mich doch auf, unsere Spuren, die noch immer sichtbar aus dem noch feuchten Boden hervorstachen und auch für ein ungeübtes Auge deutlich zu erkennen waren, mit Hilfe eines dicken Zweiges zu verwischen.

Jäh vernahm ich den Hufschlag sich nähernder Pferde. Blitzschnell glitt ich zu Boden, keinen Augenblick zu früh. Meine Angst überwindend, sah ich kurz auf und erkannte vier Reiter, allerdings nicht wie Mönche gekleidet. Ihre Gesichter waren nicht verhüllt, nur ihre Hände steckten in Handschuhen, zumindest glaubte ich das erkannt zu haben.

Endlich hatten sie mich passiert, sofort sprang ich auf und lief zurück zu meinem Gefährten, der mich in unserem Versteck schon voller Ungeduld erwartete. „Hast du sie auch gesehen?“ fragte ich ihn außer Atem.

„Sehen konnte ich sie nicht, nur gehört habe ich sie deutlich.“

„Schade, ich konnte sie auch nur flüchtig erkennen.“

„Wie viele waren es?“ fragte er, plötzlich ruhig geworden.

„Es waren vier“, antwortete ich, „und soweit ich sehen konnte, alle recht jung und normal gekleidet. Jedenfalls nicht wie Mönche.“

„Ihre Gesichter nutzen mir nichts, denn ohne Maske durfte sich im Kloster niemand blicken lassen, aber ihre Pferde, versuche, mir ihre Pferde zu beschreiben, wenn du kannst. Ich muß wissen, wie ihre Pferde aussahen.“

„Mein Gott!“ entfuhr es mir. „Ich hatte alle Hände voll zu tun, nicht entdeckt zu werden, und du fragst mich nach ihren Pferden. Aber warte, ja, ein Pferd war dabei, ein ganz besonderes! Es war tiefschwarz. Sagt dir das was?“

„Ja, ich glaube schon. Unter den Pferden, über die die Abtei seit einiger Zeit verfügt, ist auch ein pechschwarzes, aber das war schon immer da, schon vor deiner Zeit“, antwortete er und fuhr sich dabei mit der Rechten durchs Haar.

„Also können wir jetzt sicher sein, daß sie immer noch hinter uns her sind und daß sie ungefähr wissen, in welche Richtung wir uns gewandt haben, aber das war ja nicht anders zu erwarten. Gefährlich für uns ist allerdings, daß sie es wirklich wagen, sich offen zu zeigen. Zumindest ein paar von ihnen können sich das offenbar erlauben. – Verdammt, Dilano, du hattest recht!“

„Hunde hatten sie aber keine dabei“, stellte mein Freund befriedigt fest, während ein Lächeln um seine Mundwinkel spielte. „Zumindest die sind wir los, hoffe ich! Letztlich bestätigen die vier doch nur das, was wir sowieso schon wußten."

„Und was sollen wir jetzt tun?" fragte ich gespannt.

„Nun", meinte er, verschmitzt lächelnd, „ich schlage vor, wir tun das, was wir ohnehin vorhatten zu tun – nämlich schlafen."

Ich fiel aus allen Wolken. Die Verfolger waren gerade an uns vorbeigeritten, mein Angstschweiß war noch nicht ganz getrocknet, und dieser Mensch dachte an Schlafen. „Jetzt willst du schlafen? Das kann doch wohl nicht dein Ernst sein! Ich meine, wir müßten irgend etwas tun, jetzt wo wir wissen, wer uns verfolgt und wo sie sich befinden."

„Was willst du tun? Daß wir verfolgt werden, wußten wir doch schon vorher, und daß einige von ihnen jetzt vor uns sind, läßt sich nicht ändern. Also was sollen wir denn deiner Meinung nach anderes tun, als uns hinter diese schöne, dichte Hecke zu legen und ein paar Stunden auszuruhen. Wir haben es nötig!"

Widerwillig folgte ich ihm hinter das satte, duftende Grün der von uns gebeutelten Hecke. Es war unmöglich, daß man uns von der Straße aus sehen konnte, und während ich noch darüber nachdachte, welche Vorsichtsmaßnahmen wir noch hätten treffen müssen, vernahm ich bereits das tiefe und zufriedene Atmen meines Gefährten. Resigniert über so viel Unverfrorenheit, machte ich es mir nun ebenfalls bequem und war augenblicklich eingeschlafen.

Der Tag hatte schon seinen Höhepunkt überschritten, als ich aus dem tiefen, traumlosen Schlaf zurück in die Wirklichkeit fand, und das ganz plötzlich! Kaum hatte ich die Augen auf, fuhr ich zusammen, denn das Lager meines Freundes war leer. Zu rufen traute ich mich nicht, also beschloß ich, vorsichtig zur Straße hinzuschleichen. Erleichtert atmete ich auf, denn dort sah ich ihn im Gras kauern. Mir fiel ein Stein vom Herzen.

Ich kniete mich neben ihn auf den weichen Boden. „Was machst du denn hier?" fragte ich, denn es war mir schleierhaft, weshalb er sich ausgerechnet hier niedergelassen hatte.

„Sei still!" zischte er mich an, ohne dabei den Kopf zu heben. Offensichtlich lauschte er angestrengt in die Ferne, und ich beschloß, lieber den Mund zu halten. Nach einer Weile drückte er sein Ohr an den Boden, und in seinem Gesicht spiegelte sich die Besorgnis wider über irgend etwas oder irgendwen, der sich uns näherte.

Ich hielt es nicht mehr aus: „Nun sag schon, was du hörst!"

Statt einer Antwort richtete er sich auf und zog die warme Waldluft in die Lungen. „Es nähern sich Reiter aus dieser Richtung“, er zeigte genau dorthin, wo am Morgen die Reiter verschwunden waren.

„Meinst du, sie kommen zurück?“

„Nein, es sind bestimmt andere und viel mehr als heute morgen.“

„Sollen wir hier warten, was denkst du?“ fragte ich und starrte angestrengt in die betreffende Richtung.

„Ich weiß es nicht“, erwiderte er, „aber es wäre ganz bestimmt interessant zu erfahren, wer es ist, meinst du nicht auch?“

„Mag sein“, entgegnete ich, „aber darauf kommt es jetzt nicht mehr an. Es ist zu spät, um zu fliehen.“

Inzwischen waren die Huftritte der Pferde deutlich zu vernehmen, und wir hechteten augenblicklich hinter die Wurzel eines umgestürzten Baumes, die uns beide allerdings nur dürftig verbarg. Da waren die Reiter auch schon auf unserer Höhe.

„Mein Gott!“ entfuhr es mir bei dem Anblick, der sich uns bot. „Hast du so etwas schon mal gesehen?“

„Nein“, erwiderte er und heftete seinen Blick offenbar voller Faszination auf die ganz in Schwarz gekleidete Horde.

Wie Donner dröhnte der Boden unter den eisenbeschlagenen Hufen ihrer pechschwarzen Pferde, und trotz der Schwüle des Waldes spürte ich einen eisigen Schauer, der mich zusammenfahren ließ. Einzelne Gesichter der Männer konnte ich beim besten Willen nicht unterscheiden, aber seltsamerweise hatte ich das Gefühl, als ob sie eigentlich alle gleich aussehen müßten.

Tief preßten wir uns in die Wurzel, die Panik drohte mir den Verstand zu rauben, ahnte ich doch, nein wußte ich, daß auf diesen Schlachtrössern keine Reisige saßen, sondern Krieger, die irgendeiner fremden bösen Macht Gehorsam schuldig waren. Aufgeregt flatterten ihre schwarzen Umhänge, doch ihre Pferde wirkten leblos, wie aus schwarzem Granit gehauen.

Trotz meiner Furcht konnte ich den Blick nicht losreißen von diesem erschreckenden und doch faszinierenden Schauspiel. Dann war es vorbei.

Wie ein böser Traum, der seine Schrecken verliert, nachdem man aufgewacht ist, verschwand der Spuk, zurück blieb eine beängstigende Stille. Es dauerte eine Weile, bis wir uns aus dem Schutz der Baumwurzel lösen konnten. Beide atmeten wir tief durch, erst allmählich überwanden wir den Schock. Mit uns erwachte auch der Wald zu neuem Leben. Gegenseitig klopften wir uns die Erde von den Kutten, vermieden es dabei aber, uns in die Augen zu sehen, so als scheuten wir uns davor, im Blick des anderen die eigene Wahrheit zu lesen.

Dilano war der erste, der das Wort ergriff: „So etwas habe ich noch nie gesehen, und bei Gott, dieser Horde möchte ich nicht begegnen, um keinen Preis der Welt. Was meinst du, gehören die auch zu unseren Verfolgern?"

„Vielleicht jetzt noch nicht, aber mit Sicherheit, wenn sie von unserer Flucht aus dem Kloster erfahren, und dann gnade uns Gott!"

„Warum bist du dir so sicher, daß sie es auf uns abgesehen haben?" fragte er, und ich spürte in seinen Worten die gleiche Angst, die auch mich ergriffen hatte.

„Ich kann es dir auch nicht sagen, aber kannst du dir einen anderen Grund als uns vorstellen, ausgerechnet jetzt hier auf dieser Straße entlangzureiten? Sie waren auch schon in Assisi, aber gesehen habe ich sie damals nicht. Ich schlage vor, daß wir uns wieder auf den Weg machen. Ich weiß nicht, wie es dir geht, aber ich habe keine Ruhe mehr, und es ist wohl auch besser, in Bewegung zu bleiben, so gut es geht."

Also wandten wir uns wieder dem Wald zu und setzten unseren Marsch ins Ungewisse fort, hielten uns dabei aber immer parallel der Straße, was diesmal zum Glück nicht so schwer fiel, da der Wald hier recht offen war.

Langsam ging der Tag zur Neige, und bald schon hüllte die Dunkelheit uns ein wie eine wollene Decke. Die Tiere der Nacht strebten nun wieder danach, ihr finsteres Reich zu erobern, und sahen in uns sicherlich nur Störenfriede. Wir verließen den Wald. Aber zu unserer eigenen Sicherheit gingen wir etwas versetzt, jeder für sich auf einer Seite des Weges, so daß wir jederzeit sprungbereit waren, gleichzeitig aber konnten wir nach allen Seiten hin lauschen.

Träge zogen die Stunden vorüber, und nichts, aber auch gar nichts unterbrach die Monotonie des Einen-Fuß-vor-den-anderen-Setzens, immer tiefer hinein in ein Nichts, dessen Ende man nicht sehen, nicht einmal erahnen konnte. Die Gefahr zerfloß in einen bösen Traum, jedenfalls was unsere Verfolger betraf, denn von denen war während der ganzen Zeit weder etwas zu hören noch zu sehen. Die Gehöfte, von denen Dilano tags zuvor noch gesprochen hatte, blieben Illusion.

Nur unsere eigenen, schon wirren Gedanken suchten sich ihren Weg, begleitet von dem ständig nagenden Hungergefühl, das immer mehr Platz für sich beanspruchte.

Langsam, ganz langsam begann unsere Lage bedrohlich zu werden. Wir mußten schnellstens an Verpflegung gelangen, sonst war an eine erfolgreiche Fortsetzung unserer Flucht nicht mehr zu denken, und es bedurfte keiner schwarzen Reiter oder leprösen Mönche, um uns zur Strecke zu bringen.

Dilano jedenfalls schienen die gleichen Gedanken zu plagen, und ich fragte mich mehr als einmal, ob er seinen Entschluß, die Flucht nicht allein gewagt zu haben, in der Zwischenzeit schon bereute. Das einzige, wo wir wirklich von Glück reden konnten, war die Tatsache, daß wir uns auf einer Straße befanden und nicht blind durch die Wälder stolpern mußten wie in der vorangegangenen Nacht.

Etwa um Mitternacht stießen wir unversehens auf eine Weggabelung, die sich auf einer Lichtung befand und so im klaren Licht des Mondes lag. Mitten auf der Gabelung blieben wir stehen, ratlos und erschöpft.

„Und jetzt, was kommt jetzt?“ fragte Dilano. „Kannst du dich an irgend etwas erinnern? Warst du vielleicht schon mal hier?“

Ich sah mich um in der Hoffnung, irgend etwas mir Vertrautes zu entdecken, doch ohne Erfolg.

„Nein, keine Ahnung. Ich glaube nicht, daß ich schon einmal hier gewesen bin. Ich sagte dir doch schon, daß wir die meiste Zeit die Wege mieden und uns eigentlich nur in den Wäldern aufhielten.“

„Jaja, schon gut! Es hätte ja sein können, nicht wahr? Doch es läßt sich nicht ändern. Aber wie geht es denn nun weiter?“ fragte er, seine Stimme klang gereizt und enttäuscht zugleich.

Mir ging es auch nicht viel besser, also vermied ich es, darauf einzugehen, und versuchte mich lieber auf den Stand der Sterne zu konzentrieren. Ich verglich ihn mit dem zumindest angedeuteten Verlauf der beiden Wege, bis ich mich schließlich für einen der beiden entschieden hatte. „Ich glaube, den sollten wir nehmen“, sagte ich und wies in die Dunkelheit. „Soweit ich sehen kann, stimmt da wenigstens die Richtung, und das ist auch schon das einzige, was ich weiß.“

„Also gut, dann hier lang!“

Müde, erschöpft und niedergeschlagen setzten wir unseren Marsch fort, einem Ziel entgegen, das sich offenbar mit jedem unserer Schritte weiter entfernte.

Es war schon eine Weile her, seit wir die Gabelung hinter uns gelassen hatten, als meine Sinne mir offenbar einen Streich spielen wollten. Es roch nach verbrannter Holzkohle. Ganz schwach, sicherlich, aber eben doch stark genug, um meine gemarterten Nerven noch ein wenig mehr zu peinigen. Trotzdem wollte ich es jetzt wissen: „Sag mal, riechst du nichts?“ fragte ich deshalb meinen Gefährten. Wir blieben stehen und zogen beide tief die Luft ein, nun doch in der Hoffnung, daß meine Wahrnehmung mich nicht getäuscht hätte. Und richtig, da war er wieder, dieser leicht beißende Geruch, der so gar nicht in die Waldluft paßte. Wo dieser Geruch herkam, da war ein Feuer, und wo dieses Feuer war, da waren auch Menschen, und diese wiederum versprachen Essen und Kleidung. Zumindest bestand die Aussicht darauf, wenn wir uns geschickt anstellen würden.

„Los komm!“ raunte Dilano mir ins Ohr. Wie weggeblasen waren Müdigkeit und Erschöpfung, denn jetzt hatten wir wieder ein Ziel vor Augen, und was für eines!

Wir hasteten den Weg weiter, so schnell es die Dunkelheit zuließ. Die Sinne waren wieder geschärft, und Dilano befand sich schlagartig in seinem Element. Ein paar Augenblicke später gewahrte ich mehr aus Zufall eine Lücke im Gebüsch. Abrupt hielt ich in meinem Lauf inne, und beide untersuchten wir aufmerksam die Stelle. Tatsächlich, es war ein Pfad, der sich hier irgendwo in Wald und Dunkelheit verlor.

„Sollen wir?“ fragte ich, „es könnte eine Falle sein.“

„Haben wir eine andere Wahl?“ fragte Dilano gereizt. Wir blieben uns gegenseitig die Antwort schuldig und schlichen vorsichtig den Pfad entlang, der immer breiter wurde, bis er schließlich die Ausmaße eines Weges angenommen hatte. Mit jedem Schritt verstärkte sich der Geruch verbrannter Holzkohle, der uns, wie das Licht die Motten, fast magisch anzog.

Leicht schlängelte sich der Weg bergan, und je weiter wir kamen, desto vorsichtiger traten wir auf. Der Geruch wurde immer intensiver, als plötzlich, wie aus dem Nichts hervorbrechend, keine dreißig Schritte von uns entfernt, ein Lichtschein die Nacht erhellte. Irgend jemand mußte gerade in diesem Augenblick die Tür einer Behausung geöffnet haben, Gott allein weiß warum.

Sofort blieben wir stehen, unsere schwarzen Kutten verschmolzen mit der Finsternis des Waldes. Ich traute mich nicht einmal mehr zu atmen, und selbst das Klopfen meines Herzens dröhnte wie Glockengeläut in meinen Ohren. Stimmen wurden laut, einzelne Wortfetzen drangen zu uns herüber. Dann gab es einen Schlag, die Tür fiel ins Schloß, und wie zuvor umschloß uns erneut die Dunkelheit.

Wir atmeten tief durch. „Mein Gott, das war knapp!“

„Ja, das hätte ins Auge gehen können“, stimmte ich erleichtert zu, wobei mir allerdings noch immer die Knie zitterten.

„Komm, wir wollen sehen, mit wem wir es hier zu tun haben“, forderte mein Freund mich auf. Irgendwo war doch ein guter Stern über uns, denn seit unserer Flucht hatte es einige Momente gegeben, in denen unser Können oder unsere Geschicklichkeit keine Rolle mehr spielten, um uns vor Schaden zu bewahren. Fast schien es so, als ob uns eine höhere Macht vorwärtstrieb, immer den richtigen Weg zu wählen und uns dabei doch noch rechtzeitig zu verbergen, wenn es nötig war.

Ohne weitere Störungen huschten wir über den freien Vorplatz und schmiegten uns eng an die Hauswand, die zu meiner Verwunderung aus festem Stein bestand, anstatt, wie ich es erwartet hatte, aus Holz. Regungslos verharrten wir einige Atemzüge lang, worauf wir uns trennten, um das Haus in seinen ganzen Ausmaßen kennenzulernen. Um Lärm zu vermeiden, mußte jeder Schritt wohl überlegt sein, daher tastete ich mich Stückchen für Stückchen an der Hauswand entlang, dabei allerdings mehr mit den Fingern fühlend als mit den Augen sehend.

Ich spürte die rauhe Außenwand des Hauses, und meine Hände glitten weiter, bis sie plötzlich über kaltes Eisen hinwegrutschten. Jetzt verstand ich, warum uns vorhin kein Lichtschein gewarnt hatte. Die Fensterläden waren nicht, wie sonst üblich, aus Holz, sondern bestanden aus geschmiedetem Eisen, lückenlos aneinandergelegt. Vorsichtig preßte ich mein Ohr auf die kalte Eisenplatte, doch kein Laut drang zu mir hinaus. Es war totenstill.

Hinter dem Haus traf ich wieder mit meinem Freund zusammen. „Na, hast du irgend etwas gefunden, wie wir da reinkommen können?“

„Nein, und du?“ fragte ich ebenso hilflos wie er.

„Auch nichts! Komm, laß uns wieder auf die andere Seite gehen und die Tür im Auge behalten. Vielleicht fällt uns da etwas ein.“

Da ich keinen besseren Vorschlag hatte, willigte ich ein, und so schlichen wir wieder zur Vorderseite des Hauses und versteckten uns im Unterholz.

„So und jetzt?“

„Was weiß ich!“ antwortete Dilano. „Die Tür ist aus Eisen, ebenso die Fensterläden. So was habe ich überhaupt noch nicht gesehen.“

Da stimmte ich ihm zu, wenn sie die Riegel von innen vorschoben, und das machten sie mit Sicherheit, war das Ding so sicher wie eine Burg mit hochgezogener Zugbrücke. „Aber irgendwie müssen wir rein!“

Mein Hunger war enorm. Allerdings kühlte sich mein Tatendrang etwas ab bei dem Gedanken, mir könnte bei dem Versuch, die Festung zu nehmen, der Kopf mit einer Axt gespalten werden. Doch Not macht bekanntlich erfinderisch, und so kam mir eine schon fast abenteuerliche Idee: „Wir versuchen es über das Dach, durch den Kamin. Ich sehe keine andere Möglichkeit. Wenn er nicht breit genug ist für einen Menschen, müssen wir eben weiter, aber ich hoffe bei Gott, daß er breit genug ist. Irgendwie habe ich das Gefühl, daß uns das gelingt!“

Gut, daß es so dunkel war, denn das mit Sicherheit erstaunte Gesicht meines Gefährten hätte meine Zuversicht wahrscheinlich stark erschüttert.

Er sah aber auch keine andere Möglichkeit, und so warteten wir noch eine Weile, bis wir gewiß sein konnten, daß nun der – oder gar die Bewohner zu Bett gegangen und dort in einen hoffentlich tiefen, gesunden Schlaf gefallen waren.

Endlich hielten wir die Zeit für gekommen und näherten uns von der Seite her dem Gebäude, bis wir auf den Holzstapel stießen, über den ich bei meinem ersten Erkundungsgang fast gestolpert war.

Behutsam tastend, legten wir die Holzscheite so zurecht, daß der erste es wagen konnte, das schemenhaft über uns im Mondlicht aufragende Dach zu erreichen.

Dilano ließ sich das nicht nehmen und kletterte voran. So gut es ging, versuchte ich ihm zu helfen, indem ich seine Beine festhielt, während er sich langsam und vorsichtig an einem überstehenden Dachsparren emporzog. „Jetzt du, aber sei vorsichtig, das Holz trägt nicht gut.“

Vorsichtig erstieg ich den Stapel und stützte mich dabei an der Hauswand ab. Stück für Stück richtete ich mich auf, unschwer merkend, daß der kleinste Fehltritt dieses wackelige Gerüst und damit auch mich krachend zu Boden befördern konnte. Endlich hatte ich den Sparren erreicht, an dem sich schon Dilano nach oben gezogen hatte.

Alles vollzog sich in absoluter Stille, keiner von uns sprach ein Wort. Mit einem letzten Ruck versuchte ich mich nach oben zu ziehen, doch der Sparren, der Dilano so gute Dienste erwiesen hatte, schien sich gelöst zu haben, denn ich spürte, wie er allmählich nachgab. Verzweifelt suchten meine Hände nach einem besseren Halt, doch vergeblich. Ich rutschte immer tiefer! Im letzten Moment packten mich Dilanos Hände und schlossen sich wie Schraubstöcke um meine Arme. Zoll um Zoll zog er mich nach oben, bis wir beide wild atmend nebeneinander auf dem Dach lagen.

Nach einer Weile klopfte er mir auf die Schulter, und zusammen krochen wir auf allen vieren zum Kamin, der sich im Mondschein deutlich vom Dach abhob und kerzengerade in den Himmel stieß. Tunlichst jedes Geräusch vermeidend, arbeiteten wir uns vorwärts, hin zu unserem Ziel. Endlich am Kamin angelangt, richteten wir uns auf.

Ein kurzer Blick und ein schnelles Abtasten zeigten mir allerdings zweifelsfrei, daß der Durchmesser für einen Menschen viel zu schmal war. Zumal in das Mauerwerk auch noch ein Eisengitter eingelassen worden war. Dieser Weg war uns versperrt. Hoffnungslos!

Resigniert setzten wir uns mit dem Rücken gegen den Kamin.

„Und nun?“ zischte Dilano. „Was ist jetzt mit deinem Gefühl, daß es uns gelingt, he? Nun sind wir genausoweit wie vorher. Oben sind wir, das ist aber auch alles! Es sei denn . . ., warte mal!“ Er erhob sich ruckartig und begann, das Dach auf den Knien rutschend nach irgend etwas abzusuchen. Ich wußte zwar nicht, worum es ging, beschloß aber, die andere Hälfte des Daches zu übernehmen.

„Hier ist es!“ rief er, vor Schreck wäre ich bald heruntergefallen. So schnell es die Schindeln erlaubten, rutschte ich auf seine Hälfte des Daches.

„Was hast du gefunden?“ fragte ich gespannt.

„Sieh her, eine Brandluke. Hab ich es doch gewußt. Einer, der so ein Haus mitten in den Wald stellt, wird das kaum vergessen.“

Mir leuchtete die Bedeutung dieser Luke ein. Sie war der letzte Fluchtweg bei Feuer und Brandschatzung.

„Offensichtlich haben wir es mit einem sehr umsichtigen Hausherrn zu tun“, fuhr Dilano voller Bewunderung für sich und den Besitzer fort.

„Scheint so“, antwortete ich etwas bescheidener als er. „Aber jetzt müssen wir sehen, wie wir das Ding hier aufbekommen, ohne daß das ganze Haus in Aufruhr gerät.“

Dilano tastete die Außenseite der Luke ab, bis mir ein befriedigtes Grunzen anzeigte, daß er gefunden hatte, wonach seine Finger suchten. Die Klappe ließ sich bewegen, und er hob sie so weit an, daß ich in die dunkle Tiefe lauschen konnte. Kein Laut drang zu mir herauf.

Offenbar schliefen die Bewohner schon fest und hatten nur vergessen, die Luke zu verriegeln, was mich allerdings für einen Moment stutzig machte. Doch ich zerstreute meine eigenen Befürchtungen. Die Gier nach etwas Eßbarem war einfach zu groß.

Ich hob die Luke ganz hoch, und Dilano ertastete mit seinen Füßen eine Leiter, die nach unten führte und in einem Querbalken eingehängt war. Vermutlich konnte so der letzte der Hausbewohner, wenn er sich aufs Dach geflüchtet hatte, die Leiter noch oben ziehen, um sie dann wieder zum Abstieg zu verwenden.

Langsam verschwand mein Freund in der Dunkelheit. Sprosse für Sprosse entzog er sich mehr meinem Blick.

„Warte so lange, bis ich dir Bescheid gebe", raunte er mir noch zu, dann war er verschwunden. Ich arretierte unterdessen die Luke und tat, was Dilano mir geheißen hatte – ich wartete. Die Zeit schlich voran, und mit jedem Augenblick, der so verstrich, wuchs meine Ungeduld. Wieder und wieder starrte ich in die Dunkelheit.

Wie ein tiefer Brunnen, dessen Ende man nicht sieht, gähnte mir die Öffnung des Einstiegs entgegen, doch nur einmal glaubte ich ein leises, ganz entferntes Poltern zu vernehmen. Als sich das Geräusch jedoch nicht wiederholte, schrieb ich es meinen völlig überreizten Nerven zu. Die Unruhe tat mir fast körperlich weh! Ich hielt es nicht mehr aus. Irgend etwas mußte mit Dilano geschehen sein. Er würde mich nicht so lange warten lassen, wenn ihm nicht was zugestoßen wäre!

Vorsichtig stieg ich nun ebenfalls Sprosse um Sprosse die Leiter hinab in die Finsternis, von der ich nicht wußte, welche Geheimnisse oder Gefahren sie verbarg. Endlich spürte ich festen Boden unter den Füßen. Die Holzbohlen verursachten ein leises, knarrendes Geräusch, als mein Fuß das gesamte Gewicht meines Körpers aufnehmen mußte. Es kam mir vor, als erzittere das ganze Haus. Mit einer Hand hielt ich mich an der Leiter fest, und mit der anderen versuchte ich meine nächste Umgebung abzutasten. – Nichts.

Ich ließ die Leiter los und wandte mich vorsichtig in Richtung der eisernen Haustür. Meine Arme weit vor mich gestreckt, um eventuelle Hindernisse so früh wie möglich zu bemerken, schlich ich durch die undurchdringliche Dunkelheit, aber noch immer hörte ich nichts von Dilano! Natürlich war es für mich unmöglich, nach ihm zu rufen, denn der kleinste Laut hätte eine Katastrophe zur Folge haben können.

Mit jedem Augenblick wurde meine Vermutung mehr zur Gewißheit, daß mit Dilano irgend etwas geschehen war. Die Frage war nur, was, und ob mir dasselbe bevorstand. Langsam paßten sich meine Augen den Verhältnissen an, denn schemenhaft tauchte ein Stützbalken auf, der in gerader Richtung vor mir zur Tür stand. Als ich ihn endlich erreicht hatte, verhielt ich für einen Moment, dabei angestrengt auf irgendein Geräusch lauschend. Nichts, außer dem Atmen eines Menschen direkt hinter mir – das Atmen! Erschrocken fuhr ich herum, viel zu spät! Die Faust traf mich wie der Prankenhieb eines Bären, und ich fühlte mich förmlich von den Füßen gerissen. Von diesem Augenblick an war die Dunkelheit um mich vollkommen.

Ich glaubte ertrinken zu müssen! Ein Wasserfall ergoß sich über mich, nach Luft schnappend, versuchte ich den Wassermassen zu entkommen, unmöglich! Irgend etwas oder irgend jemand hielt mich am Boden fest. Endlich bekam ich meine Augen auf, und meine Lungen füllten sich wieder mit Luft. Ich schüttelte mich wie ein Hund und erkannte durch eine Nebelwand meine nächste Umgebung in Gestalt zweier Beine, die wie Säulen vor mir aufragten. Mein Kopf dröhnte, und ich fühlte mich, als ob schwere Hämmer im Gleichtakt auf mich einschlügen.

„Na du Bastard, du scheinst sieben Leben zu haben, wie eine gottverdammte Katze. Und weißt du auch, was man mit einer Katze macht, die zuviel ist? Nein? – Nun, man ersäuft sie!“ Mühelos riß er mich hoch und drückte mich schwer gegen den Stützpfeiler. „Was wollt ihr elendes Gesindel?“ zischte er gefährlich leise. „Ich habe euch doch wohl unmißverständlich klargemacht, daß ich mit euch schwarzem Pack nichts, aber auch gar nichts zu tun haben möchte. Nun rede endlich, Bastard, bevor ich deinen Kopf hier zerquetsche wie eine hohle Nuß!“

Jämmerlich in seinen Armen zappelnd, bemühte ich mich um eine Antwort, die dieses Untier davon abbringen konnte, seine Drohung in die Tat umzusetzen. „Wir wollten doch nur etwas zu essen und andere Kleider“, brachte ich mühsam hervor, und einer plötzlichen Eingebung folgend und weil mir natürlich auch nichts Besseres einfiel, beschloß ich bei der Wahrheit zu bleiben, solange ich noch etwas Luft zum Atmen hatte. „Wir werden doch auch von ihnen verfolgt!“

„Das wird ja immer besser“, preßte er hervor, wobei sich seine buschigen Augenbrauen vor Zorn noch mehr zusammenzogen und er seine Zähne zu einem satanischen Grinsen fletschte. Doch nicht nur sein Aussehen, sondern auch seine Antwort auf meine Ehrlichkeit zeigten mir deutlich, daß ich in diesem Fall besser nicht meiner Eingebung gefolgt wäre. „Soso, ihr seid also die, die hier ihr Unwesen treiben und zwei arme Köhlerfamilien auf dem Gewissen haben, und für heute nacht habt ihr euch wohl für uns entschieden? Na warte, Bursche, wenn du noch ein wenig an den Herrn glaubst, dann hoffe ich für dich, daß er mehr Erbarmen haben wird als ich!" Mit diesen Worten schleuderte er mich mit solcher Wucht gegen die Steinwand, daß ich fest davon überzeugt war, kein Knochen könne diesen Aufprall unbeschadet überstanden haben. Trotzdem versuchte ich verzweifelt, mich wieder aufzurichten. Ich wollte mich wenigstens so teuer wie möglich verkaufen, doch Hebekränen gleich packten mich seine Pranken und hoben mich wie ein Spielzeug in die Höhe.

„Thorwald!" vernahm ich von irgendwoher eine Frauenstimme. „Warte noch, bevor du ihn seinem Richter übergibst. Es muß nicht unbedingt wahr sein, was diese schwarzen gottlosen Gespenster versucht haben, uns glauben zu machen."

„So!" dröhnte seine Stimme, als ob ein Bergriese aus heidnischer Zeit lospolterte. „Und warum kommen sie dann mitten in der Nacht durch die Brandluke ins Haus, obwohl jeder von ihnen zwei Hände hat, um damit an die Tür zu klopfen, wie es die Art ist von ehrlichen und aufrichtigen Menschen?" Wieder streifte mich sein Blick, der mir diesmal durch Mark und Bein fuhr.

„Du hast ja recht, aber trotzdem, laß sie doch erst erzählen, dann kannst du immer noch tun, was du für richtig hältst. Doch eines laß dir gesagt sein, morde nicht, bevor du dir nicht sicher bist!"

Einen Augenblick schien es noch so, als ob der Riese sein Vorhaben in die Tat umsetzen wollte, doch dann lockerte sich sein Griff, und die Schraubzwingen ließen mich zu Boden sinken. Mühsam, unendlich mühsam richtete ich mich an der Hauswand auf, um wenigstens sitzen zu können. Nun erst konnte ich einen Augenblick darauf verwenden, meine Umgebung in Augenschein zu nehmen. In meinem Kopf dröhnte es noch immer wie Glockengeläut, aber die unmittelbare Gefahr schien doch fürs erste gebannt zu sein – hoffentlich!

Der Raum war in ein gedämpftes, warmes Licht getaucht, das seinen Ursprung in mehreren Kerzen und dem wiederentfachten Herdfeuer fand. Ich betrachtete die Anwesenden, die sich an die gegenüberliegende Wand gelehnt hatten und heftig aufeinander einredeten, wobei sie sich allerdings redlich Mühe gaben, so leise wie möglich zu sein. Neben dem Bär, dessen Bekanntschaft ich bereits gemacht hatte und der mir jetzt den Rücken zuwendete, standen zwei weitere Männer, die von Statur und Größe dem ersteren nicht viel nachstanden, obwohl sie bedeutend jünger waren.

Die Frau, deren beherztem Eingreifen ich mein Leben zu verdanken hatte, wurde von diesen Fleischbergen völlig verdeckt. Nur an ihrer flüsternden Stimme erkannte ich, daß sie fast pausenlos auf die drei einredete, und besonders beschäftigte sie sich mit dem, den sie Thorwald gerufen hatte.

Von meinem Freund war weit und breit nichts zu sehen. Vermutlich hatte man ihn gefesselt und geknebelt in eine andere Stube gelegt, damit er mich nicht warnen konnte.

Der Raum selber maß wohl acht Schritte in der Länge und fünf in der Breite, und genau in der Mitte stand ein mächtiger Eichentisch, umrahmt von fünf Stühlen, der den ganzen Raum beherrschte. Die Wände wiederum zierte allerlei Kriegsgerät. Besonders fiel mir ein immens großer Morgenstern auf, der an der Stirnwand des Hauses über einer Tür hing. Die gesamte Stube machte einen gepflegten und ordentlichen Eindruck, und sowohl die Männer als auch die vielen Waffen ließen vermuten, daß wir ausgerechnet bei einem Schmied gelandet waren. Gerade bei so einem mußten wir versuchen, uns mit etwas Eßbarem und Kleidung zu versorgen!

Ich hatte jedoch keine Zeit, darüber nachzudenken, warum die Glückssterne über unseren Köpfen so plötzlich verblaßt waren und das Schicksal auf einmal so erbarmungslos zugeschlagen hatte. Viel wichtiger war, wie ich mich und meinen Gefährten aus dieser gefährlichen Lage befreien konnte. – Denn eines stand zweifelsfrei fest: Sollte ich nicht wirklich überzeugend sein, dann würde die Sonne für uns nicht mehr aufgehen.

Einer der beiden Jüngeren wendete sich von der Gruppe ab und ging in die Stube, deren Tür der Morgenstern zierte. Es dauerte nur wenige Augenblicke, bis er wieder zurückkehrte, diesmal mit Dilano über seiner Schulter. Wortlos wies ihn Thorwald in meine Richtung, worauf er auch tatsächlich auf mich zustrebte, unmittelbar vor mir stehenblieb und Dilano wie einen Sack Holz zu Boden knallen ließ. Wie ich richtig vermutet hatte, war er an Händen und Füßen mit Lederriemen gefesselt, und zu allem Übel hatte man ihm auch noch einen Knebel in den Mund gesteckt. Unbeholfen versuchte er sich ganz auf den Rücken zu drehen, wobei er allerdings ein leises Stöhnen nicht unterdrücken konnte. Ängstlich nickte er mir zu, in seinem Blick spiegelte sich unsere ganze Hilflosigkeit wider.

Bevor ich mich jedoch an ihn wenden konnte, lösten sich die vier voneinander und kamen langsam auf uns zu. Die Frau kniete sich zu uns herab, während die Männer eine lebende Mauer hinter ihr bildeten. Sie mochte so etwa Mitte vierzig sein und war mit Sicherheit einmal ein bildhübsches Mädchen gewesen, denn ihr Aussehen enthüllte noch immer ihre einst blühende Schönheit. Ihre Augen suchten die meinen, aber eher forschend als drohend.

Mit ihrer warmen, festen Stimme richtete sie das Wort an uns beide: „Bedenkt die Antworten, bevor ich euch die Frage stelle! Von ihnen hängt euer Leben ab, also sprecht die Wahrheit, denn nur sie allein kann euch davor bewahren, dem Leben jetzt auf der Stelle zu entsagen und an die Pforte des Todes zu klopfen. Also wer seid ihr wirklich?“

Da ich davon ausgehen mußte, daß Dilanos Zustand in keiner Weise dazu angetan war, diesem Tribunal über Leben und Tod standzuhalten, übernahm ich kurzerhand unsere Verteidigung, wenn es denn überhaupt eine sein sollte. Ich nannte ihr unsere Namen und erzählte, weitgehend der Wahrheit treu bleibend, unsere Geschichte, ganz im Vertrauen darauf, daß wirklich nur die Wahrheit unser jetziges Verhalten erklären konnte und vielleicht sogar verstehen lassen würde. Allerdings vermied ich zu erwähnen, daß das geheimnisvolle Kloster einen Lepra-Orden beherbergte. Auf so viel Verständnis konnte ich beim besten Willen nicht hoffen!

Mit dem Fortgang meiner Erzählung sah ich, wie sich die Gesichter meiner „Richter“ allmählich entspannten, und mit ihnen wandelte sich die vormals drohende Haltung der Männer in ein eher neugieriges Lauschen, nur ab und an untermalt von einem Ausruf ungläubigen Erstaunens oder Kopfschütteln.

Ich änderte bei alledem nur einige Kleinigkeiten oder ließ ganz einfach ein paar Passagen weg. Das geschah jedoch nur in soweit, daß zwar das Mosaik in Fragmenten vorhanden war, aber immer noch so lebendig erschien, daß das Fehlen einiger Steinchen bei meinen Zuhörern nicht weiter ins Gewicht fallen würde. Bei allem legte ich jedoch besonderen Wert auf die Ausschmückung unserer beklagenswerten Notsituation, die uns dazu gezwungen hatte, aus ehrlichen Menschen zu Einbrechern zu werden.

Nachdem ich geendet hatte, herrschte für eine Weile gespanntes Schweigen, welches sich drückend auf uns herabsenkte, und ich wußte, daß jetzt, genau jetzt, die Entscheidung über unser Leben oder unseren Tod fallen mußte.

Alle, auch mein Freund, starrten mich an, als ob sie in meiner Seele die Bestätigung der Worte zu finden hofften. Wieder war es die Frau, die als erste das Schweigen brach, und das nicht durch Worte, sondern durch ihr Handeln. Sie kam auf mich zu, löste die Lederfesseln, die mir bereits tief ins Fleisch gedrungen waren, und forderte mich anschließend auf, am Tisch Platz zu nehmen. Sofort löste einer der Gesellen die Fesseln meines Freundes, worauf der sich schwerfällig erhob und auf unsicheren Beinen zum Tisch schlurfte. Im Gegensatz zu seiner Frau schien der Hausherr von meiner Geschichte noch nicht recht überzeugt zu sein, denn er brummte einige Verwünschungen und beäugte uns noch immer argwöhnisch. Schließlich setzte er sich ebenfalls, allerdings wie ein stiller Beobachter, ans Kopfende des großen Tisches, flankiert von seinen beiden Gesellen, die sich rechts und links neben ihm aufgebaut hatten. Derweil beschäftigte sich seine Frau mit allerlei Arbeiten in der Esse der großen Stube. – Schweigen.

Ich erschrak, als dem Hausherrn gerade dieses Schweigen doch zu lange dauerte. „Was wißt ihr über dieses schwarze Gesindel, das sich zur Zeit hier in der Gegend herumtreibt?" richtete er das Wort an mich.

„Nicht mehr, als ich Euch bereits erzählt habe. Sie sind uns erst einmal begegnet. Gestern, als wir uns vor ihnen am Waldrand versteckten, galoppierte eine Gruppe von ihnen an uns vorüber. Mehr kann ich Euch dazu nicht sagen", antwortete ich wahrheitsgemäß, wobei ich meine dunklen Ahnungen wohlweislich für mich behielt.

„Uns hielt eine Gruppe von ihnen an, als wir gestern von Modena kommend nach Hause wollten. Sie fragten, ob uns Fremde begegnet seien", berichtete die Frau vom Herdfeuer her, ohne sich dabei umzudrehen.

„Ja, das stimmt", pflichtete ihr der Schmied unwillig bei. „Noch etwas! Du hast in deiner Geschichte von deinem Freund erzählt, der mit dir zusammen in Modena gewesen war. Nenne mir noch einmal seinen Namen."

„Ihr meint Arton von Tarran? Kennt Ihr ihn etwa?" fragte ich, nun meinerseits hellhörig geworden. „Wißt Ihr vielleicht, wo er sich im Moment befindet oder wenigstens, ob er überhaupt noch lebt? Ich erzählte Euch ja, daß wir in Modena durch diesen schwarzen Teufel getrennt wurden. Seitdem hoffe ich, irgend etwas über ihn in Erfahrung zu bringen, doch bisher ohne Erfolg."

„Ich kenne ihn", antwortete der Schmied auf meine erste Frage, und seine Stimme hatte deutlich an Wärme gewonnen.

„Was ist aus ihm geworden?“ setzte ich nach.

„Das kann ich dir allerdings nicht sagen, denn wir haben seit Ewigkeiten nichts mehr voneinander gehört. Doch so viel laß dir gesagt sein: Arton von Tarran ist mir als ein tapferer und aufrichtiger Mann in Erinnerung geblieben, als ein Freund. Was jedoch aus ihm geworden ist, weiß ich beim besten Willen nicht, denn wie schon gesagt, habe ich seit vielen Jahren nichts mehr von ihm gehört. Es zeichnet dich jedoch aus, daß er offenbar sehr viel Vertrauen zu dir gehabt hat, denn in der Beziehung war er immer sehr zurückhaltend.“

Er erhob sich und kam auf mich zu. „Wer Artons Freund ist, der ist auch der meinige, selbst wenn er sich auf so merkwürdige Art vorstellt, wie ihr es getan habt.“ Er reichte uns die Hand, in die wir erleichtert einschlugen. Ich war mir sicher, in dem Schmied und seiner Frau wirkliche Freunde gefunden zu haben.

„Jetzt wird aber erst einmal etwas Anständiges gegessen“, unterbrach uns die Frau, offensichtlich nicht weniger erleichtert als wir. Mein Magen zog sich krampfartig zusammen, als der köstliche Geruch von gebratenem Wildbret in mein Bewußtsein drang. Das Essen wurde aufgetragen, und wir alle langten kräftig zu, denn auch der Schmied und seine Gesellen schienen bei dem herrlichen Anblick der Rehkeulen der Versuchung nicht widerstehen zu können. Es schmeckte wunderbar, und nach dem üppigen Mahl saßen wir alle noch eine Zeitlang zusammen.

„Wie habt ihr euch denn eure weitere Flucht vorgestellt?“ fragte der Schmied, wobei er es sich auf seinem Stuhl so bequem wie möglich machte und dabei wohlwollend auf seinen mächtigen Weinbecher blickte.

„Wir wissen es noch nicht genau“, antwortete Dilano, der zum erstenmal, seit wir hier waren, das Wort ergriff. „Aber wir werden wohl nach Modena gehen.“

„Ja, das stimmt“, pflichtete ich ihm bei. „Ich hoffe, vielleicht dort eine Spur von Arton zu finden. Sonst wüßte ich nicht, wo ich anfangen sollte zu suchen! Wißt Ihr denn keinen Rat?“

„Nun, ich überlege schon die ganze Zeit, wie ihr euer Problem am besten löst. Für euch ist es wichtig zu erfahren, wo Friedrich die Berge überqueren will, denn wo Friedrich ist, werdet ihr auch Arton finden. Nach dem, was ich von dir gehört habe, ging damals auch dein Freund Arton von der offensichtlich falschen Annahme aus, die Ankunft des jungen Königs stände kurz bevor. Letztlich mußte er abwägen, wem von euch beiden er im Moment besser dienen konnte. Da man dich entführt hatte, konnte er davon ausgehen, daß für dich keine unmittelbare Gefahr bestand, ganz im Gegensatz zu Friedrich und seinem Gefolge. Wie dem auch sei, Arton mußte sich entscheiden, und nach dem, was er wußte, hat er sich richtig entschieden. Ich würde dir also raten, dich so vorsichtig wie nur möglich auf die Suche nach Friedrich zu begeben. Du mußt jedoch unbedingt darauf achten, daß ihr eure Verfolger abschüttelt, sonst erweist ihr euch, Arton und am Ende auch Friedrich keinen guten Dienst, wenn ihr ihn wirklich findet. Davon einmal abgesehen, bin ich allerdings auch deiner Meinung, daß ihr wohl oder übel eure Suche in Modena beginnen müßt und zwar in dem Wirtshaus, in dem ihr damals eingekehrt seid. Sonst wüßte ich nicht, wie ihr euer Vorhaben zu einem glücklichen Ende bringen wollt."

Ich muß ihn wohl sehr erstaunt angesehen haben, denn alles das, was er sagte, paßte haargenau zusammen und ließ eigentlich keine Fragen mehr offen. Er schien meine Gedanken zu erraten, als er lächelnd meinte: „Ich war nicht immer Schmied. Es gab eine Zeit, da mein Leben und das meiner zahlreichen Untergebenen davon abhing, welche Entscheidung ich traf. Jetzt, da ich Schmied bin, trifft meine Frau die Entscheidungen, und da ihr noch am Leben seid, ist sie darin um keinen Deut schlechter als ich." Er brach in ein dröhnendes Gelächter aus, in das bald alle am Tisch herzlich einstimmten.

Auch ich lachte aus vollem Hals, befreit und glücklich darüber, vorerst in Sicherheit zu sein und bei Freunden Unterschlupf gefunden zu haben.

Die Nacht war schon sehr weit fortgeschritten, als wir uns schließlich zur Ruhe begaben. Ich fühlte mich völlig erschlagen, denn die Ereignisse und die fortwährende Anstrengung zehrten an meinen Kräften und hinterließen zunehmend ihre Spuren. Zuviel war in der letzten Zeit über mich hereingebrochen, doch jetzt, zum erstenmal seit langem, wurde ich im Schlaf nicht von Alpträumen heimgesucht, und fern waren die schwarzgekleideten Mönche mit ihren Ledermasken, die mich in den Kerker zu den Aussätzigen stoßen wollten. Nichts von alledem. Ganz im Gegenteil, ich war in Sicherheit und schöpfte zugleich Hoffnung, auch der Zukunft aufrecht entgegentreten zu können.

Helena, die Frau des Schmieds, war es dann, die uns spät am Morgen weckte. Schlaftrunken gingen Dilano und ich zum Brunnen und wuschen uns mit dem klaren frischen Wasser, das hier reichlich vorhanden schien, da rund um uns her der Wald in saftigem Grün stand und vor Leben strotzte. Es dauerte allerdings einige Zeit, bis ich meinen Freund davon überzeugen konnte, daß Waschen nicht unbedingt den Tod zur Folge haben mußte.

Es war wohl der schönste Morgen meines Lebens, denn nie mehr wieder verspürte ich diese Kraft des Atmens, das pulsierende Leben, die Kraft, die von der Erde ausging und mich gleichsam durchströmte. Mit jedem Atemzug sog mein Körper neue Energie in sich auf und schien zu wachsen. Wie im Traum stand ich da und fühlte mich eins mit der Erde, deren Geschöpf ich war und die meine Wege mitbestimmte. Zugleich erfuhr ich das Mysterium göttlicher Gnade, die mir zuteil wurde, mir, einem Staubkorn in der Wüste des Lebens.

Erst die Hand des Freundes auf meiner Schulter führte mich zurück in die Wirklichkeit. Mein Traum zerrann mir zwischen den Händen, aber ich verspürte trotz allem keinen Zorn ob dieser Störung. Vielmehr war ich erleichtert, daß mein Traum nahtlos in die Wirklichkeit überzugehen schien.

Bereitwillig folgte ich ihm zurück ins Haus, wo auf dem Tisch in der Stube einige Kleidungsstücke ausgebreitet waren, in denen mein Gefährte bereits emsig wühlte, um sich etwas Passendes herauszusuchen.

„Es sind Sachen meines Sohnes und der Gesellen meines Mannes“, beantwortete Helena meinen fragenden Blick. „Nehmt euch, was ihr brauchen könnt. Thorwald ist der Meinung, daß es euch als einfach gekleidete Reisende leichter fallen wird, unerkannt weiterzukommen.“

Glücklich trat ich auf sie zu, um mich zu bedanken.

„Es ist schon gut“, wehrte sie ab. „Ihr ähnelt in eurem Wesen meinem Sohn. Ich wußte vom ersten Augenblick an, daß ihr keine Marodeure oder Verbrecher seid, also nehmt, was euch gefällt. Es kommt von ganzem Herzen.“

Tief beschämt murmelte ich ein „Danke“ und wandte mich wieder dem Tisch zu. Dilano hatte sich bereits neu ausgestattet und bedankte sich nun seinerseits. Ich selbst wählte eine Lederweste und eine recht verschlissene Leinenhose, deren einziger Luxus in einem schönen rindsledernen Leibriemen bestand.

Während wir uns umzogen, fielen Schatten übers Haus. Ich trat durch die Tür ins Freie und blickte aufmerksam zum Himmel. Die Sonne wurde von tiefschwarzen Gewitterwolken verdeckt, die einen kräftigen Regenschauer verhießen.

Von der Rückseite des Hauses vernahm ich die typischen Geräusche einer Schmiede. Ich folgte dem Klang der schweren Hämmer und traf auf einen unscheinbaren Pfad, der mich weg vom Haus in den Wald führte. Keine hundert Schritt weit entfernt sah ich die Schmiede durch das Dickicht auf einer Lichtung stehen. Eine hufeisenförmige Anlage, bestehend aus drei kleinen Gebäuden, die zusammen einen Brunnen einfaßten, tat sich vor mir auf.

Der Schmied und seine zwei Gesellen standen schweißgebadet und rußgeschwärzt am Feuer. Ihre muskulösen Körper glänzten, wenn die Sonne durch die Wolken brach. Nur mit Beinkleid und Lederschürze versehen, blickten sie in die feurige Glut, gespannt darauf wartend, daß sie das Eisen unter ihren Schlägen formen konnten, bis es das Aussehen hatte, das der menschliche Wille ihm zugedacht hatte.

Es war ein Bild aus Mythen und Legenden, wie sie Riesen gleich die feurigen Schwerter schmiedeten. Völlig regungslos, bis der Meister, sich aus seiner Erstarrung lösend, das glühende Eisen aus dem Feuer zog und auf den Amboß legte. Im gleichen Atemzug hoben die Gesellen ihre Hämmer und begannen unter seiner Anleitung dem Eisen die Form zu schlagen.

Nachdem Thorwald das sich rasch abkühlende Metall erneut in die Esse gerammt hatte, wandte er sich mir zu, und auf dem schweißnassen Gesicht stand ein Lächeln, mit dem er mich begrüßte.

„Na mein Junge, wohl noch nicht ganz ausgeschlafen, was? Ich sehe schon, meine Frau hat sich deiner bereits angenommen. Die Weste, die du da trägst, gehörte meinem Sohn. Er trug sie lange Zeit, bevor er loszog, um in die Fußstapfen seines Vaters zu treten.“ Ein leichter Schatten senkte sich über seine Augen, und die Stimme verlor etwas von ihrer sonst üblichen Wärme und Kraft.

„Danke, ich habe geschlafen wie schon lange nicht mehr, und die Sachen passen genau, wofür ich Euch ebenfalls recht herzlich danken möchte“, erwiderte ich und versuchte so gleichzeitig, die Trauer von seinen Augen zu nehmen. Er verstand meine Absicht. „Es ist alles schon so lange her, aber trotzdem. – Komm, mein Junge, und schau zu, was wir hier machen!“

„Im Kloster hat man mir kurz vor unserer Flucht ein wenig von der Kunst des Schmiedens gezeigt, aber leider war es nicht allzuviel.“

„Na ja, wenn das so ist, dann kannst du dir ja wohl denken, was das hier einmal werden soll.“ Vorsichtig zog er mit der Feuerzange das Stück Eisen aus der Esse und hielt es mir entgegen.

„Eine Schwertklinge! Es wird bestimmt eine Schwertklinge.“

Während er das Eisen wieder zurück ins Feuer steckte, erklärte er mir, daß seine Hauptaufgabe im Schmieden von Waffen bestehe. „Wir fertigen an Waffen alles, was gebraucht und gefordert wird, dem jeweiligen Auftrag entsprechend, und wir können uns über Mangel an Arbeit weiß Gott nicht beklagen“, klärte er mich auf. Offenbar waren seine Arbeiten recht begehrt, was ich allerdings auch keinen Augenblick bezweifelt hatte.

„Komm mit! Ich will dir ein paar unserer Stücke zeigen, wenn du dich dafür interessierst.“

Natürlich interessierte es mich, und ein Wink an seine Gesellen genügte, daß sie die Arbeit unterdessen fortführen, während wir zu einem der anderen Gebäude schritten, welches durch zwei große Schlösser gegen Einbruch und Raub gesichert war.

Mittlerweile hatte Regen eingesetzt, aber da der Wald uns einigermaßen schützte, fand er bei uns nur wenig Beachtung. Wir traten ein, und dort hingen sie an den Wänden, peinlich genau beschriftet: Streitäxte und Morgensterne mit eisenbewehrten Griffen zusammen mit Schwertern und Hellebarden in verschiedenen Größen und Ausführungen. Helme, komplette Rüstungen warteten hier, gepflegt und saubergehalten, auf ihre Träger und Benutzer. Kettenhemden und Eisenschuhe, sogar eine eiserne Pferderüstung. Die Arbeit, soweit ich sie beurteilen konnte, war von hervorragender Qualität.

„Die Panzer, die du hier siehst, halten enorm viel aus, sind dabei aber, und das ist wichtig, bedeutend leichter als die herkömmlichen, die du vielleicht schon kennst. Zu ihrer Herstellung wende ich ein Verfahren an, das ich mir über die Jahre hinweg selbst angeeignet habe, und ich kann wohl mit Recht behaupten, daß es einmalig ist“, erklärte der Schmied, dessen Stolz wohl berechtigt war.

Neugierig geworden, nahm ich einen goldschimmernden Brustpanzer vom Haken und wog ihn prüfend in der Hand. Er war wirklich leichter, als ich erwartet hatte, obwohl ich zugeben mußte, noch nicht allzu viele Brustpanzer in der Hand gehabt zu haben. Doch nicht nur das Gewicht, sondern auch das Wappen fesselten mein Interesse. Genau in der Mitte des Panzers prangte ein Drachen, dessen weit aufgerissenes Maul die Sonne über ihm zu verschlingen drohte, während ein Ritter ihm die Lanze in den Leib stieß und dem Scheusal ein Ende machte. Eingerahmt wurde dieses Sinnbild vom ewigen Kampf des Guten gegen das Böse von einem silbernen Lorbeerkranz, dessen Enden kleine, ziselierte Kronen schmückten.

„Ein herrliches Wappen!“ rief ich voller Bewunderung aus.

„Ja, und es hat mich viel Mühe gekostet, den Ansprüchen des Auftraggebers gerecht zu werden und es so zu gestalten, wie du es jetzt hier siehst. Ein Fehler, und die ganze Arbeit wäre umsonst gewesen. Aber ich glaube auch, daß es mir ganz gut gelungen ist.“

Aus dem Umfang des Panzers schloß ich auf die Größe des zukünftigen Trägers. „Er muß wohl ziemlich kräftig sein“, sagte ich, während Thorwald sich bereits mit zwei Schwertern beschäftigte, die er fachmännisch in den Händen wog.

„Ja, das stimmt. Er mißt so zwischen drei und vier Ellen und scheint auch sonst von guter Verfassung zu sein.“

Ich hängte die Rüstung wieder an den Haken und wunderte mich erneut darüber, wie leicht mir das fiel.

„Hier, nimm einmal das Schwert und folge mir. Das dort wird dich bestimmt auch interessieren. Ich habe es selbst gefertigt, um die Waffen einer letzten Prüfung zu unterziehen.“ Neugierig folgte ich ihm in den rückwärtigen Teil des Schuppens. Mein Blick heftete sich sofort auf mehrere Ketten, die von der Decke herabhingen, alle im gleichen Abstand voneinander, doch keine glich der anderen. Aber noch etwas anderes erweckte meine Aufmerksamkeit, und das waren die verschiedenen Gegenstände, die am Ende jeder Kette befestigt waren. An der ersten, sehr feingliedrigen, hing ein altes Tuch. Die zweite, etwas grobgliedrigere, hielt ein dickes Stück Leder. Die dritte wiederum ein armdickes Stück frisch geschlagenes Holz. An der vierten und letzten schließlich hatte der Schmied eine etwa ellenlange, fingerdicke Eisenschiene befestigt.

Auf die Ketten zeigend, erklärte der Schmied: „Die Schwerter und sonstigen Waffen, die ich herstelle, sollen nicht nur scharf sein! Das sind andere auch. Nein, sie müssen auch der Kraft des jeweiligen Benutzers angepaßt, von größtmöglicher Durchschlagskraft sein. Zudem sollten ihre Klingen so hart und widerstandsfähig geschmiedet sein, daß sie auch nach längerem Gebrauch keinerlei Scharten aufweisen und so ihre Stabilität unter Beweis stellen. Nun pass einmal auf!“ Er stellte sich breitbeinig vor die feine Kette, an der das Stofftuch hing. Ansatzlos riß er das Schwert aus der Ruhelage von unten nach oben und durchtrennte den Stoff, ohne daß sich die Kette merklich bewegt hätte. Er brummte zufrieden – ich war begeistert!

Sorgfältig betrachtete er das Tuch und wandte sich dann dem Leder zu. Hier nun erfolgte der Hieb genau entgegengesetzt, also von oben nach unten, aber ebenfalls mit einer ungeheuren Schnelligkeit und Präzision. Auch in diesem Fall war er offensichtlich mit dem Ergebnis seiner Überprüfung zufrieden. Zwar bewegte sich die Kette augenscheinlich doch etwas mehr als die vorhergehende, doch hielt es sich noch in dem Grenzbereich, den er offensichtlich tolerierte.

„Du siehst", sagte er, „daß das Schwert hier scharf genug ist, einem Gegner die Hand so sauber abzutrennen, daß es dem Betreffenden im ersten Moment wahrscheinlich gar nicht bewußt ist, seine Hand eingebüßt zu haben. Bei allem ist es natürlich von außerordentlicher Wichtigkeit, auf die Schnelligkeit zu achten, mit der die Waffe auf den Gegenstand auftrifft. Du wirst festgestellt haben, daß das Schwert in deiner Hand nicht schwerer ist als das Holzschwert, mit dem du im Kloster üben mußtest. Die Leichtigkeit der Waffe bringt die Schnelligkeit und die überlegene Ausdauer eines Kämpfers voll zur Geltung. Mit dieser Waffe hier kannst du dich getrost einem längeren Zweikampf stellen, auch mit einem an Körperkraft bedeutend überlegenen Gegner. Solange du in der Lage bist, seine Schläge zu parieren, ist es doch nur eine Frage der Zeit, wann seine Kräfte erlahmen und du die Oberhand gewinnst, um ihm endgültig den Rest zu geben. – Doch nun zum Eichenholz! Hier muß das Schwert die erste wirkliche Prüfung seiner Durchschlagskraft bestehen, daneben natürlich auch seiner Stabilität." Der Hieb erfolgte mit genau der gleichen Präzision wie die vorhergehenden. Etwa in der Mitte hatte die Waffe das Holzstück glatt durchtrennt. Sorgfältig prüfte Thorwald die Schnittstellen, und wiederum war er mit dem Ergebnis zufrieden.

Während das Schwert einer Prüfung nach der anderen unterzogen wurde, hatte der Regen noch an Heftigkeit zugenommen. Es prasselte auf das Dach des Schuppens, mal an-, dann wieder abschwellend. Allmählich wunderte ich mich, weshalb Dilano mir noch immer nicht gefolgt war, unterdrückte aber sogleich wieder meine Unruhe, denn mittlerweile stand Thorwald schon vor der vierten und letzten Kette. „Natürlich wird das Schwert das Eisenstück nicht durchtrennen. Das wäre auch völlig unmöglich! Aber die Klinge muß den Schlag absolut unbeschädigt überstehen, um anschließend weiter gebrauchsfertig zu sein, denn nur dann kann es einmal seinem Besitzer das Leben retten!"

Das Aufeinandertreffen der beiden Eisenteile dröhnte durch die Hütte. Funken stoben auf, als die von Menschenhand erschaffene Materie mit voller Wucht aufeinanderprallte. Thorwald hielt das Eisenstück fest und gab mir durch ein Nicken zu verstehen, daß ich näher kommen sollte. Deutlich war die Kerbe zu sehen, die das Schwert ins Eisen geschlagen hatte, auch eine leichte Verbiegung machte ich aus.

„Und nun zum Schwert!“ Thorwald hielt es mir vor die Brust, und vorsichtig glitt mein Zeigefinger über beide Seiten der Schneide. Nichts, keine Kerbe, einfach nichts trübte die glatten Flächen des edlen Metalles.

„Unglaublich, es ist einfach unglaublich!“

„So muß es sein! So und nicht anders. Nur wenn ein Schwert diese Prüfungen besteht, die allerdings nur ich durchführen darf, ist es gut genug für den jeweiligen Käufer. Er bezahlt viel Gold dafür, daß er sich auf meine Arbeit und mein Urteil verlassen kann, aber ich glaube, er bekommt auch etwas dafür, das er nicht alle Tage findet. Unter Umständen rettet dir eine solche Waffe das Leben. Bist du mit ihrem Umgang vertraut und nutzt die Vorteile, die sie dir bietet, dann hast du einen Freund fürs Leben gefunden. So mein Junge . . .“

Ein markerschütternder Schrei ließ uns beide zusammenfahren. Blitzschnell warf mir der Schmied das Schwert zu, riß für sich selbst eine Streitaxt von der Wand und rannte, dicht von mir gefolgt, aus der Hütte. Aus den Augenwinkeln heraus sah ich die Gesellen folgen, jeder einen schweren Hammer in den Fäusten. Es war kein Zweifel, die Schreie kamen vom Wohnhaus, und genau dahin führte uns nun der Weg.

Ich war auf gleicher Höhe mit dem Schmied, als wir mit Schrekken erkannten, was uns erwartete. Schwarze Reiter, eine ganze Gruppe, waren auf dem Vorplatz versammelt. Ihre Pferde standen dicht gedrängt etwas abseits. Zwei von ihnen zerrten gerade in dem Augenblick, als wir auf den Platz stürmten, meinen Freund Dilano aus dem Haus. Blutüberströmt hing er wie tot in ihren Armen.

Ohne auch nur einen Moment zu zögern, stürzten wir uns auf diese Teufel, doch leider währte deren Überraschung nur kurz. Sofort schlossen sie ihre Reihen und drangen nun ihrerseits auf uns ein, und schon entbrannte eine wahre Schlacht. Wir waren klar in der Minderheit, zumindest was die Zahlen anging, aber sowohl der Schmied als auch seine beiden Gesellen verstanden nicht nur das Schmiedehandwerk, sondern droschen fürchterlich auf ihre Gegner ein. Die Hämmer rissen breite Furchen in die Phalanx unserer Gegner.

Ich selbst kämpfte gegen einen Mann, der ungefähr meine Statur besaß. Das Schwert schien förmlich mit meiner Hand verwachsen zu sein und hieb fast spielerisch auf den Gegner ein, der, sich geschickt deckend, Schritt für Schritt in Richtung der Pferde zurückzog. Ein zweiter stellte sich mir in den Weg, und nur um Haaresbreite entging ich einem furchtbaren Hieb, dessen Luftsog hart über meinen Kopf strich. Irgendwie gelang es mir, ihm meine Waffe von unten herauf in den Leib zu stoßen. Nie werde ich die weit aufgerissenen Augen vergessen, die mich erstaunt anstarrten.

Dann, ohne einen Laut von sich zu geben, brach er langsam zusammen, dabei seine Hände auf die gräßliche Wunde gepreßt. Ich hatte keine Zeit, weiter über ihn nachzudenken, denn schon stürzte der andere wieder auf mich zu. Offensichtlich gefühllos schwang er sein Schwert, wie von einer magischen Kraft getrieben drang er auf mich ein. Er war nicht mehr der gleiche wie noch einen Augenblick zuvor. Aufrecht stehend parierte er meine Schläge und trieb nun mich zurück. Von Ermüdung konnte bei ihm nicht die Rede sein, ganz im Gegenteil. Ich merkte, daß ich ihm auf Dauer so nicht widerstehen konnte, denn mit jedem weiteren Schlag gelangte ich mehr und mehr an die Grenzen meines Könnens. Es war höchste Zeit, daß ich mir etwas einfallen ließ, denn noch immer wuchs die Kraft meines Gegners, während ich mit meinem Latein am Ende war.

Es mutete fast unheimlich an, mit welcher Genauigkeit und Präzision seine Hiebe ihr Ziel zu finden suchten. Aus lauter Verzweiflung sprang ich auf ihn zu, rollte mich gleichzeitig ab und hieb mit aller Wucht mein Schwert in seinen Leib.

Die Klinge durchtrennte ihn glatt, seine Hände umklammerten immer noch das Schwert, und sein Oberkörper kippte von den Beinen. Ein Schwall Blut spritzte aus den Stümpfen, die noch immer breitbeinig dastanden, und ergoß sich über den Platz. Dann verloren auch sie ihren Halt und sackten nach rückwärts in eine Lache aus Blut und Matsch.

Ich zitterte am ganzen Leib, während ich mich schnell erhob, damit ich einem neuen Gegner keine allzu leichte Beute bieten würde, doch zum Glück erwiesen sich meine Befürchtungen als unbegründet, denn ich stand allein vor meinem getöteten Gegner.

Währenddessen waren sowohl der Schmied als auch seine Gesellen nicht untätig gewesen. Die beiden hieben fast im Gleichtakt mit ihren schweren Hämmern, dabei Rücken an Rücken stehend, auf die gegnerischen Schilde ein, daß die Funken stoben. Die Technik des Schmieds hingegen war bedeutend ausgefeilter und ließ unschwer ahnen, daß diese Fähigkeiten nicht zufälliger Natur waren. Dieser Thorwald mußte einmal ein außergewöhnlicher Kämpfer gewesen sein! Er schwang die Axt mal mit der rechten Hand, mal mit der linken, wobei er sich für seine Größe unglaublich leichtfüßig bewegte und niemals fest an einer Stelle stand, sondern immer aus der Bewegung heraus furchtbare Schläge austeilte.

Während des gesamten Kampfes waren nur unsere Stimmen zu vernehmen gewesen.

Die schwarzen Reiter hingegen kämpften und starben lautlos. Es waren nur noch drei übriggeblieben. Doch obwohl ihre Lage nun hoffnungslos war, gaben sie nicht auf. Wie von Sinnen, als ob das eigene Leben für sie keinen Wert darstellte, und anscheinend auch frei von jeglichem Schmerz, fochten sie weiter. Unterdessen hatten die Gesellen ihr erfolgreiches Zusammenwirken aufgegeben, und nun trieb jeder von ihnen einen Gegner vor sich her, bis auch diese am Ende lautlos starben.

Nur Thorwald focht noch seinen ungleichen Kampf, und ich konnte mich des Eindrucks nicht erwehren, daß er seinen Gegner am Leben lassen wollte, denn mehrmals schon hatte er die Gelegenheit verstreichen lassen, den tödlichen Schlag anzubringen. Im letzten Moment hielt er immer wieder inne, als wolle er ihm so zu verstehen geben, die Waffe zu senken und sich seinem Schicksal zu ergeben. Aber wie schon seine Gefährten, dachte dieser offensichtlich gar nicht daran aufzugeben. Gleichsam einem inneren Zwang folgend, ging er in den Tod.

Ein Hieb durchtrennte seinen Hals und ließ den Kopf vom Rumpf fallen. Erst dann entglitten den führerlos gewordenen Händen das lange Schwert und der völlig verbeulte Schild. Das Herz pumpte das Blut in einer Fontäne aus dem Körper, und wir alle standen einfach nur da. Dieser Anblick des lebenden Toten traf uns bis ins Innerste.

Mir kam es fast wie eine Ewigkeit vor, bis die Beine endlich nachgaben und der kraftlos gewordene Körper in sich zusammensackte.

Thorwald war der erste, der sich fing und das Wort ergriff: „Acht tote Männer, aber das hätte auch anders ausgehen können. Ich glaube, der Herr war auf unserer Seite. Warum nur hat er sich nicht ergeben?" fragte er mehr zu sich selbst gewandt als zu uns, die wir uns die gleiche Frage stellten.

Über all dem hatte ich meinen Freund ganz vergessen, der noch immer verletzt auf dem Boden lag. Ohne mich weiter um die anderen zu kümmern, rannte ich zu ihm hin und stellte erleichtert fest, daß nicht alles Leben aus seinem geschundenen Körper gewichen war.

Helena stürzte aus dem Haus und berichtete in knappen Worten, wie es zu dem Überfall gekommen war. Während ich mit Hilfe eines der Gesellen meinen Freund vorsichtig ins Haus trug, erfuhr ich von dem plötzlichen Auftauchen dieser Teufel in Menschengestalt. Obwohl der Schmied nach der ersten Begegnung mit den schwarzen Reitern versucht hatte, die Auffahrt durch abgeschnittene Äste unkenntlich zu machen, kamen sie hierher, lautlos, wie aus dem Nichts, und zerstörten unversehens den Frieden dieser Enklave.

Die Tür flog auf, und sie standen im Raum, berichtete Helena, wo sie Dilano erblickten und sich ohne ein Wort auf ihn stürzten. Natürlich wehrte er sich mit aller Kraft, und auch sie selber sei mit dem Schürhaken auf einen losgegangen, um die Entführung zu verhindern. Aber gegen die vielen Bewaffneten seien sie natürlich machtlos gewesen.

Dilanos Verletzungen waren schwer, wenn auch nicht lebensbedrohend. Er blutete aus mehreren Schnitten, auch sein Kopf war mehrfach getroffen worden, bevor er schließlich den ungleichen Kampf hatte aufgeben müssen. Ohnmächtig hatten sie ihn dann zur Tür hinausgezerrt. Sie habe daraufhin endlich um Hilfe gerufen, wohl der Gefahr bewußt, daß sie damit ihr Todesurteil in die Welt hinausschreien würde. Doch auch jetzt schwiegen sie, erklärte Helena, geradeso, als warteten sie auf uns. Aber sie hatten sich grausam in uns getäuscht.

Mein Freund war noch immer bewußtlos, so daß ich ihn mit Helenas Hilfe entkleiden mußte, um ihm die Wunden zu reinigen.

In der Zwischenzeit waren der Schmied und seine Gesellen damit beschäftigt, eine Grube auszuheben, als letzte Ruhestätte für unsere gefallenen Gegner, die so unmenschlich gestorben waren, wie sie gekämpft hatten.

Plötzlich vernahm ich Wiehern und kurz darauf das Trappeln sich entfernender Hufe. „Die Pferde!“ rief ich entsetzt und rannte zur Tür. Zu spät! In bemerkenswerter Ordnung, geradeso, als säßen ihre Herren noch immer im Sattel, trabten die Tiere den Pfad hinunter in Richtung der Straße.

„Mein Gott!“ brüllte der Schmied hinter ihnen her. „Sind denn sogar schon ihre Gäule vom Teufel besessen? Verdammt noch mal, wie können diese Biester hier in Marschkolonne davontraben, geradeso, als wäre nichts geschehen?“

Wir konnten nichts anderes tun, als ihnen nachschauen, bis sie zwischen den Bäumen verschwanden.

Als das Grab endlich ausgehoben war, bargen wir gemeinsam die Leichen. Alle trugen die gleiche Kleidung – schwarze Lederwesten über ebenso schwarzen Kettenhemden. Sogar ihre Helme waren schwarz und „von hervorragender Qualität“, wie Thorwald mit Kennerblick bemerkte. Das gleiche galt natürlich auch für ihre Waffen und sonstigen Ausrüstungsgegenständen, was den Schmied zu der Feststellung veranlaßte, daß ihr Herr wohl über beträchtliche Geldmittel verfügen mußte.

„So etwas wie das hier habe ich noch nie erlebt, und das will schon einiges heißen. Immerhin war ich fast zwanzig Jahre lang Söldner, und ich glaubte bisher fest daran, daß es auf dieser Welt kein Heer gäbe, in dem ich noch nicht gedient hätte“, fuhr er fort und zog dabei die Luft tief in seine Lungen. „Ich möchte nur gerne wissen, wer sie darauf gebracht hat, ausgerechnet hierherzukommen. Diesen Weg kennen eigentlich nur Eingeweihte, wenn man von euch beiden einmal absieht, und das Haus kennen noch nicht einmal die Eingeweihten!“

„Ich glaube nicht, daß wir darauf jemals eine Antwort bekommen werden. Wie dem auch sei, die Toten müssen jedenfalls weg. Wer weiß, was uns der Tag noch bietet“, mahnte ich zur Eile.

Endlich war unsere schaurige Arbeit getan. Ich bin mir zwar nicht sicher, ob wir es ihnen schuldig waren, trotzdem knieten wir uns nieder und beteten, wobei allerdings das Gefühl der Furcht nicht weichen wollte, das mich schon die ganze Zeit beschlichen hatte. Sie hatten diesen Ort des Friedens entweiht, und nie mehr würde es hier so sein wie vorher.

Nachdem auch diese traurige Pflicht erfüllt war, gingen wir alle wieder zurück zum Haus. Schweigend saßen wir um den großen Tisch, keiner wagte dem anderen in die Augen zu sehen, bis es schließlich wieder Thorwald war, der das Schweigen brach und sagte: „Junge, du mußt unbedingt weg, denn hier können wir dir keine Sicherheit mehr bieten! Sie werden wiederkommen, und dann werden es genügend sein. Noch mal werden sie den gleichen Fehler nicht machen. Davon abgesehen, muß ich auch an uns denken. Diese Verantwortung nimmt mir keiner ab. Ich hoffe, du verstehst das.“

„Und was geschieht mit Dilano? So wie er zugerichtet ist, kann ich ihn doch unmöglich mitnehmen. Er würde die Strapazen einer Flucht nicht überleben.“

„Da hast du natürlich recht. Es ist doch selbstverständlich, daß ich für ihn ein geeignetes Versteck finden werde. Jedenfalls so lange, bis er wieder gesund ist. Ich glaube auch nicht, daß sie an ihm sonderlich interessiert sind, sonst hätten sie nicht zugelassen, daß meine Frau um Hilfe rufen konnte. Sie wollen dich, deswegen haben sie auf uns gewartet, und sie wollen dich entweder tot oder lebendig. Vielleicht haben sie eingesehen, daß du ihnen auch lebend nichts mehr nutzt, aber sie wollen unter allen Umständen verhindern, daß du Friedrich von Nutzen sein kannst. Das zu verhindern, ist ihnen kein Preis zu hoch! Die Suche gilt jedenfalls dir, und wenn ihr euch trennt, werden sie sich vermutlich um ihn gar nicht mehr kümmern."

Bis auf Helena sahen mich alle erwartungsvoll an. Jeder von ihnen dachte wohl das gleiche, und sie hatten recht. Ich konnte unmöglich von ihnen erwarten, daß sie nochmals ihr Leben für mich aufs Spiel setzten.

Ich war für jeden, der sich mit mir abgab, zu einer Gefahr geworden. Im übrigen mußte ich ohnehin meine Suche nach Arton fortsetzen. Zu viel Zeit war mir bereits zwischen den Fingern zerronnen, und so gab es für mich nur eins. „Ich muß weiter, alles andere wäre eine Torheit! Ich bitte Euch nur darum, kümmert Euch um meinen Freund. Ich werde versuchen, Euch eine Nachricht zukommen zu lassen, wo ich mich befinde."

„Das ist recht, mein Junge! Du weißt, es tut uns sehr leid, aber ich sehe keinen anderen Weg. Doch du mußt nicht alleine gehen, ich werde dich begleiten, zumindest bis Modena. Zufällig kenne ich den Statthalter sehr gut, er ist mir noch einen Gefallen schuldig. Jedenfalls werde ich ihn um Hilfe bitten, und ich hoffe, mein Einfluß ist groß genug, daß er sie mir auch gewährt. Immerhin schmiede ich seine Waffen, und ein paar Teile habe ich bereits wieder fertig und werde sie gleich mitnehmen. Vielleicht kann ich dir ja auch sonst noch behilflich sein. Wir werden sehen, aber jetzt wird erst einmal gegessen."

Die offensichtliche Erleichterung des Schmieds tat mir mehr weh, als ich zugeben wollte, hatte ich doch geglaubt, nach Wochen des Eingesperrtseins und der Flucht wieder ein Heim gefunden zu haben, mit Menschen, die mir bedingungslos helfen würden. Sie taten es nicht, warum auch? Ich war eben ein Kind. Ein Kind, das noch viel zu lernen hatte, bis es fähig war, die Illusionen von der Wirklichkeit zu trennen. Jetzt hatte ich wieder etwas dazugelernt. Wie sehr doch mein Sehnen der Realität widersprach.

Helena hatte schweigend die Mahlzeit zubereitet, und obwohl ich nun weiß Gott keinen Hunger hatte, langte ich doch kräftig zu, in der weisen Erwartung, sobald nichts Anständiges mehr zu bekommen.

Nach dem Essen brachen wir unverzüglich auf. Thorwald hatte eigens für den Transport seiner Ware und des Erzes einen Wagen gebaut, der mit zwei stämmigen Pferden bespannt wurde. Zusammen mit den Gesellen beluden wir den Wagen, so daß die Arbeit schnell getan war. Neben den Waffen für den Statthalter waren darunter auch noch diverse Rüstungsteile und eine Menge verschiedener Werkzeuge.

Dann war der Augenblick des Abschieds gekommen, und ich wandte mich zuerst meinen Freund zu, der noch immer ohnmächtig war und nur von Zeit zu Zeit leise stöhnte.

Helena trat hinter mich und legte ihren Arm um meine Schulter. „Er wird bestimmt wieder gesund. Ich verspreche es dir, wir sorgen gut für ihn und tun alles in unserer Macht Stehende. Gleich nachdem du dich mit meinem Mann auf den Weg gemacht hast, werden auch wir aufbrechen und ihn zu einer befreundeten Familie bringen. Dort werde ich bei ihm bleiben, bis er außer Gefahr ist. Gib du nur selber acht auf dich!“

Die Tränen schossen mir in die Augen, und ich schämte mich keiner einzigen, die ich vergoß, zu tief saßen Kummer und Schmerz. Zu groß war das Unglück, das so grausam und schnell über mich hereingebrochen war.

Ich spürte ihre weiche Hand zart und sanft über mein Haar streichen. Noch nie, seit ich denken konnte, hatte mich eine Frauenhand so berührt, und mich überkam eine mir völlig fremde Sehnsucht, dieses Gefühl in mir zu bewahren.

Langsam löste sie die Umarmung und führte mich zur Tür, hinter der wieder die Wirklichkeit auf mich wartete. „Geh jetzt, mein Junge. Ich bin sicher, du wirst deinen Weg finden. Glaube an dich und den Herrn, und er wird dich durch alle Gefahren führen, die deinen Weg versperren wollen.“

Schweren Herzens saß ich auf, und langsam setzte sich der Wagen in Bewegung. Bald schon hatte der Wald uns aufgenommen und verwehrte mir den Blick zurück. Mühsam rumpelte das Gespann den schmalen Weg hinab, und es war wirklich erstaunlich mit anzusehen, wie genau der Wagen in diese mehr oder weniger breite Waldschneise paßte.

Irgendwann hatten wir den Waldweg hinter uns. Die Straße war menschenleer, und genauso leer und verlassen fühlte sich meine

Seele. Nach all den Wochen der Einsamkeit hatte ich einen Freund gefunden und so bald schon wieder verloren. Eine Familie, deren Glück mir zuteil wurde, und wieder mußte ich in die Einsamkeit zurück, sollte mein Leben nicht zu einer dauernden Flucht vor den widerlichen Schatten der Finsternis und ihren grausamen Helfern werden.

Brütend lastete das Schweigen über uns, und nur die Sonne lachte wieder, als ginge sie der Schmerz der Welt nichts an. Sie ließ mich den Sturm vergessen, der noch vor wenigen Stunden die Begleitmelodie zu unserem Kampf spielte.

„Ihr fehlt der Sohn", durchbrach der Schmied die Mauer des Schweigens. „Und dir fehlt die Mutter. Ich hoffe nur, daß alles gutgehen wird, trotz allem. Was hast du denn vor, wenn du erst einmal in der Stadt bist?"

„Ich glaube", antwortete ich, froh darüber, die düsteren Gedanken für den Augenblick verdrängen zu können, „ich werde sofort unseren damaligen Wirt aufsuchen. Er ist im Augenblick meine einzige Hoffnung. Damals meinte er es gut mit uns, als er uns vor dem Ritter warnte, vielleicht kann er mir sagen, was aus Arton wurde und wo er hingezogen ist, falls er überhaupt noch lebt."

„Ich kenne den Wirt", sagte der Schmied. „Nach dem, was du mir über ihn erzählt hast, muß es eigentlich der gleiche sein, bei dem auch ich schon abgestiegen bin, wenn ich wider Erwarten länger in der Stadt aufgehalten wurde und die Nacht hereinbrach. Ich halte ihn ebenfalls für einen aufrichtigen Mann, dem man vertrauen kann."

Dann erstarb unsere Unterhaltung, und wir fuhren schweigend weiter, immer nach allen Seiten Ausschau haltend, um einem zweiten Überfall ausweichen zu können.

Die Schatten wurden länger, und wir sahen uns nach einem geeigneten Rastplatz für die Nacht um. Er durfte nicht zu nah, aber auch nicht zu weit von der Straße entfernt sein. Es dunkelte bereits, als wir endlich eine passende Stelle gefunden hatten. Wir bogen von der Straße ab und befanden uns unversehens in einem schmalen Waldweg, der kaum noch die Breite unseres Wagens hatte. Er mündete in einer freien Lichtung, die jedoch weitgehend von dichtem Buschwerk umschlossen war. Hier hielten wir den Wagen an. Ich sprang herunter und verwischte zusammen mit Thorwald unsere Spuren. Vorsichtshalber schnitt mein Begleiter noch ein paar Büsche ab und machte mit deren Hilfe den Weg so unkenntlich wie möglich.

Die Nacht war vollends hereingebrochen, als wir endlich soweit waren und zum Wagen zurückkehren konnten. Während der Schmied die Pferde ausspannte und sie an Pflöcken gebunden grasen ließ, versuchte ich mich etwas nützlich zu machen, indem ich mir mit Hilfe zweier Feuersteine redlich Mühe gab, ein Feuer in Gang zu bringen. Allerdings gestaltete sich dieses mutige Vorhaben schwieriger, als ich es mir bis dahin vorgestellt hatte, denn infolge des starken Regens war das Holz zum großen Teil doch noch sehr feucht. Erst als der Schmied mir ein Büschel trockenes Stroh reichte, das er in einem Futtersack für die Pferde mit sich führte, gelang es mir schließlich, einige dünne Reiser in Brand zu setzen.

Der Wagen stand so, daß er das Feuer gegen die Straße hin abschirmte, der Lichtschein war von dort aus unmöglich zu sehen. Zudem hatte der Schmied auch noch die Windrichtung geprüft und für günstig erachtet. Trotz all der Mühe, die wir uns gemacht hatten, hielten wir es doch für angebracht, abwechselnd zu wachen, um uns keiner unnötigen Gefahr auszusetzen Ich war als erster dran und begab mich vorsichtig auf die Höhe des Straßenrandes, wo ich mich, so tief es ging, im Gebüsch verkroch, gleichzeitig aber noch gute Sicht nach allen Seiten hatte, jedenfalls soweit es die Dunkelheit zuließ.

Die Zeit schlich dahin, und ich war froh, als der Schmied endlich kam, um mich abzulösen. Ein leises, kaum wahrnehmbares Pfeifen kündigte mir sein Kommen an. Ich antwortete auf die gleiche Art und Weise, vorsichtig tauschten wir die Plätze. Tastend suchte ich mir meinen Weg zurück zum Wagen, und je mehr ich mich ihm näherte, um so deutlicher verspürte ich den angenehmen Geruch gebratenen Fleisches in meiner Nase. Erst jetzt fühlte ich den Hunger, der sich langsam in mir ausbreitete, und stürzte mich förmlich auf das Stück Rehkeule, das der Schmied für mich aufgehoben hatte. Mit jedem Bissen besserte sich meine Laune, und neue Hoffnung keimte in mir auf.

Nach einer Weile hatte ich mich ausgeruht und schlich wieder nach vorn, Thorwald abzulösen. Ich wiederholte unser verabredetes Zeichen, und wieder vollzog sich das Ritual der Ablösung. „Wenn der Mond hinter den Baumwipfeln verschwunden ist, kommst du mich wecken“, raunte er mir ins Ohr und schlich gebückt in Richtung des Wagens zurück.

Er war kaum verschwunden, da hörte ich deutlich das Trommeln vieler Pferdehufe, die sich aus Richtung Schmiede näherten. Ich beschloß nicht mehr zurückzulaufen, schließlich würde der Schmied wohl das gleiche vernehmen und selbst wissen, was zu tun sei. Ich packte also den Griff des Schwertes, das er mir überlassen hatte, und versuchte mich noch fester in das Buschwerk zu drücken.

Zu unserem Glück hatte ich das Feuer ausglimmen lassen, so daß uns Rauch nicht mehr verraten konnte. Ich fühlte, wie der Schweiß an meinen Achseln herunterrann und merkte, wie meine Hände feuchter wurden, je bedrohlicher das Geräusch der Pferde anschwoll. Der Mond stand jetzt mit seiner ganzen Kraft genau über der Straße, und so war ich wenigstens in der Lage, das Notwendigste zu erkennen, ohne mich dabei selbst in Gefahr zu bringen.

Unvermittelt waren sie da. Ein großer Trupp Reiter trabte hinter der Wegbiegung hervor, an der Spitze zwei mit hell lodernden Fackeln, deren Schein blutrot in das silbrige Licht des Mondes stach, gefolgt von weiteren fünfzehn. Ich war heilfroh darüber, daß der Schmied die Büsche gesetzt hatte, um die Einfahrt unkenntlich zu machen. Nicht im Traum hätte ich damit gerechnet, daß sie Fackeln mit sich führen könnten!

Auch ohne sie sofort erkannt zu haben, wußte ich doch gleich, wen ich hier vor mir hatte. Die Teufel suchten mich also immer noch! Sie mußten jetzt auf Höhe der Einfahrt sein, als sie abrupt ihre Pferde zurückrissen, und da standen sie nun, mitten auf der Straße, wie aus Stein gehauen. Ihr Anblick ließ mich bis ins Mark erschauern, zu Tode erschrocken fuhr ich zusammen, als ich unvermittelt Thorwalds Hand auf meiner Schulter spürte. „Bleib ruhig, ich bin's“, flüsterte er mir ins Ohr. „Was machen die denn da?“

„Ich weiß es nicht!“ antwortete ich ebenso unhörbar. „Sie blieben wie aus heiterem Himmel stehen, und jetzt könnte man meinen, sie wittern etwas.“

„Sogar ihre Pferde rühren sich nicht und bleiben wie leblos auf der Stelle stehen, unglaublich.“

Und so blieb es eine ganze Weile. Doch plötzlich, ohne daß wir ein Wort vernehmen oder eine Geste hätten erkennen können, stiegen ein Fackelträger und zwei weitere Reiter von ihren Pferden und suchten sorgfältig die Straßenränder ab. Derweil rührten sich die anderen immer noch nicht.

Die drei kamen näher, und schon glaubte ich den Qualm der Fakkel zu riechen, denn der Abstand verringerte sich mehr und mehr. Meine Muskeln waren auf das äußerste angespannt, ich war bereit, meine Haut so teuer wie möglich zu verkaufen. Auch Thorwald änderte fast unmerklich seine Lage, um notfalls schneller aufspringen zu können. – Mein Gott, sie mußten uns jetzt doch sehen! Keine drei Schritte von unserem Versteck entfernt verhielt der Fackelträger, machte auf dem Absatz kehrt und ging, gefolgt von den beiden anderen, zurück zu seinem Pferd. Die drei saßen wieder auf und gaben ihren Pferden die Sporen.

Ich griff nach dem Arm des Schmieds, denn jetzt sahen wir auch die acht inzwischen herrenlos gewordenen Tiere von heute mittag, die bis dahin von der Abteilung verdeckt und so von uns nicht bemerkt worden waren. Ohne daß ich irgendein Seil oder ähnliches hätte erkennen können, trabten sie paarweise hinter diesen schwarzen Teufeln her, geradeso, als ob ihre toten Herren noch immer die Zügel führten.

Dann war der Spuk vorbei, und wir beide atmeten erleichtert auf. Als das letzte Geräusch ihrer Hufe verhallt war, schickte der Schmied mich zurück zum Wagen, und erst als ich dort angekommen war, ließ auch die Anspannung nach. Langsam beruhigte ich mich, doch an Schlaf war lange nicht zu denken, und so beschloß ich, noch einmal nach den Pferden zu sehen, denn sie stampften unruhig hin und her, und ich vernahm von Zeit zu Zeit ihr ängstliches Schnauben. Sacht streichelte ich ihre Köpfe und redete mit ihnen, was seine Wirkung nicht verfehlte.

Dann legte ich mich ebenfalls zur Ruhe, augenblicklich in einen schweren, unruhigen Schlaf versinkend.

Kurz nachdem die Sonne aufgegangen war und die Vögel ihre Stimmen erhoben hatten, weckte mich Thorwald, und ich erfuhr von ihm, daß der Rest der Nacht ereignislos verlaufen war. Wir beide waren uns einig darüber, so schnell wie möglich aufzubrechen und weiterzufahren.

Noch waberten die Bodennebel um unsere Beine, mit klammen

Fingern spannten wir die Pferde an. Dann verließen wir die Lichtung, die uns dank der Umsicht des Schmieds nicht zum Verhängnis geworden war. Ich lief voran, um das Gestrüpp aus dem Weg zu räumen, welches unsere Verfolger so trefflich getäuscht hatte. Endlich auf der Straße, setzten wir unseren Weg fort.

Langsam begann die Sonne wieder den Himmel zu erobern, und erneut versprach der Tag sehr warm zu werden. Zu unserem Glück hatten wir genügend Ziegenschläuche mit frischem Quellwasser dabei, so daß wir uns in dieser Hinsicht keine Sorgen zu machen brauchten. Was die Verpflegung anbelangte, waren wir reichlich mit Dörr- und Pökelfleisch versehen.

Wir verloren keine weitere Zeit und aßen während der Fahrt. Es war zwar nicht gerade üppig, was wir zu uns nahmen, aber zumindest machte es satt, und wir kamen auf andere Gedanken.

Natürlich wußten wir, daß unsere Reise jeden Augenblick zu Ende sein konnte, denn hinter jeder Biegung bestand die Gefahr, unversehens auf eine Gruppe der schwarzen Reiter zu stoßen. Und alles, was ich in den letzten beiden Tagen von diesen Teufeln gesehen hatte, ließ mich sehr daran zweifeln, daß sie sich auf Dauer durch irgend etwas würden täuschen lassen. Doch nichts geschah. Ab und an trafen wir ein Fuhrwerk oder einen Bauern, der auf einem der seltenen Felder arbeitete. Sonst bekamen wir keine Menschenseele zu Gesicht, und so legten wir ein gutes Stück Weges zurück, ohne durch irgendwen oder irgendwas aufgehalten worden zu sein. Manchmal kam es mir so vor, als seien wir die einzigen Menschen weit und breit in Gottes unendlicher Welt, die hier mutig und unverzagt ihren Weg fortsetzten, wohl wissend, daß unser kümmerliches Leben nur so viel Wert hatte wie ein Sandkorn am Meer.

Wieder war es der Schmied, der die Fesseln des Schweigens zerriß, indem er sich mir zuwandte und die Frage stellte, die ich eigentlich schon lange erwartet hatte: „Ich habe dich kämpfen sehen, und du weißt, daß ich dir zustimme, was deine Suche anbelangt. Aber kann es nicht doch sein, daß du langsam Gefallen findest daran, eine so bedeutsame Rolle in diesem Spiel der Mächtigen zu übernehmen und du aus diesem Grunde Arton suchst und nicht, um deinen Vater zu finden? Immerhin hast du ihm das alles hier zu verdanken, auch wenn er das vermutlich nie beabsichtigt hatte. Schließlich war er es doch, der dich für diese Teufel so interessant gemacht hat. Ohne ihn wäre dir auch das Kloster erspart geblieben, dir und deinem Vater. Seit dem Tag, an dem ihr zu uns gekommen seid, stelle ich mir diese

Fragen, und seitdem ich dich habe kämpfen sehen, bin ich gespannter denn je auf deine Antwort. Warum spielst du das Spiel weiter, das sie dir aufgezwungen haben? Du kannst nur verlieren, also was zwingt dich dazu?"

Ich wog meine Antwort sorgfältig ab. Er hatte mich mit Wahrheiten konfrontiert, also stand mir das gleiche Recht zu. Nichtsdestoweniger bedurfte der Schmied einer glaubhaften Erklärung für mein Vorhaben, sollte ich mich weiter voll und ganz auf ihn verlassen können. Im Grunde hatte er gar nicht so unrecht, wenn er auch meine Motive völlig falsch einschätzte. Es war nicht der Durst nach Ruhm, der mich weitertrieb, da war ich mir ganz sicher. Ich konnte nicht einfach mehr so tun, als sei nichts gewesen. Ich hatte zuviel gehört, gelernt und gelesen, um mich jetzt leise aus der Verantwortung zu stehlen. Zugegeben, es war Arton, der mir diesen Platz angeboten hatte, aber ich war es, der den Platz nicht verließ, als noch Zeit dafür war. Und dieser Verantwortung mußte ich mich jetzt stellen.

„Fragst du mich oder fragst du nicht eher deinen Sohn?" wandte ich mich nun meinerseits an den Schmied und fuhr augenblicklich fort: „Ich will es dir erklären, so gut ich es kann, aber das ist meine Geschichte, nicht die deines Sohnes. Ich kann dir nicht erklären, warum er in die Welt zog, ich kann dir nur erklären, warum ich der Welt jetzt nicht den Rücken kehren kann." Er hatte ein Anrecht, die ganze Wahrheit zu erfahren, und ich die Pflicht, ihm Rede und Antwort zu stehen, und so beantwortete ich seine Fragen, so gut oder schlecht ich die Anworten selber wußte.

„Ja, ich glaube, ich verstehe jetzt, und ich danke dir dafür, mehr als du vielleicht denkst", sagte der Schmied versonnen, während er unverwandt auf die schwankenden Rücken der Pferde blickte.

„Machst du dir Sorgen um deine Frau?" fragte ich ihn nach einer Weile, tiefbewegt von diesem Anblick.

„Nein, eigentlich nicht. Es ist schon eine ganze Zeit her, da suchte ich für uns und eine befreundete Familie ein Versteck, das uns Sicherheit in Kriegszeiten geben sollte. Wir haben zwar jetzt keinen Krieg, aber immerhin sind eine ganze Reihe dieser Teufel hinter uns her. Sofort nach unserem Aufbruch sind meine Leute dorthin gezogen. An diesem Ort wird auch dein Freund gesundgepflegt werden, hoffe ich jedenfalls."

„Bereust du, uns zu helfen und das alles auf dich zu nehmen?" fragte ich nicht ohne Sorge, da von seiner Antwort auch mein künftiges Schicksal mitbestimmt werden würde.

„Nein!“ entgegnete er fest und aufrichtig. „Diese finsteren Gestalten streichen schon seit einiger Zeit durch die Gegend hier, aber bis auf das eine Mal, als sie uns nach euch fragten, sahen wir sie immer nur von weitem. Keiner hier weiß, woher sie kommen und wohin sie gehen, noch wer sie bezahlt und wem sie dienen. Was wir wissen ist, daß sich seit ihrem Erscheinen die Welt und das Leben für uns alle hier verändert haben. Das wirst du gleich selber sehen können, denn dort ist der Hof eines meiner Freunde. Er heißt Ragannard und ist als ein Nordländer, genauso wie ich, hier gestrandet. Er kam auf die gleiche Art und Weise her, jetzt lebt er hier mit seiner Familie, und von Zeit zu Zeit besuchen wir einander.“

Der Wald zu unserer Linken hatte sich gelichtet, und durch das Blattwerk hindurch erkannte ich ein gedrungenes Haus, gebaut aus grob gehauenem Stein, dem sich an seiner Flanke eine große Holzscheune anschloß.

„Wo hat er denn die Steine her gehabt?“ fragte ich verwundert.

„Er hat sie mit seinem Wagen aus den Bergen geholt und jeden einzelnen eigenhändig zurechtgehauen und mit Lehm und Mörtel dazwischen aufeinandergesetzt. Es hat ihn über ein Jahr gekostet, bis er schließlich soweit war und mit seiner Familie einziehen konnte. Natürlich habe ich ihm ab und an helfen können, aber die meiste Arbeit hat er wirklich ganz allein vollbracht. Er und seine Familie sind sehr nette, aber einfache Leute, also erzähle ihnen bitte nichts von dem Kampf an der Schmiede. Du würdest sie nur beunruhigen. Ich will erst einmal hören, ob sie selbst etwas zu berichten haben, das für uns von Bedeutung sein könnte. Vielleicht müssen wir uns sogar zusammentun, um die Gegend wieder sicherer zu machen.“

Wir waren an einer Abzweigung angelangt, von der aus ein gut ausgebauter Weg direkt zu Ragannards Anwesen führte. Der Wagen beschrieb einen leichten Bogen, und die Pferde folgten dem neuen Weg, der uns leicht bergab von der Straße wegführte.

„Er hat die schon vorhandene natürliche Waldlichtung noch etwas vergrößert und so eine nicht gerade unbedeutende Fläche Land dazugewonnen, die er nach und nach urbar machte und mittlerweile recht gewinnbringend zu nutzen versteht.“ Zwei Hunde kamen uns laut kläffend entgegengestürmt und sprangen spielerisch um die Beine der Pferde, die solcherart Begrüßung gewohnt zu sein schienen, denn unbeirrt setzten sie ihren Weg fort, ohne sich um das Gebell zu kümmern.

Langsam näherten wir uns dem Wohnhaus und sprangen vor der

Eingangstür vom Wagen, als uns das Schlagen des Scheunentores zusammenfahren ließ. Vorsichtig und zugleich neugierig wandten wir uns vom Wohnhaus ab und gingen über den Hof zur Scheune. Es war nicht nur das unerwartete Geräusch, das uns vorsichtiger werden ließ, auch die vielen Hufabdrücke im weichen Lehmboden paßten nicht hierher.

Das Tor öffnete sich einen Spalt, und ein feuerroter Haarschopf zwängte sich heraus, unter dem zwei ängstlich dreinblickende Augen den Schmied aufmerksam musterten.

„Björn, mein Junge, kennst du mich denn nicht mehr?“ fragte der Schmied mit weicher Stimme und trat einen Schritt auf den Jungen zu, der vielleicht sechs oder sieben Jahre alt sein mochte und noch immer nicht davon überzeugt schien, daß er es hier mit Freunden zu tun hatte.

„Wer seid Ihr? Mein Vater und meine Mutter sind nicht da, aber bestimmt werden sie bald wiederkommen“, sagte er mutig und versuchte seiner Stimme einen festen Klang zu verleihen.

Die Hunde hatten es aufgegeben, sich mit den Pferden zu beschäftigen und suchten nun in uns ein neues Spielzeug. Neugierig beschnupperten sie uns, bis sie den Schmied erkannten und freudig bellend an ihm hochsprangen.

„Thor und Odin haben mehr Vertrauen zu mir als du. Sieh her, sie haben mich erkannt, und du, der tapfere Sohn meines Freundes, versperrst uns den Eintritt und läßt mich hier wie einen Fremden vor der Türe stehen.“ Offenbar war es das zutrauliche Verhalten der Hunde, welches den Jungen jetzt ermutigte, das Tor vollends zu öffnen, um dann Thorwald schreiend in die Arme zu stürzen.

„Mein Gott, was ist mit dir, mein Kleiner? Wo sind denn deine Eltern? Du kannst doch nicht ganz alleine hier sein? Aber jetzt beruhigst du dich erst einmal, und dann erzählst du uns, was passiert ist.“

Vorsichtig löste er die Arme des Jungen, der sich verzweifelt im Nacken des Schmieds festgeklammert hatte. Schluchzend setzte sich der Junge auf Thorwalds Schoß, während ich selbst mich abseits hielt, um den Kleinen nicht noch mehr zu verwirren. Es dauerte eine ganze Weile, bis es Thorwald gelungen war, dem Jungen wenigstens so viel von seiner Angst zu nehmen, daß er uns das Geschehene berichten konnte.

Er war, so erklärte das Kind, von seinem Vater zur Strafe in die Scheune geschickt worden, um dort die Nacht zu verbringen.

„Was hast du denn wieder angestellt?“ fragte der Schmied mit weicher Stimme.

„Ach, ich hab bloß die Mutter etwas geärgert. Es war aber gar nicht so schlimm!“ antwortete der Kleine tapfer. Mitten in der Nacht sei er dann plötzlich wach geworden.

„Und warum bist du wach geworden?“ wollte Thorwald wissen.

„Es war ein furchtbares Geschrei, überall. Viele Menschen waren im Hof“, erzählte der kleine Nordmann. Und aus der Dachluke heraus konnte er beobachten, wie sein Vater und seine Mutter von schwerbewaffneten Männern überwältigt wurden. Die Fremden banden ihnen die Hände zusammen und setzten sie auf zwei Pferde. „Es war ganz furchtbar, und ich hatte soviel Angst!“ fuhr er fort. Drei von ihnen seien auch zur Scheune gekommen und suchten dort nach irgend etwas. Er habe sich derweil im Stroh versteckt, bis die drei wieder weg waren. „Erst ganz viel später traute ich mich aus dem Stroh, und da sah ich, daß die Sonne schon wieder da war, aber aus der Scheune bin ich noch nicht heraus. Ich warte auf meine Mama und meinen Papa. Weißt du denn nicht, wo sie sind und wann sie kommen?“

„Bestimmt bald, da bin ich ganz sicher. Wir werden sie schon finden, du und ich, oder was meinst du?“

Der Junge nickte eifrig, und etwas wie Hoffnung glomm in seinen vom Weinen geröteten Augen.

„Jetzt brauchst du keine Angst mehr zu haben! Aber hör mal, du sagst, sie hätten sie auf zwei Pferde gesetzt. Mußten denn da nicht zwei der Reiter zu Fuß gehen?“

„Nein“, antwortete der Junge lebhaft. „Sie hatten so viel Pferde mit, auf denen gar keiner saß“, dabei zeigte er uns mit seinen Fingerchen, wie viele es waren – acht. Der Schmied schaute mich an, und ich verstand seinen Blick. Es muß die gleiche Gruppe gewesen sein, die letzte Nacht auch uns beinahe zum Verhängnis geworden wäre.

Nun gut, jetzt wußten wir zwar zu welchem Ziel, aber immer noch nicht, warum sie es ausgerechnet auf diese Familie abgesehen hatten. Diese Nordleute hatten doch nun wirklich nicht das geringste mit mir zu tun!

Durch den Blick des Schmieds auf mich aufmerksam geworden, flüsterte der Junge ihm etwas ins Ohr, das ich beim besten Willen nicht verstehen konnte, aber an Thorwalds Miene erkannte ich, daß es sich um mich drehen mußte. „Er fragte mich gerade, warum du nichts sagst, sondern immer nur so dasitzt?“

Völlig überrascht suchte ich nach einer halbwegs klugen Antwort. Mir blieb nur das Zucken mit den Schultern. Das muß dann wohl so komisch ausgesehen haben, daß der Kleine trotz seines Schmerzes über den Verlust der Eltern lachte, und auch Thorwald konnte sich ein Schmunzeln nicht verkneifen.

„Gut, mein Sohn", sagte der Schmied und erhob sich. „Jetzt kommt, wir wollen mal ins Haus gehen und uns dort umsehen. Vielleicht finden wir ja etwas, das uns weiterhilft." Den Kleinen auf dem Arm, trat Thorwald als erster in das Innere des abgedunkelten Hauses. Die Fensterläden waren noch immer geschlossen, und so war wirklich nicht viel zu erkennen. Wir öffneten drei der Läden und gewahrten sofort die Spuren eines heftigen Kampfes. Das Schwert des Hausherrn hing allerdings noch unberührt über der Eingangstür. Offensichtlich hatte er keine Zeit mehr gefunden, es zu benutzen. Zu überraschend waren diese Teufel über ihn und seine Frau hergefallen. Trotzdem mußte er sich erbittert zur Wehr gesetzt haben. Blutstropfen auf dem Boden und an den Wänden zeugten davon, daß der Kampf nicht ohne Verletzungen geführt worden war.

Ansonsten stand fest, daß das Haus überaus gründlich durchsucht wurde. Doch was hatten sie hier zu finden gehofft?

„Was wollten sie hier?" fragte ich wohl mehr mich selbst, noch immer überwältigt von der Zerstörung, die wir hier vorfanden.

Ich erwartete keine Antwort, bekam aber trotzdem eine: „Was es auch war, sie haben es jedenfalls nicht gefunden, sonst hätten sie sich nicht die Mühe gemacht, die beiden auch noch mitzunehmen, denn die belasten sich nicht mit irgendwelchem Ballast, die nicht!"

Der Junge hörte nicht hin, und das war auch gut so. Zum erstenmal sah auch er das ganze Ausmaß der Verwüstung, mit weit aufgerissenen Augen starrte er in jede Ecke des Raumes. – Er verstand nicht, worüber wir redeten.

„Ich glaube, es ist besser, wenn wir jetzt gehen! Hier können wir ohnehin nichts mehr tun, und ich habe das unbestimmte Gefühl, daß es sehr gefährlich ist, länger hierzubleiben." Der Schmied ließ den Jungen vorsichtig zu Boden gleiten und forderte ihn auf, in dem Durcheinander nach ein paar Kleidungsstücken für sich zu suchen. Wir selbst halfen ihm, und so hatten wir schnell das zusammen, was wir brauchten, und verließen den Ort, der so viele Fragen offenließ. – Wieder eine Familie!

Wir beschlossen, auch diese Nacht im Freien zu verbringen. Als wir aus dem Haus traten, warf die Sonne schon lange Schatten, und ihre glutrote Scheibe näherte sich dem westlichen Horizont. Sofort waren auch wieder die Hunde da und sprangen an uns hoch. Einer Idee folgend, wandte sich Thorwald noch mal ins Haus und brachte eines der zahlreichen verstreuten Kleidungsstücke mit raus. „Sie werden uns vielleicht morgen helfen, deine Eltern wiederzufinden“, erklärte er dem Jungen. Wir hatten Haus und Scheune sorgfältig verschlossen, als wir Abschied nahmen.

Wir fuhren den gleichen Weg zurück, und nach kurzer Zeit waren wir endlich wieder auf der Straße und folgten ihr noch ein Stück, weg von dem einsamen Hof. Der Wald war hier sehr offen, und so konnten wir nach einer Weile ohne größere Schwierigkeiten die Straße verlassen und uns ein geeignetes Nachtlager suchen. Während dieser Zeit, in der wir schweigend weiterfuhren, reifte in mir ein Gedanke, der, je mehr ich ihm freien Lauf ließ, immer klarer wurde. Ich beschloß, noch auf einen günstigen Augenblick zu warten. Dann erst wollte ich Thorwald mein Vorhaben erklären.

Schließlich hatten wir einen passenden Platz gefunden. Er war ein gutes Stück von der Straße entfernt und lag vortrefflich versteckt inmitten einer kleiner Baumgruppe, die uns völlig vom Weg abschirmte, so daß wir von dort weder gesehen noch gehört werden konnten. Wie in der Nacht zuvor schlichen wir uns auch diesmal wieder zurück zur Straße und verwischten die Spuren, die unser Wagen im weichen Waldboden hinterlassen hatte. Es dauerte recht lange, aber mit dem letzten Funken Tageslicht kehrten wir zum Lagerplatz zurück. Während der ganzen Zeit wich der Junge nicht einen Augenblick von unserer Seite und half mit, so gut es ging. Ich entfachte ein kleines Feuer, und bald brieten wir ein gutes Fleisch. Der Lagerplatz war so gut gewählt war, daß wir es diesmal nicht für nötig hielten, abwechselnd zu wachen. Trotzdem fand ich nur schwer Ruhe, denn wieder war zu viel geschehen, und zu viel stand mir noch bevor, als daß ich auch nur daran denken konnte, ein Auge zuzumachen. Ganz anders der Junge, der trotz des Verlustes seiner Eltern unter dem Wagen eingeschlafen war. Nur ab und zu wimmerte er im Schlaf und wälzte sich unruhig von einer Seite zur anderen. Ein paarmal ging ich hin und deckte ihn zu, worauf er sich jedesmal zusammenrollte und sich dicht an das Wagenrad kauerte, als gewähre ihm dies den Halt, dessen er jetzt gerade so sehr bedurfte.

Als der Morgen endlich graute und der Nebel vom Boden aufstieg, packten wir alles zusammen und machten uns, nachdem wir alle Spuren beseitigt hatten, wieder auf den Weg. Es fiel mir schwer, dem Schmied meinen gestrigen Entschluß mitzuteilen, aber ich war mir sicher, daß ich keine andere Wahl hatte. Und ich durfte keine Zeit verlieren, in unser aller Interesse.

„Ich werde mich von euch trennen!“ begann ich, und das war auch schon gleichzeitig fast das Ende meiner „selbstaufopferungsvollen“ Rede, denn erstaunt stellte ich fest, daß meine tapferen Worte keine sonderliche Wirkung hervorriefen. „Ich muß allein weiterziehen“, versuchte ich es noch einmal, schon ziemlich ernüchtert.

„Ich weiß“, antwortete der Schmied und zog den Jungen fester an sich heran.

„Ich bringe doch nur Elend und Leid über die Menschen, mit denen ich zusammenkomme. Ich kann das nicht mehr länger verantworten. Zu viel ist schon meinetwegen geschehen und zu viel Blut ist schon geflossen. Ich muß jetzt meinen Weg alleine weitergehen, ohne andere mit mir mitzureißen.“

„Ich habe erwartet, daß du das jetzt sagst, aber meinst du nicht, daß es für diese schöne Rede schon etwas zu spät ist?“

„Nein, ich hoffe nicht, denn ich bin davon überzeugt, daß diese Teufel es sehr bald erfahren werden, daß ich mich von euch getrennt habe, und dann seid ihr frei und werdet bestimmt nicht weiter von ihnen bedroht. Sie wollen mich, und sie wollen mich um jeden Preis, koste es, was es wolle. Es ist ihnen egal, wer dabei zurückbleibt und wer nicht. Wir haben das alles selbst gesehen. Ich bin ihr Ziel, und solange wir noch zusammen sind, seid ihr ihnen im Weg, und das kann ich von keinem erwarten. Ihr habt schon so viel für Dilano und mich getan, daß ich tief in eurer Schuld stehe, vielleicht schon zu tief. Ich weiß nicht, wie ich euch danken soll. Hilf dem Jungen, seine Eltern wiederzufinden. Du hast mit Sicherheit größere Chancen, wenn du allein bist, denn du bist nicht ihr Feind! – Ich hoffe, daß ich mich nicht irre!“

„Das hoffe ich allerdings auch, zumal Ragannard und dessen Familie bestimmt auch nicht zu ihren Feinden zählen“, unterbrach der Schmied meine schwungvolle Rede.

„Ja, das stimmt. Trotzdem habe ich noch zwei Bitten“, fuhr ich fort. „Hilf meinem Freund Dilano und berichte ihm, wo wir uns getrennt haben und was ich beabsichtige zu tun. Und die zweite Bitte, gib mir dieses Schwert, das mir schon so treffliche Dienste erwiesen hat.“

„Es mag zwar jetzt so aussehen, aber es fällt mir wirklich nicht leicht, dich gehen zu lassen. Ich weiß, daß du recht hast, und deswegen bin ich mit deinem Entschluß einverstanden. Es ist nicht meinetwegen, das kannst du mir getrost glauben, aber ich darf den Kleinen hier nicht in Gefahr bringen, jedenfalls nicht mehr als unbedingt notwendig. In der kurzen Zeit, die du bei uns warst, bist du mir lieb geworden, fast schon wie mein eigener Sohn, und ich bin davon überzeugt, daß er an deiner Stelle genauso reden und handeln würde, wie du es getan hast. Also gehe deinen Weg mit Gott und mache dir um uns keine Sorgen. Was deine beiden Wünsche betrifft, so werden sie selbstverständlich erfüllt werden. Nimm das Schwert und auch den kleinen Beutel Geld. Du wirst es sicherlich nötig haben."

Schnell, fast schon hastig nahmen wir Abschied voneinander, so als wolle jeder dem anderen die Möglichkeit nehmen, es sich noch einmal anders zu überlegen.

Ich verließ die Straße und wandte mich dem Wald zu. Ein letztes Mal sah ich zurück, und beide winkten mir nach, bevor sich der Wagen wieder in Bewegung setzte, bis er meinem Blick entschwunden war. Das Unterholz schloß sich hinter mir wie ein Vorhang, und ich war wieder allein.

Die Tränen rannen über mein Gesicht, aber ich spürte es nicht. Das Schwert, ein Sack mit Lebensmitteln, ein Beutel Geld sowie ein kleiner Ziegenschlauch voll Wasser waren das einzige, was ich bei mir hatte. Mit dem Wagen wäre es bis zur Stadt noch eine Tagesreise gewesen. Zu Fuß und dann noch hauptsächlich durch den Wald rechnete ich mindestens mit zwei, wenn nicht sogar drei Tagesmärschen. Ich mußte mich also beeilen! Zum Glück erwies sich der Weg bei weitem nicht so beschwerlich, wie ich befürchtet hatte, und so kam ich wider Erwartend recht zügig voran. Die sonst so erbarmungslose Sonne machte mir diesmal das Leben nicht schwer, ich legte bis zum Abend ein gutes Stück Wegs zurück und beschloß, auch noch die Nacht durch weiterzugehen. Als die Dunkelheit vollends hereingebrochen war, verließ ich den Wald und folgte wieder der Straße, denn zum einen wollte ich so wenig wie möglich Zeit einbüßen, zum anderen befürchtete ich, mich während der Nacht im Wald ernsthaft verletzen zu können.

Meine Gegner machten mir dabei weniger Sorgen als am Tage, denn erstens sahen sie mich schlechter – so hoffte ich wenigstens –, und zweitens würde ich sie besser hören. Dessen war ich mir sicher. So ging es weiter, Stunde um Stunde.

Die Nacht mußte schon weit fortgeschritten sein, als mich dann doch allmählich die Kräfte verließen und die Müdigkeit mich dazu zwang, mir ein Versteck im Unterholz zu suchen, um mich auszuruhen. Die Einsamkeit lastete schwer auf mir, als ich so dalag und die Sterne beobachtete. Wie klein und unbedeutend doch der Mensch und seine Ängste waren gegen die Allmacht des Herrn, der diese Welt und alles, was das Menschenauge sehen konnte, einzig durch seinen Willen erschaffen hat. Wie sinnlos war es, sich gegen das Schicksal auflehnen zu wollen! Er hat das Leben der Menschen festgeschrieben, in engen Bahnen und nur innerhalb dieser Bahnen war es möglich, die Grenzen menschlichen Seins mit Leben auszufüllen.

So, wie ich hier den Waldboden rieche und eins werde mit den Geschöpfen um mich her, muß Gott sich gefühlt haben, als er die Erde erschuf und sie mit seiner Kraft beseelte. Nun wohnt die Kraft im Leib der Erde und umgibt uns mit ihrer Aura, schlägt den Menschen in ihren Bann und sucht sich tief in seinem Innersten ihren Platz, um dann unvermittelt auszubrechen, dem Menschen sein eigenes Ich zu offenbaren. Dann erst erkennt er, welch mannigfaltige Formen des Lebens sich ihren Platz erkämpfen mußten, um den Hauch der Erde einatmen zu können.

Und über all dem leuchteten nachts die Sterne, gleich Fackeln des Herrn, die die Welt in ihre silbern strahlenden Fluten eintauchten und sie umspannten.

Über diesen Gedanken muß ich wohl eingeschlafen sein und erwachte erst durch das fröhliche Singen der Vögel. Die Sonne wärmte meine von der Nachtkühle erstarrten Glieder, und ich erhob mich, um meinen Marsch fortzusetzen.

Im Laufe des Tages kreuzten Wege die Straße, an deren Rand ich mich vorwärtstreiben ließ. Durch das Unterholz hindurch beobachtete ich Wagen und Gespanne unterschiedlicher Größe, die mir entweder entgegenkamen oder wie ich der Stadt zustrebten. Deren hohe Mauern sehnte ich herbei, weil sie hoffentlich das Geheimnis in sich bargen, dem ich schon so lange vergeblich nachlief.

Auch an diesem Tag war nichts von meinen Peinigern zu sehen, und fast schien es, als ob sie ihre Suche nach mir aufgegeben oder zumindest meine Spur verloren hätten. Doch was das betraf, gab ich mich keinen Illusionen hin. Sie waren wie die Spürhunde, und über kurz oder lang war einem weiteren Zusammentreffen mit ihnen nicht auszuweichen.

Auf meinem Weg passierte ich drei Gasthöfe, die sich entlang der Straße angesiedelt hatten, um durstigen und hungrigen Wanderern eine Labsal zu bieten oder sie einfach bloß zum Rasten einzuladen. Ich beschloß, mich in den Strom der Wagen, Pferde und Ochsengespanne einzureihen, weil ich mich in ihrer Mitte sicherer fühlte als einsam entlang der Straße.

Als es wieder dunkelte, war ich mir sicher, daß mich am nächsten Tag die Stadt in ihrem Schoß verbergen würde, daher ging ich kein Risiko ein und mied einen vor mir liegenden Gasthof, der jetzt, da es wirklich dunkel wurde, von den Fuhrleuten angefahren wurde, und verbrachte die Nacht im Wald. Damals wußte ich noch nicht, daß diese Vorsicht wirklich unbegründet war, denn die schwarzen Teufel hatten es tatsächlich weitgehend aufgegeben, mich aus dem Strom der Menschen herausfischen zu wollen.

Zu finster waren ihre Absichten, als daß sie es wagen konnten, vor so vielen Menschen in Erscheinung zu treten. Statt dessen riegelten sie die Stadt, soweit sie es vermochten, nach außen hin weiträumig ab. Für mich bleibt es bis heute unerklärlich, daß ich ihren Ring offensichtlich mühelos durchbrach und nun ein freier Mann war, allerdings ohne es zu wissen.

Die Nacht verbrachte ich wie die vorangegangenen auch, tief im Unterholz versteckt, dabei ängstlich auf jedes noch so unbedeutend erscheinende Geräusch achtend und in banger Erwartung, welche Offenbarungen und Gefahren der kommende Tag für mich bereithalten würde.

Als der Morgen graute, schloß ich mich wieder unauffällig den Fuhrleuten und Reisenden an, die wie an unsichtbaren Fäden gezogen unaufhaltsam der Stadt zustrebten.

„Willst du mitfahren, Junge? Komm, setz dich zu mir rauf, ich hab noch ein Plätzchen frei auf meinem Wagen!“

Erschrocken wandte ich mich der Stimme zu und sah in das freundliche Mondgesicht eines etwa vierzigjährigen Mannes, der mir aufmunternd zunickte. Er hätte sich bestimmt gewundert, wenn ich sein Angebot einfach ausgeschlagen hätte, also stieg ich kurzerhand auf und nahm neben ihm auf dem Wagen Platz. „Gott zum Gruße, freundlicher Mann. Es ist sehr gütig von Euch, einem müden Wanderer den Weg zu erleichtern.“

„Ach was!“ wehrte er ab. „Ich bin schon seit fast zwei Tagen unterwegs und saß die ganze Zeit allein hier oben, nur damit beschäftigt, diese müden und dummen Ochsen da vorne anzutreiben, also tun wir uns gegenseitig einen Gefallen. Von wo kommst du, Junge?"

Auf diese Frage war ich gefaßt und hatte mir schon bei seiner Einleitung eine passende Antwort zurechtgelegt. „Ich komme von einem Hof, acht Tagesreisen von hier entfernt, und will in die Stadt, das Kriegshandwerk zu erlernen", antwortete ich und versuchte, in meine Stimme eine Spur von Stolz zu legen.

„Soso, Kriege führen willst du lernen! Nun ja, warum auch nicht. Ich bin Luciano der Müller und habe hinten drauf eine Fuhre Mehl für den Hof des Statthalters von Modena, und wenn du mir nachher beim Abladen behilflich bist, so soll es nicht dein Schaden sein."

„Warum nicht!" antwortete ich ihm. „Mit Geld bin ich wirklich nicht gerade reichlich versehen."

„Um so besser", sagte er lachend. „Du siehst auch nicht gerade aus, als ob man dir einen goldenen Löffel in die Wiege gelegt hätte."

Als ich an mir herabblickte, mußte ich ihm allerdings recht geben, denn die Kleidung hatte doch arg unter den Nächten im Freien gelitten, daher war ich froh, daß er diesbezüglich keine weiteren Andeutungen machte. Es wäre mir auch recht schwer gefallen, eine einleuchtende Erklärung für mein angegriffenes Äußeres zu finden, zumal es immer die Möglichkeit gab, den Stall in einem Rasthof für die Nacht zu nutzen, ohne daß man dafür bezahlen mußte.

Die Wälder verschwanden, und an ihre Stelle traten Felder und Wiesen, auf denen die Bauern und Leibeigenen ihre Fronarbeit zu verrichten hatten, im Hintergrund die imposante Kulisse der Berge. Reiter auf schnellen Pferden überholten uns oder kamen uns entgegen, ohne jedoch irgendwelches Interesse zu zeigen. Unterdessen erzählte mir der Müller von seiner Arbeit, seiner Frau und den Kindern, kurzum von allem, was mich nicht interessierte. Dann hinter einer Biegung trat es hervor, wie aus dem Nichts herausgestampft. Mein Ziel, Modena. Endlich!

Der Müller spürte mein Erstaunen, gepaart mit etwas anderem, denn ich bemerkte am Klang seiner Stimme, daß er sich keinen Reim auf mein Verhalten machen konnte, als er fragte: „Was hast du denn? Ist dir dieser Anblick so fremd?"

„Nein, das nicht", erwiderte ich schnell und blieb ja sogar weitgehend bei der Wahrheit, obwohl ich Modena eigentlich von außen noch nie am Tag gesehen hatte. „Es ist aber schon lange her, und ich freue mich darauf, denn sie sieht ja wirklich aus wie ein Schloß in den Wolken."

„Pah", entgegnete er abwehrend, aber anscheinend mit meiner Antwort doch ganz zufrieden. „Sie ist genauso dreckig wie andere Städte auch. Du hast heute eben bloß Glück gehabt, weil die Sonne scheint. Wenn es regnen oder gar schneien würde, dann sähest du das Elend dieser Straße und die Schönheit ihrer Fassade mit ganz anderen Augen. Na ja, das macht nichts, du wirst mir schon noch recht geben, wenn wir erst einmal die Tore passiert haben."

Ich zuckte unwillkürlich zusammen. Die Tore! Das war es also, was mich noch kurz vor meinem Ziel aufhalten konnte. Ich konnte wirklich von Glück reden, den Wachen nicht als abgerissener Wanderer gegenüberzustehen. Auch der Müller beruhigte mich sogleich: „Wir werden wohl keine Probleme haben, falls überhaupt Posten den Einlaß kontrollieren sollten. Immerhin bringe ich das Mehl für den Statthalter." Bei seinen letzten Worten warf er sich regelrecht in die Brust, und ich mußte trotz meiner Sorgen heimlich lächeln über soviel Vertrauen in die Macht des Mehls.

Mit jedem Schritt der Ochsen näherten wir uns der Entscheidung, denn von meiner Heimatstadt her wußte ich, daß die Wachen im allgemeinen sehr darauf achten, wer Einlaß erhält und wer nicht.

Trotz der Hitze lief mir ein Schauer den Rücken herunter. Eigentlich waren es nicht die Wachen selber, die mir Furcht einflößten, vielmehr diese langsame, geradezu lähmende Annäherung an die Gefahr. Schließlich standen wir im Schatten der Stadtmauer, in einer Schlange lärmender Fuhrleute, Handwerker, Kaufleute, Bauern. Alles drängte in Richtung des Tores und versuchte natürlich, zuerst an der Reihe zu sein. Mittlerweile schien auch den Wachen der Ansturm zu groß zu werden, denn, wie mir der Müller versicherte, war es wohl das erste Mal seit langer Zeit, daß die Wachen so zahlreich waren und sich solche Mühle gaben.

Eine Gruppe Schwerbewaffneter trat durch das Tor und bildete sogleich eine Art Korridor, in den nun der Strom der Menschen und Wagen geleitet wurde. Von da an ging es bedeutend ruhiger und geordneter zu als zuvor. Mir brach der Angstschweiß aus, als unser Wagen endlich an der Reihe war. Die zwei Wachen, mit Kettenhemden und Hellebarden gewappnet und trotz der Hitze Helme tragend, traten gerade auf den Wagen zu. Schon begann der Müller leutselig auf sie einzureden, und während der eine sich die langatmigen Erklärungen anhörte, schlenderte der andere scheinbar gelangweilt und desinteressiert um den Wagen herum und faßte dabei ganz beiläufig an die Mehlsäcke, als könne er so ihren Inhalt prüfen. Von mir nahm zunächst keiner Notiz.

Erst als der Müller schon wieder anfahren wollte, trat ihm derjenige entgegen, der sich bisher schweigsam verhalten hatte und mehr mit dem Wagen beschäftigt als mit uns. Sein Blick, durch den Nasenschutz des Helmes bedrohlich wirkend, blieb auf mir haften.

„Wer bist du denn, Junge, und was willst du hier?" fragte er.

„Mein Name ist Marcello, und ich bin der Gehilfe meines Meisters hier." Ich wunderte mich selber darüber, wie leicht es mir fiel zu antworten.

„Stimmt das?" fragte er den Müller, der mich ungläubig anblickte und gleichzeitig heftig mit dem Kopf nickte.

„Also gut, ihr könnt passieren!" Augenblicklich setzte sich der Wagen in Bewegung, während ich förmlich noch den Blick des Büttels in meinem Rücken spürte.

Jetzt stand auch dem Müller der Schweiß auf der Stirn, denn so etwas war ihm bisher mit Sicherheit noch nicht passiert. Sein Blick haftete auf mir und auch seine Angst, denn kaum hatten wir das Tor passiert, zischte er mir mit kaum verhaltener Wut ins Ohr: „Warum hast du das gesagt? Bist du denn wirklich von Sinnen, dich als meinen Gehilfen auszugeben? Mensch, ich habe dich doch erst vor ein paar Stunden von der Straße aufgelesen. Und dann, wie du aussiehst! So sieht doch nicht mein Gehilfe aus! Sie hätten uns um ein Haar draußen gelassen, oder schlimmer noch, sie hätten vielleicht sogar den Wagen beschlagnahmt und uns in den Kerker geworfen, und so gut sind meine Beziehungen zum Statthalter auch nicht, daß der uns vor den Ratten bewahrt hätte."

Ich tat entrüstet, als könne ich überhaupt nicht verstehen, was er eigentlich damit meine. Er selbst habe mich doch gefragt, ob ich ihm beim Abladen behilflich sein könne, also sei ich doch sein Gehilfe, wenn ich ihn bei seiner Arbeit unterstütze.

Luciano der Müller starrte mich entgeistert an. Man merkte es seinem Mienenspiel ganz deutlich an, daß er zwischen Entschuldigung und Wutanfall hin und her pendelte. Schließlich entschied er sich für den Mittelweg und brummte irgend etwas Unverständliches vor sich hin, was wohl soviel bedeutete, daß der Vorfall für ihn damit erledigt war. Ich atmete tief durch und nahm mir fest vor, Luciano nie wieder in solche Bedrängnis zu bringen.

„Wir sind hier in der Zunftstraße der Fleischhauer", erklärte er, des Schweigens schon wieder überdrüssig. Das Geschrei der Anbieter und Käufer schallte zu uns herüber, während ich das Gedränge und den Gestank von Fleisch und Blut als wenig einladend empfand. Nur sehr langsam, untermalt mit wilden Flüchen von allen Seiten, quetschte der Müller den schweren Wagen durch die eng gewundenen Gassen der Stadt, und mehrmals schien es mir, als ob Bettler und Warenhändler sich nur durch einen kühnen Sprung in irgendeine Haus- oder Toreinfahrt vor dem Überrollen retten konnten. Von mir darauf angesprochen, zuckte Luciano nur mit den Schultern und gab mit eine ebenso einfache wie einleuchtende Erklärung: „Wenn wir hier erst einmal stehenbleiben, kommen wir nie wieder weg, also müssen wir weiter. Davon abgesehen, verdienen doch diese verdammten Krüppel noch mehr Geld, wenn ich ihnen auch ihr zweites Bein abfahre!“

Ich war ziemlich überrascht von dieser Antwort und dem wilden Blick dieses ansonsten wohl recht harmlosen Mannes und nahm mir vor, in Zukunft Bemerkungen dieser Art besser für mich zu behalten. Statt dessen mischte ich nun fleißig mit in dem Stakkato von Flüchen und Beleidigungen, das über uns hereinbrach und von uns großzügig weiterverteilt wurde. Schließlich bekamen wir etwas mehr Luft, die Häuser rückten wieder weiter auseinander, und die Gasse schloß sich den Häuserreihen an und wurde ebenfalls breiter.

Unsere Ochsen, die das ganze Durcheinander mit stoischer Ruhe über sich hatten ergehen lassen, beschleunigten nun von selber und griffen für Ochsenverhältnisse ganz munter aus. Wir passierten zwei Kirchen, von denen die eine sich noch im Bau befand. Lastkräne hoben die zentnerschweren Steinquader in die Höhe, und eine Unzahl von Menschen war damit beschäftigt, die unterschiedlichsten Arbeiten zu verrichten. Steinmetze, deren Hütten aufgereiht waren wie die Perlen einer Kette, arbeiteten fieberhaft an den Rohlingen, denen sie die gewünschte Form zu verleihen hatten. Das stetige Hämmern und Klopfen erfüllte die Luft, und ich wunderte mich allen Ernstes über das System, das alldem hier zugrunde liegen mußte, denn Dutzende von Arbeitern liefen emsig hin und her, und doch wußte jeder einzelne von ihnen, welche Aufgabe er zu verrichten hatte. Jede dieser fleißigen Bienen, ganz gleich an welchem Platz und mit welcher Arbeit sie gerade beschäftigt war, trug dazu bei, das Werk gelingen zu lassen.

„Die Steinmetze, Zimmerleute und Handlanger in dieser Stadt haben wirklich genug zu tun. Jedesmal wenn ich komme, sind irgendwelche Leute ihrer Zunft damit beschäftigt, neue Häuser zu bauen, oder wie hier diese Kirche. An der arbeiten sie allerdings schon über ein Jahr, und der Himmel mag wissen, wann sie endlich damit fertig sind und vor allem, wie teuer das alles mal werden soll!“

Zu meinem Erstaunen stellte ich wieder einmal fest, daß ich seit dem Beginn der schrecklichen Ereignisse das Leben um mich herum mit anderen Augen sah als noch kurz vorher. Das Zusammensein mit Arton, aber mehr noch die Ausbildung und die Erfahrung im Kloster und schließlich das kurze Zwischenspiel mit dem Schmied und seiner Familie hatten mich geprägt und verändert. Alltäglichkeiten wie Bettler, Kaufleute oder der Bau eines Hauses waren mir früher herzlich gleichgültig gewesen, doch jetzt war alles ganz anders. Jede noch so unwichtig erscheinende Kleinigkeit weckte mein Interesse, bestand doch die Möglichkeit, daß mir das Wissen, das ich mir aneignete, irgendwann einmal von Nutzen sein konnte. So verschlang ich alles, was ich zu hören und zu sehen bekam, und zum erstenmal machte ich mir auch Gedanken über die Bettler und Krüppel, die zu Hunderten die Straßen und Gassen bevölkerten und um ein Almosen baten. Unwillkürlich kamen mir wieder die Worte des Abtes in den Sinn: „Der Tag wird kommen, an dem diese kranke Welt auch von Kranken beherrscht werden wird.“

Beim Anblick dieser zerlumpten Gestalten war ich fast versucht, ihm doch zu glauben, daß dieser Tag nicht mehr fern war.

Eine andere, für mich noch wichtigere Frage war, ob er auch aus diesem Heer der Gestrandeten und Hoffnungslosen seine Helfer rekrutierte und wenn ja, inwieweit sie für mich zu einer Gefahr werden konnten. Eines stand für mich jedenfalls fest: Solange ich mit Luciano dem Müller zusammen war und es niemandem auffiel, wie kurz wir uns erst kannten, so lange war mein Leben zumindest sicherer, als wenn ich allein durch die mir fremden Gassen schliche.

Der Wagen rumpelte durch die Stadt, vorbei an eindrucksvollen Bauwerken und Sehenswürdigkeiten. Zu allem hatte der Müller eine Geschichte zur Hand, und ich versuchte mir krampfhaft zu merken, wo sich all die Gebäude und Plätze befanden. Denn es war doch lebenswichtig für mich, die Stadt zu kennen und mich in ihr zurechtzufinden, zumal ich ja ein Ziel hatte und die Gesellschaft des Müllers nicht von Dauer sein konnte.

„Ist es dir eigentlich nicht aufgefallen, wie streng die Wachen den Einlaß kontrollierten?“ unterbrach ich seinen Redefluß.

Er schaute mich entgeistert an, so als müsse er die Frage erst einmal verdauen. Dann jedoch verschwand der Schatten vor seinen Augen, und er fauchte mich an: „Erinnere mich bloß nicht daran, verdammt noch mal! Mir wird noch immer ganz schlecht, wenn ich bloß daran denke. Aber davon einmal abgesehen, kamen sie mir auch sehr sonderbar vor, fast so als fürchteten sie sich vor irgend etwas oder irgend jemandem. Ich habe dir doch erzählt, wie einfach es sonst ging, aber diesmal . . . Ich habe auch noch nie so viele von ihnen gesehen. Na ja, was soll's, wir sind drin, ich werde mein Mehl los, und morgen in aller Frühe geht es den gleichen Weg zurück. Warum soll ich mir da über ein paar Heißsporne Gedanken machen? Vermutlich standen die zum erstenmal draußen vor dem Tor. Diese dummen Bengel werden auch noch ruhiger."

Nach diesem philosophischen Schlußwort machte er es sich wieder bequem und beschrieb mir jedes Haus. Das nun häufiger werdende Auftreten von Gepanzerten oder zumindest Bewaffneten zeigte, daß wir uns dem Palast des Statthalters näherten. Wir überquerten mit unserem Gespann einen freien Platz und kamen zu den für Lieferanten bestimmten rückwärtigen Eingängen, standen nun erneut vor einer Wache, deren Hellebarden gekreuzt jedem den Einlaß verwehrten.

Ein dritter Büttel trat aus einem kleinen Gebäude und musterte uns aufmerksam. „Dich kenne ich! Du bist der Müller. Laßt ihn passieren, der ist harmlos", wandte er sich daraufhin an die beiden Wachsoldaten, deren Hellebarden sogleich nach oben schwangen und uns den Weg freigaben.

Langsam fuhren wir durch das Tor und gelangten auf einen von Pinien gesäumten Weg, der uns durch eine wunderschöne Parkanlage führte, bis wir schließlich an das rückwärtige Portal des Palastes gelangten. Dort hielt Luciano vor einem der zahlreichen kleinen Eingänge, sprang vom Wagen und klopfte an die Pforte. Nach mehrmaligem Versuch öffnete sie sich, und ein verschrumpeltes Männlein trat heraus, das heftig gestikulierend auf den Wagen zukam. Die beiden unterhielten sich angeregt miteinander, und ich beschloß, mich ganz unauffällig zu ihnen zu gesellen, um vielleicht etwas Wichtiges aufschnappen zu können. Ich sprang also vom Wagen und schlenderte langsam zu ihnen hinüber. Das Männchen war, wie ich später feststellen konnte, von erheblichem Einfluß in diesem Palast und nicht darauf beschränkt, den Einkauf von Mehl zu überwachen. Dessenungeachtet kümmerte er sich offensichtlich jedoch auch um die alltäglich auftretenden Nebensächlichkeiten. Doch wie schon erwähnt, waren das Einsichten, die mir erst im Laufe unserer wenn auch kurzen Bekanntschaft zuteil werden sollten.

Im Moment wetterte er gerade über die schlechten Zeiten, anscheinend das Lieblingsthema dieses merkwürdigen Zeitgenossen. „Alles wird teurer, und dein Mehl macht da wohl auch keine Ausnahme, oder sehe ich das falsch? Was will denn überhaupt dieser Bengel hier, und warum in Gottes Namen trägt er ein Schwert wie ein Büttel? Das ist doch alles nicht mehr zu glauben, ein Müller mit eigenem Schwertträger. Kannst du mir das vielleicht erklären, und du Bengel, wer zum Teufel bist du?“

„Mein Name ist Anselmo, und ich bin der Gehilfe des Müllers“, antwortete ich mit einem Seitenblick auf meinen neuen „Herrn“, der sich bei meinen Worten allerdings so tief duckte, als hätte er eine Ohrfeige erhalten. Zum Glück beschränkte sich sein einziger Kommentar in einem laut vernehmlichen Räuspern, welches allerdings seine Verlegenheit nur noch mehr unterstrich.

Andererseits hielt er es aber doch für ratsam, eventuell noch folgende Fragen dieses Kauzes lieber selbst zu beantworten, denn bevor ich noch dazu ausholen konnte, auf die Bemerkung zu meinem Schwert eine halbwegs plausible Erklärung zu liefern, sprang er sofort in die Bresche: „Der Weg wird immer gefährlicher, und da dachte ich mir, es kann ja nichts schaden, diesen Jungen hier zu bewaffnen, zumal er ja Interesse daran hat, sich für den Dienst als Büttel dingen zu lassen.“ Nicht schlecht, mußte ich zugeben.

„Soso, also ein junger Haudegen, was?“ zischte das Männlein, mich geringschätzig von oben bis unten musternd. „Merke dir eins, mein junger Heißsporn! Es kommt nicht darauf an, was man in den Armen hat. Der Kopf ist wichtig, und da scheint es bei dir doch wohl etwas knapp bemessen zu sein!“

Jetzt konnte ich allerdings eine spitze Antwort nicht länger unterdrücken: „Es mag wohl richtig sein, daß mein Kopf etwas knapp bemessen ist, aber das sieht man erst auf den zweiten Blick, wohingegen man es bei anderen Gesellen sofort erkennt, daß sie etwas knapp bemessen sind.“ Vielsagend grinste ich ihn an.

Luciano der Müller vergrub sich förmlich vor uns im Erdboden. Aschfahl geworden, starrte er mich an und zählte innerlich wohl schon das Gold, welches er dank meiner Antwort auf Nimmerwiedersehen verloren glaubte.

Ganz anders das Männlein. Sein Blick wandelte sich von offenkundiger Geringschätzung in so etwas wie ungläubige Bewunderung. Dieser Mann war Widerspruch nicht gewohnt, aber er war tolerant genug, ein Wortspiel amüsant zu finden. „Der Junge ist richtig! Er ist schlagfertig, und es tut mir aufrichtig leid, daß ich dich ob deiner Waffe verkannt habe. Ich werde wohl in Zukunft besser aufpassen müssen. Komm jetzt, Müller, laß mich deine Ware sehen, und sollte sie ebensogut sein wie dein Gehilfe, dann mache dir über den Preis keine Sorgen." Mit diesen Worten zog er den armen Luciano mit sich fort und kletterte flink wie ein Wiesel auf den Wagen. Er zog die Tuchplane ein Stück beiseite und öffnete einen der Säcke. Er nahm sich eine Handvoll Mehl und ließ es durch die gespreizten Finger rieseln. Daraufhin nahm er eine Messerspitze voll zwischen Daumen und Zeigefinger und prüfte Geschmack und Geruch der Ware.

„Kommt mit, alle beide. Dein Mehl ist gut, und der Preis soll es auch sein! Zudem bekommt ihr in der Küche eine Kleinigkeit zu essen, und ich werde euch dabei Gesellschaft leisten, denn ihr habt heute einen ruhigen Tag abgepaßt, sonst ist bedeutend mehr los, aber das weißt du ja selber, Müller, nicht wahr?"

Das Männlein trippelte vor uns her und öffnete wieder die Tür, durch die es vorhin zu uns herausgetreten war. Zwei Lakaien, die uns entgegenkamen, wies er mit scharfer Stimme an, das Fuhrwerk zu entladen. Der arme Müller kam aus dem Staunen nicht mehr heraus.

„Und vergeßt nicht, daß sich jemand um die Ochsen kümmern soll! Wenn ihr damit fertig seid, erwarte ich von einem von euch, daß er mir das umgehend mitteilt", rief er ihnen noch nach, ohne dabei seinen Schritt zu verlangsamen.

Der Müller war es nicht gewohnt, sich in einem solchen Palast zu bewegen, geschweige denn ungezwungen zu benehmen. Trotz seiner Eile hatte das Männlein doch noch Zeit, ab und an ein prüfendes Auge auf uns und vornehmlich auf mich zu werfen. Ich zog es vor, so gleichgültig wie möglich zu tun, was dem Zwerg hin und wieder ein Lächeln entlockte, mit dem er mich gnädig bedachte.

Unser Weg führte durch mehrere Flure, die zum Teil durch schwere, mit üppigem Brokat versetzte Vorhänge voneinander abgetrennt waren. Die Kraft und Intensität der einfallenden Lichtmenge überraschte mich. Offenbar war der Erbauer der Residenz ein großer Freund des Lichtes, zumindest was diesen Teil des Gebäudes anbelangte. Neben den Portraits mir völlig unbekannter Würdenträger prangte hier und da auch ein mit Goldmosaik geschmückter Leuchter. All das war harmonisch in ein reines Weiß der Wände gebettet.

Da ich von meinem Vaterhaus schon Gepränge und Reichtum gewohnt war, überraschte mich das, was ich hier vorfand, nur in bezug auf die Sauberkeit, die Großzügigkeit des Anwesens und die unglaubliche Menge an Licht. Das Staunen des Müllers quittierte ich leichtsinnigerweise mit einem bloßen Schulterzucken, eine Reaktion, die dem aufmerksamen Männlein nicht entging.

Ein sichtliches Wohlwollen und eine gewisse Anerkennung waren die Folge, etwas, was ich mir nicht, noch nicht erklären konnte und was mich deshalb jetzt zur Vorsicht mahnte.

Allmählich hatte ich den Eindruck, als ob er uns absichtlich ein wenig im Schloß umherführte, denn ich vermochte beim besten Willen nicht ganz zu verstehen, warum der Weg von den Vorratskammern, in deren Nähe wir wohl das Gespann hatten stehenlassen, bis zur Küche so weit sein sollte. An mehreren offenen Türen vorbei, die uns für den Hauch eines Augenblicks Einblick in die Lebensverhältnisse am Hofe gewährten, gelangten wir endlich zu unserem Ziel, der Küche.

Sie war riesig! An mehreren Feuern waren Köche und deren Gehilfen damit beschäftigt, die verschiedensten Gerichte zuzubereiten. Bei all den Wohlgerüchen, die so unversehens meine Nase streichelten, lief mir das Wasser im Mund zusammen, und sowohl ich als auch der Müller konnten der Versuchung nicht widerstehen, hier und da verstohlen einen Blick in die Töpfe zu werfen in der Hoffnung, etwas dem Appetit Angemessenes vorzufinden.

„Setzt euch. Nein, hier an diesen Tisch!“

Bei unserem Eintritt schauten alle kurz zu uns herüber, hielten es dann aber, als sie das Männlein erblickten, doch für ratsamer, sich schleunigst wieder der Arbeit zu widmen.

„Francesco!“ Der so Angesprochene flog förmlich an unseren Tisch und baute sich kerzengerade vor uns auf, geradeso, als hätte er nicht einen zerlumpten Jungen und einen überfordert dreinblickenden Müller vor sich, sondern zwei gnadenlose Edelleute, die bei der kleinsten Verfehlung von der Peitsche Gebrauch machen würden.

Überaus befriedigt sah das Männlein dem Jungen direkt in die Augen, bis der Kleine unter dem Blick regelrecht dahinschmolz, sich aber trotzdem nicht im mindesten bewegte. „Die Herren hier sind meine Gäste und haben den Wunsch, eine Auswahl an Speisen zu genießen, und ich erwarte, daß sie zufriedengestellt werden, habe ich mich klar genug ausgedrückt; oder hast du etwas nicht verstanden?“

Er hatte alles verstanden, denn ohne eine Antwort zu geben, verschwand der Junge, und ich sah ihm zu, wie er sich von drei verschiedenen Köchen ein Mahl zusammenstellen ließ. Das alles ging so schnell vonstatten, daß es sich für uns wirklich nicht lohnte, eine Unterhaltung zu beginnen.

Schon war er wieder da und servierte uns beiden ein Mahl, das einem Grafen gerecht geworden wäre. Im Nu zierten den Tisch mehrere silberne Schüsseln, gefüllt mit gebratenen Wachteln, Rinderlende, eingelegt in eine raffiniert duftende Pilzsoße, sowie als Krönung einen gebratenen, komplett wiederhergestellten Fasan. Dazu mehrere ofenfrische Brotlaibe, eine Karaffe blutroten Weins und eine Unmenge an Obst und Backwerk.

„Wir bereiten heute ein kleines Fest vor", erklärte das Männlein beiläufig. Ich war davon überzeugt, daß der gute Müller in seinem ganzen Leben noch nie diese Menge an Fleisch gesehen, geschweige denn vorgesetzt bekommen hatte, und erst nachdem das Männlein ihm freundlich zugenickt hatte, begann er zaghaft, sich dem Essen zu widmen.

Unser Gastgeber hielt sich vornehm zurück, und auch ich versuchte meine Überraschung so glaubhaft wie möglich erscheinen zu lassen. Nichtsdestoweniger hatte ich Hunger, und so langte ich kräftig zu.

Das Männlein hingegen schien mehr Gefallen daran zu finden, uns beim Tafeln zuzusehen, als sich selbst zu bedienen. Ein paar Anstandshäppchen, das war es schon. Während des gesamten Essens wurde kaum ein Wort gewechselt, und ich versuchte die Zeit zu nutzen, mir klar darüber zu werden, warum ein offenbar wenig menschenfreundlicher Majordomus es für nötig hielt, sich länger als erforderlich mit uns abzugeben und uns sogar dieses Festmahl auftischen zu lassen.

Da mir darauf keine plausible Antwort einfiel, konzentrierte ich mich auf das Nächstliegende, und das war eben das Essen. Alles andere würde sich finden. Mittlerweile hatte auch der Müller erkannt, daß Zurückhaltung hier fehl am Platze war, und ließ es sich nach Herzenslust schmecken.

Wir hatten das Mahl gerade beendet, als einer der Lakaien, denen der Majordomus befohlen hatte, den Wagen abzuladen, sich vor uns aufbaute und meldete, daß die Arbeit verrichtet sei. Mit ausdruckslosem Gesicht nahm das Männlein die Meldung zur Kenntnis und gebot dem Diener, sich schleunigst wieder zu entfernen, was dieser auch ohne Umschweife in die Tat umsetzte.

„So Müller, nun erzähle, was sich so auf dem Lande tut. Man hört hier so einiges, was meinen Herrn und mich doch sehr in Unruhe versetzt. Von Morden und Brandschatzungen ist da die Rede, und keiner weiß offenbar recht, was nun wirklich geschieht oder wer gar hinter alldem steckt. Am allerwenigsten wissen wir es hier, obwohl wir ja wohl die ersten sein müßten, die wissen sollten, was sich im Lande zuträgt, nicht wahr?"

Luciano war nun noch mehr als verlegen, denn seine Begründung für meine Bewaffnung wendete sich jetzt unversehens gegen ihn selber, daher war er diesmal sichtlich erleichtert, daß ich das Wort ergriff.

Im Gegensatz zu Luciano sah unser Gastgeber meine Unverschämtheit allerdings als ganz selbstverständlich an und wandte sich prompt an mich.

„Nun", begann ich vorsichtig, nur dunkel ahnend, auf was er wirklich hinauswollte, „wir hörten ebenfalls von diesen Freveltaten, doch wissen auch wir nicht mehr, als Euer Eminenz selbst gerade verlauten ließen. In den Gasthöfen erzählten Reisende von diesen schauerlichen Begebenheiten, und auch bei uns zu Hause erzählt man davon, nicht wahr, mein Herr?"

Luciano hing sprachlos an meinen Lippen und nickte nur mehrmals, als ich das Wort an ihn richtete.

„Habt Ihr denn nicht selbst irgend etwas Außergewöhnliches feststellen können?" wandte das Männlein sich lauernd an mich.

„Nein, wir haben nichts dergleichen bemerkt", ergriff nun der Müller wieder tapfer das Wort, dem das ganze allmählich unheimlich wurde. Offensichtlich hätte er jetzt nichts lieber getan als um sein Geld zu bitten und sich mit seinem Wagen auf sicherem Wege aus dem Staub zu machen. Doch so einfach ließ uns das Männlein nicht mehr von der Angel. Er hatte einen Verdacht, und ich war mir noch immer nicht ganz sicher, wohin die „Reise" gehen sollte. Also mußte ich weiterhin äußerst vorsichtig sein, denn vertrauen konnte ich diesem Mann beim besten Willen nicht.

„Ich glaube, es wird wohl das beste sein, wenn mein Freund der Müller sich einmal persönlich um seinen Wagen und das Gespann kümmert", sagte der Zwerg, das war nun deutlich. „Ich werde mich so lange etwas ausführlicher mit meinem jungen Gast hier unterhalten."

Es genügte ein Wink von ihm, und einer der Lakaien führte den Müller nach draußen, dessen Gesicht völlige Ratlosigkeit widerspiegelte. Teils drückte es Angst aus, zum anderen schien es aber auch so, als sei er froh, dieser unheimlichen Unterhaltung entfliehen zu können.

Ich selbst hingegen ließ meine Hand langsam und vorsichtig an mir herab zum Schwertgriff gleiten, entschlossen, meine Haut so teuer wie möglich zu verkaufen, sollte es denn wirklich zum Äußersten kommen.

Nachdem Luciano, der arme Müller, endlich durch die Tür verschwunden war, wandte sich der Majordomus mit seinem freundlichsten Lächeln wieder mir zu und tat so, als bemerke er nicht, wo meine Hand unterdessen hingewandert war. „Ihr macht es mir nicht gerade leicht, aber seid getrost, ich kann Euch nur zu gut verstehen, daß Ihr unerkannt bleiben wollt. Ihr habt nicht nur Freunde, Euer Majestät, auch hier am Hofe nicht. Man ist eher geteilter Meinung über Eure Erfolgsaussichten im Wettstreit mit dem Welfenkaiser. Alle wollen erst einmal abwarten und sehen, was passieren wird, bevor man Partei ergreift." Seine letzten Worte waren beinahe so leise, daß ich mir Mühe geben mußte, ihren Sinn richtig zu verstehen.

Ich fühlte fast körperlich seine Anspannung, sein Blick hing an meinen Lippen. Ich glaubte meinen Ohren nicht zu trauen. – Er hielt mich für Friedrich den Staufer, damit hatte er sich sehr weit vorgewagt. So groß die Versuchung war, ich konnte, nein ich durfte ihm nicht weiter entgegenkommen, denn zu groß war die Gefahr für mich, in eine Falle zu laufen, auch wenn sie so verlockend war wie diese hier.

Ich entgegnete ihm daher, so verstört wie nur möglich, daß ich überhaupt nicht verstünde, was er eigentlich von mir wolle. Alles sei so, wie mein „Herr", der Müller, es ihm erklärt habe, und fast flehentlich fügte ich hinzu: „Bitte laßt mich jetzt zu meinem Herrn und uns unserer Wege ziehen."

Mein Auftritt muß wohl sehr überzeugend gewesen sein, denn er maß mich nur schweigend von Kopf bis Fuß und erhob sich dann resigniert. „Sollte die Beschreibung wirklich nicht stimmen, die ich erhalten habe?" sprach er wohl mehr zu sich selbst.

Seine Anspannung war zerplatzt wie eine Seifenblase, und ich wußte, daß ich gewonnen hatte, sollte er nun ein Freund des zukünftigen Stauferkaisers sein oder nicht. Jedenfalls hatte er hier keine Möglichkeit, das Problem in seinem Interesse zu lösen, zumindest nicht, ohne für Aufregung zu sorgen, und die mußte er auf jeden Fall vermeiden. Aus dem Grund fiel seine Antwort genauso aus, wie ich es erwartet hatte: „Komm, mein junger Haudegen, laß uns gehen! Ich muß deinem Herrn noch sein Geld geben, bevor ihr fahrt.“

Schweigend brachte er mich zurück zum Wagen, diesmal allerdings auf einem bedeutend kürzeren Weg. Erleichtert atmete ich auf, als ich endlich wieder im Freien stand und in das sorgenvolle Gesicht des Müllers blickte, der einsam und verlassen auf seinem Kutschbock saß und innerlich wohl schon mit allem abgeschlossen hatte, vor allem mit mir.

Als der Majordomus mir seine Hand entgegenhielt und ich bereitwillig einschlug, wäre er vor Schreck noch fast vom Wagen gefallen. „Vielleicht bist du es, vielleicht aber auch nicht. Wie dem auch sei, du bist jedenfalls nicht auf den Kopf gefallen. Ich wünsche dir und deinem Herrn alles Gute, und denkt an mich, solltet Ihr mir doch noch recht geben wollen. Es wäre bestimmt nicht Euer Schaden, dessen könnt Ihr gewiß sein!“ Er warf dem Müller ein Ledersäckchen mit Gold zu, das dieser ohne Zögern unter seinem Gewand verschwinden ließ.

„„Ach ja“, sagte das Männlein noch einmal zu mir, „solltest du immer noch daran interessiert sein, Landsknecht oder Büttel zu werden, dann laß es mich wissen, ich werde sehen, was ich für dich tun kann.“

„Ich werde von mir hören lassen, wenn ich mich dazu entschlossen habe.“

Die Spur eines Lächelns zeichnete sich in sein Gesicht, das jetzt ernst und nachdenklich wirkte. Ich beschloß, diesen Mann nie zu unterschätzen, sollte ich ihn wirklich noch einmal wiedersehen. Ganz im Gegenteil. Er war entweder ein machtvoller und mit allen Wassern gewaschener Gegner oder aber ein nützlicher Freund, der genau dieselben Eigenschaften in sich vereinigte. Was er auch war, es war ratsam, auf der Hut zu sein und sich diesem Manne gegenüber keine Blöße zu geben, so lange jedenfalls nicht, bis ich mir sicher war, auf welcher Seite er wirklich stand. Aber um das herauszufinden, fehlte mir ganz einfach die Zeit.

Unterdessen setzte der nunmehr leere Wagen seinen Weg fort, und meinem sonst so redseligen Müller hatte dieses „Abenteuer“ die Sprache verschlagen, obwohl er mit Sicherheit nur Bruchstücke davon verstanden hatte.

Erst mit der zunehmenden Entfernung vom Palast, als der Lärm der um uns herum pulsierenden Menschen ihn in Sicherheit wiegte, wurde mein „Herr auf Zeit" wieder gesprächiger. Allerdings in einer Art und Weise, die sich zu meinem Nachteil erweisen sollte. „Was fällt dir eigentlich ein, uns, und vor allem mich, in Gefahr zu bringen? Gerade mich, der dich Rotzbengel von der Straße aufgelesen hat, hä? Erst die Wache und dann ... Ich darf gar nicht darüber nachdenken. Weißt du eigentlich, wie wichtig dieser Mann für mich ist? Nein, das weißt du nicht. Das kannst du dummer Bengel auch gar nicht wissen, weil du keine Ahnung davon hast, was Arbeiten heißt. Nun, ich werde es dir sagen: Dieser Mann ist mein Leben! Er kauft mir mein Mehl ab, und zwar alles, was ich zu liefern habe, und er bezahlt gut dafür. Von dem, was ich erhalte, ernähre ich meine Familie, und ich bin mir ganz sicher, daß mir meine Familie viel wichtiger ist als so ein aufgeblasener Besserwisser, der nichts anderes zu tun hat, als mich dauernd in Schwierigkeiten zu bringen. Ich bitte dich also, nein ich fordere dich auf, sofort meinen Wagen zu verlassen, und ich rate dir gut, kreuze nie wieder meinen Weg. Es könnte dir sonst schlecht ergehen!"

Der Wagen hielt, erstaunt ob seiner Rede bedankte ich mich für seine Hilfe und entschuldigte mich gleichzeitig für meine Sorglosigkeit, die ihm beinahe wirklich zum Verhängnis geworden wäre. Mit einem Kopfnicken quittierte er meinen Abschied und setzte sodann seinen Weg fort.

Ich war sehr niedergeschlagen, denn natürlich hatte er recht mit seinen Vorwürfen. Ich spielte mit dem Feuer, ohne über die Konsequenzen für andere nachzudenken!

Doch jetzt galt es, meinem Ziel näherzukommen! Ich fragte mich also unauffällig durch die mir unbekannten Stadtteile und stand schließlich vor dem schicksalsschweren Ort, von dem aus mein wirklicher Leidensweg begonnen hatte. Aus der Ferne sah alles so friedlich und einladend aus, aber mittlerweile hatte ich zumindest gelernt, wie sehr der Schein trügen konnte. Ja, ich erinnerte mich an jede Einzelheit: Arton, der Wirt, und nicht zuletzt dieser Ritter, der so zielstrebig seinen Plan in die Tat umgesetzt hatte. Ich beschloß, etwas ruhiger zu werden und mich umzusehen, bevor ich mich endgültig der Wahrheit stellen wollte.

Scheinbar rein zufällig betrat ich eine Schänke, die sich Mauer an Mauer an den Gasthof anschloß und alles andere als einladend wirkte. Da ich aber nur über die sehr beschränkten Geldmittel verfügte, die mir der Schmied mitgegeben hatte, blieb mir keine andere Wahl. Zudem stand ich bereits in der Schwelle, und es hätte vielleicht doch verdächtig ausgesehen, wenn ich jetzt kehrtgemacht hätte. Ich versuchte also mein Glück und trat ein.

Welch ein Unterschied zwischen den lichtdurchfluteten Gängen des Palastes und dieser stinkenden Höhle, in der wohl mehr gestorben als gelebt wurde. Talglichter verbreiteten einen düsteren Schein, und erst bei näherem Hinsehen erkannte ich, durch Nebel- und Dunstwolken fast völlig verdeckt, ein paar Gestalten, die mich ebenso argwöhnisch belauerten wie ich sie. Ich schwankte zwischen meinem ersten Gedanken, sofort kehrtzumachen und ans Tageslicht zu stürzen, und meinem Verlangen, doch noch etwas in Erfahrung zu bringen. Ich suchte also mit mir selbst einen Kompromiß und wählte den Mittelweg. Etwas unbeholfen setzte ich mich auf einen klapprigen Stuhl an ebenso einem Tisch, der direkt am Eingang stand, um wenigstens eine Fluchtmöglichkeit zu haben, falls sich meine Befürchtungen, was die „Friedfertigkeit" der übrigen Gäste anbelangte, als zutreffend erweisen sollten.

Da ich über keinerlei Erfahrung mit dieser Art von Spelunken verfügte, gleichzeitig aber auch nicht sofort auffallen wollte, tat ich das einzige, was ich konnte, nämlich nichts. Ich wartete ab, was passieren würde. Den Anwesenden wurde ich allmählich gleichgültig. Sie hielten mich für ungefährlich, denn ihr Stimmengemurmel setzte wieder ein, und ich konnte nur noch den breiten Rücken eines Mannes sehen, der die drei anderen mit seinem Kreuz zudeckte.

Plötzlich schien es dem Wirt oder wer immer das sein sollte, was sich da auf mich zu bewegte, doch dumm vorzukommen, daß jemand sein kostbares Mobiliar benutzte, ohne wenigstens etwas zu trinken. Nachdem er sich aus der Gruppe herausgeschält hatte, watschelte er auf mich zu, eine wahre Dunstwolke vor sich herschiebend. „Was willst du trinken?" herrschte er mich an und beugte sich über mich, als wolle er mich zerquetschen.

„Wein, was sonst?" versetzte ich genauso unflätig und rutschte im selben Moment mit meinem Stuhl zurück, um mehr Bewegungsfreiheit zu bekommen. Man konnte ja nie wissen.

Er verstand diese Geste des Vertrauens, denn ein breites Grinsen entblößte seinen fast zahnlosen Mund. „Nur keine Sorge, mein Junge, wir sind hier unter uns und wollen es auch bleiben. Draußen gibt es nämlich schon genug Abschaum." Sein Lachen dröhnte durch den ganzen Raum, daß ich ängstlich zur Decke blickte, in dem festen Glauben, diese wäre unmöglich dem Ansturm seiner Heiterkeit gewachsen. Indes die Sorge erwies sich als grundlos, denn die Decke hielt, trotz meiner Bedenken, und der Wirt brachte mir das Gewünschte. Wohl auf Grund schlechter Erfahrungen hielt er dabei direkt die Hand auf, was mir unmißverständlich zeigte, worauf er besonderen Wert legte.

Nachdem ich schweren Herzens bezahlt hatte, probierte ich vorsichtig den roten Wein, und zu meiner Überraschung mußte ich mir eingestehen, daß daran beim besten Willen nichts auszusetzen war. Während ich mit wachsendem Genuß an meinem Weinbecher nippte, beobachtete ich die Anwesenden genauer, und auch der Schankraum wurde, nachdem sich meine Augen an das trübe Licht gewöhnt hatten, etwas übersichtlicher. Es war ein wohl vor langer Zeit weiß gekalktes Viereck. Der Boden war mit Holzbohlen ausgelegt, was ich bemerkenswert fand. Die Einrichtung bestand aus fünf grob zusammengehauenen Tischen, an denen jeweils fünf auf dieselbe „kunstvolle" Art zusammengesetzte Stühle standen. Das einzige Licht schien wirklich den schwarzrußenden Talgkerzen zu entströmen, die auch gleichzeitig für den beißenden Geruch verantwortlich waren und den Innenraum mit einem Dunstschleier überzogen. Ein Fenster konnte ich nicht erblicken. Nur einzelne Ritzen, Schießscharten gleich, waren unregelmäßig ins Mauerwerk geschlagen. Allerdings waren sie durch dunkle Tücher so verhängt, daß auch von daher nicht mit ein wenig Helligkeit oder frischer Luft gerechnet werden konnte.

Die Gestalten mochten allesamt lichtscheues Gesindel sein, und ich war mir sicher, daß sie auch nur nachts sich nach draußen wagten, um dort dann ihren Geschäften des Raubens und Mordens nachzugehen.

Bald hielt ich es für zwecklos, weiter hier in diesem Loch zu bleiben und meine Zeit zu verschwenden in der vagen Hoffnung, irgend etwas für mich Brauchbares in Erfahrung zu bringen. Eine einzige Frage von mir hätte dieses Volk sofort mißtrauisch gemacht, und das konnte ich mir nun wirklich nicht leisten. Ich mußte mir also etwas anderes einfallen lassen, um an die gewünschten Informationen zu gelangen.

Gerade setzte ich den Becher an meine Lippen, um den letzten Schluck Wein durch meine Kehle rauschen zu lassen, da flog die Tür auf, und ein Schatten stand unbeweglich im Eingang. Zum Glück hatte ich doch einiges von Arton gelernt und meinen Platz so gewählt, daß ich versetzt von der Tür in einer Nische saß. So konnte ich sehen, ohne selbst auf Anhieb gesehen zu werden. Der Schatten setzte sich in Bewegung, ihm folgten zwei andere, die, sobald sie durch die Tür getreten waren, den ersten rechts und links flankierten.

Das Gemurmel der Gäste hatte schlagartig aufgehört, und mit dem Eintritt dieser drei Gestalten breitete sich eine eisige Kälte aus. Sie kroch über den Boden und erfüllte schließlich den ganzen Raum. Ohne sich nach mir umzudrehen, wandten sich die drei der Gruppe an der Schanktheke zu, die nun ebenfalls eine abwehrbereite Haltung einnahmen. Hände glitten zu den Waffen, und ich glaubte ihre Augen blitzen zu sehen, untermalt vom Flackern der Angst, die Eingetretenen scharf musternd.

„Wirt", unterbrach der mutmaßliche Anführer die Totenstille, wobei seine Stimme zischte wie die einer Schlange, „gib uns Wein und erzähle uns, ob du hier in letzter Zeit Fremde gesehen und bewirtet hast. Es soll nicht dein Schaden sein, wenn du dich erinnerst. Es kostet dich aber den Kopf, wenn du es vorziehen solltest zu schweigen!" Mit einem furchtbaren Hieb seiner Streitaxt, die auf wunderbare Weise in seine Hand geglitten war, unterstrich er seine letzten Worte auf anschauliche Art.

Mir fuhr das blanke Entsetzen in die Glieder. Es war der Deutsche, jener, der mich zum Kloster gebracht hatte. Dilano hatte sich also geirrt! Dieser Satan war lebendig, und wie lebendig! Viel mehr, als mir lieb war. Meine Hoffnungen hatten sich nicht erfüllt. Sie hatten die Suche also immer noch nicht aufgegeben, und jetzt standen sie hier, keine vier Schritte von mir entfernt, und brauchten sich eigentlich nur umzudrehen.

Gerade als der Wirt auf mich zeigen wollte, warf ich den Tisch um und stürzte nach draußen. Ich wußte nicht, ob es richtig gewesen war, überhaupt so lange zu warten. Alles, was ich wußte, war, daß sie wieder hinter mir her waren, und von panischer Angst getrieben hastete ich durch die fremden Straßen, vorbei an erschreckten Gesichtern, nicht auf die Flüche und Verwünschungen achtend, die hinter mir ausgestoßen wurden. Ich lief immer weiter, bis ich die wuchtigen Stadtmauern vor mir aufragen sah. Dort blieb ich stehen, lehnte mich völlig erschöpft an die massigen Steinquader und drehte mich um. Nichts, nichts war zu sehen. Die Menschen strömten wie vordem achtlos an mir vorüber, doch hier war ihr Fluß nicht so lebhaft wie in den verwinkelten Gassen der Innenstadt, in denen das Leben wirklich pulsierte.

Ich atmete schwer, nur allmählich beruhigte ich mich.

„Rück mal etwas zur Seite! Du bist nicht der einzige, der Wasser braucht!“ Erschrocken fuhr ich herum und blickte in ein hübsches Mädchengesicht, das mich jetzt allerdings mehr vorwurfsvoll als freundlich von oben bis unten musterte. „Du siehst aus, als ob man dir den leibhaftigen Satan auf den Rücken gebunden hätte“, spottete sie.

„Vielleicht hat man das ja auch“, entgegnete ich barscher als beabsichtigt, mit Frauen hatte ich gar keine Erfahrung, schon gar nicht mit so jungen und hübschen. Und genau so etwas stand jetzt vor mir. Sie waren mir immer irgendwie fremd und unnahbar erschienen, und von meinen wenigen Verwandten einmal abgesehen, hatte ich auch noch nie mit ihnen zu tun gehabt.

„Du könntest mir ja wenigstens helfen, wenn du hier schon so sinnlos herumstehst“, forderte sie mich auf, und ich hatte, Gott weiß woher, das Gefühl, als ob ihre Stimme wärmer geworden wäre. Verdattert nahm ich das Seil und zog den vollen Eimer wieder aus dem Brunnen. „Ich bin eine Hausmagd beim Stadtkämmerer Silvan“, sagte sie stolz, „und wer bist du?“

„Ich? Das ist nicht weiter wichtig“, erwiderte ich und fühlte mich noch immer wie am Pranger stehend, mitten auf dem Marktplatz.

„Nun, wenn es dir mal wichtig werden sollte, dann kannst du zum Brunnen kommen. Ich bin dreimal am Tag hier. Ich hoffe aber, daß man dir bis dahin bessere Manieren beigebracht hat!“

Genauso schnell, wie sie gekommen war, verschwand das Mädchen auch wieder. Zu meinem Leidwesen muß ich gestehen, daß mich ihre Gegenwart völlig verwirrt hatte. Erst die Begegnung mit meinen Verfolgern und nun dieses Geschöpf, das so gar nicht dem entsprach, was ich von Frauen schon gehört oder selbst gesehen hatte. Ich blickte auch dann noch hinter ihr her, als sie längst hinter einer Hauswand in einer der engen Gassen verschwunden war.

Ich strengte mich an, wieder einen vernünftigen Gedanken zustande zu bringen, doch ich sah immer wieder dieses hübsche und reine Gesicht mit den braun-grünen Augen vor mir, das mich anlachte und dabei wundervolle weiße Zähne aufblitzen ließ, die wie kleine Edelsteine in der Sonne funkelten. Endlich gelang es mir, mich wieder auf mich selbst und vor allem auf meine Probleme zu besinnen, und ich ging an der Stadtmauer weiter, nicht jedoch ohne mir den Brunnen und die Tageszeit genau einzuprägen.

Auf meinem Weg begegnete ich ungewöhnlich vielen Bewaffneten, die wohl als Ablösung auf die Wehrgänge zustrebten. Für eine Stadt in Friedenszeiten waren es wirklich zu viele. Fast hatte es den Anschein, als ob eine drohende Gefahr über alldem hier schwebte. Dabei fielen mir auch wieder die Worte des Majordomus ein, der ja ebenfalls von ungewöhnlichen Vorfällen sprach, von meinen eigenen Erlebnissen einmal abgesehen.

Zumindest stand fest, daß meine Verfolger den Weg in die Stadt gefunden hatten, und sie wußten nun auch, daß ich hier war. Die Frage war, ob sie das Gasthaus zufällig betreten hatten oder ob sie alle Gasthäuser und Schankstuben nach mir durchsuchten. Ahnten sie etwas von meiner Absicht, den hilfsbereiten Wirt aufzusuchen, der Arton und mir damals geholfen hatte, indem er uns warnte, so brauchten sie bloß draußen zu warten und die Eingänge im Auge zu behalten. Meine Flucht vor den Teufeln wäre dann allerdings jäh beendet.

Unterdessen näherte ich mich wieder dem Stadtkern und faßte daher den Entschluß, einen anderen „alten Bekannten“ aufzusuchen, der mir freilich in weniger guter Erinnerung war und mir mehr als nur eine Antwort schuldete. Der Bader, jener Wunderheiler, der mich direkt in die Arme meiner Peiniger geführt hatte.

Als ich wieder auf dem Marktplatz stand, versuchte ich mich zu vergewissern, daß meine Verfolger mich noch nicht entdeckt hatten. Doch alles, was ich sah, waren Menschen, die mehr oder weniger mit sich selbst beschäftigt zwischen den Marktständen herumstanden, sich unterhielten oder lautstark mit den Händlern feilschten. Aus sicherer Entfernung sah ich das Dach des Gasthofes, welches sich deutlich über die gedrungenen Stände erhob. Doch jetzt wandte ich ihm den Rücken zu und ging wieder den gleichen Weg wie damals, als ich Arton verließ, um mich bei dem Bader behandeln zu lassen, doch diesmal wollte ich derjenige sein, der die Überraschung präsentierte.

Ab und an blieb ich stehen und suchte die Menschenmenge aufmerksam nach meinen Verfolgern ab. Zum Glück jedoch ohne irgendwelchen Erfolg. Zumindest für den Augenblick war ich sie offensichtlich los. Ich setzte also meinen Weg fort, und erneut ebbte der Strom der Menschen ab, als ich den Markt hinter mir zurückgelassen hatte. Kurz darauf stand ich vor dem Haus, in dem das Unglück seinen Anfang genommen hatte. Sorgfältig vergewisserte ich mich, allein zu sein, paßte einen günstigen Moment ab und drang dann, so hoffte ich wenigstens, unbeobachtet in das Haus ein.

Wieder umfing mich die Dunkelheit, und ich verharrte einen Moment, bis sich meine Augen an die Lichtverhältnisse gewöhnt hatten. Dann endlich schlich ich weiter, jeden Augenblick darauf gefaßt, entdeckt zu werden. Es kam mir vor wie eine Ewigkeit, bis ich die Tür erreicht hatte, durch die mich auch damals mein Weg geführt hatte. Ich holte noch einmal tief Luft und riß sie mit einem Ruck auf. Welch eine Überraschung! Ich stand mit gezogenem Schwert mitten in einer Schneiderwerkstatt. Unser beider Gesichter spiegelten wohl keinen allzu geistreichen Ausdruck wider, was ich zumindest von meinem erschrockenen Gegenüber mit Fug und Recht behaupten konnte. Dieser kleine, glatzköpfige Mann, dessen riesiger schwarzer Bart überhaupt nicht zu seiner Statur paßte, machte nicht gerade den Eindruck, als ob solcher Besuch bei ihm an der Tagesordnung wäre. Trotzdem faßte er sich als erster: „Bei allen Heiligen“, stieß er hervor, „werden meine Aufträge jetzt schon mit dem gezogenen Schwert kontrolliert?“

Verdutzt schaute ich an mir herab und steckte verlegen das Schwert wieder in den Gürtel. „Nun, so war das eigentlich nicht gemeint“, versuchte ich eine Erklärung. „Ich suche jemand anderes.“

„Das hoffe ich wohl“, donnerte er und richtete sich zu seiner vollen Größe auf, was mich allerdings nicht sonderlich beeindruckte.

„Ich suche den Bader, der früher hier praktiziert hat.“

„Nun, der ist schon seit einiger Zeit spurlos verschwunden, und wenn er solche Patienten hatte wie Euch, dann kann ich ihm das auch nicht verdenken.“

„Ihr wißt natürlich nicht, wo er hin ist?“ fragte ich, wobei meine Stimme wohl deutlich verriet, daß ich mit seiner Auskunft überhaupt nicht einverstanden war.

„Nein, er verschwand von einem Tag auf den anderen, ohne irgend etwas zu hinterlassen. Man wartete eine Zeitlang, dann wurden mir diese Räume angeboten, und seitdem bin ich hier. Sonst noch etwas, oder kann ich jetzt mit meiner Arbeit weitermachen?“

Ich entschuldigte mich vielmals für mein Eindringen und trat den Rückzug an, bevor mein wütendes Gegenüber vollends die Fassung verlor und vielleicht sogar noch auf die Idee kam, nach Hilfe zu rufen, was mich dann allerdings in eine ernste Lage gebracht hätte.

Draußen vor der Tür blieb ich erst einmal stehen, denn zu unerwartet traf mich das eben Gehörte vom Verschwinden des Baders, so daß ich einige Augenblicke benötigte, meiner Verwirrung Herr zu werden. Langsam faßte ein Gedanke bei mir Fuß. Der Bader hatte den Verrat an mir nicht überlebt! Ja, ich war mir fast sicher, daß der Ritter ihn unauffällig beseitigen ließ, um einen unliebsamen Zeugen weniger zu haben. Was bedeutete für den schon ein Menschenleben? Fast tat er mir leid. Ich verwarf dieses Gefühl aber sofort wieder, denn jetzt galt es, meinem Ziel näherzukommen.

Viel wichtiger als all das andere war jedenfalls, daß mein Freund Dilano sich, was den Deutschen anbelangte, getäuscht hatte, denn dieser lebte und war hinter mir her, und sein Haß war grenzenlos.

Wie dem auch sei, ich beschloß jetzt, das Gasthaus aufzusuchen, vermied aber, den direkten Weg einzuschlagen, sondern wanderte noch ein wenig durch unbekannte Straßen und Gassen.

Ich benötigte trotz oder gerade wegen meiner Ungeduld doch noch etwas Zeit für mich, wollte ich mein Vorhaben nicht gefährden.

Die Masse der Menschen nahm mich wieder auf. Ich ließ mich mit ihr treiben und hielt Ausschau nach allen Seiten, denn ich wußte nun, daß diese Bluthunde immer auf meiner Fährte gewesen waren und vor nichts zurückschrecken würden, um meiner habhaft zu werden. Wieder durchschritt ich die engen Gassen der Stadt, und je näher ich meinem Ziel kam, desto aufmerksamer musterte ich die Gesichter der namenlosen Menschen.

So kam ich allmählich wieder in mir bekannte Stadtteile, die mich noch vorsichtiger werden ließen. Ich nahm mir vor, so teilnahmslos wie nur möglich zu tun, als ich über den Marktplatz schlenderte, hier und da die ausgelegten Waren prüfte und so Schritt für Schritt dem Gasthof näher kam. Gerade als ich den letzten Stand passieren wollte, prallte ich zurück. Dort standen sie und warteten auf mich. Ein paar

Schritte vom Eingang entfernt lauerten sie reglos auf ihr Wild, und die Beute war ich.

Ich konnte es drehen und wenden, wie ich es wollte, ich fand ganz einfach keine Möglichkeit, unbemerkt an ihnen vorbeizuschlüpfen, denn jeder, der in das Gasthaus wollte oder es verließ, wurde sehr aufmerksam von ihnen in Augenschein genommen. Ich mußte also mein Glück am Hintereingang zu versuchen. Durch eine schmale, von Dreck und Unrat starrende Gasse schlich ich mich auf die Rückseite des Gasthofes, vermied jedoch den direkten Weg zum Eingang, sofern das überhaupt möglich war. Natürlich mußte ich davon ausgehen, daß auch dieser nicht unbewacht war. Doch was blieb mir anderes übrig?

Es war eine Parallelgasse, die durch eine etwa mannshohe Mauer vom Gasthof getrennt war. Etwa auf Höhe des Gasthauses wartete ich einen Augenblick, bis ich sicher war, nicht bemerkt worden zu sein, und zog mich dann vorsichtig an der Mauer hoch. Zu meinem Glück war die Gasse menschenleer. Ein kurzer Blick auf mein ersehntes Ziel genügte indes. Auch dort standen Wachen, sichtlich darum bemüht, unauffällig dreinzublicken und nicht aufzufallen. Also schied auch diese Möglichkeit aus, jedenfalls für den Augenblick. Ich wendete mich wieder dem Markt zu, tauchte dort erneut in dem Gewühl der Menschen unter und wartete unbemerkt auf die nahende Dunkelheit.

Es ging gegen Abend, ich brauchte nicht lange auszuharren, ein Stand nach dem anderen machte zu, und die Händler begannen ihre Waren einzuräumen. Auch die Käufer und Neugierigen gingen allmählich ihrer Wege, und so mußte auch ich mich ihnen anschließen, wollte ich mich nicht der Gefahr aussetzen, neugierige Fragen beantworten zu müssen. Ich kaufte mir noch etwas Obst, und so hatte ich wenigstens dieses Problem gelöst.

Die Nacht senkte sich über die Zinnen und Mauern der Stadt. Die Menschen strebten nach Hause, und bald waren die Straßen leer. Nur hier und da huschten eine Katze oder ein Hund übers Pflaster, aber ansonsten zog sich das Gewirr der Straßen und Gassen wie ein leeres Spinnennetz durch die Stadt. Es war das erste Mal, daß ich allein war inmitten so vieler Menschen. Nur einmal, als ich mit Arton im letzten Tageslicht durch die Tore der Stadt schlüpfte, war es ähnlich, obwohl mich jetzt die Einsamkeit zu erdrücken drohte.

So gut es ging, hielt ich mich noch immer in der Nähe des Gasthauses auf. Hinter einen Brunnen gekauert beobachtete ich den Vordereingang und mußte zu meinem Leidwesen erkennen, daß die Wachen meine Absicht zu ahnen schienen. Zwar hatten sie sich jetzt in mehrere angrenzende Hausnischen versteckt, aber immer noch waren sie bedrohlich nahe. Ab und zu zogen Büttel an mir vorüber, immer zu zweit oder gar zu dritt. In der Ferne hörte ich die Stimme eines Nachtwächters, der die volle Stunde ausrief und auch mir zeigte, wie spät es war.

Gegen Mitternacht packte mich die Ungeduld mit voller Wucht. Es mußte jetzt endlich etwas geschehen! Vorsichtig löste ich mich aus meinem Versteck und schlich gebückt, jede Deckung ausnutzend, wieder in Richtung der Gasse, die zu dem Hintereingang des Gasthofes führte. Es war gar nicht so einfach, mich zu orientieren, denn eigentlich schlich ich mehr tastend als sehend vorwärts, dabei fühlte ich auch mit den Füßen, um nur ja kein Geräusch zu verursachen.

Zu meinem Glück hatte ich mir die Schrittzahl bis an die Stelle der Gasse gemerkt, bis zu der ich mich schon am Tage gewagt hatte. Endlich war es soweit, Zoll um Zoll zog ich mich an der Mauer nach oben, bis ich platt auf dem porösen Gestein zu liegen kam. Vor mir tauchte der Gasthof aus der Dunkelheit auf, das einzige Gebäude, aus dessen Fensterläden ein matter Lichtschein fiel.

Auf dem Bauch liegend zog ich mich weiter, angestrengt die Dunkelheit mit meinen Blicken durchbohrend. Noch immer konnte ich nichts Ungewöhnliches feststellen. Doch irgend etwas tief in mir sah mehr als meine Augen, und das war nicht nur meine Angst.

Einen Sprung weit vom Eingang entfernt blieb ich liegen und horchte. Die Zeit verrann, aber kein Geräusch ließ auf die Anwesenheit eines menschlichen Wesens schließen. Behutsam änderte ich meine Lage, und gerade als ich mein rechtes Bein an der Mauer herabgleiten ließ, hörte ich direkt neben mir ein metallisches Geräusch, so als ob eine Waffe an der Wand entlangschleifte. Im gleichen Augenblick blieb ich zur Säule erstarrt auf der Mauer liegen. Mein Herz pumpte das Blut so laut durch meine Adern, daß ich jeden Augenblick damit rechnete, es würde mich verraten. Ich wartete, und die Zeit kam mir vor wie eine Ewigkeit. Ich spürte den salzigen Geschmack meines eigenen Schweißes auf der Zunge, der in wahren Strömen an mir herunterfloß.

Vorsichtig, ganz vorsichtig zog ich mein Bein zurück auf die Mauer und bewegte mich Stück für Stück den gleichen Weg wieder zurück, bis ich mir sicher sein konnte, daß jetzt keine Gefahr mehr bestand, und ließ mich dann auf die Gasse hinabgleiten.

Es hatte ganz einfach keinen Sinn. So konnte ich unmöglich zu dem Wirt vordringen! Andererseits zerrann mir die Zeit zwischen den Fingern. Irgend etwas mußte geschehen. Ich konnte mich nicht ewig in den Mauern der Stadt herumtreiben, denn es war bloß eine Frage der Zeit, wann sie mich schließlich aufspüren würden. Und was das für mich bedeutete, konnte ich mir lebhaft vorstellen.

Fieberhaft suchte ich nach einer Möglichkeit. Die Eingänge waren Tag und Nacht besetzt. Darüber brauchte ich mir keine Illusionen mehr zu machen. Hier durfte ich jedenfalls nicht länger verweilen, denn die Gefahr war zu groß, entweder von Bütteln aufgegriffen oder von lichtscheuem Gesindel angegriffen zu werden. Von diesen schwarzen Teufeln ganz zu schweigen!

Ich verließ also den Stadtkern mit seinem Marktplatz und dem Gasthof, der so nah schien und doch so weit entfernt war, weiter denn je, und wandte mich wieder zu der im Osten liegenden Wehrmauer. Dort verbarg ich mich im Schatten eines der großen Türme, und irgendwann schlief ich ein.

Zu meinem Glück wachte ich noch rechtzeitig vor Tagesanbruch auf und begab mich, gleichsam wie von einer unsichtbaren Kraft gezogen, zu dem Brunnen, an dem ich das Mädchen kennengelernt hatte. Die Sterne waren schon verblaßt, und hier und da krächzte ein Hahn seine Begrüßung. Doch noch lag die Stadt im Schlummer, bereit, sich in wenigen Stunden mit Leben zu füllen. Langsam hob sich die Sonne über die Zinnen, und ich fühlte die göttliche Macht, die mich bei ihrem Anblick durchströmte und mir neue Kraft verlieh, deren ich dringend bedurfte.

Ich schöpfte klares Wasser aus dem Brunnen und wusch mein Gesicht. Es ist ein herrliches Gefühl zu spüren, daß man lebt!

Hier und da vernahm ich bereits Stimmengewirr und das Schlagen von Türen und Fensterläden. Ich tat so, als ob ich gerade erst am Brunnen angelangt sei, um meinen Durst zu löschen, denn schon kamen einige Mägde mit Holzkübeln oder sonstigen Gefäßen, um das kostbare Naß in ihre Häuser zu bringen. Ängstlich betrachtete ich sie, innerlich hin und her gerissen von dem Wunsch, daß *sie* kommen möge – und gleichzeitig doch nicht. Ich wußte wirklich nicht, wie ich mich ihr gegenüber verhalten sollte. Kurz vor dem Einschlafen hatte ich noch Gedanken und Wörter gewälzt, die alle geistreich sein sollten, aber jetzt hatte ich alles wieder vergessen.

Dann sah ich sie! Ihr schwebender Gang war unverkennbar. Ihr

Lachen, das silbrighell zu mir herüberklang. Ihr langes, dunkles Haar, das ihr in verschwenderischer Fülle über Nacken und Schultern fiel. Sie war wirklich wunderschön!

Auch sie hatte mich offensichtlich gesehen, denn sie nahm ein anderes Mädchen am Arm und flüsterte ihr etwas ins Ohr, worauf beide in meine Richtung zeigten und lachten. Kein guter Anfang!

Ich für meinen Teil wäre am liebsten im Boden versunken, aber dafür war es jetzt zu spät; sie hatte mich gesehen, und nun galt es das Beste daraus zu machen, möglichst ohne mir noch mehr Blößen zu geben.

Sie ließ mich links liegen, ging einfach an mir vorbei und reihte sich in die Gruppe der Mädchen ein, die bereits vor ihr da waren und lachend darauf warteten, ihr Gefäß füllen zu können.

Ich war völlig ratlos! Sollte ich mich nun mitten zwischen die Frauen stellen, um womöglich noch mehr ausgelacht zu werden, oder sollte ich warten, bis das Mädchen ihren Eimer gefüllt hatte und sich wieder auf den Heimweg begab? Fragen über Fragen und keine Antworten.

Ich faßte mir ein Herz und trat neben sie. Augenblicklich herrschte Ruhe in der Reihe. Alles Schnattern und Lachen war verstummt, nicht einmal ein Lächeln erschien auf ihren Gesichtern. Ich fühlte mich wie ein kleiner Junge, den sein Vater bei einer Lüge ertappt hat und der nun voller Angst seiner Strafe harrt.

Das Mädchen hielt den Eimer krampfhaft fest und versuchte an mir vorbeizusehen. Erst als wir an der Reihe waren, überließ sie mir den Kübel und trat einen Schritt zur Seite. Allmählich beruhigten sich meine Nerven, und ich fragte mich allen Ernstes, was es Schlimmeres geben konnte als diese peinliche Lage, in der ich mich jetzt befand. Zum Glück war der Eimer voll, noch ehe ich eine Antwort auf diese Frage gefunden hatte.

Ich trat wieder zu dem Mädchen, sah sie an, und endlich erwiderte sie meinen Blick, wobei sich ihre Lippen zu einem Lächeln formten. „Kann ich mit dir reden?“ fragte ich leise. Sie nickte, gemeinsam verließen wir den Brunnen.

Ich wußte, daß ich nicht viel Zeit hatte, denn schon tauchte das große Haus auf, in dem sie als Magd in Lohn und Brot stand. „Bitte erschrick jetzt nicht, aber ich muß dich um einen Gefallen bitten, der mein Leben retten wird, wenn du ihn erfüllst!“

Erschrocken blieb sie stehen und starrte mich an. „Ich kenne dich doch gar nicht.“

„Ich weiß“, erwiderte ich. „Ich bin fremd in dieser Stadt und werde verfolgt, aber mehr darf ich dir nicht sagen. Es ist wirklich sehr wichtig für mich, wenn du dem Wirt vom Gasthof am Markt eine Nachricht von mir überbringst. Ich weiß auch nicht warum, aber du bist der einzige Mensch hier, dem ich vertrauen möchte. Bitte hilf mir! Ich weiß nicht, was ich sonst tun soll.“

„Warum gehst du denn nicht selber zu deinem Wirt, wenn das alles so ungemein wichtig für dich ist?“ fragte sie, und von einem Lächeln konnte keine Rede mehr sein.

„Ich habe das schon versucht, aber der Eingang wird überwacht, und wenn ich trotzdem versuchen sollte, zu ihm vorzudringen, werden sie meiner habhaft.“

„Wer, die Büttel?“ fragte sie und rückte sogleich ein Stück von mir weg.

„Nein, nicht die Büttel! Ich bin kein Verbrecher. Ich weiß nur etwas, das für andere sehr wichtig sein könnte, und darum sind sie hinter mir her, und ich muß fliehen und meine Freunde warnen.“

„Wir sind da. Danke für deine Hilfe beim Wassertragen.“ Sie nahm mir den Eimer aus der Hand und verschwand durch die offene Hoftür, ohne sich noch einmal nach mir umzudrehen, und ich blieb zurück und fühlte mich so, als hätte sie den Eimer über mir ausgegossen.

Allein inmitten so vieler Menschen stand ich in der Gasse und schaute auf das Tor, das hinter ihr ins Schloß gefallen war. Meine letzte Hoffnung war dahin, und auf einmal war alle Anspannung aus mir gewichen, ich war leer und ausgebrannt.

„Um die Mittagszeit bin ich wieder am Brunnen!“ Wie vom Donner gerührt blieb ich stehen und starrte nach oben in die Richtung, aus der ich ihre Stimme vernommen hatte, doch das einzige, was ich noch erkennen konnte, war die Wolke aus schwarzem Haar, die sogleich verschwand. So erschlagen ich noch vor einem Augenblick gewesen war, so beschwingt und frei fühlte ich mich jetzt. Und das hatte mit Sicherheit nicht nur etwas damit zu tun, daß ich nun wieder hoffen konnte, meinem Ziel näherzukommen. Es war das Mädchen, deren Namen ich nicht einmal kannte, und der Wunsch, sie wiederzusehen.

Voller Tatendrang kaufte ich mir erst einmal einen großen Laib Brot und etwas Milch, denn nun wollte auch mein Körper zu seinem Recht kommen. Ich schlich durch die Gassen, blieb aber immer in der Nähe des Brunnens, und als die Mittagszeit näher rückte, wurde ich unruhig, denn schon hatte sich wieder eine Anzahl Frauen und Mädchen am Brunnen versammelt. Nur die, auf die ich wartete, kam nicht! Sollte sie es sich doch noch anders überlegt haben? Oder hatte sie gar mit ihrem Herrn gesprochen? Dann konnten natürlich anstelle des Mädchens auch jeden Augenblick die Büttel erscheinen, die sich für mich interessieren würden.

Endlich kam sie – allein. Sofort ging sie auf mich zu und musterte mich schweigend. Ich wußte, daß sie jetzt, in diesem Augenblick ihre Entscheidung treffen würde, und hielt ihrem Blick stand.

„Nein, wie ein Verbrecher siehst du wirklich nicht aus, und ich weiß selber nicht, warum ich dir glauben soll, aber ich tue es."

Für mich öffnete der Himmel seine Pforten. Ich war der glücklichste Mensch der Welt. Wieder regten sich tief in mir Gefühle, von deren Existenz ich vor wenigen Stunden nicht einmal etwas geahnt hatte, und nachdem der Eimer gefüllt war, gingen wir gemeinsam den Weg zurück. In dem Menschengewühl, das uns umgab, fielen wir beide nicht sonderlich auf, und voller Ungeduld fragte ich sie: „Wann können wir uns treffen?"

„In etwa einer Stunde komme ich auf den Markt, um einzukaufen. Am besten wird es sein, wenn du am Stand des Fleischhauers in der Nähe deines Gasthofes auf mich wartest, denn dort gehe ich eigentlich jeden Tag hin." Kaum hatte sie die Worte ausgesprochen, verschwand sie auch schon wieder hinter dem großem Tor, aber diesmal nicht, ohne mir ein Lächeln zu schenken.

Die Stunde verlief wie im Fluge, zu viele Gedanken hatten sich meiner bemächtigt, als daß die Zeit für mich hätte lang werden können. Der Stand des Fleischhauers mochte wohl einer der größten auf dem Marktplatz sein und war von einer dichten Traube lärmender Menschen umlagert. Ich hielt mich etwas abseits, so daß ich sowohl den Stand als auch einen Teil der Herberge im Auge behalten konnte.

Sie kam mit einem geflochtenen Korb in der Hand und gesellte sich unauffällig, nach allen Seiten Ausschau haltend, zu der Menschentraube. Ich stellte mich neben sie und berührte leicht ihren Arm. Fast unmerklich zuckte sie zusammen und lächelte mich an. Wieder suchte meine Hand die Berührung und streichelte einer Feder gleich erneut über ihren Rücken. Diesmal zuckte sie nicht, sondern wendete sich mir zu, wobei mich ihre Brust wie ein Hauch streifte. Ein Gefühl, nicht von dieser Welt, trug mich mit sich fort, und all meine Sorgen und Ängste versanken in dem tiefblauen See ihrer strahlenden Augen.

Nachdem sie ihre Einkäufe erledigt hatte, suchten wir uns einen ruhigeren Platz, wo ich ihr mein Vorhaben ungestört erklären konnte: „Gehe bitte einfach hinein und frage einen der Knechte nach dem Wirt. Vergewissere dich aber vorher, daß du wirklich mit einem sprichst, der zum Haus gehört, und vertraue dich ihm erst dann an, wenn du dir seiner sicher bist."

„Meinst du denn, daß das alles wirklich notwendig ist?" fragte sie, und ihr Blick drückte offenen Zweifel aus.

„Ja!" entgegnete ich brüsk. „Glaube mir bitte, es macht mir keinen Spaß, gerade dich da mit hineinzuziehen, diese Menschen sind gefährlicher als Wölfe. Bitte glaube mir und höre auf das, was ich dir sage, auch wenn es dir übertrieben erscheinen mag, aber es ist lebenswichtig, sowohl für dich als auch für mich."

„Ist ja schon gut", wehrte sie erschrocken ab. „Ich glaube dir, aber ich habe so etwas noch nie gemacht. Also was soll ich tun?"

„Wenn du zum Wirt vorgelassen wirst, er ist etwa fünfzig Jahre alt, nicht sehr groß, mit grauen Haaren und einem freundlichen Gesicht, dann sage ihm, der jüngere der beiden Mönche von einst befände sich in der Stadt und würde gerne mit ihm reden. Weise ihn bitte auf die Gefahr hin, in die er sich begibt, und sage ihm auch, daß sein Haus bewacht wird. Er wird dann wissen, was er zu tun hat und wie er sie abschütteln kann, hoffe ich jedenfalls. Bist du dir wirklich sicher, daß du das für mich tun willst?"

„Ja, ich glaube schon, aber du bist doch nicht wirklich ein Mönch, oder?"

„Nein, gewiß nicht, ich werde dir später einmal alles erklären, wenn das hier glücklich überstanden ist", beantwortete ich ihre Frage.

„Ich weiß zwar nicht warum, aber ich vertraue dir und werde tun, worum du mich gebeten hast!" erwiderte sie etwas verlegen.

„Es wird am besten sein, wenn ich jetzt gehe." Sie gab mir einen flüchtigen Kuß auf die Wange, der so viel Wärme ausstrahlte, wie ich sie noch nie in meinem Leben empfunden hatte.

Von meinem Platz aus konnte ich den Eingang des Gasthofes ganz gut überblicken. Jetzt war sie an der Tür, und einen Augenblick später entzog sie sich meinem Blick, ohne von irgend jemandem aufgehalten worden zu sein, und verschwand im Haus. Erleichtert atmete ich auf, wußte ich doch, in was für eine Gefahr ich dieses Mädchen geschickt hatte. Jetzt blieb mir nur übrig zu warten, auch wenn ich mich dem Eingang langsam näherte, um eventuell rechtzeitig eingreifen zu können, ohne zu wissen wie.

Die Zeit verstrich, und ich nahm das Lärmen der Stimmen um mich herum nur dumpf wahr, wie in einem Traum, aus dem man nicht erwacht.

Nichts geschah, und allmählich steigerte sich meine Ungeduld. Sie mußte doch die Nachricht längst überbracht haben. Schon spielte ich mit dem Gedanken, den Teufeln zum Trotz mir mit Gewalt Eintritt in den Gasthof zu ermöglichen, als sie unversehens wieder herauskam und dem Markt zustrebte. Sofort folgte ich ihr, und wir trafen uns an dem Platz, von dem aus sie losgegangen war.

„Er kommt“, flüsterte sie mir freudestrahlend ins Ohr. „Sobald die Sonne im Sinken begriffen ist, will er dich in der Kirche der Offenbarung treffen. Du sollst dich bitte in der Nähe der Krypta aufhalten“, erklärte sie, voller Ungeduld von einem Fuß auf den anderen tretend.

„Wie war er denn?“ fragte ich, mit Sicherheit nicht geduldiger als sie.

„Ich hatte den Eindruck, als ob er dich schon lange erwartet hätte. Zumindest hatte er auch das Gefühl, daß sein Haus beobachtet wird, und er wollte wohl schon die Büttel rufen. Langsam bekomme ich Angst, daß es wirklich so gefährlich ist, wie du gesagt hast, aber jetzt muß ich gehen, meine Herrschaften dulden keine Trödelei.“

„Wie kann ich nur wieder gutmachen, was du für mich getan hast?“ fragte ich hilflos.

„Ich weiß es nicht“, flüsterte sie zaghaft, dabei stieg eine tiefe Röte in ihr Gesicht.

„Wir werden uns wiedersehen, bestimmt!“ versuchte ich uns beide zu trösten.

„Nein, das glaube ich nicht, jedenfalls nicht so bald. Du wirst fortgehen müssen. Ich weiß nichts von dir, und ich weiß auch nicht, um was es geht, aber ich fühle, daß du nicht so frei bist, über deine Zukunft selbst entscheiden zu können. Aber ich werde auf dich warten.“

„Das wirst du tun?“ flüsterte ich. Sie nickte nur und verschwand.

Ich schaute ihr nach, auch dann noch, als sie schon lange vom Gewühl der Menschen aufgesogen worden war. Ein Hauch von Wärme breitete sich in mir aus, gleichzeitig jedoch befiel mich eine große Leere. Alles kam mir so sinnlos vor. Warum konnte ich ihr nicht ganz einfach hinterhergehen und ein ganz normales, friedliches

Leben führen? Wie gern hätte ich mich an sie geschmiegt! Noch immer spürte ich die Stelle am Arm, wo sie mich zum Abschied leicht berührt hatte.

Ich wußte jetzt, daß sie mir glaubte und warum sie so schnell in der Menge verschwunden war. Dieses Wissen zog mich zu ihr, aber ich durfte diesem Drängen meiner Seele nicht nachgeben, noch nicht. Erst mußte ich meinen Weg zu Ende führen und mein Schicksal sich erfüllen lassen, welches irgendwo in der Unendlichkeit der göttlichen Weisheit seit langem vorbestimmt war. Doch an mir lag es, die geschriebenen Seiten mit Leben zu erfüllen, und wenn es sein mußte, sogar mit meinem eigenen Leben. – Und noch immer kannte ich nicht ihren Namen!

Ich wendete mich an einen Händler auf dem Markt, der mir unverdächtig erschien, und erkundigte mich nach dem Weg zur Kirche der Offenbarung. Welch tiefsinniger Name, gerade für mich. Ohne noch länger auf dem Marktplatz zu verweilen, schlug ich die mir angegebene Richtung ein. Der Weg war nicht weit, und so hatte ich reichlich Zeit, mir sowohl die Kirche als auch deren nähere Umgebung genauer anzusehen. Vor dem Hauptportal lungerten, wie vor jeder Kirche, die Krüppel und Ausgestoßenen und bettelten um eine kleine Gabe. Mein Gesicht verbergend, zwängte ich mich schnell zwischen ihnen hindurch, was allerdings nicht ganz ohne Rempeleien abging, und stand dann im Gotteshaus, dessen von Weihrauch erfüllte angenehme Kühle mich sogleich umfing und mich in eine andere Welt, voll Ruhe und Frieden, versetzte.

Nachdem sich meine Augen an das Dämmerlicht gewöhnt hatten, konnte ich das ganze Mittelschiff überblicken. Kunstvoll gearbeitete Heiligenfiguren sahen auf mich herab, doch mein Blick wurde gefesselt von dem goldfarbenen Mosaik, das die Decke der von acht Marmorsäulen getragenen Kirchenkuppel ausfüllte und als Motiv die Wiederauferstehung des Herrn hatte, dessen strahlende Augen sich in die meinen zu bohren schienen. Ich verstand die Botschaft nur zu gut.

Außer mir waren nur noch vier Gläubige anwesend, die kniend der Welt draußen entflohen waren und nun von einer höheren Macht Schutz und Verständnis erhofften.

Die Kirche war einfach gehalten, wenn man von der Kuppel einmal absah. An den Wänden war der Leidensweg Christi in Marmor gemeißelt und zeigte den Hilfesuchenden, daß ein anderer die Schmerzen der Menschen auf seine Schultern geladen hatte, um so der Zerrissenheit der Welt ein Zeichen der Liebe zu geben.

Im Schutz einer der Marmorsäulen kniete ich mich nieder, betete für meinen Vater und das Mädchen, für Arton und all die anderen, deren Leben so eng mit dem meinen verknüpft war, und bat um Vergebung für all das Leid, das ich hinter mir zurückließ.

Doch alle Worte waren nur Schall und Rauch, als ich an dies göttliche Geschöpf dachte. Welcher Dichter und Sänger konnte mit Worten ausdrücken, was mein fühlendes Herz für dieses Wesen empfand?

Die Zeit verrann, und ich merkte nicht, wie die Sonne sich mühte, durch die Scheiben hindurch ihre gleißenden Strahlen in die Dämmerung der Kirche zu werfen. Doch plötzlich zerrissen meine Gedanken, wie der Blitz die Sturmböen des Gewitters durchbricht, und ich erhob mich, ängstlich nach allen Seiten mich umblickend. Ich war allein.

Nur die Wärme der brennenden Kerzen verriet mir das Menschliche dieses Ortes. Ich verließ diesen geweihten Ort und war wieder fest mit meiner Zeit verbunden, als mich das Licht des schwindenden Tages empfing.

Nach meinem Gefühl zu schließen, mußte der Wirt eigentlich jeden Augenblick erscheinen, sollten ihm meine Gegner nicht doch noch den Weg verstellt haben. Ich ging also wieder zurück in das Gotteshaus und verbarg mich hinter einer Marmorsäule, von der aus ich sowohl die Hauptpforte als auch einen Großteil des Mittelschiffs überblicken konnte. Es dauerte auch nicht mehr lange, bis ich einen mittelgroßen Mann durch das Portal kommen sah, der sich prüfend nach allen Seiten umblickte, bevor er langsam ins Innere der Kirche trat. Es war der Wirt des Gasthofes, der Arton und mich damals vor dem Ritter gewarnt hatte. Ich erkannte ihn sofort. Er ging an mir vorüber, ohne mich gesehen zu haben, und ließ sich in der Mitte des Gotteshauses kniend nieder. Sein Kopf bewegte sich unruhig von einer Seite zur anderen. Ich wartete noch eine Weile, bis ich sicher sein konnte, daß er allein war und wir nicht von ungebetenen Besuchern gestört werden würden. Behutsam löste ich mich von der Säule und näherte mich dem Wirt. Wie lange hatte ich auf diesen Augenblick gewartet!

Dank meiner weichen Ledersohlen bemerkte er mich erst im letzten Moment und zuckte erschrocken zusammen. Schweigend und ohne Gruß setzte ich mich schräg hinter ihn, so daß ich hoffen konnte, nicht zu sehr aufzufallen, falls sich noch andere Gläubige zu uns gesellen sollten. Verstohlen drehte er sich nach mir um und musterte mich eingehend, so als wolle er sich vergewissern, daß ich auch wirklich der sei, mit dem er hier hatte zusammenkommen wollen. Offenbar zufrieden mit dem Ergebnis, lächelte er mich an. „Du hast lange auf dich warten lassen“, flüsterte er mir zu.

„Ja, es ging nicht anders. Hat der andere Mönch irgend etwas für mich hinterlassen?“ fragte ich gespannt, denn von seiner Antwort hing alles ab.

„Ja, er übergab mir ein kleines Päckchen, nachdem er damals die ganze Stadt vergeblich nach dir abgesucht hatte. Er kam zu mir und bat mich darum, es für dich in Verwahrung zu nehmen. Aber erzähl mir lieber, was damals mit dir geschehen ist.“

„Das ist jetzt nicht so wichtig“, antwortete ich. „Ihr wißt, daß Euer Haus überwacht wird?“ fragte ich weiter.

„Ja, ich bin mir zwar nicht sicher, doch ich glaube, daß sie mich auch verfolgt haben. Aber in dieser Stadt gibt es Wege genug, allein zu bleiben“, erwiderte er stolz über seinen eigenen Mut.

„Sobald Ihr die Kirche verlassen habt, wendet Ihr Euch an den erstbesten Büttel und laßt Euch nach Hause geleiten. Habt Ihr mich verstanden?“ drängte ich ihn, und er muß wohl gemerkt haben, daß es mir ernst damit war, denn sein Selbstbewußtsein geriet doch arg ins Wanken, als er fragte: „Ist es wirklich so gefährlich?“

Ich blieb ihm die Antwort schuldig.

„Jetzt verstehe ich auch, warum du das Mädchen geschickt hast. Sie wollen dich.“

„Ja, das stimmt. Ich wurde seinerzeit entführt, und es ist mir erst vor kurzem gelungen, mich ihrer Fesseln zu entledigen.“

„Ich möchte gar nicht mehr wissen!“ zischte er mir zu. „Ich glaube, je weniger ich weiß, um so sicherer bin ich und meine Herberge.“

„Das stimmt“, gab ich zu, wobei ich allerdings ein Gefühl der Enttäuschung nicht unterdrücken konnte. „Deswegen wäre es gut, wenn wir uns hier nicht zu lange aufhalten würden, und Ihr schon gar nicht mit mir zusammen. Also gebt mir bitte das Päckchen, das der andere Mönch für mich hinterlegen ließ.“

Wortlos griff er unter sein Wams und brachte ein sorgfältig verschnürtes Kästchen zum Vorschein, das er mir hastig übergab.

Während ich es entgegennahm, berichtete der Wirt schnell von der Zeit nach meinem plötzlichen Verschwinden: „Nachdem dein Freund die Stadt nach dir durchsucht hatte und auch ein paarmal erfolglos bei dem Bader war, beschloß er, die Stadt umgehend zu verlassen. Er verabschiedete sich kurz und verließ die Herberge. Mit keinem Wort erwähnte er seine weiteren Absichten oder das Ziel seines Aufbruchs. Er ließ mir das Päckchen da, mit der Warnung, es nur ihm selbst oder eben dir auszuhändigen, ansonsten aber absolutes Schweigen zu bewahren. Ich mußte ihm schwören, daß ich jegliche Verbindung mit dir leugnen müßte, ansonsten könnte er für mein Leben nicht garantieren. Da nun ihr beide mir bedeutend lieber wart als der Ritter, erfüllte ich ihm diesen Wunsch, obwohl ich ehrlich gesagt nicht mit der Gefahr gerechnet habe, in der ich jetzt offensichtlich schwebe. Ich weiß nicht, wer ihr seid oder was ihr seid. Ich will es auch gar nicht mehr wissen. Also nimm das Päckchen und laß mich in Zukunft in Ruhe: Das Leben ist auch so schon schwer genug, glaub es mir."

„Seid Ihr sicher, daß Ihr die Verfolger abgeschüttelt habt?" fragte ich ihn, ohne auf seine Worte einzugehen.

„Jetzt nicht mehr so wie vorhin", erwiderte er, wobei er sich ängstlich nach allen Seiten umsah.

„Laßt uns jetzt besser auseinandergehen!" forderte ich ihn auf.

„Moment noch", sagte er hastig. „Was geschieht jetzt mit mir, nachdem du hast, was du wolltest?"

„Das Gesindel, das Euer Haus bewacht, wird ebenso verschwinden wie ich. Vertraut mir, Euch wird nichts geschehen", versuchte ich ihn zu beruhigen und war gleichzeitig selbst nicht davon überzeugt, doch das durfte ich ihm unmöglich zeigen. Schon der Hinweis auf die Büttel konnte ihn zu irgendwelchen Dummheiten veranlassen.

Offenbar hatten meine Worte die erwünschte Wirkung doch nicht verfehlt, denn entschlossen streckte er mir die Hand entgegen und sagte: „Ich sorge mich nicht, aber ich möchte doch ganz gerne wissen, warum ich meine Haut zu Markte tragen soll."

„Sie sind nicht hinter Euch her. Glaubt mir, diese Hunde haben es auf mich abgesehen, doch dank Eurer Hilfe bin ich ihnen wieder einen Schritt voraus. Jetzt habt vielen Dank, Wirt, Ihr habt meinem Freund und mir einen großen Dienst erwiesen. Irgendwann einmal wird Euch dafür auch eine Belohnung zuteil werden, doch nun laßt mich gehen, ich halte mich schon viel zu lange hier auf."

„Warte noch", wisperte er. „Ich weiß ja nicht, wie das Mädchen zu dir steht, aber sie scheint dich doch sehr gern zu haben. Jedenfalls hat sie mir anvertraut, daß sie nicht glaubt, dich so bald wiederzusehen. Deswegen gab sie mir diesen Ring für dich mit. Er soll dir helfen, dein Vorhaben, was immer das auch sein mag, zu einem guten Ende zu führen. Dabei sollst du auch ein wenig an sie denken."

Versonnen blickte ich auf dieses unerwartete Kleinod und fühlte die ganze Kraft, die dieser Ring in meine Hand verströmte. Dankbar sah ich dem Wirt in die Augen und verabschiedete mich hastig. Ich wollte nun nicht in der Kirche von meinen Gefühlen überwältigt werden.

Kurz bevor ich das Gotteshaus verließ, drehte ich mich noch einmal um und sah den Wirt knien, scheinbar tief im Gebet versunken. Ich wandte mich zum Ausgang und suchte einen ruhigen Platz an der Stadtmauer auf. Dort steckte ich mir den Ring an meinen Finger. Bei dem Gedanken an das Mädchen fiel es mir schwer, nicht sofort wieder zum Brunnen zu laufen, aber ich durfte nicht. Ich konnte nur hoffen, daß irgendwann einmal bessere Zeiten für mich kämen. Ich wußte nun, wo ich ein neues Zuhause würde finden können.

Dann, schon fast andächtig, befaßte ich mich mit dem Päckchen, welches Arton für mich hinterlegt hatte. Behutsam löste ich die Verpackung und legte ein Holzkästchen frei, im dem sich neben einem Säckchen mit Geldstücken ein Brief und ein Siegelring befanden, der das Wappen der Hohenstaufer trug. Geld und Ring legte ich in die Schatulle zurück und erbrach das Siegel des Briefes.

„Mein Junge, ich weiß nicht, ob Du diese Worte je wirst lesen können, wenn aber doch, dann befolge sie, so gut Du es vermagst. Meine Zeit ist knapp bemessen, darum nur das Wichtigste. Ich habe in der ganzen Stadt nach Dir gesucht, aber weder von Dir noch von deinen Häschern etwas entdecken können. Ich werde meine Suche auch noch im Umkreis der Stadt fortsetzen, aber wie schon gesagt, ist meine Zeit leider sehr begrenzt.

Du weißt ja selbst, wen ich treffen muß, unter allen Umständen treffen muß. Sollte es dir möglich sein, Deinen Häschern zu entkommen und dabei sicher zu sein, nicht doch verfolgt zu werden, dann wende Dich in nord-östlicher Richtung. Behalte diese Richtung unbedingt bei, und nach etwa acht Tagen Fußmarsch kommst Du an einen alten, verfallenen Tempelbezirk der Römer. An der Säule des Herkules findest Du den Einstieg in den unterirdischen Teil der Anlage. Hier erwarte ich unsere Freunde. Der Siegelring, den Du vorgefunden hast, dient als Erkennungszeichen für den Fall, daß ich nicht da sein werde. Von der Anlage aus ziehen wir dann gemeinsam weiter. Du hast Verständnis dafür, daß ich Dir unsere weiteren Ziele nicht nennen darf. Schon was ich hier aufgeschrieben habe, kann uns alle ins Verderben stürzen, sollte es in die falschen Hände geraten. Deshalb vernichte den Brief, sobald Du seinen Inhalt verstanden hast! Ich hoffe bei Gott, daß Dir nichts geschehen ist. Glaube daran, daß ich alles tun werde, um Dich zu retten. Vertraue dem Wirt, aber bringe ihn dabei nicht in Gefahr, er wäre ihr nicht gewachsen. Je weniger er weiß, desto besser für uns alle. Ich hoffe, es geht Dir gut, mein Junge. Ich bete für Dich!"

Der Brief ließ erkennen, mit welcher Hast er geschrieben war und wie überstürzt der Templer offensichtlich die Stadt verlassen mußte. Obwohl er nichts davon erwähnte, war ich mir doch sicher, daß er ebenfalls verfolgt wurde und zu fliehen beabsichtigte.

Ich las Artons Worte noch ein zweites Mal. Vor allem die Ortsbeschreibung, wo der Treffpunkt sein sollte, prägte ich mir ein. Natürlich war seine Zeitangabe längst hinfällig, aber das war sie ja schon immer. Was blieb mir auch anderes übrig, als daran zu glauben. Ich mußte zu diesem Tempel, und ich mußte so schnell wie möglich dorthin. Jede Stunde, die ich hier versäumte, schmälerte meine Aussichten, rechtzeitig mit den Erwarteten zusammenzutreffen. Zu viel Zeit hatte ich schon vertan, und die galt es nun wieder aufzuholen, um jeden Preis!

Ich aß den Brief auf, steckte Geld und Ring ein und warf das Kästchen auf einen Haufen Unrat, von dem es ja hier in der Stadt genügend gab. Was mich allerdings wunderte war, daß ich noch immer unerkannt durch die Straßen gehen konnte, aber wie dem auch sei, ich durfte mein Glück jetzt nicht noch weiterstrapazieren.

Sofort machte ich mich daran, ein Pferd zu kaufen. Der klägliche Rest von meinem Geld und das, was Arton mir zum Glück hinterlassen hatte, würden wohl ausreichen, mir ein gutes Tier zu besorgen. Ich wendete mich also zu dem Roßhändler, der mir schon bei meinem Eintritt in die Stadt aufgefallen war, und erstand dort nach kurzem, aber heftigem Handeln einen braunen Hengst, der mir sofort zugesagt hatte. Der Händler war glücklich, zu später Stunde noch ein Geschäft gemacht zu machen, so daß er mir Sattel und Zaumzeug ebenfalls zu einem guten Preis verkaufte. Nachdem ich mich auch noch ausreichend mit Proviant versehen hatte, verließ ich unverzüglich die Stadt, in deren mächtigen Mauern ich etwas gefunden hatte, was ich nie wieder verlieren wollte.

An den Torwachen vorbei und dann im leichten Galopp, um mich an das Pferd zu gewöhnen und das Tier nicht sofort zu hart ranzunehmen, führte mein Weg gen Nordosten. Oft wandte ich mich im Sattel um, doch konnte ich nichts Verdächtiges erkennen, und so legte ich trotz der nun rasch einsetzenden Dunkelheit noch ein gutes Stück Weges zurück, bis die Nacht mich schließlich zwang, den Schritt des Pferdes zu verlangsamen.

Hunger stellte sich ein, und so beschloß ich, die Nacht im Unterholz zu verbringen. Ich führte das Pferd etwas abseits, und da ich während der letzten beiden Stunden keiner Menschenseele begegnet war, wagte ich es, ein kleines Feuer zu entfachen, schon der Mücken wegen, die sich offensichtlich alle gegen mich verschworen hatten.

Der Duft des gebratenen Fleisches; die Freude, nicht mehr zu Fuß gehen zu müssen; Artons Nachricht, wenn auch die Hoffnungen ziemlich vage waren; ein neues Ziel und nicht zuletzt die Gedanken an das Mädchen – ich fühlte mich gut! Wenn nur die Mücken nicht gewesen wären!

Die Nacht verlief im großen und ganzen recht ruhig, und zum erstenmal seit meinem Aufenthalt beim Schmied konnte ich wieder durchschlafen, fast jedenfalls.

Als die ersten Sonnenstrahlen sich ihren Weg durch das Geäst des Waldes bahnten, erwachte ich frisch und ausgeruht, nach einer bescheidenen Mahlzeit ging es weiter gen Nordosten. Im Laufe des Tages beschloß ich, von der inzwischen stark bevölkerten Straße abzuweichen und querfeldein weiterzureiten, zumal mich Artons Anweisungen ja auch zwangen, die Straße zu verlassen, da deren Verlauf sich nun nach Süden verlagerte.

Der schier unendliche Wald, der mich seit meiner Flucht aus dem Kloster wie ein Mantel umhüllt hatte, wurde jetzt endlich durchlässiger. Ich kam gut voran, begegnete keiner Menschenseele und war froh darüber, auch am zweiten Tag meinem Ziel ein gutes Stück näher gekommen zu sein. Ich konnte es einfach nicht glauben, daß jetzt alles so einfach sein sollte.

Als es zu dunkeln begann, rastete ich wieder an einem Bach und versuchte im letzten Licht des scheidenden Tages, diesem gemächlich dahintreibenden Gewässer wenigstens einen Fisch zu entreißen, leider ohne Erfolg. Also mußte ich wieder mit meinen spärlichen Vorräten vorliebnehmen, was mir allerdings um so schwerer fiel, als ich an die großen Forellen dachte, die so verlockend ihre Bahnen gezogen hatten.

Der dritte Tag verlief ähnlich, nur daß die Landschaft noch offener wurde und der Wald nun endgültig seine Macht verloren hatte. So konnte ich schon von weitem einen kleinen Weiler ausmachen, der direkt auf meinem Weg lag. Und da ich nun schon fast überzeugt davon war, meine Verfolger endgültig abgeschüttelt zu haben, wollte ich mich dort für meine nächste Etappe mit neuem Proviant versorgen.

Vorsichtig näherte ich mich den drei Hütten, die den Weiler bildeten und deren Anordnung fast der eines Rechtecks entsprach. Er kauerte sich in eine flache Senke und bot dem Betrachter ein Bild vollkommenen Friedens. Das einzige, was mich störte, war die völlige Ruhe, die er ausstrahlte, eine Ruhe, wie ich sie schon einmal gespürt hatte. Nicht einmal das Bellen eines Hundes war zu hören – nichts!

Selbst die Natur hielt den Atem an, und als ich die erste Hütte erreicht hatte, stieg ich vom Pferd und band es an einem hervorstehenden Balken fest. Mit dem gezogenen Schwert in der Hand trat ich auf den Hof, der von den fast gleich großen Hütten nach drei Seiten hin umsäumt wurde, und lauschte in die Stille. Nichts!

Meine Sinne auf das äußerste angespannt, huschte ich auf die mir am nächsten stehende Behausung zu, deren Tür halboffen stand und die ich nun mit dem Schwert vollends öffnete. Im gleichen Augenblick schlug mir der bestialische Gestank des Todes entgegen. Verzweifelt preßte ich mir ein Tuch aufs Gesicht, und wissend, was mir bevorstand, trat ich ein. Mir bot sich ein Bild des Grauens! Das Innere des Hauses war völlig verwüstet. Überall lagen zerbrochener Hausrat und Kleidung. Ich wandte mich der Wohnstube zu, darauf vorbereitet, Schreckliches zu sehen. Und dort fand ich sie, die einstigen Bewohner des Weilers, auf Holzkreuzen am Boden festgenagelt!

Es mußte schon Tage her sein, denn die Hitze hatte die Leichen grauenhaft entstellt. Ich übergab mich und rannte nach draußen. Von Krämpfen geschüttelt, hielt ich mich an einem Zaun fest. Wer, wer nur konnte fähig sein, so etwas zu tun, und warum die Holzkreuze, die wie eine Drohung oder Verspottung in die gemarterten Leiber getrieben waren? Unfaßbar! Männer, Frauen und selbst die Kinder, dahingeschlachtet, und wofür? Wem konnten denn diese einfachen und genügsamen Menschen im Wege gestanden haben?

Ich weiß heute nicht mehr zu erzählen wie, aber ich wandte mich dem Brunnen zu und ließ den Eimer hinabfallen, und sogleich vernahm ich von unten herauf das gurgelnde Geräusch des Wassers. Nur mit Mühe konnte ich die Kurbel drehen, quietschend kam der Eimer nach oben. Tief tauchte ich meinen Kopf in das klare Naß. Den Eimer an meine Lippen setzend, um den brennenden Durst zu löschen, hob ich den Kopf. – Dort, an einem Balken, war ein Brett angenagelt, auf dem irgend etwas geschrieben stand. Ich richtete mich vollends auf und riß es von dem Balken herunter. Am ganzen Körper zitternd, las ich, an wen die Worte gerichtet waren. „Du wirst uns nicht entkommen!"

Sie meinten mich, und weiß Gott, sie hatten die Suche noch nicht aufgegeben, noch lange nicht! Vielleicht wollten sie auch, daß ich sie zu Friedrich und Arton führe, und hörte und sah deswegen nichts mehr von ihnen. Nur die grausamen Spuren, die sie hinterließen, für mich hinterließen.

Ich starrte das Brett an, als ob der Satan selbst sich darauf verewigt hätte, um mir so seine grausige Macht zu demonstrieren. Fast mit Gewalt mußte ich mich von den Worten trennen, die so viel Leid über die Bewohner dieses Weilers gebracht hatten. Jeder sollte zumindest das Recht haben zu wissen, warum er sterben muß. Die Menschen hier wußten das nicht.

Ich mußte an die Eltern des kleinen Jungen denken, den der Schmied und ich gefunden hatten. Welches Schicksal mochte sie ereilt haben? Ich vermied es, in die anderen Hütten zu gehen, denn meine Phantasie konnte sich unschwer ausmalen, welchen entsetzlichen Martern alle hier zum Opfer gefallen waren. Ich stieg also wieder auf mein Pferd und verließ diesen gepeinigten Ort.

Neben all dem Furchtbaren, was ich hier erlebt hatte, offenbarten mir die Toten aber auch, daß die Mörder offenbar meine Spur verloren hatten, zumindest für den Augenblick. Denn diese Tat geschah schon, während ich noch in der Stadt weilte, und das wußten offensichtlich nur von Borken und seine Spießgesellen, die mich um ein Haar in der Spelunke zu fassen bekommen hatten. Die anderen hingegen suchten derweil die Umgebung der Stadt nach mir ab, und je erfolgloser und vergeblicher ihr Handeln wurde, um so grausamer wurde ihr Vorgehen.

Mittlerweile suchten sie eine Nadel im Heuhaufen, denn auch aus der Stadt führten mehrere Straßen, und diese wiederum verzweigten sich mit anderen. Die Straßen selbst lückenlos zu kontrollieren, hätte womöglich eine oder mehrere Abteilungen von Reisigen mobilisiert, um ihrem Unwesen ein Ende zu bereiten. Sie mußten ihr grausiges Werk im geheimen verrichten und hoffen, daß ich ihnen irgendwann ins Netz gehen würde.

Der Tag verging, und ich fürchtete mich vor den Bildern der Nacht, wenn meine Erinnerung unweigerlich die Schrecken dieses Tages hervorbringen würde. Alsbald umhüllte mich die Dunkelheit, und ich fühlte ihre drückende Last, die mir selbst das Atmen zur Qual werden ließ. Überall um mich herum hörte ich Stimmen, die mich bedrohten, Geräusche, deren Herkunft im verborgenen blieb. Ich schmiegte mich an mein Pferd und spürte, wie das Leben, vom Herzen angetrieben, durch seinen Körper strömte. Die Wärme und das Gefühl, nicht völlig allein zu sein, ließen mich schließlich in einen schweren, unruhigen Schlaf versinken, der erst sein Ende fand, als die Sonne aufging und die düsteren Gedanken der Nacht verblaßten.

Widerwillig nahm ich etwas von meinem spärlichen Proviant zu mir und machte mich dann wieder auf den Weg, froh darüber, mit jeder Stunde meinem Ziel näher zu kommen und mich zugleich von der Hölle zu entfernen. Der Tag verlief ereignislos, zumal ich es tunlichst vermied, noch einmal nach einem Weiler Ausschau zu halten, und am Abend hatte ich wieder ein gutes Stück Weges zurückgelegt. Mit einigem Glück fand ich einen idealen Lagerplatz unter einem hervorstehenden Felsbrocken, der mich nach drei Seiten hin völlig abschirmte und mir nach der offenen hin einen weiten Blick über das Land gewährte.

Ich wollte diesen Vorteil ausnutzen, um ein kleines Feuer zu entfachen, und während ich mein Pferd grasen ließ, ging ich zu einem in der Nähe gelegenen Wäldchen, um mich dort mit Brennholz für die Nacht zu versehen.

Es waren vier, und sie kamen aus der gleichen Richtung wie ich, fast jedenfalls. Das Tageslicht reichte gerade noch aus, daß ich die Teufel genau beobachten konnte. Einen Steinwurf weit vom Felsen entfernt verhielten sie, gleichsam als würden sie meine Witterung aufnehmen. Doch dann setzten sie ihre Pferde wieder in Bewegung. Offenbar waren Dunkelheit oder gar Nacht für sie ohne jegliche Bedeutung. Ich ließ das gesammelte Holz liegen und rannte zurück zu meinem Pferd, denn eine dunkle Ahnung trieb mich, zu erfahren, wohin sie ritten.

Vielleicht war ja hier wieder ein Weiler in der Nähe, dessen unschuldige Bewohner in dieser Nacht ebenfalls hingeschlachtet werden sollten. Ich schlug die Richtung ein, in der sie verschwunden waren, und bald schon sollte ich den Grund erfahren, weshalb sie trotz der Dunkelheit weitergeritten waren.

Unterdessen hatten sie Fackeln entzündet, deren Schein Pferd und Reiter gleichermaßen in gespenstisch zitterndes, gelbliches Licht tauchte. So fiel es mir nicht schwer, ihnen aus sicherer Entfernung zu folgen, ohne dabei Gefahr zu laufen, entdeckt zu werden.

Stunde um Stunde jagten wir durch die Nacht. Jetzt machte es sich bezahlt, daß ich mich für ein gutes Pferd entschieden hatte, denn sie ritten unvermindert schnell, so als hätten weder sie selbst noch ihre Tiere das Bedürfnis nach Ruhe.

Kurz vor Sonnenaufgang zeichnete sich ihr Ziel vor mir gegen den Nachthimmel hin in Umrissen ab. Als sie näher kamen, beleuchteten ihre Fackeln die Seitenwand eines Gebäudes, das, wie ich vermutete, nicht allzu groß war. Aufgeregt hasteten ihre Schatten entlang der Hauswand. Sie näherten sich nunmehr zu Fuß dem einsamen Hof und seinen nichts ahnenden Bewohnern. Meine Befürchtung hatte sich bewahrheitet. – Die Schlächter suchten neue Opfer!

Lautlos stieg ich ab und führte mein Pferd am Zügel zu der gegenüberliegenden Hausseite, gerade als diese Teufel um die Ecke verschwanden. Sie hielten es nicht einmal für nötig, eine Wache bei den Pferden zurückzulassen, so sicher fühlten sie sich bei ihrem grausigen Handwerk. Schnell band ich mein Pferd an einen Strauch und näherte mich nun ebenfalls der Frontseite des Gebäudes. In diesem Augenblick traten sie mit Gewalt die Tür ein und stürmten ins Innere. Urplötzlich erwachte das Haus zum Leben, Schreie gellten nach draußen. Ich hörte Kinder voller Angst nach ihrer Mutter rufen, und der Haß wollte mich schon mit sich fortreißen, doch das hätte weder mir noch diesen armen Menschen hier geholfen. Ich mußte auf eine günstige Gelegenheit warten, bis alle vier zusammen sein würden. Erst dann hatte ich, wenn überhaupt, eine Möglichkeit, sie zu überraschen.

Vorsichtig schlich ich mich näher an die Eingangspforte und wagte einen Blick ins Innere. Zu sehen war nichts, auch der Lärm war inzwischen fast gänzlich verstummt, nur gedämpft vernahm ich das aufgeregte Stimmengewirr von irgendwoher über mir. Offenbar hatten sie alle Bewohner dort oben zusammengetrieben. Behutsam tastete ich mich weiter vor, bis meine Finger das Treppengeländer berührten. Ein leiser Lichtschimmer, der sich seinen Weg durch die Türritzen hindurch bis zu mir gebahnt hatte, wies mir von jetzt an den Weg nach oben. Stufe für Stufe, schon mehr Schlange als Mensch, wandte ich mich weiter dem Lichtschein zu. Endlich hatte ich das Ende der Treppe erreicht und kauerte mich hinter das Geländer.

Die Stimmen und Schreie wurden lauter, nur hier und da durchbrochen von schweren, dumpfen Schlägen. Ich schob mich näher an die Tür, hinter der sich die Geräusche verbargen, die meine Sinne so quälten. Jetzt unterschied ich schon einzelne, mühsam hervorgebrachte Wortfetzen. Ganz behutsam richtete ich mich auf, löste ohne einen Laut mein Schwert und hielt mein Ohr ganz dicht an die Tür. Zum erstenmal vernahm ich die Stimme eines der Teufel, wohl Anführer dieser Gruppe. Immer und immer wieder stellte er die gleiche Frage: „Wo ist der Junge?" Die Worte hatten den Klang, als wäre seine Kehle aus Eisen gegossen, und ein eisiger Schauer durchlief mich. Diese Stimme hatte nichts Menschliches mehr an sich, und der Satan selbst mochte wissen, welcher Hölle diese Wesen dort drinnen entsprungen waren.

Ich faßte den Griff meines Schwertes fester, bereit, in die Kammer einzudringen, als ich, von tödlichem Schrecken erfaßt, schwere Schritte hörte, die die Treppe heraufkamen. Schnell zog ich mich zurück und versteckte mich notdürftig hinter einem Stützbalken.

Es war noch eine dieser Kreaturen, die jetzt in den Raum trat. Ich hatte mich also doch geirrt und hätte um Haaresbreite einen Gegner im Rücken gehabt. Nachdem die Tür wieder ins Schloß gefallen war, verließ ich den Schutz des Balkens und schlich zurück an meinen Platz. Sie mußten jetzt alle zusammen sein, und der Raum war mit Sicherheit zum Bersten gefüllt. Wenn alles gutging, hatten sie gar keine Möglichkeit, ihre zahlenmäßige Überlegenheit auszunutzen. Andererseits wußte ich natürlich nicht, wie viele Bewohner noch in der Stube zusammengepfercht waren und wo genau sie sich jetzt aufhielten. Wie dem auch sein mochte, mir blieb gar keine andere Wahl. Den Griff des Schwertes fest umklammert, riß ich die Tür auf, und mit einem Blick erfaßte ich die Kammer.

Die schwarzen Reiter hatten die Bewohner des Hauses an der gegenüberliegenden Wand niederknien lassen und standen rechts und links von ihnen. Fast sah es so aus, als bildeten sie ein Spalier. Genau in der Mitte des Raumes kniete das Oberhaupt der Familie, dessen Gesicht mir aufgequollen und blutverschmiert entgegenstierte.

Seitlich von ihm, die Faust zum nächsten Schlag erhoben, stand eine dieser Bestien und starrte mich an. Ihre Überraschung nutzend stieß ich diesem zuerst das Schwert in den Leib, worauf er tödlich getroffen in die Knie sank. Noch im Tode suchten seine Augen mich festzuhalten. Ehe er sich überhaupt bewegen konnte, ereilte den zweiten das gleiche Schicksal. Die beiden anderen jedoch lösten sich überraschend schnell aus ihrer Erstarrung und drangen nun wild auf mich ein. Zum Glück behinderten sie sich dabei gegenseitig, denn während der eine versuchte, mich zur Tür zurückzudrängen, hatte der andere Schwierigkeiten, über die Toten hinwegzukommen. Doch genau wie damals, bei dem Kampf, den ich an Thorwalds Seite gefochten hatte, entwich auch hier kein Laut ihren Lippen, und mit jedem Schlag verbesserten sich ihre Chancen. Aber sie und ich hatten nicht mehr mit den Bewohnern gerechnet, die nun, der Mißhandelte zuerst, nach allem griffen, was irgendeine Ähnlichkeit mit einer Waffe hatte, und ihrerseits mit haßverzerrten Gesichtern auf einen der beiden verbliebenen Reiter einschlugen, der alsbald blutüberströmt zusammenbrach. Ihr Triumphgeschrei übertönte für einen Moment das wuchtige Aufeinanderprallen der Schwerter.

Mit einer plötzlichen Drehung, die Waffe in beide Hände nehmend, mähte der letzte der Teufel einen Jungen um, als wäre er reifes Korn auf dem Feld. Der Anblick seiner Leiche stieß mich hinab in eine andere Welt. Das war nicht mehr ich, der da wie von Sinnen auf diesen Mörder einschlug und ihn durch die Kammer hinaus auf den Flur trieb. Nur verschwommen kann ich mich erinnern, daß ich zuerst dem Mörder seinen Schlagarm vom Rumpf trennte und mit dem zweiten Hieb seinem ruchlosen Leben ein Ende setzte.

Ich selbst muß wohl Augenblicke später vor Erschöpfung zusammengebrochen sein, denn die Sonne stand schon hoch, als ich erwachte, fest in Decken gehüllt, im Bett des Hausherrn liegend. Es dauerte allerdings noch eine ganze Weile, bis ich richtig zu mir kam, und erst allmählich führten mich die Gegenwart und die Geräusche der Menschen um mich herum zurück in diese grausame Welt.

Die Frau brachte mir einen irdenen Teller, gefüllt mit einer dampfenden Brühe, die ich gierig verschlang, doch die Trauer in ihren Augen ließ die furchtbaren Geschehnisse der letzten Nacht wieder lebendig werden. „Es tut mir leid“, stammelte ich, worauf die Frau ihre Hand auf meinen Kopf legte und Tränen meine Haut benetzten. Jede einzelne brannte wie Feuer.

Mein Gott, warum brachte ich nur soviel Leid über die Menschen? Augen, immer wieder diese Augen voller Trauer. Wie oft hatte ich sie schon gesehen, und wie oft würde ich sie noch sehen?

Nachdem die Frau die Stube verlassen hatte, trat der schwer mißhandelte Vater des getöteten Jungen zu mir: „Du bist der, nach dem sie suchen, nicht wahr?“

Unfähig, ihm eine Antwort zu geben, nickte ich.

„Ich will nicht wissen, warum diese gottlosen Schlächter hinter dir her sind, aber ich will, daß du gehst, und zwar sofort.“

Immer noch nicht fähig, ein Wort zu sagen, erhob ich mich von meinem Lager, während ein innerer Zwang mich dazu trieb, diesem Mann in die Augen zu sehen. Dort war kein Haß, nur maßloses Leid. „Ihr müßt auch fort! Sie werden herausbekommen, was geschehen ist, und dann wiederkommen. Geht in die Stadt, bis all das hier vorüber ist. Diese Teufel kennen kein Erbarmen. Bitte bleibt nicht hier!“

Der Mann schien mir überhaupt nicht zugehört zu haben, leer blickte er durch mich hindurch. An der Tür drehte er sich noch einmal um. „Mein Junge war elf Jahre alt. Er hat noch nie etwas Böses getan. Ob der Herr weiß, daß Kinder nie eine Schuld trifft am Elend dieser Welt?“

Ich starrte ihm nach, bis der leere Türrahmen mich in meine tiefe Einsamkeit eintauchen ließ, und erst die warme Stimme der Frau erfüllte den Raum wieder mit Leben: „Er ist ein guter Mann, und er liebt seine Familie über alles. Du mußt ihn verstehen.“

Ich nickte und trat aus dem Haus. Ein paar Schritte entfernt sah ich, wie der Mann ein kleines Grab aushob, während die Leiche des Kindes in Decken gehüllt daneben lag. Was in Gottes Namen sollte ich diesem Menschen sagen? Ich wandte mich an die Frau und umarmte sie.

„Geh jetzt, Junge. Es ist besser so“, flüsterte sie. „Ich weiß, du bist nicht schlecht, aber du mußt jetzt gehen, und komme nie wieder hierher zurück!“

Wie betäubt ging ich zu meinem Pferd, saß auf und ritt davon, ohne noch einen Blick zurückzuwerfen. Ich wußte, sie würden bleiben. So ein Mann verläßt nicht die Erde, in der sein Kind begraben ist.

Mein Weg führte mich weiter gen Nordosten. Den ganzen Tag über kam ich nicht aus dem Sattel, denn zu groß war mein Verlangen, den Gedanken entfliehen zu können, die mich von nun an nicht wieder loslassen würden.

Der Abend brach herein, und ich lagerte an einem kleinen Bach, in dessen Nähe ich mein Pferd grasen lassen konnte. Nur wenige Menschen hatten meinen Weg gekreuzt, und wenn der Templer recht hatte, so mußte ich im Laufe des nächsten Tages bei den Ruinen eintreffen, aber eigentlich war mir das völlig gleichgültig. Ich war mir nicht einmal mehr sicher, ob ich überhaupt noch Gegenwehr leisten würde, sollten diese Bestien wieder versuchen, meiner habhaft zu werden. Es war alles so sinnlos geworden!

Ich wachte die ganze Nacht, und beim ersten Licht des jungen Tages ritt ich wieder los, meinem Ziel entgegen, von dem ich nicht wußte, welche Gefahren und Schrecken es für mich bereithalten würde. Langsam, für mich fast unglaublich, spürte ich etwas wie Lebenswillen in mir aufkeimen, und ein Gefühl überwog sogar die Trauer um die Menschen, die auf meinem Weg einen so bitteren Tribut hatten zollen müssen – Rache.

Bisher war ich der Gejagte, nun mußte sich das Blatt doch zu meinen Gunsten wenden lassen. O Gott, wie sehr fehlten mir mein Vater und Arton. Sie hätten bestimmt gewußt, was ich tun sollte. Ich versuchte, mir ihre Gesichter in Erinnerung zu rufen, doch ohne Erfolg. Alles, was ich sah, waren die Umrisse zweier Männer, die mir gegenüberstanden und schwiegen.

Gegen Mittag wurde die Gegend um mich herum noch karger und eintöniger, als sie es ohnehin schon war, bis dann am Horizont, erst noch verschwommen, dann immer deutlicher, die Ruinen der römischen Tempelanlage auftauchten. Der Himmel mochte wissen, was die ehemaligen Herrscher bewogen hatte, ausgerechnet hier, inmitten dieser Einöde, einen Tempel zu errichten.

Ich vergewisserte mich, allein zu sein, und ritt langsam auf die hohen Säulen zu, die sich wie die Finger einer Hand gen Himmel erhoben. Je näher ich ihnen kam, um so wuchtiger traten sie hervor. Etwa hundert Schritte von ihnen entfernt stieg ich vom Pferd, um das letzte Stück zu Fuß zurückzulegen. Mit jedem Atemzug fühlte ich die Macht und Erhabenheit, die von ihnen ausging und meinen Körper durchströmte. Nachdem ich mich vergewissert hatte, der einzige Eindringling in diesem Tempel zu sein, trat ich unter die Säulen und band mein Pferd an einen der herumliegenden Steinquader.

Ohne Zeit zu verlieren, begann ich nun damit, nach dem Eingang zum unterirdischen Gewölbe zu suchen, den Arton mir ausführlich beschrieben hatte. Nach mehreren vergeblichen Versuchen entdeckte ich auch endlich das Gesuchte, den Blicken verborgen, hinter einem beinahe undurchdringlichen Dornenbusch. Vorsichtig schob ich mich zwischen das Gestrüpp und rollte einen Steinblock zur Seite, der eine aus dunklem Marmor gearbeitete Treppe verbarg, die in das geheimnisvolle Innere der Anlage führte. Vorsichtshalber ging ich zu meinem Pferd zurück und holte eine der Fackeln aus der Satteltasche, die ich mir in Modena gekauft hatte, und ging nun daran, das Herz dieses Tempels zu erforschen.

Im Licht der Fackel stieg ich die Treppe hinab und gelangte alsbald in ein großes, bogenförmig gespanntes Gewölbe, von dem ausgehend sich mehrere Gänge im Dunkel verloren, die alle in verschiedene Richtungen führten. An den Wänden prangten eindrucksvolle Mosaikgemälde von unglaublicher Schönheit, die Götter aus einer anderen Welt wieder zum Leben erweckten. Farben und Formen traten mir so unversehrt und klar entgegen, als ob die Priester diesen Raum erst vor kurzem verlassen hätten. Stumme Zeugen eines längst vergangenen Imperiums blickten auf mich herab und gaben Zeugnis von der Vergänglichkeit des Menschen und seiner Ideale.

Was war aus ihren Anbetern geworden, die einst die Welt beherrscht hatten und nun zu Staub zerfallen waren? Fast hatte ich den Eindruck, als wollten sie mir die Sinnlosigkeit meines Tuns vor Augen halten.

Voller Wut riß ich das Schwert heraus und hieb auf eines der Mosaiken ein, bis ich erschöpft zu Boden sank und in einen tiefen, eher einer Ohnmacht gleichenden Schlaf verfiel.

Als ich erwachte, umgab mich undurchdringliche Dunkelheit, und es dauerte eine Weile, bis mir bewußt wurde, wo ich mich eigentlich befand. Die Fackel war erloschen, und nur mühsam gelangte ich zum Ausgang. Ein sternenklarer Himmel empfing mich, und ich fühlte mich hilflos und allein.

Das Wiehern meines Pferdes brachte mich in die Wirklichkeit zurück. Irgendwie erleichtert darüber, doch nicht so ganz allein zu sein, wandte ich mich ihm zu und streichelte seinen Kopf, den es fest gegen meine Schulter drückte. Dann machte ich mich auf die Suche nach etwas Brennholz, was sich allerdings als schwierig erwies. Zum Glück hatte ich noch ein paar der handlichen Fackeln, und so durchstreifte ich diese karge Gegend, die offensichtlich nichts anderes als Stein und Geröll hervorbrachte. Nach langem Suchen hatte ich endlich Erfolg und fand eine völlig vertrocknete Pinie, die mich für die nächsten Tage mit Brennholz versorgen würde. Es war mir ein Rätsel, wie dort jemals eine Pinie hatte wachsen können. Jedenfalls schlug ich zwei Äste ab und ging wieder zu meinem Lager, sattelte mein Pferd ab und brachte meine wenigen Habseligkeiten hinab in die Katakombe. Bald darauf brannte ein kleines Feuer, das den Raum in warmes Licht hüllte.

Neugierig geworden, faßte ich den Entschluß, mir meine Bleibe etwas genauer anzusehen, und stellte erleichtert fest, daß vor mir schon lange keine Menschenseele mehr diesen Raum betreten hatte, denn einem Teppich gleich bedeckte eine dicke Staubschicht den ganzen Boden, die bei jedem Schritt um meine Füße waberte.

Ähnlich wie die Treppe bestand der Boden aus hochwertigem Marmor, und es war offensichtlich, daß die einstigen Benutzer über enorme Geldmittel verfügt hatten, daß sie sich diesen Reichtum in einer so trostlosen Gegend leisten konnten. Ich entzündete wieder eine Fackel und schritt in einen der finsteren Gänge, doch schon nach wenigen Augenblicken stieß ich auf sein Ende. Der Gang war zusammengestürzt, große Felsquader ragten wirr durcheinander vor mir auf und verwehrten das Weiterkommen.

Ich wandte mich also in den nächsten, doch hier bot sich mir das gleiche Bild. Erst im dritten Tunnel kam ich weiter, und obwohl auch hier einige Quader im Weg lagen, kam ich doch voran und ging nun, wie mir schien, in einem Halbkreis weiter. Über die Bedeutung dieses Ganges konnte ich mir jedoch nicht schlüssig werden, vermutlich war er ein Fluchtweg, und von daher gesehen lohnte es sich bestimmt für mich, sein Ende zu erkunden. Kaum hatte ich mich an diesen Gedanken gewöhnt, stieß ich auch schon auf ein Eisengitter, das mir den Weg ins Freie verwehrte. Ich schlug mehrmals mit dem Schwert auf das arg von der Witterung und den Jahren angegriffene Schloß, bis es zersprang und die Tür sich mühelos öffnen ließ.

Als ich die Höhe des Ganges betrachtete, kam mir der Gedanke, mein Pferd hier hereinzuführen, denn auf diese Art würde der Haupteingang auch weiterhin von der Dornenhecke versperrt bleiben, während dieser hier so weit entfernt war vom eigentlichen Tempelbezirk, daß es schon mehr als Zufall sein müßte, stieße jemand von außen auf ihn. Froh über diese Entdeckung, schritt ich ins Freie und wendete mich wieder dem Tempel zu, der sich deutlich vom Sternenhimmel abhob. Mit einem fröhlichen Wiehern begrüßte mich mein Pferd, als ich ihm über die Nüstern strich, und folgte mir bereitwillig zu meinem neuen Eingang.

Hinter mir verschloß ich das Eisengitter wieder, und gemeinsam ging es nun zurück zu dem großen Gewölbe. Das Feuer brannte noch immer, und langsam stellte sich bei mir ein Gefühl der Geborgenheit ein. Das einzige Problem bestand im Moment in der fehlenden Verpflegung, denn meine Vorräte waren mit dem gestrigen Tag zur Neige gegangen. Ohne mir große Hoffnungen auf Erfolg zu machen, begann ich, meine Satteltaschen sorgfältig nach irgend etwas Eßbarem zu durchsuchen – und traute meinen Augen nicht, als ich aus der zweiten einen Laib Brot und ein großes Stück gebratenes Ziegenfleisch zum Vorschein brachte.

Die Bauern. Sie hatten mir das Essen zugesteckt, und das, obwohl ich ihrer Familie so großes Leid zugefügt hatte.

So gut ich es konnte, verdrängte ich die Gedanken an die furchtbaren Ereignisse und stürzte mich mit Heißhunger auf das Brot. Dazu schnitt ich mir noch ein Stück Fleisch ab. Nach diesem wirklich unerwarteten Mahl legte ich mich nieder, die großen Anstrengungen der letzten Tage und Wochen forderten unweigerlich ihren Tribut.

Als ich erwachte, glomm das Feuer noch, und im matten Schein der Glut erkannte ich zumindest die Umrisse meiner neuen Behausung. Ein paar Scheite Holz sorgten schnell für das nötige Licht, um mein Pferd zu satteln und es durch den Gang nach draußen ins Freie zu führen. Schließlich hatte es auch Hunger. In der Hoffnung, wenigstens etwas Gras zu finden, wandte ich mich von der Ruine in südlicher Richtung.

Der Ritt dauerte nun schon eine ganze Weile, und ich zweifelte schon daran, ob ich wirklich noch etwas finden würde, auf einmal bot sich mir hinter einem Hügel der Anblick vom Garten Eden. Weiden im satten Grün, ein kleiner Bach, dessen Wasser silbern in der Sonne glitzerte. Mein Pferd wechselte von ganz allein in Galopp und sprengte hinein in dieses Paradies. Ich ließ es gewähren, denn zum erstenmal, seit ich den Weiler hinter mir gelassen hatte, spürte ich wieder etwas Lebensfreude in mir aufsteigen. Ich legte mich ins duftende Grün und ließ mein Pferd nach Herzenslust grasen.

Kein Mensch war zu sehen, und ich fühlte wieder die Erde in ihrer Macht, doch unversehens zerplatzte dieser Traum: Mir fiel mit Schrecken ein, ich hatte vergessen, in der Katakombe eine Nachricht zu hinterlassen. Nicht auszudenken, was geschehen konnte, wenn die lang Ersehnten gerade jetzt in diesem Augenblick das Gewölbe verlassen vorfinden würden und einfach weiterritten.

Ich lief sofort zu meinem Pferd, das sich nur widerwillig von diesem gedeckten Tisch fortreißen ließ, und galoppierte wieder in Richtung der Tempelanlage davon. Für die gleiche Strecke benötigte ich wohl kaum die Hälfte der Zeit wie vorher, und erleichtert stellte ich fest, daß sich während meiner Abwesenheit niemand dort eingefunden hatte. Also nahm ich ein Stück Stoff aus meiner Satteltasche und schrieb mit Holzkohle eine kurze Nachricht, ohne allerdings preiszugeben, wo ich mich während meiner Abwesenheit aufhielt.

Beruhigt stieg ich wieder aufs Pferd und galoppierte zurück zu unserem Paradies, in der stillen Hoffnung, vielleicht bei meiner Rückkehr den Templer vorzufinden.

Die Sonne begann schon den Horizont zu berühren, während mein Pferd ausgiebig von dem Grün genossen hatte, war ich nicht untätig gewesen und hatte reichlich Gras gesammelt und hinter dem Sattel festgebunden, denn es sollte für die nächsten beiden Tage reichen. Wenn sich bis dahin nichts ereignet hätte, müßte ich auch für mich wieder nach etwas Eßbarem Ausschau halten, was in dieser Gegend weder leicht noch ungefährlich war.

In Gedanken über meine ungewisse Zukunft näherte ich mich wieder dem Versteck und stellte im Verlöschen des Tageslichts fest, daß ich noch immer das einzige menschliche Wesen an diesem gottverlassenen Ort war.

Wieder verging eine Nacht, und ein weiterer Tag schloß sich an. – Nichts geschah. Das untätige Warten und die vollkommene Einsamkeit lasteten schwer auf mir, und ich fragte mich, ob der Herr mich als letzten auf der Welt zurückgelassen hatte. Wieder endete der Tag, allmählich resignierte ich. Sollte denn wirklich alles umsonst gewesen sein und am Ende das Böse doch gesiegt haben? Was in Herrgotts Namen sollte dann aus mir werden? Wo sollte ich hin? Nach Hause in meine Vaterstadt konnte ich nicht. Die Gefahr war noch zu groß. Meinen Vater suchen, aber wo? Erst jetzt wurde mir meine ganze Hilflosigkeit bewußt, denn ich hatte so fest darauf gehofft, diesen Tempel nicht wieder alleine verlassen zu müssen. Aber es blieb mir keine andere Wahl. Am nächsten Tag mußte ich eine Entscheidung treffen, denn mein Proviant war bis auf einen kümmerlichen Rest zusammengeschmolzen.

Diese Gegend hier war mir völlig unbekannt, und ich wußte nicht wo und wann ich auf freundliche Menschen stoßen würde, die mir ihre hilfreiche Hand nicht versagten.

Mit den verlöschenden Flammen meines Feuers schlief ich wohl ein, und erst das ängstliche Schnauben meines Pferdes ließ mich erwachen. Die Katakombe war in fast völlige Dunkelheit getaucht, doch irgend etwas warnte mich vor der bedrohlichen Anwesenheit von Menschen.

Lautlos schob ich meine Hand hinter den Sattel, wo ich mein Schwert abgelegt hatte, doch sie griff ins Leere. Meine Waffe war weg, und panische Angst wollte sich meiner bemächtigen. Ich strengte mich unendlich an, diesem Gefühl so wenig wie möglich nachzugeben, und richtete mich vorsichtig auf, bis meine Brust gegen irgend etwas Spitzes stieß. Im gleichen Augenblick legten sich zwei Hände wie Schraubstöcke um meinen Hals. Wild um mich schlagend, versuchte ich dieser tödlichen Umklammerung zu entkommen, und es gelang mir tatsächlich, mich aufzurichten und meinen Gegner mit in die Höhe zu ziehen. Mit letzter Kraft stieß ich mich vom Boden ab, und wir beide krachten unsanft gegen die Marmorwand. Ich hörte, wie beim Aufprall dem anderen die Luft aus den Lungen gepreßt wurde, worauf der Druck seiner Hände nachließ, während ich diese kurze Verschnaufpause zu einem hastigen Atemzug nutzen konnte.

Von irgendwoher flogen mehrere Fackeln in den Raum, die das Gewölbe schlagartig erhellten, und ich erkannte nur allzu deutlich, daß es für mich keine Hoffnung mehr gab, denn vor mir standen sechs Schwerbewaffnete, die alle ihre Schwerter gezogen hatten und mich schweigend anblickten, so als warteten sie nur auf ein Zeichen, mich in Stücke zu hauen.

Augenblicke wurden zu Ewigkeiten, nur unterbrochen vom Atmen der Männer und dem Knistern der Fackeln.

Wie auf ein verabredetes Zeichen teilte sich die Menschenmauer vor mir, und ein weiterer Bewaffneter trat auf mich zu. Ich versuchte erst gar nicht zu fliehen, vielmehr gab ich mir Mühe, dem Blick dieses einen standzuhalten, dessen Augen fest auf mir ruhten.

Ohne die Waffe, die bedrohlich nahe vor meiner Kehle verharrte, auch nur um einen Deut zu senken, richtete er das Wort an mich: „Wer bist du, und was tust du hier?"

„Wer seid Ihr, hier so einzudringen und einem Schlafenden das Leben nehmen zu wollen?" entgegnete ich meinerseits, wohl wissend, daß diese wenigen Worte der Schlüssel zur Ewigkeit sein konnten.

Und wirklich bewegte sich die Schwertspitze noch ein kleines Stück weiter auf mich zu und berührte jetzt meinen Hals. „Ich glaube nicht, daß du dich in der Lage befindest, Fragen zu stellen!"

Wollte ich die nächsten Atemzüge noch überleben, so hatte ich gar keine andere Wahl mehr. „Wenn Ihr die seid, die ich hier erwarte, dann senkt die Waffen und seht hier das königliche Siegel." Mit diesen Worten zog ich behutsam den Siegelring hervor, den ich vorsorglich an einer Kette um den Hals trug, und hielt ihm das glänzende Metall entgegen.

Die eisenbewehrte Hand nahm ihn an sich und betrachtete aufmerksam das Erkennungszeichen im Licht einer Fackel. Unversehens fuhr die Fackel dann zu meinem Gesicht, was erstaunte Ausrufe der Männer zur Folge hatte. Nur mein Gegenüber rührte sich nicht, seine Augen lauerten verborgen unter dem Visier des Helmes.

Eine halbe Ewigkeit wollte vergehen, doch dann gab er den Ring an einen anderen, hinter ihm Stehenden weiter und senkte das Schwert. „Woher hast du das?" fragte er.

„Arton von Tarran, mit dem ich gezogen bin, hat es für mich in Modena zurückgelassen, als Beweis unserer Freundschaft."

Nach diesen Worten streifte der Fremde seinen Helm ab, und nun war es an mir, überrascht einen Schritt zurückzuweichen, doch weiter ließen mich seine nächsten Worte nicht kommen: „Nun ich bin sehr vorsichtig mit dem Wort 'Freundschaft', und es wundert mich doch sehr, daß Arton von Tarran so leichtfertig und unbesonnen handeln konnte, indem er dir dies anvertraute.“ Er hielt den Siegelring der Staufer in die Höhe. „Im allgemeinen ist es nicht seine Art, sich so unbedacht mit Kindern abzugeben.“

Unterdessen war der Raum vom geschäftigen Treiben der Männer erfüllt, die Satteltaschen und Proviantsäcke hereinbrachten, während andere bereits darum bemüht waren, das Lager herzurichten. Doch all das sah ich nur durch einen dichter werdenden Schleier voller Wut, denn diese Frechheit schrie nach einer Antwort. Auch wenn sie mich den Kopf kosten sollte, so kam sie doch augenblicklich über meine Lippen: „Zumal ja das Kind auch noch Kaiser werden will, als ob es nicht besser diese Aufgabe Männern überlassen sollte, die etwas von diesem Handwerk verstehen!“

Totenstille war die Folge meiner Worte. Die Ritter standen, wo sie waren, als hätte der Blitz in die Höhle eingeschlagen, und sofort fuhr das Schwert wieder in die Höhe.

„Na, Ihr habt Euch wohl schon bekannt gemacht?“ Aller Augen flogen dem Eingang zu, als die mir so wohlvertraute Stimme die Stille zerriß. Langsam kam er auf uns zu und bezeugte durch einen Kniefall seine Reverenz vor dem zukünftigen Kaiser.

„Ja wirklich, Ihr hättet zu keinem besseren Zeitpunkt kommen können“, versetzte Friedrich mit einem Seitenblick auf mich, der alles andere als freundlich war.

„Ich wäre gern früher gekommen, Euer Hoheit, aber die Vorsicht gebot mir einen beträchtlichen Umweg zu reiten, um Eure Verfolger abzuschütteln.“

„Offensichtlich ist es Euch gelungen, diese Bastarde auf eine falsche Fährte zu locken. Der Teufel soll diese Brut in Stücke reißen. Ihr werdet mir später berichten, wie es Euch ergangen ist.“ Er wandte sich ab, ohne mich eines weiteren Blickes zu würdigen.

Ich vergaß alle in diesem Raum und sah nur die ausgestreckte Hand des Templers. Endlich! Zutiefst bewegt ergriff ich sie, denn nun, so hoffte ich, hatte meine Odyssee ihr vorläufiges Ende gefunden.

„Na mein Junge! Ich bin froh, dich wohlbehalten wiederzusehen, aber erzähl, wie es dir ergangen ist, seit man dich damals in Modena entführt hat.“

Ich begann mit der Schilderung meines Leidensweges, und da das Erzählen zumeist die einzige Quelle ist, Neuigkeiten zu erfahren, versammelten sich bald alle nach und nach um das Feuer und lauschten schweigend und mit finsteren Mienen meinem Bericht.

Sogar Friedrich wurde neugierig, ich sah ihn im Widerschein mir gegenüberstehen. Offenbar hatte er ebenso wie ich Probleme damit, seine Erscheinung mit einem anderen teilen zu müssen.

Ab und zu ging ein Raunen durch die Gruppe der Getreuen, das sich zu haßerfülltem Aufbegehren steigerte, als ich von dem Weiler berichtete, dessen Bewohner ermordet worden waren.

Nachdem ich geendet hatte, war es der Templer, der als erster das Schweigen brach: „Sie sind also immer noch in unserer Nähe. Es ist bald nicht zu glauben."

„Du hast recht, Arton von Tarran", stimmte der junge Staufer zu. „Trotz aller Vorsicht ist es uns nicht gelungen, sie ein für allemal loszuwerden. Seit wir aus Rom abzogen, lechzen sie wie Hunde hinter uns her, und sooft wir auch falsche Fährten legten, diese Teufel durchschauten unsere Absicht." Friedrich erhob sich, und ich beobachtete, wie er vom Eingang der Katakombe her den Templer zu sich winkte. Dieser tippte mir auf die Schulter, und ich folgte ihm, ebenso wie ein anderer Mann, groß, mit dunklem Haar und dichtem Vollbart, der sich wie selbstverständlich anschloß.

Mit silbrigem Glanz empfing uns das Meer der Sterne, und stummen Wächtern gleich hoben sich die Silhouetten der Tempelsäulen vom nächtlichen Himmel ab, als wir uns zu Friedrich gesellten, der sich gegen einen Quader lehnte. Für mich völlig unerwartet, streckte er mir die Hand entgegen, in die ich nur zu gerne einschlug. „Ich hatte keine Vorstellung davon, welchen Gefahren du meinetwegen ausgesetzt warst. Bitte nimm meine Entschuldigung und meinen Dank für deine Treue entgegen. Und das hier, glaube ich, gehört wohl dir. Ich hoffe, daß es dir auch weiterhin gute Dienste erweisen wird."

Mein Schwert. Glücklich, es wieder in der Hand zu haben, aber unfähig ein Wort zu sagen, schob ich es in meinen Gürtel. An den Templer gewandt, fuhr der Staufer fort: „Du hast recht mit dem, was du über unsere Widersacher sagtest, und ich bin mir noch nicht klar darüber, wie es möglich ist, daß sie immer in unserer Nähe sind, und ob es ihre Absicht ist oder unser Glück, daß wir noch nicht aufeinander gestoßen sind."

„Ich befürchte fast, sie schließen einen Ring und wollen so die Verbindungswege zu den uns befreundeten Städten abschneiden oder zumindest kontrollieren."

„Ihr kennt euch noch nicht", wandte Arton sich an mich, wobei er auf den Dunkelhaarigen zeigte. „Dies ist Berard von Castacca."

Mit einer leichten Verbeugung deutete dieser einen freundlichen Gruß an, den ich natürlich sogleich erwiderte.

„Um aber jetzt auf Eure Bemerkung zurückzukommen, Berard. Warum sollten sie so lange warten? Sie sind uns zahlenmäßig bei weitem überlegen, und Gelegenheiten hatten sie nun weiß Gott auch genug. Also, warum überfallen sie uns nicht gleich hier? Einsamer kann es wohl kaum mehr werden."

„Ich glaube, daß ein offener Anschlag auf das Leben des Königs von Sizilien wohl das letzte Mittel ist, zu dem sie greifen werden, denn ein Mord würde die Position des Welfen im Reich doch sehr schwächen, und eine weitere Folge wäre, daß der mühsam unterdrückte Bürgerkrieg zwischen den Anhängern der Staufer und denen des Welfen erneut ausbrechen würde. Das kann unmöglich im Sinne des Welfenkaisers sein, zumal er jetzt auch noch den Heiligen Vater in Rom gegen sich hat. Seine Absicht liegt ganz offensichtlich darin, dein ganzes Vorhaben vor der Welt völlig abzuschirmen und dir so allmählich die Möglichkeit zum Weiterkommen zu nehmen. Ich sage dir ja nichts Neues, aber du weißt, daß wir seit Rom Schwierigkeiten haben, irgendeine Stadt auf unserem Weg zu finden, die nicht von diesen Teufeln verseucht ist. Wenn aber niemand mehr Kenntnis von deinem Vorhaben hat, gerätst du Stück für Stück in Vergessenheit, und am Ende ist deine Todesart völlig egal. Otto wird sagen, daß man deine sterblichen Überreste irgendwann, irgendwo einmal gefunden haben wird, und das war es dann. – Man wird sagen, du und deine Begleiter seien die Opfer eines Unglücks geworden, und niemand wird sich die Mühe machen, das Gegenteil beweisen zu wollen. Also wird man es glauben müssen. Dich wird man vergessen, als Wimpernschlag der Geschichte, und die Macht des Welfen bleibt für die Ewigkeit unangetastet."

„Und was können wir deiner Meinung nach dagegen tun?" fragte Friedrich, und der Unwillen in seiner Stimme war nicht zu überhören.

„Nichts!" antwortete Berard. „Wir sind zu wenige, um ihren Ring mit Gewalt zu durchbrechen, aber wir können ihnen auch nicht Ort und Zeit für den günstigsten Augenblick überlassen, denn das wäre mit Sicherheit unser aller Tod. Jedenfalls besteht so die Gefahr, daß sie uns von jeglicher Versorgung abschneiden."

„Bist du sicher", wandte Arton sich an mich, „daß du sie abgeschüttelt hast, oder könnten sie dir gefolgt sein?"

„Nein, ich glaube nicht, daß sie wissen, wo ich mich jetzt befinde.

Vielmehr bin ich davon überzeugt, daß sie nur eine sehr vage Vorstellung davon haben, in welche Richtung ich mich seit dem Verlassen Modenas gewandt habe. Das ist auch der Grund, warum sie alle Höfe und Weiler im weiten Umkreis der Stadt nach mir absuchen, aber ich bin mir sicher, daß sie von unserem Zusammentreffen hier keine Ahnung haben, zumindest nicht, was mich betrifft."

„Dann bliebe uns natürlich noch die Möglichkeit offen, den Jungen hier mit einer Abteilung unserer Ritter einen anderen Weg ziehen zu lassen, in der Hoffnung, daß sie ihn verfolgen und uns womöglich unangetastet weitermarschieren lassen", schlug Berard vor, und mir blieb fast das Herz stehen.

„Nein, das kommt überhaupt nicht in Frage!" fuhr Arton entschieden dazwischen, und mir fiel ein Stein vom Herzen. „Erstens sind sie zahlenmäßig stark genug, um beide Aufgaben zu erfüllen, und zweitens hat der Junge schon genug erleiden müssen, und das alles, weil der Herr so ein makabres Spiel mit ihm getrieben hat. Nein, wir müssen zusammenbleiben und uns nicht zersplittern lassen. Selbst der Welfe mit all seinen Möglichkeiten müßte schon ein stattliches Heer aus dem Boden stampfen, um uns von dieser Welt zu fegen, und ob das so in aller Stille geschehen kann, wage ich doch ernstlich zu bezweifeln. Was nun diese schwarzen Teufel betrifft, die hier überall ihr Unwesen treiben, so glaube ich doch, daß wir mit denen allemal fertig werden. Wenn du ehrlich bist, Berard, wirst du mir recht geben, daß dein Vorschlag keine Garantie auf Erfolg mit sich bringt, wohl aber den sicheren Tod dieses Jungen hier."

Aller Augen ruhten nun auf dem Staufer, denn von dessen Entscheidung hing unser weiterer Weg im allgemeinen und mein Schicksal im besonderen ab. Ich konnte sie nicht zwingen, mich in ihrer Mitte aufzunehmen.

Nachdenklich blickte Friedrich in das Dunkel der Nacht, so als vernähme er aus dem Finsteren der Ewigkeit eine Stimme, deren Weisheit er unbedingt vertrauen konnte. „Nein, wir bleiben zusammen!" entschied er, und seine Stimme duldete keinen Widerspruch. „Es tut mir leid, Berard, aber ich bin auch der Meinung des Templers, daß unser aller Hoffnung darin liegt, eine kleine, schlagkräftige, aber vor allem zusammenhängende Streitmacht zu sein." Trotz der Dunkelheit spürte ich die forschenden Augen des jungen Staufers. „Zumal ich davon ausgehe, daß uns seine Klinge noch gute Dienste erweisen wird. Doch jetzt laßt uns wieder nach unten gehen, bevor man sich dort unnötig Sorgen um uns macht."

Friedrich ging voran, und wie ein Schatten folgte ihm Berard von Castacca. Eben wollte ich mich ihnen anschließen, als ich die Hand des Templers auf meiner Schulter spürte. „Warte einen Moment, Markus, ich muß mit dir reden.“ Freudig ergriff ich die mir dargebotene Hand, denn endlich mußte ich meinen Weg nicht mehr allein gehen.

„Du bist genau im richtigen Moment gekommen“, sagte ich.

„Ja, das glaube ich auch, denn um ein Haar hätten meine Freunde das vollendet, was unseren Widersachern bisher verwehrt worden ist. Wenn man euch so beieinanderstehen sieht – eure Ähnlichkeit ist verblüffend, aber leider fiel das anderen auch schon auf, und fast wären ihre Pläne Wirklichkeit geworden.“

„Und deine Pläne, was ist mit deinen Plänen? Bin ich immer noch ein Spielball deines Traumes von einer besseren Welt?“

Es dauerte eine Weile, bis der Templer mit seiner Antwort im reinen war. „Ich kann nicht mehr tun, als dich um Verzeihung bitten, auch meine Illusionen sind meiner eigenen Realität gewichen. Aber nun etwas anderes. Du weißt, daß ich dich damals in Modena nicht länger suchen konnte?“

Ich nickte.

„Und du weißt auch, warum ich so handeln mußte?“

Wieder nickte ich, spürte ich doch, wie schwer ihm diese Entscheidung damals gefallen sein mußte. – Nicht nur mein Leben hatte sich verwandelt. „Du weißt, Arton, daß sie meinen Vater, deinen Bruder, in ihre Gewalt gebracht haben?“ Schweigen. „Ich habe vorhin mit Absicht nicht erwähnt, daß ich im Kloster mit ihm zusammengetroffen bin, doch wahrscheinlich haben sie ihn schon weggebracht. Was soll ich jetzt tun? Ich kann doch unmöglich meinen Vater in den Händen dieser Bestien lassen, mit euch mitziehen und so tun, als sei nichts geschehen.“

Das Gesicht des Templers lag im Dunkeln, aber auch so wußte ich, daß meine Nachricht ihn hart an die Grenzen seiner Selbstbeherrschung geführt hatte. Schweigen, Ratlosigkeit, Hoffnung auf eine Lösung, Resignation. All das lastete schwer auf uns, vermischte sich miteinander, trat hervor und verschwand aufs neue, obwohl ich zugeben mußte, daß der Templer wohl mehr mit der Lösung des Problems als mit seinen Gefühlen beschäftigt war.

Mir wurde die Zeit allerdings zu lang, und meine Ungeduld gewann wieder einmal die Oberhand. „Du weißt ebensogut wie ich, daß deines Vaters Leben für sie nur dann von Bedeutung ist, wenn sie gleichzeitig mich in ihrer Gewalt haben. Ich bin aber jetzt geflohen, und ihr 'Faustpfand' ist für sie nicht mehr wichtig. Sie werden ihn töten! Vielleicht ist er sogar schon tot! Arton, dein Preis ist zu hoch, viel zu hoch!"

„Nein!" erwiderte er fest. „Wie du schon sagtest, dein Vater ist auch mein Bruder, und er würde an meiner Stelle bestimmt das gleiche tun. Wenn es uns gelingt, Friedrich unversehrt in Sicherheit zu bringen, dann erst haben wir den Rücken frei, deinen Vater zu suchen, und der Abt hält dafür den Schlüssel in seiner Hand."

„Und wie rechtfertigst du es, wenn wir dann auch wieder zu spät kommen?"

„Ich sehe keine andere Möglichkeit, als zuerst dem Staufer den Weg zu bahnen, denn dann beginnt der Stern des Welfen endgültig zu sinken und mit ihm Macht und Einfluß dieser Brut. Der Welfenkaiser ertränkt das Land in einem Meer von Blut, und nur dieser junge Friedrich hat die Kraft und die Aura, dem ein Ende zu machen, glaube mir. Wenn es einer kann, dann ist er es!"

„Und mein Vater?" fragte ich resigniert.

„Es geht hier um Tausende, nicht um einen. Ich kann dir jetzt nicht helfen, noch nicht."

Gemeinsam stiegen wir die Treppe hinunter und fanden alle um ein Feuer versammelt, von dem aus der herrliche Geruch gebratenen Fleisches zu uns herüberzog. Trotz aller Sorgen, das Gefühl des nagenden Hungers war stärker, und so langte ich kräftig zu, während die ungewisse Zukunft erst einmal warten mußte.

Das Gewölbe bot ausreichend Platz für Friedrichs kleines, aber nichtsdestoweniger schlagkräftiges Gefolge. Nach der Mahlzeit wurden die Wachen für den Rest der Nacht eingeteilt, von denen sich jeweils zwei draußen zu postieren hatten, während einer das Feuer unterhalten mußte. Mein Pferd hatte Gesellschaft bekommen, denn mittlerweile standen auch die Pferde meiner neuen Gefährten in dem geheimen Fluchtgang.

Ich schlief sofort ein. Der Rest der Nacht hatte kaum einen Atemzug gewährt, als Arton mich weckte und zum Aufbruch mahnte. Die anderen waren schon eifrig damit beschäftigt, ihre paar Habseligkeiten zusammenzusuchen und auf den Rücken der Pferde zu verstauen, nur Friedrich saß noch, mit einem leichten Kettenhemd bekleidet, am Feuer und blickte versonnen in die verlöschenden Flammen, so als ginge ihn das geschäftige Treiben im Innern der Katakombe nichts an. Wortlos setzte ich mich zu ihm, nachdem Arton mir einen Wink gegeben hatte, und jetzt endlich blieb mir Muße genug, mein Gegenüber zu mustern.

Wahrhaftig, er hatte eine enorme Ähnlichkeit mit mir. Alles stimmte, bis auf die Länge der Haare.

Endlich sah er mich an. „Arton ist der Meinung, es wäre klüger, wenn ihr beide ein Stück vorausreiten würdet. Er selbst denkt an einen Abstand von zwei Stunden, denn er ist der Meinung, daß dadurch die Gefahr eines überraschenden Überfalls gemindert werden könnte. Offensichtlich ist die Welfenbrut verteufelt hinter dir her, und es wäre nicht wünschenswert, wenn eine Gruppe dieser seelenlosen Bastarde ausgerechnet durch dich auf unsere Spur kommen würde. Berard ist allerdings der Meinung, daß dein Freund nicht beide 'Friedriche' zugleich gefährden möchte. Ich für meinen Teil glaube, daß wohl an beidem etwas Wahres dran ist. Ich habe Arton die Erlaubnis erteilt, allerdings nur unter einer Bedingung. Du ziehst dir ein Kettenhemd an und versuchst dich ansonsten, soweit es eben geht, unkenntlich zu machen. Denn wenn schon ein Friedrich sterben muß, dann soll es wenigstens der richtige sein, egal, was der Templer-Orden daraus macht. Hast du mich verstanden?"

Ich hatte verstanden und willigte ein. Daraufhin gab mir einer der Ritter ein nicht mehr ganz neues Hemd, dessen einzelne Glieder zum Teil schon recht angerostet waren, welches mir sonst aber geradezu vortrefflich paßte. Nachdem ich es angezogen hatte, führte Berard mich unter eine der Fackeln, wo ich einen Kochtopf erblickte, aus dem noch leise der Dampf aufstieg. „Du brauchst jetzt nicht zu erschrecken, aber ich werde versuchen, dir deine Haare schwarz zu färben. Es ist die einzige Farbe, die ich mit unseren bescheidenen Mitteln herstellen konnte. Na ja, mit etwas anderem wird man dieser roten Pracht wohl auch nicht Herr werden können!"

Etwas widerstrebend ließ ich mir die gräßlich stinkende Flüssigkeit in die Haare streichen.

„Ja, das sieht doch schon besser aus", meinte der Staufer ernsthaft, nachdem ich die Prozedur überstanden hatte und mit triefenden Haaren vor ihm stand. „So, und jetzt wünsche ich euch viel Glück. Arton wartet draußen schon auf dich, und er kennt auch das Ziel. Wir werden euch im Abstand von gut einer Stunde folgen. Zwei Stunden erscheinen mir zuviel. Und vergiß nicht, was ich dir gesagt habe, Friedrich stirbt nur einmal!"

Ich nickte ihm zu, froh darüber, endlich an die frische Luft zu kommen und so meinem eigenen Gestank zu entfliehen.

„Dein Pferd und was sonst noch dein ist, hat Arton bereits nach oben gebracht", rief mir Berard noch hinterher.

Friedrich folgte mir, und während ich mit meinem Pferd beschäftigt war, hörte ich, wie er dem Templer sagte: „Wir werden Euch im Abstand von gut einer Stunde folgen, und vergeßt nicht, dann und wann ein Zeichen zu hinterlassen. Das Wichtigste aber wird sein, daß Ihr versucht, jedes Zusammentreffen mit dieser Teufelsbrut zu vermeiden, jedenfalls so gut es geht! So, und nun reitet los, der Herr möge mit Euch sein."

Arton nickte ihm zu, und gerade als sich der glutrote Feuerball der aufgehenden Sonne über den Horizont schob, verließen wir den Tempelbezirk.

„Ich sehe schon", meinte Arton lächelnd, „Berard hat sich wirklich Mühe mit dir gegeben."

„Ja, das stimmt. Er war sehr gründlich", pflichtete ich ihm bei, allerdings etwas weniger begeistert. Wortlos hielt er mir einen Spiegel entgegen, den er aus seiner Satteltasche gekramt hatte, und was ich darin sah, konnte unmöglich ich sein. Mein Freund brach in schallendes Gelächter aus, in das ich erst zaghaft, dann jedoch, als ich noch einen Blick in den Spiegel geworfen hatte, ebenso lautstark einstimmte. Es tat unglaublich gut, und der Templer wußte das. Mir liefen noch immer die Tränen über das Gesicht, als der Tempelbezirk nur noch ein grauer Schatten am Horizont war. Unser Weg führte uns jetzt nach Norden, immer den Bergen zu.

„Na und, nun erzähl mal! Was hast du für einen Eindruck von ihm?" fragte Arton nach einer Weile des Schweigens.

„Ich weiß noch nicht genau, was ich von ihm halten soll, aber ich bin davon überzeugt, daß er sehr genau weiß, was er will", erwiderte ich.

„Sieh einer an. Du hast anscheinend etwas dazugelernt, denn du bist vorsichtiger geworden und denkst jetzt erst, bevor du redest. Aber du hast recht, er weiß wirklich, was er will, und er vertraut sehr seiner eigenen Menschenkenntnis, und da tut er gut dran."

Schon seit langem hatte ich mir über die Beweggründe des Templers Gedanken gemacht, die ihn dazu trieben, diese Gefahren auf sich zu nehmen. Und das alles für ein schier aussichtsloses Vorhaben, welches eigentlich zum Scheitern verurteilt war. Damals, als wir noch gemeinsam, ich hinter ihm her, durch das Land zogen, hatte er mir zwar schon einiges versucht zu erklären, aber ich fühlte, daß hinter alldem noch etwas anderes verborgen war, etwas, das ganz tief unter der Oberfläche seiner Persönlichkeit ruhte und für mich im dunkeln blieb. Doch ich wollte es wissen, jetzt, denn die Zeit der Halbwahrheiten sollte, nein mußte nun endlich ihr Ende finden!

„In den Bergen hast du mir Gründe genannt, die zu deiner Gefolgschaft für Friedrich führten, aber das war nicht alles, oder?“ fragte ich deshalb, vermied es aber, ihm in die Augen zu sehen.

Abrupt riß er sein Pferd am Zügel und brachte es zum Stehen. Für einen kurzen Augenblick versuchte der Zorn Besitz von ihm zu ergreifen, doch dann erhellte wieder ein Lächeln die scharfen Züge seines Gesichtes. „Du hast recht! Ich werde versuchen dir zu erklären, warum dieser junge Mann so wichtig für mein Leben geworden ist. Wir müssen weit dafür zurückgehen, in eine Zeit, deren Schatten noch heute sichtbar sind und die, wie keine andere, mein Sein und mein Tun auch jetzt noch prägt und bestimmt. Alles begann an diesem schrecklichen Tag, der von einem Augenblick zum anderen mein Leben veränderte. Es war zu Weihnachten in Palermo, im Jahre des Herrn 1194, und die ganze Stadt befand sich in heller Aufregung, denn aus allen Teilen des Landes strömten die Menschen zusammen, um den Festlichkeiten beizuwohnen, die den Friedensschluß zwischen Kaiser Heinrich dem Sechsten und den sizilianischen Fürstenhäusern besiegeln sollten. Zu dieser Zeit lebte in Palermo eine Frau, die einmal meine Frau hätte werden sollen, und genau aus diesem Grunde hielt ich mich ebenfalls in der Stadt auf. Wir hatten mit Absicht die Hochzeit auf den zweiten Weihnachtsfeiertag verlegen lassen, weil wir in diesem Friedensabkommen ein gutes Zeichen sahen, auch für unser Glück. Versuche dir das einmal vorzustellen! – Alle Fürsten des Landes nebst ihrem gesamten Hofstaat waren eingetroffen. Tausende von Edelleuten, Händlern, Bauern und Bettlern säumten die Straßen und Plätze, als meine Braut und ich durch diese Menschenmenge hindurch zur Kirche geleitet wurden. Natürlich hatten wir mit alldem nur herzlich wenig zu tun, aber wir fühlten uns trotzdem als ein Teil dieses Ganzen. Ein Heer von Rittern in farbenprächtigen Gewändern bahnte sich seinen Weg, und die Glocken der ganzen Stadt läuteten und begleiteten so diesen Triumphzug.

Es war ein strahlender Tag, die Sonne durchflutete die Stadt und die Herzen ihrer Bewohner. Alles war eingehüllt in einen Mantel warmen Lichts. Überall sahst du lachende Gesichter, und in der Nacht davor sangen und tanzten die Menschen wie noch nie in ihrem Leben. – Es war endlich Friede! Die Mittagszeit war gerade vorüber an diesem zweiten Weihnachtstag, als wir glücklich aus der Kirche traten, Mann und Frau.

Von einem Augenblick auf den anderen geschah das Unfaßbare! Schwerbewaffnete Reiter sprengten durch die engen Gassen. Kinder wurden unter den Hufen der Pferde zertreten, Menschen, die sich nicht schnell genug in Seitenstraßen oder Hauseingänge flüchten konnten, hieben die Reiter in Stücke. Mitten in das ausgelassene Treiben schlug der Sensenmann seinen grausamen Takt.

Die Menschenmassen flüchteten vor dieser erbarmungslosen Horde, und machtlos trieben wir mit ihnen mit. Ich spürte bereits den heißen Atem der Pferde, das Krachen ihrer Hufe auf dem Pflaster, als mich im letzten Augenblick zwei Arme, wie aus dem Nichts kommend, in einen Hausflur rissen, bevor mich die Schlächter überrennen konnten. Meine Frau jedoch war von mir getrennt. Kannst du dir vorstellen, was das für mich bedeutete? Wie von Sinnen lief ich hinter der Meute her. Überall lagen Verstümmelte und Tote. Die ganze Stadt glich einem Schlachtfeld, und die Rinnsteine füllten sich mit dem Blut der wehrlosen Opfer.

Schließlich fand ich sie, doch ich erkannte sie nur an den Fetzen ihres Brautkleides.

Unterdessen waren alle Fürsten auf Geheiß Heinrichs gefangengenommen worden, und die Henker trieben sie wie Vieh vor sich her zu einer notdürftig zusammengezimmerten Richtstätte. Da, wo noch vor Stunden der Wein in Strömen floß, ergoß sich nun das Blut der Geköpften, und das Singen der Menschen war nun dem Schreien der Verzweifelten gewichen.

Jeder abgeschlagene Kopf eines Fürsten wurde auf einen Spieß gesteckt und zur Schau gestellt. Bald säumten den Platz Hunderte von Köpfen, deren Blut im Pflaster versickerte. Die Menschen waren fassungslos! Der ganze Platz war von den Reitern abgeriegelt worden, und erbarmungslos töteten sie jeden, der versuchte, sich zu den Opfern durchzuschlagen. Ihnen war es einerlei, ob es Kinder, Frauen oder Greise waren. Ihre Streitäxte hielten furchtbare Ernte. Heinrich ließ sie alle töten. Alle Fürsten, deren er habhaft werden konnte, wurden hingerichtet!

So schnell wie sie gekommen waren, zogen sie wieder ab, wie ein Spuk oder der Traum eines Wahnsinnigen. Eine Totenstille lastete über der Stadt und wo nur wenige Stunden vorher noch ausgelassen getanzt und gesungen worden war, herrschte jetzt ein dumpfes Schweigen. Ich verließ die Stadt, doch ich war nicht der einzige. Ein

Strom entwurzelter, apathischer Menschen wurde von diesem unheilvollen Ort regelrecht ausgespien.

Nach diesen Erlebnissen hatte ich mich verändert. Aus dem glücklichen jungen Mann war ein vom Haß Getriebener geworden. Ich suchte Zuflucht vor mir selbst und ging in ein Kloster, doch nach kaum einem Jahr trieb mich mein unsteter Sinn wieder hinaus. Die Klostermauern erdrückten mich. Ich bekam ganz einfach keine Luft mehr, und meine Sehnsucht wuchs von Tag zu Tag. Eines Nachts verschwand ich, und es dauerte nicht lange, bis ich so heruntergekommen war, daß ich ein leichtes Spiel für die Werber wurde. Man machte einen Söldner aus mir. –

An diesem furchtbaren Tag, der mein Leben so verändert hatte, wurde in Iesi ein Kind geboren, und sein Vater, der Antichrist Heinrich, der für all das Blut und Elend die Verantwortung trug, nannte es Friedrich! Ich schwor an diesem Tag, den zu unterstützen, der dieser Welt ein neues Gesicht verleihen will." –

Es dauerte eine Weile, bis ich ihm eine Frage stellen konnte: „Du denkst, dieser Friedrich ist der Mann, der das vermag?"

„Ja", antwortete er, und seine Stimme verriet, wie ernst er es meinte. „Er ist nicht wie sein Vater, denn er liebt sein Volk, und seit er nach normannischem Recht mit dem vierzehnten Lebensjahr regierungsfähig ist, hat er schon viel für die Menschen seiner Heimat Sizilien getan, ganz im Gegensatz zu seinem Vater und dem Welfen. Dieser ist ebenso ein Tyrann, wie Heinrich einer gewesen ist, denn für diese Tiere in Menschengestalt zählen nur Schwert und Peitsche. Ich weiß, daß Friedrich einst ein glückliches Reich erschaffen wird, wenn er diese Prüfung besteht. Gewiß, er ist ein Rüpel und sehr von sich überzeugt, aber er ist auch gerecht, und er weiß, was es heißt zu hungern und zu betteln. Vieles von dem, was ich dir jetzt sage, wird man dir schon im Kloster berichtet haben, aber vielleicht nicht alles, und wir haben ja jetzt etwas Zeit.

Friedrich hat es als Kind sehr schwer gehabt, denn ihm fehlte der Schutz der Familie, und zu klein, sich selbst zu wehren, wurde er zum Spielball der Großen. Seine Mutter kämpfte für ihn, aber ihre Macht war begrenzt, doch sie reichte aus, ihn am Leben zu erhalten. Sein eigener Charakter und Wille waren es, die ihn bis hierher geführt haben. Aus der Gosse, in der er von Almosen lebte, zum Anwärter auf den Kaiserthron. Es gab kein Buch, das er nicht lesen wollte. Es gab eigentlich nichts, was nicht sein Interesse fand. Mit vierzehn Jahren übernahm er die Regentschaft über Sizilien, allerdings nur mit der Duldung Roms. Ja, und dann heiratete er die zehn Jahre ältere Konstanze von Aragon. Du siehst also, er ist kein Junge mehr, in jeder Beziehung."

„Ich auch nicht", log ich ein wenig.

„Soso", quittierte Arton meinen Einwand. „Na jedenfalls wußte Friedrich damals schon sehr genau, was er wollte, und das war mit Sicherheit nicht Konstanze zu verdanken, sondern wohl eher den fünfhundert Lanzenreitern, die sie dem jungen Staufer als Geschenk mitbrachte. Leider hatte Friedrich nicht viel von ihnen, denn nach kurzer Zeit erlagen die meisten dem Fieber."

Unser Ritt ging weiter, und ich war begierig, mehr zu hören, zumal ich die Zusammenhänge aus der Sicht des Templers erfahren wollte. Arton ließ sich nicht zweimal bitten und fuhr fort: „Nach dem Tod Heinrichs des Zweiten brach in den deutschen Landen der Bürgerkrieg aus, den die Partei des Welfen für sich entscheiden konnte. Das gilt jedoch nur so lange, bis ein würdiger Vertreter der Stauferdynastie kommt und seinen Anspruch erhebt. Dann allerdings könnte sich das Blatt der Geschichte noch einmal wenden. Der Welfe hat den Heiligen Vater in Rom schon so weit gegen sich aufgebracht, daß dieser nicht nur den Bannspruch über ihn verhängte, sondern er steht jetzt auch offiziell hinter Friedrich, und was das bedeutet, kannst du dir ja vorstellen. Jedoch nützt uns das im Moment auch nicht viel, denn Friedrich hat nicht nur Freunde am päpstlichen Hof. Ich brauche da bloß an den Zisterzienser-Abt Joachim von Fiore zu denken, für den Friedrich ja der Weltzerstückler ist, aber das weißt du sicherlich. Ich persönlich halte von den Zisterziensern nicht allzuviel, aber sie haben großen Einfluß, und den wissen sie zu nutzen."

Ein Weile schwieg der Templer, und nun konnte ich verstehen, warum dieser Mann bereit war, sein Leben, und nicht nur sein eigenes, für eine bessere Welt in die Waagschale zu werfen. Im stillen mußte ich zugeben, daß ich ein klein wenig eifersüchtig war, verwarf diesen Gedanken aber schnell wieder, als der Templer fortfuhr: „Friedrich ist von Rom kommend quer durch die Lombardei, über Pavia, Cremona nach Mantua gezogen. Dann über Verona bis zu diesem römischen Tempel, und seit Assisi waren überall diese Teufel. Manchmal grenzt es wirklich an ein Wunder, daß sie noch nicht über uns hergefallen sind, aber ich glaube, Berard hat recht. Sie warten nur auf die beste Gelegenheit, und keiner von uns weiß, wann das sein wird. Nur einmal haben wir sie zu Gesicht bekommen, ansonsten aber fühlten wir mehr ihre unheilvolle Nähe, die unsere Stimme dämpfte, als daß sie zu greifen gewesen wären. Erst seit zwei Tagen sind wir halbwegs sicher, daß sie unsere Spur vielleicht doch verloren haben. Laß uns da vorne zu dem Baum reiten. Es wird Zeit, ein Zeichen anzubringen."

Wir hielten auf eine einsame Zypresse zu, wo sich Arton vom Pferd schwang und ein kleines, unscheinbares Kreuz in die Rinde schnitzte, während ich im Sattel blieb und die Umgebung im Auge behielt, was mir nicht besonders schwerfiel, denn außer dem Baum gab es nichts in dieser öden Gegend, was mir die Sicht verwehren konnte.

„Meinst du wirklich, daß sie das kleine Kreuz dort überhaupt bemerken werden?" fragte ich eher ungläubig, nachdem er wieder aufgesessen war.

„Bestimmt", antwortete er lächelnd. „Berard hat die Augen eines Adlers. Im übrigen würde er das Kreuz an der gleichen Stelle machen. Ich bin davon überzeugt, daß er auch ohne die Zeichen genau weiß, wo wir uns befinden. Zeitweise erstaunt der Mann sogar mich."

Wir waren uns sicher, einen genügend großen Vorsprung vor Friedrich und den anderen Rittern gewonnen zu haben, und so beschlossen wir, noch langsamer zu reiten, um den Abstand nicht allzusehr zu vergrößern. Ganz allmählich wandelte sich das Bild der Landschaft, und erste spärlich wachsende Sträucher kündigten das Vorhandensein von Wasser an. Endlich hatte die Vegetation Fuß gefaßt und das steinige Geröll des Vormittages abgelöst. Ein Teppich aus zartem, fast noch verwundbar wirkendem Gras breitete sich unter den Hufen der Pferde aus, und als die Sonne am höchsten stand, erreichten wir einen kleinen Bach, der lustig plätschernd unseren Weg kreuzte. Wir stiegen ab, kümmerten uns um unsere Pferde und aßen eine Kleinigkeit.

„Wo es Wasser gibt, da sind auch Menschen, und wenn ich mich recht erinnere, dann sind wir hier ganz in der Nähe des kleinen Weilers, den wir suchen. Sollte mich wundern, wenn ich mich täusche."

Nach dieser kurzen Rast bestiegen wir erneut unsere Pferde, und wirklich dauerte es nicht lange, bis eine Gruppe Häuser sich aus dem Dunst schälte, der wie eine flimmernde Wand den Horizont beherrschte.

„Es wäre nicht schlecht, wenn wir uns hier etwas genauer umsehen, zumal wir in nächster Zeit auch wieder Proviant benötigen, bevor wir durch das Etschtal den Einstieg in die Berge wagen können."

„Ist es nicht gefährlich für die Bewohner und auch für uns selbst, wenn wir jetzt Hilfe von ihnen erbitten? Denk an den Weiler, von dem ich dir erzählt habe", wandte ich besorgt ein.

„Ja, ich weiß, was du meinst, und glaube mir, ich teile deine Sorge. Auf dem Weg zum Tempel sah ich ebenfalls ein überfallenes Gehöft, wo diese Satane ihr Unwesen getrieben hatten. Sie müssen kurz vor meiner Ankunft dort gewesen sein."

„Wo lag dieses Gehöft?" wollte ich wissen, dunkel ahnend, daß seine Antwort meine Befürchtungen bestätigen würde.

„Wohl einen Tagesritt westlich der Tempelruinen, warum?"

„Waren alle Bewohner tot, oder hatte jemand überlebt?" fragte ich weiter, ängstlich auf die Antwort wartend.

„Sie waren alle tot und gräßlich zugerichtet. Ich habe sie beerdigt, neben einem ganz frischen Kindergrab. Waren das die Bauern, denen du beigestanden hast?" fragte der Templer, und Mitgefühl schwang in seiner Stimme. Ich konnte nur nicken. Worte fand ich nicht.

„Sie sind also doch wieder zurückgekehrt, und nachdem sie gesehen hatten, was auf dem Hof mit ihren Männern geschehen war, haben sie sich dann auf ihre Art an den Menschen gerächt, die doch eigentlich nur in Frieden ihr Land bestellen wollten. Du trägst keine Schuld daran. Was hättest du denn noch tun können, um sie zu retten?"

Sicher hatte der Templer recht, aber seine Worte spendeten mir keinen Trost, wieder sah ich das Gesicht der Frau vor mir, und ich dachte an den Mann, der schweigend das Grab für sein Kind ausgehoben hatte und der genau wußte, was seiner harrte. Mein Gott, ich wollte Unheil verhindern, und genau das Gegenteil hatte ich bewirkt!

Arton erriet meine Gedanken, er führte sein Pferd dicht neben das meine. „Es ist diese Zeit, die solche Teufel hervorbringt und ihr Unwesen treiben läßt, doch gerade deswegen müssen wir unseren Teil dazu beitragen, daß das Reich wieder von einer gerechten Hand geführt wird. Erst dann wird solchen Umtrieben Einhalt geboten werden. Sie sind nicht völlig umsonst gestorben. Glaube daran, mein Junge. Ihr Tod hat einen Sinn, wenn der Tod überhaupt einen Sinn haben kann. Vielleicht kannst du ihn jetzt noch nicht erkennen, aber irgendwann wirst du es verstehen, glaube mir."

Ich blickte ihn an und nickte, froh darüber, einen solchen Mann meinen Freund nennen zu können. Er verhielt sich eher wie ein Vater zu mir, als mein leiblicher es je getan hatte.

Unterdessen hatten wir uns der Ansiedlung ein gutes Stück genähert. Es war Mittagszeit, und aus den Kaminen traten lustige Wölkchen, die in der Windstille über die Dächer hinwegschwebten. Die Sonne brannte auf unsere Kettenhemden.

Arton gebot mir zu warten: „Ich gebe dir ein Zeichen!" Dann ritt er offen auf die Gruppe der Häuser zu, von wo wir hin und wieder das Lachen von Kindern vernommen hatten.

Ich führte mein Pferd etwas abseits in ein Pinienwäldchen, und in deren Schatten beobachtete ich den Templer, der inzwischen die Ansiedlung erreicht hatte. Er ritt um einen Mauervorsprung herum und entzog sich dadurch meinen Blicken. Indes blieb mir nichts weiter übrig als zu warten. Doch die Zeit verging, und allmählich begann ich mir Sorgen zu machen. Angestrengt blickte ich zu den Häusern hinüber, darum bemüht, mir auch nicht das kleinste Zeichen entgehen zu lassen, doch nichts geschah. Alles blieb ruhig, kein Kinderlachen erschallte mehr. Fast schien es, als hätte das Dorf meinen Freund verschluckt.

Erst glaubte ich mich getäuscht zu haben, aber da war es wieder, ein Aufblitzen, genau an dem Mauervorsprung, hinter dem Arton verschwunden war. Jetzt erkannte ich, was es war. Ein Mensch stand dort und hielt irgend etwas Metallisches in der Hand, vielleicht ein Schwert. Wie dem auch sei, wer anders außer Arton sollte ausgerechnet jetzt ein Schwert in die Sonne halten? Ohne noch einen Augenblick zu zögern, sprang ich auf mein Pferd und galoppierte auf das Licht zu, das Schwert vorsichtshalber schon in der Hand. Es dauerte nur wenige Augenblicke, bis ich mir sicher war, daß es sich bei dem Schwertträger wirklich um meinen Gefährten handelte. Allerdings war es nicht sein Schwert, sondern der Spiegel, dessen Aufblitzen ich wahrgenommen hatte, und erleichtert brachte ich mein Pferd auf seiner Höhe zum Stehen.

„Entschuldige, wenn ich dich zu lange hab warten lassen, aber es sind doch viel mehr Menschen hier, als ich vermutet hatte, und ich wollte sichergehen, daß sich keiner unserer zweifelhaften Freunde unter ihnen befindet."

„Und?" fragte ich.

„Du kannst beruhigt sein. Sie feiern ein Fest und haben uns eingeladen, bei ihnen zu bleiben und der Feier beizuwohnen."

„Können wir das denn so einfach?" fragte ich nun doch ernsthaft besorgt. „Immerhin stehen wir ziemlich unter Zeitdruck, und ich weiß auch nicht . . ."

„Ach was!" unterbrach er mich. „Die Leute hier sind dankbar für jeden Fremden, der ihnen nichts tut. Offensichtlich sind die Zeiten überall mehr als schlecht. Im übrigen ist unser Vorsprung ohnehin schon viel zu groß geworden. Wir können uns ruhig eine Stunde erlauben. Davon abgesehen tut es dir bestimmt auch einmal ganz gut, lachende statt tote Gesichter zu sehen. So, und jetzt komm endlich. Sie haben hier eine Gruppe Schauspieler, und die Vorstellung soll wohl gleich beginnen!"

Noch nie vorher hatte ich meinen Freund so freudig erregt gesehen, ohne noch ein Wort zu verlieren, nahm er mein Pferd am Zügel und zog mich mit sich fort.

Die Ansiedlung war bedeutend größer, als ich es aus der Ferne erwartet hatte. Immerhin bestand sie aus zehn Gebäuden, die sich kreisförmig um den Dorfplatz kauerten, der den Mittelpunkt der Siedlung bildete. Normalerweise wurde dieser wohl von einem Brunnen beherrscht, doch jetzt bildeten mehrere geräumige Wagen, die als Teil der Bühne galten, zum andern aussahen wie Häuser auf Rädern, den Anziehungspunkt.

Es mochten etwa fünfzig Menschen sein, Männer, Frauen und Kinder, die ungeduldig auf die provisorisch zusammengezimmerte Bühne und die im Hintergrund aufgefahrenen Wagen blickten. Zwei Stühle, ein Schrank und ein Bett bildeten das Mobiliar. Dazu ergänzten diverses Geschmeide und Geschirr das Bild und waren als Requisiten offenbar von Belang.

Wir näherten uns dem Geschehen, und ich ertappte mich dabei, wie ich begann, die Zuschauer schon jetzt zu bewundern, die so ruhig und geduldig ausharrten, obwohl die Sonne sich redlich Mühe gab, alles zu versengen. Es herrschte jetzt eine erwartungsvolle Stille, und Arton führte mich zu einer Holzbank. Wir setzten uns, und ich mußte gestehen, daß der Platz vortrefflich dazu geeignet war, alles zu überblicken. Mein Freund flüsterte seinem Nebenmann etwas ins Ohr, das ich allerdings unmöglich verstehen konnte. An dessen freundlichem Blick aber, den er mir daraufhin zuwarf, erkannte ich, daß von mir die Rede gewesen sein mußte. Freundlich lächelnd erwiderte ich seinen Gruß, worauf der Mann sich wieder erwartungsvoll der Bühne zuwandte.

„Er ist der Dorfschulze, wenn du so willst, und er hat uns freundlicherweise eingeladen, dem Schauspiel an seiner Seite beizuwohnen", erklärte der Templer, nicht ohne eine gewisse Befriedigung in seiner Stimme. Das also war der Grund für unsere hervorragenden Plätze.

Ein Trompetenstoß, der aus dem Wagen zu uns herüberschallte, riß mich aus meinen Gedanken und zog auch meinen Blick magisch zum Zentrum des Geschehens. Die Schauspieler stellten sich vor. Es waren insgesamt sechs, drei Männer und zwei fast schöne Frauen, die da gravitätisch aus dem Wagen auf die Bühne schwebten, um den ersten Applaus für sich zu verbuchen. Die Männer mochten fünfunddreißig bis vierzig Jahre alt sein und hatten eigentlich nichts Besonderes an sich, wenn man einmal von den Kostümen absah, unter denen sie wohl erbärmlich schwitzten. An den Frauen war ebenfalls nichts Außergewöhnliches, weder auffallend häßlich noch auffallend schön. Sie waren etwa Mitte zwanzig, wenn man dies auch infolge der reichlich verwendeten Cremes und Puder nicht mit Sicherheit feststellen konnte. Als letzter, aber wohl nicht unwichtigster Darsteller präsentierte sich ein Junge mit rötlich gefärbten Haaren, der frech in die Menge der Zuschauer grinste.

Sowohl die Kostüme der Damen als auch die der Herren ließen den Schluß zu, daß sich das Stück mit irgendeiner Begebenheit an irgendeinem Königshofe befassen werde, was als Thema nicht unbedingt einer Sensation gleichkam. Allerdings sollte ich nicht mehr lange darüber im unklaren bleiben, welcher Königshof das nun folgende Stück über sich ergehen lassen mußte.

Nachdem der Applaus versiegt war, trollten sich die Darsteller wieder, bis auf einen, der einsam auf der Bühne zurückblieb, während die anderen sich dezent im Hintergrund hielten. Hier erwarteten sie voller Ungeduld das jeweilige Stichwort, welches ihren Auftritt signalisierte.

„Das Stück, das ihr jetzt sehen werdet, trägt keinen Namen", verkündete der Zurückgelassene mit weit über die Anwesenden hinaus tragender Stimme und beispielloser Hingabe, „und wenn, dann müßte es den Namen des Mannes tragen, der es vor siebzehn Jahren mit seinem eigenen Schwert geschrieben hat. Er hieß – Heinrich, und ihr kennt ihn alle!"

Das satanische Grinsen, welches das Gesicht des Schauspielers in eine Fratze verwandelte, paßte vortrefflich zu den Gefühlen, die bei den Anwesenden mit der Erwähnung des Namens freigesetzt wurden. Ein Raunen ging durch das Publikum, nervöse Blicke flogen hin und her, und auch mir lief es trotz der Hitze kalt den Rücken herunter, als ich den Namen des Stauferkaisers vernahm, der, nachdem er erst einmal ausgesprochen war, so unheilverkündend über dem ganzen Platz schwebte.

Selbst Artons Miene verdüsterte sich. Ich wollte hier weg. „Findest du es nicht etwas merkwürdig, daß wir hier sitzen und uns ein Theaterstück ansehen, anstatt den Weg für Friedrich zu erkunden?" raunte ich ihm zu in der Hoffnung, dem Zorn und Haß zu entkommen, der auf das Publikum übergeschwappt war.

„Das tun wir doch, und ich glaube fast, wir könnten im Moment gar nichts Besseres für Friedrich tun als hier zu sitzen und zu beobachten, was uns dieses hübsche Theaterstück noch an Überraschungen zu bieten hat." Er lächelte, aber seine Augen hatten einen Glanz angenommen, der mich erschreckte. Was mochte jetzt im Kopf dieses Mannes vor sich gehen?

Unvermittelt fuhr er fort, so als befürchte er, daß ich mich mit seiner Antwort nicht zufriedengeben würde: „Sieh mal, dieser Ort hier bildet mittlerweile den Knotenpunkt für jeden Reisenden von und nach Verona, also auch für uns, zumindest sagte mir das vorhin das Dorfoberhaupt, das jetzt so verkniffen zur Bühne starrt. Jeder, der die Absicht hat, uns aufzuhalten, muß zwangsläufig hier durch, denn im Umkreis von ein bis zwei Tagen gibt es nichts Vergleichbares, das in der Lage wäre, einer größeren Anzahl von Menschen Obdach und Verpflegung zu stellen. Im übrigen scheinen das mittlerweile sowohl die Bewohner des Weilers als auch die Schausteller erkannt zu haben, sonst wären sie ja auch nicht hier, um diese Lage für sich auszunutzen. Als ich das letzte Mal hiergewesen bin, standen um diesen Platz gerade zwei Häuser, und jetzt ... Sie haben sogar schon ein Gasthaus eingerichtet, und jetzt sieh dir diese Theatergruppe an! Sie gastieren genau hier, wo alle Reisenden durch müssen, und sie werden wissen, warum sie das tun, und ich will es auch, jetzt um so mehr, als ich ihr Thema zu kennen glaube und auch den Sinn verstehe, der dahintersteckt."

Ich hingegen verstand von alldem herzlich wenig, aber ich fühlte mich unwohl, und so versuchte ich es noch einmal: „Aber sind wir nicht etwas zu auffällig gekleidet?"

„Sieh dich um", entgegnete der Templer gelassen, „und du wirst unschwer erkennen, daß wir hier so sicher sind wie in einem Kloster. Davon abgesehen, glaube ich kaum, daß wir alle Akte dieses Theaterstückes werden genießen können, denn sie haben sich ja nun wirklich nicht gerade ein Thema ausgesucht, das die Herzen der Bevölkerung hier höher schlagen läßt, aber vielleicht beabsichtigen sie das ja sogar."

Ich spürte, daß der letzte Halbsatz wohl mehr ihm selber als mir galt, und so beschränkte ich mich darauf, aufmerksam die Runde zu beobachten, wobei ich allerdings die Aufführung ein wenig vernachlässigte.

Die Zahl der Zuschauer hatte sich weiter vergrößert, und unter die Landbevölkerung mischte sich hier und da auch ein Kettenhemd und ein wertvolleres Gewand. Ich studierte die Anwesenden, konnte aber zu meiner Erleichterung weder etwas Bedrohliches noch Verdächtiges in den Gesichtern erkennen, nur gespannte Aufmerksamkeit. So wandte ich mich nun doch wieder den Schauspielern zu, denn unterdessen war der erste Akt vorüber, und der zweite näherte sich dem Höhepunkt des Geschehens. „Heinrichs" Monolog zielte darauf ab, eine Begründung für die Ermordung der Fürsten zu liefern, aber die Seelenlage des Publikums wurde immer gereizter.

Rufe nach „Aufhören" wurden lauter, und die Stimmung begann ernsthaft aggressiv zu werden, doch den „Heinrich" schien das nicht weiter zu stören. Seine Stimme dröhnte wie aus einer tiefen Gruft, während sich die anderen Schauspieler wieder verdeckt im Hintergrund hielten. Diese Passage gehörte allein dem „Heinrich", und er füllte sie auch vollkommen aus: „Eine Herrschaft kann nur entstehen, wenn die Menschen als oberstes Gebot ihre eigene Angst akzeptieren, denn nur dann ist der Mensch wirklich fähig, Opfer zu bringen und im eigenen Leiden einen Sinn zu erkennen. Nur wer die Gefühle und Seelen der Menschen beherrscht, der beherrscht das Reich, und aus diesem Grund müssen die Fürsten sterben, alle, denn jeder von ihnen bildet eine eigenständige Autorität, zu der die Menschen ehrfurchtsvoll aufsehen. Aber der einfache Geist darf nicht verwirrt werden, zu viele Herrscher überfordern ihn, deshalb darf es in ihrem Leben nur eine Autorität geben, mich! Mich, nur mich sollen sie achten und fürchten. Ich werde zu ihrem Mittelpunkt, und sie werden an mich denken, wenn sie morgens auf ihre Felder gehen, und sie werden noch immer an mich denken, wenn sie abends wieder nach Hause kommen. Ich werde zu ihrem Leben, weil ich ihr Leben beherrsche!"

„Hör auf, du Mistkerl! Wir wollen nichts mehr hören von diesem Tier in Menschengestalt!"

Doch „Heinrich" fuhr unbeirrt fort, trotz dieses alles andere als wohlgemeinten Zwischenrufes. „Mein Sohn wird einst die Welt regieren! Er, der in dieser Nacht Geborene, wird mein Erbe antreten und die Macht unseres Geschlechts vollenden!" Seine Stimme schwoll an. Jeden Satz donnerte er dem Publikum entgegen, das hin- und hergerissen war. Während die einen wie versteinert an seinen Lippen hingen, konnten sich die anderen vor Entsetzen und Zorn bald nicht mehr auf den Plätzen halten. Auch unser Gastgeber wünschte „Heinrich" in die tiefsten Tiefen der Hölle.

Ein markerschütternder Schrei, von „Heinrich" ausgestoßen, ließ das Publikum erstarren. Man hätte eine Feder fallen hören. „Mein Sohn, ich bereite deinen Weg", und auf mich zeigend, schrie „Heinrich" in die Reihen der Zuschauer: „Du wirst die absolute Macht in Händen haben, der Welt und ihrer Geschichte dein grausames Siegel einzubrennen!"

Ein unbeschreiblicher Tumult war die Folge. Stühle und Krüge flogen wild in Richtung Bühne, die Menschen rannten und schrien durcheinander.

Ich war entsetzt, und erst als der Templer mich unsanft in die Seite stieß, erwachte ich wie aus einer tiefen Betäubung. Er riß mich hoch, und so schnell es der Wirrwarr zuließ, wandten wir uns zu den Pferden.

„Was hat er damit gemeint?“ schrie ich. „Warum gerade ich? Woher kennt mich dieser Bastard, und was will er von mir?“

„Woher soll ich denn das wissen? Wir werden es erfahren, denke ich. Jetzt komm! Bevor die anderen merken, was los ist, müssen wir schon weg sein. Wir können von Glück reden, daß die letzte Geste unseres Heinrichs hier kräftig mißverstanden wurde, sonst hätten wir uns womöglich noch ernste Probleme aufgehalst. Aber jetzt nichts wie weg, bevor diese wildgewordene Horde zur Besinnung kommt und Fragen stellt. Wir müssen unbedingt Friedrich und die anderen warnen. Er darf unter keinen Umständen hier durchkommen, und versprich mir eins: Kein Wort zu ihm über das, was hier vorgefallen ist. Es wird besser für ihn sein, nichts von dem zu wissen, was sich hier abgespielt hat.

Wenn alles gutgeht, werden wir unseren Freunden hier heute nacht noch mal einen Besuch abstatten. Es würde mich schon interessieren, wie das Stück weitergeht. Im übrigen glaube ich, daß uns unser 'Heinrich' noch einige Antworten schuldig ist, meinst du nicht auch?“

Ich konnte nur nicken, denn mein Inneres glich haargenau dem Tumult auf dem Dorfplatz, dem wir so glücklich entronnen waren.

Meine Gedanken überschlugen sich, doch schrumpften sie auf eine Frage zusammen: Wie konnte er in mir den Staufer sehen? Es mochten wohl gut zwanzig Schritte gewesen sein, die uns voneinander trennten, und ich war mir sicher, dieses Gesicht noch nie in meinem Leben gesehen zu haben. Wie kam der Mensch dazu, ausgerechnet auf mich zu zeigen, oder kannte er Friedrich so gut, daß ihn die gefärbten Haare nicht irritierten? Noch gab es für mich keine Antwort, und ich mußte mich wohl oder übel bis zum Abend gedulden: Bis dahin galt es erst einmal, etwas ruhiger zu werden.

Wir galoppierten in die Richtung, aus der wir gekommen waren und von woher wir den Hauptteil unserer kleinen Streitmacht erwarteten. Hin und wieder warf mir Arton einen aufmerksamen, fast abschätzenden Blick zu, als versuche er, meine Gedanken zu erraten, bis er sich schließlich doch an mich wandte. „Es gibt vielleicht eine ganz einfache Erklärung dafür, warum er ausgerechnet auf dich zeigte und nicht auf irgend jemand anderen. Wir können nur hoffen, daß er seinen Auftritt überlebt hat, denn sonst werden wir die ganze Wahrheit wohl nie erfahren, befürchte ich.“

„Du meinst, die Leute könnten ihn und die anderen . . .?“ An diese Möglichkeit hatte ich noch gar nicht gedacht.

„Nun, zumindest schienen sie sowohl vom Inhalt der Aufführung als auch von deren Darbietung alles andere als begeistert zu sein. Doch es ist müßig, jetzt darüber zu philosophieren. So Gott will, werden wir in ein paar Stunden mehr darüber wissen. Zuerst müssen wir Friedrich warnen, denn der vorhin noch so beschauliche Ort hat sich ja nun leider in einen Hexenkessel verwandelt, und unsere Schar Schwerbewaffnete könnte da wirken wie ein Stock im Wespennest."

„Warum willst du denn Friedrich nichts von dem Theaterstück erzählen? Glaubst du, er wäre eifersüchtig, weil der Schauspieler so direkt auf mich zeigte, als Heinrichs Sohn?" fragte ich.

„Nein", widersprach Arton lachend. „Jedenfalls nicht, wie du glaubst. Denn es ist vielmehr so, daß er seinen Vater über alles verachtet. Auf der einen Seite ist er sehr empfindlich, wenn er mit ihm in Verbindung gebracht wird, und es würde ihn wohl sehr verletzen, wenn den Menschen so ein verzerrtes Bild von ihm vorgegaukelt werden würde. Er will so akzeptiert werden, wie er ist. Das ist eigentlich alles. Ich glaube jetzt auch zu wissen, warum diese Theatergruppe gerade so ein Thema gewählt hat, aber eines steht jedenfalls fest: Helfen werden sie Friedrich damit auf keinen Fall. Deswegen will ich wissen, ob das alles nur Zufall war, daß sie ausgerechnet jetzt hier gastieren, oder ob vielleicht doch mehr dahintersteckt, und wenn ja, was."

Es dauerte noch fast eine Stunde, bis wir vor uns eine Staubwolke gewahrten, aus der sich zuerst schemenhaft, dann immer klarer die Konturen Friedrichs und seiner Getreuen herausschälten. Wir gaben uns zu erkennen und trieben unsere Pferde unwillkürlich zu größerer Eile an. Zwei Reiter lösten sich aus der Gruppe und kamen uns entgegen – Friedrich und Berard.

„Ich bin froh, euch gesund wiederzusehen, wenn auch neugierig zu erfahren, was euch zu uns führt", eröffnete der zukünftige Kaiser die kurze Begrüßung. „Doch nun berichtet, welche Nachrichten ihr für uns habt."

„Keine guten, fürchte ich", entgegnete der Templer. „Ich halte den Weiler, den wir als Nachtlager für uns vorgesehen hatten, nicht mehr für so sicher, wie wir es noch vor wenigen Stunden annahmen. Jedenfalls befinden sich zur Zeit mehr Fremde dort, als wir erwarten konnten, und dann muß es wohl zu Streitigkeiten zwischen den Fremden und den Bewohnern gekommen sein, zumindest vernahmen wir Kampflärm. Ich halte es deshalb für ratsam, wenn wir von hier aus den direkten Weg nach Verona einschlagen."

„Arton“, entgegnete Friedrich freundlich lächelnd „du bist ein hervorragender Vertreter deines streitbaren Ordens, und ich verlasse mich voll und ganz auf dich und dein Urteil, wie dies wohl alle unsere Gefährten tun, aber eines bist du nicht – ein begnadeter Schwindler. Also bitte erzähle mir, was sich in dem Dorf wirklich zugetragen hat.“

„Nun ja, also ...“, Arton berichtete lückenlos die Ereignisse, die uns fast zum Verhängnis geworden wären.

„Was schließt du daraus?“ fragte ihn Friedrich nachdenklich, nachdem er geendet hatte.

„Ich bin mir nicht ganz sicher“, antwortete der Templer. „Aus diesem Grund möchte ich heute nacht noch einmal hinreiten, um noch mehr in Erfahrung zu bringen.“

„Berard, was hältst du davon?“ fragte Friedrich seinen Berater.

„Es kann kein Zufall sein, und ich befürchte, der Welfe will die Bevölkerung gegen dich aufbringen, um so deinen Tod zu rechtfertigen. Ich bin allerdings Artons Meinung, daß wir uns sicher sein müssen, dies um so mehr, als wir in wenigen Tagen in Verona sind, und da ist es gut, wenn wir mehr über diese Absichten und vor allem über die Auswirkungen auf die Bevölkerung in Erfahrung bringen können.“

Es dauerte eine Zeitlang, bis der junge König seine Entscheidung gefällt hatte. „Also gut, Arton. Es gefällt mir zwar nicht, euch hinter uns zu wissen statt als Vorhut, aber ihr habt mich überzeugt, daß wir diesem Problem auf den Grund gehen müssen, sonst bedarf es am Ende des Welfen und seiner Henker nicht mehr, um unser Vorhaben scheitern zu lassen.“

„Ich schlage vor, daß wir uns vor Verona wiedertreffen“, ergriff Arton erneut das Wort, und sowohl der Staufer als auch Berard nickten zustimmend. Friedrich wandte sich erneut an den Templer. „Wir müssen dich kurz allein sprechen.“

Natürlich fühlte ich mich übergangen, aber sowohl Arton als auch Friedrich lächelten mir zu. Etwas beruhigter ging ich zu den Pferden. Aus einiger Entfernung sah ich die drei heftig gestikulierend aufeinander einreden, und ihr Verhalten verriet, daß sie nicht unbedingt einer Meinung waren. Dann sah ich Berard das Wort ergreifen, während Friedrich nickte, und auch an Artons Haltung konnte ich erkennen, daß er Berards Ausführungen zustimmte, welche auch immer das sein mochten. Nun ja, ich würde es wohl noch früh genug erfahren. Hoffentlich!

Schließlich kamen sie zurück, und freundlich lächelnd sagte der junge Staufer: „Arton von Tarran wird dir erklären, wie es weitergehen wird. Nur soviel jetzt von mir: Es wird in Zukunft nicht mehr über deinen Kopf hinweg entschieden! So, und nun reitet wieder zurück, wir treffen uns zur vereinbarten Zeit am vereinbarten Ort. Seid pünktlich! Berard hat recht, wir können nicht allzulange auf euch warten."

Er gab uns nacheinander die Hand und wandte sich dann zu den Gefährten, während Arton und ich aufsaßen und uns auf den Weg machten, dem Flecken erneut einen Besuch abzustatten. Schweigend ritten wir eine Weile nebeneinanderher. Natürlich wollte ich wissen, was die drei vorhin über meinen Kopf hinweg beschlossen hatten, aber ich hatte gelernt zu warten, und ich wußte, daß der Templer mich jetzt nicht mehr lange im ungewissen lassen würde. Ich sollte recht behalten.

„Friedrich, Berard und die anderen werden jetzt erst einmal rasten, um während der Nacht aufzubrechen und die Straße nach Verona zu nehmen. Wir haben also Zeit genug für unser Vorhaben, und wir werden sie auch nutzen!" Wieder folgten Minuten des Schweigens. „Wir haben uns auch über dich unterhalten, deshalb bat Friedrich, mit mir und Berard allein reden zu können. Es dauert lange, bis er Vertrauen zu einem anderen gefaßt hat. Du mußt ihn verstehen, es hängt zuviel davon ab, daß er sich die richtigen Leute wählt, aber kurz bevor wir die anderen verließen, hat er dir etwas gesagt, und du kannst ihm glauben. Du gehörst jetzt endgültig zu uns!"

Es war bereits dunkel, als wir uns unserem Ziel vorsichtig näherten. Arton hatte kurz zuvor noch die Richtung geändert, damit es so aussah, als ob wir uns von Verona kommend dem Flecken näherten. Die Augen nach allen Seiten hin offen, ritten wir langsam auf den Brunnenplatz zu. Im Schein des aufgehenden Mondes erkannte ich deutlich die traurigen Überreste der Bühne, die noch vor wenigen Stunden Schauplatz dieser zweifelhaften Darbietung gewesen war. Von den Wagen allerdings, die davorstanden, fehlte jede Spur, offenbar schliefen die Bewohner schon, erschöpft von den Aufregungen des Tages. Das ganze Dorf wirkte wie ausgestorben.

Wir hielten, und Arton vergewisserte sich, nach allen Seiten spähend, daß wir die einzigen nächtlichen Besucher auf dem Platz waren. Indem er auf eines der Häuser zeigte, von dem ein markant wirkendes Dach fast bis auf den Boden reichte, flüsterte er mir zu: „Komm, wir stellen unsere Pferde dort unter, und dann sehen wir uns in aller Ruhe um. Es wäre schade, wenn unsere Freunde sich auf den Weg gemacht hätten, wo sie doch für so viel Begeisterung gesorgt haben.“

Wir führten die Tiere am Zügel und banden sie an einen Querbalken, so daß sie vom Brunnen aus nicht mehr zu sehen waren, da das Dach sie vollkommen verdeckte.

„Wir trennen uns jetzt, denn wenn man sie nicht aufgeknüpft hat, und das glaube ich nicht, müssen irgendwo die Wagen stehen“, flüsterte er mir ins Ohr. „Also, mein Junge, du gehst hier rechts herum, und ich halte mich links. Wir treffen uns wieder bei den Pferden, und solltest du etwas Auffälliges sehen, dann genügt ein kurzer Pfiff. Alles klar?“

Ich nickte und wandte mich in die angegebene Richtung, wobei ich die freien Flächen zwischen den einzelnen Häusern und Scheunen gebückt überquerte, um nicht unnötig lange dem zunehmenden Mondschein ausgesetzt zu sein. Trotzdem kam ich nur langsam voran, mußte ich doch im Schatten der Häuser doppelt auf der Hut sein, kein verdächtiges Geräusch zu verursachen.

Ich hatte schon gut die Hälfte des Weges hinter mich gebracht, da zerriß plötzlich das scharfe Bellen eines Kettenhundes die Stille. Sofort kauerte ich mich hinter einen Heuschober, doch der Hund hatte meine Witterung und ließ nun nicht mehr locker. Im Haus vor mir flammte eine Kerze auf, dann noch eine. Angespannt beobachtete ich zwei Männer, die, mit Knüppeln bewaffnet, vorsichtig ins Freie traten. Während der eine sich dem Hund zuwandte, blieb der andere vor der Tür stehen. „Sag schon, mein Sohn, was hat denn dieser verdammte Köter jetzt wieder?“

„Keine Ahnung! Soll ich ihn mal von der Kette lassen?“

„Nein, bloß nicht! Nachher ist er wieder weg, und wahrscheinlich für immer. Beruhige das Miststück, und dann komm wieder ins Haus.“

Mir fiel ein Stein vom Herzen, als ich die Worte des Vaters vernahm. Es bedurfte noch einer Reihe derber Flüche und etlicher Stockschläge, bis der Hund sein Gebelle schließlich aufgab.

Endlich wurde es wieder still. Der Junge verschloß hinter sich die Tür, worauf alsbald der Kerzenschein verlosch. Ich war wieder allein mit dem Hund, dem Mond und meiner Angst. Ich konnte es drehen und wenden wie ich wollte, es gab für mich keine Möglichkeit, meinen Platz unbemerkt von dem aufmerksamen Tier zu verlassen. Sollte ich es trotzdem versuchen, so würde er unverzüglich wieder anschlagen, und dann hätten Vater und Sohn bestimmt nichts Eiligeres zu tun, als ihn von der Kette zu lassen. Über den Rest brauchte ich mir keine Gedanken mehr zu machen.

Also verhielt ich mich ruhig und überlegte mir fieberhaft eine andere Möglichkeit, um diesem Schicksal zu entgehen. Zu Tode erschrocken zuckte ich zusammen, als der Templer lautlos neben mir aus dem Nichts auftauchte und ich seine Stimme an meinem Ohr vernahm: „Worauf wartest du denn? Komm schon, wir haben nicht die ganze Nacht Zeit. Unsere Freunde haben es offenbar doch noch fertiggebracht, hier eine Bleibe zu finden, also komm jetzt!"

„Aber der Hund", wandte ich ein. „Was ist mit dem Hund?"

„Was soll mit ihm sein, er ist tot, was sonst?"

Ich war fassungslos. Noch nie hatte ich gehört, daß es einem Menschen gelungen war, einen Hund, noch dazu einen aufmerksamen Wachhund, zu überraschen, geschweige denn ihn lautlos zu töten.

Gebückt lief ich hinter meinem Freund her, der, seiner Sache sicher, zielstrebig auf das Gasthaus zustrebte. Unter der Tür blieben wir einen Augenblick stehen und horchten ins Innere. Dumpf drangen Stimmen durch die geschlossenen Fensterläden zu uns nach draußen. Sogar ein Schimmer von Licht bahnte sich seinen Weg durch die Ritzen der Läden. Der Templer war ganz in seinem Element, und ohne lange zu warten, wandte er sich der Rückseite des Gebäudes zu. Hier nun herrschte völlige Stille, und auch die Dunkelheit war nahezu vollkommen.

Wortlos drückte mein Freund den Türgriff nach unten, jedoch vergeblich. Er hatte offenbar auch damit gerechnet, denn ein leises Geräusch, wie Metall auf Metall, drang an mein Ohr. Ein kurzes Klikken, und die Tür war auf.

Er schien mich gar nicht weiter zu beachten, sondern schlüpfte einer Katze gleich in das Haus. Da ich nicht wußte, welche Rolle er mir in diesem Stück zugedacht hatte, folgte ich ihm.

Es war stockdunkel. Man sah im wahrsten Sinne des Wortes nicht die Hand vor Augen. Wir befanden uns wohl im Hausflur. Jedenfalls ich befand mich dort. Von Arton konnte ich es nur erahnen, dann war ich mir sicher. Irgendwo vor mir vernahm ich, wie er eine weitere Tür öffnete. Ich schlüpfte hinter ihm her und stieß gegen die erste Treppenstufe. Anscheinend einer inneren Eingebung folgend, schlich sich Arton Stufe für Stufe nach oben. Dort bewegte er sich nach links und öffnete geräuschlos die erste Tür. Ein tiefes, sattes Schnarchen war zu hören. Der Templer näherte sich dem Schlafenden, während ich leise die Tür hinter mir verschloß. Allmählich hatten sich meine Augen an die Dunkelheit gewöhnt, und so fiel es mir nicht mehr schwer, die Einrichtung der Stube zu erkennen.

Das Mobiliar bestand aus einem Schrank, einem Bett, einem kleinen Tisch sowie dem dazugehörigen Stuhl. Das war vorerst alles, was ich erkennen konnte, denn mein Freund ließ mir wenig Zeit, die Örtlichkeiten genauer in Augenschein zu nehmen.

Mit angehaltenem Atem verfolgte ich, wie er sich behutsam dem Schläfer näherte. Ich zog es vor, an der Tür zu warten, um nicht noch im letzten Moment durch ein unnötiges Geräusch den ganzen Plan zunichte zu machen. Unterdessen hatte sich Arton dem Mann bis auf Armeslänge genähert, doch noch immer erfüllte dessen zufriedenes Schnarchen den Raum.

Mit der Gewandtheit und Kraft eines Raubtieres schlug der Templer zu. Während er ihm mit der einen Hand die Gurgel zudrückte, schlug er mit der anderen gegen die Schläfe, was umgehend zur Folge hatte, daß der auf so unliebsame Weise aus dem Schlaf Gerissene nun erneut in einen Schlummer fiel, der allerdings nicht von langer Dauer war. Er kam bald wieder zu sich, und die Erkenntnis von Artons Messer an seiner Kehle ließ ihn zu Stein erstarren.

„Ganz ruhig!“ zischte Arton ihn an, und zu mir gewandt fuhr er fort: „Sieh mal zu, ob du irgendwo eine Kerze findest.“

Ich brauchte einige Zeit, bis ich fündig wurde, doch schließlich erhellte ein magerer Schein das dürftig eingerichtete Schlafgemach.

„Sieh mal an, unser Freund Heinrich! Na wenn das kein Zufall ist.“ Trotz des Spotts in Artons Stimme erkannte ich deutlich, daß er erleichtert war, gerade den Hauptakteur der Spielleute in seine Gewalt gebracht zu haben. Dieser nun wiederum hatte die majestätische Haltung seiner Rolle gänzlich eingebüßt und hing wie ein nasser Sack an Artons Arm.

„Nun Hoheit, jetzt erzählt uns einmal, was Ihr mit Eurem Stück beabsichtigt habt. Es kann sich doch wohl kaum um die Unterhaltung und Zerstreuung des Publikums handeln, oder etwa doch?“

„Ich weiß überhaupt nicht, was Ihr von mir wollt! Ich bin doch bloß ein einfacher Schauspieler, und Geld habe ich auch keines, also was zum Teufel wollt Ihr dann von mir? Ich habe Euch doch gar nichts getan!“ begehrte der Schauspieler auf.

„Ich habe dir gerade gesagt, was ich von dir will, und wenn du deine kümmerliche Laufbahn als Schauspieler nicht abrupt beendet sehen willst, dann solltest du meine Frage schnell und ehrlich beantworten! Also noch einmal: Warum gerade dieses Stück?"

„Ich weiß es nicht, es ist doch ein Spiel wie jedes andere auch."

„Sieh dich mal etwas in der Kammer um", wandte der Templer sich an mich, „währenddessen hat unser Freund hier Gelegenheit, sich auf eine neue, einmalige Rolle vorzubereiten. Er wird allerdings erhebliche Schwierigkeiten mit den Proben haben, denn dieses Stück hier spielt das Leben."

Froh darüber, endlich etwas zu tun zu haben, durchsuchte ich gründlich den kleinen Raum und die persönlichen Sachen des Mannes – nichts.

Erst unter seinem Kopfkissen wurde ich fündig: ein kleiner Lederbeutel, gefüllt mit Geldstücken aus der Mailänder Prägung, einer Stadt also, die dem Welfen schon immer treu ergeben war und Friedrich um ein Haar zum Verhängnis geworden wäre, hätten ihn nicht seine Geistesgegenwart und vor allem die Ausdauer seines Pferdes vor der drohenden Gefangenschaft bewahrt.

Artons Augen verengten sich zu Schlitzen, als ich ihm das Geld zeigte. „Offensichtlich haben sich die Zeiten geändert! Die Schauspieler scheinen jetzt gut zu verdienen, und ich dachte immer, es sei eine brotlose Kunst, aber weit gefehlt, wie der Beutel hier beweist. Man muß nur am richtigen Ort, zur richtigen Zeit die richtigen Stükke spielen, und schon regnet es Gold, und das nicht zu knapp, nicht wahr?"

Mit einem Ruck riß er den armen „Heinrich" zu sich heran und zischte ihm ins Gesicht: „Du Wurm wirst mir jetzt die Wahrheit sagen, oder ich schneide dir die Zunge heraus. Noch kannst du es dir aussuchen, aber beeile dich, ich habe nämlich nicht das mindeste übrig für Schmierenkomödianten, und schon gar nicht für solche, die auch noch von Blutgeld leben."

Erschlafft, beinahe leblos hing „Heinrich" in den Armen seines Richters und stammelte unzusammenhängendes Zeug, doch ich spürte, daß sich Artons Geduld dem Ende näherte.

Bis zu diesem Augenblick hatte der Mann mich nur undeutlich und dann zumeist noch im Profil sehen können. Arton schien die gleiche Idee wie mir gekommen zu sein, denn er zwinkerte mir zu, ohne daß der Mann dies bemerkte. Ich nahm die Kerze vom Tisch und näherte mich ihm vorsichtig, während ich mein Gesicht, so gut es ging, im Schatten hielt. Ich erhaschte seinen vor Angst stieren Blick, der sich für einen Augenblick von meinem Freund ab- und mir zuwandte, so als versuche er zu ergründen, welche Gefahr ihm nun von mir drohen könnte. Doch nichts in seiner Miene verriet, daß er mich wiedererkannt hätte. Ich war mir sicher, daß in diesem Augenblick der Mensch unter Artons Händen lag und nicht der Schauspieler. Offensichtlich war es wohl doch nur ein dummer, wenn auch sehr merkwürdiger Zufall gewesen, nichts weiter.

Natürlich war ich sehr erleichtert, daß dieser Alptraum eben doch bloß ein Traum gewesen war, und so trat ich wieder aus dem Gesichtskreis der Kerze und überließ dem Templer das Feld, dessen Messer bedrohlich nahe am Mund des Schauspielers aufblitzte.

„Wofür bekamst du das Gold und von wem? Beeile dich mit der Antwort, großer Heinrich, deine Zeit läuft ab!"

„Bitte, ich will Euch ja alles erklären, aber schneidet mir nicht die Zunge heraus, bitte tut das nicht."

Es verging noch ein Moment der Sammlung, aber dann hielt unseren Freund nichts mehr auf: „Es ist noch gar nicht so lange her, da gastierten wir in einer kleinen Ortschaft, irgendwo in der Nähe von Mailand. Die Vorstellung war zu Ende, und die Nacht senkte sich über unsere müden Häupter . . ."

„Ich hoffe, du denkst daran, daß wir nicht unbedingt zu deinen künstlerischen Verehrern gehören, komm endlich zur Sache!" Erschrocken, aber auch etwas beleidigt fuhr der Mann fort: „Wie ich schon sagte, es war Abend, als ein Mann in einer schwarzen Robe mich in meiner Stube aufsuchte, ein Säckchen Goldstücke auf den Tisch warf und mir einen Zettel in die Hand drückte. – Das war alles. Ohne ein Wort zu sagen, drehte er sich um und verschwand. Nachdem er die Kammer verlassen hatte, rannte ich zum Fenster und sah den seltsamen Mann auf ein Pferd steigen, doch er war nicht allein. Ich zählte insgesamt acht, ebenfalls völlig in Schwarz gekleidete, Begleiter auf ebenso schwarzen Pferden. Ich werde diesen Anblick nie vergessen, es war einfach teuflisch. Auch seine leblosen Augen, sie verfolgen mich sogar in meinen Träumen!"

„Ja, das haben wir allerdings bemerkt, als wir hereinkamen. Du schliefst ungefähr so unruhig wie ein Toter", unterbrach ihn Arton ungeduldig. „Also, was stand auf dem Zettel, den er dir gegeben hatte?"

„Er war mit roter Tinte beschrieben und erteilte mir genaue Anweisungen, welche Art von Stücken ich wo und zu welcher Zeit aufzuführen habe. Es sollte in Turin beginnen und dann immer weiter in Richtung Osten, entlang der Alpen, bis zu den Dolomiten führen.

Sollte ich mich dazu entschließen, das Engagement anzunehmen, dann hätte ich nichts weiter zu tun, als eine Kerze ins Fenster zu stellen. Man wüßte dann schon Bescheid."

„Und Ihr habt natürlich angenommen, wie man ja unschwer feststellen konnte", versetzte der Templer verächtlich.

„Was hätte ich denn tun sollen?" begehrte der Mann auf. „Ihr habt es doch vorhin selbst gesagt, daß Schauspieler kein üppiges Leben führen, und unseres war selbst von einem bescheidenen noch recht weit entfernt, weiter jedenfalls als das anderer Schauspieler. Ich mußte das Gold annehmen, mir blieb doch gar keine andere Wahl! Wir hatten Schulden, die beglichen werden mußten, und essen mußten wir ja schließlich auch, aber das waren nicht die wichtigsten Gründe. Auf dem Zettel stand nämlich noch etwas ganz anderes."

„Was denn?" drängte nun ich, mittlerweile ebenso ungeduldig wie mein Freund.

„Der Satz lautete: 'Solltest Du allerdings verzichten, oder zuviel reden, was auf das gleiche hinauskommt, nehmen wir anstelle der roten Tinte das Blut Deines Kindes. Das wird dann der letzte Brief gewesen sein, den Du gelesen hast!' Ich bin nicht besonders mutig, müßt Ihr wissen", stammelte der Mann, den allein schon bei der Vorstellung das Grauen schüttelte. „Ich liebe meine Familie, und sie ist alles, was mich interessiert, außer natürlich meiner Kunst. Ich stellte also die Kerze ins Fenster und begann damit, das Stück, das Ihr heute gesehen habt, einzuüben."

„Ist das Publikum immer so begeistert von Euren Darbietungen, oder war das vorhin vielleicht eine Ausnahme?" fragte Arton, und in seiner Stimme schwang Mitgefühl für die schier aussichtslose Lage des Schauspielers und seines Ensembles, oder wie sich dieser zusammengewürfelte Haufen nannte.

„Na, Ihr habt es heute doch selbst erlebt, oder etwa nicht? Es genügt doch schon, den Namen des Staufers auszusprechen, um die Leute in Angst und Schrecken zu versetzen."

„Ja, weiß Gott", knurrte Arton, „Euren Erfolg haben wir hautnah zu spüren bekommen, und Ihr habt Euch ja alle Mühe gegeben, dieses Gefühl der Angst auch noch zu vergrößern."

„Was soll ich denn Eurer Meinung nach tun?" fragte der Schauspieler, nicht ohne seiner Berufsehre Ausdruck zu verleihen. „Ich bin Schauspieler . . ."

Eine schallende Ohrfeige unterbrach abrupt die Rechtfertigung. „Du verdammter, elender Wicht", zischte der Templer gefährlich leise. „Höre mir gut zu, was ich dir jetzt sage, und ich rate dir dringend, es zu beherzigen, sonst wird deine letzte Rolle die mit Abstand beste sein. Ihr werdet euch hier in diesem Weiler eine Woche lang nicht vom Fleck rühren und vor allem kein Stück aufführen! Ihr seid Schauspieler, also laß dir irgendeinen halbwegs überzeugenden Grund für euer Verweilen hier einfallen. Es dürfte in eurem Interesse liegen, wenigstens dabei etwas mehr Erfolg zu haben, als ihr es bisher offensichtlich gewohnt seid. Bleibt sieben Tage hier und verlaßt euch darauf, daß wir über jeden eurer Schritte bestens informiert werden!"

Der Mann starrte abwechselnd in unsere Gesichter und nickte dann dem Templer zu, zum Zeichen wohl, daß er verstanden hatte, was für ihn und seine Truppe auf dem Spiele stand.

Wir huschten aus dem Raum und verschwanden ebenso lautlos, wie wir gekommen waren. Wir mußten uns beeilen, denn unser Gastspiel in dem Weiler hatte doch mehr Zeit in Anspruch genommen als erwartet. Endlich wieder bei unseren Pferden, verließen wir unverzüglich den Ort und wandten uns nun ebenfalls in die Richtung Verona, unserem nächsten großen Ziel, in der Hoffnung, mit dem Staufer noch rechtzeitig vorher zusammenzutreffen.

Trotz der noch immer herrschenden Dunkelheit kamen wir auf der wider Erwarten gut ausgebauten Straße recht zügig voran.

„Meinst du, daß es noch viele solcher Theatergruppen gibt?" fragte ich meinen Freund, obwohl der schnelle Ritt das Sprechen beschwerlich machte.

„Ich würde mich nicht wundern, wenn wir hier und da wieder auf eine stoßen würden, und alle sind auf die gleiche Art und Weise geworben oder gepreßt worden."

„Was bezweckt denn der Welfe damit?" fragte ich weiter und versuchte mir gleichzeitig selbst eine Antwort zu geben, ohne großen Erfolg, darum fuhr ich fort: „Ich kann mir nicht vorstellen, daß die Menschen Friedrich mit seinem Vater vergleichen, nur weil ein paar Schmierenkomödianten irgendwelche Schauermärchen zum besten geben."

„Soso, kannst du nicht? Und was ist mit dir? Hast du unseren Ritt durch die Berge etwa schon vergessen? Natürlich werden die Menschen Friedrich an seinem Vater messen, denn das liegt nahe", erwiderte der Templer düster. „Er ist nun einmal sein Sohn und als solcher selbstverständlich vorbelastet. Die ganze Welt schaut auf diesen Jungen und beargwöhnt all seine Äußerungen und vor allem natürlich sein Verhalten. Ich bin davon überzeugt, daß solche Leute wie dieser Schauspieler und seine Truppe für Friedrich nicht viel weniger gefährlich sind als der Welfe selber, denn gegen den kann er sich notfalls mit dem Schwert wehren. Aber wie um Himmels willen kannst du dich gegen ein Volk und dessen Ängste und Gefühle zur Wehr setzen, wenn es dir den Boden unter den Füßen wegzieht? Ich kann nur hoffen, daß wir uns in dieser Gegend nicht mehr allzulange aufhalten und bald über den Brenner sind, denn dann sind diese Gefahren gebannt. Alles, was danach noch auf uns zukommt, hängt einzig und allein von Friedrichs Können und Geschick ab, aber bis dahin ist es noch ein weiter Weg. Zu unserem Glück hat der Welfe einen ziemlich erbärmlichen Ruf, und im Gegensatz zu ihm ist Friedrich jung. Das macht ihn vielleicht etwas sympathischer. Gebe Gott, daß nicht alle Gruppen ihr Handwerk so gut verstehen wie die, die wir gesehen haben. So, nun laß uns aber schweigen. Ich brauche etwas Zeit, um mir die nächsten Schritte zu überlegen, bevor wir wieder mit Friedrich zusammentreffen."

Natürlich respektierte ich seinen Wunsch, zumal ich mir ebenfalls Gedanken machte über unsere abenteuerliche Odyssee und wie sie einmal enden würde. Wir schwiegen, die Pferde trugen uns weiter, und am Horizont kündigte ein breiter Silberstreifen die Geburt des neuen Tages an.

Während der ganzen Nacht hatte niemand unseren Weg gekreuzt, und in den beiden ersten Stunden des neuen Tages blieben wir unbehelligt. Es erinnerte mich fast an die Zeit, als wir uns kennengelernt hatten, doch die trügerische Ruhe, die uns jetzt umgab, konnte nicht darüber hinwegtäuschen, daß sich viel, sehr viel seit dieser Zeit verändert hatte. Furchtbares, Unverständliches und Grausames ereignete sich seit diesen Tagen, bis sich die Welt für meine Augen völlig gewandelt hatte. Sie war jetzt nicht mehr der liebevoll behütete Tummelplatz meiner unbeschwerten Jugend. Mittlerweile hatte ich sie schon zur Genüge gesehen, die krankhafte Zerstörungswut der Menschen, die diese hilflose Welt in einen abgrundtiefen Sumpf aus Niedertracht und Gemeinheit hinabzogen.

Ich erschrak über meine eigenen Gedanken, oder waren es vielleicht schon gar nicht mehr meine eigenen? War da nicht der Abt des Klosters, der seine haßerfüllte Saat in mir zum Reifen gebracht hatte? Er, der die Welt ja ebenfalls als verachtenswert und krank empfand, oder waren es die Erlebnisse, die meine Seele so erschüttert hatten? Ich wußte es nicht, aber es wurde Zeit, daß ich mit mir selbst ins reine käme. Wie dem auch sei, ich mußte mich in acht nehmen, denn noch immer gab es Ideale, für die es sich zu leben, zu kämpfen und vielleicht auch zu sterben lohnte. Neben den Idealen gab es aber auch Menschen, die nicht in das Schema meiner jetzigen Weltverachtung paßten: Arton zum Beispiel, und das wunderschöne Mädchen, das einen solch tiefen Eindruck bei mir hinterlassen hatte. Als meine Gedanken sich diesem himmlischen Geschöpf zuwandten, verblaßten all die grauen Schleier meiner Vorstellungskraft, Licht und Sonne durchströmten meine Seele.

Wie aus weiter Ferne drang die Stimme des Templers in mein Bewußtsein und riß mich zurück in die Gegenwart: „Du siehst aus, als seist du der glücklichste Mensch der Welt. Hast du vielleicht geträumt, Markus? Junge, was ist los mit dir? Man könnte fast meinen, dir sei ein hübsches Mädchen über den Weg gelaufen? Aber sie braucht dir ja nicht unbedingt nur über den Weg gelaufen sein, nicht wahr?“ Bei seinen letzten Worten spürte ich förmlich, wie mir die Röte ins Gesicht stieg, und offensichtlich bemerkte dies auch mein Freund, denn er lächelte und klopfte mir aufmunternd auf die Schulter.

Es war mir völlig entgangen, daß unsere Pferde mittlerweile in Schritt gefallen waren. Auch die Straße war zum Leben erwacht. Es häuften sich die Begegnungen mit Fuhrwerken, Reitern und Bauern, die sich ihren Feldern zuwandten, welche sich, nur spärlich unterbrochen von Bäumen und Büschen, bis zum Horizont hin erstreckten. Die Luft war warm, und die Erde strahlte eine Zufriedenheit aus, die auch von den Menschen Besitz ergriff. Alle waren auf eigenartige Weise freundlich gestimmt und guter Dinge, und ich war glücklich, denn zum erstenmal seit langer Zeit war es mir gelungen, die Schatten in meinem Inneren zu verdrängen und durch Licht und Wärme zu ersetzen. Ich fühlte mich frei von den schrecklichen Erinnerungen, die mich sonst quälten, frei und ungebunden.

Zu unserer Freude befand sich direkt an der Straße ein Gasthaus, das sich zudem die Annehmlichkeit leistete, mehrere schön gearbeitete Tische und Stühle unter einer dichtgewachsenen Gruppe schattenspendender Pinien zu plazieren, von wo aus man in aller Ruhe dem Betrieb auf der Straße zuschauen konnte, ohne selbst daran Anteil zu haben.

Wir führten die Pferde an die Stirnseite dieses malerischen Gasthofes und beauftragten einen herbeieilenden Knecht, sich sorgfältig um sie zu kümmern. Als wir uns davon überzeugt hatten, daß die Tiere gut versorgt waren, setzten wir uns fast aus alter Gewohnheit in eine Ecke unter einen der wunderbar gewachsenen Bäume, der es uns ermöglichte, einen Großteil der Straße im Auge zu behalten.

„Haben wir denn überhaupt genug Zeit, hier einzukehren?“ fragte ich meinen Freund, nachdem ich mich sowohl meines Schwertes als auch meiner Handschuhe entledigt hatte.

„Ja, ich glaube schon“, erwiderte er fast behaglich. „Wir haben in der Nacht noch ein gutes Stück Weg zurückgelegt, und Friedrich selbst wird auch nicht die ganze Zeit geritten sein. Im Laufe des Tages oder der kommenden Nacht werden wir ihn wiedertreffen. Jetzt laß uns die Zeit genießen und erst einmal etwas Anständiges essen. Ich glaube schon, daß wir uns das verdient haben. Ich jedenfalls hab einen furchtbaren Hunger, du nicht auch?“

Ich nickte begeistert, und sobald wir uns gesetzt hatten, stand auch schon der Wirt an unserem Tisch und hieß uns willkommen. Freundlich erwiderten wir seinen Gruß und bestellten ein einfaches, aber nichtsdestoweniger reichhaltiges Mahl, bestehend aus gebratenem Hasen, überzogen mit einer herrlichen Marinade, aus der ich unschwer eine gehörige Menge Safran herausschmeckte. Der Wirt machte auf uns einen ehrlichen und sauberen Eindruck, wie auch alles andere sauber und einladend wirkte.

Während wir auf das Essen warteten, ging ich zu den Pferden und überzeugte mich davon, daß sie mit allem Nötigen versehen waren. Derweil musterte der Templer die beiden einzigen Gäste, die ebenfalls hier eine Rast einlegten.

„Und?“ fragte er, als ich mich wieder gesetzt hatte.

„Es ist alles in Ordnung“, erwiderte ich, mich behaglich zurücklehnend. „Die Pferde haben mehr zu fressen als sie brauchen.“

Der Templer war mit seinem Urteil über die beiden Fremden zufrieden, und so ergriff eine Ruhe und Ausgeglichenheit von uns Besitz, die schon fast an Erholung grenzte. Die Anspannung, das ständige „Auf-der-Hut-Sein“, all dies war wie weggefegt, und es trat wieder etwas in mein Bewußtsein, dessen Existenz ich schon beinahe vergessen hatte. Es war dieser Drang, sich einfach fallen zu lassen, dabei jedoch jeden Augenblick bewußt in sich aufnehmen und festhalten zu wollen.

Es lag schon sehr lange zurück, daß ich ohne Sorgen ganz einfach nur ich selbst hatte sein können. Arton schien sich den gleichen Gedanken hinzugeben, wenn auch nicht so vollkommen wie ich. Ich kannte diesen Mann mittlerweile gut genug, um zu wissen, daß seine Gedanken hauptsächlich mit der Lösung der anstehenden Schwierigkeiten und Gefahren beschäftigt waren. Unser Weg hierher war ja nun auch wirklich steinig gewesen.

Im Grunde genommen war es mehr als verwunderlich, daß ausgerechnet ich und dann auch noch zu dieser Zeit meinen inneren Frieden wiederfand. Doch wie man im Zentrum eines wilden Sturmes urplötzlich eine kurze Zeit der absoluten Windstille erleben kann, so fühlte ich auch hier, inmitten all der Schrecken, eine Oase der Ruhe. Während sich die Schlinge unserer Gegner immer enger zusammenzog, oder vielleicht gerade deswegen, befreite sich meine Seele von jeglicher Last und erlebte ein neues, unbeschwertes Dasein. Ich wußte es nicht, aber ich ahnte, daß gerade diese Augenblicke zu den kostbarsten gehören, deren ein Mensch sich in seinem Leben erfreuen kann, daher ließ ich dieser Zeitspanne die Bedeutung angedeihen, die sie für meinen Seelenfrieden hatte.

Das Essen schmeckte hervorragend, und sogar dies gehörte zu den Erlebnissen, deren Intensität heute kaum noch nachvollziehbar und schon gar nicht in Worte zu kleiden ist.

Nach dem Mahl saßen wir noch eine Zeitlang schweigend am Tisch, bis der Templer dann doch zum Aufbruch mahnte. Wir bezahlten, und der Wirt geleitete uns zu den Pferden, um sich dort von uns zu verabschieden. Zügig zwar, aber nicht auffallend schnell wandten wir uns wieder der Straße zu – mit dem Ziel Verona. Wir hofften, noch vor Einbruch der Dunkelheit mit dem Staufer zusammenzutreffen. Aber noch immer war mir völlig schleierhaft, wie wir dies bewerkstelligen sollten, da Friedrich und seine Getreuen ja nicht den direkten Weg über die Straße wählen durften, jedenfalls nicht am Tage.

Schließlich ließ mir meine Neugierde keine Ruhe mehr, und ich äußerte Arton gegenüber meine Bedenken.

„Es wurde ja langsam Zeit, daß du diese Frage stellst. Also pass auf, es ist eigentlich ganz einfach: Wir haben aus den Fehlern vor Modena gelernt und zusammen mit Berard die gesamte Route bis ins Detail festgelegt, so auch jeden eventuellen Treffpunkt vorher genau bestimmt. Wir haben sogar Ausweichquartiere festgelegt, sollten sich die ursprünglich vorgesehenen durch irgendeine Widrigkeit für uns als unbrauchbar erweisen. Dies ging natürlich nur, weil wir, Berard und ich, den Weg recht gut kennen und auch einige der Ritter unserer Gefolgschaft ortskundig sind. Ich glaube sogar zu wissen, wo er und die anderen sich im Moment aufhalten. Natürlich ist bei so einer Planung auch ein gewisses Maß an Glück gefordert. Ebenso gibt es natürlich auch Unwägbarkeiten, wie Krankheit oder ein unerwartetes Scharmützel. Jedenfalls hoffe ich zuversichtlich, Friedrich und die anderen heute vor Anbruch der Dunkelheit wiederzusehen, denn gemäß unserer Absprache müßten wir eigentlich auf ihn stoßen, aber es läßt sich eben nicht alles vorherbestimmen. Zufrieden mit der Erklärung?"

Die Antwort und nicht zuletzt die Sicherheit, die aus Artons Worten sprach, stellten mich tatsächlich zufrieden, und das um so mehr, als ich nun dieses Treffen herbeisehnte, schon weil ich mich vor Erschöpfung kaum noch auf dem Pferd halten konnte.

Ansonsten verlief der Tag weitestgehend ereignislos. Wir sahen weder etwas Auffälliges noch irgendein Anzeichen für das Vorhandensein der schwarzen Reiter. Aufmerksam blickten wir, zumindest bei Arton konnte ich davon ausgehen, in die Gesichter der Menschen, die uns entgegenkamen, doch es war in ihnen beim besten Willen nichts Beunruhigendes oder gar Feindliches zu erkennen. Jeder von ihnen war offensichtlich einzig und allein damit beschäftigt, sein Tagwerk zu erledigen und sich ansonsten um nichts anderes zu kümmern.

Als die Schatten länger wurden, bemerkte ich, daß mein Freund nach irgend etwas Ausschau hielt. An einem Kreuz, das für seinen Standort unmittelbar an der Straße ungewöhnlich groß war, fand er das Gesuchte. Kaum hatten wir es passiert, führte Arton sein Pferd in den nächsten Hohlweg, der plötzlich die Straße kreuzte. Natürlich beeilte ich mich, den Anschluß nicht zu verlieren, und lenkte mein Pferd wieder neben das seine. „War das eines dieser markanten Zeichen, von denen du mir vorhin erzählt hast?" fragte ich den Templer, wohl ziemlich naiv! Er hielt es nicht einmal für nötig, mir darauf eine Antwort zu geben, sondern bog statt dessen von diesem Weg in einen noch etwas schmaleren ein.

Dieser schließlich führte direkt zu einem verfallenen Turm, der wohl vor langer Zeit einmal Teil einer Befestigungsanlage gewesen war. Wie es den Anschein hatte, war er einem Feuer zum Opfer gefallen und dann vergessen worden. Früher war es eine rechteckige Warte mit drei Stockwerken. Die beiden obersten waren schon recht brüchig. Immerhin erlaubte uns das Dämmerlicht noch, die Reste der hölzernen Galerie auszumachen, von der er einmal umgeben war. Die Eingangstür lag hoch über dem Boden, so daß wir einer Leiter bedurft hätten, um in sein Inneres zu gelangen. Ich hatte so einen Turm schon einmal gesehen, aber damals war ich weiß Gott nicht in der Lage, den Templer nach dem Sinn eines solchen Bauwerkes zu fragen. Damals, das war in Terbalach!

Die Müdigkeit war wie weggeblasen, und um die gräßlichen Bilder wieder zu verdrängen, fragte ich Arton nach den Erbauern dieses Wahrzeichens einer vergangenen Zeit.

„Das ist wohl einer der typischen Türme, wie sie die Römer einst erbauten und wie sie spätere Generationen gern genutzt und erhalten haben. Sehr häufig findest du sie weiter nördlich am Rande der Alpen, im Zehntland und auf den Rheinhügeln. Sie dienten als Wach- und Wehrtürme. Die Erbauer haben sich seinerzeit richtig was dabei gedacht, denn sieh dir bloß einmal den Eingang an. Er ist so hoch, damit er durch die Besatzung im Kriegsfalle leichter zu verteidigen ist, ferner ist auch in seinem Inneren jedes Stockwerk nur mit Hilfe einer Leiter zu erreichen. So erhielten sie bis zum Schluß die optimale Verteidigung jedes einzelnen Geschosses.“

„So wie der allerdings aussieht, hat ihm seine ausgeklügelte Architektur nicht allzuviel genutzt“, erwiderte ich und wies auf die unverkennbaren Spuren der Zerstörung, die das Gemäuer bis in seine Grundfesten erschüttert hatte.

„Ja, da gebe ich dir recht! Seinen Verteidigern, wer immer das gewesen sein mag, hat er bestimmt nicht viel geholfen.“

Die Nacht brach jetzt recht schnell herein, und wir beeilten uns, die Pferde zu versorgen und unsere wenigen Habseligkeiten in den Schutz einer noch halbwegs gut erhaltenen Steinwand zu legen, die zudem noch an der dem Pfad abgewandten Seite stand, so daß wir von dort nur schwer zu erkennen waren.

„So, das ist also unser Treffpunkt?“ fragte ich den Templer, und der leise Zweifel im Klang meiner Stimme ließ ihn aufhorchen.

„Ja genau, und um deiner zweiten Frage zuvorzukommen, sei dir versichert, daß auch Friedrich und die Getreuen diesen Ort finden, sofern sie überhaupt Gelegenheit hatten, ihn zu suchen.“

Meine Skepsis allerdings war noch nicht restlos ausgeräumt, aber was sollte ich schon tun außer zu warten. Mein Freund jedenfalls war die Ruhe selbst. Natürlich spürte er meine Zweifel, zumindest nahm ich das an. Jedenfalls hielt er es nicht für nötig, sie ernst zu nehmen.

Die Zeit verging, und Arton entfachte ein kleines Feuer, dessen züngelnde Flammen mich etwas beruhigten. Das Stück Fleisch, das er beim Wirt erworben hatte und jetzt in Scheiben schnitt, tat ein übriges. Es schmeckte herrlich, und das kleine Feuer vermittelte noch immer ein Gefühl der Geborgenheit. Arton hielt es nicht für nötig, abwechselnd Wache zu halten, da er jeden Augenblick mit dem Eintreffen der Gefährten rechnete.

Der Schlaf kam unaufhaltsam näher, doch dann hörten wir den Hufschlag vieler Pferde, die sich schnell unserem Lagerplatz näherten. Rasch warf der Templer eine Decke aufs Feuer und erstickte die Flammen. Schlagartig umfing uns die Dunkelheit der Nacht, der einzige Laut, den wir verursachten, war der metallische Klang unserer Schwerter, als wir sie von den Gürteln lösten und uns hinter dem Mauervorsprung in Deckung legten.

Die Reiter hatten ihre Pferde in Schritt fallen lassen und näherten sich vorsichtig dem Turm, den sie trotz der Dunkelheit infolge seiner Größe gut erkennen mußten. Zu Tode erschrocken zuckte ich zusammen, als direkt neben mir der Ruf einer Lerche erklang. Dann erst begriff ich, daß Arton für diesen Laut verantwortlich war. Der Hufschlag der Pferde verstummte, und aus ihrer Richtung erklang das offensichtlich vorher abgesprochene Erkennungszeichen.

Nur wenige Augenblicke später hatte sich die gesamte Streitmacht des Staufers am Turm versammelt. Die Lagervorbereitungen wurden getroffen, und wie schon einigemal vorher, bewunderte ich auch jetzt wieder die offenbar stillschweigend getroffene Aufgabenverteilung, die keines Befehls bedurfte.

Friedrich und Berard kamen auf uns zu, und wir begrüßten uns ein Stückchen abseits des geschäftigen Treibens. „Nun?“ fragte der Staufer. „Habt Ihr herausgefunden, was es mit diesen Spielleuten auf sich hat?“

„Das kann man wohl sagen“, erwiderte der Templer. „Es ist schlimmer, als ich anfangs für möglich gehalten habe, denn der Welfe versucht wirklich, uns den Boden unter den Füßen wegzuziehen, indem er die Bevölkerung gegen Euch aufhetzen will. Wenn ihm das gelingen sollte, dann ist der Erfolg unseres Vorhabens allerdings zweifelhafter denn je, zumal sich ein Zusammentreffen mit der hier ansässigen Bevölkerung auf Dauer unmöglich vermeiden läßt.“

„Und, was meint Ihr, haben diese verfluchten Schauspieler Erfolg mit ihren Stücken?“

„Ich würde nicht unbedingt von Erfolg sprechen, aber steter Tropfen höhlt den Stein, und es ist beim besten Willen nicht abzusehen, wie viele von diesen Gruppen das Land um uns herum unsicher machen und ihre zweifelhafte Kunst zum besten geben."

„Nun gut, Berard, was schlagt Ihr vor?"

„Aufgrund von Artons Bericht sehe ich eigentlich keine andere Möglichkeit, als unser Vorhaben für die anderen so undurchsichtig wie nur irgend möglich zu gestalten. Ich schlage deshalb noch einmal vor, unsere Streitmacht in zwei gleich starke Gruppen zu teilen und den direkten Weg von hier aus über den Brenner nach Deutschland zu wählen. Die erste Schar unserer Ritter reitet als Vorhut mit Markus in ihrer Mitte, während wir mit der zweiten Gruppe und dem richtigen Friedrich folgen werden."

„Ich hoffe, es ist dir klar, was du damit sagst? Du zerstört unsere Schlagkraft, und das hätte den sicheren Tod des Jungen und seiner Begleiter zur Folge, obendrein ist und bleibt der Vorschlag Berards zu ungewiß."

„Das mag wohl sein", erwiderte Berard von Castacca in seiner kühlen, unpersönlichen Art. „Allerdings bietet mein Vorschlag Friedrich die weitaus besten Möglichkeiten, sein und das Ziel aller zu erreichen, die an diesem Unternehmen beteiligt sind, nämlich in die deutschen Lande zu kommen und dort den Kampf um die Kaiserkrone aufzunehmen. Diesem Ziel haben wir alle uns verschrieben!"

„Ja, ich muß dir recht geben, Berard", stimmte der Staufer seinem Berater zu. „Das Ganze hat nur einen Schönheitsfehler. Ich will dieses Kaiserreich nicht auf dem vermeidbaren Tod meiner Freunde und Gefährten errichten. Aus diesem Grunde entscheide ich, daß wir in der Formation weiterreiten wie bisher. Im übrigen sehe ich unsere Lage nicht dramatisch, denn dem Welfen scheint nach dem Bannspruch das Wasser bis zum Hals zu stehen, und ein paar Schmierenkomödianten wiegen das Wort des Heiligen Vaters in Rom nicht auf. Der Welfe hat schon viele Fehler gemacht, aber sein größter war der Überfall und die Brandschatzung meines eigenen Königreiches. Diesen Fehler wird er bezahlen. Ich bin davon überzeugt, daß wir uns bald dem schwierigsten Teil unserer Reise nähern, und Berard, habe bitte Verständnis dafür, aber da möchte ich kein Schwert missen."

Es wird wohl niemanden verwundern, daß ich erleichtert aufatmete, als Friedrich sich entschlossen abwandte und zu dem mittlerweile fertiggestellten Lager zurückschreiten wollte. Unsere Blicke trafen sich. Seine Augen suchten in meinen eine Bestätigung für seine Entscheidung, so als wolle er sich sicher sein, daß ich es wert bin. Zum erstenmal fühlte ich etwas von der Kraft, die von diesem Jungen meines Alters ausging, der sich erdreistete, mit einer Handvoll Männer das größte und mächtigste Reich des christlichen Glaubens unter seine Herrschaft zwingen zu wollen – und das gegen einen Widersacher, dem offenbar jedes Mittel recht war dieses Vorhaben zu vereiteln.

Auch dem Templer war ein Stein vom Herzen gefallen, und zusammen mit Berard, der keineswegs gekränkt war, ging ich hinter den dreien zurück zum wiederentfachten Feuer.

Die Nacht verlief ruhig, und am nächsten Morgen ritten mein Freund und ich wieder an der Spitze, mit dem Ziel Verona, das wir bis zum Mittag zu erreichen hofften.

Bevor Friedrich die Tore passieren sollte, hatte der Templer die Absicht, sich etwas genauer in der Stadt umzusehen, denn im Gegensatz zu Friedrich war er nicht so optimistisch, was die Wirkungslosigkeit der „Schmierenkomödianten“ anbelangte. Für Arton stellten sie eine Gefahr von unbekannter Größe dar, demzufolge verwunderte es mich nicht weiter, daß er auch den Loyalitätsbekundungen der Stadt Verona mißtrauisch gegenüberstand.

Wir ritten wieder auf die uns wohlbekannte Straße, und wie am Tag zuvor kamen wir auch jetzt gut voran. Die Sonne stand hoch am Himmel, als wir die ersten Befestigungsanlagen im Vorfeld von Verona ohne Kontrolle passierten. Bei den Anlagen handelte es sich um kleine Wehrburgen, die im gleichen Abstand ringförmig um die Stadt angelegt waren. In dieser Zeit relativen Friedens waren sie nur schwach besetzt. Ein Zustand allerdings, der sich schlagartig ändern konnte, wenn der Stadt von irgendeiner Seite Gefahr drohte, wie mir Arton auf meine Frage hin versicherte.

Mitten durch eine dieser Burgen führte die Hauptverkehrsader nach Verona, doch auch hier verzichtete man auf eine Kontrolle, und so ritten wir unbehelligt am anderen Ende wieder hinaus. Dann lag die Stadt vor uns, im gleißenden Licht der Mittagssonne erhoben sich die Wehrtürme und Kirchen.

Von der Burg aus war es nur noch ein kurzes Stück Weg, bis wir vor den offenen Toren unserer nächsten Etappe standen. Diesmal allerdings sollten wir nicht so einfach weiterkommen; Bewaffnete traten uns entgegen, und Arton fragte nach dem Wachhabenden. Schon kam dieser aus dem linken der beiden Türme am Einlaß.

„Friedrich der Zweite von Hohenstaufen, König von Sizilien und rechtmäßiger Thronfolger des Heiligen Römischen Reiches Deutscher Nation, bittet um die Gunst der Stadt Verona. Ich, Arton von Tarran, Bruder des heiligen Ordens der Tempelritter, bin bevollmächtigt, die Antwort des Rates der Stadt entgegenzunehmen."

Der Wachhabende fühlte sich in seiner Haut nicht sonderlich wohl, und das selbstbewußte Auftreten des Templers förderte dieses Unbehagen. Jedenfalls hielt er es für angebracht, ehrfurchtsvoll zu grüßen. Auf seinen Befehl hin nahmen uns die gut ausgerüsteten Büttel in ihre Mitte und führten Arton und mich durch das Tor in die von uns so lang ersehnte Stadt.

Vom Kopfsteinpflaster hallten die Huftritte unserer Pferde wider, und so ging es durch mehrere Straßen hindurch, über einen Marktplatz hinweg, bis der Zug vor einem reichverzierten, mit Zinnen bewehrten vierstöckigen Gebäude zum Stehen kam. Es mußte sich bei dem Bauwerk um das Rathaus handeln.

„Wartet bitte hier, edle Herren, ich komme sofort wieder", sagte der Wachhabende und verschwand in dem dunklen Eingang.

Unser Erscheinen, zumal wir von einer Eskorte begleitet wurden, war nicht unbemerkt geblieben, mehr und mehr Menschen liefen zusammen, um den Grund unserer Anwesenheit zu erfahren. Zum

Glück hielten sie aber einen respektvollen Abstand. Mir jedenfalls kam es wie eine kleine Ewigkeit vor, bis der Wachhabende wieder erschien. In seinem Schlepp folgten eine Reihe ernst dreinblickender, offenbar hochgestellter Würdenträger dieser reichen Stadt. Förmlich und steif stellten wir uns einander vor, wobei auf unserer Seite natürlich Arton das Reden übernahm. Auch bei den Ratsherren gab sich einer als Wortführer zu erkennen, und wie ich seinen Worten entnehmen konnte, handelte es sich bei ihm um das Stadtoberhaupt. Nicht zuletzt die schwere, aus vielen talergroßen Goldtäfelchen bestehende Halskette wies ihn als obersten Würdenträger seiner Stadt aus. Ihm zur Seite stand wohl der halbe Senat. Zumindest was die Anzahl anbelangte, konnte ich da nicht weit danebenliegen.

Vermutlich hatten wir uns so lange gedulden müssen, weil die Herren Würdenträger sich erst gebührend auf uns vorbereiten mußten; ich sollte mich täuschen.

Auch bei den Gemeinen, die sich etwas näher herangedrängt hatten, spürte man deutlich die Spannung, als der Name „Friedrich“ fiel. Doch war es wohl mehr eine gewisse Neugierde und Bewunderung, die das Raunen untermalte, bis auch der letzte begriffen hatte, wer hier und jetzt, so ganz gegen das übliche Protokoll, Einlaß und Gastfreundschaft der Stadt begehrte.

„Tretet bitte näher, Arton von Tarran. Ihr seid uns hochwillkommen“, forderte uns das Stadtoberhaupt auf. Er mochte vierzig Jahre alt sein, eher mehr als weniger, und seine mittelgroße, stattliche Figur hüllte sich in einen purpurfarbenen Mantel von ausgesuchter Qualität, dessen Kragen aus reinem Hermelin bestand. Diese Gewandung zeugte nicht nur vom Reichtum seiner Stadt, sondern war wohl eher noch als Spiegel seines eigenen gedacht. Ich muß zugeben, ich war beeindruckt.

Noch immer blickte er wohlwollend zu uns Reitern herauf, während die Augen keinen Zweifel daran ließen, daß dieser Mann stets wußte, was er wollte.

Verstohlen und möglichst unauffällig wanderten meine Blicke zum Templer hinüber, und ich versuchte, dem Anlaß entsprechend, ebenso gravitätisch aus dem Sattel zu steigen wie er, was mir allerdings infolge mangelnder Übung nur unvollkommen gelang.

Kurz bevor uns der letzte Schritt durch das große Portal in das Innere des Rathauses führte, wandte ich noch schnell einen Blick zurück zu den Pferden, bis sich die schweren Holztüren hinter uns schlossen.

„Sie werden gefüttert und bewacht", raunte mir einer der Ratsherren freundlich ins Ohr, und ich fühlte mich unwohl, so bei meinen Sorgen ertappt zu sein.

Beklommen folgte ich meinem Freund, der bereits an der Seite des Stadtoberhauptes einen Großteil der Eingangshalle durchschritten hatte. Die Halle selbst war geradezu ein architektonisches Meisterwerk mit ihren imposanten, sich nach oben zur Decke hin verjüngenden Säulen und ihren wuchtigen Reliefs.

Noch immer war mir die Gruppe ein Stück voraus, als sich zu meiner Linken unversehens eine Türe öffnete, und da stand er vor mir. Er, der für meine Entführung verantwortlich war und den Tod so vieler unschuldiger Menschen verschuldet hatte – Absalon von Petrarka!

Ich war wie gelähmt, unfähig zu denken, geschweige denn das Schwert zu ziehen. Er war so nahe, daß mich diese Masse an Kraft und Eisen beinahe erdrückte.

„Sieh mal einer an, unser kleiner Ausreißer ist auch wieder da. Wer hätte das gedacht?" Das satanische Lächeln auf seinen Lippen, welches sein Gesicht zur Maske erstarren ließ, diese Augen, die zu keinem anderen Ausdruck als dem des Hasses fähig waren, all das erschreckte mich bis ins Mark.

„Nun mein Junge, jetzt bist du uns tot wertvoller, und ich bin mir fast sicher, daß deine Zeit abgelaufen ist." Langsam, fast andächtig zog er seine Klinge.

Ich wußte nicht, wie es geschah, doch plötzlich fiel sein Schwert klirrend zu Boden, und ich meinte noch immer den Luftsog von Artons Waffe zu spüren, die zwischen uns hindurch dem Ritter das Schwert aus den Händen schlug.

Als sich der Riese mit fast unglaublicher Schnelligkeit auf den Templer stürzen wollte, erscholl messerscharf die Stimme des Stadtherrn: „Meine Herren, ich darf Sie daran erinnern, daß Sie sich in meinem Haus befinden und in meiner Stadt, und zwar noch als Gäste. Sollten Sie allerdings den unbändigen Wunsch verspüren, das Ende des Tages auf dem Scheiterhaufen erleben zu wollen, so lassen Sie sich nicht weiter von mir stören. Sollten Sie aber leben wollen, so kann ich Ihnen nur dringend raten, die Gebräuche der Stadt zu achten und das Gesetz der Gastfreundschaft nicht zu verletzen!"

Sie standen sich gegenüber, wie zwei kampfbereite Bestien. Auf der einen die alles zerstampfende Kraft, auf der anderen die Gewandtheit und der Verstand.

„Wir werden uns wiedersehen, und zwar recht bald, Arton!“ Wie Donnergrollen zwängten sich die Worte zwischen den Lippen des Ritters hindurch.

„Ganz bestimmt sogar“, erwiderte der Templer mit eisiger Stimme, „und dann wird der Abschaum dieser Welt um eine Ratte ärmer sein!“

Das Lachen des Riesen ließ die Halle erzittern, und doch glaubte ich etwas wie den Hauch eines Zweifels darin zu vernehmen.

„Ihr habt hier ja seltsame Gäste“, wandte Arton sich mit ruhiger Stimme an unseren Gastgeber.

„Die Zeiten sind schwer, und man kann sich nicht immer aussuchen, wem man unter seinem Dach Gastfreundschaft gewährt“, entgegnete der erste Mann der Stadt.

„Ja, vielleicht habt Ihr recht“, lenkte der Templer entschuldigend ein, wohl wissend, daß das ganze Unternehmen nunmehr von dem Wohlwollen dieses Mannes abhing.

Schweigend durchquerten wir eine weitere Halle und wandten uns nun einer breiten, aus edlen Hölzern gefertigten und mit allerlei Holzschnitzereien verzierten Treppe zu, die uns hinauf in den dritten Stock führte, wo sich der Magistratssaal befand, zu dem jetzt unsere Schritte führten. Bei unserem Eintritt erhoben sich etwa zwanzig zumeist ältere Herren von ihren Sitzen und blickten uns erwartungsvoll entgegen. – Die andere Hälfte des Magistrats.

Natürlich war uns beiden sofort klar, daß man unmöglich den ganzen Magistrat in dieser kurzen Zeit hatte benachrichtigen können, geschweige denn alle hier versammeln konnte. Es lag also auf der Hand, daß Absalon von Petrarka der eigentliche Grund ihres Zusammentreffens war. Die Möglichkeit, die sich damit bot, war nicht ungünstig, sowohl für uns als auch für den Magistrat. Die Ratsherren hatten die einmalige Gelegenheit, die völlig verfeindeten Parteien, ihre Offerten und Drohungen, gleichsam in einem Atemzug präsentiert zu bekommen. Uns hingegen erlaubte diese Konstellation, umgehend die Absichten des Welfen und seiner Brut in Erfahrung zu bringen, und das noch aus erster Hand.

Auf der anderen Seite war es sehr schwer für den Templer, so unvermittelt und völlig unvorbereitet in diesen Zweikampf der Worte zu treten. Und das für jemanden, der ja noch gar nichts zu bieten hat außer seinen Träumen und Zukunftsplänen!

Ich stellte mich rechts von der Tür auf und konnte so Arton in seiner vollen Größe bewundern, wie er sich allein den Anwesenden präsentierte, die ihn erwartungsvoll beäugten: „Erlauchte Herren der Stadt Verona. Ich stehe hier nicht als Bittsteller vor Euch, obwohl ich weiß, daß Ihr der Oberitalienischen Liga angehört, die sich gegen das Geschlecht der Staufer wendet. Ich weiß aber auch, daß gerade der Magistrat der Stadt Verona für seine Realitätsnähe und sein Bestreben nach Gerechtigkeit berühmt geworden ist in den Regionen unseres schönen Landes!" – Beifälliges Gemurmel der Anwesenden. – „Meinen Namen kennt Ihr, und was ich bin, will ich Euch sagen. Vor fast genau fünf Jahren trat ich in den Orden der Tempelritter ein, im Auftrag meines Großmeisters reite ich an Friedrichs Seite, denn er verkörpert das Recht und die Gerechtigkeit. Welche Schlüsse Ihr allerdings daraus zieht, daß sich der Kriegsorden Seiner Heiligkeit an die Seite des jungen Staufers stellt, überlasse ich ganz Euch. Wie Ihr aber wohl wissen solltet, ist der Welfe von Seiner Heiligkeit Papst Innozenz dem Dritten mit dem Bannfluch belegt worden." Ich sah die letzten Worte regelrecht auf der Zunge des Templers zergehen. Er spielte seinen besten Trumpf mit einer Gelassenheit aus, als ob es sich um das Selbstverständlichste von der Welt handelte.

Ein ungläubiges Raunen erfüllte den Saal, und auch das Stadtoberhaupt, das ebenfalls noch stand, zuckte merklich zusammen. Nur Artons Augen blitzten verräterisch auf, erleichtert, daß seine beste Karte so gut gestochen hatte.

„Habt Ihr für diese ungeheuerliche Behauptung einen Beweis?" erscholl die Frage aus der Mitte des Raumes.

„Einen Beweis?" donnerte der Templer. „Ihr wollt damit sagen, daß die Möglichkeit besteht, ein Ritter des Templer-Ordens lügt?" Mit unglaublicher Schnelligkeit zog Arton das Schwert und stellte sich drohend den Anwesenden gegenüber, und natürlich folgte ich seinem Beispiel, was blieb mir auch anderes übrig? Demonstrativ stellte ich mich neben ihn und versuchte, so ruhig wie möglich zu wirken. Offensichtlich hatte Arton doch recht viel von den Schauspielern gelernt.

Die Versammlung drohte in einen Tumult auszuarten, da brüllte das Stadtoberhaupt gerade noch rechtzeitig ein „Ruhe!" in den Raum. Arton hatte hoch gespielt, und zu unserem Glück war der Einfluß dieses Mannes groß genug, um Schlimmeres zu verhüten, denn sein Befehl hallte noch nach, als es augenblicklich still wurde in dem großen Saal. Sekunden zuvor noch wild gestikulierend, erstarrten die Herren von einem Augenblick zum anderen zu Eis.

„Niemand in dieser Stadt zweifelt an den Ausführungen eines

Tempelritters, am allerwenigsten die gottesfürchtigen Herren in diesem Saal, aber bitte habt auch für uns Verständnis. Vor wenigen Minuten hörten wir nämlich genau das Gegenteil dessen, was Ihr uns gerade offenbartet."

„Nun, unter diesen Umständen bin ich allerdings geneigt, Euch ein gewisses Maß an Verständnis zu zollen", lenkte Arton ein.

„Danke", sagte das Stadtoberhaupt, zufrieden darüber, jedenfalls für den Augenblick die Situation entschärft zu haben. „Ich gehe davon aus, daß die Herren vom Magistrat selbstverständlich meine Meinung teilen und die Ehre eines Tempelritters als unantastbar und über jeden Zweifel erhaben betrachten."

Die Anwesenden nickten beifällig, fast schon unterwürfig, und setzten sich leise murmelnd wieder auf ihre Plätze.

Arton und ich schoben die Schwerter in den Gürtel, und als endlich wieder Ruhe eingekehrt war, setzte Arton seine Rede fort: „Ich will mich kurz fassen! Sowohl unser aller Heiligkeit wie auch der Großmeister der Tempelritter stehen fest hinter dem Geschlecht der Staufer als dem einzig wahren Anwärter auf die Kaiserwürde. Friedrich ist der legitime Blutserbe seines Großvaters Friedrichs des Ersten, genannt Barbarossa. Kraft seines Standes und der Autorität des Heiligen Stuhls ist er dazu berufen, sein Schicksal im fernen Deutschland entscheiden und die Krönung in Rom vollziehen zu lassen.

Ihr, die Vertreter dieser herrlichen Stadt, habt nun die Möglichkeit, an seiner Seite zum Bundesgenossen dieser gerechten und für die Christenheit in aller Welt so wichtigen Aufgabe und Mission zu werden. Ihr habt die Mittel, ihm und seinem weiteren Weg die Hilfe angedeihen zu lassen, deren er bedarf und die er als legitimer Thronfolger auch von Euch erwarten kann!

Natürlich habt Ihr auch die Möglichkeit, dem Unrecht und der Tyrannei Einlaß in Eure festen und wehrhaften Mauern zu gewähren. Wohlgemerkt, es liegt in Euren Händen! Ihr habt die Wahl, doch bedenkt, aufhalten könnt Ihr ihn nicht, ganz gleich, wie Ihr Euch am Ende entscheiden werdet. Helft Ihr ihm aber, so bedenkt, daß Ihr dem zukünftigen Kaiser des Heiligen Römischen Reiches Deutscher Nation Eure Hand bietet."

Artons Rede endete ebenso unvermittelt wie sie begonnen hatte, und sein Blick ruhte abwartend, doch zugleich fordernd auf den Anwesenden, die nun zu entscheiden hatten, so als erwarte er irgendeine Reaktion.

Doch auch diesmal rettete der Stadtherr die Ratsherren aus ihrer peinlichen Situation: „Nun wohl, Arton von Tarran, wir haben interessiert Eure Empfehlung vernommen, doch Ihr habt Verständnis dafür, daß wir eine kurze Zeit der Beratung benötigen, immerhin geht es hier um das Wohl und Wehe dieser Stadt. Dessenungeachtet, Arton von Tarran, habt Ihr recht, wenn Ihr ansprecht, daß unsere Beziehungen zur Oberitalienischen Liga eher zweckgebunden sind und sich nicht an Namen oder Personen orientieren. Andererseits hoffe ich, Ihr habt Verständnis dafür, wenn wir jetzt unverzüglich mit unseren Beratungen beginnen."

„Eure Hoffnung trügt Euch nicht", erwiderte der Templer höflich, „und so liegt es mir auch fern, Euch unter Zeitdruck zu setzen. Ich weise Euch allerdings darauf hin, daß Friedrich, König von Sizilien, in etwa drei Stunden vor den Toren dieser Stadt stehen wird, und ich hoffe, daß Ihr bis zu seinem Eintreffen eine Entscheidung gefunden haben werdet. Ich für mein Teil warte gerne, wenn Ihr mir einen Platz zuweist, der sich hoffentlich weit genug entfernt von dieser Welfenbrut befindet, denn ich hege nicht den Wunsch, Eure Gastfreundschaft zu mißbrauchen und diese Stadt zum Schauplatz meiner persönlichen Fehde zu machen!"

Ein beifälliges Murmeln quittierte diesen offenkundigen Respekt vor den Belangen der Stadt. Mein Freund grüßte die Räte und wandte sich dem Ausgang zu. Wie immer blieb mir nichts anderes übrig, als ihm zu folgen.

Hinter uns fielen wieder die schweren Eichentüren ins Schloß. Der erste Mann der Stadt erklärte dem noch immer ausharrenden Büttel Artons Wunsch und wandte sich dann wieder der „Arena" zu, wie Arton sich später ausdrückte. Und wenn man den Krach, der trotz der Türen zu uns nach draußen drang, hätte deuten wollen, konnte man dem Templer ohne weiteres beipflichten, denn offenbar flogen dort noch ganz andere Argumente als nur Worte durch den Raum.

Lächelnd folgten wir dem Reisigen, der uns auf dem gleichen Weg wieder zurückführte, den wir kurz vorher erst gekommen waren. Er blieb jedoch an der Eingangspforte stehen, um erst einen vorsichtigen Blick nach draußen auf den Platz zu werfen. Zufrieden mit dem Resultat seiner Betrachtungen, winkte er uns, worauf wir ihm natürlich bereitwillig vor das Gebäude folgten.

Die Menschen, die uns bei unserer Ankunft so viel Aufmerksamkeit gezollt hatten, waren unterdessen verschwunden und gingen nun wieder ihrem Tagwerk nach. Niemand schien sich mehr für uns Neuankömmlinge zu interessieren, doch Arton und ich waren davon überzeugt, daß es in der gleichgültig wirkenden Menschenmenge aufmerksame Beobachter gab, die keinen unserer Schritte unbeaufsichtigt lassen würden. Nun, noch sollte uns das nicht weiter stören, denn der Templer war sich sicher, daß auch Absalon von Petrarka erst die Entscheidung des Magistrats abwarten mußte, bevor er handeln konnte, zumal er ja unmißverständlich auf die Folgen hingewiesen worden war, die ihm drohten, falls er die Spielregeln der Stadt mißachtete.

Zielsicher führte uns der Büttel zu einem Gasthof am Palazzo Canossa, und ich hoffte, daß dieser Name und die Ereignisse, die sich damals zutrugen, kein schlechtes Omen für uns waren. Auch der Templer konnte ein unbehagliches Räuspern nicht ganz unterdrükken, als der Wachhabende, darauf angesprochen, ihm den Namen des Platzes nannte. Der Gasthof ließ an äußerer Schlichtheit nichts zu wünschen übrig, doch sein sauberes und gemütliches Inneres strafte unseren ersten Eindruck Lügen.

Nach einigen erklärenden Worten unseres Begleiters gegenüber dem Wirt musterte der uns von oben bis unten, und erst als er mit dem, was er sah, zufrieden war, wandte er sich an uns. Doch er kam nicht weit, erst war noch der Wachhabende an der Reihe, dem es sichtlich schwerfiel, die Ehre unserer Anwesenheit in würdige Worte zu fassen: „Hohe Herren, der Stadtherr hat mir aufgetragen, Euch hierher zu geleiten, und er hofft, daß es Euren Bedürfnissen und Vorstellungen entspricht. Ferner weist er darauf hin, daß die Herren sich selbstverständlich als Gäste der Stadt fühlen dürfen. Er bittet Euch nur darum, diesen Gasthof hier nicht zu verlassen, bis der Magistrat eine Entscheidung gefällt hat beziehungsweise Ihr noch einmal zu ihm gerufen werdet."

„Gut, wir sind mit den Bedingungen und dem Gasthof einverstanden! Bitte bestellt das Eurem Herrn und dankt ihm in unserem Namen für die Gastfreundschaft, die die Stadt und ihre Bevölkerung uns so bereitwillig entgegenbringen." Damit war eigentlich alles gesagt, mein Freund schnallte sein Schwert ab und rutschte in eine Bank, deren Ende an ein Fenster stieß.

Ich tat das gleiche und setzte mich ihm gegenüber. Unser Begleiter verließ den Gasthof, nicht ohne jedoch den Wirt noch einmal eindringlich auf uns aufmerksam zu machen, etwas, das diesem, nach seinem Gesichtsausdruck zu urteilen, auf die Nerven ging. Nachdem die Tür ins Schloß gefallen war, hatte er jetzt seinen lang ersehnten

Auftritt, wobei sein dickes, fleischiges Gesicht vor Ergebenheit glänzte. Wir bestellten einen Krug Wein, und da der herzhafte Geruch gebratenen Huhns uns bereits bei unserem Eintritt gestreichelt hatte, fiel uns die Wahl des Essens nicht weiter schwer.

Glücklich, Teil eines wichtigen Abschnittes in der Geschichte seiner Stadt zu sein, watschelte er von dannen, und da wir die einzigen Gäste waren und vermutlich jetzt auch bleiben würden, konnten wir uns ungestört unterhalten.

Ich platzte fast vor Neugierde: „Was meinst du, wird man Friedrich in dieser Stadt mit Wohlwollen begegnen?"

„Ich bin davon überzeugt", antwortete Arton lächelnd.

„Wie kannst du dir dessen so sicher sein? Immerhin hätten sie uns um ein Haar in Stücke gehauen oder auf dem Scheiterhaufen verbrannt. Du bist aber auch sehr hart mit ihnen ins Gericht gegangen!"

„Ich glaube, es ist an der Zeit, daß du etwas über den anderen 'Arton' erfährst. Sieh mal, mein Junge, mein Auftrag ist es, den Staufer an sein Ziel zu führen und ihm, soweit es geht, den Weg dorthin zu ebnen. Um dieses Ziel zu erreichen, mußt du zwei Tugenden beherrschen."

„Und welche?"

„Die der Kriegsführung und die der Politik. Das, was du vorhin miterlebt hast, nennt man Politik, das bedeutet, daß alles, was du sagst oder tust, in irgendeiner Weise deinen Interessen dienen muß. Meistens tut es das ja auch auf irgendeine Art und Weise. Es dauerte lange Zeit, bis ich mir in dieser Tugend ein gewisses Können aneignete, denn du mußt wissen, daß auch ein Kriegsorden wie der, dem ich angehöre, ja sogar die Bettelorden, die überwiegende Zeit und Kraft mit gegenseitigen Intrigen verschwenden, und nicht mit der Verbreitung der reinen Lehre, was ja wohl eigentlich ihre Aufgabe wäre. Alles ist Politik, ja sogar die Kreuzzüge wurden von dieser Krankheit befallen, und schließlich starben die Ritter nur noch, weil die Kaufleute in der Heimat um ihre Profite fürchteten. All das ist Politik. Das Heilige Kreuz, das so viele in den Tod führte, diente eigentlich nur noch dazu, noch mehr Freiwillige und Abenteurer zu finden, die sich abschlachten ließen. Jede Stadt, die unsere Brüder mit ihrem Blut eroberten, wurde geplündert und geschleift, und auch das war Politik."

„Aber was hat das denn mit dem zu tun, was du eben vor dem Magistrat gesagt hast?"

„Nun, die Kreuzzüge waren eine Lüge, und meine Rede, die ich gerade so schwungvoll in Szene gesetzt habe, war genaugenommen nichts anderes, nur mit einem kleinen entscheidenden Unterschied: Der Magistrat besteht ebenfalls aus Männern, die Politik als ihr Handwerk betrachten."

„Du meinst", unterbrach ich ihn, „sie wissen, daß du . . .!"

„Nein, du hast mich falsch verstanden. Ich lüge nicht. Ich verkaufe dem Magistrat dieser Stadt eine Idee, und wie der Händler seine Ware anpreist, so mache ich genau das gleiche mit Friedrich."

„Du willst mir sagen, du verkaufst Friedrich?"

„Nein, nicht die Person, nur die Hoffnung und seine Wünsche, die Ideale, die er verkörpert. Das, was ich in ihm sehe, versuche ich auch anderen zu vermitteln."

„Du bist von deiner Sache überzeugt, aber was ist mit den anderen, die nur an sich selbst und an ihren Vorteil denken?"

„Es mag sein, daß es von diesen Menschen noch immer sehr viele gibt. Vielleicht ist das auch der Grund, warum die Welt bis zum heutigen Tag nicht zur Ruhe gekommen ist und die Menschen oftmals ihre Gefühle verleugnen. Aber in einer Welt wie dieser muß man sich auch anzupassen verstehen, sonst geht man unweigerlich unter. Eigentlich muß man versuchen, genau den Mittelweg zu finden zwischen dem eigenen Ehrgefühl und dem Vorteil."

„Hast du diesen Weg gefunden?"

„Manchmal bin ich mir da gar nicht so sicher, zumindest hat es recht lange gedauert, bis ich mir klar darüber geworden war, welcher Bestimmung ich folgen mußte!"

„Und welche ist das?"

„Sieh dir den Ritter an, und du weißt, was ich meine."

„Ja, ich glaube zu verstehen, was du meinst. Dieser Mensch würde alles vernichten, was sich ihm in den Weg stellt. Er ist wirklich ein grausamer Gegner!"

„Nicht nur grausam", erwiderte der Templer, und ein eigentümliches Lächeln spielte um seine Lippen. „Er ist noch viel mehr als nur grausam. Er tötet, weil es ihm Spaß macht, und er hat keine Ideale. Dieser Mensch ist tot! Ich möchte dir eine Geschichte erzählen, wenn du nichts dagegen hast. Zeit genug haben wir ja.

Es ist schon viele Jahre her, da war ich zusammen mit vielen anderen als Verstärkung auf der Festung der Ritter 'Krak des Chevaliers' in Syrien stationiert. Schon seit Tagen wurden wir von den Sarazenen belagert. Die Christen der Umgebung waren alle, zumindest soweit sie noch am Leben waren, in diese riesige Festung geflüchtet. Es mögen einige hundert gewesen sein, die den Weg zu uns gefunden hatten und die nun glaubten, hinter den starken Mauern in Sicherheit zu sein. Die Sarazenen ließen sie auch mehr oder weniger ungehindert zu uns durch, wußten sie doch genau, daß unsere Brunnen nicht ergiebig genug waren, um diese zusätzliche Masse Menschen mit Wasser zu versorgen. Schon am dritten Tag begann sich die Wassernot bemerkbar zu machen, und der Großmeister ließ daraufhin die Wasserrationen drastisch kürzen. Kreuzfahrer erhielten zwei Becher, nicht Kämpfende, wie Frauen und Kinder, jeweils nur einen Becher Wasser für den ganzen Tag. Während unsere Qualen mehr und mehr zunahmen, war von unseren Feinden weit und breit nichts zu sehen. Sie hatten keine Eile, denn sie wußten ja, sie brauchten nur zu warten.

Am fünften Tag war es mit der Geduld unseres Großmeisters vorbei. Er ließ einen Trupp, bestehend aus sechzig Mann, zusammenstellen, der die Aufgabe hatte, eine Bresche in den Belagerungsring zu schlagen. Mit dem ersten Tageslicht ritten die Männer in ihren schweren Rüstungen hinaus in die tote Steinwüste, um festzustellen, wie stark und entschlossen unsere Belagerer wirklich waren.

Wir warteten einen halben Tag, und noch immer blieb alles ruhig. Jeden Augenblick erwarteten wir, den Trupp wieder am Horizont zu sehen. Dann, von den höchsten Zinnen der Festung aus, konnten wir sie als kleine weiße Punkte erkennen, die, rasch größer werdend, sich dem Felsen näherten. Du mußt dir vorstellen, sie waren in voller Rüstung, und sogar ihre Pferde waren geschützt. Unter dieser Panzerung ritten sie nun schon einen Großteil des Tages in diesem Glutofen umher, der einem schon so das Atmen zur Qual werden ließ. Je geringer ihr Abstand zu uns wurde, um so deutlicher erkannten wir, wie erschöpft sie sein mußten, aber wir erkannten noch etwas anderes.

Von rechts und links kommend, erhob sich eine riesige Wolke gelben Staubes. Es müssen Hunderte von Sarazenen gewesen sein, die da auf unsere Ritter zuhielten. Mittlerweile standen wir alle auf den Zinnen der Festung und schrien uns die Lungen aus dem Hals, doch es war schon zu spät. Sie wurden förmlich überrannt und in den Boden gestampft. Das Gemetzel, eingehüllt in Wolken aus Staub und Dreck, ließ nur erahnen, welche Katastrophe sich dort unten in der Wüste ereignete, ab und zu hörten wir undeutlich den Schrei eines zu Tode Getroffenen.

Alle sahen zu, unfähig zu denken oder gar zu helfen. Nach dieser Niederlage war unsere Willenskraft gebrochen. Die Festung schien verloren, und allmählich begannen wir uns mit dem Gedanken der Sklaverei vertraut zu machen. Einige töteten sich selbst, andere schleuderten ihre Kinder gegen die Festungswände. Es spielten sich unbeschreibliche Szenen ab. Der furchtbare Durst raffte die Menschen dahin, sie starben wie die Fliegen, und Morde für einen Schluck Wasser waren keine Seltenheit mehr. Doch der grausamste Satan war noch harmlos gegenüber unserem 'Freund' hier. Er war die Ausgeburt der Hölle!

Wir gehörten damals nur den Fußtruppen an, und leider war unser Lehnsherr einer der sechzig, die sich freiwillig gemeldet hatten und deren Knochen bereits in der Sonne bleichten. Ich schloß mich daraufhin einem anderen Kontingent an und wurde auch bereitwillig aufgenommen. Ganz anders hingegen dieser Teufel. Er scharte ein paar Unzufriedene um sich und gründete mit deren Hilfe eine Bande, die auf Bestellung Wasser organisierte."

„Das verstehe ich nicht ganz", wandte ich ein. „Ihr kamt doch gar nicht aus der Festung raus. Wie konnte er denn da Wasser organisieren?"

„Genau, mein Junge, du hast recht. Er wählte ja auch den einfacheren Weg. Mit zunehmendem Durst schien die Festung sich selbst in zwei sich hassende Lager zu spalten. In dem einen die Kreuzfahrer, die zwei Becher Wasser erhielten, im anderen die Flüchtlinge mit nur einem. Nun gab es unter den Christen der Umgebung, die zu uns geflohen waren, viele Arme, die auch so schon ihr Leben lang kaum genug hatten und mit ihren Familien ein kümmerliches Dasein im Schatten der Festung fristeten. Daneben gab es aber auch einige sehr Reiche, die alles andere als bescheiden waren. Ihr Reichtum stand ihrer Gewissenlosigkeit in nichts nach, doch bis zu dem Zeitpunkt der drohenden Niederlage hielt die Autorität des Festungskommandanten sie zurück, für ihr eigenes Wohl zu sorgen.

Die Befehle des Großmeisters, was die Wasserversorgung anbelangte, waren eindeutig und gestatteten keinerlei Ausnahmen. Nach dem Debakel der Ritter lockerte sich die straffe Organisation, die bis dahin das Leben der Festung geprägt hatte, und dies war genau der Augenblick, auf den unser 'Freund' gewartet hatte. Er bot den Wohlhabenden Wasser zum Überleben an, und die fragten nicht lange und zahlten gut. Das Problem der Beschaffung löste er auf denkbar einfache Art und Weise. Er tötete ganze Familien und ließ sich auf irgendwelchen dunklen Wegen deren Wasserzuteilung zukommen. Diese wiederum verkaufte er dann natürlich zu Höchstpreisen.

Als sich die Todesfälle häuften, stellte der Großmeister eine Truppe von Freiwilligen auf, die den ausdrücklichen Befehl hatten, den Hintergrund für das unnatürliche Massensterben aufzudecken, und ich war einer dieser Freiwilligen. Als erstes besahen wir uns die Toten eines Tages. Zu unserem Glück war ein Bader bei uns, und so fiel es nicht weiter schwer, die Todesursache der Unglücklichen festzustellen. Es waren nicht weniger als vierundzwanzig. Davon starben infolge des Wassermangels ganze zehn. Der Rest wurde ermordet. Das Schlimmste waren die vielen Kinder unter den Opfern, deren einziger Fehler es war, arm geboren zu sein. Doch bis zuletzt war es uns nicht möglich, den Kopf der Bande herauszufinden, der hinter diesen Bluttaten steckte.

Die Lage verschlechterte sich von Tag zu Tag. Die Menschen kämpften ums nackte Überleben, doch für allzu viele war dieser Kampf aussichtslos und das Ende vorherbestimmt.

Dieser Felsen der Ritter war eine machtvolle Festung mit hochaufragenden Wehranlagen und außerordentlich dicken Mauern. Du mußt dir das einmal vorstellen, eine Festung, fast uneinnehmbar, und dann kein Wasser. Unglaublich! Sie war für die Sarazenen ein furchtbares Hindernis, vom Reich der Zengiden aus nach Damaskus und schließlich nach Jerusalem zu gelangen. Am fünfundzwanzigsten Tag der Belagerung hielten die Sarazenen die Zeit für gekommen, der Festung den Gnadenstoß zu versetzen. Das war ihr Fehler!

Es ist nämlich so, daß der Krak, auf einem doch beachtlich hohen Hügel liegend, nur an einer Seite leicht zugänglich ist, und von daher waren ihre Möglichkeiten recht beschränkt.

Sie stürmten in loser Formation, und die Kreuzfahrer, deren Haß ihnen ungeahnte Kräfte verlieh, empfingen sie gebührend. Gleichzeitig mit ihrem Angriff wurde das Haupttor herabgelassen, und wir machten einen für sie völlig unerwarteten Ausfall gegen ihre Flanke. Du mußt nämlich wissen, daß der Ostabschnitt der Festung mit dem Haupttor von einer gewaltig dicken Mauer gesichert wurde, die zudem verbreitert worden war, indem man sie mit Geröll aufgeschüttet hatte. Mittlerweile maß sie stellenweise fast zehn Klafter. Trotzdem bildete sie eben die schwächste Stelle. Das wußten natürlich auch unsere Feinde und hatten sich gerade diese Stelle für ihren Angriff gewählt, ohne dabei jedoch an die Geistesgegenwart unseres Großmeisters zu denken.

Jedenfalls ging seine Rechnung auf, und die Sarazenen wurden nun von zwei Seiten bedrängt. Langsam, aber sicher drückten die

Ritter sie gegen die Festungswälle, von denen aus sie mit allem beschossen und beworfen wurden, was gerade zur Verfügung stand. Die Besatzung der Wälle schwenkte große Eisenbottiche über die Zinnen, randvoll mit siedendheißem Öl. Als die erste Welle der Sarazenen gegen die Mauern brandete, entließen sie ihren kochenden Inhalt in die Flut der Anstürmenden. Die Wirkung war verheerend. Es wurde keiner geschont, zu groß war die Wut und die Gier nach Rache für die erlittenen Qualen. Die Kreuzfahrer kämpften mit dem Mut der Verzweiflung, und bis zum Abend wogte der Kampf hin und her. Unterdessen war es einem kleinen Trupp von Rittern gelungen, den Einschließungsring um die Festung zu sprengen. Du wirst es kaum glauben, aber natürlich war unser 'Freund' mit dabei, doch davon später.

Die Sarazenen erhielten nun laufend Verstärkung, die immer wieder ihre gelichteten Reihen auffüllte. Unsere Kräfte hingegen waren fast am Ende, und nachdem sich die Kreuzfahrer infolge der ständig wachsenden Übermacht in die Festung zurückziehen mußten, beschränkten wir uns darauf, nur noch die Wälle selbst zu verteidigen. Zu diesem Zeitpunkt wußten wir natürlich noch nichts über das Schicksal der wenigen, die die Verwirrung der Schlacht ausgenutzt hatten, um Hilfe für uns zu holen.

Endlich brach die Nacht herein und senkte gnädig ihren Mantel über die Toten des Tages. Wir, die Überlebenden, gingen derweil daran, Beschädigungen an den Wällen, soweit es ging, zu beheben, und ansonsten versuchten wir so viel Ruhe wie möglich zu finden. Makaber war allerdings, daß sich nach diesem furchtbaren Tag das Problem der Wasserversorgung von selbst gelöst hatte, denn mittlerweile war die Besatzung so stark dezimiert worden, daß wieder ausreichend Wasser für jedermann vorhanden war.

Vor den Mauern brannten die Feuer der Sarazenen, und aus ihrer Zahl schlossen wir, daß der nächste Tag wohl unser letzter sein würde. Jeder von uns nutzte die Nacht, so gut es eben ging. Viele beteten und versuchten, aus der Heiligen Schrift Kraft zu schöpfen. Ich selbst reinigte mein Schwert und die Streitaxt und schliff die Waffen an den Festungsmauern.

Als sich der Morgen ankündigte, verloschen die Feuer, und der Sturm brandete von neuem gegen die Wälle. Ein immerwährender Pfeilregen rauschte auf uns hernieder und lichtete die Reihen der Verteidiger. Das Öl begann uns auszugehen, und es schien, als wäre der Fall des Krak des Chevaliers nur mehr eine Frage von Stunden.

Die Sarazenen setzten immer wieder ihre Sturmleitern an, und hier und da gelang es ihnen nun auch, ihren Fuß in das Innere der Festung zu setzen. Unsere letzten Reserven standen bereits im Kampf, und auch die, die eigentlich vor dem Krieg hatten Schutz suchen wollen, stritten voller Verzweiflung an unserer Seite. Die Frauen und Kinder brachen Steine aus den Mauern und schleuderten sie auf die Angreifer. Es gab sogar Gruppen von Frauen, die sich mit langen Holzstäben bewehrt gegen die Sturmleitern der Sarazenen warfen und dies nicht selten mit dem Leben bezahlten. Doch trotz des letzten Aufgebotes waren die Wälle nicht länger zu halten. Immer mehr Feinde standen jetzt auf gleicher Höhe mit uns, und der erbitterte Zweikampf forderte seinen Tribut. Mittlerweile waren die Wehrgänge so glitschig vom Blut der Getöteten, daß viele beim Kämpfen ausrutschten und über die Brüstung stürzten.

Die Sonne hatte bereits ihren Zenit überschritten, und noch immer tobte die Schlacht.

Die Sarazenen waren indessen dazu übergegangen, von außerhalb mit Brandpfeilen in die Festung zu feuern, was zur Folge hatte, daß bald alle Gebäude lichterloh brannten. Zu der ohnehin furchtbaren Hitze kam jetzt noch der beißende Qualm, der das Atmen beinahe unerträglich machte. Den ganzen Tag über hagelten Pfeile auf uns herab, und erst, nachdem die Angreifer selbst ihnen schutzlos ausgeliefert waren, ebbte deren Flut etwas ab. Die Szenen, die sich innerhalb und auch auf den Wehrgängen abspielten, waren an Grausamkeit nicht mehr zu überbieten.

Und doch hatte der Herr uns noch nicht vergessen. Gerade in dem Augenblick, als wir die Wälle endgültig hatten räumen müssen, um uns zum Zwinger und zu der Kapelle zurückzuziehen, ertönten vielstimmige Hornsignale, und so wie unsere Herzen, so müssen wohl auch die Mauern von Jericho gezittert haben.

Was keiner mehr für möglich gehalten hatte, war geschehen, ein Entsatzheer war auf dem Schlachtfeld erschienen. Wie ich später erfuhr, waren sie bereits am sechsten Tag der Belagerung von Tyrus aus aufgebrochen und hatten den weiten Weg in Eilmärschen zurückgelegt. Dann, ein paar Tagesmärsche von unserer Festung entfernt, auf der Höhe von Gibeleth, waren sie auf die wenigen gestoßen, die den Belagerungsring hatten durchbrechen können. Diese schilderten ihnen natürlich die katastrophale Lage, in der sich der Krak des Chevaliers befand. Daraufhin trennte sich die Reiterei von den Fußtruppen und stürmte in Richtung Festung davon. Sie legten den Weg in gut einem Tag zurück, aber ihre Kriegshörner erschollen keinen Augenblick zu früh.

Die Sarazenen erschraken heftig, waren sie doch nun gezwungen, sich wieder nach zwei Seiten hin zu verteidigen. Ganz anders bei uns, denn mit jedem Klang der Hörner kehrte ein Stück unserer Kraft zurück. Wir droschen auf unsere Feinde ein, daß die Funken stoben. Es dauerte auch gar nicht lange, und die Festung war wieder ganz in unserer Hand, während sich die Reiterei auf die fliehenden Sarazenen stürzte und grausam Gericht hielt unter ihnen.

Doch noch immer war die Schlacht nicht entschieden, denn nach dem ersten Schrecken formierten sich die Gegner erneut und drangen nun ihrerseits wieder gegen die Festung vor. Noch einmal wütete der Kampf mit letzter Entschlossenheit, bis sich erneut die Nacht über uns senkte.

In dieser betete wohl jeder, egal ob Freund oder Feind, zu Gott oder Allah, und wieder verwandelten unzählige Feuer das Angesicht der Wüste. Wir wußten, daß nur der Wettlauf der Zeit über unser Schicksal und natürlich über unser Leben entscheiden würde. Es gab nichts, was wir in dieser Nacht hätten tun können, außer warten.

Der Mond stand schon hoch am Himmel, als plötzlich, ohne jegliche Vorwarnung, ein Orkan aus menschlichen Kehlen gegen die Festungswälle brandete. Aus Tausenden von Mündern dröhnte es: ‘Gott mit uns!’ Im Nu waren unsere Brustwehren besetzt, und wir verfolgten fassungslos dieses unglaubliche Schauspiel.

Das Entsatzheer hatte uns nach einem Gewaltmarsch erreicht und stürzte sich nun auf die völlig überraschten Sarazenen. Das Geschrei und der höllische Lärm schwollen an, und sie wüteten wie die Faust Gottes unter unseren Belagerern. Noch nie in meinem Leben hatte ich einen Nachtangriff miterlebt, und wie sich später herausstellte, hätte der Heerführer diesen Angriff auch nicht riskiert, wenn nicht der Schein der vielen Feuer sein Vorhaben erleichtert hätte. Der Großmeister setzte alles auf eine Karte und befahl den Ausfall, um unser Heer zu unterstützen und den Sarazenen den Rest zu geben.

Die Tore hatten die Erde noch nicht berührt, da hasteten wir auch schon darüber hinweg, um uns an der Schlacht zu beteiligen. Niemand wollte in diesem Augenblick der letzte sein. Was dann folgte, war ein wahres Blutbad. Wie im Rausch droschen wir auf die oft wehrlosen Männer ein. Es war eine furchtbare Rache für die Leiden, die wir hatten erdulden müssen, und erst als sich die Sonne erhob, überblickten wir das ganze Ausmaß des Massakers.

Die überlebenden Sarazenen sahen nun, wo noch Lücken in unseren Reihen klafften, und verschwanden in panischer Flucht in den Weiten der Wüste. Was zurückblieb, waren die vielen Toten und der rote Sand. Stellenweise traten wir in Pfützen geronnenen Blutes. Es ist nicht in Worte zu fassen, was damals in uns vorging. Die Schlacht war zu Ende. Allmählich wurden wir wieder zu Menschen, und unsere Blicke senkten sich. Denn wir schämten uns. So groß unser Sieg auch war, er wurde nicht ehrlich errungen und würde immer den Makel eines unehrenhaften Massakers behalten. Ich ekelte mich vor mir selbst, mein Kettenhemd war schmierig von Blut und Schweiß, und wir alle sahen aus, als hätten wir an einem Schlachtfest teilgenommen.

Langsam kehrte bei uns wieder Ruhe ein. Gruppen wurden eingeteilt, die die Toten bergen und natürlich getrennt begraben sollten, bevor die Sonne ihr grausiges Werk beginnen konnte. Die getöteten Feinde wurden sorgfältig durchsucht, und alles, was irgendwie von Wert erschien, erhielt einen neuen Besitzer. Seither besitze ich diesen Chahindschar. Du kannst ihn dir ruhig einmal ansehen." Arton zog den Dolch unter seinem Lederwams hervor, wo er von einer kleinen Schnalle gehalten wurde, und legte ihn direkt vor mich auf den Tisch. Eine wunderbare Waffe. Deren Griff war aus Gold gearbeitet und mit kleinen zierlichen Edelsteinen besetzt, und trotz dieses auffälligen Griffes war sein Gewicht nicht unangenehm. Er lag hervorragend in der Hand, und die glitzernde Klinge, die von keiner Narbe entstellt war, flößte einem Vertrauen ein.

„Ich habe ihn im ehrlichen Kampf erbeutet."

„Er muß wohl einem sehr wohlhabenden Sarazenen gehört haben", stellte ich fest.

„Zumindest weiß ich, daß er durch meine Klinge fiel. – Als die Sonne am höchsten stand, zogen wir uns auf den Krak zurück, gefolgt von den Soldaten des Heeres, die ihr Lager außerhalb aufschlugen, nachdem die Karawane mit den Versorgungsgütern eingetroffen war. Uns bot sich ein buntes Bild, die ganze Burg schien zu neuem Leben erweckt worden zu sein und vor Menschen überzuquellen. Es gab keinen Winkel, in dem nicht lachende und vor Freude weinende Menschen sich in den Armen lagen und tanzten, und allmählich verblaßten die schrecklichen Bilder der letzten Tage und Nächte. Erst sehr viel später sollte ich hinter das Geheimnis der mysteriösen Morde kommen, die so vielen Familien das Leben gekostet hatten. Doch noch wußte ich nicht, wer dafür verantwortlich war.

Unterdessen ging das Leben vor und in der Festung weiter. Die Bewohner der umliegenden Orte, die sich vor dem Ansturm der Sarazenen hinter die starken Mauern des Krak geflüchtet hatten, verließen diesen nach und nach. Aus dem Heer wurde die neue Besatzung der Festung rekrutiert, und wir selbst oder besser das, was von den ehemaligen Verteidigern übriggeblieben war, zogen mit dem Rest des Entsatzheeres zurück nach Tyrus. Ich blieb noch einige Wochen in der dortigen Garnison, doch eines Tages konnte ich mich einschiffen und kehrte zurück. Und was dann aus mir wurde, weißt du ja."

„Was ist denn aus der Festung geworden?" wollte ich wissen.

„Sie wird noch immer gehalten und vermutlich noch für lange Zeit. Die Sarazenen machen einen großen Bogen darum, denn offenbar war ihre Niederlage sogar noch vernichtender, als wir damals für möglich hielten."

„Und wann hast du erfahren, was für ein Scheusal dieser Ritter ist?" forschte ich weiter.

„Kannst du dich noch daran erinnern, wie ich dir von dem Gehöft erzählte, das wir damals überfallen hatten und auf dem wir alles niedermachten? Nach dieser selbst für mich unfaßbaren Tat begann ich damit, ernsthaft nachzuforschen. Ich wußte zwar nicht, wonach ich eigentlich suchen sollte, aber ich hatte eine Ahnung, daß die Antwort auf meine Fragen ganz in meiner Nähe lag und nur darauf wartete, von mir entdeckt zu werden, und ich hatte Glück. Außer dem Ritter und mir gab es noch einige andere, die damals auf dem Krak gewesen waren und die Schlachten miterlebt hatten, und einer davon war bedeutend redseliger, wenn er getrunken hatte, als der Ritter. Kurz nach diesem schrecklichen Überfall rühmte er sich der Verbrechen und der enormen Schätze, die sie während dieser Zeit angehäuft hatten. Alles klang überzeugend und einfach, es konnte keine Lüge sein, zumal er Details erwähnte, für die er viel zu dumm war, um sie sich selbst auszudenken. Und dann fiel der Name des Anführers, jenes Mannes, der für alle diese Verbrechen verantwortlich war, Absalon von Petrarka. Seit dieser Nacht weiß ich, was für ein Tier in Menschengestalt er ist.

Es erforderte lange Zeit, bis ich die Geschehnisse von damals verarbeitet hatte, zumindest so verarbeitet, daß ich damit leben konnte, wenn es auch noch sehr lange dauerte, bis ich mir selbst wieder in die Augen sehen konnte. Damals brauchte ich viel Zeit und noch mehr Abstand von der Welt. Das war auch der Grund, weshalb ich in den Orden der Schwertritter eintrat und später zu den Templern wechselte. Aber das ist eine andere Geschichte. Ich hatte damals Glück, denn eigentlich sind im Schwertritterorden nur Adlige willkommen. Aber der Großmeister des Krak legte an geeigneter Stelle ein gutes Wort für mich ein, und so mußte ich bloß noch meinen Namen ändern und trat in eine Welt ein, von der ich bis zu jenem Augenblick so gut wie nichts wußte."

„Wann hast du meinen Vater das erste Mal wiedergetroffen?" fragte ich, denn nun wollte ich alle Zusammenhänge verstehen.

„Deinen Vater sah ich das erste Mal wieder vor gut einem Jahr, und du kannst dir ja wohl vorstellen, daß wir uns eine ganze Menge zu erzählen hatten. Es war lange her, daß ich mich meinem Bruder, deinem Vater, so nahe gefühlt hatte wie an diesen Tagen unseres Wiedersehens. Natürlich erfuhr ich von ihm auch, daß er in der Zwischenzeit Vater eines Sohnes geworden war, aber das wußte ich schon vorher. Die Templer verfügen über viele dunkle Quellen. Was ich allerdings erst durch deinen Vater erfuhr, war dessen Wunsch, dir eine Ausbildung angedeihen zu lassen, die die Lateinschule dir unmöglich hätte bieten können. Eigentlich lag es nahe, daß er nun dabei an mich dachte, um dieses Problem zu lösen. Er bat mich also, einen Platz für deine Ausbildung zu finden, und er wußte auch, daß für dich nur ein Ort in Frage kommen würde."

„Terbalach!" vollendete ich seine Gedanken.

„Richtig, und da ich ohnehin vorhatte, das Bergkloster zu besuchen, sah ich in der Erfüllung seines Wunsches auch kein großes Problem. All das änderte sich, als ich dich etwa zwei Wochen vor unserer Abreise das ersten Mal zu Gesicht bekommen hatte. Auf Wunsch deines Vaters solltest du mich erst kurz vor unserer geplanten Abreise kennenlernen. Dein Vater wollte nicht, daß du zu früh hinter das Geheimnis unserer Verwandtschaft kämest. Denn er meinte, daß die Anforderungen, denen du ausgesetzt sein solltest, für dich dann nur halb so schwer wären, wenn du wüßtest, daß dein Reisebegleiter gleichzeitig auch dein Onkel ist. Natürlich hatten wir beide nicht damit gerechnet, was für Anforderungen an dich gestellt werden würden.

Jedenfalls sah ich dich schon zwei Wochen vor unserer Abreise, und was ich zuerst sah, war nicht der Sohn meines Bruders, sondern die verblüffende Ähnlichkeit eines Jungen mit dem zukünftigen Kaiser. Ich sah die eventuellen Möglichkeiten, aber auch die Gefahren, die sich daraus ergeben konnten, wenn dieser Junge in die falschen Hände geraten würde. Den Sohn meines Bruders sah ich erst in zweiter Linie, leider!

Meine Schuld war und ist, daß ich sowohl dich als auch deinen Vater über die möglichen Folgen meiner Entdeckung im unklaren ließ, denn natürlich wußte ich, daß du in Friedrichs Nähe in Gefahr sein würdest. Deshalb waren mein Plan und der Wunsch deines Vaters ja so einfach, denn in Terbalach wärt ihr beide sicher gewesen.

Du hättest von meinen Gedanken nie etwas bemerkt, wenn die Pest Terbalach verschont hätte.

Leider überschlugen sich die Ereignisse, und letztlich entglitten sie meinen Händen. Es ist zu spät, all das ungeschehen zu machen, aber ich kann wenigstens versuchen, dir und mir zu helfen, um wenigstens etwas von meiner Schuld abzutragen. Das ist das wenigste, was ich tun kann und was ich vor allem euch schuldig bin."

Artons Eingeständnisse bewegten mich sehr, und darum war ich erleichtert, als sich die Tür des Gasthofes öffnete und der Büttel von vorhin eintrat. Zielstrebig durchschritt er die Schankstube und baute sich respektvoll vor uns auf. „Der Magistrat der Stadt bittet Euch untertänigst, gnädige Herren, mir zu folgen." Sofort erhoben wir uns, grüßten den Wirt und verließen den Gasthof.

Wir schlugen die Richtung ein, aus der wir vor etwa zwei Stunden gekommen waren, überquerten wieder den Rathausplatz und betraten erneut die heiligen Räume der Stadt. Zu dritt durchschritten wir die Vorhalle und standen nun zum zweitenmal vor dem Saal, den ich in Ungewißheit verlassen hatte.

Der Büttel klopfte leise an, worauf sich die Tür sofort einen Spalt breit öffnete und der Kopf eines Reisigen hervorkam, der uns aufmerksam musterte. Erst nachdem er sich gewissenhaft davon überzeugt hatte, daß es sich bei uns wohl um die Erwarteten handelte, öffnete er die Tür gänzlich und ließ uns eintreten. Wie bei unserem ersten Zusammentreffen waren auch jetzt der gesamte Magistrat einschließlich des durchsetzungsfreudigen Stadtoberhauptes anwesend, um uns das Ergebnis ihrer Beratungen mitzuteilen.

„Setzt Euch bitte", forderte er uns lächelnd auf, und ich erkannte nichts in seinem Gesicht, das dieses Lächeln Lügen hätte strafen können. Nachdem wir Platz genommen hatten, ging ein Raunen durch die Versammelten, was wohl zu bedeuten hatte, daß nun die Einleitung ihr Ende gefunden und man sich unverzüglich dem Hauptteil zuwenden konnte.

Der Stadtherr räusperte sich vernehmlich, erhob sich von seinem

Platz und warf einen bedeutungsvollen und zugleich ruhegebietenden Blick in die Runde, der seine Wirkung nicht verfehlte. Es herrschte Ruhe, eine gespenstische Ruhe.

„Ich spreche hier im Namen und mit der Bevollmächtigung des Magistrats der Stadt Verona. Wir hatten eine Entscheidung zu treffen, die nicht nur das Wohlergehen der Stadt betrifft, auch nicht nur unseres Landes. Nein, es war eine Entscheidung, deren Tragweite auf die gesamte Christenheit Einfluß nehmen wird. Als solche wird sie für alle Zeiten zu würdigen und zu rühmen sein", führte der Stadtherr aus und legte eine kurze Pause ein, um seinen Worten die ihnen zukommende Wirkung angedeihen zu lassen. Dabei vermied er es, uns direkt anzusehen, obwohl Arton und ich nur zu gut verstanden, worauf er besonderen Wert zu legen gedachte.

Wieder schweifte sein Blick in die Runde zu einer andächtig zu ihm aufschauenden Gefolgschaft, die bewundernd seinen Worten lauschte. Artons Miene wirkte wie versteinert, was das Stadtoberhaupt aber in keiner Weise irritierte, sondern zu einem Lächeln nötigte, welches der Templer allerdings umgehend erwiderte.

„Die Entscheidung fiel uns um so schwerer", fuhr er fort, „als wir uns schon seit Jahren in einem furchtbaren Streit mit der Nachbarstadt Villafrania befinden, der solche Ausmaße angenommen hat, daß er das ganze Land zu vergiften droht. Doch wie Ihr ja vielleicht wißt", wandte er sich nun direkt an uns, „geht es bei diesem unseligen Streit um mehrere Ar fruchtbaren Landes, das natürlich von Rechts wegen uns gehört. Wir beten schon seit langem für eine glückliche Beilegung dieses Streites, auf daß wieder Frieden in die Gemeinden und Städte der Region einkehre."

Wieder folgte eine Pause. Die letzten Worte des Stadtherrn wurden von dem beifälligen Gemurmel der anwesenden Ratsherren begleitet, die dadurch ihrer Zustimmung Ausdruck verleihen wollten. Arton hingegen ließ mit keinem Zucken der Wimper erkennen, welche Meinung er vertrat. Erneut quittierte der Redner dieses Verhalten mit leisem Lächeln, und wieder erwiderte Arton diese Geste auf gleiche Weise, so als gehörte dieses Verhalten zu irgendwelchen ungeschriebenen Spielregeln.

„Nun, die Entscheidung ist gefallen! – Edle Abgesandte Friedrichs, des Königs von Sizilien und legitimen Anwärters auf den Kaiserthron, wir werden uns geehrt fühlen, ihm und seinem Gefolge die Tore unserer Stadt weit zu öffnen und ihn bei uns demütigst willkommen zu heißen!" Lautes Klopfen und Klatschen unterstrichen deutlich, daß das Stadtoberhaupt mit seiner Einladung nicht alleine stand.

Wieder blickte dieser wohlwollend und sehr mit sich selbst zufrieden in die Augen seiner wackeren Mitstreiter. Der Glanz seiner Autorität mußte in den letzten Stunden noch um ein Vielfaches gestiegen sein.

„Die Stadt Verona fühlt sich geehrt durch die Aufmerksamkeit, die ihr der König von Sizilien zuteil werden läßt", und direkt an Arton gewandt fuhr er fort: „Bitte bestellt König Friedrich, daß Verona ihm seinen Gruß entbietet und bestrebt sein wird, den Aufenthalt des Königs so angenehm und erfolgreich wie möglich zu gestalten."

Nach den letzten Worten setzte sich der Stadtherr gewichtig auf seinen reichverzierten Eichenstuhl und betrachtete gespannt den inzwischen aufgestandenen Templer, der sich anschickte, nun seinerseits das Wort zu ergreifen. „Ich spreche hier im Namen und im Auftrag des Königs von Sizilien und zukünftigen deutschen Kaisers aus dem Geschlecht der Staufer, wenn ich sage, daß mich Eure Entscheidung mit Stolz, Genugtuung und Glück erfüllt und wir Eure ausgestreckte Hand mit Freuden ergreifen werden. Sowohl der König als auch ich wissen, wie hoch Eure Entscheidung zu bewerten ist, und ich spreche ebenfalls in seinem Namen, wenn ich Euch versichere, daß diese mutige und weise Tat nicht zum Schaden dieser stolzen Stadt werden soll. Seid versichert, Ihr hohen Herren, der König von Sizilien erinnert sich seiner Freunde und vergißt nie, wer ihm in schwerer Zeit beigestanden hat und wer nicht! Ich werde mich nun auf den Weg machen und ihm Eure Botschaft übermitteln, doch laßt mich noch einmal meinen Dank aussprechen."

So hatte ich diesen Mann noch nie gesehen, und auch die Art und Weise, wie er sprach, unterschied sich nur zu deutlich von dem Menschen, an dessen Seite ich manches erlebt und erlitten hatte. Nicht daß es mich befremdet hätte, nein, das war es nicht. Vielmehr offenbarte sich hier eine ganz neue Seite in seinem Wesen, von der ich bisher noch nichts gewußt hatte.

Als er geendet hatte, quittierten die hohen Herren des Magistrats seine Dankesrede mit höflicher Zustimmung. Daraufhin, wie auf einen unausgesprochenen Befehl, erhoben sich die Anwesenden, entboten uns ihren Gruß und verschwanden durch eine Tür am anderen Ende des Saales.

Nur der Stadtherr blieb zurück und forderte uns durch ein Handzeichen auf, erneut Platz zu nehmen. „Ihr wißt natürlich", begann er ohne Umschweife, „daß uns diese Entscheidung längst nicht so leicht gefallen ist, wie es jetzt den Anschein haben könnte, denn Ihr müßt wissen, daß uns der Welfe durch seinen Bevollmächtigten ganz offen mit Brandschatzung und Mord gedroht hat, wenn wir uns seinem Diktat nicht unterwerfen. Einige der Ratsherren bekamen es mit der Angst zu tun und votierten für ihn, aber schließlich mußten auch sie sich der Mehrheit beugen, und diese sprach eindeutig für Euch. Doch glaubt jetzt bitte nicht, daß Verona Euch mit frohem Herzen empfangen wird. Ich will ehrlich zu Euch sein, und ich bitte Euch, seid ehrlich zu Eurem König. Die Bewohner meiner Stadt können sich noch gut an seinen Vater erinnern, und zwei der Fürsten, die er an jenem Weihnachtstag hat niedermetzeln lassen, stammten von hier und waren zudem noch sehr beliebt. Es ist zwar sehr lange her, aber die Zeit heilt nicht alle Wunden!"

„Aber warum habt Ihr Euch dann für ihn entschieden?" platzte es aus mir heraus. „Wenn der Welfe wirklich Eure Stadt niederbrennen will, wer soll ihn denn dann aufhalten?"

An den Gesichtern der beiden Männer konnte ich unschwer ablesen, daß meine Frage hier völlig fehl am Platze war.

„Entschuldigt den Jungen, er kann die Zusammenhänge noch nicht deuten. Vielleicht wäre es ganz gut für ihn, wenn Ihr ihm die Möglichkeit bieten könntet, sich etwas in der Stadt umzusehen. Hättet Ihr vielleicht jemanden, der sich um ihn kümmern und die Sehenswürdigkeiten zeigen könnte?"

„Aber natürlich", erwiderte der Stadtherr lächelnd und voller Verständnis. Sofort erschien wieder einer der Büttel an der Tür. „Sage meinem Schreiber, er soll sofort kommen."

Die Wache verschwand, und kaum war die Tür ins Schloß gefallen, da öffnete sie sich auch schon wieder, und herein trat ein etwa zwanzigjähriger Mann von mittelgroßer, schlanker Statur. Er war in schwarzes Tuch gekleidet und machte auch sonst einen etwas düsteren Eindruck, was vornehmlich an der Art seiner Beschäftigung liegen mochte. Dieser und dem Mangel an frischer Luft verdankte er wohl seine blasse, schon ins Graue gehende Gesichtsfarbe.

Beflissen verbeugte er sich vor uns und seinem Herrn, und dieser wandte sich auch sofort an ihn: „Höre, Stephan! Du läßt deine Arbeit liegen und wirst unserem jungen Gast hier die Stadt und alles Sehenswerte zeigen, hast du verstanden? Ich nehme an, wir werden hier doch noch einige Zeit beschäftigt sein. Und schicke nach einem Boten, der im Auftrag Artons von Tarran eine Botschaft an den König von Sizilien überbringen soll. Unser Gast hier wird ihm dann schon die nötigen Anweisungen geben."

Die Miene des Schreibers erhellte sich bei jedem seiner Worte im gleichen Maße, wie sich die meine verfinsterte. Arton war das natürlich nicht verborgen geblieben, denn während der Schreiber verschwand, um die Anweisungen seines Herrn in die Tat umzusetzen, entschuldigte sich Arton kurz bei unserem Gastgeber und schob mich zur Tür hinaus. „Du siehst nicht gerade glücklich aus", stellte er fest, ohne sich dabei sonderlich anstrengen zu müssen.

„Ach, sieht man das?" erwiderte ich zornig.

„Hör mir jetzt gut zu", fuhr er unbeirrt fort, und seine Stimme wurde immer leiser. „Ich mußte dich unter irgendeinem Vorwand hier herausbekommen, denn ich habe einen Auftrag für dich, der von äußerster Wichtigkeit für uns alle sein kann. Du mußt in Erfahrung bringen, wo Absalon Quartier bezogen hat und wie seine nächsten Pläne aussehen könnten. Aber sei vorsichtig und riskiere nichts. Dann laß dir die wesentlichen Punkte der Stadt zeigen und merke dir davon, soviel du kannst, hast du verstanden? Es immer gut zu wissen, auf welchen Wegen man notfalls eine Stadt wieder verlassen kann, denn auch das ist Diplomatie."

O ja, ich hatte verstanden, und ob ich ihn verstanden hatte! Am liebsten hätte ich ihn umarmt.

„Also mache deine Sache gut und stelle dich nicht so an, das hier sind nun mal Männergespräche", sprach er nun wieder mit deutlich erhobener Stimme, worauf der Schreiber sich taktvoll noch weiter von uns entfernte. „Sei doch froh, daß man so großzügig zu dir ist."

Arton öffnete die Tür und verschwand im Inneren des Saales, ohne sich noch einmal nach mir umzudrehen. Ich hingegen setzte meine traurigste Miene auf und schlenderte „verbissen" hinter Stephan her.

Vor dem Rathaus empfing uns strahlender Sonnenschein. Die Menschen liefen geschäftig hin und her, niemand nahm Notiz von uns. Stephan führte mich erst einmal quer über den großen Platz, der sich hufeisenförmig vor dem Magistratsgebäude erstreckte. „Das ist die Piazza della Erba. Der Platz bildet den Mittelpunkt der Stadt, und dreimal pro Woche ist Markttag. An diesen Tagen kommen alle Bauern und Handwerker zusammen. Aus dem gesamten Umland strömen alle nach Verona", hörte ich Stephan referieren, nicht ohne einen gewissen Stolz auf seine Stadt. Leider muß ich bekennen, daß ich ansonsten seinen Ausführungen nur recht halbherzig zu folgen imstande war, denn immerhin beschäftigten mich noch Artons Auftrag und das Problem, wie ich diesen Auftrag am besten würde lösen können. Da servierte mir der Schreiber von selbst die Lösung meiner Sorgen auf einem goldenen Tablett. Ich weiß nicht, ob er irgend etwas mitbekommen hatte oder ob er mir bloß einfach beweisen wollte, auf wessen Seite er stand. Doch die Antwort auf meine nicht gestellte Frage kam mir gelegen. „Dieser unheimliche Welfe hat die Stadt übrigens schon verlassen." Vermutlich deutete er mein überraschtes Gesicht falsch, als er fortfuhr: „Ich meine diesen riesigen Ritter", wobei er dessen wirklich auffällige Statur in die Luft malte, so daß es mir nun nicht schwer fiel, mir vorzustellen, wen er damit meinte.

„Woher weißt du das?" fragte ich.

„Nun, ich mußte ihm doch die Nachricht überbringen, lange bevor man die Wache zu euch in den Gasthof gesandt hatte, um euch die Entscheidung des Magistrats mitzuteilen. Um ein Haar hätte dieser Unhold mich erschlagen."

„Bist du dir wirklich sicher, daß er die Stadt daraufhin auch verlassen hat?" fragte ich weiter, noch nicht restlos davon überzeugt.

„Aber ja doch. Die Wache am Nordtor hat es uns gemeldet. Kurz nachdem ich ihm die Nachricht übermittelt hatte, zog er von dannen." Der Spott in seiner Stimme bewies mir allzu deutlich, daß der Ritter in Stephan keinen Freund gefunden hatte.

Ich bemühte mich, mir meine Freude über das eben Gehörte nicht allzu offen anmerken zu lassen, aber von diesem Moment an war mir Stephan bedeutend sympathischer. Nachdem wir den Marktplatz überquert hatten, ebbte auch der Strom der Menschen langsam ab. Wir durchschritten einige schmale Gassen, die zu meiner Verwunderung und entgegen meinen sonstigen Erfahrungen allesamt sauber und gut begehbar waren. Wenn ich da an andere Städte dachte, in denen sich Dreck und Unrat manchmal bis zu den ersten Fenstern der Häuser stapelten und Ratten die eigentlichen Herrscher waren – welch ein Unterschied!

Auf meine Andeutung hin erklärte mir der Stadtschreiber den Grund für dieses Phänomen: „Nun", sagte er lächelnd, „wir glauben, und das gilt eigentlich für alle Bewohner unserer Stadt, daß Dreck und Unrat nicht unbedingt dazu angetan sind, das Bild einer Stadt zu verschönern. Weißt du, wir sind sehr stolz auf unsere Stadt und zeigen nach außen hin diesen Stolz dadurch, daß wir sie pflegen und rein halten, so gut wir es vermögen. Jeder Einwohner ist dazu verpflichtet, und kommt er dieser Pflicht nicht nach, so muß er ein Strafgeld zahlen. Du wirst hier auch wenig Bettler oder sonstiges Gesindel sehen. Wir haben Armenhäuser eingerichtet, in denen die Bedürftigen jeden Tag zwei Mahlzeiten und ein Bett für die Nacht erhalten."

Ich muß zugeben, daß seine Erklärungen mich arg verwirrten, gehörten doch Bettler und Dreck üblicherweise so zu einer Stadt wie deren Häuser. „Und nachts, wie sieht es denn nachts aus?"

„Die Straßen sind sicher, sicherer zumindest als anderswo", beantwortete er meine Frage, und ich war überzeugt davon, daß er damit nicht übertrieb.

Wir kamen an einem Hof vorbei, dessen große Holztore offenstanden und aus dem uns ein eigentümlicher Geruch entgegenkam. Verdutzt blieb ich stehen, denn diese Mischung aus Öl und Schafswolle war mir nicht fremd. Neugierig geworden, trat ich ein, und das erste, was ich sah, war ein großer Haufen Schafswolle, auch der ganze Boden war ein Meer aus Wolle. Mitten in diesen Fluten standen zwei Männer und eine Frau, allesamt damit beschäftigt, den Berg zu sortieren.

„Sie stellen hier Tuchwaren her", hörte ich den Schreiber neben mir überflüssigerweise erklären.

Die Erinnerung an meinen Vater schoß mir schmerzhaft durch den Kopf. Wir erhielten die Stoffe damals allerdings fertig gewebt zumeist aus Flandern, was aber nicht hieß, daß wir von deren Herstellung nichts verstanden, ganz im Gegenteil. Trotzdem war es für mich ein Erlebnis, so unvorbereitet der Vergangenheit gegenüberzustehen, einer glücklichen Vergangenheit, in der mein Vater diese und ähnliche Waren so erfolgreich zu verkaufen verstand.

Unwillkürlich trat ich etwas näher, worauf der ältere der beiden Männer zaghaft und unter tiefen Verbeugungen auf mich zukam. Er mochte etwa fünfzig Jahre zählen, seine Haltung war schon gebückt, und sein graues Haar fiel ihm in Strähnen in die Stirn, hingegen seine Augen blickten munter und forschend in die meinen, und auch seine Stimme verriet, trotz der vielen Verbeugungen, ein hohes Maß an Selbstbewußtsein, als er mich nach meinen Wünschen fragte.

„Ich komme aus einem Haus, welches vom Tuchhandel lebt, hatte aber bisher noch selten die Gelegenheit dazu, Eurem Handwerk beizuwohnen, und würde mich freuen, wenn Ihr mir erlaubt, Euch einmal bei Eurem Tagwerk zuzusehen."

Ungeniert betrachtete er mich von oben bis unten, während der Schreiber ebenso ungeniert die Nase rümpfte. „Ihr, ein Ritter, wollt wissen, wie wir Tuch herstellen?“ fragte der Alte schließlich, nachdem ihn seine Betrachtungen offenbar nicht weitergeführt hatten. „Na gut, meinetwegen, tretet näher, ich will versuchen, Euch die einzelnen Arbeitsgänge so anschaulich wie möglich zu erklären. Wie Ihr hier sehen könnt, wird die Wolle vorgefühlt, das heißt, sie wird nach Güte und Reinheit beurteilt und sortiert.“ Wir verließen den Hof und folgten ihm in das Innere des großen Hauses. Dort waren noch einmal vier Frauen beschäftigt, die erschrocken aufblickten, als sie mein Kettenhemd im Licht aufblitzen sahen. Mit einer Handbewegung beruhigte der Hausherr die aufgeregten Gemüter und fuhr mit seinen Ausführungen fort: „Sie sehen hier, edle Herren, wie zwei der Frauen die vorsortierte Wolle mit Kardendisteln kämmen. Dies ist unerläßlich, um die groben Verunreinigungen zu entfernen oder um etwaige Knoten zu lösen, die sonst später unangenehm auffallen würden. Die so fertig gekämmten Fasern werden dann mit diesem Gerät hier gesponnen. Das können Sie leider im Moment nicht sehen, weil erst noch mehr Fasern vorhanden sein müssen, damit das Spinnen sich auch lohnt.“

Mit jedem Arbeitsgang steigerte sich seine Begeisterung, und er führte uns immer tiefer in die Geheimnisse der Tuchkunst ein, und ebenso tief drangen wir in sein Haus vor. Zum Glück waren die einzelnen Räume recht gut erhellt, so daß es uns nicht schwer fiel, unserer Fantasie freien Lauf zu lassen. Auch Stephan fand Interesse an der für ihn fremden Arbeit.

Neben dem Spinnrad stand ein Korb voll bis oben hin mit schon verdrilltem Garn. In einem anschließenden Raum standen zwei mächtige Webstühle, die mir allerdings von ihrer Form her unbekannt waren. Hier ruhte gerade die Arbeit, so daß mir der Meister nur das Ergebnis seiner Arbeit zeigen konnte – fertige Tuchwaren. Aus diesem Raum führte eine Tür ins Freie, auf einen etwas kleineren Hof. Hier waren drei Knechte damit beschäftigt, das gewebte Tuch zu walken. Dazu legten sie mehrere Lagen der Stoffmatten aufeinander in einen Bottich, der mit Walkerde und verschiedenen Mixturen gefüllt war. Nachdem sich die Tücher vollgesogen hatten, kletterten zwei Knechte auf den Bottich und traten das Tuch tüchtig mit den Füßen.

„Dadurch verfilzen die Fasern“, erklärte mir der Meister. „Erst wenn das geschehen ist, wird der Stoff gleichmäßiger und weich.

Das erreichen wir aber nur durch das Treten, da sonst die Stoffe nicht vom Fett befreit werden können. Wenn diese Arbeit beendet ist, heben wir die Stoffmatten aus dem Walkbottich und lassen sie in der Sonne trocknen, bevor sie in die Färberei gehen." Er spürte unser Interesse an seiner Arbeit, und ich fühlte mich hoch geehrt, als er jedem von uns ein Stück ungefärbtes Tuch in die Hand drückte. „Es ist natürlich nichts wert, aber es soll Euch daran erinnern, wie schwer es erarbeitet werden mußte. So geht es mit allem, das so einfach aussieht, und wo man erst bei näherem Hinsehen erkennt, wieviel Schweiß und Mühen dahinterstecken, bis es die Form angenommen hat, die es haben muß, weil der Mensch sie ihm geben will!"

Er führte uns den gleichen Weg wieder zurück. Dort verabschiedeten wir uns herzlich von ihm, nicht ohne ein Gefühl des Heimwehs.

„Ich habe das nicht gewußt", meinte Stephan nachdenklich.

Während mir der Schreiber unablässig Plätze, Kirchen und Häuser beschrieb, dachte ich über die Worte des Tuchmachers nach, die viel mehr zu einem Philosophen als zu einem Handwerker paßten, der doch den ganzen Tag über nur mit Wolle, Laugen und ähnlichem zu tun bekam. Vielleicht war gerade das der Grund, warum sie einen so tiefen Eindruck bei mir hinterließen.

Unterdessen kamen wir an einem zweiten, fast noch unbeschädigten römischen Amphitheater vorbei, und wieder mußte ich die Perfektion und die imponierende Kraft bewundern, die von diesen Bauwerken ausgingen und mich in ihren Bann zogen. Dieses Monument längst vergangener Zeiten strahlte soviel Macht aus, daß die toten Steine schon fast wieder lebendig wirkten, als warteten sie auf jemanden, dem sie ihre Geschichte offenbaren konnten.

Die Sonne war ein gutes Stück weitergewandert, als wir endlich wieder zurück waren. Arton hatte schon beide Pferde satteln lassen und wartete bereits auf mich. Ich winkte Stephan einen Abschiedsgruß zu. Nachdem ich das Tuch sorgfältig in der Satteltasche verstaut hatte, ritten wir zur Stadt hinaus.

„Nun, wie war es?" fragte ich den Templer.

„Es hätte bedeutend schlimmer sein können. Bis heute abend ist alles soweit vorbereitet, was zum Empfang Friedrichs unbedingt erforderlich ist. Den Boten habe ich vor gut einer Stunde zu ihm geschickt, so daß er Bescheid weiß. Trotzdem habe ich darauf bestanden, den Empfang so unauffällig wie möglich zu gestalten, um kein unnötiges Aufsehen zu erregen. Aber was viel wichtiger ist, hast du etwas über den Verbleib unseres ‘Freundes’ in Erfahrung bringen können?“

„Ja“, erwiderte ich stolz, „der Schreiber teilte mir mit, daß er die Stadt verlassen hat, und zwar schon bevor uns der Rat seine Entscheidung kundgetan hat.“

„Hat er es denn selbst gesehen, oder noch wichtiger, hat es dir sonst noch jemand gesagt?“

„Nein, weder – noch. Er sagte mir, daß die Wache ihn vom Verschwinden Petrarkas benachrichtigt hat.“

Artons Stirn zog sich in Falten. „Soso, die Wache hat es ihm mitgeteilt. Und du? Du warst also nicht in dem Gasthof, in dem dieses Scheusal abgestiegen ist. Du hast dich also nicht selbst von alldem überzeugt, wie ich es dir aufgetragen habe.“

„Na, immerhin hat doch der Schreiber . . .!“

Der Templer riß sein Pferd am Zügel und schrie mich an: „Hast du denn immer noch nichts gelernt? Bist du noch immer der dumme Junge, der blauäugig durchs Leben lief? Was ist, wenn er dich belogen hat? Was passiert denn, wenn Petrarka der Wache Geld gegeben hat? Hast du das bedacht, oder reicht es dafür immer noch nicht? Verstehst du denn nicht, mit welchen Mitteln hier gekämpft wird? Wir haben jetzt keine Zeit mehr. Friedrich muß sich unbedingt auf den Empfang vorbereiten. Wir zwei allerdings werden nachher als Vorhut in die Stadt zurückreiten und die Aussagen des Schreibers überprüfen, und zwar gründlich. Ich hoffe für uns alle, daß er die Wahrheit gesagt hat, wenn nicht . . .“

Mir fielen plötzlich die Worte des Tuchmachers wieder ein, auch er sprach von den Dingen, die so einfach aussehen und erst bei näherem Hinsehen die Mühe offenbaren, die in ihnen steckt. Wie schnell sich seine Worte doch bewahrheiten sollten – und ausgerechnet mir mußte das passieren!

Der Staufer und sein Gefolge lagerten etwa eine Stunde außerhalb der Stadt an einem der Treffpunkte, die vorher zwischen ihm und dem Templer vereinbart worden waren. Die Ungeduld, mit der uns der junge Mann erwartete, stand ihm buchstäblich ins Gesicht geschrieben. Sofort, nachdem wir ins Lager geritten kamen, trat er auf uns zu, und erst nachdem ihm mein Freund lächelnd die Reverenz erwiesen hatte, löste sich die Spannung in seinen Zügen. Während Arton ihm von seinem Erfolg in Verona berichtete, setzte ich mich etwas abseits und versuchte über das nachzudenken, was mir der Templer mit seinen harten Worten hatte erklären wollen.

Bald danach hatte Arton dem jungen König das Notwendigste berichtet, so daß wir aufbrechen konnten, um meinen Fehler wiedergutzumachen, aber Friedrich hatte noch einen anderen Auftrag für uns. Arton sollte den Magistrat davon unterrichten, daß der König die Stadt ohne offizielle Begrüßung betreten wolle. Es war die Zeit, die ihm davonzulaufen drohte, denn der Tag neigte sich.

„Wir werden zuerst den Stadtherrn aufsuchen und ihn für Friedrichs Wunsch um Verständnis bitten."

Friedrich und seine kleine Ritterschar sollten etwa eine Stunde nach uns aufbrechen und dann offen, aber nicht mit großem Pomp, in Verona einziehen, dort die Nacht hinter den starken Wällen verbringen und sich am kommenden Tag offen der Bevölkerung präsentieren.

Arton trieb sein Pferd zu höchster Eile an, und ich hatte alle Mühe, ihm zu folgen. Seite an Seite hetzten wir über die noch belebte Straße, und mehr als nur ein Fluch scholl hinter uns her und wünschte uns in die tiefste Hölle. Den Templer allerdings schien das nicht weiter zu stören, ganz im Gegenteil. Kaum sahen wir am Horizont die ersten Türme der Stadtmauer, trieb er sein Pferd zu noch größerer Eile an, und erst die Zugbrücke bremste diesen irrsinnigen Ritt. Die Wache erkannte uns und ließ uns ungehindert passieren, worauf Arton seinen Weg sofort in Richtung des Magistratsgebäudes fortsetzte. Ich gestehe, offen, daß ich mich alles andere als wohl in meiner Haut fühlte, und dieser Zustand verstärkte sich noch, je näher wir der Beantwortung der Frage kamen, die uns beiden auf der Seele brannte und die ich leichtfertigerweise schuldig geblieben war.

Endlich hatten wir uns durch die engen Gassen gewühlt und sprangen mit einem Satz von den Pferden.

„Du wartest hier, ich bin gleich wieder da!" rief Arton, warf mir die Zügel zu und verschwand in dem wuchtigen Gebäude. Es dauerte auch wirklich nicht lange, und ohne ein Wort zu sagen, sprang er wieder auf. Offenbar hatte er den ersten Teil unseres Auftrages erfüllt, und wie immer blieb mir auch jetzt nichts anderes übrig als ihm zu folgen – und zu beten.

Als sich die Straße gabelte, fragte er einen vorbeikommenden Büttel nach dem Weg. Dieser überlegte einen Moment und zeigte dann in die Richtung, die wir einschlagen sollten. Kurz darauf hielten wir vor einem beschaulich wirkenden kleinen Gasthof, an dessen

Eingangspforte ein großes Bronzeschild mit dem Namen „Veronas Perle“ prangte. Ein schöner Name, dachte ich, doch wenn die Perle wüßte, wem sie Obdach gewährt hatte . . .

„Komm bitte mit, hier muß es sein!“ forderte der Templer mich auf, wir banden unsere Pferde an die dafür vorgesehenen Pflöcke und betraten die Herberge. Nur mäßig besucht, strahlte sie doch eine wohlige Wärme aus, und auch die Gäste machten allesamt einen vertrauenerweckenden Eindruck, so daß wir uns ohne zu zögern setzten und nach dem Wirt verlangten. Als dieser sich unserem Tisch näherte, bestellte Arton eine Karaffe Wein, ein großes Stück Käse und etwas Brot, und es dauerte nicht lange, bis der Wirt uns das Gewünschte brachte.

Arton bezahlte sofort und hielt den Wirt am Ärmel fest: „Gestattet bitte eine Frage, Herr Wirt“, ein weiteres Geldstück klimperte auf den Tisch, was die Aufmerksamkeit des Mannes um ein Vielfaches erhöhte.

„Was wollt Ihr denn wissen, hohe Herren?“

„Ihr hattet einen Gast, sehr groß und breit, mit einem dichten schwarzen Vollbart, in der Rüstung eines Ritters.“

Mit jedem Wort der Beschreibung versteifte sich die Haltung des Wirts. „Ihr seid doch nicht etwa Freunde von ihm?“ fragte er lauernd.

„Nein, das kann man nun wirklich nicht behaupten“, wagte ich zu antworten.

„Wir wollten eigentlich bloß wissen, wo er ist“, ergänzte Arton.

Der Wirt musterte uns aufmerksam, noch aufmerksamer als vorher, bis das Klappern des zweiten Goldstückes seine letzten Zweifel zerstreute. „Ich hoffe, daß er den direkten Weg in die Hölle genommen hat“, zischte er. „Dieser Mistkerl hat Schande über mein Gasthaus gebracht. Seid Ihr wirklich keine Freunde von ihm?“ – Kopfschütteln unsererseits. – „Ich bin der glücklichste Mensch der Welt, daß mich der Herr von dieser Plage befreit hat.“

„Schenkt Euch einen Wein auf meine Kosten ein und erzählt uns in Ruhe, was vorgefallen ist“, forderte der Templer ihn freundlich, aber bestimmt auf. Jetzt hatte er alle Zeit der Welt.

Flink hatte der Wirt sich die zwei Goldstücke in die Tasche gesteckt, war an ein großes Fuder getreten und kam mit einem gut gefüllten Becher zurück. „Frau, bediene für eine Weile die Gäste, ich habe zu tun!“

Ein unwirsches Gebrumm, das aus Richtung der Esse zu uns herüberdrang, war die Folge. Gewichtig setzte sich der Herr der Weine wieder an unseren Tisch und kostete erst einmal genüßlich seinen eigenen Rebensaft, geradeso, als würde er ihn zum erstenmal probieren. Offensichtlich erwartete der Wirt von Arton noch eine der hübschen Münzen, die das Reden erleichtern, doch was das anbelangte, war die Geduld meines Freundes am Ende.

„Wenn du nicht sofort redest, erfolgt die nächste Bezahlung in gehärtetem Eisen, und zwar der Länge nach von oben nach unten durch dich hindurch. Ich hoffe, du hast mich verstanden?“ fragte der Templer, wobei ein Lächeln seine Lippen umspielte.

Dem Wirt allerdings war das Lachen vergangen. Er starrte meinen Freund an, als ob der Leibhaftige höchstpersönlich vor ihm säße und beeilte sich, der netten Aufforderung nachzukommen. „Er war ungefähr eine Woche hier und wurde bei seiner Ankunft vom Stadtkämmerer persönlich begleitet, und ich dachte noch bei mir, was für ein Glück ich hätte, solchen wichtigen Gästen zu Diensten sein zu können.“

„Du sagst Gästen, also waren es mehrere?“ fragte mein Freund gespannt.

„O ja, mit dem Ritter waren es zusammen vier, und wie ihr Herr waren alle in tiefes Schwarz gekleidet. Sogar ihre Rösser waren schwarz. Allerdings war dieser Tag der erste und zugleich auch der letzte, an dem ich die anderen zu Gesicht bekommen habe. Unmittelbar nach ihrer Ankunft zogen sie sich auf ihre Kammer zurück, und von diesem Augenblick an hörte und sah ich nichts mehr von ihnen.“

„Was geschah denn mit ihren Pferden?“ wollte ich wissen.

„Ja, das war allerdings auch ziemlich merkwürdig“, erklärte der Wirt nachdenklich, „der Ritter ordnete nämlich an, daß diese unbedingt eingeschlossen und vor allem nie mit anderen Tieren zusammengebracht werden dürften. Er selbst, und nur er selbst, würde sich um deren Versorgung kümmern und jedem den Kopf abschlagen, der es wagen sollte, sich in der Nähe des Stalles herumzutreiben. Ich muß Euch gestehen, daß ich darüber alles andere als traurig war, zumal seit ich Gelegenheit hatte, der Pferde und Reiter ansichtig zu werden. Es war ganz gut so, sie nicht jeden Tag vor Augen haben zu müssen, denn es mag ja vielleicht sehr dumm und kindisch klingen, aber von diesem Tag an hatte ich ein Gefühl der Angst, das bis heute anhielt und erst verschwand, als dieser Teufel abgereist war“, sagte der Wirt, und die Erleichterung war ihm deutlich anzumerken.

„Und die anderen?“ wollte Arton wissen. „Die sind wohl schon seit längerem weg?“

„Woher wißt Ihr das? Aber Ihr habt recht. Ich vermute, schon seit gestern abend, denn der Pferdestall steht seit heute morgen offen und ist leer. Aber das Merkwürdigste ist die Kammer der drei, denn sie sieht aus, als sei sie nie bewohnt gewesen."

„Was soll das heißen, nie bewohnt?" fragte mein Freund etwas ungläubig.

„Na ja, eben unbewohnt. Die Betten sind gemacht, und es sieht aus, als ob sie während der ganzen Zeit nie benutzt worden wären. Sogar die Schränke waren noch korrekt verschlossen. Wie gesagt, die Kammer sieht aus, als ob ich sie selbst einem Gast übergeben hätte. Aber was sollte ich machen, sie haben ja nichts Verbotenes getan, ganz im Gegenteil. Wenn alle meine Gäste so wären, dann hätte ich weniger Arbeit."

In diesem Augenblick kam ein Bettelmönch die Treppe herunter, die zu den Kammern führte. An seinem Arm baumelte an einer langen Kette ein leicht qualmendes Weihrauchgefäß.

„Entschuldigt mich bitte einen Augenblick", zischte der Wirt, erhob sich hastig und schob den Mönch auf die Gasse hinaus, wo er wild mit den Armen rudernd auf ihn einredete. Das Erscheinen dieses Bruders in Christo hatte auch die wenigen anderen Gäste neugierig werden lassen, die jetzt tuschelnd die Köpfe zusammensteckten und verstohlen nach draußen blickten.

Arton lächelte mich an und meinte: „Ich glaube nicht, daß der Wirt solche Gäste schätzt. Es scheint ihm wohl etwas unbehaglich zumute zu sein." Und wirklich, als der Wirt wieder eintrat, wirkte er, als ob ihm alle Last der Erde von den Schultern genommen worden sei. Wir beide vermieden es, den so arg Gebeutelten auf den Mönch anzusprechen, der wohl die Aufgabe hatte, die Räume von Teufelswerk und bösen Geistern zu reinigen.

„Also wo war ich stehengeblieben?" begann er wieder, nachdem er sich gesetzt hatte. „Ach ja, ich weiß. Also, das plötzliche Verschwinden war mir unerklärlich, denn weder meine Frau noch ich selbst hatten irgendwas bemerkt."

„Was geschah mit dem Ritter?" fragte Arton drängend, denn allmählich lief uns die Zeit davon.

„Ja der, das ist etwas ganz anderes, denn der hat jeden Abend getrunken und sich billige Weiber auf seine Kammer kommen lassen. Ein paarmal soff er allerdings auch bis zum Umfallen. Noch nie sah ich einen Menschen, der so viel Wein in sich reinschütten konnte wie dieser Riese. Und jedesmal, wenn er völlig berauscht war, fing er

Händel mit den übrigen Gästen an, bis dann im Laufe der Woche sogar die Stammgäste ausblieben."

„Was geschah denn heute, als er auszog?" fragte Arton, dem man es ansah, daß er jetzt endlich auf den Punkt kommen wollte.

„Es war kurz nach Mittag oder vielleicht doch später. Er saß da vorn an dem Tisch und trank wie üblich, da trat ein Bote des Magistrats ein und überbrachte ihm eine Nachricht. Als er sie gelesen hatte, wäre es um den jungen Boten bald geschehen gewesen, denn der Ritter sprang auf, als ob tausend Schlangen unter seinem Tisch herumkriechen würden. Zum Glück für den Boten blieb er mit seinem mächtigen Schwert am Stuhl hängen, und so hatte der Junge noch Zeit genug, die Beine in die Hand zu nehmen und die Flucht zu ergreifen. Ich tat übrigens das gleiche, denn dieser Teufel war vollends von Sinnen. Ich sah nur noch, wie er meinen Schanktisch mit einem Hieb entzweischlug und furchtbar rumbrüllte, daß die Stadt und alle ihre Bewohner zur Hölle fahren sollten und er dem Magistrat mit bloßen Händen die Gedärme herausreißen wolle. Zum Glück dauerte sein Toben nicht allzulange, von einem Augenblick auf den anderen kam er wieder zur Besinnung, und dann stürmte dieser Satan, natürlich ohne seine Zeche zu bezahlen, aus dem Haus und ritt davon.

Jetzt hoffe ich nur, daß die Stadt für den Schaden aufkommt, den dieser Unhold hier angerichtet hat", brummte der Wirt.

„In welche Richtung ist er geritten?" wollte der Templer noch wissen.

„Nun, ich glaube, Richtung Norden in die Berge, jedenfalls sah es so aus."

„Also in die Berge", brummte Arton, wohl mehr zu sich selbst. „Komm mein Junge, wir müssen weiter! Vielen Dank, Wirt, du hast uns sehr geholfen." Ein weiteres Goldstück fiel auf den Tisch und wirkte offensichtlich wie Balsam auf die angeschlagene Seele des Hausherrn.

„Wenn sie in die Berge geritten sind, werden wir sie wohl bald zu Gesicht bekommen, befürchte ich", meinte der Templer nachdenklich.

„Du glaubst, daß sie uns dort auflauern wollen?" fragte ich besorgt.

„Nun, es scheint mir doch sehr naheliegend zu sein. Da ihre Versuche, unseren Weg regelrecht auszutrocknen, bisher allesamt gescheitert sind, bleibt ihnen doch gar nichts anderes übrig, als nun bald die Entscheidung zu suchen. Sind wir erst einmal über die Pässe, dann wird es zu spät für sie sein. Hinter den Bergen beginnt das Land der Deutschen, und deren Kaiser soll Friedrich ja schließlich einmal werden. Ich bin davon überzeugt, daß dort die Macht des Ritters bei weitem geringer ist als hier, zumal er hier das zurückweichende Heer des Welfen im Rücken hat und die Bevölkerung dem Staufer gegenüber eher zurückhaltend und vorsichtig eingestellt ist. Aber das werden wir alles sehen, wenn es soweit ist, jetzt müssen wir uns beeilen!"

Wir ritten auf schnellstem Wege durch die Stadt zurück. Dem Wirt war ein Stein vom Herzen gefallen. Mir auch.

Wir erreichten das Stadttor genau in dem Augenblick, als Friedrich die Zugbrücke überquerte. Die beginnende Abenddämmerung gewährte uns ein eindrucksvolles Erlebnis, als wir den jungen König und sein Gefolge in voller Rüstung erblickten. Wir beide wußten, daß dieser Auftritt entgegen der Absprache von Friedrich gewollt wurde, und die untergehende Sonne bot die Kulisse für dieses bewegende Schauspiel. Nichts deutete darauf hin, daß alle eine mehrmonatige und entbehrungsreiche Reise hinter sich hatte.

Auch der Stadtherr in Begleitung einer kleinen Abordnung des Magistrats erkannte schnell, daß hier etwas Einmaliges seinen Lauf nahm. Büttel wurden herbeigerufen und verschwanden genauso schnell, wie sie gekommen waren. Ich war gespannt, wie dieser Mann die unerwartete Situation meistern würde. Dann war es soweit.

Der Stadtherr und seine Abordnung traten dem König von Sizilien gegenüber, dessen goldene Rüstung in unglaublichem Glanz erstrahlte, und nach den üblichen Begrüßungsworten setzte sich der Zug mit Friedrich und dem Stadtherrn an der Spitze wieder in Bewegung. Voran schritten nur die Büttel, um den Weg freizuhalten und etwaige Störungen zu verhindern.

„Er überrascht mich doch immer wieder", schmunzelte der Templer, und als der Zug an uns vorüber war, schlossen wir uns an und folgten ihm, bis wir wieder auf dem großen Marktplatz standen. Dieser hatte allerdings nichts mehr mit dem Platz gemein, den wir noch vor einer Stunde überquert hatten, denn bis auf ein paar Stände am äußersten Rand hatten die Büttel alles geräumt und weitgehend abgesperrt.

Ich staunte nur, während der Templer lächelnd den Kopf schüttelte und sich zu mir herüberbeugte. „Bemerkenswert, wie der Mann seine

Stadt im Griff hat. Es würde mich nicht wundern, wenn wir heute noch andere Überraschungen geboten bekommen." Kaum waren diese leisen Worten verklungen, verließ der gesamte Magistrat, begleitet von den Kirchenfürsten der Stadt, das Magistratsgebäude, um nun seinerseits Friedrich willkommen zu heißen.

„Wo kommen die denn auf einmal alle her?" fragte ich ratlos den Templer.

„Der Stadtherr hat sofort erkannt, daß Friedrich die Gunst der Stunde ausnutzen will, um sich in Szene zu setzen, und alles zusammengetrommelt, was in dieser Stadt Rang und Namen hat, um nun doch einen offiziellen Empfang auf die Beine stellen. Der Mann ist wirklich gut."

Unterdessen hieß das Stadtoberhaupt seinen Gast noch einmal willkommen, worauf dann alle zusammen in dem großen Gebäude verschwanden. Zurück blieben Arton und ich. Wir hatten unsere Aufgabe erfüllt und wollten uns jetzt eigentlich selbst ein Quartier suchen.

Mittlerweile hatte sich die Nachricht von Friedrichs Ankunft in der Stadt wie ein Lauffeuer verbreitet, und von allen Seiten strebten die Menschen nun dem Platz zu, um einen Blick auf den Staufer zu erhaschen. Gerade wollten wir uns auf den Weg machen, da öffnete sich ein Fenster im dritten Stock und Friedrich erschien zusammen mit einigen Ratsherren auf der Balustrade. Er wechselte ein paar Worte mit einem der neben ihm Stehenden. Dieser verschwand vom Balkon und erschien kurz darauf bei uns. „Der König von Sizilien läßt Euch zu sich bitten. Im übrigen soll ich veranlassen, die Absperrung zurückzunehmen und den Platz mit Fackeln auszuleuchten."

Verwundert stiegen wir ab und standen wenige Augenblicke später neben Friedrich, der Arton und mich beiseite zog. „Habt vielen Dank, Freunde, ich weiß, ihr habt Großes vollbracht. Auch wenn es jetzt vielleicht noch nicht den Anschein hat, aber ich habe wieder eine Stadt für mich gewonnen, und zwar friedlich, ohne Krieg! Ich muß jetzt wieder zu den anderen, gebt mir ein Zeichen, wenn die Fackeln brennen."

Während Friedrich wieder eintauchte in die Menge der anwesenden Honoratioren, stellten Arton und ich uns an eines der zahlreichen Fenster, und als die Fackeln den Platz in unwirkliches Licht tauchten, gab der Templer Friedrich das Zeichen, worauf dieser sich bei den verdutzten Anwesenden entschuldigte und erneut auf den Balkon trat, um sich zwischen zwei auf ihn wartende Fackelträger zu stellen.

Der Saal war auf einmal die Ruhe selbst, jeder ahnte etwas, ohne es genau zu wissen. Also drängte sich alles an die Fenster, und sie sollten nicht lange im unklaren bleiben.

Die Menschenmenge auf dem Platz war noch angewachsen und vermutlich ebenso ratlos wie die Herren hier im Saal. Der König breitete seine Arme aus, das Gemurmel verstummte.

„Volk von Verona!" ertönte weithin seine Stimme. „Ihr habt mich in eure Mauern aufgenommen und gewährt mir Gastfreundschaft! – Ich weiß, daß viele von euch unter der Herrschaft meines Vaters gelitten haben. Ich weiß es um so mehr, als auch an mir dieses Erbe nicht spurlos vorübergegangen ist. – Ich verspreche euch, daß sich das nicht wiederholt! Natürlich weiß ich, daß ich mir euer Vertrauen nur erwerben kann, wenn ich es mir verdiene, doch seid gewiß, ich werde den Großmut dieser Stadt und ihrer Bewohner zu würdigen wissen. Ihr sollt vor Feuer und Schwert verschont bleiben. – Statt dessen sollen Frieden und Wohlstand für immer eine Heimstatt hier finden. Ich danke euch, den Einwohnern dieser Stadt, und entbiete euch den Gruß meines Volkes, denn euer Mut und eure Entschlossenheit sind eine wichtige Stütze im Kampf gegen meine und auch eure Feinde und deren Unrecht, das sie im Gefolge haben!"

Es herrschte völlige Ratlosigkeit!

Niemand der Anwesenden begriff, was sich da vor unseren Augen ereignet hatte, und mir ging es ebenso. Soweit ich mich erinnern konnte, hatte ich etwas Derartiges weder gehört noch irgendwo gelesen, geschweige denn selbst erlebt. – Ein König sprach zu dem fremden Volk einer fremden Stadt und bedankte sich dazu für die freundliche Aufnahme. Doch nicht nur die hier oben Anwesenden waren überrascht und sprachlos. Nein, auch der nun mit Menschen überfüllte Platz hielt den Atem an. Es war so still, daß man eine Nadel hätte fallen hören. Ganz zaghaft, wie aus weiter Ferne, klang ein Klatschen zu uns herüber, andere stimmten ein, und bald schlug eine Woge der Begeisterung über Friedrich zusammen. Das Charisma dieses jungen Mannes hatte eine ganze Stadt und deren Menschen im Sturm erobert!

Zurückhaltung oder gar Feindseligkeit waren wie fortgerissen von dem Sturm, den dieser Mann entfacht hatte und der durch die Straßen und über die Plätze hinwegfegte. Von einem Augenblick auf den anderen begannen die Menschen zu feiern, und man fühlte den Stolz, den sie empfanden, denn für kurze Zeit war ihre Stadt der Mittelpunkt der Welt.

Auch der Magistrat, und an dessen Spitze das Stadtoberhaupt, bedankte sich überschwenglich für diese offenen Worte, die, so sagte einer der Magister, „die Menschen in ihren Bann gezogen haben", ebenso wie die strahlende Aura, die diesen jungen Mann umgab. Instinktiv spürte man, daß seine Seele den Worten die Kraft verlieh.

Wir blieben zwei ganze Tage, und die zählen zu den schönsten und sorgenfreiesten meines Lebens. Die Ausstrahlung der Stadt und ihrer Bewohner, die Unbeschwertheit, die ich so lange schon vermißt hatte – all das wirkte betäubend und aufmunternd zugleich. Ich war glücklich, und das, obwohl doch so viele Entbehrungen und Tragödien meinen Weg gesäumt hatten und vermutlich auch noch weiter begleiten würden, bis wir unser Ziel erreicht hätten – oder der Tod uns in seinen Klauen hielte.

Aber vielleicht waren es gerade dieses Wissen, dieses Meer voller furchtbarer Ereignisse, die mich die Insel des Friedens in vollen Zügen genießen ließen.

Als der Morgen des dritten Tages graute, hieß es Abschied nehmen, und nach Friedrichs Vorstellungen sollte es ein Abschied in aller Stille werden. Es war allerdings offensichtlich, daß dies Absicht bleiben würde, denn kaum schwenkten unsere Pferde auf den Weg zum Amphitheater, bot sich uns ein unvergeßlicher Anblick. Tausende von Menschen gaben uns das Geleit, ein Strom aus Leibern und Fahnen ergoß sich in den großen Etschbogen. Inmitten dieser Flut trieben wir dahin, getragen von den Wünschen und Hoffnungen einer ganzen Region. Auf der Höhe des Amphitheaters empfingen uns noch einmal die Repräsentanten der Stadt und wünschten uns Gottes Segen auf unserem beschwerlichen Weg, und wir alle fühlten die Aufrichtigkeit ihrer Worte.

Vor der Ponte Pietra, der alten Römerbrücke, die den Fluß schon seit Jahrhunderten überspannte, lösten wir uns aus der Menschenmenge, die winkend zurückblieb, bis sie unseren Augen entschwunden war. Es gab wohl niemanden unter uns, dem nicht die Tränen in den Augen standen, und selbst der Templer war tiefbewegt, obwohl er sich alle Mühe gab, sich nichts anmerken zu lassen. Schweigend ritten wir weiter, einer ungewissen Zukunft entgegen, und passierten eine im Bau befindliche Doppelkirche, deren enormes Fundament sich wohl auf die großen Steinquader der ehemaligen römischen Arena stützte.

Aus einer Unterhaltung zwischen Friedrich und dessen Vertrauten hörte ich heraus, daß man mit einer Reisedauer von etwa zwei Wochen rechnen mußte. Ich konnte es kaum glauben. Nur noch zwei kurze Wochen, und ich erhielte endlich die Möglichkeit, mit der Suche nach meinem Vater zu beginnen. Noch zwei Wochen, und Friedrich würde für seine Feinde unerreichbar sein, und erst dann würden sie auch an mir jegliches Interesse verlieren. Zwei Wochen . . .

Doch was konnte noch alles in dieser kurzen Zeit geschehen? Gerade jetzt, da die Landschaft immer einsamer wurde und sich in der Ferne die Bergriesen gleich gigantischen Domen in den Himmel erhoben, boten sich für unsere Feinde die besten Möglichkeiten, einen Hinterhalt aufzubauen, der unseren sicheren Tod zur Folge gehabt hätte.

Die Marschordnung hatte sich, eingedenk dieser Gefahr, völlig geändert. Arton und ich bildeten zwar nach wie vor die Vorhut, jedoch nur mit einem unbedeutenden Vorsprung. Uns folgte Friedrich mit der Mehrzahl der Ritter, und als Nachhut unserer kleinen Streitmacht wurden zwei Ritter eingeteilt, die allerdings in ständigem Sichtkontakt zur Hauptgruppe reiten mußten.

Am Abend des ersten Tages erreichten wir, der Adige folgend, den Gardasee und legten unsere erste Rast ein. Hier hatten Mensch und Tier noch einmal ausgiebig Gelegenheit, sich mit frischem Wasser zu versorgen, bevor wir am nächsten Morgen endgültig in die steinerne Welt eintreten würden. Sie mußte für den jungen Staufer um so unwirklicher sein, als er noch nie in seinem Leben solchen Felsmassen gegenübergestanden hatte. Für Arton und mich hatten die Berge ihre Schrecken verloren, denn nach dem Unwetter, das wir damals gemeinsam durchlitten hatten, waren wir, zumindest ich, recht zuversichtlich, diesen Gefahren gelassen entgegentreten zu können.

Als der Morgen graute, verließen wir den Gardasee und wandten uns wieder der Etsch zu, deren Lauf uns untrüglich weiterführte, immer tiefer hinein in diese fremde Gebirgswelt. Wir passierten mehrere kleine Dörfer, von deren Bewohnern wir allerdings niemanden zu Gesicht bekamen.

Trotzdem fühlten wir uns beobachtet, und es lag nahe, daß die Bewohner vor unserem Erscheinen gewarnt worden waren. Obgleich wir aufmerksam auf jedes Geräusch achteten, war nicht einmal das Krähen eines Hahnes zu vernehmen. – Nichts!

Diese unwirkliche Stille legte sich wie ein kalter Stein auf mein Herz, unwillkürlich krampfte sich meine Hand fester um den Schwertgriff. Wir ließen die paar Steinhäuser hinter uns und beschlossen so lange zu warten, bis auch Friedrich die einzelnen Weiler passiert hatte. Zu unserem Glück waren wir nicht mehr auf die Hilfsbereitschaft der Bevölkerung angewiesen, denn in Verona hatten wir uns großzügig mit Proviant für Mensch und Tier versorgt und führten sogar mehrere Packpferde mit.

Als der Abend sich wieder über uns senkte, war unsere euphorische Stimmung vom Vortage gänzlich geschwunden. Leblos und zu erhaben über menschliche Empfindungen wirkten die Bergriesen, als daß wir in dieser Landschaft fröhlich hätten sein können. Zudem spürten wir recht deutlich, daß die Sonne an Kraft verloren hatte, und die Nacht empfahl uns, nun endgültig Abschied zu nehmen von den warmen Regionen, durch deren Herz wir gezogen waren. Aber es war nicht nur die Natur, die uns die wohltuende Wärme verwehrte. Da war noch etwas anderes, etwas, was fast unmerklich, aber doch deutlich von uns Besitz ergriff: Die Angst schlich durch unsere Reihen. Sie traf Männer, die jeder offenen Auseinandersetzung mit Freude entgegensahen, deren Leben vom Krieg, vom Töten und dem dauernden Umgang mit ihren Waffen geprägt wurde. Es waren jetzt diese Männer, die einsilbig und in sich gekehrt am Feuer saßen und in das Spiel der Flammen starrten. Nicht selten beobachtete ich den einen oder anderen, wie er verstohlen einen Blick nach hinten ins Dunkel warf, als ob sich von dort unsichtbar der Tod an uns heranschleichen wollte, den es rechtzeitig zu erkennen galt, bevor er die Sense schwingen konnte.

Friedrich ließ die Wachen verdoppeln, und trotz aller Bedenken wurde auch noch ein zweites Feuer entfacht und von der Wache mit unterhalten. Das, was sich während des letzten Tages bereits angekündigt hatte, war nun im Verlaufe der Nacht eingetreten – das Wetter hatte sich verschlechtert. Als diesmal der Morgen heraufdämmerte, begrüßte uns nicht wie gewohnt die warme Sonne, sondern Nebelschleier waberten durch die Schlucht und hüllten uns in ihren grauen, kalten Mantel. Die feuchte Kälte drang durch Kettenhemd und Lederwams, und so suchte jeder für sich Schutz in einem wärmenden Umhang.

Nachdem wir etwas Dörrfleisch und Brot zu uns genommen hatten, setzten wir unseren Weg fort, jetzt allerdings noch vorsichtiger, da der Nebel uns die Sicht nahm. Die Geräusche, die wir selbst verursachten, verwirrten uns noch mehr.

Friedrich und die anderen verringerten den Abstand zu uns und folgten weiter dem Lauf der Etsch. Der Pfad wurde von Stunde zu Stunde schlechter, und oftmals waren wir gezwungen abzusteigen und unsere Pferde um Geröllmassen herumzuführen, die den Weg versperrten. Und gerade dieser Pfad führte uns geradewegs in eine Schlucht von gigantischen Ausmaßen. Das erschwerte unsere Aufgabe zusätzlich, da wir jetzt auch noch die Felsbarrieren rechts und links im Auge behalten mußten.

„Was meinst du?“ fragte ich den Templer „Werden wir durchkommen?“

„Die Frage ist nicht wichtig, ob wir durchkommen. Das einzige, worauf es ankommt ist, daß Friedrich es schafft, nur dazu sind wir da, mit Ausnahme von dir. Du bist der einzige, der sich diesem Zug nicht freiwillig angeschlossen hat. Jedenfalls wußtest du nicht von Anfang an, was auf dich zukommen würde. Die anderen, das heißt jeder einzelne von ihnen, konnten selbst bestimmen, ob sie ihr Leben für Friedrich einsetzen würden oder nicht.“

„Kennst du sie alle?“ fragte ich.

„Mittlerweile ja. Der Weg war ja auch lang genug.“

„Du hast aber offensichtlich recht wenig mit ihnen zu tun“, wandte ich ein. „Ich habe dich in der ganzen Zeit erst mit zweien von ihnen reden sehen. Überhaupt scheinen immer die gleichen zusammen zu sein. Wie kommt das?“

„Nun“, erklärte Arton, „das ist eigentlich ganz einfach, denn sie stammen aus aller Herren Länder. Wir haben da drei Ritter, die aus dem Königreich Navarra zu uns gestoßen sind. Auch diese von hoher Abstammung. Dann sind da noch drei Franken und drei Lothringer Ritter, die allesamt dem Geschlecht der Staufer sehr nahestehen und deren Großväter schon mit Barbarossa ins Heilige Land gezogen waren. Daneben gibt es noch zwei Ritter aus dem Königreich der Almokaden und vier Barone, die Friedrich aus seinem eigenen Königreich für sich gewinnen konnte. Sie und natürlich all die anderen haben Friedrich die Treue geschworen, um später ein Lehen von ihm überschrieben zu bekommen, als Dank oder Anerkennung, wie du willst. Man kann natürlich auch Bezahlung sagen, aber deswegen sind ihre Absichten um nichts weniger ehrenhaft. Manchmal glaube ich, daß es Friedrich sogar lieber ist, wenn sie ihm nicht aus reiner Freundschaft folgen. Vielleicht beruhigt es ja sein Gewissen. Die größte Gruppe bilden acht normannische Ritter, die als einzige Überlebende von dem legendären Heer der Fünfhundert übriggeblieben sind. Unter ihnen sind zwei, die Anspruch auf die direkte Nachfolge Rodericks des Eroberers anmelden, wie ihn die Angelsachsen nennen. Du weißt sicherlich, daß Friedrichs Frau Konstanze von Aragon sie seinerzeit als Geschenk in die Ehe einbrachte, um Sizilien zu befrieden. Leider aber starben die Ritter am Fieber, bevor sie ihm noch wirklich hätten helfen können. Nur diese acht überlebten die furchtbare Seuche, aber nichtsdestoweniger fühlen sie sich noch immer ihrem Eid verpflichtet und schlossen sich Friedrich an. Ja, und da ist dann noch sein Berater und, falls man bei Friedrich von Freund reden kann, eben auch sein Freund Berard von Castacca. Dieser Mann entwickelt Fähigkeiten, die einen in Erstaunen versetzen können. Er ist die rechte Hand des jungen Staufers, und bisher ist es ihm vortrefflich gelungen, weitestgehend im Hintergrund zu bleiben und von dort die Fäden zu ziehen, um etwaige Gegner Friedrichs gegeneinander aufzuhetzen. Ich bin mir nicht sicher, aber es würde mich nicht wundern, wenn er sogar Seine Heiligkeit in Rom davon überzeugt hätte, den Bannspruch über den Welfen zu verhängen. Wenn das wahr ist, dann hätte er allerdings einen glänzenden Schachzug getan."

„Schachzug? Was ist das?" fragte ich.

„Nun, Schach ist ein königliches Spiel, das im Morgenland sehr bekannt ist und auch bei uns immer beliebter wird. Bei passender Gelegenheit werde ich dich ein wenig in seine Geheimnisse einweihen."

„Und bei dir, wie ist es damit? Begleitest du ihn aus freien Stükken?"

Arton mußte lächeln. „Das weißt du doch, aber trotzdem hat man mich natürlich gefragt. Nur, bei den Templern steckt im allgemeinen schon in der Frage ein Großteil der Antwort. Daneben habe ich aber auch ein sehr starkes persönliches Interesse an Friedrichs Schicksal, aber wie gesagt, das weißt du ja."

„Ja, ich glaube, ich verstehe, was du sagen willst, aber warum interessiert sich der Orden der Tempelritter für Friedrich?"

„Mein Orden ist Teil im Gefüge der Kirche, und der Heilige Stuhl in Rom hat nun einmal beschlossen, Friedrich einen kleinen Teil des Ganzen zur Verfügung zu stellen, und dieser kleine Teil bin eben ich. Unabhängig davon verspricht sich unser Großmeister einiges von Friedrich."

„Du bist also von deinem Orden auserwählt worden, dich dieser Mission anzuschließen?"

„Ich bin dazu auserwählt worden, diese Mission zum Erfolg zu führen. Wie und auf welchem Wege ich das bewerkstellige, hat man einzig und allein mir überlassen. Natürlich kann ich nicht gegen Friedrichs Wünsche oder gar Interessen handeln, aber wir haben eine Übereinkunft geschlossen, die jegliche Reibereien zwischen uns ausschließen sollte."

„Du bist ihm also nicht zum Gehorsam verpflichtet wie die anderen?"

„Nein, ich habe nur zwei Herren, denen gegenüber ich Rechenschaft über mein Tun zu leisten habe. Der eine ist der Großmeister unseres Ordens, und der andere ist der Heilige Vater in Rom. Wir sind . . ."

Ein brodelndes Donnern unterbrach seine Erklärung, erschrocken hielten wir inne und starrten nach oben. Das Krachen wurde immer bedrohlicher!

„Steinschlag!" schrie Arton. „Los, reite um dein Leben, mein Junge! Schneller, schneller!"

Ich rammte meinem Pferd die Sporen in die Seite, von Schmerz und Angst getrieben, stürzte es wie von der Sehne geschnellt vorwärts. Keinen Augenblick zu früh, denn um uns herum bebte die Erde von den Felsbrocken, die donnernd in die Tiefe stürzten.

Wie von selbst hatte ich den Schild vom Sattel gelöst und hielt ihn vornübergeneigt sowohl über meinen Kopf als auch über den meines Pferdes, das in irrsinniger Furcht davonsprengte. Nur unter größten Anstrengungen gelang es mir, das Pferd unter einen Felsvorsprung zu drängen, da stürzten auch schon die Steinbrocken mit teuflischem Getöse über mich hinweg in die Etsch. Unwillkürlich dachte ich an den ersten Steinschlag, den ich hatte über mich ergehen lassen müssen, und drückte mich noch enger an die Wand. Plötzlich sah ich die anderen in vollem Galopp durch den Steinhagel hetzen und hinter der nächsten Biegung verschwinden, unter ihnen, so hoffte ich, auch Arton. Da brach erneut Gottes Gericht über uns zusammen. Weitere riesige Felsbrocken hatten sich gelöst, bahnten sich ihren Weg in das Tal und hinterließen eine Schneise der Verwüstung. Durch einen Schleier von Staub und Dreck sah ich die Umrisse weiterer Reiter und war mir fast sicher, daß es sich dabei um die Nachhut handeln mußte. Auf meiner Höhe zögerten sie einen Augenblick, doch diese kurze Spanne genügte, um ihrem Leben ein grausames Ende zu setzen. Ein riesiger Felskoloß riß sie samt ihren Pferden hinunter in die tosenden Fluten der Etsch. Nicht einmal ein Schrei war ihren Kehlen entfahren, und wo eben noch Mensch und Tier gestanden hatten, prasselten jetzt, übergroßen Hagelkörnern gleich, die Steine auf den Pfad.

So schnell und überraschend dieses Unglück über uns hereingebrochen war, so schnell war der Spuk auch wieder vorbei. Ich wartete noch einen Augenblick, da hörte ich die besorgte Stimme des Templers, der meinen Namen rief. Ich antwortete, so gut ich konnte, denn nicht nur mein Pferd zitterte am ganzen Körper.

Arton ritt vorsichtig um die Felswand herum, als ich mich gerade in den Sattel setzen wollte. „Mein Gott, Junge, ist dir etwas passiert?"

„Nein, mir geht es gut, soweit ich das beurteilen kann, aber die zwei Ritter der Nachhut sind tot", antwortete ich, bemüht, meiner Stimme einen festen Klang zu verleihen. „Ein Felsbrocken hat sie mit sich in die Tiefe gerissen. Und wie sieht es bei den anderen aus?"

„Gut", antwortete Arton, betroffen einen Blick in das Etschtal werfend, das zum Grab zweier Ritter geworden war, deren Heimat doch so weit entfernt war. „Dieser Felsüberhang hier führt auch noch um die nächste Biegung herum. Wir hatten Glück, aber um die beiden da unten tut es mir sehr leid. Es waren Normannen, sie werden uns sicherlich noch fehlen. Reite voraus zu den anderen. Ich werde noch etwas bleiben und für ihre Seelen beten. Sie haben es verdient!"

Ich tat, was er sagte, und berichtete Friedrich und den anderen von dem Unglück, welches die beiden so unvermittelt aus unseren Reihen gerissen hatte.

Kurz darauf stieß der Templer wieder zu uns. Schweigend setzten wir unseren Weg fort, allerdings jetzt noch achtsamer, als wir es ohnehin schon gewesen waren. Arton führte sein Pferd an meine Seite. „Ihr Tod war nicht völlig umsonst, mein Junge", versuchte der Templer mich zu trösten. „Wenn wir nicht diese Opfer zu beklagen hätten, wäre ich nicht einmal so unglücklich über diesen Felssturz."

„Wieso denn das?" fragte ich verwundert. „Immerhin hätte es uns um ein Haar alle mit in die Tiefe gerissen."

„Das schon, aber denk doch mal nach. Er hat den Weg, der hinter uns liegt, versperrt, also kann uns von daher keine Gefahr mehr drohen, oder?"

„Das ist wahr", sagte ich, „aber wir haben auch keinen Fluchtweg mehr." Auf diesen Einwand blieb mir Arton die Antwort schuldig.

Wir nutzten das verbliebene Tageslicht und ritten noch eine Weile weiter durch das unwirkliche Tal, von dessen steil aufragenden Felswänden das Echo des reißenden Flusses widerhallte.

Dann fand auch dieser Tag sein Ende. Eine große Felsnische bot uns und den Pferden ausreichend Schutz für die Nacht. Wir beschlossen, diesen Vorteil der Natur auszunutzen, und bald schon brannte ein Feuer, während die Wachen für die Nacht eingeteilt wurden. Die Stimmung unter uns war nach den tragischen Ereignissen noch tiefer gesunken als sonst.

„Wir haben zwei Mann verloren, zum Teufel noch mal“, hörte ich Berard von Castacca fluchen, „und dabei noch völlig sinnlos. Verdammt, warum mußte dieser Steinschlag ausgerechnet jetzt niedergehen?“ Neugierig geworden näherte ich mich den dreien, war es doch das erste Mal, daß sich bei Berard eine solche Gefühlsaufwallung durchsetzte.

„Es läßt sich nicht mehr ändern“, versuchte der Templer den Berater Friedrichs zu beruhigen. „Ganz im Gegenteil, es hätte noch viel schlimmer kommen können, doch was hat das ganze Reden für einen Sinn? Wir sollten lieber die Zeit nutzen und uns etwas ausruhen. Morgen gelangen wir, wenn alles gutgeht, nach Rovereto, und da müssen wir durch!“

„Ja, du hast recht, Arton von Tarran, es tut mir leid“, stimmte Berard dem Templer zu. „Wir benötigen unbedingt einen Ortskundigen, der uns auf sicherem Wege an Trient vorbeiführt, denn wenn ich an die seelenlosen Dörfer denke, die wir bereits passiert haben, dann, befürchte ich, erwartet uns in Trient nichts Gutes. Na ja, zumindest brauchen wir dort nicht das Risiko einzugehen und um Unterstützung zu bitten, denn wir haben noch genügend Vorräte für Pferd und Reiter. Wir müssen also bloß die Stadt umgehen, vorausgesetzt, wir finden einen zuverlässigen Führer.“

„Das wird mit Sicherheit ein Problem werden, denn warum sollte es ausgerechnet in Rovereto anders sein als in den übrigen Dörfern, die auf unserem Weg lagen“, sagte Berard.

Ich hörte Arton zustimmend murmeln, und kurz darauf saß er neben mir. „Na Markus, wie geht es dir?“

„Ich muß immer noch an die zwei Normannen denken – es ging so furchtbar schnell. Eben noch waren sie geachtete Männer, die schon so manchen Kampf bestanden haben, und nur einen Augenblick später waren sie zerquetscht und von der Erde getilgt, als ob sie nie existiert hätten. Kannst du das begreifen?“

„Nein, niemand kann das, und das ist vielleicht auch ganz gut so, denn wie könnte man leben mit dem Bewußtsein eines nahen Todes. Ist es da nicht ein Segen, so mitten aus dem Leben gerissen zu werden?“

Ein Augenblick des Schweigens folgte, in dem ich tief in meinem

Inneren versuchte, der Frage eine Antwort folgen zu lassen. „Ich weiß es nicht, Arton, ob ich mir so einen Tod wünschen soll“, erwiderte ich.

„Du tust gut daran, dir überhaupt keinen Tod zu wünschen. Du bist noch viel zu jung, um dir über das Ende deines Lebens Gedanken zu machen“, widersprach mir mein Freund.

„Ja, das mag wohl für den Jungen zutreffen, der ich einmal war, doch jetzt – ich habe schon so viel Sterben gesehen, und der Tod ist mein Weggefährte geworden, seit ich bei dir bin.“

„Das stimmt“, gab Arton zu. Ein Schatten senkte sich über seine Augen, während er sich erhob und müde auf sein Schwert stützte, so als wäre ihm die Last seines Körpers mit einemmal unerträglich geworden.

Der nächste Morgen hatte die Nebel verwischt. Die letzten Schwaden wurden von einem leichten Wind davongetragen, bis sie sich schließlich im Nichts dieser gigantischen Welt verloren. Wieder sattelten wir unsere Pferde und setzten den Ritt kurz nach dem Morgengebet fort, auf dessen Einhaltung der Staufer besonderen Wert legte, sofern genügend Zeit zur Verfügung stand. Als glühender roter Ball schob sich die Sonne über die Bergriesen, und ihr Licht schien sich einen Weg bis in die Herzen der Männer zu bahnen, was sich hin und wieder in einem Lächeln zeigte.

Wir kamen gut voran, und schon wenige Stunden später sah ich die Silhouetten der flachen Steinhäuser unseres Zieles – Rovereto. Wie Schwalbennester krallten sich die Häuser an die steilen Felswände. Wir versammelten uns und beratschlagten die wenigen Möglichkeiten, die uns zur Verfügung standen.

„Wir können es unmöglich wagen, offen in den Ort zu reiten“, gab Berard zu bedenken, womit er natürlich recht hatte. „Das Dorf ist groß genug, um eine erhebliche Anzahl von Feinden vor unseren Blicken zu verbergen. Bisher sind wir ihnen zwar noch nicht begegnet, aber ihr wißt so gut wie ich, daß sie ihr Vorhaben, uns am Überschreiten der Berge zu hindern, bestimmt noch nicht aufgegeben haben. Mit jedem Schritt unserer Pferde nähern wir uns dieser Entscheidung, aber wir sollten nicht unvorbereitet in eine ihrer Fallen reiten. Andererseits benötigen wir dringend einen Führer, der uns an Trient vorbei durch die Berge bringt, denn diese Stadt birgt noch bedeutend größere Risiken als dieses armselige Nest dort drüben. Ich schlage deshalb vor, daß zwei oder drei Mann versuchen sollten, unbemerkt an Rovereto vorbeizukommen, um uns erst einmal einen Überblick zu verschaffen.

Einen anderen Weg sehe ich im Moment nicht."

„Berard hat recht", stimmte der Templer zu. „Wir dürfen jetzt kein unnötiges Risiko eingehen, vielleicht haben wir ja Glück und finden bei dieser Gelegenheit gleich den Führer, den wir brauchen, ohne daß sich alle in Gefahr begeben müssen."

Da niemand einen besseren Vorschlag unterbreiten konnte, wurde bestimmt, daß Arton und ich sowie einer der noch verbliebenen Normannen mit Namen Ragannard diesen Vorstoß wagen sollten. Die anderen würden bis zum Abend auf uns warten. Wären wir bis dahin nicht wieder bei ihnen, sollten sie selbst im Schutze der Nacht versuchen, Rovereto zu umgehen und ohne uns ihre Mission zu einem für sie hoffentlich glücklichen Ende führen.

Wir verabschiedeten uns und ritten zu einem Kiefernwäldchen, das in einiger Entfernung parallel zum Ort verlief. Unter erheblichen Mühen gelang es uns, die Pferde zwischen den eng stehenden Bäume hindurchzuzwängen, was uns einen nicht unerheblichen Teil unserer knapp bemessenen Zeit kostete. Tiefer Moosboden dämpfte den Hufschlag, und trotzdem wurde ich das unheimliche Gefühl nicht los, daß jeden Augenblick der Tod über uns hereinbrechen könnte. Doch Rovereto schien schon zu schlafen. Nichts rührte sich! Es war, als ob die Häuser sich in den Felsen verkriechen wollten, so geduckt kauerten sie vor uns im Sonnenlicht.

Wollten wir unserem Ziel näher kommen, so hatten wir keine andere Wahl, es mußte uns gelingen, dichter an den Ort heranzukommen. Wir banden deshalb die Pferde im Wäldchen fest und verließen zu Fuß den Schutz der Bäume. Jeder Steinbrocken, jede noch so kleine Erhebung kam uns gelegen, wenigstens die Einbildung von ein wenig Deckung zu haben. Schon schälten sich Einzelheiten aus der Masse der Häuser heraus, doch noch immer war alles wie ausgestorben, und einem mahnenden Finger gleich erhob sich der Kirchturm aus der Mitte der sich um ihn herum scharenden Häuser.

„Ihr wartet hier!" raunte Arton uns zu, und ohne eine Erwiderung abzuwarten, hastete er über die noch verbliebene freie Fläche. Wir hielten beide den Atem an, und sowohl der Normanne als auch ich rechneten insgeheim jeden Moment mit einem Pfeil, der sich zielsicher in Artons Brust bohren würde. – Nichts geschah!

Erst als er sich endlich gegen eine Hauswand fallen ließ und niederkauerte, atmeten wir beide hörbar auf und starrten weiter zum Dorf, die Nerven zum Zerreißen gespannt. Aber sosehr wir uns auch bemühten, konnten wir keine Veränderung feststellen. Selbst die

Natur um uns herum hielt den Atem an, als sich der Templer aufraffte und vorsichtig um die Ecke des Hauses spähte. Er winkte uns zu, schob sich weiter vor und entschwand kurz darauf unseren Blicken. Es blieb uns wohl nichts anderes übrig, als zu warten und zu hoffen.

Wir starrten so angestrengt in diese Richtung, daß wir das plötzliche Nahen der Reiter erst im letzten Moment wahrnahmen, als es schon fast zu spät war. So tief es ging, preßten wir uns in die Erde, und der Felsbrocken, hinter dem wir Schutz gesucht hatten, tat zum Glück sein übriges. Der Hufschlag wurde lauter, und ich hielt es nicht mehr aus, ich mußte wissen, wer es war und wie viele. Artons Leben konnte davon abhängen. Ich schob mich also so nah wie möglich an den Stein heran und spähte vorsichtig über dessen Rand. – Es waren fünf, und für den Bruchteil eines Augenblicks verdunkelten ihre schwarzen Kettenhemden das Antlitz der Sonne. Eine Hand riß mich nach hinten und drückte mein Gesicht ins trockene Gras, doch ich hatte schon genug gesehen, um zu begreifen, daß Arton in ernste Schwierigkeiten geraten mußte, sollten diese fünf seine Anwesenheit bemerken. Ich hoffte, daß er so geistesgegenwärtig war, sich rechtzeitig in Sicherheit zu bringen.

Kurz darauf entschwanden die Reiter unseren Blicken, und im gleichen Augenblick sahen wir zu unserer Erleichterung den Templer auf uns zulaufen. Mit einem gewaltigen Satz warf er sich zwischen uns hinter die Deckung. „Es ist die Ablösung", brachte er mühsam hervor. „Sie haben die Einwohner gefangengenommen und in der Kirche zusammengetrieben. Ich möchte nur wissen, aus welchem Teil der Hölle diese Teufel so plötzlich aufgetaucht sind. Hast du sie schon einmal gesehen, Ragannard?"

Der Angesprochene schüttelte den Kopf, dabei noch immer in die Richtung blickend, wo die fünf Reiter hinter einem Hügelkamm verschwunden waren. „Nein, ich habe noch mit keinem von ihnen etwas zu tun gehabt, aber sie kommen mir recht seltsam vor."

Das war mein Stichwort. „Ja, das stimmt", mischte ich mich deshalb ein. „Sie sind in allem völlig anders und mit normalen Menschen nicht zu vergleichen, aber wir sind bisher noch nicht hinter ihr Geheimnis gekommen."

„Und das werden wir heute vermutlich auch nicht, denn dafür haben wir jetzt wahrhaftig keine Zeit", unterbrach mich Arton. „Wir müssen versuchen, die Bewohner von Rovereto zu befreien, und mit etwas Glück haben wir dann auch unseren Führer."

„Sollten wir nicht besser die anderen holen?" fragte ich beklommen bei dem Gedanken, diesen Teufeln erneut fast allein gegenüberzustehen.

„Nein, auf keinen Fall!“ entschied der Templer. „Je mehr daran beteiligt sind, um so größer ist die Gefahr, daß uns vielleicht einer dieser Bastarde entkommt. Es ist nicht auszudenken, was sie dann für eine Teufelei mit den Bewohnern vorhaben. Von uns ganz zu schweigen. Nein, noch wissen sie nicht, was ihnen bevorsteht, und das ist auch gut so, denn Überraschung ist das einzige, was wirklich auf unserer Seite ist. Nur so können wir eine Bluttat verhindern! Ich laufe wieder vor bis zur Hauswand. Von dort gebe ich euch ein Zeichen, und ihr folgt mir. Preßt aber beim Laufen eure Schwerter an die Seite und verursacht so wenig Lärm wie möglich! Also dann ...“ Arton sprang auf und hetzte wieder los, und nachdem er erneut das Ziel unbeschadet erreicht hatte, spähte er um die Steinwand und gab einen Augenblick später das verabredete Zeichen. Wie von der Sehne geschnellt, sprangen der Normanne und ich gleichzeitig los und warfen uns neben Arton gegen die Hauswand. Dem Beispiel meines Freundes folgend, spähten wir ebenfalls um die Ecke.

„Dort ist die Kirche“, klärte Arton uns auf. „Davor steht einer, dann dort hinten, seht ihr ihn? Da am Ortsausgang, im Schatten der Balustrade, steht der zweite.“

„Aber es sind doch bestimmt noch mehr hier“, meinte Ragannard.

„Ja, bestimmt! Ich vermute, daß vielleicht einer noch bei den Pferden ist, wo immer das sein mag. Den oder die anderen hoffe ich in der Kirche zu finden, aber genau weiß ich es noch nicht. Als ich vorhin dort hinten am Stall war, standen fünf zusammen, dann kam die Ablösung.“

„Das waren auch fünf, und fünf sind weggeritten.“

„Geh dein Pferd holen und halte dich hinter dem Hügel dort hinten verborgen. Sollte es einem von ihnen gelingen zu entkommen, mußt du ihn aufhalten. Wenn es dir nicht gelingt, ist Friedrichs Leben nichts mehr wert, hast du verstanden?“ Er muß wohl den stummen Protest in meinen Augen gelesen haben. „Du wirst tun, was ich dir gesagt habe!“ fuhr er mich an. Wortlos verließ ich die zwei und rannte geduckt auf direktem Weg zum Wäldchen zurück. Meine Wut war schon verraucht, als ich endlich bei den Pferden anlangte, denn Arton hatte recht, einer mußte es schließlich sein. Also warum nicht ich?

Ich führte mein Pferd aus dem Blickfeld des Dorfes heraus und wandte mich im Bogen zu der Stelle, die Arton mir angewiesen hatte. Dort stieg ich ab und rutschte auf Händen und Knien bis zu der Hügelkuppe vor, von der aus ich das Dorf überblicken konnte. Ich zuckte zusammen, als ich den metallischen Ton zweier aufeinander prallender Schwerter vernahm, der wie ein Peitschenknall die klare Luft zerriß.

Dann sah ich ihn. Zum Teufel noch mal, Arton hatte recht gehabt. Was dort angeritten kam, war die Unbekannte in seiner Rechnung, und diese Unbekannte hatte die Stalltür eines der Gehöfte aufgerissen und kam nun direkt auf mich zu. Ich hastete den Hügel hinunter und sprang auf mein Pferd. Keinen Augenblick zu früh! Schon hatte der andere den Hügel erreicht, und ich vernahm ganz deutlich das Trappeln der Pferdehufe, dann war er auf der Kuppe. Erschrocken, mich so plötzlich zu sehen, riß er mit aller Macht das Pferd am Zügel. Das gepeinigte Tier bäumte sich auf, genau diesen Augenblick nutzte ich aus und sprengte auf ihn zu, das gezogene Schwert wie eine Lanze nach vorn gerichtet. Doch mit eiserner Gewalt zwang der Ritter sein Pferd zu Boden, gleichzeitig sah ich sein Schwert aufblitzen, und wir prallten hart aufeinander. Leider reichte mein Schwung nicht aus, um ihn aus dem Sattel zu werfen. Überhaupt mußte ich zu meinem Leidwesen erkennen, daß mein Gegner sein Handwerk meisterlich verstand, denn er fing meinen Stoß auf und gab ihn gleichzeitig mit solcher Wucht zurück, daß ich schon befürchtete, mein Arm sei gebrochen. Voller Verzweiflung gelang es mir gerade noch, seinem zweiten Hieb auszuweichen, indem ich unter seiner Waffe wegtauchte. Endlich gewann ich etwas Zeit, und diese nutzte ich und schlug seinem Pferd mit voller Wucht ins Genick. Es sackte fast auf der Stelle zusammen. Mein Gegner konnte sich gerade noch aus dem Sattel fallen lassen, um nicht unter dem sterbenden Tier begraben zu werden. Doch schon aus dem Abrollen heraus sprang er wieder auf die Füße. Ich wollte mein Tier nicht der gleichen Gefahr aussetzen und schwang ich mich ebenfalls aus dem Sattel – ein großer Fehler!

Ich starrte in Augen, die mich kalt musterten, und doch schien so etwas wie Wut in ihnen zu glitzern. Ansatzlos täuschte mein Gegner einen Ausfall vor, um jedoch, meine Reaktion schon vorweggenommen, mir einen derben Schlag mit der linken Faust ins Gesicht zu versetzen, der mich unversehens von den Füßen riß. Wie durch einen Schleier sah ich diesen Teufel über mir stehen, sein Schwert zum tödlichen Schlag erhoben. Doch auf einmal durchfuhr ein Zittern seinen stämmigen Körper, und er rannte auf mein Pferd zu. Im gleichen Augenblick war ich wieder auf den Füßen und sah den Normannen über den Hügel hasten. Er rief mir etwas zu, was ich aber nicht verstand. Schon war der Teufel bei meinem Pferd und schwang sich in den Sattel, hielt jedoch, von irgend etwas getroffen, mitten in der Bewegung inne. Ich blieb ebenfalls stehen, und jetzt sah ich auch das Schwert, das aus seiner Seite ragte. Langsam, ganz langsam glitt er vom Pferd und schlug hart auf dem Boden auf.

Ich verstand zwar immer noch nicht, was eigentlich geschehen war, aber im gleichen Augenblick, als mein Gegner zu Boden fiel, rannte ich wieder los. Ragannard war schon bei ihm, und endlich begriff ich, wie das Schwert seinen Weg gefunden hatte. Ragannard hatte es geschleudert, als er sah, daß er ihn unmöglich würde einholen können. Die Waffe hatte glatt das Kettenhemd durchschlagen und war tief in den Körper eingedrungen. Ich kniete neben ihm nieder und streifte seinen Helm ab. Als hätte er die Bewegung gespürt, öffneten sich seine Augen und starrten mich an. Nie werde ich das Brennen in ihnen vergessen, doch langsam, ganz langsam verlosch das Feuer, sein Atem ging stoßweise, während ein weicher Zug sich über sein Gesicht legte und ihm die Menschlichkeit zurückgab.

Ragannard, der neben mich getreten war, verfolgte interessiert diese Veränderung. Die Hand des Sterbenden krallte sich haltsuchend in meinen Arm, bis der Schöpfer ihn zu sich rief.

Ragannard zog seine Waffe aus dem leblosen Körper und streifte das Schwert durch das Gras, um es vom Blut zu reinigen, bevor er es wieder in die Scheide schob. „Wie kann so etwas geschehen?“ fragte er mich. „Aus seinen Augen sprühten Flammen, als ob er deine Seele mit ihnen verbrennen wollte – und dann, je näher der Tod auf ihn zutrat, desto weicher, ja menschlicher und glücklicher wurde er.“

„Ich weiß darauf auch keine Antwort“, erwiderte ich, beklommen auf den Toten blickend. „Erzähl lieber, was eigentlich passiert ist.“

„Wir haben die Bewohner befreien können“, sagte der Normanne. „Allerdings glaube ich, daß Arton verletzt worden ist, ich bin mir nicht sicher. Auf alle Fälle müssen wir sofort zurück!“

Wir stiegen beide auf mein Pferd und sprengten den Hügel hinab ins Dorf. Vor der Kirche standen die Bewohner in einem Haufen zusammen und redeten wild durcheinander. Ich preschte mitten unter sie, und wir sprangen beide zugleich vom Pferd. Dort saß auch der Templer – mitten auf den Stufen, die zum Kirchenportal führten – und lächelte uns etwas gequält an.

Zwei Frauen hatten ihm während unserer Abwesenheit die Wunde am Arm gereinigt und legten ihm jetzt Pflanzenblätter auf die Verletzung.

„Sie sollen die Blutung stoppen“, erklärte uns Arton mit schmerzverzerrtem Gesicht.

„Wie ist das denn passiert?“ wollte ich wissen.

„Nun, ich glaube, ich habe mich doch geirrt. Es waren nicht zwei, die am Ortsausgang Wache hielten, sondern drei. Na ja, und der dritte hat mir fast den Arm vom Rumpf getrennt. Zum Glück ist es der linke, und so, wie ich die Wunde einschätze, sieht sie wohl schlimmer aus, als sie in Wirklichkeit ist. Aber nun zu euch! Konntet ihr ihn aufhalten?“

Ragannard und ich berichteten von unserem Anteil am Gelingen, wobei mir besonders die Bescheidenheit in den Worten des Normannen gefiel. Dieser Mann hatte es nicht nötig, mit seinen Taten zu prahlen. Das wußte ich jetzt, der Templer schon länger.

Nachdem wir unsere Geschichte erzählt hatten und Artons Arm verbunden war, mußten wir erst einmal den Dank der vielen Menschen über uns ergehen lassen. Allerdings durften wir sie nicht zu lange gewähren lassen, denn uns lief die Zeit davon, und noch immer fehlte uns das Wichtigste an unserem Auftrag, ein guter Führer.

Schließlich wurde es meinem Freund denn doch zu bunt, und er unterbrach mit Donnerstimme das Rufen und Schreien der Befreiten. „Leute, wenn ihr uns eure Dankbarkeit beweisen wollt, dann nennt uns einen Führer durch die Berge Richtung Trient, wir brauchen ihn jetzt sofort. Vielleicht führt uns der Weg auch noch weit darüber hinaus, und es ist bestimmt nicht ungefährlich. Gibt es jemanden unter euch, der dieser Aufgabe gewachsen ist?“

Unser Blick schweifte in die Runde, zuerst vergeblich. Doch dann schälte sich aus der Mitte der Versammelten ein vielleicht sechzigjähriger Greis, rüstig zwar, aber eben doch schon ein Greis. Erwartungsvoll musterten uns seine wachen Augen.

„Nichts für ungut, alter Mann“, versuchte Arton ihn abzuwimmeln, „aber ich bezweifle doch, daß du den Strapazen, die dich erwarten, gewachsen bist.“

Ein vielstimmiges Gelächter quittierte zu unserer Überraschung Artons Ablehnung. Alles übrige tat dann seine tiefe, warme Stimme, die ihren Ursprung irgendwo in der Mitte eines von einem gewaltigen Vollbart fast völlig verdeckten Gesichts hatte. „Hohe Herren, ich bin davon überzeugt, daß ich hier in den Bergen jedes Eurer Pferde zu Tode hetzen kann, aber seid unbesorgt, ich werde auf Euch warten.“

Ich war sprachlos, und meinen Gefährten ging es bestimmt nicht viel anders. Ein Lächeln zuckte über Artons Gesicht. Es war unverkennbar, daß ihn die Selbstsicherheit des Alten beeindruckte, und auch bei dem Normannen hatte ich das Gefühl, daß die Worte dieses Mannes ihre Wirkung nicht verfehlten.

„Du scheinst dir deiner Sache sehr sicher zu sein, alter Mann. Wie ist dein Name?"

„Mein Name ist Adalger."

„Adalger?" fragte der Templer. „Ich wünschte, wir wären schon dort, wo dieser Name herkommt! Gut, wir wollen es mit dir versuchen, aber jetzt beeil dich, wir müssen weiter."

Ruhig und ohne Hast wandte sich der Mann seiner Hütte zu und kam einen Augenblick später zurück. Ein Blick in die Gesichter anderer Dorfbewohner zeigte mir allerdings, daß sie daran absolut nichts Außergewöhnliches fanden. Für sie war das Verhalten des Alten offenbar was ganz Normales.

Ein langer knorriger Holzstab und ein kleiner Beutel waren alles, was er mitzunehmen gedachte.

Wir verabschiedeten uns von den Bewohnern Roveretos, allerdings nicht ohne sie ausdrücklich vor der Rache unserer Gegner zu warnen, die von diesem Tage an auch die ihren waren. Dann machten wir uns auf den Weg, die Pferde zu holen.

„Wie war es denn möglich, das ganze Dorf gefangenzunehmen?" fragte Arton den Alten.

„Sie kamen mitten in der Nacht", begann dieser seinen Bericht. „Es mögen so vierzig herum gewesen sein. Keiner von uns hat sie kommen hören, denn plötzlich waren sie in jedem Haus, mitten unter uns. Und all das geschah genau zur gleichen Zeit. Wir hatten überhaupt keine Möglichkeit mehr, uns zur Wehr zu setzen. Sie rissen uns aus den Betten und trieben uns wie Vieh in die Kirche, und dort saßen wir dann, bis Ihr uns befreit habt."

„Habt ihr denn keinen von ihnen erkannt?" forschte der Templer weiter.

„Nein! Von diesen Männern war bestimmt noch keiner in unserem Dorf, und dafür danke ich Gott dem Allmächtigen, denn diese Teufel sind Wesen der Nacht, und bei allem, was mir heilig ist, hoffe ich, daß sie niemals wiederkommen werden."

Die Pferde standen noch auf dem gleichen Platz, und so verloren wir keine weitere Zeit und wandten uns dem vereinbarten Treffpunkt zu, wo Friedrich und die anderen sicherlich schon mit Ungeduld unser Kommen erwarteten.

„Ich dachte, Ihr wollt in Richtung Trient?" fragte unser neuer Gefährte, sein mißtrauischer Blick wanderte dabei von einem zum anderen.

„Das stimmt auch“, erwiderte mein Freund lächelnd, „aber wir sind nicht die einzigen, die deiner Hilfe bedürfen.“

Zufrieden mit dieser Antwort, folgte er uns in Friedrichs Lager. Dieser hatte unterdessen die Zeit genutzt, um die Wasservorräte ergänzen zu lassen und in der Umgebung etwas Wild zu schießen, was allerdings nicht den gewünschten Erfolg mit sich brachte.

Er empfing uns als erster, und der Templer berichtete ausführlich, was sich ereignet hatte. Dann ließ er sich Adalger kommen, über den ihn Arton vorsichtshalber unterrichtet zu haben schien. „Du weißt, wer ich bin?“ fragte ihn der junge König, und als der Alte verneinend den Kopf schüttelte, huschte ein Lächeln über Friedrichs sonst so ernstes Gesicht. „Gut“, meinte er zufrieden. „Dabei wollen wir es auch vorerst belassen.“

„Ich weiß allerdings, daß Ihr diejenigen seid, derentwegen unser ganzes Dorf gefangengenommen wurde und alle Einwohner vielleicht sogar getötet worden wären. Ich hoffe, Ihr seid das auch wert!“

„Du bist nicht dumm, und du bist stolz, aber merke dir, niemand ist es wert, daß Unschuldige für ihn sterben müssen, doch es gibt Dinge, die getan werden müssen“, sagte Friedrich. Der Alte nickte.

„Kennst du einen Weg, der uns an Trient vorbeiführt? Ich meine damit einen Weg, den nicht alle kennen.“

„Ja, ich weiß einen solchen und ich bin auch bereit Euch zu führen“, antwortete der alte Mann.

„Gut, wir werden die Nacht noch hier verbringen“, entschied Friedrich, „und dann morgen früh bei Sonnenaufgang weiterreiten.“

Wir aßen unser bescheidenes Mahl, und danach ging jeder im Lager den üblichen Beschäftigungen nach, bis auf den Alten.

Friedrich und Berard hatten sich für einen hervorragenden Platz entschieden. Nicht nur daß es einen kleinen See gab, der von einem Gebirgsbach gespeist wurde, es ragten auch steile Felsen empor, die das Lager nach zwei Seiten hin von der Außenwelt abschotteten.

Unser neuer Gefährte schlenderte in aller Seelenruhe zu dem Bach, und ich folgte ihm, neugierig, was er wohl zu tun beabsichtigte. Ich muß gestehen, daß ich vor Erstaunen sprachlos war, als ich sah, wie selbstverständlich und ohne zu zögern er sich völlig entkleidete und nackt in das eisige Gletscherwasser setzte.

Den anderen fiel wohl unsere Abwesenheit auf, und bald hatten sich alle um mich herum versammelt, um dieses einzigartige Schauspiel mit anzusehen.

„Mein Gott, er ist verrückt, dieser Mensch hat kein Blut in seinen

Adern!“ rief Berard hinter mir aus. Auch Arton hatte so etwas wohl noch nie gesehen, denn er schüttelte verständnislos den Kopf. Als den Alten unsere Anwesenheit zu stören begann, sprang er behend aus dem Wasser und kleidete sich an; ohne ein Wort zu sagen.

„Hast du dir seine Waden angesehen?“ hörte ich Berard den Templer fragen.

„Ja, und fast möchte ich meinen, daß er nicht übertrieben hatte, als er sagte, er könne unsere Pferde zu Tode hetzen.“

„Das hat er gesagt?“

Die anderen hatten sich wieder um das Feuer geschart, und nur Arton und ich warteten, bis Adalger fertig war und sich zu uns gesellte. „Ihr hohen Herren habt wohl noch nie einen alten Mann baden sehen?“ fragte er. Der Spott stand in seinen Augen.

„Das schon, aber nicht in Eiswasser.“

„Versucht es doch einmal“, schlug er uns lachend vor, „und Ihr werdet sehen, erst dann spürt Ihr das Leben in Euch, das wirkliche Leben Eures Körpers.“

„Oder den Tod“, entgegnete Berard.

Wir gingen nun ebenfalls zum Feuer, und der Alte erzählte uns Geschichten aus seinem Leben mit den Bergen und gegen die Berge. Ich erfuhr viel Neues, mir völlig Unbekanntes über diese fremde Welt, von der ich angenommen hatte, daß mir ihre Geheimnisse schon offenbart worden waren. – Ich wußte gar nichts!

Die Nacht verlief ruhig, und am nächsten Tag, als sich der Morgennebel zu lichten begann, brachen wir wieder auf und ritten den gleichen Weg, den der Normanne, Arton und ich schon am Vortage geritten waren, und kamen so wieder an Rovereto vorbei, das nun seinen Frieden gefunden hatte und dem neuen Tag glücklicher entgegensehen konnte.

Der Weg wurde beschwerlicher, und das Geröll erschwerte noch zusätzlich unser Vorwärtskommen. Arton, der Alte und ich hatten wieder die Spitze übernommen, von Zeit zu Zeit gesellte sich auch Ragannard zu uns.

„Wie lange werden wir noch reiten, bis wir Trient erreicht haben?“ fragte ich unseren neuen Gefährten.

„Nun, wenn es so gut weitergeht wie bisher, glaube ich, daß wir es gegen Abend sehen können.“

„Kannst du uns auch des Nachts daran vorbeiführen?“ wollte ich noch wissen.

„Natürlich“, erwiderte der Alte. „Es hängt von Euch ab, ob wir es heute noch wagen wollen oder erst morgen, bei Sonnenaufgang.“

„Das werden wir entscheiden, wenn wir die Stadt erreicht haben“, mischte sich der Templer ein. „Aber noch etwas anderes: Siehst du eine Möglichkeit, den Lauf der Etsch zu verlassen?“

„Nein, jetzt noch nicht, es sei denn, Ihr verzichtet auf Eure Pferde. Dann vielleicht gäbe es einen, aber im Moment seid Ihr noch auf diesen Pfad hier angewiesen, er ist der einzige, der beritten werden kann. Es wird aber nicht mehr lange dauern, bis wir in den Berg einsteigen können.“

Unterdessen hatten wir ein gutes Stück Weges zurückgelegt, und sowohl Mensch wie Tier begannen allmählich unter der ungewohnt dünnen Luft zu leiden. Das Atmen fiel uns schwer, mehr als sonst schwitzte ich unter dem Kettenhemd und kam schon mit dem Trinken nicht mehr nach. Doch noch immer ging es bergan.

Stunde um Stunde quälten sich unsere Pferde den enggeschwungenen Pfad hoch, und tief unter uns hörten wir das Rauschen des Flusses. Dann ging es wieder eine Weile bergab, doch war hier der Weg meist so mit Geröll übersät, daß wir gezwungen waren, abzusteigen und unsere Pferde am Zügel zu führen. Kurz vor Einbruch der Dunkelheit öffnete sich der Pfad, und die Steinwände schoben sich weit auseinander.

„Das ist das Tal von Trient“, erklärte uns Adalger.

„Wie weit ist es von hier aus noch?“ fragte ich.

„In etwa einer Stunde müßten wir dasein.“

„Dann rasten wir hier“, entschied der Templer, „und warten auf die anderen.“

Wir zogen uns in den Schutz der spärlich wachsenden Bäume zurück, und Arton schickte Ragannard los, Friedrich unseren Standort mitzuteilen. Es dauerte auch nicht lange, bis sie eintrafen, und zu unserem Glück kannte unser Führer eine Quelle, an der wir unseren Durst stillen konnten. Während ich mein Pferd absattelte, sah ich Arton bei dem jungen Staufer stehen. Kurz darauf wandten sich die beiden zusammen mit Berard und dem Alten dem Wald zu.

Ihre Beratung währte nicht lange, bald traten sie wieder zu uns ans Feuer, wo Friedrich in kurzen Worten berichtete, wie es weitergehen sollte. „Ich habe mich dafür entschieden, jetzt die Gunst der Stunde auszunutzen und bei Nacht den Bogen um Trient herum zu schlagen. Adalger kennt, wie er sagt, einen passablen Weg, der unter Vorbehalt auch für die Pferde begehbar ist. Allerdings bedarf es, damit unser

Vorhaben gelingt, einiger Vorbereitungen. Die Pferde werden mit den Zügeln aneinandergebunden, damit sie eine Kette bilden. Zudem werden die Hufe mit Tuch umwickelt. Auch dürft ihr nicht vergessen, die Nüstern der Tiere leicht zu umwickeln, denn schon das Schnauben eines Tieres kann uns allen das Leben kosten. Jeder, auch der geringste Laut muß vermieden werden!"

Ein zustimmendes Murmeln quittierte die Anordnungen Friedrichs. Die Ritter machten sich unverzüglich an die Arbeit, und noch während die Männer damit beschäftigt waren, den Anweisungen des Staufers Folge zu leisten, brach die Nacht herein. Ich gestehe, daß ich ernsthafte Zweifel hegte, wie der Alte bei dieser Dunkelheit überhaupt den Weg finden wollte, ohne uns dabei alle in den Tod zu führen.

Man konnte zwar jetzt nicht mehr von einer Vorhut sprechen, aber Arton, der Alte und ich bildeten schon aus reiner Gewohnheit die Spitze des langen Zuges. Zur Sicherheit war auch Adalger durch ein Seil mit Artons Pferd verbunden.

Bald schon hatte ich jegliches Gefühl für Richtung und Zeit verloren und betete unablässig zum Allmächtigen, daß es zumindest einem von uns nicht so ergehen mochte wie mir.

Da wir jetzt wieder Geröll unter den Füßen spürten, war ich mir halbwegs sicher, daß wir die Waldgrenze hinter uns gelassen hatten, wenn auch im schütteren Licht der Mondsichel hier und da noch ein einsamer Baumschatten sich ins Dunkel erstreckte.

Erneut ging es steil bergan, doch diesmal half uns die kühle Nachtluft, die Strapazen des Aufstiegs zu überstehen. Kaum ein Geräusch störte die Ruhe der Nacht, und die Tritte der Pferde, welche sonst oft über weite Entfernungen zu vernehmen waren, wurden jetzt fast gänzlich geschluckt. Endlich erkannten wir weit unter uns die schwachen Lichter der Stadt, der wir uns zu entziehen suchten.

Bald schon hatten wir Trient hinter uns gelassen, und die Einsamkeit der Berge umfing uns aufs neue. Kurz darauf verdunkelten Wolken die Sterne, und mit ihnen verlosch nun auch das letzte uns verbleibende Licht, bis uns völlige Dunkelheit umgab. Fest hielt ich den Steigbügel meines Pferdes umklammert, damit ich nicht den Anschluß verlor. Mit dem Fortschreiten der Nacht sanken die Temperaturen. Mühsam unterdrückte ich das Klappern meiner Zähne, oft genug überlief mich ein eisiger Schauer. Diese verfluchte Nacht wollte überhaupt kein Ende nehmen.

Mechanisch setzte ich einen Fuß vor den anderen, und wäre nicht die Leine gewesen, die wie eine Nabelschnur mein Pferd mit dem des Templers verband, ich glaube, ich wäre der gottverlassenste Mensch dieser Welt gewesen.

Irgendwann nach Mitternacht griff ich in panischer Angst nach der Leine – sie war gespannt, und ich dankte dem Herrn wie noch nie in meinem Leben zuvor. Allmählich schälten sich aus dem schwarzen Bild der Nacht die Konturen von Artons Pferd. Das Dunkel hatte seine schreckliche Macht verloren, und ein neuer Tag kündigte sein Erwachen an.

Es war ein wunderbarer Anblick, als die glutrote Sonne die Bergriesen anstrahlte. Gebannt blieben wir stehen. Noch nie zuvor war mir Gott der Herr so nah gewesen wie in diesem Augenblick, vergessen die Angst und Martern der vergangenen Nacht. Auf den Kettenhemden und Rüstungen der Gefährten spiegelte sich der Glanz dieses unvergleichlichen Morgens wider, und ohne daß es einer Aufforderung bedurft hätte, sanken wir auf die Knie, gebeugt vom Glauben an eine höhere Macht, deren Kraft uns hier so unmittelbar zuteil geworden war.

Dort, wo wir jetzt standen, rasteten wir auch, denn Mensch und Tier bedurften unbedingt der Ruhe, bevor der Marsch fortgesetzt werden konnte.

Ich schlief fast auf der Stelle ein, nachdem ich mein Pferd versorgt und festgebunden hatte. Die Sonne stand schon hoch, als mich ihre wärmenden Strahlen aus einem bleiernen Schlaf weckten.

„Komm schon, mein Junge! Wir kommen viel schneller voran als erwartet. Morgen sind wir am Brenner und dann mit Gottes Hilfe auch in Sicherheit."

Ich wagte es fast nicht zu glauben. Dieses Ziel, von dem ich so lange geträumt hatte und das mir die Freiheit versprach, endlich nach meinem Vater suchen zu können, so nahe? Fast erschien es mir zu einfach!

„Morgen sind wir am Brenner", hatte Arton gesagt. – Morgen. – Der Tag verging, und nichts störte unser Vorwärtskommen in dieser menschenleeren Welt. Am Abend rasteten wir schließlich in einer Schlucht, deren Ausmaße gigantisch waren. Wie klein und unscheinbar waren wir doch in unseren Rüstungen im Vergleich zu diesen Felswänden, die eine unvorstellbare Kraft aus dem Nichts heraus geschaffen haben mochte.

Trotz aller Zuversicht hatten wir nun doch ein ernstes Problem. Unsere Vorräte neigten sich langsam dem Ende zu, so daß wir gezwungen sein würden, am nächsten, spätestens aber am übernächsten

Tag die Gesellschaft von Menschen zu suchen. Jetzt rächte es sich, daß wir uns in Rovereto nicht doch noch mit Proviant versorgt hatten. Wir hatten uns getäuscht, andererseits hatten wir morgen vermutlich auch das Schlimmste hinter uns.

Am nächsten Morgen machten wir uns dann wieder auf den Weg, und nun galt es den Abstieg zu wagen, der einzige Paß für uns war nun einmal der Brenner, und über diesen mußte der Weg uns führen. Der Alte berichtete uns von einem kleinen Bergdorf, das an den Ausläufern des Passes lag, und dies war jetzt unser Ziel.

Die Gewißheit, vor der letzten Etappe meiner Reise zu stehen, verlieh mir neue Kräfte, daher fiel es mir nicht schwer, mit den anderen Schritt zu halten, und als wir endlich die Ebene erreicht hatten, bestiegen wir die Pferde und freuten uns darüber, wieder reiten zu können.

Die Sonne hatte den Zenit schon überschritten, als wir, Ragannard, Arton, der Alte und ich, vorsichtig in das kleine, armselige Dorf ritten. Es war ebenso menschenleer wie die anderen Siedlungen, durch die uns der Weg schon geführt hatte, doch etwas war anders! Ich konnte es nicht erklären, aber ich fühlte die Nähe des Bösen, diese Kälte, die ich immer empfand, wenn . . .!

Sie tauchten auf, als hätte man sie aus dem Boden gestampft. Zehn – zwanzig – vierzig – hundert, alles schwarze Reiter, und an ihrer Spitze unverkennbar und in voller Rüstung die massige Gestalt Absalon von Petrarkas. Sie sprengten auf uns zu, als ob der Satan höchstpersönlich die Peitsche schwänge. Arton riß unseren Führer auf sein Pferd, und wir wandten uns blitzschnell den gleichen Weg wieder zurück und schrien dabei, um Friedrich, so gut es ging, vor dem drohenden Angriff zu warnen.

Sie kamen jetzt von drei Seiten und versuchten so, uns in die Zange zu nehmen. Aus den Augenwinkeln heraus gewahrte ich Adalger, der sich, vermutlich zum erstenmal auf einem Pferd sitzend, krampfhaft festzuhalten versuchte. Der Abstand zwischen ihnen und uns verringerte sich, doch noch gab es Hoffnung!

Natürlich strebten wir dem Ende des Tales zu, das sich vor uns verjüngte und dessen Felswände sich mehr und mehr zusammenzogen. Doch zerrann die Hoffnung, denn es war nunmehr offensichtlich, daß wir das rettende Ufer unmöglich würden erreichen können. Als ich mich voller Verzweiflung noch einmal im Sattel umdrehte, sah ich, wie der Normanne sein Pferd mit aller Macht am Zügel riß und es so zum Stehen brachte. Für einen Augenblick verwirrte dieses

Verhalten unsere Verfolger, und dieser Augenblick genügte uns, das schon verloren geglaubte Schlupfloch doch noch zu erreichen.

Ich konnte nicht anders und riß nun ebenfalls mein Pferd herum, sah den normannischen Ritter, hochaufgerichtet in den Steigbügeln stehend, dabei das riesige Zweihänderschwert wie ein Spielzeug schwingend, auf den ersten Verfolger einstürmen. Mit einem gewaltigen Hieb schlug er ihn zusammen mit dessen Schild in zwei Teile. Noch nie zuvor in meinem Leben sah ich einen derartigen Schlag, der aus vollem Galopp heraus eine so verheerende Wirkung hatte.

Mein Gott, furchtbarer konnte der Gegensatz nun wirklich nicht mehr sein, die lautlos angreifenden Gestalten, bar jeden Gefühls, auf der einen Seite, und der Ritter, der ihnen mit Donnerstimme seinen Haß entgegenschleuderte, auf der anderen.

Ein Schlag mit der stumpfen Seite des Schwertes riß mich los von diesem Anblick. „Komm schon, oder soll sein Tod etwa umsonst sein?“ Arton hatte recht, und ich riß mein Pferd herum, keinen Augenblick zu früh, denn schon hatte sich wieder eine Horde an unsere Fersen geheftet. In vollem Galopp sprengten wir in die enge Schlucht, bis wir auf Friedrichs Verteidigungsstellung trafen. Von weitem schon hatte er unser Schreien gehört und sich in aller Eile einen hervorragenden Platz gewählt, der es ermöglichte, die Feinde höchstens zu viert in einer Reihe angreifen zu lassen.

Die ersten von ihnen, die nach uns auf die Ritter trafen, wurden geradezu in Stücke gehauen, als sie versuchten, die Phalanx aus Eisen zu durchbrechen. Auch die zweite und dritte Reihe wurde von den Pferden heruntergemäht.

Eine kurze Pause verschaffte uns einen Augenblick der Ruhe, die Arton, Friedrich und Berard dazu nutzten, um weitere Anordnungen für die Verteidigung zu treffen. Ein Pfeilregen war die Antwort auf unsere massive und erfolgreiche Verteidigung. Die Ausfälle auf unsere Seite häuften sich. Wieder und wieder griffen sie an, und wieder und wieder brandeten ihre Wellen vergeblich gegen die mit dem Mut der Verzweiflung um sich schlagenden Ritter. Aber über den Ausgang des Kampfes konnte kein Zweifel mehr bestehen, zu groß war ihre Überlegenheit und zu verbissen die Macht, die hinter ihnen stand. Sie würden uns vernichten und zu einer Fußnote der Geschichte werden lassen.

Ich sah einen der normannischen Ritter heftig auf den Staufer einreden, immer wieder in die Richtung weisend, aus der wir gekommen waren. Friedrich stieß ihn zurück, worauf der Ritter sich umwandte und geduckt zu den anderen zurücklaufen wollte. Er kam nicht weit. Ein Pfeil drang ihm direkt durch den Hals. Ich rannte zu ihm, doch ein anderer war noch schneller als ich. – Der Ritter starb in den Armen seines Königs.

„Wir können uns hier unmöglich noch lange halten! Es werden immer mehr, Ihr müßt an Euer Ziel denken! Nur das ist wichtig, nur das allein!“ Es war Berard von Castacca, der diese Worte ausstieß, und er hatte recht. Ein neuer Pfeilregen zischte durch die Luft und verdunkelte die Sonne, und nur unsere im letzten Moment hochgerissenen Schilde bewahrten uns davor, das Schicksal des Normannen zu teilen, der immer noch in Friedrichs Armen lag.

Ohne Berard eines Blickes zu würdigen, erhob sich der Staufer und rannte nach vorn, wo unterdessen der nächste Ansturm erwartet wurde. Es war unverkennbar, Friedrich nutzte den Augenblick der Ruhe und verabschiedete sich von jedem einzelnen seiner Getreuen. „Ich habe sie darum gebeten, noch eine Stunde auszuharren und dann nach Ablauf dieser Frist selbst nach Gutdünken zu handeln“, sagte Friedrich zu dem Templer, der sich ebenfalls aus der Kette der Verteidiger gelöst hatte und dessen Platz unverzüglich von einem der Lothringer eingenommen wurde.

„Also los, worauf warten wir dann noch?“ drängte Berard. „Der Alte ist bei den Pferden. Laßt uns beten, daß er einen Weg aus dieser Falle weiß, sonst ist alles umsonst gewesen!“

Wir hetzten zurück zu den Pferden, die geschützt unter einem Felsvorsprung auf uns warteten, und als Adalger uns kommen sah, erhob er sich schnell und starrte uns mit weit aufgerissenen Augen an. Kein Wunder, der Templer und Berard waren kaum wiederzuerkennen. Blutverschmiert und die Schwerter immer noch in der Hand, traten sie auf ihn zu, als ob zwei Teufel in Person vor ihm stünden. „Los Alter“, fauchte Arton ihn an. „Wir müssen weg von hier! Überlege dir schnell, ob es außer dem Brenner noch einen anderen Weg gibt, heil über diese verfluchten Berge zu gelangen.“

„Keinen“, antwortete der alte Mann.

„Es muß aber einen geben! Mensch denk nach!“ schrie Arton. „Es hängt zuviel davon ab.“

„Ja, es gibt noch einen, aber Ihr werdet ihn unmöglich schaffen, denn ...“

„Das laß gefälligst unsere Sorge sein“, unterbrach ihn Friedrich schroff. „Du sollst uns führen, und wir werden dir folgen. Das ging bisher so, also wird das auch weiter so gehen. Los jetzt!“

Adalger lief voran, und wir folgten ihm, während der Kampflärm zu uns herüberschallte, und jeder von uns hatte das Gefühl, die anderen im Stich zu lassen. Das Aufeinandertreffen des Eisens hallte vielstimmig wider von den Felswänden und dröhnte als Anklage in unseren Ohren.

Es ging wieder zurück, den gleichen Weg, den wir vor wenigen Stunden so hoffnungsvoll gekommen waren. Jetzt hatten wir jedoch keinen Blick mehr für die herrliche Bergwelt, zu furchtbar war unsere Niederlage und zu ungewiß unsere Zukunft. Ich hatte davon geträumt, bald wieder frei meiner Wege ziehen zu können, und nun war ich weiter davon entfernt als je zuvor!

„Wie willst du uns über die Berge führen?“ fragte Arton den Alten, nachdem wir fürs erste der unmittelbaren Gefahr entronnen waren.

Dieser wies in nordwestliche Richtung. „Ich hoffe, daß ich die Furt über die Etsch noch finde, denn daran schließt sich ein Pfad, den mir mein Vater einmal vor langer Zeit gezeigt hat. Soweit ich mich entsinne, führt dieser Pfad nach Chur, obwohl ich mir nicht mehr ganz sicher bin, ihn jemals bis an sein Ende gegangen zu sein. Woran ich mich allerdings erinnern kann ist, daß er sehr beschwerlich war, und ich bezweifle, daß Ihre Eure Pferde behalten werdet.“

„Wie oft bist du diesen Weg schon gegangen?“ wollte nun Friedrich wissen, ohne Adalgers Einwand zu beachten.

„Ich sagte es bereits, Herr, einmal. Ich war damals noch jung, und seitdem ist sehr viel Zeit vergangen, und ich glaubte nicht daran, ihn jemals zu benötigen.“

„Und außer diesem verborgenen Pfad gibt es keinen anderen Weg, die Berge zu überwinden?“

„Keinen“, antwortete der Alte entschieden. „Es ist Eure einzige Möglichkeit!“

Unterdessen waren wir mitten auf einem Hochplateau angelangt, und hier änderte der Alte plötzlich, ohne daß ich irgendeinen Anhaltspunkt hätte finden können, die Richtung und wandte sich, dem Stand der Sonne nach zu urteilen, erneut dem Flußlauf der Etsch zu.

Es war ein beschwerlicher Weg, bis wir uns durch diese Bergregion nach unten gekämpft hatten, denn oftmals versperrten umgestürzte Bäume und Felsbrocken den Pfad, der keiner war und den nur Adalger erahnen mochte. Auf sein Zeichen hin blieben wir stehen, unvermittelt glitzerten vor uns im gleißenden Sonnenlicht die friedlichen Wasser der Etsch, die sich sonst mit Urgewalt gegen die Steinmassen des Gebirges stemmten. „Das ist die einzige Stelle, an der wir die Etsch durchqueren können."

„Warum nur hier?" fragte Berard mißtrauisch.

„Wenn Ihr genau hinseht, so werdet Ihr feststellen, daß der Fluß Euch die Antwort auf Eure Frage selber geben wird, oder habt Ihr während der letzten Tage die Etsch an irgendeiner Stelle so friedlich ihren Lauf nehmen sehen wie hier? Zudem verläuft der Wald auch entlang dem gegenüberliegenden Ufer", erklärte Adalger geduldig. „Jetzt müssen wir uns aber beeilen und dabei so vorsichtig wie möglich sein, denn wie gesagt, es ist der einzige Pfad, und wenn Eure Feinde sehen, wo Ihr durchgewatet seid, dann . . ."

„Ja, wir wissen, was du meinst, und wir können uns lebhaft vorstellen, was mit uns passiert, wenn diese Teufel ihn ebenfalls finden", unterbrach ihn der Staufer. „Wir gehen in Zweiergruppen", entschied er. „Während die ersten im Wasser sind, sichern die beiden anderen. Arton, ihr beiden folgt ihm zuerst! Viel Glück, und sobald ihr drüben seid, kommen wir nach."

Arton und ich führten die Pferde am Zügel auf die Furt zu, während der Alte wartete und uns von dem flach abfallenden Flußufer aus zuwinkte. Das Knacken des Unterholzes verriet uns deutlich, daß auch Friedrich und Berard sich näher an den Fluß heranschoben. Mir war, als ob mein Herz stehenbleiben wollte, als ich in das eisige Wasser watete, die Kälte ließ jede Faser meines Körpers erstarren. Zum Glück riß mich mein Pferd mit sich fort, und so begann ich wie von selbst mit Armen und Beinen zu strampeln, bis ich wieder festen Boden unter den Füßen spürte. Das Wasser reichte mir etwa bis zur Brust, dennoch hatte der Templer mir geraten, nicht wieder aufzusteigen, da die Pferde in der recht starken Strömung auch ohne unser zusätzliches Gewicht genug mit sich selbst zu tun hatten. Vorsichtig suchten meine Füße Halt auf dem glitschigen Boden, während die Kraft der Wassermassen an mir zerrte und mich mit sich fortreißen wollte.

Endlich waren wir drüben und versteckten uns sofort im Unterholz, keinen Augenblick zu früh, denn etwa ein Dutzend schwarzer

Reiter kam aus Richtung Trient und passierte die Stelle genau in dem Augenblick, als wir im Unterholz verschwanden und Friedrich und Berard sich aufmachten, ihr Versteck zu verlassen. Ohne nur einen Moment innezuhalten, ritten sie weiter – unbegreiflich!

Ich mußte daran denken, was hätte passieren können, wenn jetzt die Angriffe aus zwei Richtungen erfolgt wären.

„Die Schlacht ist schon lange verloren“, flüsterte der Templer mir zu.

Ich kam nicht dazu, mir weiter Gedanken zu machen, denn schon waren Friedrich und Berard im Wasser und kämpften gegen die Fluten an, um nicht abgetrieben zu werden. Auch ihnen gelang es, den Fluß zu bezwingen, und so war es uns möglich, unverzüglich aufzubrechen. Wir hatten alles verloren, bis auf unsere Pferde und unsere Waffen.

Adalger übernahm die Führung. Der Weg führte uns durch den Wald. Ohne Unterlaß ging es bergan, und bald schon wurde das Rauschen des Flusses abgelöst vom Rauschen des Blutes in unseren Ohren, das infolge der Anstrengungen durch unsere Adern getrieben wurde.

Es war wohl mehr ein Wildwechsel denn ein Pfad, der sich wie eine Schlange den Berg hochwand, und uns blieb nichts anderes, als dem Alten zu folgen, der ohne sich auch nur einmal umzuwenden weitermarschierte. Jäh wurde mir bewußt, daß wir von nun an auf Gedeih und Verderb diesem Mann ausgeliefert waren, denn vor uns lag ein unbekannter Weg, und hinter uns wartete der sichere Tod. Bei Gott, wir hatten keine üppige Auswahl!

Je höher uns der Alte den Berg hinaufzog, desto beschwerlicher wurde das Atmen, auch die Vegetation hatte sich den veränderten Gegebenheiten angepaßt. Aus dem satten, kräftigen Grün des dichten Tannenwaldes war der spärliche Bewuchs vereinzelter Kiefern geworden, doch im großen und ganzen beherrschten Moose, Gräser und Sträucher das Bild. Noch war das Ende unserer Qualen nicht in Sicht. Unsere Lungen drohten fast zu bersten unter dieser Anstrengung und dem Gewicht der Waffen und Kettenhemden. Jeder Schritt wurde zu einer Herausforderung, und die roten Schleier vor meinen Augen wurden immer dichter.

Zu allem Überfluß sanken mit dem Fortschreiten des Tages auch noch die Temperaturen, doch solange wir in Bewegung blieben, war das hilfreich. Ich wagte aber erst gar nicht, an die bevorstehende Nacht zu denken.

Kurz bevor die Dunkelheit uns zu verschlucken drohte, berührten unsere Füße den ersten Schnee, und nur noch spärlich versuchten einzelne Moosflecken, dem Berg etwas Leben einzuhauchen. Als uns die Nacht endgültig umfing, rasteten wir im Schutze einer Felswand.

Zu unserem Glück hatten Arton und Berard weiter gedacht als ich und während des Aufstiegs noch die Kraft besessen, ab und an etwas Holz zu sammeln, und so war es uns möglich, wenigstens ein kleines Feuer zu unterhalten. Wir durchsuchten unsere Packtaschen nach etwas Eßbarem, und es kam gottlob doch mehr zusammen, als wir anfangs befürchtet hatten. Zudem hatte Adalger seinen Leinenbeutel genügend mit Wurst und Schinken versehen, so daß wir hofften, die nächsten Tage leidlich zu überstehen, denn auch mit dem Wasser stand es nicht schlecht. Wir stießen immer wieder auf Quellen und kleine Bäche.

Die Nacht war eiskalt, und das bescheidene Feuer vermochte uns dürftig zu wärmen, so daß trotz der ungeheuren Erschöpfung an Schlaf nicht zu denken war. Wir alle sehnten uns nach dem ersten Grau des Morgens. Mir fiel ein Stein vom Herzen, als Adalger uns lächelnd erklärte, daß seiner Erinnerung nach jetzt wenigstens die Pferde einen Großteil des Weges würden benutzen können. Zum Glück blieb auch das Wetter vorerst auf unserer Seite, und so verspürten wir trotz aller Anstrengung wieder etwas Zuversicht in uns aufkeimen, das ersehnte Ziel doch noch zu erreichen.

Ansonsten schleppte der Tag sich ereignislos dahin, wenn man davon absah, daß sich das Wetter ab Mittag doch noch verschlechterte.

„Wie weit ist es denn noch?“ fragte ich Adalger. Lächelnd drehte er sich zu mir um und antwortete mit seiner ruhigen Stimme: „Ich befürchte, es wird wohl noch bis morgen abend dauern, doch ich kann mich auch irren. Aber ich hätte nicht gedacht, daß Ihr überhaupt so weit kommen würdet.“

Irgendwie fühlte ich mich geschmeichelt von seinen Worten, und auch über Artons Gesicht huschte der Hauch eines Lächelns. „Wie kommt es eigentlich, daß dir diese Luft und die Anstrengungen nichts ausmachen?“ wollte ich weiter wissen.

„Nun, ich tue mein ganzes Leben lang nichts anderes, und mein Brot verdiene ich mir mit dem Sammeln von Kräutern und seltenen Gräsern, die ich dann und wann in der Stadt verkaufe. Mein Vater lebte schon so und dessen Vater ebenfalls, und so kam es eben, daß er mir neben den besten Stellen für allerlei Wund- und Heilkräuter auch diesen Pfad hier zeigte.“

„Ist es denn nicht sehr langweilig und einsam hier oben, immer allein?"

„Es ist einsam, das ist wohl wahr, aber bestimmt nicht langweilig! Wenn ich mir Euer Leben da unten so ansehe, wo die Menschen jeden Tag, den der Herr erschaffen hat, um ihr Überleben kämpfen müssen . . . Hier oben gibt es keine, verzeiht mir, wenn ich so offen rede, es gibt hier keine hohen Herren, vor denen ich mein Haupt beugen muß. Hier oben bin ich Gott am nächsten, und da brauch ich auch keine Kirche, die mir den Zehnten abpreßt, nur damit ich mir mein Heil auf Erden kaufen kann. Es gibt hier keine Herren, also auch keinen Frondienst, der auf meinen Schultern lastet. Auch Euch diene ich nur aus Dankbarkeit und nichts weiter. Sobald ich meine Hütte in Rovereto verlasse, bin ich frei!"

Der Alte wandte sich wieder nach vorn und ließ mich mit meinen Gedanken allein. Er erwartete keine Antwort, und ich muß gestehen, daß ich auch zu keiner fähig war, denn mir war seine Lösung auf die Probleme, denen man sich stellen muß, zu einfach. Oder war sie vielleicht gar nicht so einfach?

Ein Blick auf meinen Freund bestätigte mir, daß die Worte des Alten auch an ihm nicht spurlos vorbeigegangen waren, und fast sah es so aus, als träumte er von einer besseren Welt.

Von mir darauf angesprochen, antwortete er mit einer Stimme, deren Weichheit mich überraschte: „Es ist schön, einen Menschen zu finden, der mit Gott und seiner Welt in Frieden und Einklang leben kann! Wenigstens hat er seine Art von Paradies gefunden. Möge Gott der Herr dafür Sorge tragen, daß er es niemals verliert!"

Die Worte der beiden Männer stimmten mich sehr nachdenklich, und ohne genau sagen zu können warum, hatte ich doch allmählich das Gefühl, als ob mir in meinem bisherigen Leben etwas Entscheidendes gefehlt hätte, von dem ich nicht wußte, ja nicht einmal ahnte, was es eigentlich sein mochte.

Am Nachmittag zogen erneut Wolken über uns und brachten Schneeregen mit, der uns schon nach kurzer Zeit bis auf die Haut durchnäßte. Am Abend fanden wir dann glücklicherweise wieder Schutz unter einem wie für diesen Zweck geschaffenen Felsdach, dessen Überhang die alles durchdringende Feuchtigkeit abhielt. An ein Feuer war allerdings nicht mehr zu denken, da wir vergeblich den ganzen Tag über nach etwas Brennbarem Ausschau gehalten hatten. Die einzige Wärme entströmte den Leibern unserer Pferde, an die wir uns nun alle drängten, um nicht zu erfrieren. In dieser Nacht dagegen übermannte mich die Erschöpfung, da sie stärker als die Kälte war, und es gelang mir wenigstens für kurze Augenblicke einzuschlafen.

Der nächste Tag sollte uns dann endgültig nach Chur führen, und so betete ich den Rest der Nacht, daß der Herr uns diesmal nicht wieder den Weg versperren möge. Doch der Tag verlief ebenso wie der vorherige, ohne daß wir auch nur die Türme von Chur zu Gesicht bekommen hätten.

Allmählich jedoch hatten wir die eisigen Regionen hinter uns gelassen und fühlten nun mit jedem weiteren Schritt, der uns bergab führte, wie das Leben sich erneut darum bemühte, Fuß zu fassen und den Platz einzunehmen, den wir so schmerzvoll vermißt hatten. Trotz des unablässig fallenden Regens spürten wir, wie es merklich wärmer wurde, und endlich, am Ende dieses langen Tages, hörte der Regen auf. Da wir uns am Rande einer saftigen Wiese befanden, nutzten wir die Gelegenheit, uns und unseren völlig erschöpften Pferden etwas Ruhe zu gönnen.

Nach einigen vergeblichen Versuchen gelang es Arton sogar, ein Feuer zu entfachen, und so gingen wir daran, unsere arg mitgenommene Kleidung an einem nahen Bach zu waschen und am Feuer zu trocknen. Wild gab es hier im Überfluß, so daß Berard von Castacca einmal mehr seine Kunst im Bogenschießen unter Beweis stellen konnte und uns ein stattliches Wildbret präsentierte.

Offensichtlich kam dem Staufer diese Unterbrechung ganz gelegen, war es doch nur verständlich, daß der zukünftige Kaiser des Heiligen Römischen Reiches nicht als abgerissener Wegelagerer in den Bischofssitz Chur Einzug halten wollte. Der Morgen brach an, und ich konnte mich des Eindrucks nicht erwehren, daß selbst die Vögel des Waldes dem neuen Kaiser ihre Reverenz nicht verwehren wollten, denn ein vielstimmiger Chor begleitete unseren Aufbruch.

Wir zogen weiter bergab, bis wir auf eine breite, gut ausgebaute Straße trafen, mit einem recht lebhaften Verkehr in beiden Richtungen. Mehr und mehr hofften wir jetzt, daß unsere Reise sich dem Ende näherte, und als sich der Wald zu lichten begann, breitete sich vor uns die weite Ebene von Chur aus und die Stadt selbst mit ihrem mächtigen Schutzwall. Aber wir erkannten noch etwas anderes! – Ein Heer zog auf uns zu, so, als ob die Stadt es ausspeien wolle. Einem Lindwurm gleich kroch eine graue, unkenntliche Masse auf der Straße in unsere Richtung.

„Mein Gott!“ entfuhr es Friedrich.

„Was ist das?“ fragte ich meinen Freund. Wir starrten gebannt auf diesen Heerhaufen, der sich unaufhaltsam näherte.

„Es ist kein Heer! Bei Gott dem Allmächtigen, es sind Kinder!“ schrie der Alte völlig fassungslos.

„Kinder?“ Friedrich und Berard sprangen fast gleichzeitig von ihren Pferden.

„Ja, er hat recht, und seht nur, sie tragen ein Holzkreuz vor sich her. Bei allem, was mir heilig ist, was ist das?“ Berard war nahe dran, die Fassung zu verlieren, denn noch immer spie die Stadt weitere Massen aus, und es wollte kein Ende nehmen. Schon hatten die ersten uns fast erreicht, vor sich her trieben sie die Handwerker, Kaufleute und Bauern der Stadt. Dann schließlich drohte die Flut kleiner Leiber über uns hinwegzuschwappen, deswegen wichen wir in einen kleinen Seitenweg aus, von wo wir den Zug beobachten konnten, dessen Spitze jetzt auf unserer Höhe angekommen war.

Die ersten trugen ein übermannsgroßes Eichenkreuz mit sich, und alle sangen einen Psalm. Mein Gott, wie erbärmlich sie aussahen! Viele humpelten, stürzten, manche ließen sich sogar von anderen peitschen und geißeln. Keines dieser Kinder mochte älter als dreizehn oder vierzehn Jahre zählen. Sie krochen an uns vorüber wie eine graue, endlose Schlange. Ihr grausames Schicksal stand in ihren Augen geschrieben, und über ihren Schmerzensschreien schwebte der monotone Gesang, dieser bis ins Mark dringende unheimliche Klang ihrer Stimmen. Dazu ein ekelerregender Gestank nach Verwesung, der wie ein Nebel über ihnen lag und sie umhüllte. Sie schleppten sich vorwärts, und das „im Namen des Herrn“.

Es war ein Bild des Grauens. Ich sah in die Gesichter meiner Gefährten. Keiner konnte die Tränen zurückhalten, zu furchtbar war das Bild, das diese mitleiderregenden Geschöpfe in unsere Seelen brannten. Völlig entkräftet, von Geschwüren an den Beinen befallen, brach ein kleines Mädchen auf unserer Höhe zusammen. Sofort sprang der Templer hinzu, und entschlossen riß er dieses Häufchen Mensch an sich, doch kaum lag es in seinen Armen, da fing es an wie irrsinnig zu schreien. Der Elendszug stockte, und andere Kinder näherten sich drohend meinem Freund, während dieser versuchte, das Mädchen hinter seinen Beinen in Sicherheit zu bringen. Doch kaum hatte er es wieder heruntergelassen, schrie es in einer mir fremden Sprache auf den Templer ein und schlug dabei wild um sich.

Unsere Lage wurde immer bedrohlicher, denn mittlerweile hatte sich aus dem Heerhaufen eine Gruppe Halbwüchsiger gelöst, die sich Schritt für Schritt näherten. Ihre Haltung ließ keinen Zweifel daran aufkommen, daß sie es ernst meinten. Wollte er sie jetzt nicht in Stücke hauen, so hatte er keine Wahl, er mußte das Mädchen ziehen lassen und es so dem sicheren Tod überantworten.

Arton machte den Weg frei, und das Mädchen verschwand in diesem Wall aus Kinderleibern, der sich sofort hinter ihr schloß, und die Horde zog weiter.

Entsetzt blickte ich in das versteinerte Gesicht des Templers, bis er sich aus seiner Erstarrung löste und ohne ein Wort zu sagen zu seinem Pferd ging. Nur in seinen Augen spiegelte sich noch der verheerende Kampf ab, der in seinem Inneren wütete.

Es dauerte noch bis zur Mittagszeit, bevor sich die Letzten und Schwächsten aus dem Elendszug an uns vorübergeschleppt hatten. Rücksichtslos wurden sie weitergetrieben. Irgendwann würden sie an Hunger, Krankheit oder einfach an Erschöpfung zugrunde gehen.

Wir ritten erst dann wieder los, als wir annehmen konnten, endlich der letzten Gruppe zu begegnen. Doch auf einmal war es um unsere Selbstbeherrschung endgültig geschehen: Vor unseren Augen stolperten und fielen die Todgeweihten an uns vorüber. Manche von ihnen schon so geschunden, daß sie nichts Menschliches mehr an sich hatten. Es bedurfte keines Befehles, um wie auf ein verabredetes Zeichen hin diesen gottverfluchten Schindern entgegenzutreten und sie in den Dreck zu werfen. Selber noch Kinder, waren sie doch schlimmer als jeder Folterknecht in ihrem verblendeten Wahn! Jeder von uns nahm eines dieser bedauernswerten Geschöpfe auf den Arm, und so ritten wir vor die Tore von Chur, in den Ohren noch immer den in der Ferne verwehenden Gesang.

Vor dem mächtigen Tor verabschiedeten wir uns von Adalger, unserem Führer, dessen Kenntnisse uns das Leben gerettet hatten, obwohl die Berge eigentlich unser Grab hätten werden sollen. Großzügig bedankten wir uns bei ihm. Mit Tränen in den Augen wandte er sich um und ging zurück in sein Reich, aus dem wir ihn gerissen hatten. Wie schrecklich hatten sich seine Worte bestätigt, und wie glücklich mußte dieser Mann sein, dem allen wieder entrinnen zu können, das er die „Welt da unten“ nannte!

Ich sah ihm lange nach, und ich glaube, in diesem Augenblick beneidete ich den alten, weisen Mann.

Unterdessen waren Berard und Arton auf das noch immer weit geöffnete Stadtportal zugeritten und verhandelten offensichtlich aufgeregt mit einem der Büttel. Endlich erschien einer der Hauptleute und lehnte es rundweg ab, uns in diesem Augenblick den Eintritt in die Stadt zu gewähren, in deren Innerem Verwirrung und Chaos Platz gegriffen hatten. Zu tief saß noch der Schock über den furchtbaren Durchzug der Kinder. Vielleicht hatten sich ja seine eigenen Kinder diesem Wahnsinn angeschlossen, und er mußte es mit ansehen und sie ziehen lassen.

Doch weder Arton noch Berard hatten dafür irgendwelches Verständnis, und wie von selbst zogen die beiden ihre Klingen. Ich vernahm bloß noch das gefährliche Zischen des Templers, dessen Wut den Siedepunkt überschritten hatte, und ich sah die weit aufgerissenen und ängstlichen Augen des Hauptmanns, dem die Schwerter gerade noch so viel Platz ließen, daß er nicken konnte. Die Waffen verschwanden wieder und mit ihnen der Wachhabende, der jedoch nicht vergaß, noch einige Anweisungen in die Wachstube zu brüllen, bevor er vom Getümmel der Stadt aufgesogen wurde.

Kurz darauf erschienen drei Büttel und luden uns durch Handzeichen ein, ihnen in den Wachturm zu folgen. Dankend nahmen wir die Einladung entgegen, banden die Pferde fest und trugen unsere Schützlinge ins Innere der starken Mauern.

Zum Glück verstand Arton etwas von ihrer Sprache, und so erfuhren wir Einzelheiten über diesen Elendszug, von dem der Templer schon damals in den Bergen erzählt hatte. Demnach war ihr Anführer ein vierzehnjähriger Junge mit Namen „Markus von Köln“, der, durch eine Prophezeiung getrieben, die Kinder der Christenheit zu einem Kreuzzug ins Heilige Land führen wollte. Wie Arton herausfand, deutete der Junge die Prophezeiung so, daß nur ein Kreuzzug der Kinder, als Sinnbild des Friedens und der Reinheit, den Segen des Herrn empfangen könne, um so, beseelt vom Geist des Allmächtigen, die heiligen Stätten ohne Waffengewalt zurückzuerobern.

Schweigend sah der Templer mich an, auch er erinnerte sich seiner eigenen Worte, mit denen er meine Illusionen zerstört hatte.

Die Wache half uns, und so gelang es während der Zeit des Wartens, wenigstens die größten Wunden der Kinder zu behandeln, und doch spürten wir noch immer ihre Aufregung, ja ihren Drang, sich bei der erstbesten Gelegenheit wieder dem Elendszug anzuschließen. Arton sah sich gezwungen, ihnen als Tempelritter zu befehlen, von diesem Vorhaben abzulassen, was ihm auch leidlich gelang. Zögernd willigten sie ein, und allmählich löste sich ihre Spannung.

Wir selbst mußten uns eine weitere Stunde gedulden, doch anders als in Verona konnten wir hier keinen Einfluß auf unser Schicksal nehmen, und uns blieb nichts anderes übrig, als zu warten und zu hoffen. Endlich erschienen zwei kirchliche und zwei weltliche Vertreter der Stadt und hießen uns sowohl im Namen des Bischofs als auch des Magistrats in den Mauern der Stadt Chur willkommen.

Das Ziel war erreicht, und eigentlich hätte ich jetzt glücklich sein müssen, doch die Ereignisse der letzten Tage hatten mich so erschöpft und abgestumpft, daß ich zu wirklicher Freude nicht mehr fähig war.

Kurz bevor die Vertreter der Stadt in den Wachturm traten, war der Templer in einem Nebenraum verschwunden. Unversehens stand er nun wieder vor uns, gekleidet, wie es sich für einen Tempelritter gehörte, im weißen Umhang der Zisterzienser mit dem blutroten Tatzenkreuz auf Brust und Rücken. Unbegreiflich, wie er das bei all den Strapazen hatte retten können. Noch nie, seit ich ihn kannte, hatte ich ihn so gesehen, und ich muß gestehen, daß ich doch sehr überrascht war. Ein flüchtiger Blick in die Runde bestätigte mir, daß es den anderen wohl ähnlich erging, auch sie hatten sich an den Anblick des Ritters in seinem schlichten Lederwams gewöhnt, welches er gewöhnlich über dem Kettenhemd trug.

Es erschien mir natürlich, daß Friedrich jetzt beschämt wäre, denn schließlich hatte doch er seine goldene Rüstung bei unserer Flucht am Brenner zurücklassen müssen, aber genau das Gegenteil war der Fall. Friedrich war kein Junge mehr, freudestrahlend schritt er auf den Templer zu und umarmte ihn dankbar.

Erwartungsvoll folgten wir den Abgesandten und ritten durch die Stadt, deren Name uns immer wieder aufgerichtet hatte, Chur. Jeder von uns hatte wieder je ein Kind vor sich auf dem Sattel, und so boten wir ein recht eigentümliches Bild. Doch nach dem Durchzug der Kinder war diese Stadt vorläufig durch nichts zu erschüttern. – Mütter liefen schreiend durch die engen, schmutzigen Gassen und suchten nach ihren Kindern, von denen sich viele Hals über Kopf dem Elendszug angeschlossen haben mochten. Die nüchterne Stadt mit ihren farblosen, einfachen Häusern und ihren schmucklosen Gassen war nicht gerade dazu angetan, dem suchenden Auge etwas Abwechslung und Freude zu gönnen, doch sie hatte unseren Schutz übernommen, und damit war der machtvolle Bann von Friedrichs Widersachern gebrochen.

Trotzdem waren wir alle froh, als wir endlich das mächtige und trutzige Gebäude der Ratsversammlung erreichten. Herbeistürzende Knappen und Diener kümmerten sich um unsere Pferde, während wir, Friedrich an der Spitze, durch das Hauptportal schritten. Der Statthalter, ein großgewachsener Mann wohl Mitte vierzig, empfing uns, sichtlich um Haltung bemüht. Er erwartete uns vor dem Treppenaufgang und verneigte sich vor dem jungen König und seinem dürftigen Gefolge.

Wie es dem Stand Friedrichs entsprach, erwiderte er den Gruß, und es blieb uns nicht verborgen, daß den Stadtherrn diese Situation schlichtweg überforderte. Gerade noch der verheerende Durchzug der Kinder, der die ganze Stadt in Aufruhr versetzt hatte, und nun, als wäre das alles nicht genug, der völlig unerwartete Empfang eines Königs, der zudem noch als aussichtsreicher Aspirant auf die Kaiserkrone galt. Welche Folgen konnte das haben? Und überhaupt! Was war das für ein Anwärter auf die Kaiserkrone, der da so unvermittelt vor den Toren der Stadt auftauchte, gekleidet wie ein Herumtreiber, und noch dazu mit so wenig Gefolge! Na ja, wenigstens einer sah halbwegs aus, als kenne er die Pflichten der Repräsentation. – All das spiegelte sich in seinem Antlitz wider, auf dem das Licht der Hoffnung erschien, als sein Blick kurz auf dem Templer ruhte.

Im stillen mußte ich lächeln. Was hatte der Statthalter nicht noch alles zu lernen, und er würde es schnell lernen müssen, denn das nun wiederum stand in den Augen des jungen Staufers zu lesen.

Nach dem kühlen Willkommensgruß, der sich alsbald in den üblichen Höflichkeitsfloskeln verlor, wurden Friedrich erst einmal zwei Räume zur Verfügung gestellt, damit er sich von den Strapazen der Reise erholen konnte. Später, im Beisein des Bischofs, würde man dann schon Zeit und Gelegenheit finden, über weitere Schritte und die anstehenden Fragen zu beraten.

Als ich die beiden vor mir stehenden Männer betrachtete, war ich mir nicht sicher, wer von den beiden mehr der Ruhe bedurfte. Wir erhielten ebenfalls jeder eine Kammer zugewiesen, und ich muß gestehen, daß ich alle Sorgen vergaß, als ich endlich ein Bett so einladend vor mir stehen sah. Ich verabschiedete mich von meinen Gefährten, nicht ohne ein Gefühl der Beklommenheit. Zu überraschend kam jetzt das Ende der Reise auf mich zu.

Die Tür fiel ins Schloß, ebenso der Riegel, und im gleichen Augenblick versanken die Welt und mit ihr meine Gedanken in Bewußtlosigkeit.

Erst ein energisches Klopfen gegen die Tür verscheuchte den Alptraum, dessen Bilder mich verfolgt und gemartert hatten.

„Wer ist da?" fragte ich mit einer mir selbst fremden Stimme.

„Arton, und es wird Zeit, daß du dich erhebst, wenn du noch etwas zu essen haben möchtest."

Das Wort „Essen" verjagte sofort die Trugbilder, ich sprang unverzüglich aus dem Bett und öffnete dem Freund die Tür. Er lächelte, als er eintrat, und wartete geduldig, bis ich fertig war, dann führte er mich in einen kleinen Saal, dessen Mittelpunkt ein großer, schwerer Eichentisch war. Wortlos wies der Templer mit der Hand auf einen der freien Stühle, und kaum hatte ich Platz genommen, als auch schon ein Diener lautlos durch eine der Türen schlüpfte und ein silbernes Tablett, beladen mit allerlei Fleisch und Geflügel, vor mir abstellte. Ein Blick auf Arton bestätigte meine geheime Hoffnung, daß dies alles für mich war.

„Wo sind die anderen?" fragte ich den Freund zwischen zwei Bissen, „und warum ißt du denn nichts?"

„Zu deiner zweiten Frage, ich habe bereits gegessen. Und zu deiner ersten: Friedrich und Berard sind noch beim Bischof", erwiderte er lächelnd. „So, und nun, bevor du mir deine dritte Frage stellst, sie werden wohl noch einige Zeit dort bleiben müssen und, vorausgesetzt, du bist soweit fertig, sollten wir uns ebenfalls auf den Weg zur bischöflichen Residenz begeben. Ich befürchte aber, daß das noch einige Zeit dauern wird, wenn ich dich so beim Essen sehe."

Natürlich verstand ich den Wink und wollte gerade aufstehen, aber er hielt mich am Arm fest und drückte mich wieder auf den Stuhl. „Warte noch einen Moment! Während du schliefst, habe ich mit Friedrich gesprochen, er ist der gleichen Meinung wie Berard und ich, nämlich, daß ihm von hier aus keine ernste Gefahr mehr drohen wird. Aus diesem Grund sind wir übereingekommen, daß er von nun an meiner Hilfe nicht mehr bedarf. Ich werde also mein Wort einlösen, dir bei der Suche nach deinem Vater behilflich zu sein, und ich hoffe, so wenigstens einen kleinen Teil meiner Schuld begleichen zu können."

Seine Worte trafen mich so unvorbereitet, daß ich nur ein einfaches „Danke" über die Lippen brachte.

„Und nun laß uns aufbrechen!"

Alles war vergessen, die Toten auf meinem Weg. Die unsäglichen Strapazen, jenes furchtbare Kloster. All das war wie weggefegt! Von einem Augenblick auf den anderen hatte sich wieder die Hoffnung zu meinem Leben gesellt. Mein Vater, das Mädchen, einfach alles schien mir jetzt zum Greifen nahe zu sein. Ich mußte mich regelrecht dazu zwingen, erst einmal das Naheliegende zu denken, und der Blick des Templers mahnte mich, diesen letzten Gedanken möglichst schnell in die Tat umzusetzen.

Wir verließen das Magistratsgebäude, ohne noch einer Menschenseele zu begegnen, und schlenderten durch die nüchternen und farblosen Gassen von Chur, immer in Richtung des bischöflichen Palais. Die Aufregung der Bevölkerung hatte sich wohl ein wenig gelegt, denn jeder, der uns begegnete, kümmerte sich wieder ausgiebig um sich selbst, während die Trauer sich hinter die Wände der Häuser zurückgezogen hatte.

Die Schatten wurden bereits länger, und die Sonne hatte schon einen Großteil ihrer Kraft eingebüßt, als mein Freund mich unversehens zurückriß.

Verständnislos schaute ich ihn an. „Was ist denn los? Herrgott noch mal, nun rede! Was hast du denn?“ Erschrocken über Artons Verhalten, folgte ich seinem Blick, und dann sah ich ihn. Er, der so viel Leid über mich gebracht hatte. Hier stand er vor mir und sprach mit einem in einfaches Tuch gekleideten Mann. Keine fünfzig Schritte entfernt. Ich spürte, wie mir ein Schauer über den Rücken lief, der mich bis ins Mark erzittern ließ. Es ist unmöglich für mich zu beschreiben, welche Gedanken mir beim Anblick dieser Bestie durch den Kopf schossen, und erst ein derber Schlag auf den Rücken brachte mich wieder zur Besinnung. Bestürzt wandte ich mich dem Templer zu. Dieser hatte bereits das Schwert gezogen, und ich folgte seinem Beispiel. Der Griff meiner Waffe verscheuchte die letzten Zweifel. Blanker Haß stand in den Augen meines Freundes, und der Haß war es auch, der den Templer davonstürmen ließ. So schnell ich vermochte, folgte ich ihm, ahnte ich doch, welche Entscheidung jetzt bevorstand.

Schwer hallten unsere Schritte über das Pflaster, und ich sah, daß auch der Ritter uns erkannt haben mußte, denn mit einer für seine Größe unglaublichen Schnelligkeit schwang er sich auf sein Pferd, stieß dem Tier die Sporen mit aller Macht in die Seiten, galoppierte um die nächste Häuserfront und entzog sich so unseren Blicken.

Voll Wut und Enttäuschung drosch der Templer mit dem Schwert gegen die Hauswand, doch im gleichen Moment herumfahrend, packte er den völlig verstörten Mann bei der Kehle, der kurz vorher noch mit dem Ritter gesprochen hatte. „Wo ist er hin?“ zischte Arton gefährlich, und es war ganz offensichtlich, daß ein Zögern des Mannes dessen augenblicklichen Tod zur Folge gehabt hätte.

Der Ärmste schien wohl genau das gleiche zu empfinden, denn seine Antwort sprudelte nur so aus ihm heraus: „Ich weiß nicht, wo er hin ist, aber er erkundigte sich nach dem Palais des Bischofs."

Die Hand an der Kehle des Mannes lockerte sich, als sich uns das ganze Ausmaß dieser wenigen Worte offenbarte.

„Er gibt nicht auf! Ich wußte es! Gott verfluche diesen Teufel!" stieß der Templer hervor, ließ den verängstigten Mann los und rannte die Gasse hinunter, durch die Petrarka verschwunden war. Ich folgte meinem Freund, vorbei an den Menschen, die ängstlich zur Seite wichen.

Von den Hauswänden hallten die Schritte wider und trommelten im Stakkato auf das Pflaster. Das Atmen fiel mir schwer. Arton schien nicht mehr aus Fleisch und Blut zu sein, wie von Sinnen peitschte er den Menschenstrom zur Seite, der sich sofort wieder hinter uns schloß. In meinen Ohren dröhnte es wie Hammerschläge, und mehr als einmal strauchelte ich, fand zum Glück jedoch immer wieder irgendwo Halt und rannte weiter, bis wir endlich eine breite Allee überquert hatten und vor dem großen Gittertor auf die Wache des Bischofspalais prallten. Schwer atmend lehnte ich mich gegen die Gitterstäbe und sah wie durch einen Schleier das Schwert des Freundes an der Kehle des Büttels.

Ein zweiter trat hinzu, redete auf Arton ein und wies heftig die Allee hinunter. Ich verstand nur so viel, daß sich der junge Staufer zusammen mit dem Bischof in einer nahen Benediktinerabtei befinden sollte. Kaum waren die Worte verklungen, riß mein Freund mich auch schon wieder mit sich fort.

Erneut hetzten wir die Allee hinunter, bis wir schließlich die Einfriedung des Klosters erreicht hatten, doch von einer Wache war weit und breit nichts zu sehen. Wir stürmten durch das offenstehende Eisentor und überquerten einen unglaublich großen Innenhof, und da sah ich auch schon den ersten toten Soldaten, dessen lebloser Körper hinter einer der Säulen kauerte.

Von den Wänden des Klosters hallten unsere Schritte wider, und vor uns tat sich ein Kreuzgang auf, dessen Säulenreihe sich irgendwo im Nichts verlor, doch wir rannten weiter, immer diesen Gang entlang, der kein Ende nehmen wollte und der unsere Schritte aufsaugte, so als würden wir unserem Ziel nicht einen Deut näher kommen. Endlich – zwischen den roten Schleiern hindurch erkannte ich die große Pforte der Kapelle, und die letzten Meter wurden zur Qual. Mein Herz raste, und schwer stieß ich neben Arton gegen die eisenbeschlagene Tür.

Nur mühsam gelang es uns noch, sie aufzureißen. Sofort umfing uns eine blendende Helligkeit, gespeist aus Hunderten von Kerzen, die für einen Augenblick den Schleier vor meinen Augen zerrissen. Ich erkannte wieder den weißen Umhang des Templers, das rote Kreuz auf seinem Rücken, und ich gewahrte Friedrich kniend vor dem Altar. Ich stolperte vorwärts, spürte Arme, die nach mir griffen, fühlte Hände, die sich Klauen gleich in mein Kettenhemd krallten.

Auf einmal ging alles rasend schnell und doch so furchtbar langsam. Ich sah meinen Freund in seinem weißen Umhang, eine Gruppe von Menschen geradezu auseinandertreibend, durch das Mittelschiff stürmen. Ich sah in Friedrichs Gesicht, dessen weit aufgerissene Augen uns entgegenstarrten. Ohne auch nur einen Augenblick zu zögern, warf sich der Templer auf den Staufer, riß ihn zu Boden und begrub ihn unter seinem Körper. Im gleichen Augenblick durchschnitt eine mit unglaublicher Wucht geschleuderte Pike die zum Zerreißen gespannte Atmosphäre in der Kapelle und durchbohrte den Rücken meines Freundes.

Wie gestützt auf die Kraft und die Macht eines anderen, erhob sich der tödlich Getroffene und wendete langsam das Gesicht seinem Mörder zu. Die Hände, die mich gehalten hatten, lockerten sich für einen Augenblick, und so gelang es mir, mich wieder aufzurichten. Unfähig, auch nur einen Schritt zu tun, blickte ich auf dieses grausige Schauspiel. Langsam, unendlich langsam kam der Freund auf mich zu, mit der einen Hand die Spitze der durch den Leib gedrungenen Pike umklammernd, in der anderen immer noch das Schwert. Fast schien es, als wollten sich seine weit aufgerissenen Augen an seinem Gegner rächen. Eine gespenstische Ruhe lastete auf der Kapelle, nur das stoßweise Atmen des Getroffenen durchbrach die Stille.

Das Schwert des Templers entglitt seiner Hand und fiel dröhnend zu Boden. Dann schwand auch die letzte Kraft aus dem Körper dieses Mannes, und er brach vor mir zusammen.

Ein unglaublicher Tumult war die Folge, Büttel stürmten auf die Galerie, andere flüchteten nach draußen ins Freie, wieder andere kümmerten sich um den Leichnam des Templers. Ich versuchte mich mit aller Macht gegen die nach draußen brandende Flut der Leiber zu stemmen, und schließlich gelang es mir auch, mich bis zu der Gruppe Büttel vorzudrängen, die meinen toten Freund in ihre Mitte genommen hatten und sich auf den Altar zubewegten. Dort warteten bereits der Staufer, Berard und der Bischof. Bar jeden Gefühls, vermochte ich nicht einmal mehr zu weinen, zu furchtbar hatte das Schicksal zugeschlagen.

Dort auf dem Altar lag er nun. Er, der trotz des Unglücks, das er über mich gebracht hatte, Freund und Lehrmeister zugleich war. Ich wandte mich zum Gehen, als sich eine Hand auf meine Schulter legte – Friedrich! „Er ist nicht umsonst gestorben!"

Schon wieder hörte ich diese Worte, die für alles Leid herhalten mußten. Plötzlich war der Bann gebrochen, eine Welle von Zorn und Haß überschwemmte meine Seele. Blitzschnell drehte ich mich um und schleuderte den jungen König mit aller Macht gegen eine der Marmorsäulen. Im gleichen Augenblick blitzte meine Klinge vor seiner Kehle auf, bereit, sofort zuzustoßen. „Mit welchem Recht sagst gerade du so etwas?" zischte ich ihn an. „Bist du so sehr von dir überzeugt oder meinst du vielleicht, daß du so wertvoll bist, um all das Leid und die Toten aufzuwiegen? Ist dein teures Leben den Preis wert, den andere mit dem ihren zu bezahlen haben?"

Mir wurde plötzlich alles unsagbar schwer. Ich war müde, unendlich müde. Das Schwert fiel mir zu Boden, und ich verließ die Kirche.

Ich weiß nicht mehr, wie lange ich ziellos durch die Straßen Churs zog, ausgebrannt und willenlos, dann stand ich wieder, der Herrgott weiß wie, vor dem großen und wuchtigen Magistratsgebäude, das ich trotz der inzwischen hereingebrochenen Nacht zu erkennen vermochte. Nichts, aber auch gar nichts zog mich in sein Inneres. Statt dessen trieb mich eine geheimnisvolle Macht, der ich nicht zu widerstehen vermochte, auf die Pferdeställe zu, die sich an die Rückwand des Gebäudes anschlossen. Einige einsame Öllämpchen sorgten für ein dumpfes Licht, und so fand ich schnell meinen Braunen und verließ die Stadt, deren Tore sich für mich noch einmal öffneten. Ich empfand so etwas wie Erleichterung, denn ich konnte den Geruch der Menschen nicht mehr ertragen. Mein Ritt war nur von kurzer Dauer. Schnell verließ ich wieder die Leidensstraße des Kinderkreuzzuges, denn zu bedrückend waren die Erinnerungen an diese Unglücklichen, die bereit waren, einem falschen Ideal ihr Leben zu opfern, genauso wie ich.

Die Stille der Nacht, fern jeglicher Grausamkeit, Lüge, Betrug und Qual, brachte mich wieder zur Besinnung. Mit einem Male verstand ich auch die Worte und Gedanken unseres alten Bergführers. Vieles von dem, was mir vor Stunden noch so wichtig und erstrebenswert erschienen war, versank jetzt in einer tiefen Leere.

So verging die Nacht, und die Morgennebel durchzogen den Wald, während die Sonne dem Tag und der Erde neues Leben einhauchte. Ich schreckte hoch, als der Klang von Pferdehufen das Nahen eines Menschen ankündigte. Es war mein Ebenbild, das sich mir da völlig alleine näherte, und selbst von seinem kalten Schatten Berard war nichts zu sehen, obwohl ich davon überzeugt war, daß er sich hier irgendwo in der Nähe aufhalten mußte.

Gleichgültig schaute ich dem Staufer entgegen, bis er sein Pferd zum Stehen brachte. Sein Kommen berührte mich nicht! Lange schauten wir uns nur an, ohne ein Wort zu sagen, so als fürchte sich jeder vor dem ersten Wort. Dann trat er wieder an sein Pferd und löste mein Schwert vom Sattel. „Du hast das hier vergessen. Die Wache gab uns Bescheid, daß du die Stadt verlassen hättest, und seitdem suchen wir dich."

„Doch wohl kaum, um mir mein Schwert zurückzugeben!" erwiderte ich gereizt.

„Nein, nicht nur, da ist noch etwas anderes. – Du hattest recht mit dem, was du in der Kapelle zu mir sagtest. Ich habe mir selbst etwas vorgemacht, aber nun ist es zu spät! Mein Weg war und ist vorgezeichnet, und andere, ganz andere halten die Fäden in der Hand. Es wird noch lange dauern, bis ich nicht mehr die Marionette in ihrer Hand bin. Es ist ein Spiel, dessen Ausgang noch völlig offen ist, aber, so Gott es will, werde bald ich es sein, der die Regeln des Spieles diktiert. Eines kann ich dir jetzt schon versprechen: Ich habe inzwischen gelernt, was Menschenleben wert sind, und du mußt mir glauben, daß ich nie leichtfertig mit dem Leben anderer umgehen wollte."

„Bei wem willst du dich rechtfertigen und für was? Bei mir etwa, deinem Spiegelbild? Ich weiß, daß du deinen Weg gehen mußtest, aber ich und viele andere mußten es nicht. Vielleicht liegt im Tod sogar ein Funken Sinn, wenn die Lebenden bereit sind zu lernen. Ich hoffe nur, daß deine Worte nicht allzu schnell in Vergessenheit geraten!"

„Reiten wir zusammen in die Stadt zurück?" fragte er, und ich fühlte, daß ihm viel daran lag, nicht unverrichteter Dinge zurückzukehren.

„Ja", antwortete ich kurz, stieg auf und folgte ihm.

„Interessiert es dich überhaupt nicht, was aus Artons Mörder geworden ist?“

„Nein, warum auch? Er hat sein teures Ziel verfehlt.“

„Aber mein Gott, er hat unseren Freund getötet, das kann dir doch unmöglich gleichgültig sein!“ stieß Friedrich hervor, und in seinem Gesicht spiegelte sich Verwirrung wider.

„Na gut, du hast recht, es ist mir nicht gleichgültig“, lenkte ich ein, um endlich meine Ruhe zu haben. „Also, was geschah mit ihm?“ fragte ich, wobei ich mir allerdings wirklich nicht ganz sicher war, ob es mich noch interessierte.

„Nach dem Mord sprang er aus dem Fenster direkt in die Arme der herbeieilenden Büttel. Es muß einen harten Kampf gegeben haben, bis die Wachen ihn endlich überwältigt hatten und in den Kerker werfen konnten, und dort sitzt er jetzt und wartet auf seine Verurteilung.“

Nun war ich doch überrascht. „Du meinst, er lebt? Dieses Tier lebt immer noch? Ihr habt ihn nicht sofort getötet?“

„Nein, er lebt und ist fast unverletzt“, antwortete Friedrich, wobei er mich aufmerksam musterte. „Du brauchst dir keine Sorgen zu machen, es ist unmöglich für ihn zu fliehen! Berard kümmert sich persönlich darum, daß dieser Teufel seiner gerechten Bestrafung zugeführt wird.“

„Du bist also wirklich allein zu mir gekommen?“ forschte ich weiter, und nun muß ich es gewesen sein, der sein Gegenüber aufmerksam musterte.

„Ja natürlich, oder traust du mir vielleicht nicht zu, daß ich allein ein Pferd besteigen kann?“

Ich mußte unwillkürlich lächeln, war es doch nun wirklich das erste Mal, daß ich den Staufer allein sah. Im stillen stellte ich mir das Gesicht Berards vor, der jetzt wohl die unruhigsten Stunden seines Lebens durchlitt.

Friedrich hatte offensichtlich meine Gedanken erraten, denn auch er konnte sich eines Lächelns nicht erwehren.

Unterdessen waren wir schon wieder auf der Straße zur Stadt, und es fiel mir schwer zu glauben, daß wir erst gestern hier vorbeigekommen waren. Wenige Stunden, und doch, was war alles in diesen wenigen Stunden geschehen. Und immer sah ich das Bild vor mir, wie der Templer das kleine Mädchen vor dem sicheren Tod bewahren wollte. Auch Friedrich erinnerte sich dieser furchtbaren Begebenheiten, als wir an die Stelle kamen, wo wir den Elendszug an uns vorüberziehen ließen. „Ich werde mich um die Kinder kümmern, die wir gestern gerettet haben", brach er das Schweigen. „Sie müssen nach Hause, und ich werde dafür sorgen, daß sie auch sicher dort ankommen. Es ist wohl an der Zeit, daß ich damit anfange, Leben zu retten."

„Du bist nicht der einzige, der Schuld auf sich geladen hat, aber du weißt wenigstens, wofür du es getan hast. Und was ist mit mir? Welches meiner Ziele rechtfertigt das Leid, das ich über die Menschen gebracht habe? Du bist doch sonst so gewandt mit deinen Worten und Erklärungen. Also, ich höre, hinter was soll ich mich verstecken?"

Schweigend ritten wir durch das große, weit geöffnete Tor, und obwohl der Tag noch jung war, spürten wir den Pulsschlag der Stadt. Vor dem Magistratsgebäude wurden wir von aufgeregten Lakaien und Knechten empfangen. Auch die Oberhäupter der Stadt waren beunruhigt, denn offenbar hatten ihnen der Vorfall in der Benediktinerkapelle und das eigenmächtige Verhalten des Staufers einen gehörigen Schrecken eingejagt. Einsam folgte ich der Menschentraube, die Friedrich sofort in ihre Mitte genommen hatte, und mußte mich schon glücklich schätzen, wenigstens das eine oder andere Wort von dem zu erhaschen, was sie mit Friedrich zu besprechen hatten.

„Beerdigung" und „Hinrichtung" waren dabei die meistverwendeten Begriffe, bis der Staufer stehenblieb und sich nach mir umwandte. „Man hat Artons Beerdigung für den Nachmittag angesetzt. Er soll seine letzte Ruhe da finden, wo er das Leben verloren hat." Ich nickte nur, und der Zug setzte sich wieder in Bewegung.

Ein Gedanke reifte in mir, und ich beschloß, mich selbst von meinem Freund zu verabschieden, und so ging ich durch die Straßen der Stadt, die für uns das Ende aller Entbehrungen hätte bedeuten sollen. Nun führten sie mich zu seiner letzten Ruhestätte.

Aber auch sein Gegner und Mörder, er, dessen Name verflucht sein möge, auch er, den Arton am meisten gehaßt hatte, sollte hier sein namenloses Grab finden, irgendwo an einer Stelle der Befestigungsanlagen der Stadtmauer.

Der Leichnam des Templers lag aufgebahrt in einem aus Eichenholz gefertigten Sarg, dessen vergoldete Griffe und Beschläge den Schein der vielen Kerzen widerspiegelten. Ich war allein, und doch fühlte ich mich nicht so. Irgend etwas war hier in der Kapelle, das kein Gefühl der Einsamkeit und Leere aufkommen ließ. Es mochten Stunden vergangen sein, bis sich nach und nach die wenigen einfanden, die der Zeremonie beiwohnen durften.

Ich verließ die Kapelle und wartete draußen auf Friedrich, um mich zu verabschieden, denn nun war jede Stunde wichtig für mich. Jetzt, da der Welfe die erste Runde verloren hatte. Wer wußte schon, was noch alles geschehen konnte!

Davon abgesehen, hielt ich es auch nicht mehr aus in dieser Stadt, die ich so hoffnungsvoll betreten hatte. Ich wartete fast eine Stunde, bis Friedrich endlich, begleitet von Berard, erschien und sofort auf mich zukam.

„Du willst uns verlassen?" fragte Friedrich.

„Ja!" antwortete ich kurz. „Ich muß endlich meinen Vater finden."

„Ich verstehe. Es ist nicht als Dank und schon gar nicht als Bezahlung gedacht, und ich bitte dich, es auch nicht so zu verstehen, aber vielleicht hilft es dir weiter auf der Suche nach deinem Vater." Mit diesen Worten reichte mir Berard von Castacca, dieser kühle Rechner, einen Lederbeutel und streckte mir die Hand entgegen. „Viel Glück, mein Junge, und gebe Gott, daß deine Suche nicht vergebens ist."

Überrascht sah ich den Lederbeutel in meiner Hand, und mein nächster Blick galt den Augen des Staufers. Wie schon so oft spürte ich diese Barriere zwischen uns, die immer wieder einer Freundschaft im Wege stand und die sich auf Ablehnung, Rivalität und doch so etwas wie gegenseitige Achtung stützte.

Er hatte sich wohl eine Abschiedsrede zurechtgelegt, doch anders als in Verona hatte er jetzt seine Schwierigkeiten. Kurzerhand brach er ab und umarmte mich. „Ich hoffe von ganzem Herzen, daß du deinen Vater wiederfindest! Bitte versuch mich zu verstehen, auch wenn du es heute noch nicht vermagst, und vergib mir, daß ich so viel Unglück über dich gebracht habe. Eines möchte ich dir aber noch geben. Ich fand es bei Arton. Berard und ich glauben, daß es sein Wunsch gewesen wäre." – Es war der Chahindschar.

Während Friedrich und sein auf eine stattliche Anzahl gewachsenes Gefolge nach der Beerdigungszeremonie Chur in Richtung Norden verließen, wandte ich mich nach Süden.

Für mich ging es wieder zurück über diese ewigen Berge, denen wir so furchtbaren Tribut hatten zollen müssen, und während ich die Stadt verließ, waberte hinter mir der Qualm eines großen Feuers, das den Ritter wieder an den Ort zurückführte, von dem aus er ausgesandt worden war, der Welt sein Siegel aufzudrücken – der Hölle!

Nachdem ich ein gutes Stück Weg zurückgelegt hatte, zügelte ich den Lauf meines Pferdes. Endlich hatte ich Friedrichs Fesseln abgestreift, die für so lange Zeit meinen Weg und mein Schicksal bestimmt hatten. Alles war ganz anders gekommen als Arton, mein Vater oder ich es uns vorgestellt hatten. Mein Ziel war klar! Ich mußte meinen Vater finden, wenn ich auch noch immer nicht wußte wie. Es gab für mich nur einen Anhaltspunkt: das Kloster. Beim Gedanken an dessen graue Mauern und dem ganzen Elend, welches sie beherbergten, fühlte ich eine unsichtbare Kälte ihre Hand nach mir ausstrecken, die mit aller Macht versuchte, mich von meinem Weg abzubringen. Leider hatte ich keine andere Wahl, denn alles, was ich wußte war, daß ich dort meinen Vater zuletzt lebend gesehen hatte, und nur das allein war wirklich wichtig.

Der Weg zurück war lang und beschwerlich, denn unwillkürlich vermied ich noch immer das Zusammentreffen mit Menschen. Die einzige Ausnahme machte ich, als mich mein Weg in den Bannkreis Veronas führte, denn hier fühlte ich mich unter Freunden, die mich auch nicht enttäuschten und ohne zu zögern herzlich aufnahmen. Endlich konnte ich wieder meine Vorräte ergänzen, die schon seit geraumer Zeit aufgebraucht waren. Ohne Aufenthalt passierte ich die Stadttore und führte mein Pferd auf direktem Weg durch die engen, sauberen Gassen zum Magistratsgebäude.

Alle beglückwünschten mich zu unserem Erfolg, aber auch sie waren voll der Trauer, als ich ihnen den Preis für Friedrichs Erfolg nannte, und sosehr ich mich auch auf diese Stadt und ihre freundlichen Menschen gefreut hatte, so sehr zwang mich meine Rastlosigkeit schon bald wieder dazu, Abschied zu nehmen. Modena hieß mein nächstes Ziel, doch anders als in Verona war es jetzt nicht die Stadt, sondern das Mädchen!

Ich verabschiedete mich vom Stadtherrn, und seine guten Wünschen begleiteten mich auf dem Weg nach Modena. Doch dann eines Morgens erstrahlten im hellen Sonnenlicht die Zinnen der Stadt, und mit ihrem Anblick erhöhte sich meine Spannung um ein Vielfaches. Die Stadttore waren nicht mehr so streng bewacht, und so fiel es mir leicht, im Strom der Menschen mitzuschwimmen. Augenblicklich strebte ich dem Brunnen zu, und als ich dort anlangte, kam mir eine Gruppe Mägde entgegen. Doch meine Hoffnung wurde enttäuscht, denn die, nach der ich mich sehnte, war nicht unter ihnen. Mein Gott, wie schön hatte ich mir das Wiedersehen vorgestellt. In den schönsten Farben erstrahlte dieser Traum, endlich wieder dem Menschen in die Augen blicken zu können, der, mich in Gedanken begleitend, all die Strapazen hatte überstehen lassen.

Enttäuscht bestieg ich wieder mein Pferd und ritt zu dem Haus ihres Herrn, bei dem sie in Diensten stand. Kurze Zeit später stand ich vor der Eingangspforte, und nun wußte ich nicht, was ich tun sollte. Die länger werdenden Schatten kündigten schon die nahe Dämmerung an. Endlich siegte meine Ungeduld, und erst zaghaft, dann entschlossener klopfte ich an das eisenbewehrte Holztor.

Nichts rührte sich, verzweifelt wollte ich mich schon wieder abwenden, als sich direkt über mir ein Fenster öffnete und eine alte Frau mir ihr faltiges Gesicht zuwandte. „Wer bist du, und was willst du hier?“

Ich war viel zu überrascht, um auf diese ebenso einfachen wie unfreundlichen Fragen eine überzeugende Antwort geben zu können.

„Nun äh“, druckste ich herum, „eigentlich suche ich hier jemanden.“

„So, und wen, wenn ich fragen darf, kleiner Ritter?“ fragte sie hämisch, meine Unsicherheit ausnutzend.

„Nun ja, ich suche nach einem jungen Mädchen, das hier in Diensten steht.“

„Was? Das hier ist ein anständiges Haus, und eine ehrbare Familie gewährt uns Lohn und Brot!“

Nun wußte ich ja Bescheid, und es fiel mir wirklich schwer, ein Lachen zu unterdrücken, als ich einen neuen Anlauf nahm, um zum Ziel zu kommen. „Sie ist groß, schlank, hat lange schwarze Haare und sieht bedeutend besser aus als du, alte Hexe, und wenn du jetzt nicht schleunigst machst und sie zu mir herausschickst, dann komme ich hinein und schlage dir den Kopf ab!“

Ich sah das blanke Entsetzen in ihren Augen aufleuchten, bevor der Fensterladen mit einem Krachen ins Schloß fiel. Nicht lange, und ein Schlupftor öffnete sich, und da stand sie vor mir: Wieder dieses leicht amüsierte Lächeln, das mich schon bei unserer ersten Begegnung verwirrte. Ihr langes, dunkles Haar fiel seidigglänzend über die schmalen Schultern. „Na, was ist?“ fragte sie leichthin, gerade so, als ob nicht fast eine Ewigkeit seit unserer letzten Begegnung vergangen wäre. „Du starrst mich an, als ob der Leibhaftige vor dir stünde.“

„Nicht der Leibhaftige“, antwortete ich und streifte leicht ihren Arm. „Können wir nicht etwas gehen?“ fragte ich lahm und wunderte mich gleichzeitig darüber, wie fest doch meine Stimme klang.

Wortlos trat sie noch näher an mich heran. Gemeinsam zwängten wir uns nun durch die noch immer recht belebten Gassen der Stadt, bis wir den Kern verlassen hatten und allein vor den mächtigen Wehrmauern standen.

Hier bekam ich endlich wieder Luft zum Atmen. Es war doch wie verhext, den ganzen Weg über hatte ich mir alles so schön zurechtgelegt. Jedes einzelne Wort immer wieder hin- und hergedreht, um nur ja nichts Falsches zu sagen. Und jetzt? Jetzt war nichts mehr da. Von einem Augenblick auf den anderen waren diese Träume gefangen im Netz der Angst, einen Fehler zu machen. Mitten in meiner Furcht spürte ich ihre Hand leicht über meinen Nacken streichen und zuckte unwillkürlich zusammen. Dann begegneten sich unsere Blicke, und das Gefühl, welches mich da durchströmte, läßt sich mit Worten nicht beschreiben. Es war wie der Blick in eine andere, bessere Welt. Alle Sorgen und Ängste waren mit einemmal vergessen, aufgesaugt von zwei Augen, deren Kraft und Wärme auf mich übersprang.

Erst ein aufgebrachter Fuhrmann, dessen Wortschwall sich wie ein Gewitter über meine Träume ergoß, weil wir ihm offensichtlich den Weg versperrten, brachte mich wieder zur Besinnung.

„Ich werde nicht bei dir bleiben können, jedenfalls jetzt noch nicht. Erst muß ich meinen Vater finden, dann komme ich zu dir zurück!“ versuchte ich zu erklären, was ich nicht erklären konnte. Wie erbärmlich klangen diese Worte, und trotzdem fühlte ich sogar etwas wie Stolz in mir. Ich fühlte mich wie der große Ritter aus den Minnegesängen. Gerade aus dem Heiligen Land zurückgekehrt, wo er tapfer die Ungläubigen bekämpft hat, und kaum zu Hause, muß er auch schon wieder fortziehen in den ewigen Kampf gegen das Unrecht; und die Frau steht da und wartet ergeben auf ihren Helden, selbstlos und geduldig.

Ihre Worte trafen mich wie ein Faustschlag ins Gesicht, und das Schlimmste war, sie hatte recht. „Du glaubst allen Ernstes, ich warte hier solange?“ fuhr sie mich an. „Für wen hältst du dich eigentlich? Du kommst hierher, nur um mir zu sagen, daß du gleich wieder gehst, und du meinst, ich zerfließe voller Bewunderung für dich? Bei Gott, das habe ich noch nicht erlebt. Am besten, du scherst dich zum Teufel, und das sofort!“ schrie sie und rannte davon.

Es dauerte lange, bis ich wieder zu mir kam, und ich sah grinsende Gesichter um mich herum, die das Geschrei angelockt hatte.

Ich stieg wieder auf mein Pferd und sprengte davon, nur weg von hier und den gehässigen Blicken der Umherstehenden, die sich noch immer an dem Schauspiel weideten. Gedanken schossen mir durch den Kopf, in denen sich Wut und gekränkter Stolz mischten. Ich hetzte mein Pferd durch die Gassen, und es war mir völlig einerlei, wie es den Gesichtern gelang, sich vor den tosenden Hufen in Sicherheit zu bringen. Erst auf dem Marktplatz zügelte ich mein Pferd und brachte es zum Stehen. Vor dem Gasthof stieg ich ab und trat ein. Hier hatte ich schon einmal – zusammen mit Arton – Unterschlupf gefunden, und niemand stand jetzt mehr da in dunklen Ecken und lauerte auf mich.

Der Wirt empfing mich freundlich, wenn auch etwas unsicher nach allen Seiten Ausschau haltend, und erst nachdem er sich davon überzeugt hatte, daß mein Erscheinen keine Gefahr für ihn bedeutete, überließ er mir bereitwillig eine seiner Stuben. Der Schankraum war gut besucht, aber mir war die Freude an den Menschen endgültig vergangen, und so nahm ich einen Krug Wein mit nach oben, schlug die Tür hinter mir ins Schloß und ließ mich aufs Bett fallen.

Mißverstanden und wütend auf Gott und die Welt, wußte ich eigentlich immer noch nicht, was passiert war, doch mit jedem weiteren Schluck des schweren Weines verblaßte meine Wut, wandelte sich in Ärger über mich selber. Schließlich aber siegten mein erschöpfter Körper und der Wein über mein aufgewühltes Inneres, und ich versank in einen bleiernen Schlaf. Im Traum sah ich immer wieder ihr Gesicht. Schon glaubte ich ihre Stimme zu hören, deren Flüstern sanft mein Ohr streichelte, und meine Sinne gaukelten mir ihre weiche Hand vor, wie sie, einem Windhauch gleich, über mein Gesicht strich.

Das konnte doch unmöglich ein Traum sein, erschrocken riß ich die Augen auf. Dunkelheit umgab mich, und Todesangst schloß sich wie eine Faust um mein Herz.

„Bleib liegen“, vernahm ich leise ihre Stimme an meinem Ohr. „Wir haben die ganze Nacht für uns.“ Allmählich gewöhnten sich meine Augen an das Dämmerlicht, und ich erkannte die Umrisse ihrer Gestalt, und der wunderbare Duft ihres nackten Körpers umhüllte mich. Langsam, unendlich langsam senkte sich ihr Kopf zu mir herab, und ihre Lippen suchten die meinen. Von einer Woge unersättlicher Lebensgier erfaßt, preßte ich ihren bebenden Körper an mich, und widerstandslos versanken wir in diesem alles verzehrenden Feuer.

Hell durchflutete das Sonnenlicht meine Stube, glücklich wie ein reichbeschenktes Kind erhob ich mich von meinem Lager. Etwas verwirrt stellte ich fest, daß ich allein war, und erst jetzt sah ich das sauber gefaltete Stückchen Pergament, welches an den Schwertgriff geheftet war. „Ich bin deine Frau, und ich werde auf dich warten!“ Wenige Worte, aber sie bedeuteten die ganze Welt für mich, und nie zuvor hatte ich dieses unglaublich tiefe Gefühl von Glück und Lebenslust in mir gespürt wie in diesem Augenblick. Nichts war mehr wie vorher, und nichts war mehr unmöglich. Nichts und niemand konnte mich jetzt noch aufhalten!

Ich bezahlte beim Wirt und erkundigte mich gleichzeitig, wie es ihm nach unserer Begegnung in der Kirche ergangen war.

„Nun, da gibt es eigentlich nicht viel zu sagen. Sie bewachten mein Haus noch einen weiteren Tag und verschwanden dann ebenso geheimnisvoll, wie sie gekommen waren. Seither habe ich von diesen Teufeln weder etwas gesehen noch gehört. Doch sag einmal“, fragte er mich lächelnd, „du siehst heute morgen bedeutend glücklicher aus als gestern! Das wird doch wohl nicht an meiner Stube liegen, oder?“

„Nein“, erwiderte ich lächelnd. „Nicht an Eurer Stube, obwohl ich wahrlich keinen Grund habe, mich zu beschweren, aber in Eurem Gasthof geschehen die seltsamsten Dinge.“

„Soso!“ bemerkte er aufhorchend, „was ist eigentlich aus deinem Freund geworden?“

„Er ist tot“, beantwortete ich seine Frage. Der Wirt muß mir angesehen haben, wie sehr mich diese drei Worte aufwühlten. Er nickte ernst und führte mich an einen freien Tisch. „Ich vermute, du hast noch einen langen und beschwerlichen Weg vor dir“, wechselte er deshalb geschickt das Thema. Ich war froh, mit meinen Gedanken wieder in die Gegenwart zurückgekehrt zu sein.

Nach dem üppigen Mahl verabschiedete ich mich herzlich von meinem Gastgeber und brach auf. Vergessen waren all die schrecklichen Erlebnisse und Sorgen, die mich so lange gemartert hatten, denn von nun an war ich mir sicher, meinen Weg erfolgreich zu Ende zu führen. Die Erinnerung an die vergangene Nacht tat ihr übriges, wußte ich doch, daß ich von nun an nie mehr allein sein würde und immer diesen Menschen hatte, zu dem ich unbedingt zurückkehren wollte. Ein wunderbarer Gedanke!

Zuerst war ich noch unschlüssig darüber, ob ich mich von dem Mädchen verabschieden sollte oder nicht. Doch dann entschied ich mich dafür, es nicht zu tun, denn ich glaubte, daß es so eher ihrem Wunsch entspräche. Also verließ ich die Stadt, hinter deren starken

Mauern ich mein Glück, dessen Namen ich noch immer nicht kannte, wohlbehütet zurückgelassen hatte.

Mein erstes Ziel war die Schmiede meines Freundes Thorwald, und ich freute mich auf ein Wiedersehen mit ihm und seiner Frau, und so gab ich meinem Pferd die Sporen und sprengte über die nur mäßig belebte Straße in den Tag hinein.

Eine Ewigkeit schien vergangen, seit ich das letzte Mal diesen Weg beschritten hatte, und doch waren es nur wenige Wochen, die mich von dieser furchtbaren Zeit der Flucht trennten. Doch all das war nun schon Vergangenheit, denn heute konnte ich offen und frei meines Weges ziehen, ohne jederzeit befürchten zu müssen, diesen Teufeln in die Arme zu reiten. Seit meinem Fortgehen aus Chur waren sie vom Erdboden verschwunden, und nirgendwo gab es noch Anzeichen ihrer Existenz. Mochten sie wieder in jenen Teil der Hölle gefahren sein, aus dem sie emporgekommen waren. Im übrigen war ich mittlerweile auch fest davon überzeugt, daß ich für sie allen Wert verloren hatte, denn Friedrich bewegte sich mit seiner ansehnlichen Streitmacht bestimmt schon durch ihm wohlgesinntes Land, und von daher hatte ich nichts mehr zu befürchten. – Erst viel später sollte ich in die Geheimnisse eingeweiht werden, die so maßgeblich mein Leben beeinflußten und das vieler anderer Menschen vernichteten.

Die Reise verlief ohne jegliche Zwischenfälle, wenn man einmal davon absieht, daß sich das Wetter zusehends verschlechterte und tiefhängende, graue Wolken den Horizont beherrschten.

Je weiter ich mich von der Stadt entfernte, desto einsamer wurde die Landschaft wieder, und nur hier und da kräuselte Rauch aus einem Kamin, der mir zeigte, daß ich mich einem einsamen Gehöft oder Weiler näherte. Zurückhaltend, doch nicht unfreundlich nahmen mich die Bewohner dieser Anwesen auf, sobald ich bei ihnen um Proviant und Unterkunft nachfragte.

Zwei Tagesreisen von Modena entfernt, galt es achtsam zu sein, wollte ich nicht die verborgene Auffahrt zum Anwesen meiner Freunde übersehen. Endlich gewahrte ich unter wildwachsendem Gebüsch die tiefen Eindrücke eines Wagenrades, das seine Spur allerdings schon vor geraumer Zeit in den Waldboden gedrückt haben mochte. Ja, dies mußte der Weg sein, der mich zu dem einsamen Herz, Thorwalds Schmiede, führen würde.

Doch warum in aller Welt war er so zugewuchert? Es mußten Wochen vergangen sein, daß ein menschliches Wesen sich seiner bedient hatte. Eine dunkle Ahnung ließ mich das Schlimmste befürchten, und nur mühsam vermochte ich meine Ungeduld zu unterdrücken und zu warten, bis die Straße menschenleer vor mir lag. Erst dann, unbelästigt von neugierigen Augen, hieb ich mit meinem Schwert den Weg so weit frei wie unbedingt nötig und ließ die Straße bald hinter mir.

Unterdessen hatte ein feiner Nieselregen eingesetzt und verwandelte den schmalen Weg in glitschigen Morast. Mein Pferd am Zügel führend, schritt ich vorsichtig die Zufahrt hinauf und musterte dabei die nähere Umgebung. Erst auf dem freien, dem Haus vorgelagerten Platz blieb ich stehen. Was sich mir bot, war ein Bild völliger Verwüstung. Das, was ich hier sah, hatte mit dem, was ich in Erinnerung hatte, nichts mehr gemein. Nur die geschwärzten Außenmauern des Hauses standen noch, doch alles, was ihnen vorher Leben eingehaucht hatte, war Opfer der Flammen geworden.

Ich band mein Pferd an einem Baumstamm fest und näherte mich vorsichtig der gähnenden Öffnung, die einmal der Eingang gewesen war. Noch immer hingen die schwere Eisentür ebenso wie die Fensterläden in ihren Scharnieren, aber nichts von dem war mehr vorhanden, was sie mir einst vermittelt hatten. Dunkel und drohend starrten mir ihre Öffnungen entgegen, und je näher ich dem Haus trat, desto aufdringlicher verspürte ich den leisen Brandgeruch, der noch immer den vor geraumer Zeit verkohlten Resten der Ruine entströmte und mir unmißverständlich zeigte, daß dieser Ort hier sicher von keinem menschlichen Wesen mehr bewohnt war.

Trotzdem trat ich in das Innere, immer noch in der stillen Hoffnung, wenigstens einen Hinweis auf den Verbleib meiner Freunde zu finden, doch nichts deutete darauf hin, was mir diese Frage hätte beantworten können. Waren sie geflohen, oder waren sie diesen Teufeln zum Opfer gefallen, deren blutiger Spur ich dauernd begegnet war? Aber vielleicht hatten sie selbst ihre Bleibe den Flammen geopfert, um sie nicht in falsche Hände fallen zu lassen? Ich wußte es nicht, und wenn ich in den Trümmern keinen Anhaltspunkt finden sollte, wäre meine Suche nach ihnen sinnlos.

Ich fand nichts! So sehr ich mich auch bemühte, es war nichts da, außer zerschlagenem und verbranntem Mobiliar. Entmutigt und niedergeschlagen verließ ich das Haus und wandte mich der Schmiede selbst zu, ohne Erfolg. Hier bot sich mir das gleiche Bild der Verwüstung, und wer auch immer dafür verantwortlich war, er hatte ganze Arbeit geleistet und sein Werk gründlich vollbracht.

Während der ganzen Zeit, die ich dort zubrachte, fühlte ich mich beobachtet, ohne allerdings einen Grund dafür zu finden. Angst kroch langsam an mir hoch, und die Einsamkeit hatte mich wieder eingeholt, verschwunden waren Euphorie und Stärke. Alles war einer tiefen Beklommenheit gewichen. Es war wie eine Krankheit, und ich konnte mich nicht dagegen wehren!

Wieder war ich nur von Zerstörung und Leid umgeben, und so schnell ich konnte, rannte ich zu meinem Pferd und floh diesen gottverlassenen Ort, der mir einmal so viel Frieden und Harmonie gegeben hatte. Ich rammte meinem Pferd die Sporen in die Seite und hetzte den Weg wieder hinunter. Nur mit Mühe gelang es zwei entsetzten Fuhrleuten, ihre schweren Gespanne zum Stehen zu bringen, als ich wie vom Teufel gejagt aus dem Buschwerk auf die Straße brach und, so schnell die Hufe des Pferdes den Weg bezwingen konnten, davonstürmte.

Es dauerte einige Zeit, bis ich wieder zur Besinnung kam und in Schritt verfiel, was mir mein gequältes Pferd mit einem dankbaren Schnauben honorierte. Ich mußte mich mit der traurigen Tatsache abfinden, daß ich mein Ziel nun doch wohl würde alleine verfolgen müssen, wußte ich doch nichts über das Schicksal meiner Freunde. Auch ihr Versteck, von dem Thorwald einmal gesprochen hatte, war mir gänzlich unbekannt. So blieb mir keine andere Wahl, als den Weg zum Kloster allein zu finden, denn das war nun wirklich der einzige Ort, von dem ich zumindest halbwegs wußte, in welcher Richtung ich ihn zu suchen hatte und wo ich hoffen durfte, etwas über den Verbleib meines Vaters zu erfahren.

Der Tag neigte sich, und ich war froh, rechtzeitig, bevor die Dunkelheit vollends hereinbrach, einen guten Platz abseits der Straße gefunden zu haben. Ein kleines Lagerfeuer war trotz des Nieselregens leicht entfacht, und nach einem einfachen Mahl schlief ich ein. Erst die Morgensonne weckte mich mit ihren warmen Strahlen und zeigte mir deutlich, daß es an der Zeit war, meine Suche fortzusetzen. Schnell hatte ich meine wenigen Habseligkeiten gepackt, und so ging es weiter, immer auf dieser Straße, die sich wie eine fremde Ader durch mein Leben zog.

Mehrere Fuhrleute und Bauern kamen mir entgegen, höflich erwiderte ich ihren freundlichen Gruß. Endlich glaubte ich die Stelle gefunden zu haben, an der ich damals mit meinem Freund Dilano aus dem dichten Wald herausgebrochen war. Ohne zu zögern führte ich mein Pferd am Zügel den kurzen Abhang hinauf, der die Straße vom Wald trennte. Hier oben vergewisserte ich mich erst einmal, daß mir niemand gefolgt war, und verschwand dann in den Tiefen des Waldes, dessen scheinbare Unendlichkeit mir meine Einsamkeit noch bewußter machte.

Zudem sollte sich meine Suche noch schwieriger gestalten, als ich befürchtet hatte, denn irgendwo mußten wir uns damals ordentlich verlaufen haben, da ich trotz allen Suchens das Kloster in der von mir erwarteten Richtung nicht zu finden vermochte. Oft glaubte ich mich an Besonderheiten, die meinen Weg kreuzten, erinnern zu können, doch letztlich erwiesen sich dann alle als Trugschluß. Fast drei Tage wand ich mich im Kreise und kam nicht von der Stelle.

Die Sonne wollte schon wieder untergehen, da stieß ich auf einen Weg, der eigentlich keiner war, so unscheinbar bettete er sich in den dichten Waldboden. Ich beschloß zu lagern und erst am nächsten Morgen mit dem ganzen Licht des Tages diesem Weg zu folgen, der sich unauffällig zwischen den Bäumen hindurchschlängelte und irgendwo im Dickicht verlor.

Die Nacht brach herein, und trotz des Weges, der mich zu meinem Ziel führen würde, konnte ich dem Reiz eines kleinen Feuers nicht widerstehen, zumal es mir half, meine völlig durchnäßte Kleidung wenigstens leidlich zu trocknen und das letzte Dörrfleisch anzubraten.

Die Nacht verlief ohne nennenswerte Störung, und am Morgen machte ich mich abermals auf den Weg in der Hoffnung, daß dieser Tag endlich die Entscheidung bringen werde. Doch es sollte noch ein weiterer vergehen, bis die hohen, zinnenbewehrten Mauern der alten Zwingburg vor mir aufragten, die so viel unmenschliches Leid in ihrem Inneren bargen. Wie eine riesige Faust lag sie vor mir, unheimlich und drohend, kauernd wie ein wildes Tier vor dem tödlichen Sprung. Der wolkenverhangene Himmel mit seinem trüben Licht verstärkte noch das Gefühl der Bedrohung, das mich beschlich, als die Festung so unvermittelt vor mir aus den Nebelschwaden auftauchte.

Gegen Mittag entschloß ich mich, mein Pferd außer Sichtweite der Wachtürme festzubinden und meinen Weg zu Fuß fortzusetzen. Vorsichtig schlich ich weiter, immer näher, wobei ich die Hoffnung nicht aufgab, doch noch eine Möglichkeit zu finden, diese Mauern unentdeckt zu überwinden. Leider fand ich den geheimen Zugang nicht mehr, durch den es Dilano und mir damals gelungen war, diesem Kerker zu entkommen.

Als die Dunkelheit hereingebrochen war, gab ich die Suche auf und wandte mich zurück zu der Stelle, an der ich mein Pferd zurückgelassen hatte. Es blieb mir nichts anderes übrig, als den Morgen abzuwarten, um dann wohl oder übel meinen ehemaligen Peinigern offen entgegenzutreten. Stunde um Stunde kroch die Zeit dahin und fraß Stück für Stück an meiner Seele, denn wieder blieb mir nichts anderes übrig als zu warten, immer wieder zu warten. So verbrachte ich diese gottlose Nacht an einen Baumstamm gelehnt und lauschte dem Prasseln des Regens, der unablässig seine monotone Melodie spielte.

Nur mit Mühe gelang es dem Tag, die langen Schatten der Nacht zu vertreiben, völlig durchnäßt saß ich wieder auf und ritt direkt vor die Hauptpforte der Abtei. Ich wußte aus schmerzlicher Erfahrung, daß die Brüder des Ordens schon seit geraumer Zeit auf sein mußten, und obwohl noch immer kein Laut zu mir nach draußen drang, war ich mir doch sicher, keinen Schläfer zu wecken, als ich mit dem Schwertknauf donnernd gegen die Holzbalken des Burgtores schlug. Ich ritt ein Stück zurück, um so die Zinnen besser im Auge behalten zu können. – Nichts rührte sich.

„He, ihr schwarzen Teufel! Ihr kennt mich, und ich kenne euch, also sagt dem Abt, daß ich ihn sprechen muß, andernfalls gehört euer Geheimnis der Vergangenheit an, und ihr könnt wieder vor den Mauern der Städte hausen, aus denen ihr gekommen seid!"

Ich wunderte mich selber über meinen Mut und die kräftige Stimme, die meine Worte über die Mauern trug und dort im Innern der Abtei wohl für einige Verwirrung sorgte, denn kaum waren meine Worte verklungen, sah ich auch schon zwei Mönche über die Zinnen spähen. Trotz meiner Rüstung schien mich einer von ihnen erkannt zu haben, allzu deutlich sah ich seine aufgeregten Gebärden und fühlte förmlich seine Angst und Ratlosigkeit.

„Meine Geduld ist bald erschöpft! Also wo ist der Abt?" schrie ich und versuchte meiner Drohung den nötigen Nachdruck zu verleihen, indem ich das Schwert hochriß. Wirklich dauerte es nun nicht mehr lange, und das mächtige Holztor öffnete sich. Vorsichtig wandte ich mein Pferd noch ein Stück weiter weg von der Mauer, wußte ich doch nur allzu gut, welche verschütteten Talente in einigen Mönchen ruhten und nur darauf warteten, von dem Abt geweckt zu werden.

Mit einem dumpfen Poltern schlug das Tor auf dem Boden auf, und ich sah den Abt, gestützt auf zwei Mönche, langsam auf mich zukommen. Ich muß zugeben, daß es mir bei seinem Anblick eisig über den Rücken lief.

„Halt, das reicht!“ rief ich ihnen zu. „Ich möchte mit ihm alleine reden!“ Seine Helfer blieben daraufhin unentschlossen stehen. Der Abt nickte ihnen zu, worauf sie sich sofort wieder dem Kloster zuwandten. Doch erst, nachdem ich mich noch einmal vergewissert hatte, allein meinem ehemaligen Peiniger gegenüberzustehen, trat ich näher an ihn heran. „Wo ist mein Vater?“ fuhr ich ihn an. „Was habt ihr gottverfluchten Teufel mit ihm gemacht?“

„Nichts!“ erwiderte der Abt, und wie damals hatte ich das Gefühl, daß seine Stimme schon nicht mehr von dieser Welt war. All meinen Mut zusammennehmend, trat ich näher an ihn heran, und zum erstenmal sah ich seine Augen, die undurchdringlich auf mir ruhten und jeder meiner Bewegungen aufmerksam folgten.

„Ihr müßt es wissen. Immerhin war er hier. Also sagt mir endlich, was aus ihm geworden ist. Auf Eure Freunde könnt Ihr jetzt nicht mehr zählen, die haben im Moment genug mit sich selbst zu tun.“

„Er ist schon lange fort, und soweit ich mich erinnere, war es die Nacht vor deiner Flucht, als Petrarka ihn mitgenommen hatte. Was dann aus ihm geworden ist, lag nicht mehr in meiner Macht.“

Ich war davon überzeugt, daß dieser Mensch mich nicht belog, warum auch, und trotzdem mußte ich mehr erfahren, sollte meine Suche nicht zum Scheitern verurteilt sein. Betont langsam zog ich mein Schwert und drückte die Spitze an seine Kehle. „Ihr wißt mehr, viel mehr! Ihr selbst sagtet einmal, daß nichts ohne Euer Wissen geschieht, weil es für Euer Überleben hier wichtig ist, alles zu wissen. Also du Teufel, rede endlich, oder muß ich dich erst in Stücke hauen?“

Ein bitteres Lachen war die Folge meiner Unbeherrschtheit. „Du willst etwas tun, was noch keinem gelungen ist! Du willst einem Toten das Leben nehmen!“

Ich mußte mir selbst eingestehen, wie lächerlich ich mich gerade gemacht hatte, und senkte die Schwertspitze zu Boden. Im gleichen Augenblick aber kam mir ein Einfall, der die einzig verwundbare Stelle dieses Mannes treffen könnte: „Nun, vielleicht kann ich Euch nicht das Leben nehmen, weil Ihr ja schon längst tot seid, aber Eurem Unwesen hier kann ich ein schnelles Ende bereiten. Ihr wißt doch aus eigener Erfahrung, wie groß der Haß der Gesunden auf alles Kranke ist. Sie würden ohne zu zögern Euer Kloster hier dem Erdboden gleichmachen, und dann . . .?"

Eine atemlose Stille folgte meinen Worten, und ich fühlte förmlich seinen Verstand nach einem Ausweg suchen. Unter der Maske glommen seine Augen, und ich mußte allen Mut zusammennehmen, um meinen Blick nicht zu senken.

Schließlich aber brach er das Schweigen und gab nach: „Ja, du hast recht. Es gibt kaum etwas von Nutzen oder Schaden für unsere Bruderschaft, das ich nicht irgendwie in Erfahrung bringe. Ich war es, der damals Petrarka aufforderte, deinen Vater von hier fortzubringen, denn wir fühlten uns nicht als Handlanger irgendeiner weltlichen Macht. Deine Gefangennahme lag in unserem eigenen Interesse, nicht aber die Geiselnahme deines Vaters und schon gar nicht dessen Unterbringung in unserem Kloster. Am Abend vor deiner Flucht entsprach Petrarka meinem Verlangen, und von Borken brachte deinen Vater fort von hier. Mit dem Verlassen des Klosters erlosch mein Interesse an ihm. Ich weiß nicht genau, wo er ihn hingebracht hat. Nur so viel ist mir bekannt, der Welfe verlieh Petrarka ein Lehen in der Lombardei. Vielleicht hilft es dir weiter, mehr jedenfalls kann ich dir nicht sagen! Ich hoffe wirklich, daß du dort mehr Glück hast als hier."

Tief enttäuscht wandte ich mich ab, hatte ich doch fest daran geglaubt, endlich eine wirkliche Spur gefunden zu haben.

„Warte noch!" rief er mir nach, und in seiner Stimme lag wieder diese schneidende Kälte, die mich erstarren ließ. „Bei all deiner Suche vergiß nicht, der Tag wird kommen, an dem diese Mauern dein Schicksal besiegeln! Denke an meine Worte!"

Zu Tode erschrocken hastete ich zu meinem Pferd, und seltsam glücklich spürte ich die Wärme, die es ausstrahlte.

Ohne mich noch einmal umzudrehen, galoppierte ich den Weg zurück und atmete erst befreit auf, als ich am zweiten Tag endlich wieder auf der wohlvertrauten Straße war.

Meine verzweifelte Suche führte mich quer durch Italien und dauerte zwei Jahre, Jahre, die wie Menschenalter auf mir lasteten und den Zauber meiner Jugend endgültig zerstörten. Kraft gaben mir in dieser Zeit nur die Briefe an das Mädchen in Modena, von denen ich nicht wußte, ob sie jemals ihr Ziel erreichen würden.

Nirgends fand ich ein Lebenszeichen meines Vater. – Nichts! Auch auf dem verwaisten Lehen des Ritters konnte oder wollte mir keiner weiterhelfen.

Der Abt. – Während meiner Suche verfolgten mich unablässig seine letzten Worte. Wie das Schwert des Damokles schwebten sie über mir bis zu dem von Gott verfluchten Tag, an dem ich auf meiner rechten Hand lesen konnte, welch grausame Konsequenz in ihnen lag. Ein kleiner, schwarzer Fleck hatte sich dort gebildet, und von diesem Tage an wußte ich, was ich schon lange ahnte und welch furchtbarem Schicksal ich verfallen war. – Aussatz!

Die Teufelsseuche begann nun auch von mir Besitz zu ergreifen. Sie wucherte in meinem Innersten, und bald schon würde der Fraß an Körper und Seele beginnen. Gedanken schossen mir durch den Kopf, immer und immer wieder spürte ich die Armstümpfe der Aussätzigen in den Katakomben des Klosters, die sich wie ein eiserner Ring um meinen Hals legten. Ihr erschütterndes Geschrei nach Leben in diesem Vorhof zur Hölle. Und wie von selbst fand ich den Weg zurück zu diesem Ort, der dazu bestimmt war, meine Zuflucht zu werden. Niemand kann die Verzweiflung ermessen, den Haß, die Wut auf alles Gesunde, die mich von nun an begleiteten. Man lebt, und doch spürt man mit jedem Tag, daß wieder ein Stück dieses Lebens unwiderruflich verlorengegangen ist.

Allem rund um mich her maß ich von Stund an eine ganz andere Bedeutung bei, denn jeder noch so unbedeutend erscheinende Vorgang erschien mir jetzt wichtig. Die Strahlen der Sonne, der Regen, der mich durchnäßte. Alles fühlte ich viel eindringlicher, geradeso, als hinge mein Leben davon ab, diese Eindrücke festzuhalten, wenn schon das Leben selbst nicht festzuhalten war. Das Sein der anderen, die unbekümmert in den Tag hineinlebten und noch nicht wußten, daß ich von einer Stunde auf die andere nicht mehr zu ihrer Welt gehörte. Ich war ein Ausgestoßener, und wo anders sollte ich hin als in meine Welt, vor deren Tor das Schöne dem Häßlichen weichen mußte.

Bereitwillig öffneten sich die Pforten des Klosters. Es war unwiderruflich der einzige Weg, den es für mich gab, denn als Lebender würde ich diese Abtei wohl nie mehr verlassen. Hier, wo der schleichende Tod von mir Besitz ergriffen hatte, ohne daß ich es damals ahnte, lag die Antwort auf all meine Fragen, und wie damals saß ich dem Manne gegenüber, der diesem Reich seinen Atem einhauchte.

Seine Stimme klang weich, und fast kam es mir so vor, als bedaure er, mich hier zu sehen. Das lodernde Feuer seiner Augen war erloschen, als er zu mir sprach: „Wie ich sehe, hat der Herr auch dich auserwählt, ihm in dieser Abtei hier zu dienen.“

„Zuallererst diene ich mir selbst!“ fuhr ich ihn an.

„Junge, du wärst jetzt nicht hier, wenn du nicht zu denen gehörtest, deren Tage gezählt sind. Der Herr hat dich hart geprüft, doch nur seinem Ratschluß darfst du dein Leben anvertrauen. Ich verstehe aber, daß du Antworten suchst, und ich will sie dir nicht mehr vorenthalten.“ Ein Augenblick des Schweigens lastete über uns, bis er fortfuhr: „Dein Vater starb hier im Kloster. Er war der festen Überzeugung, daß nur sein Tod dich vor einem Leben in immerwährender Sklaverei des Welfen bewahren würde. – Er erhängte sich in der Nacht vor deiner Flucht. Ich durfte es dir damals nicht sofort sagen, wollte ich nicht die Existenz des Ordens und meine eigene Aufgabe, diese Seuche zu besiegen, gefährden. Ich wußte, daß die Zeit gegen dich arbeiten würde.“

„Was wurde aus meinen Freunden, dem Schmied, seiner Frau und Dilano?“ fragte ich mit einer seltsamen, mir selbst fremden Ruhe.

„Sie flohen vor den Horden der schwarzen Reiter und wandten sich gen Norden in ihre alte Heimat. Dein Freund, den du Dilano nennst, zog mit ihnen. Er ist einer der von Gott Begnadeten, die den Fluch der Seuche hatten bezwingen können, deshalb war er hier für mich so wichtig.“

„Und die schwarzen Reiter? Ich bin schon lange keinem mehr von ihnen begegnet.“

„Sie fielen wie welkes Laub im Herbst, als ihr Kopf, der Ritter, seinen eigenen verlor. Mit seinem Tode erlosch die teuflische Macht über sie. Sind damit deine Fragen beantwortet?“

Ich nickte ihm zu, was sollte ich auch sonst tun?

„Jetzt, wo die Seuche dein altes Leben vergiftet hat, suchst du die Einsamkeit, und hier ist der Ort, wo du sie finden wirst.“

Nunmehr acht Jahre sind seit jener Nacht vergangen, und noch immer wütet die Seuche in mir, und noch immer habe ich den Kampf nicht aufgegeben. Ich lebe, und jeder neue Tag ist wie eine Wiedergeburt.

Der Abt ist schon lange von uns gegangen, wie so viele andere auch. Doch seine Worte sind noch immer lebendig und bestimmen die Regeln unseres Daseins. Allmählich reifte eine Erkenntnis in mir, denn mit dem zunehmenden Verfall meines Körpers erkannte ich den Sinn des Lebens. – Es ist das Leben selbst . . .!

Doch immer, wenn ich das Gesicht des Mädchens vor mir sehe, verfluche ich den Tag, an dem die Tore des Klosters sich hinter mir für immer schlossen.